DROEMER

Die Reihe um die Cold-Case-Ermittlerin Karen Pirie:
Echo einer Winternacht
Nacht unter Tag
Der lange Atem der Vergangenheit
Der Sinn des Todes
Das Grab im Moor
Ein Bild der Niedertracht
Die Gabe der Lüge (April 2024)

Über die Autorin:
Val McDermid ist eine internationale Nr.-1-Bestsellerautorin, deren Bücher in mehr als 40 Sprachen übersetzt wurden. Ihre mehrfach preisgekrönten Thrillerserien und Einzelromane wurden für Fernsehen und Rundfunk adaptiert. Val McDermid war Jurorin für den Women's Prize for Fiction und den Man Booker Prize 2018. Sie ist Trägerin von sechs Ehrendoktorwürden, außerdem Honorary Fellow des St Hilda's College in Oxford. 2010 erhielt sie für ihr Lebenswerk den Diamond Dagger der britischen Crime Writers' Association, die höchste Auszeichnung für britische Kriminalliteratur.

Mehr über die Autorin unter www.val-mcdermid.de

VAL McDERMID

Ein Bild der Niedertracht

Ein Fall für Karen Pirie

Aus dem Englischen
von Kirsten Reimers

DROEMER

Die englische Originalausgabe erschien 2020 unter dem Titel
»Still Life« bei Little, Brown Book Group, London.

Besuchen Sie uns im Internet:
www.droemer.de

Aus Verantwortung für die Umwelt hat sich die Verlagsgruppe
Droemer Knaur zu einer nachhaltigen Buchproduktion verpflichtet.
Der bewusste Umgang mit unseren Ressourcen, der Schutz unseres Klimas
und der Natur gehören zu unseren obersten Unternehmenszielen.
Gemeinsam mit unseren Partnern und Lieferanten setzen wir uns
für eine klimaneutrale Buchproduktion ein, die den Erwerb von
Klimazertifikaten zur Kompensation des CO_2-Ausstoßes einschließt.
Weitere Informationen finden Sie unter: www.klimaneutralerverlag.de

FSC www.fsc.org
MIX
Papier | Fördert
gute Waldnutzung
FSC® C083411

Eigenlizenz Januar 2024

Redaktion: Felicitas Igel
Das Motto von Ali Smith stammt aus dem Band »Artful«.
Die Rechte an der deutschen Übersetzung von Silvia Morawetz
liegen beim Luchterhand Literaturverlag, München, in der
Penguin Random House Verlagsgruppe GmbH.
Covergestaltung: ZERO Werbeagentur, München
Coverabbildung: Amanda Hedley / Shutterstock.com
Satz: Adobe InDesign im Verlag
Druck und Bindung: CPI books GmbH, Leck
ISBN 978-3-426-30848-6

2 4 5 3 1

Allen Freunden und Kollegen in Neuseeland einschließlich – aber nicht ausschließlich – des Kiwi-Fanclubs des Raith Rover FC, allen Lesleys/Leslies und ihren Sidekicks sowie den Baristas der Dispensary Bar. Wir vermissen euch – und ich werde wiederkommen!!

»Wie die Liebe ist Kunst immer eine Tauschhandlung, und die kann sich höchst kompliziert gestalten und schmerzlich sein, sagt Michelangelo […].«

Ali Smith: *Wem erzähle ich das?*

Prolog

Samstag, 15. Februar 2020

Billy Watson legte ohne jede Vorahnung vom Kai ab. Mit beiläufiger Vertrautheit lenkte er das siebenundzwanzig Meter lange Boot in den Hauptkanal des östlichen Hafens. Der Morgen unterschied sich nicht von unzähligen vorherigen: Es war bitterkalt, ein scharfer Nordwind schnitt ins Fleisch und ließ seine Wangenknochen schmerzen. Aber im Grunde war es schön, und der eierschalenblaue Februarhimmel verhieß keinen Regen. Am gegenüberliegenden Ufer traten die Umrisse von Berwick Law und Bass Rock so deutlich wie auf einem Gemälde hervor. Der scharlachrote Bug der *Bonnie Pearl* zerteilte die kalten Wasser des Firth of Forth und hinterließ eine dünne Linie aus weißem Schaum, die ihren Weg markierte.

Billy griff nach seinem Thermobecher mit Kaffee und nippte daran; für einen richtigen Schluck war er immer noch zu heiß. Er mochte es, den Kaffee in der Mikrowelle noch mal zu erhitzen, nachdem er Milch hinzugegossen hatte, damit er so lange wie möglich kochend heiß blieb. Ein Mann brauchte jede nur erdenkliche Hilfe, um an einem Wintermorgen im Mündungsgebiet des Forth warm zu bleiben.

Sein Cousin Jackie öffnete die Tür zum Steuerhaus einen Spaltbreit, schob sich hinein und versuchte, dabei möglichst wenig Wärme entweichen zu lassen. »Herrlicher Tag dafür«, sagte er. Das war eine von Jackies wenigen und vorhersehbaren Gesprächseröffnungen. »Bisschen rau, der Tag« war eine andere. »Ziemlich nass« war seine verlässliche Reaktion auf Regen.

»Aye«, sagte Bill und drosselte den Motor etwas. Sie hatten den Schutz des Hafens verlassen und erreichten nun die kabbeligeren Gewässer hinter der Zickzacklinie des Piers, der sich ins Meer erstreckte und die Hafenmauern vor den Flutwellen beschützte, die über die Küste hinwegfegten. Eine kleine Bewegung mit dem Steuerrad, und ihr Kurs änderte sich, sodass sie nun nach Osten fuhren. Die Isle of May erhob sich trotzig am Horizont wie ein Buckelwal. Als sie auf einer Höhe mit der alten Windmühle sowie den Höhlen und Hügeln der alten Saline waren, schaltete Billy in den Leerlauf und brachte die *Bonnie Pearl* mit einem gekonnten Manöver neben die erste Bake.

Jackies Sohn Andy kam in Billys Blickfeld, sein rollender Gang glich die hohe Dünung aus. Mit einer erfahrungssatten Leichtigkeit langte er mit einem Bootshaken über die Reling, um die Bake heranzuholen, die das Ende der Flotte aus trichterförmigen Hummerfallen markierte; der erste Fang des Tages. Wie jeden Morgen führte er das Seil in den Flaschenzug und ließ die Winde anlaufen.

Sogar vom Steuerhaus aus konnte Billy erkennen, dass es ein Problem gab. Das Seil war straff gespannt, aber kein Hummerkorb tauchte aus dem Wasser auf. Andy kämpfte, er hatte sich übers Dollbord gelehnt und versuchte, mit dem Bootshaken etwas auszurichten. »Solltest dem Jungen lieber helfen«, sagte Billy zu Jackie, der seufzte und hinausging. Die beiden Männer rangen mit dem Seil. Etwas schien sich darin verfangen zu haben, etwas, das die Winde blockierte. Billy konnte sehen, dass Jackie wortreich fluchte, seine Worte wurden vom Wind weggerissen.

Eine heftige Welle traf den Bug und drehte das Boot um neunzig Grad – genug, um den beiden Männern die Arbeit zu erleichtern. Sie taumelten ein paar Schritte zurück und gaben Billy den Blick frei auf das, was da im Wasser war.

Für einen Moment ergab es keinen Sinn. Billys Gehirn machte aus dem seltsamen Anblick eine ramponierte weiße Boje mit schrägen Streifen. Dann rekalibrierte er seinen Blick. Keine Boje hatte jemals Hals und Schultern gehabt.

Der erste Fang des Tages war ein ertrunkener Mann.

1

Sonntag, 16. Februar 2020

Detective Sergeant Daisy Mortimer ließ sich nicht so leicht den Appetit verderben. Doch heute starrte sie ihr Brötchen mit Speck und Ei, das sie sich zum Frühstück bereitet hatte, missmutig an. In jenem entscheidenden Moment, in dem sie das Ei auf den krossen Speck gegeben hatte und bevor sie Ketchup darauf tun konnte, hatte ihr Boss angerufen. »Morgen, Daisy«, hatte DCI Charlie Todd sie munter begrüßt. Sie konnte hören, wie seine beiden Kinder sich im Hintergrund stritten.

»Morgen, Sir.« Daisy hatte seine Fröhlichkeit erwidert und um Forschheit ergänzt. Schließlich mochte sie ihren Job und auch Charlie Todd.

»Ein Hummerboot aus St. Monans hat gestern eine Leiche geborgen. Unklare Todesursache, darum müssen wir bei der Autopsie dabei sein. Kommen Sie um zehn Uhr zur Leichenhalle in Kirkcaldy. Tut mir leid, dass ich Ihnen den Sonntag verderbe.« Er gluckste. »Aber zumindest haben Sie Zeit für eine zweite Tasse Tee.«

Daisy beendete das Gespräch und starrte ihr Telefon an, ein hohles Ziehen im Magen. Ihre erste Autopsie. Ob ihr Boss das wusste? Oder ging er davon aus, dass sie schon oft genug an einem Sektionstisch gestanden hatte, um damit spielend fertigzuwerden? Sie war seit knapp sechs Monaten beim Dezernat in Fife, und in der ganzen Zeit hatte es keinen einzigen Mord gegeben. Nur einen verdächtigen Todesfall, aber das war gewesen, als sie ein verlängertes Wochenende genommen hatte, und als sie zurückkam, war er als Unfall zu den Akten gelegt worden.

Vor Fife war sie bei der Kriminalpolizei in Falkirk gewesen. Dort hatte es jede Menge Verbrechen gegeben, aber keines, das auf einem Sektionstisch endete. Sie stupste ihr Brötchen mit einem sorgfältig manikürten Finger an, die Lippen vor Widerwillen verzogen. Der Gedanke an das, was sie erwartete – die Gerüche, die Geräusche, der Anblick –, hatte jeglichen Appetit erstickt. Wenn sie bedachte, wie empfindlich sie bei Zahnarztterminen war, würde sie vermutlich eine von denen sein, über die sich alle lustig machten: eine, die sich ins Waschbecken übergab oder – schlimmer noch – ohnmächtig zu Boden sank.

Wäre der Fall anders gelagert, hätte sie sich herauswinden können, indem sie anbot, den Tatort zu beaufsichtigen. Aber da die Leiche aus dem Meer gefischt worden war, gab es keinen Tatort, den man sichern musste. Es gab keinen Ausweg. Doch irgendwann musste sie sich dem sowieso stellen. Da konnte es auch heute sein.

Sie starrte aus dem Küchenfenster ihrer Mietwohnung. Es führte über eine stark befahrene Straße hinaus auf einen Wald. Das war der einzige Aspekt der ehemaligen Sozialwohnung, der ihr gefiel, mal abgesehen von der Tatsache, dass sie sie sich leisten konnte. Doch an den meisten Morgen sah sie hinaus in den langsam heller werdenden Himmel und fühlte sich wohl in ihrem Leben. Nur heute nicht.

Daisy warf ihr Brötchen weg, ging in ihr winziges Schlafzimmer und versuchte zu verdrängen, was sie erwartete. Sie schlüpfte aus ihrem Morgenmantel und zog das an, was sie als ihre Uniform bezeichnete: eine schwarze Jeans mit geradem Bein und genügend Lycra, um jemanden im Laufschritt verfolgen zu können, eine eng anliegende Jacke aus dunkelgrauer Merinowolle und darunter einen pflaumenfarbenen Pullover, der im Einsatzraum zu Geraune über ihre Figur führte. Ein Hauch Make-up, Mascara, um das leuchtende Blau ihrer Augen zu betonen; dann bändigte sie ihr dickes, lockiges Haar mit einem Haargummi und war bereit, aufzubrechen.

Sie traf als Erste ein. Professor Jenny Carmichael prüfte ihre Instrumente, bevor sie begann. Daisy stellte sich der Rechtsmedizinerin vor, die von Kopf bis Fuß in Chirurgengrün gehüllt war; ihr feines Silberhaar lief in zwei schmalen Dreiecken vor den Ohren aus.

Die Professorin musterte sie mit einem Adlerblick und fragte: »Das erste Mal?«

Daisy nickte.

»Dacht ich mir. Aus dem Weg und da an die Wand, so weit weg wie möglich vom Schlachtgetümmel. Auf diese Weise können Sie herausfinden, ob Sie bei so was ohnmächtig werden oder nicht, ohne mir auf die Füße zu treten.«

Daisy tat wie geheißen, und Professor Carmichael konzentrierte sich wieder auf Vorbereitungen, über die Daisy lieber nicht nachdenken wollte. Die Rechtsmedizinerin blickte auf, als Charlie hereinkam, und begrüßte ihn mit einem knappen Nicken. »Weißer Mann, für sein Alter in einer ordentlichen körperlichen Verfassung«, sagte sie.

»Ich hab's Ihnen schon mal gesagt, mit Schmeicheleien kommen Sie bei mir nicht weit.« Typisch Charlie, dachte Daisy. Immer einen Witz auf Lager, egal, ob es der richtige Moment dafür war oder nicht.

Carmichael schnaubte. »Sie sind der Schmeichler von uns beiden.«

»Und in welchem Alter ist unser heutiger Kunde?« Charlie beäugte den bleichen Körper, der vom Meerwasser aufgedunsen war.

»Neunundvierzig«, antwortete sie mit einem schnellen Seitenblick.

Daisy dachte, sie hätte ein Zwinkern gesehen, und bemerkte, dass Charlie darauf ansprang. »Normalerweise sind Sie nicht so präzise.«

»Normalerweise finden wir auch nicht den Pass und den Führerschein in der Hosentasche des Opfers.« Das kam Daisy merkwürdig vor, doch dann erinnerte sie sich, dass die Leiche vor der Küste von Fife gefunden worden war, einer beliebten Touristengegend. Niemand ließ seinen Ausweis gern offen in einem Airbnb rumliegen.

»Opfer?« Charlie konzentrierte sich auf das Schlüsselwort.

Die Rechtsmedizinerin schnalzte mit der Zunge und machte einen Schritt seitwärts, damit sie den Kopf der Leiche drehen konnte. »Eine Verletzung am Hinterkopf, ausreichend, um tödlich zu sein. Und zu wenig Wasser in seinen Lungen, als dass er ertrunken sein könnte. Er war fast tot, als er ins Wasser fiel.«

»Könnte er die Böschung runtergestürzt sein und sich dabei den Kopf angestoßen haben? Es gibt eine Menge Felsen in dem Küstenabschnitt.«

»Die Verletzung ist zu gleichmäßig dafür. Wenn Sie mir die Pistole auf die Brust setzen, würd ich auf einen Baseballschläger oder ein Stahlrohr tippen.«

»Also Mord.«

Die Professorin zog scharf die Luft ein. »Sie wissen, dass es nicht meine Aufgabe ist, solche Schlüsse zu ziehen.«

»Das war keine Frage, Jenny.« Er milderte seine Worte mit einem verlegenen Lächeln ab, dann wendete er sich DS Mortimer zu. »Der Pass?«

Sie entdeckte die Beweismittelbeutel auf dem Seitentisch und suchte die beiden entscheidenden heraus. »Es ist ein französischer Pass. Ausgestellt vor mehr als zwei Jahren auf einen Paul Allard. Wie Frau Professor bereits sagte, ist er neunundvierzig. Sein Führerschein wurde in Paris zur gleichen Zeit ausgestellt –«

»Was? Genau zur selben Zeit?«

»Gleiches Datum. Das ist komisch, oder? Ich mein, niemand hat einen Pass und einen Führerschein, die am selben Tag ausgestellt wurden, oder?«

»Steht eine Adresse auf dem Führerschein?«

Sie schüttelte den Kopf. »Nein. Nur, wo er ausgestellt wurde, der Name und das Geburtsdatum.«

»Tja, das ist Ihre erste Aufgabe, Daisy. Sprechen Sie mit jemandem aus dem französischen Konsulat. Sagen Sie denen, dass wir alles wissen müssen, was sie uns über Paul Allard mitteilen können. Wie steht es mit Angehörigen? Notfallkontakten?« Charlie wendete sich wieder Professor Carmichael zu, während er sprach.

»Nichts. Er hat niemanden eingetragen.«

»Dann ist es an Ihnen, Professor. Fingerabdrücke? DNA?«

Sie sah auf. »Wir sollten Fingerabdrücke nehmen können, er war vermutlich nicht mal vierundzwanzig Stunden im Wasser. Ich muss aber trotzdem jemanden fragen, der mehr Erfahrung mit solchen Dingen hat. DNA ist kein Problem.«

»Wirklich?«

Sie verdrehte kurz die Augen. »Charlie, es ist fast zwanzig Jahre her, dass wir die DNA einer Leiche extrahieren konnten, die fünfunddreißig Jahre auf dem Grund des Holy Loch gelegen hatte. Vertrauen Sie mir, Sie haben die Ergebnisse der DNA-Analyse in wenigen Tagen. Ob sie Ihnen aber helfen, kann ich nicht sagen. Können Sie die Franzosen noch dazu bringen, etwas für Sie durch ihre Datenbanken zu schicken?«

Charlie stöhnte. »Nach dem Brexit tut uns niemand mehr einen Gefallen.«

»Vielleicht landen wir ja einen Treffer in unserer Datenbank«, sagte Daisy ermutigend. »Ich mein, Leute, die ermordet werden, sind normalerweise etwas zwielichtig, Sir.«

»Wär besser für uns«, sagte Charlie düster. »Haben Sie noch was für mich, Jenny?«

»Er hat ein Tattoo auf seinem linken Schulterblatt. Wir haben es fotografiert. Ich mail es Ihnen. Sieht aus wie eine Fackel mit sieben Flammen und einem Ring darunter.«

»Keine hilfreiche Inschrift, vermute ich?«

»Das wär zu einfach.«

Er drehte sich zu Daisy um. »Bitte sehr, Daisy, ein hübsches Rätsel. So was haben wir nicht oft, was?«

Die Rechtsmedizinerin zog die Augenbrauen hoch. »Die einzig interessante Frage ist natürlich, ob Sie es lösen können.«

2

Faule Sonntagmorgen im Bett mit Kaffee und den Sonntagszeitungen auf ihrem Tablet waren eine relativ neue Erfahrung für Detective Chief Inspector Karen Pirie. Früher war sie beizeiten aufgestanden, war spazieren gegangen, hatte die kommende Woche geplant und Strategien entworfen. Aber seit bald einem halben Jahr traf sie sich nun mit Hamish Mackenzie, und er hatte sie überzeugt, dass es keine Sünde war, sich auch mal eine Auszeit von ihrem Job als Leiterin der Historic Cases Unit der Police Scotland zu nehmen. »Überstunden werden dir nicht bezahlt«, hatte er sie erinnert. »Es tut dir nicht gut, rund um die Uhr zu arbeiten. Und wenn dir dein Job wirklich derart am Herzen liegt, dann wirst du feststellen, dass du besser arbeitest mit einem erholten Körper und einem ausgeruhten Geist.«

Karen mochte es nicht, wenn man ihr sagte, was sie zu tun hatte, aber indem er sich Gedanken machte, wie sie ihren Job am besten erledigen konnte, hatte Hamish den richtigen Ton getroffen. Wie er überhaupt in so vielerlei Hinsicht den richtigen Ton traf. Er war der erste Mann gewesen, bei dem sie überhaupt irgendeine Art von Beziehung in Erwägung gezogen hatte, seit ihr geliebter Phil im Dienst getötet worden war – das Schicksal, das jedem drohte, der einen Polizisten liebte. Irgendwie hatte Hamish ihren Schutzwall durchdrungen; und hier war sie nun, an einem Sonntagmorgen in seinem Bett, in seiner Wohnung.

Und warum auch nicht? Er war klug und witzig, gut aussehend, freundlich und rücksichtsvoll. Sie verbrachte gern Zeit mit ihm. Sie mochte seine Gegenwart, egal ob sie draußen unterwegs waren und Spaß hatten oder zu Hause abhingen und nichts taten. Sie mochte diejenigen seiner Freunde, die sie kennengelernt hatte. Sie mochte seinen Hof in Wester Ross. Aber sie fühlte sich nicht so richtig wohl in dieser großzügig geschnittenen Wohnung in der New Town mit ihrer verborgenen Dachterrasse. Wie so manches an Hamish kam sie ihr ein bisschen übertrieben vor.

Ehrlich gesagt war der Sex mit ihm aufregender und abenteuerlicher als damals mit Phil. Doch sie fühlte sich danach nie so vollständig, wie sie sich mit Phil gefühlt hatte. Nie hatte sie an der Liebe zwischen ihnen gezweifelt. Aber bei Hamish … Karen konnte nicht sagen: »Ich liebe dich.« Sie spürte, dass es ihm auf der Zunge lag, doch sie hoffte, er würde der Versuchung nicht nachgeben.

Karen merkte, dass Hamish etwas gesagt hatte, das vollständig an ihr vorbeigegangen war. »Was?«

Er blickte mit gerunzelter Stirn auf sein Tablet. »Ich sagte, ich könnte uns einen Tisch in dem Restaurant in Newport reservieren, das wir ausprobieren wollten. Die haben auch Zimmer, ich könnte nachfragen, ob wir über Nacht bleiben können.«

»Nicht heute Abend«, sagte Karen mit einer Bestimmtheit, die er hoffentlich heraushören würde.

»Warum nicht? Wenn wir mit zwei Autos fahren, kannst du morgen früh rechtzeitig bei der Arbeit sein. Und ich kann von dort weiter in den Norden.« Von Montagmorgen bis Mittwochabend arbeitete Hamish auf seinem Hof in Wester Ross. Den Rest der Woche verbrachte er in Edinburgh, wo er eine kleine Kette von Coffee Shops betrieb.

»Nicht heute Abend. Ich muss morgen früh etwas Dringendes erledigen.«

»Okay. Wie wär's, wenn wir zum Dinner hinfahren und danach wieder zurück?«

Sie wünschte, er würde nicht so drängen. »Ich muss heute Abend allein sein, Hamish.«

Ein verletzter Ausdruck trat in seine Augen. »Hab ich dich mit irgendwas verärgert?«

»Es hat nichts mit dir zu tun.« Sie hoffte, das würde ausreichen. Aber nein, er musste nachhaken.

»Was ist es dann? Ich möchte nicht, dass wir Geheimnisse voreinander haben.«

Karen schob sich auf den Federkissen in eine aufrechtere Position. Sie wollte das nicht mit krummem Rücken diskutieren. »Morgen früh wird der Mann, der Phil getötet hat, aus dem Gefängnis entlassen. Ich will da sein.«

»Was hast du vor?« Hamish strahlte Angst aus, als wäre er eine vibrierende Stimmgabel.

»Nichts. Ich will sehen, wo er leben wird, das ist alles.« Jetzt hatte sie mehr gesagt, als sie wollte. »Und ich möchte niemanden dabeihaben.«

»Glaubst du, das ist eine gute Idee?«

Bevor Karen antworten konnte, klingelte ihr Arbeitshandy. Automatisch griff sie zum Nachttisch. »DCI Pirie, Historic Cases Unit«, meldete sie sich.

»Guten Morgen, DCI Pirie. Ich bin Sergeant Pollock aus der Barrack Street in Perth. Heute Morgen bekamen wir eine Meldung rein, die vermutlich eher in Ihr als in mein Ressort fällt. Besteht die Chance, dass Sie herkommen und uns helfen, das zu entscheiden?«

Karen fühlte das vertraute Kribbeln von erwachendem Interesse und drehte sich von Hamish weg. »Können Sie mir ein bisschen mehr darüber sagen?«

»Nun, es ist so.« Er sprach langsam, um seine Botschaft rüberzubringen. »Eine Frau kam heute zu uns, um etwas anzuzeigen. Vor ein paar Wochen starb ihre Schwester bei einem Autounfall, und sie räumt jetzt das Haus der Verstorbenen aus. In der Garage steht ein Camper, der definitiv nicht ihrer Schwester gehört hat, wie die Frau meint. Sie hat reingeschaut und skelettierte menschliche Überreste im hinteren Bereich des Vans entdeckt. Die Tatsache, dass die skelettiert sind, sagt mir und meinem Boss, dass es sich um einen Cold Case handelt. Darum dachten wir, wir kürzen das ab und beziehen Sie von Anfang an mit ein.«

»Erzählen Sie mir gerade, dass Sie noch niemanden hingeschickt haben?«

Kurzes Schweigen. »Um ehrlich zu sein, wir sind ein bisschen überlastet heute. Wir haben königlichen Besuch hier, ganz zu schweigen von einem bewaffneten Raubüberfall auf einen Club letzte Nacht.«

Karen seufzte. »Und ein Skelett ist nicht zeitkritisch, richtig?«

»Nun, es wird nicht weglaufen, oder?«

Obwohl die mangelnde Dringlichkeit sie irritierte, wollte Karen unbedingt von Anfang an dabei sein. Sie hatte immer die Leben im Blick, die durch die Verbrechen zerstört wurden, zu denen sie ermittelte. Aber das bedeutete nicht, dass sie nicht elektrisiert war bei dem Gedanken, einen neuen Fall zu lösen, ein Rätsel aufzuklären, die schmerzende Leere im Leben von Fremden mit Antworten zu füllen. »Wir treffen uns bei dem Haus«, sagte sie. »Schicken Sie die Adresse an meinen Kollegen.« Sie beendete das Gespräch und wollte gerade ein weiteres führen, als Hamish eine Hand auf ihren Arm legte.

»Du willst doch wohl nicht arbeiten?«

»Da ist ein Fall aufgetaucht, der ganz nach einem Cold Case aussieht. Ich muss mir das vor Ort ansehen.«

Hamish seufzte und ließ sich in sein Kissen sinken. »Mit den Toten kann ich nicht konkurrieren.«

Sie drehte sich zu ihm und küsste ihn. »Es ist kein Wettbewerb, es ist eine Pflicht.« Dann stand sie auf, sich ihrer Nacktheit sehr bewusst. »Ich dusch schnell, dann bin ich auch schon weg.«

Vom Bad aus rief sie Detective Constable Jason Murray an, ihren Mitarbeiter. »Morgen, Jason. Tut mir leid, dass ich Ihnen den Sonntag vermassele, aber wir haben einen neuen Fall. Wir treffen uns in zwanzig Minuten am Büro.«

»Okay. Fahren wir irgendwohin, wo's interessant ist?«

»Perth.«

»Verdächtiger Todesfall?«

»Genau. Davon gibt es in unserer kleinbürgerlichen Hauptstadt ja nicht so viele.«

3

Die North Woodlands Crescent lag kurz hinter einem der großen Kreisverkehre, die die zweispurigen Umgehungsstraßen von Perth unterbrachen, um den Verkehr zu wichtigeren Zielen in allen vier Himmelsrichtungen zu schicken. Ordentliche weiß getünchte Bungalows hockten auf ihren akkurat abgezirkelten Parzellen hinter robusten immergrünen Hecken, die alle auf die gleiche Höhe getrimmt waren. Die Straße schien dazu bestimmt zu sein, dass nichts ihr Gleichgewicht störte. Niemand würde die Polizei rufen müssen, weil randalierende Jugendliche hier Drogen nahmen, häusliche Streitigkeiten durch die gepflegten Vordertüren nach draußen drangen oder verantwortungslose Autodiebe mit quietschenden Reifen über die sauberen Gehwege bretterten.

»Das ist so'n Ort, an dem die Leute sich total empören können wegen eines Mordes vor ihrer Haustür«, bemerkte Jason und parkte hinter einem Polizeiauto am Bordstein. »Als wäre das eine persönliche Beleidigung.«

»Wir wissen noch nicht, ob es sich um einen Mord handelt«, sagte Karen.

»Stimmt schon, Boss. Aber man versteckt normalerweise die Leiche nicht in der Garage, wenn jemand eines natürlichen Todes stirbt.«

Er wird eindeutig sowohl aufmerksamer als auch selbstbewusster, überlegte Karen. Sie erlaubte sich, kurz stolz zu sein. Phil hatte sie ermuntert, Jason dabei zu unterstützen, das Beste aus sich herauszuholen. Langsam, aber sicher machte sich der Minzdrops. Sie grinste. »Ich weiß nicht. Schließlich ist das hier Perth. Vielleicht bedeutet es das gesellschaftliche Aus, wenn man zugeben muss, dass man eine Leiche im Kofferraum hat.«

Ein uniformierter Sergeant stieg aus dem Streifenwagen und hob grüßend die Hand. Er wartete, bis sie näher kamen, und sagte dann: »DCI Pirie? Ich bin Sergeant Pollock. Wir haben miteinander telefoniert.«

»Ist immer noch keine Kriminalpolizei hier? Oder die Spurensicherung?« Offenbar liefen in Perth ein paar Dinge anders.

»Ich habe mit meinem Inspector gesprochen, er meinte, wir sollten abwarten, was Sie dazu sagen. Ist ja nicht so, dass wir mit einer heißen Verfolgungsjagd rechnen müssten oder so.«

»Es wäre vielleicht keine schlechte Idee gewesen, ein Forensikteam herzuschicken. Denn ganz egal, wessen Fall das am Ende wird: Wir brauchen eine umfassende Untersuchung des Fundorts.« Karen sagte das in einem freundlichen Tonfall, aber Pollock entging nicht ihr grimmiger Gesichtsausdruck.

»Möchten Sie, dass das zuerst geschieht? Bevor Sie einen Blick darauf werfen?«

»Rufen Sie sie. Während wir auf sie warten, werden DC Murray und ich uns umziehen und den Fundort betreten. Und dann möchten wir mit der Frau sprechen, die die Entdeckung gemacht hat. Ist sie auf dem Revier?«

Pollock schüttelte den Kopf. »Wir haben sie nach Hause gehen lassen. Wissen Sie, sie war ziemlich aufgewühlt. Ich dachte, es wäre besser, wenn sie in ihren eigenen vier Wänden wartet, statt wer weiß wie lange hier oder in einem Vernehmungsraum rumzusitzen.«

Das war nicht das, was Karen getan hätte, aber sie hatte die Botschaft verstanden, dass man in der Barrack Street definitiv anders vorging als bei der Historic Case Unit. Sie hoffte, dass sich der Umgang der Kollegen mit aktuellen Fällen mehr an den Vorschriften orientierte. »Wie lautet der Name der Eigentümerin?«

»Susan Leitch. Das ist die, die bei dem Verkehrsunfall umgekommen ist. Die Frau, die das Skelett entdeckt hat, ist ihre Schwester. Stella. Auch Leitch. Keine von ihnen ist irgendwie aktenkundig, noch nicht mal wegen zu schnellen Fahrens.«

Zehn Minuten später bahnten sich Karen und Jason in raschelnden Tyvek-Anzügen und blauen Plastiküberschuhen ihren Weg durch die Haustür und über den nichtssagenden Teppich im Korridor zu einer sauberen Küche. Karen musterte das Sortiment von Ölen und Gewürzen neben dem Herd, den Steinguttopf mit Küchenutensilien und die aufgereihten Kochbücher mit angeschlagenen Ecken und zerknickten Binderücken. Es sah aus, als wäre hier tatsächlich gekocht worden. In der gegenüberliegenden Wand war eine solide Tür, durch die es in eine Doppelgarage ging. Ihre Augen wurden von einem alten, halb abgedeckten VW-Camper angezogen, aber Karen zwang sich, sich den gesamten Raum anzusehen. Erste Eindrücke lieferten oft gute Hinweise, welche Dinge aus dem Ruder gelaufen waren.

An der Wand war ein Gestell für zwei Fahrräder befestigt, an dem aber nur ein Rad hing, ein robustes Mountainbike mit breiten Reifen und einem Aufsatz für einen Elektromotor. Am Boden darunter befand sich der Motor in einem Ladegerät und neben dem Gestell für die Fahrräder ein Regal mit einer Reihe von Dingen, die man – wie Karen vermutete – für die Instandhaltung eines Fahrrads brauchte, sofern man es nicht jedes Mal zu einem Bike Shop schieben wollte, wenn die Bremsen quietschten.

»Wissen Sie irgendwas über Räder, Jason?«, fragte sie ohne große Hoffnungen.

»Nur was über die mit Motoren, Boss.«

An der Wand gegenüber stand eine Werkbank mit allem, was man fürs Heimwerken und im Haus brauchte – Schraubenzieher, verstellbare Schraubenschlüssel, ein paar Hämmer und eine Bügelsäge; daneben ordentlich aufgestapelte Farbdosen, einige von ihnen eindeutig benutzt. Auf den ersten Blick schien Susan Leitch eine gut organisierte Frau gewesen zu sein. Keine Anzeichen für ein chaotisches Verhalten, das oft Tatorte häuslicher Gewalt kennzeichnete. Wenn es denn einer war.

Als Karen zum Camper ging, bemerkte sie, dass der Reifen, den sie sehen konnte, platt war. Nach dem schlechten Zustand des Gummis zu schließen, war er seit langer Zeit nicht mehr bewegt worden. Sie öffnete die Fahrertür mit so wenig Kontakt wie möglich. Stella Leitch hatte zweifellos alle Fingerabdrücke verwischt, die es gegeben haben mochte, aber es war nie verkehrt, den forensischen Protokollen zu folgen. Karen steckte ihren Kopf ins Innere und schnupperte. Da war der angedeutete Geruch von modrigem Zerfall, aber nicht der überwältigende Gestank einer verwesenden Leiche. Sie stellte fest, dass das Fenster auf der Beifahrerseite zwei, drei Zentimeter offen stand, was zusammen mit der verstrichenen Zeit das Fehlen des Gestanks erklärte. Die Schlüssel steckten noch im Zündschloss.

Sie spähte über den Sitz, aber sie konnte kaum etwas von der Kabine hinten erkennen. »Ich muss da rein«, sagte sie und schickte sich an, über den Fahrersitz zu klettern.

»Es gibt eine Seitentür, durch die Sie reinkönnen, Boss«, sagte Jason. »Vielleicht ist sie ja auch unverschlossen.«

Karen stieg wieder aus. »Wir sollten eigentlich auf die Spurensicherung warten. Aber die Schwester hat sowieso schon die Abdeckung verschoben.« Sie dachte einen Moment nach. »Nehmen Sie Ihr Telefon und machen Sie Fotos vom Camper von allen Seiten, damit wir dokumentieren können, wie es im Großen und Ganzen aussah, bevor die Schwester die Plane bewegt hat. Und vergessen Sie nicht die Nummernschilder.«

»Es gibt keine«, sagte Jason. »Zumindest vorne nicht.«

»Das ist interessant«, meinte Karen, trat hinter den Van und hob vorsichtig die Abdeckplane an. »Hinten auch nicht. Da hat sich jemand was dabei gedacht. Okay, dann mal los, schießen Sie die Fotos.«

Sie trat einen Schritt zurück und wartete. Eine Reihe von Klicks später schob sie vorsichtig die Plane beiseite und probierte die Klinke der Seitentür. Sie sprang problemlos auf und glitt auf gut geölten Führungsschienen zur Seite.

Auf dem Boden des Vans lagen unverbundene Knochen, der Schädel, umgeben von einer Krone aus ausgefallenem dunklen Haar, wies zum vorderen Ende hin, Fußwurzel- und Zehenknochen fanden sich versprengt Richtung Wagenende. Die Schalen verpuppter Maden waren wie makabre Coco Pops neben und zwischen den Knochen verstreut, ein Indiz, warum kein Fleisch mehr an den Knochen war. Es sah aus, als wäre das Opfer auf die Seite gefallen oder so hingelegt worden. Aber schon auf den ersten Blick war zu erkennen, dass »Opfer« das richtige Wort war. Über den Hinterkopf zog sich unübersehbar der gezackte Riss einer Impressionsfraktur. Jemand oder etwas hatte den Schädel dieser Person sehr heftig getroffen.

Die Unangemessenheit menschlicher Überreste wurde durch die Ordnung und Sauberkeit des restlichen Vans noch unterstrichen. Jedes Ding war da, wo es hingehörte; Bücher auf einem Regal, Kleidungsstücke in Plastikboxen in einer Nische, Künstlerfarben und Pinsel auf einem speziell angefertigten Wägelchen. Aquarelle von Seen und Bergen waren an einem Schrank befestigt. Für Karens ungeübtes Auge sahen sie aus wie die typischen Bilder, die man in jedem Geschäft für Kunsthandwerk aus den Highlands erhielt, in dem sie je gewesen war.

Sie zog ihren Kopf aus dem Wagen. »Wir brauchen definitiv die Spurensicherung. Und River.«

Als sie zurück in ihrem Auto war und sich aus ihrem Schutzanzug befreit hatte, griff sie zum Telefon. Zum Glück war Dr. River Wilde in ihrem Büro an der Universität in Dundee und nicht im Labor oder im Vorlesungssaal. Karen berichtete ihr von dem Fund. »Kannst du dich frei machen für einen kurzen Trip nach Perth?«, fragte sie.

»Klar, die Knochen gehören mir. Ich bin in einer Stunde da.«

Im sicheren Gefühl, dass die Knochen in den besten Händen sein würden, brachte Karen Pollock auf den neuesten Stand. »Sie sollten vielleicht ein paar Constables herbestellen, um den Fundort abzusichern und die neugierigen Nachbarn auf Abstand zu halten.«

»Nicht zu vergessen die verdammten Lokalreporter«, knurrte Pollock.

»Und bitten Sie die Techniker, die Fahrzeug-Identifikationsnummer zu suchen. Jemand hat die Nummernschilder entfernt, aber vielleicht hat er nicht an die FIN gedacht. Und selbst wenn, hat das Labor Mittel und Wege, sie wieder sichtbar zu machen. Sobald die Spurensicherung fertig ist, wird Dr. Wilde wollen, dass die Überreste zu ihrer Leichenhalle in Dundee gebracht werden«, fuhr Karen fort. »Sie wird sich deswegen mit Ihren Beamten in Verbindung setzen. Wir fahren jetzt los, um mit der Schwester zu sprechen. Danke, dass Sie uns schon so früh dazugeholt haben. Auf diese Weise fällt bei der Übergabe nichts hinten runter.«

»Ja, nun, wir haben selten einen Fall, der so eindeutig ein Cold Case ist. Lassen Sie mich wissen, wenn Sie Unterstützung brauchen.«

Als sie unterwegs zu Stella Leitch waren, sagte Jason: »Das ist schon ulkig. Warum sollte man eine Leiche so lange in der Garage verstecken?«

»River sagt immer, dass Mord einfach ist. Die Leiche loszuwerden ist das Problem. Es scheint, als hätte Susan Leitch nicht gewusst, wie sie den zweiten Teil hinbekommen soll.«

»Das versteh ich, Boss. Aber inzwischen sind es nur noch Knochen. Kann man die nicht mit einem Hammer zerschlagen und dann in kleinen Tüten zum Strand mitnehmen, um sie da ins Meer zu kippen?«

»Wäre vermutlich einen Versuch wert. Aber dafür müsste man schon ganz schön kaltblütig sein. Besonders wenn einem die Person nahestand, die man getötet hat. Sogar richtige Gangster haben jemanden, der die Leichen für sie entsorgt. Man nennt sie ›Cleaner‹.«

»Sie veräppeln mich, oder?«

Karen schüttelte den Kopf. »Ich wünschte, das wäre so. Es handelt sich dabei offenbar um einen Job, der besondere Fähigkeiten erfordert. Es gab da mal einen Fall vor ein paar Jahren, in England. Da wurden überall im Land Leichenteile gefunden. Ich glaube, alles in allem hat man Überreste in fünf oder sechs verschiedenen Polizeibezirken entdeckt. Schlussendlich konnten sie den Mann festnehmen, der dafür verantwortlich war, aber vor Gericht kam nicht die ganze Geschichte zur Sprache. Hinter der Tat steckte das organisierte Verbrechen. Eine Gang hatte sich mit ihrem Cleaner zerstritten, weil sie dachten, er würde zu viel Geld verlangen. Einer der Idioten aus der Gang meinte offenbar: ›Wie schwer kann das schon sein?‹, und übernahm den Job für einen Bruchteil des Honorars. Aber wie sich herausstellte, hat er Mist gebaut. Mist im Gegenwert von vierzehn Jahren Knast.«

»Ist nicht Ihr Ernst! Woher wissen Sie das?«

»Das war einer von Rivers Fällen. Als danach alle ins Pub

gingen, um das Schuldurteil zu feiern, erzählte ihr einer von den Typen vom Dezernat für Schwerverbrechen die Vorgeschichte.«

Jason schüttelte den Kopf. »Wie kommt man an so einen Job?«

»Ich glaube nicht, dass die auf Karrieremessen beworben werden«, sagte Karen trocken. »Ich vermute, Susan Leitch musste feststellen, dass es nicht so leicht war, eine Leiche loszuwerden, wie sie gedacht hatte.«

4

Montag, 17. Februar 2020

Es war noch nicht mal halb sieben Uhr morgens, doch der Verkehr stadteinwärts auf der A 71, Edinburghs Hauptschlagader, stockte bereits. Detective Chief Inspector Karen Pirie war froh, dass sie in die entgegengesetzte Richtung unterwegs war – nicht gerade schnell, aber dafür stetig. Sie hatte sich ihren Weg durch die aufwachende Stadt gesucht zum Hintergrundgemurmel einer Playlist, die ihr so vertraut war wie die Straßen um sie herum. Musik war ihr nie besonders wichtig gewesen, aber als sie mit Phil zusammengezogen war, hatte er sie vorsichtig mit seinem Musikgeschmack vertraut gemacht. Wenn sie wie heute nicht im Dienst war und nicht mit einem Ohr den Funkdurchsagen lauschen musste, kehrte sie stets zu der Playlist zurück, die er auf ihr Telefon geladen hatte. Elbow, Snow Patrol, Franz Ferdinand. Die Texte hatten sie nicht so beeindruckt, aber sie summte gern die Melodien mit.

Aus Gewohnheit behielt sie ihre Umgebung links und rechts im Blick, immer darauf achtend, ob sich etwas Ungewöhnliches tat. Die Häuser zu ihrer Linken sahen nach Geld aus, aber das täuschte. Tatsächlich waren das Wohnblöcke mit jeweils vier Wohnungen, zwei oben, zwei unten, zu einer Zeit gebaut, als Sozialwohnungen noch ein öffentliches Gut waren, das als selbstverständlich angesehen wurde. Sie waren vor Jahren verkauft worden, die unterschiedlichen Farben und Stile ihrer Haustüren verwiesen darauf, dass sie sich in Privatbesitz befanden. Karen missgönnte es den Besitzern nicht, dass sie die Chance ergriffen hatten, ein eigenes Heim zu erwerben; was sie störte, war das Versagen der Politiker, für Ersatz zu sorgen. Sie hoffte, sie würden die wachsende Zahl der Wohnungslosen in der City als Mahnung verstehen, aber im Grunde zweifelte sie daran.

An einer Lücke in der Häuserreihe bog sie links in eine schmale Straße, die von dicken Hecken mit kupferbraunem Winterblattwerk gesäumt war. Geradeaus war eine moderne Fassade zu sehen, vollständig aus kugelsicherem Glas, flankiert von soliden Säulen und Zementblöcken, die so gestaltet waren, dass sie wie bearbeiteter Sandstein wirkten. Ein argloser Betrachter hätte dahinter vielleicht die Büros einer kleineren Versicherungsfirma vermutet – wenn nicht statt eines Logos der Schriftzug »HMP Edinburgh« in großen Buchstaben darauf geprangt hätte. Ein zweiter Blick, und die hohe Zementmauer, die sich bis in die tiefe Dunkelheit erstreckte, hätte ein für alle Mal klargemacht, wofür das Akronym stand: *Her Majesty's Prison.*

Karen lenkte den Wagen links auf den Parkplatz. Sie war früh genug dran, dass der Platz noch frei war, den sie sich zuvor als perfekt für ihr Vorhaben ausgeguckt hatte. Sie fuhr heute Morgen ihren Privatwagen. Niemand hätte den fünf Jahre alten Nissan Juke für ein Polizeiauto gehalten, nicht einmal für eine Zivilstreife. Phil hatte sich immer über ihren fahrbaren Untersatz lustig gemacht. »Nissan Joke« hatte er ihn genannt. Aber an diesem Morgen war er die perfekte Tarnung.

Während der nächsten Minuten tröpfelten erst weitere Autos herbei, schließlich wurde ein steter Strom daraus. Bei einigen handelte es sich um Mitglieder der Gefängnisbelegschaft, die zu den ausgewiesenen Mitarbeiterparkplätzen fuhren. Andere hielten in der Nähe von Karen; sie waren aus dem gleichen Grund, aber mit anderen Zielen hergekommen. Einige Fahrer und Beifahrer stiegen aus, schlenderten in der morgendlichen Kälte auf die Gefängnisgebäude zu; Wolken warmer Atemluft mischten sich mit dem Dampf von Vaporizern und dem Rauch von Zigaretten.

Ganz offensichtlich hatten sie dies noch nie getan, dachte sie. Sieben mochte die offizielle Uhrzeit für Gefängnisentlassungen sein, aber das bedeutete nicht, dass diejenigen, auf die die Leute warteten, um Punkt sieben aus der Tür traten. Formulare mussten ausgefüllt, Medikamente ausgegeben, Besitztümer überprüft werden. Die Willkommenskomitees konnten froh sein, wenn sie ihre Lieben bis halb acht sahen. Gegen acht würden sie in einer derangierten Prozession – hauptsächlich Männer, nur wenige Frauen – in die Welt zurückkehren, schwarze Müllsäcke mit ihren Habseligkeiten umklammern und versuchen, nicht so desorientiert auszusehen, wie sie sich fühlten.

Karen hatte nichts dagegen zu warten. Sie hatte sich seit Jahren auf diesen Moment vorbereitet und überlegt, was er ihr wohl abverlangte. Wenn Rache ein Gericht war, das am besten kalt genossen wurde, dann war das Timing perfekt. Eine halbe Stunde mehr spielte da auch keine Rolle.

Sie war so konzentriert auf die Gefängnisfront, dass sie zusammenzuckte, als ihre Beifahrertür geöffnet wurde. Sie drehte sich ruckartig auf ihrem Sitz herum, die Frage, ob fliehen oder kämpfen, schoss durch ihr Reptiliengehirn. Mit klopfendem Herzen erkannte sie, wer in ihr Auto einstieg, und entspannte sich wieder. »Verdammt, Jimmy! Willst du, dass ich einen Herzinfarkt bekomme?«

»Hast du mich nicht gesehen, als ich auf dein Auto zugegangen bin? Ich hab mich nicht versteckt, Karen.« DCI Jimmy Hutton, der Leiter der Murder Prevention Unit der Police Scotland, machte es sich auf dem Beifahrersitz bequem wie jemand, der sich auf eine lange Reise einrichtete.

Er zog seine schwarzen Lederhandschuhe aus und knöpfte den dunklen Armeemantel auf.

»Was machst du hier?«, wollte sie wissen. Mit missmutig zusammengezogenen Augenbrauen verlagerte sie ihre Aufmerksamkeit wieder auf das Gefängnis.

»Auf dich aufpassen«, sagte er sanft.

»Was soll das denn heißen?«

»Ich hab damit gerechnet, dass du heute Morgen hier bist. Ich dachte, ich sollte vorbeischauen und dafür sorgen, dass du jemanden an deiner Seite hast. Für den Fall, dass du in Versuchung gerätst.«

»In Versuchung, was zu tun?«

»Etwas, das du bedauern würdest.«

In spöttischem Ton sagte Karen: »Ich bin kein hormongesteuerter Teenager, Jimmy. Ich werde nicht ausrasten und wie eine Todesfee mit einer Machete quer über den Parkplatz stürmen. Alles, was ich will, ist Merrick Shand mit eigenen Augen sehen. Ich will sehen, was dreieinhalb Jahre im Gefängnis aus ihm gemacht haben.«

»Wirklich? Das ist alles?«

Sie zuckte mit den Achseln. »Vielleicht auch noch rauskriegen, wer hier auf ihn wartet. Und wer ihn wohin mitnimmt. Ich habe nicht vor, irgendetwas zu tun, Jimmy. Aber ich will ihn im Blick behalten. Ich muss wissen, wo er lebt, was er macht. Mir ist es egal, wenn er das mitbekommt. Mir würde das sogar gefallen.«

»Du gehst ein großes Risiko ein. Er muss dich nur bei der Dienstaufsicht wegen Belästigung anzeigen.« Jimmy drehte sich zu ihr und sah sie unverwandt an.

»Ich werde ihm keinen Anlass dazu geben. Kein Rumgestalke, keine Sorge. Nur etwas Beunruhigendes am Rande seines Gesichtsfelds. Genug, um ihn rasend zu machen, aber nicht so viel, dass ich meinen Job aufs Spiel setze.« Sie wagte es, ihn anzusehen. Sie hatte einen derart skeptischen Blick nicht mehr gesehen, seit sie ihrer Großmutter versichert hatte, dass nicht sie es gewesen war, die das ganze Glas Butter Tablet gegessen hatte, obwohl sie sich hatte übergeben müssen wie ein kranker Hund.

»Hast du dir darum Rückendeckung mitgebracht? Damit du Shand unbemerkt vom Gefängnis aus folgen kannst?«

Verwirrt warf Karen einen kurzen Seitenblick auf Jimmy, um zu sehen, ob er sie aus unerfindlichen Gründen auf den Arm nahm. Aber sie hatte ihn selten ernsthafter dreinschauen sehen. Nein, nicht ernsthaft. Angefressen. »Wovon sprichst du? Ich würde niemals den Minzdrops in das hier reinziehen.« Aus diversen Gründen war Detective Constable Jason Murray die letzte Person, die Karen an diesem Morgen hätte dabeihaben wollen.

»Ach, komm schon, Karen. Tu nicht so unschuldig. Ich rede nicht von Jason. Ich meine Captain Coffee.«

»Was?« Karen hätte eine derart empörte Entgeisterung nicht vorspielen können.

»In der Reihe hinter dir, viertes Auto links von hier. Hast du nicht gesehen, wie er seinen riesigen Verpiss-dich-Range-Rover da geparkt hat?«

Wütend blickte sie sich um und sah sofort, was ihr niemals hätte entgehen dürfen. »Ich werde ihn verdammt noch mal töten«, tobte sie und stieß die Tür so heftig auf, dass sie zurückprallte und sie an der Hüfte erwischte, als sie aus dem Auto sprang. Aber Karen war auf dem Kriegspfad und ließ sich nicht von etwas so Banalem wie Schmerz aufhalten. Sie stürmte auf den Range Rover zu, entschlossen, die eine Person abzukanzeln, die überhaupt kein Recht hatte, hier zu sein.

5

Daisy starrte auf ihren Computermonitor und versuchte, wie eine Frau auszusehen, die hoch konzentriert war. Zumindest hoffte sie, dass sie so aussah. Denn die Wahrheit war: Obwohl sie am Tag nach der Autopsie früh ins Büro gekommen war, konnte sie doch keine wirklichen Fortschritte erzielen, bis sie etwas von dem Mitarbeiter des französischen Konsulats hörte, den sie am Vortag zu bezirzen versucht hatte. Das erste Gespräch war kurz gewesen. Daisy war überzeugt, dass sie das gallische Achselzucken förmlich hatte hören können, als sie die Einzelheiten zu Paul Allard durchgab.

Darum war sie überrascht gewesen, als er innerhalb einer Stunde zurückgerufen und wie ein anderer Mensch geklungen hatte. »Sergeant Mortimer«, hatte er zur Begrüßung trompetet. »Ich habe sehr interessante Informationen für Sie.«

»Das freut mich zu hören. Danke, dass Sie zurückrufen.«

»Nein, nicht dafür! Ich habe Folgendes herausgefunden: Paul Allard ist Jazzmusiker. Er spielt Saxofon in einem Quintett. *Comme des Étrangers.* Nicht so richtig mein Ding, aber ich habe gehört, dass sie ziemlich gut sein sollen. Er lebt auf der Rive Gauche. Kennen Sie Paris?«

»Nein, ich muss leider gestehen, dass ich nie da war.«

»Das macht nichts, es wird immer noch da sein, wenn Sie sich zu einem Besuch entschließen. Monsieur Allard wohnt – wohnte, sollte ich wohl sagen – im Sechsten Arrondissement in einer der kleinen Straßen, die auf das Odéon zuführen. Das ist eine hübsche Gegend, aber wenn ich mir seine Adresse so ansehe, dann vermute ich, dass er ein kleines Apartment unter dem Dach hatte.«

»Nun, das ist ein Anfang. Können Sie jemanden von der Polizei vor Ort hinschicken und an seine Tür klopfen lassen, um zu sehen, ob dort noch jemand lebt? Oder vielleicht können die sogar einen Durchsuchungsbeschluss beantragen, um zu prüfen, ob sich in seinem Apartment irgendetwas findet, das uns einen Hinweis darauf gibt, was er in East Neuk of Fife gemacht hat?«

Er gab ein unbestimmtes Geräusch von sich. »Ich glaube, Sie brauchen dafür einen Durchsuchungsbeschluss von einem Ihrer Gerichte.«

Daisy unterdrückte ein Seufzen. »Okay, schicken Sie mir die Adresse, und ich seh mal, was ich hier erreichen kann.« Wer wusste, durch welche Reifen sie heutzutage für so etwas springen musste?

»Natürlich, aber nicht so schnell. Ich hab noch was viel Interessanteres. Es gibt nämlich keine Unterlagen zu Paul Allard, bevor der Pass und der Führerschein auf ihn ausgestellt wurden. Als hätte er nie existiert.«

»Was?«

»Ja, ich weiß. Ich hatte überlegt, ob er im Zeugenschutz oder was Ähnlichem gewesen sein könnte. Darum habe ich mit einer Kollegin gesprochen, aber die sagt Nein. Wenn er in einem Zeugenschutzprogramm gewesen wäre, hätte er eine ordentliche Papierspur hinterlassen. Wir hätten zwar die ganzen Unterlagen nicht einsehen können, aber wir wüssten, dass es sie gibt.«

Daisy hatte sich auf ihrem Stuhl aufgerichtet, das Kribbeln der Aufregung im Nacken. »Stimmt. Eine Legende.«

»Ah, wir haben den gleichen Ausdruck dafür. Meine Kollegin meint, er hat vielleicht seinen Namen geändert. Das würde die Sackgasse erklären.«

»Und? Hat er?«

»Das weiß ich bisher noch nicht. Ich habe eine dringende

Anfrage an das Ministerium des Inneren geschickt, aber um ehrlich zu sein: Ich hab keine Ahnung, wie lang es dauert, bis die antworten. Wenn man allerdings in Frankreich offiziell seinen Namen ändert, muss man das im *Journal Officiel de la République Française* bekannt machen. Ich schau mal, ob sich das online durchsuchen lässt. Das wäre vielleicht eine Abkürzung.«

»Eine hervorragende Idee. Ich sehe, was ich hier meinerseits bewirken kann. Vielen Dank. Ich weiß Ihre Hilfe wirklich zu schätzen. Und denken Sie bitte dran, mir die Adresse zu schicken.«

Das war wirklich aufregend gewesen. DCI Todd hatte viel zurückhaltender reagiert und kaum zur Kenntnis genommen, was sie herausgefunden hatte. »Lassen Sie uns abwarten, was Inspector Clouseau ausgräbt, bevor wir uns zu sehr echauffieren«, hatte er gesagt. Er hatte sich weggedreht, um einen der Detective Constables anzufahren. »Haben Sie was von der Küstenwache gehört? Ist schon klar, wo die Leiche ins Wasser geworfen wurde?«

Kurz nach sechs hatte Todd sie dann nach Hause geschickt. Er gehörte nicht zu den Vorgesetzten, die glaubten, dass man die Arbeitsstunden im Büro absitzen und dabei Beschäftigung vortäuschen musste. Als Daisy in seiner Abteilung angefangen hatte, hatte er sie in ein unerwartet gemütliches Café in einem Industriegebiet am Rand von Kirkcaldy mitgenommen und bei hausgemachten Kirsch-Scones und Earl Grey seine Philosophie dargelegt. »Es gibt keine Überstunden beim CID. Wenn wir in einem Fall ermitteln, arbeiten wir so viel, wie erforderlich ist. Aber so ein Fall kommt ins Stocken. Sie warten auf eine Adresse oder auf eine wichtige Information, die notwendig ist für den nächsten Schritt. Darauf können Sie genauso gut zu Hause warten. Meistens können Sie außerhalb der Bürozeiten sowieso nicht auf wichtige Unterlagen zugreifen. Da können Sie stattdessen dann auch auf Ihrem Sofa sitzen und eine Serie schauen. Wenn Sie auf diese Weise sechsunddreißig statt achtundvierzig Stunden arbeiten, sind Sie nicht völlig erschöpft. Bringen Sie sich voll ein, wenn es an der Zeit ist, und ich werde mich nicht beschweren. Aber gnade Ihnen Gott, wenn ich Sie beim Blaumachen erwische, wenn Sie gebraucht werden.«

Er hätte sich nicht klarer ausdrücken können. Aber Daisy hatte immer noch ein Problem damit, spät ins Büro zu kommen und früh wieder zu gehen. Darum war sie am nächsten Morgen die Erste. Sie wickelte ihre Sausage Roll aus, die sie sich an einem Imbisswagen am Straßenrand gekauft hatte, und aß sie, während sie die Akten durchging und sich Notizen machte. Als ihr Telefon klingelte und das Display die Nummer des französischen Konsulats zeigte, stieß sie vor lauter Aufregung mit der Spitze ihres Stifts ein Loch in ihr Notizbuch. »DS Mortimer«, rief sie regelrecht in den Hörer.

»Guten Morgen, Sergeant. Mein Name ist Guillaume Verancourt. Ich glaube, Sie haben gestern mit meinem Kollegen von der französischen Botschaft gesprochen?« Er klang eher wie aus Edinburgh als aus Paris.

»Das stimmt. Und Sie –«

»Er hat Ihre Anfrage an mich weitergeleitet. Ich stehe in Verbindung mit dem Innenministerium.«

War das ein Code dafür, dass er ein Spion war? Oder nur ein Bürokrat? Daisy begann zu fürchten, dass ihr das Ganze über den Kopf wachsen könnte. »Und, haben Sie irgendwas für mich?«

»Ich habe ein paar Informationen, ja. Aber bevor ich sie Ihnen gebe, möchte ich klarstellen, dass die Verantwortung für die Untersuchung des Todes eines französischen Staatsbürgers in den Händen der französischen Behörden liegt.

Wir sind gern bereit, mit der Police Scotland zu kooperieren, aber wir müssen uns sicher sein, dass Sie ebenso bereit sind, mit uns zusammenzuarbeiten. Und Informationen zu teilen. Sind Sie in einer Position, mir das zuzusichern?«

Daisy überlegte fieberhaft. Sie wusste, dass sie dies lieber an höhere Stellen weiterleiten sollte, aber sie war sich verdammt sicher, dass niemand die Forderung der Franzosen zurückweisen würde. Nicht, wenn ansonsten die Ermittlung in einer Sackgasse enden würde, bevor sie richtig begonnen hatte. »Der Tote mag französischer Staatsbürger gewesen sein, Monsieur Verancourt, aber er wurde hier in Schottland getötet. Es liegt in unser beider Interesse, zusammenzuarbeiten.«

»Dann werden Sie mir also die Berichte schicken, die Sie bislang haben? Und Sie werden das auch künftig tun?«

Daisy atmete tief ein. Sie war fest entschlossen, sich mit diesem Fall einen Stein im Brett zu verdienen, aber der sollte sich nicht als Stolperstein erweisen. Andererseits musste sie Fortschritte machen. »Ich will ehrlich sein. Wir haben bislang nicht besonders viel, aber wir teilen Ihnen das wenige gern mit. Und Sie lassen uns zukommen, was Sie haben?«

»Ich sende Ihnen eine E-Mail mit dem, was ich entdeckt habe, aber ich denke, es wäre sinnvoll, es zunächst mündlich durchzugehen. Für den Fall, dass irgendetwas unklar ist. Unsere Berichte sind natürlich auf Französisch.«

»Das ist sehr freundlich von Ihnen.« So gewann sie Zeit, ihre Französischkenntnisse erst später zu offenbaren, falls es denn notwendig wäre. »Okay, was haben Sie herausgefunden?«

»Sie wissen ja bereits, dass Paul Allard offiziell erst seit zwei Jahren existiert. Der Grund dafür ist eine Namensänderung.«

»Können Sie mir sagen, wie er vorher hieß?«

»Nun, da wird es kompliziert. Vor ungefähr zehn Jahren trat ein Mann der französischen Fremdenlegion bei, der sich Paul Allard nannte. Das war nicht sein richtiger Name, aber die Legion erlaubt ihren Rekruten, sich beim Eintritt in die Armee ihren Namen selbst auszusuchen. In der Regel sollte der Nachname mit dem gleichen Buchstaben beginnen wie der frühere Nachname, aber das ist die einzige Verbindung zu ihrer Vergangenheit.«

»Sie machen Witze, oder? Das klingt wie aus einem Abenteuer-Comic. Wollen Sie damit sagen, dass Leute tatsächlich der Fremdenlegion beitreten, um alles hinter sich zu lassen?«

Verancourt räusperte sich. »Das ist eine Tradition. Da ist nichts Komisches dran, glauben Sie mir. Paul Allards Militärdienst dürfte in keiner Weise spaßig gewesen sein. Und wie jeder, der eintritt, wird er verpflichtet gewesen sein, seine wahre Identität nachzuweisen, damit wir überprüfen konnten, dass er kein verurteilter Krimineller war oder dass kein Haftbefehl wegen eines schweren Verbrechens gegen ihn vorlag. Wenn die Bewerber sauber sind, können sie den Namen wählen, unter dem sie ihren Dienst ableisten wollen. Unter diesen Voraussetzungen verpflichtete sich der Mann, der Paul Allard genannt werden wollte. Er war ein begabter Musiker, darum wurde er der Regimentskapelle zugeteilt, die zum Ersten Fremdenregiment gehört. Er erreichte einen Rang, der dem eines Corporals in Ihrer Armee entspricht.«

»Das ist alles sehr interessant. Aber ganz offensichtlich war er nicht mehr in der Legion. Er lebte in einer Wohnung in Paris und spielte Jazz.«

»Korrekt. Er hat die Legion nach sieben Jahren verlassen. Wegen seines Militärdienstes war er berechtigt, die französische Staatsbürgerschaft zu beantragen. Dabei gibt es jedoch einen Pferdefuß für jemanden, der eigentlich unsichtbar bleiben möchte: Um den Antrag stellen zu können, muss er seine ursprüngliche Identität wieder annehmen. Darum musste Corporal Paul Allard zu seinem Status als Bürger von Großbritannien und seinem früheren Namen zurückkehren.« Er machte eine Pause und genoss ganz eindeutig diesen dramatischen Moment.

»Und der war?«

»James Auld.« Er buchstabierte den Nachnamen. »Das ist ein schottischer Name, nicht wahr?«

»Ist es«, sagte Daisy und schlug eine neue Seite in ihrem Notizbuch auf. »Ganz sicher sogar. Aber wenn das der Fall ist, wie kommt es dann, dass er einen Pass und einen Führerschein auf seinen Namen bei der Fremdenlegion hatte?«

»Er hat sofort beantragt, den Namen ganz offiziell in Paul Allard zu ändern.«

»Und das hat geklappt? Einfach so?«

Verancourt gluckste. »Nein, Sergeant Mortimer. Nicht ›einfach so‹. Den Namen zu ändern, ist in Frankreich nicht so leicht wie in Großbritannien. Es gibt strenge Bestimmungen. Aber der Mann erfüllte eine davon ohne Probleme. Weil er seinen Lebensunterhalt als Musiker verdiente und sich einen Ruf als Paul Allard erworben hatte, gab er als Argument an, dass auch sein amtlicher Name Paul Allard lauten musste, um Probleme in Finanzfragen und bei Steuerzahlungen zu vermeiden. Und darum wurde aus ihm vor zwei Jahren offiziell der französische Staatsbürger Paul Allard.«

Es ging doch nichts über eine Bürokratie, die auf jedes ü-Tüdelchen achtete. »Aber das Geburtsdatum ist dasselbe? James Auld wurde am selben Tag geboren wie Paul Allard?«

»Ohne jeden Zweifel. Wir gestatten nur die Namensänderung. Wie ich schon sagte, ich schicke Ihnen die Details per

E-Mail, aber ich denke, das ist die einzig wichtige Information für Ihre Zwecke.«

»Es ist noch zu früh, um das zu sagen«, erwiderte Daisy bedächtig. »Der Mann wurde ermordet. Es könnte sein, dass das Motiv in seiner Zeit im Militärdienst liegt.«

Verancourt machte ein unbestimmtes Geräusch. »Es könnte möglicherweise ein Problem werden, allzu viele Informationen darüber zu bekommen. Die Legion ist nicht dafür bekannt, bereitwillig Auskunft über ihre Operationen zu geben.«

»Toll.« Daisy seufzte.

»Und Sie schicken mir Ihre Unterlagen? Den Autopsiebericht und was Sie sonst noch haben?«

»Das werde ich. Vielen Dank für Ihre Hilfe. Unter Umständen melde ich mich noch mal bei Ihnen, ja? Zum Beispiel, wenn wir in sein Apartment wollen?«

»Dafür müssen Sie sich an die Polizei in Paris wenden und an einen *juge d'instruction*. Aber ich sollte Ihnen dabei helfen können. Leben Sie fürs Erste wohl, Sergeant Mortimer.«

In dem Moment, in dem Verancourt auflegte, betrat Charlie Todd das Büro. Daisy stand auf und sah ihn an. »Der tote Mann, Chef? Er ist ausgebüxt, um der französischen Fremdenlegion beizutreten.«

6

Als Karen etwas später an diesem Morgen die Duke Street entlangging, war sie immer noch wütend, eine unversöhnliche Frau auf dem Kriegspfad. Bis zum Betreten des Aleppo, des syrischen Cafés, in dem sie sich mit einer Freundin verabredet hatte, hatte sie sich so in ihre Rage hineingesteigert, dass sie es kaum schaffte, Amena zur Begrüßung zuzunicken; diese hingegen nahm sich die Zeit, Karen mit einem Strahlen willkommen zu heißen.

Karen marschierte direkt auf die Frau zu, die am hintersten Tisch saß, weit weg von der Tür. Sie kannte Giorsal Kennedy seit der Schulzeit, hatte sie aber zwischenzeitlich fünfzehn Jahre lang nicht gesehen, da die Sozialarbeiterin im Süden gearbeitet hatte. Bei einem nicht allzu weit zurückliegenden Fall hatten sie sich wiedergetroffen; inzwischen waren sie enger befreundet als zu ihrer Teenagerzeit. Karen ließ sich auf einen Stuhl fallen und seufzte.

»Ich seh schon, die Dinge laufen nicht so, wie sie sollen«, sagte Giorsal mit einer Freundlichkeit, die sie sich durch die jahrelange Sozialarbeit angeeignet hatte.

»Das kann man wohl sagen.« Karen drehte sich halb herum, um Amenas Aufmerksamkeit zu erregen, aber das war gar nicht mehr nötig. Die Syrerin war schon unterwegs zu ihrem Tisch mit einer kleinen Tasse mit starkem Kardamomkaffee, den Karen so schätzen gelernt hatte.

»Du zählst hier als Mitglied des Königshauses«, sagte Giorsal, als Amena wieder gegangen war.

»Das ist total peinlich. Ich darf immer noch nicht für meinen Kaffee bezahlen.«

»Aber du steckst immer Geld in die Trinkgeldkasse. Ich

hab dich dabei beobachtet. Davon mal abgesehen: Sie schulden dir was. Wenn du nicht gewesen wärst –«

»Dann hätten sie jemand anders gefunden, der ihnen geholfen hätte.« Karen rutschte unbehaglich auf ihrem Stuhl herum; es war ihr unangenehm, daran erinnert zu werden, dass sie den Geflüchteten aus Syrien geholfen hatte, einen Raum für ihr Café zu finden. »Aber das spielt jetzt keine Rolle. Ich bin total wütend, Gus.«

»Was ist passiert? Du hast mir gesagt, du willst Merrick Shand nur im Blick behalten. Ihm nachfahren, damit du weißt, wo er wohnt. Und das wär's dann. Du hast es versprochen, Karen.«

»Und das war auch alles, was ich vorhatte. Bis sich dieser verdammte Hamish eingemischt hat.« Sie nahm einen Schluck Kaffee und spürte, wie sehr sie dessen Intensität gebraucht hatte.

»Hamish? Was hat denn Hamish damit zu tun?«

»Überhaupt nichts, das ist es ja. Ich Dussel – ich weiß, man soll sich Sachen erzählen, wenn man … ich weiß nicht, wenn man eine Beziehung eingeht. Aber ich finde nicht, dass ihm das das Recht gibt, seine Nase in meine Angelegenheiten zu stecken.«

Giorsal runzelte die Stirn. »Du musst mir schon ein bisschen mehr erzählen, damit ich was damit anfangen kann, Karen.«

Karen nahm noch einen Schluck. »Ich hab ihm gestern gesagt, dass ich nicht über Nacht bei ihm bleiben kann, weil Merrick Shand an diesem Morgen aus dem Gefängnis entlassen wird. Ich musste in aller Herrgottsfrühe aufstehen, um sicherzugehen, dass ich ihn abpassen und mich an ihn dranhängen konnte.«

»Er weiß, wer Merrick Shand ist?«

Karen seufzte erschöpft. »Er weiß, dass Shand das Monster ist, das Phil mit seinem Auto absichtlich zermalmt hat. Ja.«

»Und was dann? Wollte Hamish dich aufhalten?«

»Nein, so dumm ist er nicht. Obwohl das noch zu verstehen gewesen wäre. Ich glaube, insgeheim denkt er, ich sollte die Vergangenheit hinter mir lassen und nach vorn sehen. Aber alles, was er gesagt hat, war: ›Hältst du das für eine gute Idee?‹, und ich habe geantwortet, nicht unbedingt, aber dass ich es trotzdem tun muss. Und dabei haben wir es belassen.«

»Ich vermute, das ist noch nicht das Ende der Geschichte.«

»Stimmt. Spulen wir vor bis heute Morgen. Ich sitze im Auto auf dem Parkplatz, die Augen auf die Tür geheftet, und warte darauf, dass Merrick Shand unter seinem Stein hervorkriecht. Ich bin fast aus der Haut gefahren, als Jimmy Hutton die Beifahrertür geöffnet hat und eingestiegen ist.«

»Vermutlich, um dich von etwas abzuhalten, das du hinterher bedauern würdest?«

»Ganz genau.« Sie verdrehte die Augen. »Gus, du kennst mich schon lange. Hältst du mich für jemanden, die bei der leisesten Provokation die Fassung verliert und Amok läuft?«

Giorsal konnte sich angesichts von Karens Empörung kaum das Lachen verkneifen. »Nein«, brachte sie heraus. »Nein, du bist mehr der Typ, der sich von hinten anschleicht, wenn man es am wenigsten erwartet.«

»Warum kommen dann diese beiden Männer, die es besser wissen sollten, auf die Idee, dass ich einen Aufpasser brauche?«

»Ich vermute, Jimmy war um seiner selbst willen da, Karen. Er hat Phil geliebt wie einen Sohn. Und es war seine Operation, die schiefging und Phil das Leben kostete. Er trägt diese Schuld mit sich.«

Karen dachte darüber nach. »Okay, du hast recht. Ich war

nicht fair Jimmy gegenüber. Aber Hamish? Das ist was anderes. Also, wie ich schon sagte, Jimmy steigt in mein Auto ein und erwähnt beiläufig, dass er Hamish gesehen hat und dass der in der Reihe hinter mir parkt. Er vermutete, ich hätte ihn gebeten, mir zu helfen, Shand zu verfolgen, wenn der losfährt. Ich mein, ernsthaft? Ich? Warum sollte irgendjemand, der mich kennt, denken, ich bräuchte Hilfe bei was derart Kinderleichtem? Und selbst wenn, dann hätte ich keinen Zivilisten darum gebeten, dessen einzige Erfahrung mit Verfolgungsjagden darin besteht, dass er *L. A. Noire* spielt!« Sie unterbrach sich, um Luft zu holen und einen Schluck Kaffee zu trinken.

»Was hat er getan?«

»Er hat nichts getan. Als er mich kommen sah, war er so klug, aus seinem Auto auszusteigen, bevor ich ihn herauszerren konnte. Ich habe ihn so zusammengestaucht, dass ihm Hören und Sehen vergangen sein muss, und dann hab ich gewartet, bis er in sein Auto gestiegen und weggefahren ist.« Karens Seufzer kam von sehr tief unten. »Und währenddessen ist Merrick Shand aus dem Gefängnis spaziert und wurde abgeholt.«

»Oh nein! Sag mir, dass Jimmy ihm gefolgt ist.«

Karen schüttelte den Kopf. »Darum war er nicht da. Aber er hat zumindest das Kennzeichen aufgeschrieben, sodass ich dem nachgehen kann. Aber Hamish? Wie kann ich ihm jetzt noch trauen?« Unnachgiebig zog sie die Augenbrauen zusammen.

»Bist du nicht ein bisschen zu streng? Für mich klingt das so, als hätte Hamish gedacht, er täte das Richtige, indem er dir Rückendeckung gibt, weil du ihm wichtig bist.« Giorsal zuckte mit den Schultern. »Darauf steht nicht gerade die Todesstrafe.«

Karen hantierte mit ihrer Kaffeetasse herum, um ihre

Freundin nicht ansehen zu müssen. »Es ist aber ein weiterer Punkt, der mich dazu bringt, mich zu fragen …«

»Dich was zu fragen? Karen, Phil hätte vielleicht genau das Gleiche gemacht.«

»Vergleich ihn nicht mit Phil. Er ist überhaupt nicht wie Phil. Phil und ich, wir waren wie zwei Seiten einer Münze. Mit Hamish ist es nicht dasselbe.«

»Vielleicht nicht, aber Hamish ist einer von den Guten. Er hat Geld, er ist Single, er ist sexy, und soweit ich das beurteilen kann, ist er ziemlich verschossen in dich. Was willst du denn mehr?«

Karen seufzte. »Er ist nicht … aufrichtig. Erinnerst du dich, wie ich ihn das erste Mal gesehen hab? Auf seinem Hof, bei dem Fall oben in Wester Ross? Er hat auf niedlicher Highland-Bauer gemacht, und zwar perfekt. Kilt und große Stiefel und Schafe auf dem Hügel und das alles. Und erst Tage später ist er damit herausgerückt, dass er eigentlich von den Coffee Shops hier in Edinburgh lebt.«

»Ich fand das lustig, Karen.«

»Ich anfangs auch. Aber jetzt bin ich mir nicht mehr so sicher. Ich glaube, Hamish hat immer auch im Blick, wie er auf andere wirkt. Wie bei meinem Geburtstag.«

Giorsal lachte. »Du beschwerst dich wegen deines Geburtstags? Er hat dich als Überraschung für ein langes Wochenende nach Venedig entführt, Karen. In ein Hotel, von dem sogar ich schon mal gehört hab.«

»Er hatte mich gefragt, was ich mir so vorstelle für meinen Geburtstag, und ich sagte, ich würde gern das Wochenende auf seinem Hof verbringen.« Karens Kinn hatte sich eigensinnig verkantet. »Es war nicht das, was ich wollte, es war das, von dem er dachte, dass ich es wollen sollte. Nichts ist ganz schlicht und einfach mit Hamish, immer muss es Tamtam sein. Sogar sein verdammtes Porridge.«

»Sein Porridge?«, fragte Giorsal belustigt.

»Wie machst du Porridge?«, wollte Karen wissen.

»Haferflocken, Magermilch, einen Löffel Honig. Warum?«

»Hamish macht Haferflocken rein, außerdem Buchweizenflocken, eine Mischung aus geschroteten Leinsamen, Paranüsse und CoQ10, dann eine Prise Chai-Gewürze, einen Löffel Mandelbutter, eine Handvoll Blaubeeren und eine Mischung aus laktosefreier Weizenmilch und Kokoswasser. Wie in Gottes Namen kann man so etwas Porridge nennen, wenn fast keine Haferflocken drin sind?«

Giorsal kicherte wie ein Teenager. »Ich kann nicht glauben, dass du ihn wegen seines Porridges verurteilst.«

»Das ist symptomatisch, Gus. Das ist so ein Klassending. Wir kommen aus ganz unterschiedlichen Welten. Seine Eltern sind Akademiker, er ist in Kalifornien aufgewachsen, wo Geld nie eine Rolle spielte, er hat einen Uniabschluss und ist ein erfolgreicher Unternehmer. Und ich? Ich bin in einer Sozialwohnung in Methil geboren und hab die Schule mit sechzehn verlassen, um Polizistin zu werden. Ich glaube, wir sind einfach zu verschieden.«

Beide schwiegen einen langen Moment. Dann legte Giorsal ihre Hand auf Karens. »Ich versteh dich«, sagte sie. »Aber erzähl mal, wie schmeckt das Porridge?«

7

Die geplante, aber noch nicht realisierte Verlängerung der Straßenbahnlinie ins Zentrum von Leith sorgte jeden Tag dafür, dass im Norden der Stadt der Verkehr stillstand. Nicht mal die Busse fuhren mehr pünktlich. Karen hatte es aufgegeben, als Transportmittel etwas Ausgefalleneres als ihre Füße zu wählen, wenn sie zur Arbeit wollte. Als sie den Leith Walk vom Aleppo zum Polizeirevier hochging, musste sie an die zweihundert Skelette aus dem Mittelalter denken, die exhumiert und umgelagert worden waren, um mehr Raum für Edinburghs Einwohner zu schaffen. Sie fragte sich, wie lange es wohl dauern würde, bis irgendein Idiot versuchte, eine frischere Leiche zwischen den alten Überresten zu verstecken. Wenn die Jahre bei der Polizei sie etwas mit Sicherheit gelehrt hatten, dann, dass die Dreistigkeit von Kriminellen grenzenlos war.

Sie war immer noch aufgebracht wegen dem, was vor dem Gefängnis passiert war. Sie hoffte, dass Hamish so klug war und sie beim Wort nahm, als sie ihm gesagt hatte, dass sie nichts von ihm hören wollte, bis sie sich beruhigt hatte und bereit war zu reden. Er hatte verletzt und verwirrt ausgesehen. Es wurmte Karen, dass er offenbar nicht verstand, dass sie um Hilfe bat, wenn sie welche brauchte. Dass sie es nicht mochte, dass jemand es anzweifelte, wenn sie nicht darum bat. Hatte er wirklich so wenig von ihr begriffen?

Während des letzten Falles, an dem sie miteinander gearbeitet hatten, hatte sie sich ihrer wichtigsten Freundin und Verbündeten anvertraut, der forensischen Anthropologin River Wilde. River hatte ihr fest in die Augen gesehen und gesagt: »Phil war die Liebe deines Lebens. Du wirst nie wieder dasselbe fühlen. Aber das heißt nicht, dass du nie wieder lieben kannst. Das ist dann keine zweite Wahl. Es ist nur anders.«

Karen wollte das glauben. Aber bislang gelang es ihr noch nicht. Und die Auseinandersetzung an diesem Morgen hatte alles aus dem Lot gebracht. Dennoch wollte sie ihn nicht verlassen. Sie erreichte den Gayfield Square und nahm die Abkürzung durch den Park zum Polizeirevier. Es war Zeit, Hamish beiseitezuschieben und sich auf die Arbeit zu konzentrieren.

Das Büro war noch leer, aber noch bevor Karen sich in ihren E-Mail-Account eingeloggt hatte, traf schon Jason ein – außer Atem und zwei Becher Kaffee balancierend. Karen hatte ihn gut ausgebildet. Immer, wenn er das Büro verließ, packte er ihre Thermobecher ein, damit er sie am nächsten Morgen auf dem Weg zur Arbeit auffüllen lassen konnte. Sie nutzte ihn damit nicht aus, dessen war sich Karen sicher. Sie war nur einfach umgänglicher, wenn sie ausreichend Kaffee getrunken hatte.

»Danke, Jason.« Karen nahm den angebotenen Becher und reichte ihm ein Post-it. »Können Sie dieses Kennzeichen für mich überprüfen?«

Jason warf ihr einen Seitenblick zu. »Unter welchem Fall soll das verbucht werden?«

Es war mehrfach vorgekommen, dass Cops Freunden einen Gefallen getan hatten, indem sie die Datenbanken nach Autokennzeichen durchsucht hatten; das hatte die Assistant Chief Constable (Crime) dazu veranlasst, ein Memo herumzuschicken, um sie daran zu erinnern, dass alle Suchläufe in der Datenbank eindeutig einem Fall zugeordnet sein mussten. Darum hatte Karen die Aufgabe an Jason weitergereicht. »Ich will nur ein paar lose Enden festzurren im Joe-Sutherland-Fall«, sagte sie mit Entschiedenheit.

Er runzelte die Stirn, erwiderte aber nichts. Sogar Jason wusste, dass es sinnlos war, gegen eine Mauer anzurennen. »Okay, Boss.« Er setzte sich an seinen Computer.

»Später«, sagte sie hastig. »Erst mal müssen wir jemanden aufsuchen.«

* * *

Stella Leitchs Haus hatte wenig mit dem Bungalow ihrer Schwester gemeinsam. Es lag hügelan in glücklicher Einsamkeit am Ende eines steilen einspurigen Wegs, der von der Schnellstraße zwischen Perth und Dundee abging. Es musste ursprünglich mal ein eingeschossiges Cottage für einen Wildhüter oder einen Hirten gewesen sein, überlegte Karen. Aber es waren nur noch die Grundmauern übrig, in den Schatten gestellt von einem zweigeschossigen Glasüberbau in Form eines Schiffsbugs, der einen atemberaubenden Blick über die Mündung des Tay nach Fife bot. Von außen konnten sie sehen, dass das untere Stockwerk als Wohnraum eingerichtet war mit Sofas und einem Essbereich auf einer Seite. Das obere Stockwerk schien das Atelier eines Künstlers zu beherbergen, drei Staffeleien standen dort, ausgerichtet in unterschiedliche Richtungen. »Ich frage mich, wie sie dafür eine Baugenehmigung erhalten hat«, murmelte Jason, während er das Haus betrachtete. »Mein Dad war am Rande eines Nervenzusammenbruchs, als er versucht hat, einen Wintergarten bei den Bauinspektoren durchzukriegen.«

»Es wird in architektonischer Hinsicht bedeutsam sein, Jason. Wenn man schon träumt, dann im großen Maßstab.« Karen ging zur Haustür, vorbei an einem hellroten Mini Cooper S Cabriolet, das aussah, als wäre es dort eher ausgesetzt als geparkt worden. Bevor sie klingeln konnte, wurde die Tür geöffnet. »Ich bin Stella«, sagte die Frau auf der Schwelle. »Sie sind vermutlich von der Polizei, oder?«

Karen stellte sich und Jason vor. »Können wir reinkommen?«

»Natürlich, ich hab Sie erwartet. Kommen Sie durch.« Sie führte sie in den lichten Wohnraum. Nur von innen war zu erkennen, dass die Decke – und damit auch der Fußboden des oberen Stockwerks – ebenfalls aus Glas war.

Jason starrte mit offenem Mund nach oben. »Das ist die einzige Glasdecke, die man nicht durchbrechen sollte«, hauchte er.

Stella lächelte matt. »Es wäre ein anstrengendes Unterfangen. Das ist metallisches Glas. Nahezu unzerbrechlich.« Sie wies auf die weichen blauen Samtsofas. »Nehmen Sie Platz.« Sie schien Mitte dreißig zu sein, aber das war schwer zu beurteilen bei Frauen, die es sich leisten konnten, auf ihr Aussehen zu achten. Das hellbraune Haar mit den geschickt gesetzten Highlights war zu einem lockeren Pferdeschwanz zusammengefasst. Dunkelblaue, weit auseinanderstehende Augen und ein großer Mund verliehen ihr eine Ausstrahlung von Offenheit. Sie trug ein T-Shirt mit einem ausgewaschenen Logo, das Karen vage an einen Ego-Shooter erinnerte, den Phil auf der Xbox gespielt hatte. Die weite Yogahose von einer Marke, die Karen mal in einem Designershop in der George Street gesehen hatte, in den sie sich verirrt hatte. Was Stella Leitch jedoch nicht zu sein schien, war verzweifelt.

»Mein Beileid wegen Ihrer Schwester«, sagte Karen. »Die Leute verhalten sich Fahrradfahrern gegenüber oft so rücksichtslos.«

Stella blinzelte mehrfach. »Ich bin am Boden zerstört«, sagte sie und klang, als meinte sie es auch. »Susan und ich, wir waren nicht das, was man eng nennen würde. Unterschiedliche Wege, unterschiedliche Lebensentscheidungen.

Aber wir haben uns alle paar Wochen zum Dinner getroffen und viel miteinander gelacht. Unsere Eltern starben Weihnachten 2004 bei dem Tsunami, damals waren wir noch Teenager. Ich weiß also, wie man mit einem Verlust umgeht. Ich vermisse sie jeden einzelnen Tag wie verrückt, aber sie würde wütend werden, wenn sie vermuten müsste, dass ich daran zerbreche.« Sie seufzte. »Das hebe ich mir für die Momente auf, in denen ich allein bin.«

»Ich verstehe. Sind Sie Susans Nachlassverwalterin?«

»Darum war ich gestern in ihrem Haus. Ich habe mich dazu durchgerungen. Vor dem Begräbnis konnte ich das noch nicht. Ich hatte ihre Assistentin hingeschickt, um Kleidung für die Beerdigung zusammenzusuchen. Aber ich wusste, dass ich eines Tages das Haus ausräumen musste. Besser früher als später. Wenn man so etwas nicht angeht, zieht es sich ewig. Einer aus meinem Team brauchte drei Jahre, um das Haus seiner Mutter auszuräumen und es zum Verkauf anzubieten. Ich versteh das, wirklich. Aber etwas in mir sagt, dass es unmoralisch ist, ein Haus so lange leer stehen zu lassen. Schließlich haben wir eine Wohnungskrise, nicht wahr?«

Karen konnte sich eigentlich nicht vorstellen, dass Susan Leitchs Haus eine bedeutende Rolle bei der Bekämpfung der Obdachlosigkeit spielen würde. Aber sie nahm an, es konnte schlussendlich, über mehrere Stationen, für jemanden eine Veränderung bedeuten. Zumindest hatte die Trauer Stella nicht einsilbig gemacht. Zeit, sich das zunutze zu machen, solange er anhielt. »Das muss schwierig gewesen sein. Können Sie mir sagen, warum Sie zuerst in die Garage gegangen sind?«

»Ich wollte einen Rundgang machen, damit ich einen Plan erstellen konnte. So etwas in der Art mache ich beruflich. Transfer von Fähigkeiten, Sie wissen schon.«

»Was arbeiten Sie?«

Das Aufblitzen gebleichter Zähne. »Ich bin Creative Director bei einer Gaming-Firma. Wir haben Standorte in Dundee und New York.«

Im Augenwinkel sah sie, wie Jason sich aufrichtete. Bloß nicht zu lässig wirken auf diesem Sofa. »Was für Spiele haben Sie gemacht?«, fragte er.

»Wir sind vermutlich vor allem für die Core-Survival-Serie bekannt«, sagte Stella mit einem weiteren kleinen Lächeln. »Aber ich persönlich liebe die WilderNess-Open-World-Spiele. Spielen Sie?«

Jason nickte. »Ich mag die FIFA-Spiele am liebsten.«

Karen unterbrach Jasons Fanboy-Schwärmerei. »Als Sie in die Garage gingen, was fiel Ihnen da auf?«

Stella verzog die Augenbrauen zu einem zarten Stirnrunzeln. »Nun, vor allem das große Etwas unter der Abdeckplane. Wissen Sie, Susan hatte nicht mal ein normales *Auto*. Sie war Mitglied eines Automobilclubs für Elektrofahrzeuge. Wenn sie irgendwohin mit dem Fahrrad fahren konnte, dann hat sie das getan. Darum hatte sie zwei Räder – eines für die Straße, dasjenige, das sie auch fuhr, als sie –« Stella unterbrach sich und schaute erschrocken drein. Dann räusperte sie sich. »Und das Spitzenklassen-Mountainbike.«

»Bitte entschuldigen Sie, ich habe den Fall gerade erst übernommen. Was machte Susan beruflich?«

»Sie war Steuerberaterin. Sie hatte eine Kanzlei in Perth. Von all diesen feinen Pinkeln mit ihren Landhäusern und Anwesen erhielt sie ein kleines Eckchen Geld, damit sie verhinderte, dass das Finanzamt ein großes Stück bekam.«

»Hat sie allein gelebt?«

Stella nickte, ihre Stimmung veränderte sich. »Während der letzten drei Jahre. Sie hatte eine Partnerin, aber sie haben sich getrennt. Amanda ist ausgezogen, weil sie als Freigeist leben wollte. Sie dachte, sie wäre eine Künstlerin.« Stella schnaubte spöttisch. »Lassen Sie mich Ihnen was sagen, DCI Pirie. Ich arbeite rund um die Uhr mit Künstlern zusammen.« Sie wies auf das obere Stockwerk. »Das meiste da oben ist von Duncan. Duncan ist mein Partner. Er lebt davon, Gaming-Welten zu erschaffen. Ich hingegen male einfach nur gern. Das ist meine Art der Entspannung. Aber ich weiß, dass ich keine Künstlerin bin. Genauso wenig, wie Amanda eine war. Aber wie so viele Möchtegernkünstler konnte sie natürlich nicht hinnehmen, dass der Erfolg ausblieb, weil ihr das Talent fehlte. Darum beschloss sie, dass es das Leben mit Susan sein musste, das ihre Kreativität ausbremste.« Sie schüttelte müde den Kopf. »Sie wollte, dass Susan ihre Kanzlei aufgibt, damit die zwei in die Highlands ziehen können, wo Amanda sie beide ernähren wollte mit ihrer ›Kunst‹.« Sie hob das Wort hervor, indem sie Anführungszeichen in die Luft malte.

»Und Susan hat sie lieber ziehen lassen?«

Stella öffnete die Spange und schüttelte ihr Haar aus. »Es war eine schlechte Entscheidung von Amanda. Susan ist gut – *war* gut in dem, was sie tat. Sie liebte ihren Job, so seltsam mir der auch vorkam. Sie wäre verrückt geworden in einem kleinen Kunsthandwerkladen an einem pittoresken Highland-Sträßchen. Sie hat alles Erdenkliche versucht, um Amanda umzustimmen, aber die war ganz darauf fixiert, ihrem Stern zu folgen.«

»War es ein bitterer Abschied?«

Stella dachte darüber nach. »Ich würd sagen, die Trennung war eher von Traurigkeit als von Bitterkeit geprägt. Sie waren fast zehn Jahre zusammen, Susan dachte, Amanda sei die Liebe ihres Lebens, und zumindest von außen sah es so aus, als würde Amanda dasselbe fühlen. Aber Sie kennen das ja, Gewohnheit schleicht sich in Beziehungen ein, und

Amanda begann, mit mehreren ehrgeizigen Künstlern abzuhängen, die Kurse am Duncan Jordanstone College in Dundee besucht hatten und die alle davon ausgingen, dass sie von ihrer Malerei würden leben können. Sie war fest davon überzeugt, dass das auch ihr Weg war, Chief Inspector. Sie sagte, es bräche ihr zwar das Herz, Susan zu verlassen, aber das würde sie nicht aufhalten.«

»Wo ist Amanda hingegangen?«

»Irgend so eine Frau hatte ein heruntergekommenes altes Haus irgendwo in Angus geerbt. So wie Amanda davon erzählt hat, klang es nach einem weitläufigen Gebäude mit viel Platz für eine Menge Leute. Sie hat Susan gefragt, ob sie sie besuchen kommt, doch meine Schwester hat sich dagegen entschieden. Ganz gleich, wie traurig sie war, sie wollte einen klaren Schlussstrich ziehen. Sie hatte nicht vor, sich die nächsten fünf Jahre die Wunden zu lecken.«

»Das ist ein mutiger Schritt.«

»Susan und ich, wir sind beide gut, was mutige Schritte angeht. Als unsere Eltern starben, hätten wir verzweifeln können. Wir haben einander versprochen, dass wir unser Bestes geben, um die Art Frauen zu werden, auf die unsere Eltern stolz gewesen wären.«

»Das ist ein gutes Ziel.«

»Ich glaube, wir haben das ganz gut hinbekommen. Bis irgend so ein Idiot mit Restalkohol im Blut meine große Schwester auf der A9 über den Haufen gefahren hat.« Stellas Stimme bebte vor Wut. »Und jetzt das. Was zur Hölle macht ein Skelett in Susans Garage?«

Karen ließ diese Worte eine Weile im Raum stehen, um ihnen die unmittelbare Schärfe zu nehmen. Dann sagte sie: »Das ist genau das, was ich herausfinden will. Haben Sie irgendeine Idee, wem der VW Camper gehören könnte?«

»Wenn ich raten müsste, würde ich sagen: Amanda.

Amanda McAndrew. Ich mein, die meisten von Susans Freunden waren völlig konventionell. Die wären eher in den Urlaub nach Dubai geflogen, als mit einem altmodischen Wohnmobil durch die Highlands zu tuckern. Ich kann mir nicht mal vorstellen, dass einer von denen so einen Camper *besessen* hätte, geschweige denn, dass er ihn in Susans Garage abgestellt hätte. Es sei denn, jemand hätte in der Zeitung von Susans Tod gelesen und gedacht, es wäre eine gute Gelegenheit, das Ding loszuwerden.« Sie seufzte. »Ich klammere mich an einen Strohhalm, oder?«

»Die Reifen sind platt«, sagte Jason. »Das steht da schon eine ganze Weile. Tut mir leid, so kann es nicht gewesen sein.«

Stella biss sich auf die Lippe. »Ich hab's geahnt.«

»Haben Sie Fotos von Amanda?«, fragte Karen sanft.

»Sie brauchen welche für so eine Gesichtsrekonstruktion, nicht wahr? Wie in diesen forensischen Dokumentarfilmen? Um herauszufinden, wer das … wer das war? Im Camper?« Stella war schon auf den Beinen. »Warten Sie einen Moment, ich hole mein iPad.«

»Was denken Sie, Boss?«, fragte Jason leise, als sich die Tür hinter ihr schloss. »Meinen Sie, das ist Amanda? Denken Sie, sie kam zurück, und sie haben sich gestritten?«

»Was habe ich Ihnen über voreilige Schlüsse gesagt, Jason?«

Er wirkte geknickt und wurde rot. »›Wer voreilige Schlüsse zieht, gerät ins Hintertreffen‹, Boss.«

Stella kam zurück, den Blick aufs Tablet gesenkt. »Die hier sind von vor ein paar Jahren … Aber Menschen verändern sich nicht so sehr, zumindest nicht in den Grundzügen.« Sie verstummte, während ihre Finger über den Bildschirm fuhren. »Die wurden hier gemacht. Wir hatten eine kleine Familienfeier zu Duncans Vierzigstem, das ist vier Jahre her.«

Sie reichte Karen das Tablet. »Das sind Amanda und Susan. Amanda ist die links.« Den Hinweis hätte es nicht gebraucht. Susan Leitch war das Spiegelbild von Stella, nur mit einem langweiligen Bob und einem viereckigeren Kinn. Amanda hatte eine gegelte Haartolle, deren Farbe mit jener der Haare auf dem Boden des Campers übereinzustimmen schien, überlegte Karen. Aber das traf auf Millionen Menschen zu.

Es war ein Anfang. Etwas, womit River arbeiten konnte, um die biologische Identität festzustellen. »Könnten Sie mir die schicken?« Karen holte eine Visitenkarte aus ihrer Brieftasche und reichte sie Stella. »Wissen Sie vielleicht, ob Amanda Familie hatte? Eltern, Geschwister?«

»Sie war ein Einzelkind. Sie ist in Selkirk aufgewachsen und dann nach Glasgow gegangen, um dort am College of Art zu studieren. Sie hat immer behauptet, ihre Eltern wären im Recycling-Business gewesen, aber in Wahrheit war ihr Vater Schrotthändler in der dritten Generation.«

»Wissen Sie, ob sie noch in Selkirk wohnen?«

Sie schüttelte den Kopf. »Sie haben ihr Unternehmen vor dem Referendum von 2016 verkauft. Sie wollten einen Olivenhain und eine Villa in Griechenland kaufen, um dort eine Aufenthaltserlaubnis zu erhalten. Ich hab keine Ahnung, ob sie das auch wirklich gemacht haben.«

»Erinnern Sie sich an ihre Vornamen?«

Stella blickte aus dem Fenster und dachte mit gerunzelter Stirn nach. »Ich habe sie nur einmal getroffen. Sein Name war Barry, da bin ich mir ziemlich sicher. Ich bin versucht zu sagen, dass sie Freda hieß, aber vielleicht verwechsle ich das auch mit diesem Song von Victoria Wood. Wissen Sie, welchen ich meine?« Sie sang ein paar Zeilen. »*I can't do it tonight*. Warten Sie, ich glaub, ich hab's – Nita«, verkündete sie triumphierend.

Die Eltern von Amanda McAndrew sollten sich aufspüren

lassen, aber es würde Zeit in Anspruch nehmen. Obwohl es sich eindeutig um einen Cold Case handelte, wollte Karen ihn dennoch nicht unnötig in die Länge ziehen. »Wissen Sie, ob noch irgendwas in Susans Haus ist, das uns die DNA von Amanda liefern könnte?«

Stella nahm ihr Haar wieder aus dem Gesicht und fasste es zu einem Zopf zusammen, während sie überlegte. »Im Van ist doch sicherlich überall ihre DNA.«

»Es könnte sein, dass es nicht Amandas DNA ist. Wir können uns nicht sicher sein, dass es ihr Camper ist.«

»Amanda hat ihre Sachen alle mitgenommen, als sie ausgezogen ist.« Stella sah aus dem Fenster und zog konzentriert die Augenbrauen zusammen. »Das Einzige, was mir einfällt – und ich weiß nicht, ob Sie davon überhaupt DNA nehmen können … Im Flur hängen drei Aquarelle. Glencoe in unterschiedlichen Lichtverhältnissen. Amanda hat sie gemalt und selbst gerahmt für Susans dreißigsten Geburtstag. Hilft Ihnen das?«

»Um ehrlich zu sein: Ich weiß es nicht. Aber ich geb das an die Forensik weiter. Hat Susan je erwähnt, ob Amanda noch mal da gewesen ist? Zu Besuch? Oder um zu ihr zurückzukehren?«

»Nein, nichts in der Art. Susan beharrte darauf, dass die Sache mit Amanda abgeschlossen sei.« Sie schwieg gedankenverloren. Karen wartete. Dann sprach Stella weiter: »Aber ich hatte immer den Verdacht, dass, wenn Amanda mit eingekniffenem Schwanz wieder vor ihrer Tür gestanden hätte, meine Schwester sie mit offenen Armen aufgenommen hätte.«

»Wäre sie so weit gegangen, dass sie Amanda den Camper mit einer Leiche in ihrer Garage hätte unterstellen lassen?«

Stella zuckte mit den Schultern. »Ich würde am liebsten sagen, nein. Aber wenn es um Liebe geht, machen selbst die vernünftigsten Menschen Sachen, die sie im Rückblick fassungslos zurücklassen.«

Karen ließ das so stehen, dann fragte sie in dem Bewusstsein, dass sie damit eine kleine Bombe platzierte: »Könnte es sein, dass Susan und Amanda sich so sehr stritten, dass es böse endete?«

Stella schaute sie erstaunt an. Sie schüttelte amüsiert den Kopf. »Sie haben Susan nicht gekannt.« Spöttisch fügte sie hinzu: »Ganz offensichtlich nicht. Sie war … Nein, ich kann sie mir nicht mal bei einer körperlichen Auseinandersetzung vorstellen. Sogar als wir noch Kinder waren, hat sie so was vermieden. Sie ist dann einfach weggegangen. Als hätte sie nur die eine Hälfte der Kampf-oder-Flucht-Reaktion in sich.«

Es war schwierig, einer solchen Vehemenz etwas entgegenzusetzen. Sie würden das im Gespräch mit jemand anderem, der Susan kannte, nachprüfen müssen. »Und seit Amanda? Hat es da jemand Neuen gegeben in Susans Leben?«

»Nicht, dass ich wüsste. Und glauben Sie mir, Chief Inspector, ich hätte es gewusst. Wir hatten keine Geheimnisse voreinander.«

Als sie wieder im Auto saßen und den Hügel hinunterfuhren, starrte Karen missmutig auf den silberfarbenen Tay. »›Wir hatten keine Geheimnisse voreinander.‹ Abgesehen von einem Wohnmobil mit einer Leiche darin. Meiner Meinung nach ist das ein ziemlich großes Geheimnis.«

8

Die Unterlagen des französischen Innenministeriums waren für Daisy nicht besonders ergiebig, um sich einen Weg in James Aulds Vergangenheit zu bahnen. Ihre Online-Recherchen über die Fremdenlegion hatten allerdings ergeben, dass die Bewerber dort nur auf Schwerverbrechen überprüft wurden. Mord, Vergewaltigung oder bewaffneter Raubüberfall waren Ausschlusskriterien für die Rekruten. Nicht jedoch kleinere Vergehen. Darum überprüfte sie die Verbrechensdatenbanken von Großbritannien, um zu sehen, ob sich dort etwas fände.

Aber sie hatte kein Glück.

Ihre nächste Anlaufstelle war die Fahrzeugzulassungsstelle. Hatte er nur einen gültigen Führerschein, oder war auch ein Fahrzeug auf ihn zugelassen?

Wieder nichts.

Twitter kannte ein paar James, Jim oder Jimmy Aulds. Facebook war schlimmer, da gab es Dutzende. Aber Daisy hatte ja ein Passfoto und ein Geburtsdatum. Geduldig arbeitete sie sich durch die Social-Media-Profile; die meisten konnte sie innerhalb von Sekunden ausschließen. Bei ein paar anderen dauerte es länger. Aber letztlich fanden sich auch da Profilfotos, die eindeutig nicht den toten Mann zeigten, oder es gab ausreichend Bilder, die die Geschehnisse der letzten fünf Jahre dokumentierten. Man kann mit Photoshop eine Menge erreichen. Aber wer machte sich schon die Mühe, so viele fürchterliche Fotos aus Bars, Restaurants, Clubs oder von Partys zu manipulieren? Nicht einmal der MI5 trieb es so weit.

Sie wühlte sich durch die letzten Profile, die Instagram

ausgespuckt hatte – und ausgespuckt fühlte auch sie sich angesichts des fast endlosen Reigens schlechter Fotos von unappetitlichem Essen –, als Charlie Todd hinter ihrem Stuhl stehen blieb. »Sehr gründlich«, sagte er. »Ich vermute, bei den vermissten Personen hatten Sie kein Glück?«

Daisy fühlte, wie sich ihr Magen zusammenzog. Das war so naheliegend. Wie hatte sie nur so dumm sein können? Wenn ein Mann vor zehn Jahren sein bisheriges Leben hinter sich gelassen hatte, standen die Chancen gut, dass ihn jemand als vermisst gemeldet hatte. Eine Mutter, eine Freundin, Geschwister. »Das wollte ich als Nächstes angehen, Chef«, sagte sie und hoffte inständig, dass ihre verräterischen Ohren nicht knallrot wurden.

Zwei Schreibtische weiter räusperte sich DC Pete Gordon mit dem Rasseln eines starken Rauchers. Gordon trennten nach soliden dreißig Jahren verlässlicher, jedoch uninspirierter Polizeiarbeit nur noch wenige Wochen vom Ruhestand. Als Daisy neu ins Team gekommen war, hatte sie gehofft, dank seiner Erfahrung etwas lernen zu können. Doch das hatte sich als Fehlschluss erwiesen, es sei denn, sie hätte all die Orte entdecken wollen, an denen man in der Nähe des Büros heimlich eine Zigarette rauchen konnte. »Habt ihr James Auld gesagt?«, wollte er wissen. »Sicher, dass ihr nicht Iain Auld meint?«

Daisy versuchte, ihre Irritation zu verbergen, dass Gordon ihr so eine Dummheit unterstellte. »Sein Name war James Auld. Kein zweiter Vorname.«

Unbeeindruckt hievte sich Gordon auf die Füße und trottete heran, um ihr über die Schulter zu schauen. Auch wenn er auf diese Weise nicht zu sehen war, war seine Präsenz deutlich wahrnehmbar. Der bittere Geruch von kaltem Rauch und beißendem Rasierwasser umgab ihn wie ein ständiger Pesthauch. »Erinnern Sie sich an Iain Auld, Boss?«

Charlie schüttelte nachdenklich den Kopf. »Da klingelt nichts, Pete. Wann war das?«

»Vor rund zehn Jahren. Sie müssen sich dran erinnern. Das war damals ’ne große Sache.«

»Das muss an mir vorbeigegangen sein. Vor zehn Jahren war ich in Sri Lanka, um dort Detectives in Mordermittlungen zu schulen«, sagte Charlie. »Ich war von Mai bis September nicht im Land. Wer war Iain Auld?«

Gordon zog sich einen Stuhl heran, ließ sich nieder und faltete die Hände vor seinem Wanst. »Iain Auld war ein hoher Verwaltungsbeamter der schottischen Regierung. Er hat lange Zeit in Edinburgh gearbeitet, aber gegen Ende war er überwiegend im Schottland-Amt in London tätig. Eines Morgens ist er nicht mehr zur Arbeit erschienen. Hat sich einfach in Luft aufgelöst.« Gordon runzelte die Stirn und kratzte sich am Kinn. »Warten Sie mal. Da war noch was. Ich erinnere mich nicht mehr an die Einzelheiten, aber irgendwas Verdächtiges war da. Er hatte Streit mit jemandem …« Er starrte an die Decke und verstummte. Dann ließ er den Kopf sinken. »Nein, es ist weg. Googeln Sie ihn, vielleicht gibt es da ja eine Verbindung.« Mit der Aura zufriedener Endgültigkeit stand er auf und ging zur Tür. Nach einer Zigarette lechzend nach dieser Meisterleistung, vermutete Daisy.

»Vor zehn Jahren«, grübelte Charlie. »Ungefähr zu dieser Zeit trat Ihr James Auld der Fremdenlegion bei. Ziemlicher Zufall. Könnte sein, dass Pete da was entdeckt hat. Vielleicht sind James und Iain Auld ein und dieselbe Person.«

»Ich überprüf das«, sagte Daisy, insgeheim mürrisch und unzufrieden mit sich selbst. Charlie ging weiter, um unwirsch einen DC herbeizuzitieren, damit der ihm Rede und Antwort in einem anderen Fall stand. *Der verdammte Pete Gordon. »Vielleicht gibt es da ja eine Verbindung.« Meine*

Fresse. Sie tippte »Iain Auld Schottland-Amt« in ihre Suchmaschine ein. *Sitzt sich den ganzen Morgen den breiten Hintern platt, während er mir dabei zusieht, wie ich mich vergeblich abmühe, und kaum ist der Boss da, zieht er ein totes Kaninchen aus dem Hut.* Sie drückte auf Enter.

Ihr Bildschirm füllte sich mit Suchergebnissen. Die jüngste Meldung war ein Bericht von vor zwei Jahren über einen Beschluss des Zivilgerichtshofs, Iain Auld für tot zu erklären. Beantragt worden war das von seiner Frau Mary. Sie hat keine Zeit vergeudet, dachte Daisy. Aber sie konnte die Frau dafür andererseits auch nicht verurteilen. Es musste ein Albtraum gewesen sein, mehr als sieben Jahre lang tagtäglich mit einem abwesenden, aber nicht offiziell toten Ehepartner und den praktischen Konsequenzen daraus konfrontiert zu sein, ganz zu schweigen von dem emotionalen Trauma.

Der Gerichtsbeschluss war ein Aufhänger für Journalisten gewesen, die Geschichte von Iain Aulds Verschwinden wieder aufzuwärmen. Laut der Zusammenfassungen hatte er in einer vom Schottland-Amt zur Verfügung gestellten Wohnung gelebt, wenn er beruflich in London war. Er hatte das Amt am Donnerstag, dem 20. Mai 2010, wie üblich gegen neunzehn Uhr verlassen. Keinem seiner Kollegen war an seinem Verhalten irgendetwas Ungewöhnliches aufgefallen. Die letzte bestätigte Sichtung von Iain Auld war die Aufzeichnung der Überwachungskamera, die auf die Tür des Dover House gerichtet war, des Gebäudes in Whitehall, wo das Schottland-Amt residierte.

Aber das war nicht das Letzte, was von ihm zu hören gewesen war. Laut der Nachbarn hatte er in seiner Wohnung einen lautstarken Streit mit einem Mann gehabt. Erhobene Stimmen, das Poltern von umstürzenden Möbeln, das Zuschlagen einer Tür. Eine ausgestoßene Drohung, die mehr als nur ein neugieriger Nachbar mitbekommen hatte. »Hör damit auf, Jamie, oder du bereust es. Ich werde verdammt noch mal dafür sorgen, dass es dir verdammt leidtut.«

Und dann knackte Daisy den Jackpot. »Janine Kitson, eine Nachbarin, sagte aus: ›Ich habe den Mann erkannt, mit dem Iain sich stritt. Ich habe ihn mal in Begleitung von Iain und Mary getroffen. Es war Iains Bruder James.‹«

Jetzt hatte Daisy die Chance zu glänzen.

9

Das Einzige, was Karen Jason nicht beibringen musste, war Autofahren. Obwohl er sich über die näheren Umstände ausschwieg, wusste sie, dass er seit dem frühen Teenageralter fahren konnte. »Mehr so im Gelände, vermute ich«, sagte sie zurückhaltend, als ihm herausgerutscht war, dass er seinen sechzehnten Geburtstag hinter dem Steuer eines Mercedes verbracht hatte.

Sein Gesicht hatte sich mit einem unattraktiven Scharlachrot überzogen, und er hatte etwas von Waldwegen gemurmelt. Karen hatte nicht weiter nachgefragt; es gab zwischen ihnen die unausgesprochene Übereinkunft, die Verwicklung von Jasons Bruder Ronan in die zwielichtigen Aspekte des Autohandels zu ignorieren, solange dieser Jason nicht mit hineinzog. Und der Fairness halber musste sie zugeben, dass Ronan aus seinem Bruder einen sicheren Fahrer gemacht hatte – sobald er seine Beklemmung überwunden hatte, seine Chefin zu chauffieren, die am liebsten alles selbst unter Kontrolle hatte.

Auf diese Weise hatte Karen auf der Fahrt zurück nach Edinburgh Zeit, sich um die Sachen zu kümmern, die jetzt in die Wege geleitet werden mussten. Der Camper würde am nächsten Morgen von einem Tieflader abgeholt und aufs Polizeigelände gebracht werden. Da die Nummernschilder abmontiert waren, mussten die Forensiker die Fahrzeug-Identifikationsnummer ausfindig machen. Und falls die Plakette mit der FIN auch entfernt worden war, blieb immer noch die Fahrgestellnummer. Karen zweifelte, dass daran gedacht worden war. Und selbst wenn, hätte es höchstwahrscheinlich wenig genutzt. Sogar wenn man versuchte, die Nummer abzufeilen oder mit Säure wegzuätzen, blieben genug Spuren, die sich zurückverfolgen ließen. Mit ein bisschen Glück wusste Karen am kommenden Abend, auf wen der Wagen zugelassen worden war.

Die Spurensicherung hatte ihr eine Nachricht gesendet, um mitzuteilen, dass sie die drei Gemälde aus dem Flur eingetütet und mit den anderen Dingen ans Labor geschickt hatten. Sie hatten Susan Leitchs Zahn- und Haarbürste sowie Unterwäsche aus dem Wäschekorb dazugelegt, um sicherzustellen, dass sie ihre DNA von der anderer Menschen unterscheiden konnten. Sie hatten den Camper auf Fingerabdrücke und DNA-Spuren untersucht. Alles, was sie gefunden hatten, war auf dem Weg in die Forensiklabore des Scottish Crime Campus in Gartcosh.

So weit, so gut. Aber schon früh in ihrer Laufbahn bei den Cold Cases – schon damals, als die acht regionalen Polizeieinheiten noch nicht zur Police Scotland zusammengefasst worden waren – hatte Karen feststellen müssen, dass viele ihrer Kollegen davon ausgingen, Karens Fälle wären nicht so dringend wie ihre eigenen. Dass »heiße« Fälle immer Vorrang vor den verstaubten historischen Fällen hätten. Aber Karen war anderer Meinung. Sie hatte genug Trauer hautnah miterlebt, um zu verstehen, dass Zeit nicht den Schmerz linderte, der daraus erwächst, dass es keine Antworten gibt auf die Fragen, die ein plötzlicher gewaltsamer Tod aufwirft. Diese Antworten zu finden, war für Karen genauso wichtig wie die Aufklärung des Mords vom Vortag. Das war die treibende Kraft ihres beruflichen Lebens, darum hatte sie ein Netzwerk aus Unterstützern aufgebaut, das sicherstellte, dass ihre Fälle nicht immer wieder auf die lange Bank geschoben wurden.

River Wilde war ein wichtiger Teil des Netzwerks, aber ihr Einfluss reichte nicht bis nach Gartcosh. Seit die Polizeilabore dort eingerichtet worden waren, streckte Karen jedes Mal vorsichtig ihre Fühler aus, wenn sie mit einem der Techniker zu tun hatte. Sie musste ihre angeborene Ungeduld monatelang zügeln, bis sie endlich Tamsin Martinu kennenlernte. Tamsin war eine Australierin, die aussah wie ein Relikt aus der Punk-Ära; ihr Haar war ein changierendes Kaleidoskop aus Spikes, ihre Piercings waren berüchtigt dafür, jeden Metalldetektor in Aufruhr zu versetzen. Sie war Spezialistin für digitale Forensik, aber sie hatte Kontakt zu allen anderen Disziplinen in den Labors aufgenommen, hatte Freunde gefunden und Allianzen geschmiedet. Nach allem, was Karen herausgefunden hatte, bestand Tamsins Währung in IT-Expertise und Schokoladenkeksen.

Und wie Karen lagen Tamsin die Cold Cases am Herzen. Jeder ungelöste Fall war für sie ein persönlicher Affront, ein Zeichen des Versagens, das um ihrer aller Hals hing. Wenn Karen sich meldete, bedrängte, überredete und drangsalierte Tamsin ihre Kollegen freundlichst, nicht nur ein paar Meilen mehr zurückzulegen, sondern diese im Laufschritt zu absolvieren. Karen hatte Tamsin auf Kurzwahl gespeichert, und genau diese nutzte sie jetzt. Tamsin meldete sich mit einem: »Hey Girl, wie läuft's?«

»Wie ein dreibeiniger Windhund.«

Tamsin schnaubte. »Da kann ich helfen. Beintransplantationen sind unsere Spezialität. Was hast du für mich?«

Karen gab die Details durch. »Du bekommst Susan Leitchs Laptop. Ich habe keine Ahnung, wo ihr Handy ist. Vermutlich in irgendeinem Asservatenschrank. Da liegt es dann, bis die Gerichte entscheiden, ob Anklage gegen den Mann erhoben wird, der sie überfahren hat.«

»Ich treib das auf«, sagte Tamsin. »Wonach suchen wir?«

»Nach ihrer Ex, Amanda McAndrew. Sie haben sich vor ungefähr drei Jahren getrennt. Alles, was nach der Trennung geschehen ist. Im Augenblick hab ich nur Fragen. Sind sie weiterhin in Kontakt geblieben? Wo hat Amanda gelebt? Wollte sie sich wieder versöhnen? Du weißt schon, alles, was in letzter Zeit zwischen ihnen vorgefallen ist. Facebook, Twitter, E-Mails, Insta, das Übliche.«

»Und die anderen Sachen?«

»Es wäre äußerst hilfreich, wenn die Überreste identifiziert werden könnten. River glaubt, sie kann DNA vom Skelett und vielleicht von den Haaren extrahieren. Aber wir brauchen etwas, womit wir das vergleichen können. Wir haben drei Gemälde aus Susans Haus zu euch geschickt. Amanda McAndrew hat sie gemalt und gerahmt. Wenn wir da DNA finden könnten und die mit der vom Skelett übereinstimmt, hätten wir eine bestätigte Identität.«

»Ich werde ein paar Stockwerke nach unten gehen und sehen, was ich machen kann. Es ist ein bisschen ungewöhnlich, DNA auf einem Gemälde zu suchen, aber eine solche Herausforderung lockt sie meist aus ihren Schneckenhäusern.«

»Ich schulde dir was«, sagte Karen.

»Wie immer Chocolate Ginger Crunch für die DNA-Jungs. Ich meld mich später.«

»Denken Sie, wir werden einen Treffer bei der DNA haben?« Jason riskierte einen kurzen Blick zu Karen.

»Das ist die entscheidende Frage. Wenn es die von Amanda McAndrew ist, war es eine schiefgelaufene Versöhnung. Susan Leitch ist ebenfalls tot – dann ist das vielleicht der am schnellsten gelöste Fall in der Geschichte der HCU.«

»Und wenn sie es nicht ist?«

Karen seufzte. »Dann haben wir ein Problem.«

Sie schwiegen, während sie mit dem Verkehrsstrom dahintrieben. Dann sagte Jason: »Was mich echt nicht loslässt, ist die Frage, was für ein Mensch ein Skelett in seiner Garage versteckt.«

Nach den Falten zu urteilen, die seine Stirn zerfurchten, vermutete Karen, dass die Antwort darauf ein wenig außerhalb von Jasons Vorstellungsvermögen lag. »Mein Eindruck ist, dass Susan Leitch eine ziemlich konventionelle Frau war.«

»Sie war lesbisch. Daran ist nichts verkehrt, Boss«, fügte er hastig hinzu. »Aber das ist nun nicht gerade das, was die Konvention verlangt.«

»Die Konventionen verändern sich, Jason. Dieser saubere kleine Bungalow, die sorgfältig aufeinander abgestimmten Kleidungsstücke, ordentlich aufgehängt oder zusammengefaltet? So stelle ich mir jemanden vor, der im Mainstream mitschwimmt.«

»Aber sie hatte ein Skelett in der Garage, Boss. Das hat nichts mit dem Mainstream zu tun.«

Karen schwieg für einen Moment. »Genau das meine ich, Jason. Sie hat nicht damit gerechnet, es mit einer Leiche zu tun zu bekommen. Sie war eine kluge, gut organisierte Frau. Ich vermute, wenn sie einen Mord geplant hätte, hätte sie es von vorn bis hinten durchdacht. Eine Leiche unter der Terrasse vielleicht. Oder einen hübschen neuen Steingarten am Ende des Grundstücks.«

»Dann war es eine Sache aus dem Augenblick heraus? Sie hatten einen Streit, der außer Kontrolle geriet, und das Nächste, was sie wieder bewusst mitkriegt, ist, dass ihre Freundin nicht mehr atmet? Ich mein, wir wissen nicht mal, ob Amanda überhaupt ausgezogen ist. Stella kennt nur Susans Version davon. Was, wenn Susan dachte, sie hätte Amanda davon überzeugt zu bleiben? ›Du kannst doch auch hier malen, Süße, wir bauen dir ein kleines Atelier im Garten‹, so was in der Art. Und dann kommt sie eines Tages aus dem Büro nach Hause und Bingo! Da steht ein Wohnmobil in der Garage, und Amanda räumt ihre Sachen rein. Das würde einen ganz schön ankotzen.« Er grinste sie erwartungsvoll an.

»Vielleicht.« Karen zog das Wort in die Länge, als sie die verschiedenen Möglichkeiten abwog. »Es könnte so gelaufen sein. Und ich kann Ihnen keinen logischen Grund nennen, warum das trotzdem irgendwie nicht passt.«

»Tja, was sonst könnte es gewesen sein?«

Karen holte tief Luft. »Vielleicht hatte sie keine Wahl. Vielleicht ist es ihr untergeschoben worden. Und dann wusste sie einfach nicht, wie sie damit umgehen sollte.«

10

Recherchieren lag Daisy. Das vier Jahre lange Französisch- und Jurastudium in Aberdeen war zwar nicht unbedingt berufsvorbereitend gewesen, doch es hatte ihr eine Reihe ertragreicher Forschungsmethoden beschert. Sie kannte sich mit den Datenbanken der Polizei aus, aber sie hatte auch keine Scheu, ihre Suche breiter anzulegen. Als das Nachmittagsmeeting näher rückte, war sie zuversichtlich, dass sie etwas Handfestes zu berichten hatte.

Mehr als das, sie war sich ziemlich sicher, dass niemand sonst etwas herausgefunden hatte, das an ihre Erkenntnisse heranreichte.

Das Team tröpfelte in die Einsatzzentrale, Tee- und Kaffeebecher in der Hand, jemand hatte eine Pappschachtel mit duftenden Köstlichkeiten von dem nahe gelegenen Greggs mitgebracht. Daisy nahm sich eine Cheese-and-Onion-Pastete, während Charlie Todd alle zur Ordnung rief und die Ergebnisse des Vormittags zusammenfasste. »Laut der Küstenwache ist er wahrscheinlich an der Ostseite von Elie ins Wasser geworfen worden. Vermutlich irgendwo bei der Ruine von Lady Janet Anstruthers Turm. Und vermutlich zehn bis zwölf Stunden, bevor die *Bonnie Pearl* ihn rausgefischt hat. Also ungefähr gestern zu dieser Zeit. Die Dämmerung wird langsam eingesetzt haben, aber er ist zu Fuß hingegangen. Es gibt dort nicht einmal einen Landwirtschaftsweg, nur ein paar Pfade, die zum Fife Coastal Path gehören. Ich habe drei Uniformierte abgeordnet, die heute Nachmittag dort unterwegs sind – mit Hundebesitzern und so reden, herausfinden, ob irgendjemand was gesehen hat.

Das zweite zentrale Problem ist, dass wir nicht wissen, wo er gewohnt hat. Er lebte in Paris, also stehen die Chancen gut, dass er sich irgendwo vor Ort eingemietet hat. Keith, tu dich mit einer der zivilen Hilfskräfte zusammen und klappere alle Möglichkeiten ab – Hotels, Pensionen, Airbnb. Daisy, was haben Sie zum Hintergrund?«

Das war ihr Moment. Sie stand auf, damit alle sie sehen konnten. »Der Mann hieß offiziell Paul Allard. Aber das war ein selbstgewählter Name, unter dem er der französischen Fremdenlegion beigetreten war. Als er die Legion vor zwei Jahren verlassen hat, musste er seinen alten Namen wieder annehmen, um die französische Staatsbürgerschaft beantragen zu können. Sobald das erledigt war, wurde aus ihm wieder Paul Allard. Doch für einen kurzen Zeitraum trug er wieder seinen Geburtsnamen, und der lautete James Auld.« Als Reaktion gab es hier und da ungeduldiges Nicken.

»James Aulds Bruder war ein Mann mit Namen Iain Auld. Einige von euch erinnern sich vielleicht an ihn. Er war einer der dienstältesten Beamten Schottlands und verschwand im Mai 2010 spurlos. Es gab damals deswegen eine Menge Berichte. Am Abend, bevor er verschwand, hörte eine Nachbarin im gleichen Wohnblock eine laute Auseinandersetzung in Iain Aulds Wohnung. Gebrüll, umstürzende Möbel. Der Streit verlagerte sich ins Treppenhaus, und die Zeugin konnte die Person, mit der Iain Auld sich stritt, als seinen Bruder James Auld identifizieren. Sie war ihm vorher schon mal begegnet und war sich darum sicher. Die Polizei befragte James, aber der weigerte sich zu sagen, worum es in der Auseinandersetzung gegangen war. Eine Durchsuchung der Müllcontainer im Keller von James' Wohnblock förderte ein blutverschmiertes T-Shirt zutage. James wurde dazu befragt, bevor die DNA-Ergebnisse vorlagen, die belegten, dass das

Blut von Iain stammte. Und obwohl Mary Auld, Iains Ehefrau, bestätigen konnte, dass Iain ein solches T-Shirt besaß, wurde James freigelassen. Danach verschwand er.« Daisy machte eine dramatische Pause.

»Überraschung«, sagte Charlie. »Nicht gerade eine Meisterleistung der Metropolitan Police.«

»Schlussendlich konnten sie seine Fährte aufnehmen: Er nahm die Fähre nach Belfast, reiste dann nach Cork, wo er eine Fähre nach Santander in Nordspanien bestieg. Als er erst mal da war, konnte er sich frei im Schengenraum bewegen. Seine Spur verlor sich, und wir wissen jetzt auch, warum. Ein paar Wochen später trat er der französischen Fremdenlegion bei.« Ein Gemurmel erhob sich, das als Beifall für ihre Zusammenfassung durchgehen konnte.

»Gute Arbeit, Sergeant«, sagte Charlie. »Damit haben wir also ein paar Antworten. Aber wir haben auch gleichzeitig noch mehr Fragen. Mit Blick auf die Ereignisse vor zehn Jahren: Worum ging es bei dem Streit? Hat James Auld seinen Bruder getötet, oder ist er untergetaucht, weil er zwar unschuldig war, aber alles gegen ihn sprach? Wurde er hereingelegt? Wir müssen uns mit den Detectives kurzschließen, die die Ermittlungen in London geleitet haben. Aber ich denke, im Augenblick haben wir andere Prioritäten. James Auld starb hier bei uns, in der Gegenwart. Die erste Frage, auf die wir eine Antwort brauchen, lautet: Warum ist er zurückgekommen? Er hatte sein altes Leben erfolgreich hinter sich gelassen, soweit wir das sagen können. Er lebte in Paris in Sicherheit. Er hatte sich ein neues Leben aufgebaut. Er muss gewusst haben, dass er ein großes Risiko einging, wenn er nach Großbritannien zurückkehrte. Er war für die Behörden immer noch von Interesse wegen des Verschwindens seines Bruders, mehr noch jetzt, da Mary Auld ihren Mann für tot hat erklären lassen. Und doch kam er wieder her. Mit fatalen Folgen, wie wir wissen. Also, irgendwelche erhellenden Ideen? Was mag ihn zurückgebracht haben?«

Schweigen breitete sich aus, nur unterbrochen von Polizisten, die auf ihren Stühlen herumrutschten. »Vielleicht hatte er Heimweh«, sagte Daisy schließlich. »Solange er in der Legion war, stürmte eine Menge auf ihn ein, das ihn beschäftigt hielt. Aber dann, als er zwischen den Gigs in seinem Apartment in Paris saß, begann er sich vielleicht nach seinem Zuhause zu sehnen.«

Pete Gordon lachte träge. »Sie meinen, er hat zu viele Heimspiele des East Fife F. C. verpasst?«

»Leute haben Heimweh«, erwiderte Daisy mit Bestimmtheit. »Und wenn Ende dieses Jahres der Brexit vollzogen ist, wird es nicht mehr so einfach sein, unbemerkt ins Land und wieder rauszukommen.«

»Guter Punkt.« Charlie stand auf und zeigte auf eine Karte an der Wand, auf der die Küstenlinie zwischen Elie und Pittenweem zu sehen war. »Welche Verbindung hat er zu diesem Abschnitt der Küste? Daisy, wissen wir da was?«

Sie fühlte Panik in sich aufsteigen. Noch etwas, woran sie nicht gedacht hatte. »Sie sind in Edinburgh aufgewachsen«, sagte sie. »Vielleicht haben sie in der East Neuk die Ferien verbracht?«

Charlie sah sie stirnrunzelnd an. »Wir haben bedauerlich wenig Hintergrundwissen. Wir müssen mit Iain Aulds Witwe reden. Wo lebt sie heute?«

»Laut der Akte in Edinburgh«, sagte Daisy.

Charlie warf einen Blick auf seine Uhr. »Der schlimmste Feierabendverkehr ist vorbei. Auf, auf über die Brücke und reden Sie mit der Witwe. Ich möchte alles wissen, was es über die Auld-Brüder zu erfahren gibt.«

* * *

Die Stahlseile der Queensferry Crossing erinnerten sie an riesige Segel; über diese Brücke zu fahren, hob immer Daisys Stimmung. Sie sang im Duett mit Billy Eilish, bis sie den Stadtrand von Edinburgh erreichte und wachsamer sein musste. Das rechthaberische GPS führte sie auf einer Strecke durch die Innenstadt, die wegen der Straßenbauarbeiten – die eine boshafte Gottheit willkürlich hineingeworfen zu haben schien – äußerst verworren wirkte. Als sie endlich den Leopold Place erreichte, war es nach neunzehn Uhr, und natürlich gab es keine freien Parkplätze mehr. »Verdammter Mist«, murmelte sie auf ihrer zweiten Runde durch die benachbarten Straßen; schließlich bog sie auf einen Anwohnerparkplatz. Wer auch immer hier Knöllchen verteilte, hatte bestimmt schon Feierabend gemacht.

Die Wohnung von Mary Auld lag im Erdgeschoss eines großen Mietshauses aus Sandstein, das durch ein Eisengeländer und ein Tor mit unnachgiebigem Riegel von der Straße getrennt war. Daisy kämpfte mit ihm, bis er sich öffnen ließ, und erklomm die Stufen zur Haustür. Auf ihr Klingeln hin wurde diese von einem großen blonden, misstrauisch dreinblickenden Mann geöffnet. »Ja? Kann ich Ihnen helfen?«, fragte er widerwillig.

Daisy zeigte ihren Polizeiausweis und stellte sich vor. Er sah sie noch misstrauischer an. »Ich verstehe nicht«, sagte er. »Ich hab die Polizei nicht gerufen.«

»Ich bin auf der Suche nach Mary Auld«, sagte Daisy.

»Dann sind Sie hier falsch«, erwiderte er. »Mrs Auld wohnt hier schon seit zwei Jahren nicht mehr.« Die Tür begann, sich zu schließen.

Daisy versuchte, sich ihre Frustration nicht anmerken zu lassen. »Wissen Sie, wo sie hingezogen ist? Vielleicht hat sie eine Nachsendeadresse hinterlassen?«

»Ich kann mich wirklich nicht erinnern. Vielleicht hat sie

das, aber sie hatte auch einen Nachsendeantrag für ihre Post gestellt, sodass wir uns nicht darum kümmern mussten. Wenn Sie mich jetzt entschuldigen –«

»Nur einen Augenblick.« Daisy hob die Stimme. »Dies ist eine Mordermittlung, Sir.«

Seine Augenbrauen schossen in die Höhe. »Wie ungewöhnlich. Aber das ändert nichts an der Tatsache, dass ich keine Ahnung habe, wo Mary Auld lebt. Sie sind umsonst hergekommen.«

»Hat sie nie erwähnt, wohin sie zieht?«

Er zuckte mit den Schultern. »Vielleicht hat sie das, aber ehrlich gesagt hat mich das nicht interessiert. Darum habe ich es mir nicht gemerkt.«

Aufgeblasener Wicht. »Wissen Sie, ob sie mit einem Ihrer Nachbarn näher befreundet war?« Ein letzter Versuch.

Er dachte einen Moment nach. »Iris Blackford, im Souterrain. Sie lebt auch allein. Ich glaube, die beiden sind zusammen ins Theater und so gegangen. Typisch Edinburgh.« Bei den Worten stellten sich Daisys Nackenhaare auf, aber sein Lächeln war erstaunlich freundlich. »Nun, war das jetzt alles?«

»Vielen Dank für Ihre Hilfe, Sir.«

Sein misstrauischer Blick war wieder da. Eventuell war er lang genug von seinem hohen Ross gestiegen, um ihren Sarkasmus herauszuhören. Er blickte sie finster an und schlug ihr die Tür vor der Nase zu. Mit einem Seufzen stieg Daisy die steile Steintreppe hinunter, deren Stufen in der Mitte durch zweihundertjährigen Gebrauch tückisch erodiert waren. Der Bereich vor dem Keller war ein Labyrinth aus Pflanzenkübeln, die traurig in der Februarkälte herumstanden. Vom Sicherheitslicht geblendet, ertastete sich Daisy den Weg zur Tür. Keine Klingel, nur ein schwerer Türklopfer aus Metall in der Gestalt eines Delfins.

Die Frau, die die Tür öffnete, schien Daisy uralt zu sein, obwohl sie zugeben musste, dass diese vermutlich gerade mal Ende sechzig war. Zerstrubbelte graue Locken quollen unter einer violetten Baskenmütze hervor, ihr Körper war in mehrere Schichten von Lila und Pink in unterschiedlichen Abstufungen gehüllt. Aber ihre Augen waren wach und musterten Daisy von Kopf bis Fuß. »Ich kaufe nichts an der Tür, und ich bin nicht an Jesus interessiert«, sagte sie mit einer Klangfärbung, die ihre Herkunft von der Westküste verriet.

Daisy lächelte und zeigte ihren Polizeiausweis. »Bitte entschuldigen Sie die Störung«, sagte sie. »Der Mann im Stockwerk über Ihnen meinte, Sie könnten mir vielleicht helfen.«

Ein breites Grinsen verjüngte Iris Blackford um zwanzig Jahre. »Haben Sie ihn verärgert? Ich wette, das haben Sie. Sehr gut! Wie kann ich Ihnen helfen, Officer?«

»Ich versuche, Mary Auld zu erreichen, die in der Wohnung über Ihnen gelebt hat. Aber Ihr Nachbar wusste nicht –«

Iris Blackford schlug die Hand vor den Mund, ihre Fingerspitzen bohrten sich in ihre weichen Wangen. »Gibt es Neuigkeiten von Iain? Endlich? Nach all den Jahren?« Ihre Erregung war offensichtlich.

»Leider nein«, erwiderte Daisy hastig. »Es geht bei unseren Nachforschungen nicht um ihn. Ich darf Ihnen leider nicht mehr sagen, aber das kann ich Ihnen versichern.«

Ihre Hand sank wieder, und sie schlang die Arme um ihre Brust, als wollte sie sich selbst umarmen. »Dann muss es … Aber das kann nicht sein, sein kleiner Bruder löste sich in Luft auf.« Sie atmete tief ein. Dann sagte sie plötzlich ganz geschäftsmäßig: »Sie wollten Marys Adresse. Sie ist nach Fife gezogen, ihre Familie stammt von da. Warten Sie einen Moment, ich hole Ihnen die Anschrift.« Sie drehte sich um und warf die Tür regelrecht zu, was ganz im Gegensatz zu ihrer vorherigen Freundlichkeit stand. Daisy fragte sich, was sie gesagt hatte, um einen derartigen Stimmungsumschwung zu provozieren.

Sie musste nicht lang warten. Wenige Minuten später kehrte Iris Blackford mit einem Blatt Papier zurück, das aus einem Hotelschreibblock herausgerissen worden war. Darauf stand in Großbuchstaben die Adresse, darunter die Telefonnummer. »Bitte schön. Herrlicher Blick über die Golfplätze auf der anderen Seite des Forth.«

»Vielen Dank. Das hilft mir sehr.« Die Tür begann, sich zu schließen.

»Gern geschehen.« Jetzt war sie zu. *So viel zu den viel gepriesenen guten Manieren Edinburghs.* Aber zumindest war ihre Fahrt nicht komplette Zeitverschwendung gewesen. Sie wusste jetzt, wo sie Mary Auld finden konnte. Und wenn sie sich richtig erinnerte, war sie gerade ganz in der Nähe eines Fish-and-Chips-Ladens. Ein Abendessen aus Schellfisch in extra knusprigem Teig auf einem Haufen Pommes mit Rindfleischnote wäre eine hervorragende Stärkung für die Rückfahrt.

Nach Daisys Erfahrung ließ sich fast immer etwas Positives finden.

11

Die zarte Frühlingsverheißung, die den Morgenhimmel erhellt hatte, hatte sich zum Abend hin verflüchtigt. Der Rosebank-Friedhof bot keinen Schutz gegen den bitterkalten Nordwestwind, der über Pilrig hinwegfegte. Karen stieß leise Verwünschungen gegen das Wetter aus, schlug den Kragen ihres großen Wintermantels hoch und schob die Hände in die Taschen – gerade rechtzeitig, um das Vibrieren einer eintreffenden Textnachricht zu spüren. Auf gar keinen Fall würde sie jetzt hier anhalten. Sie würde warten, bis sie die Straße an der Ampel überquert hatte. Vielleicht würde sie sogar Unterschlupf bei Bonnington suchen, um sich bei Chilli Beef Nachos aufzuwärmen. Bei diesem Gedanken bekam sie Appetit. Seit dem Frühstück hatte sie nur einen verschrumpelten Apfel gegessen, den sie in den Tiefen ihrer Tasche entdeckt hatte.

Sobald sie im Windschatten der Gebäude stand, holte sie das Handy hervor und las die Nachricht von Jason.

> 'tschuldigung, Boss. Bei all dem Trubel habe ich vorhin vergessen, Ihnen die Informationen zu geben, um die Sie mich gebeten hatten. Eingetragener Besitzer ist Luke Gray, 7 Bughtlin Grove.

Karen hielt die Luft an, jeder Gedanke an Essen war verschwunden. Jetzt wusste sie, wer Merrick Shand abgeholt hatte. Und wenn er nicht in 7 Bughtlin Grove anzutreffen war, würde sich dort schon jemand finden, der seinen Aufenthaltsort kannte. Ohne groß nachzudenken, ging sie zurück zu der befahrenen Kreuzung und suchte den Verkehr nach dem orangefarbenen Leuchten eines freien Taxis ab.

Zehn Minuten später öffnete sie ihre Wohnungstür und eilte direkt zu ihrem Laptop auf dem Schreibtisch. Karen klappte ihn auf, während sie den Mantel auszog und auf einen Stuhl warf. Als sich der Browser geöffnet hatte, tippte sie die Adresse ein. Auf der Karte war zu erkennen, dass es sich bei Bughtlin Grove um eine schmale, bogenförmige Straße handelte, die etwas zurückversetzt von einer breiteren Straße lag, sodass sich ein Dutzend enge Durchfahrtsstraßen zwischen dicht gedrängt stehenden Gebäuden auftaten. Street View zeigte ihr eine Reihe fast frei stehender Häuser, die nur durch ihre Garagen miteinander verbunden waren. Sie sahen aus wie die typischen Siebzigerjahre-Schuhkartons, der hellgraue Rauputz wirkte sauber und gepflegt. Drei schmale Schlafzimmer, vermutete sie. Ein offener Wohnraum, an den sich eine Küche anschloss. Weitaus weniger schick als das große Haus, in dem Merrick Shand gewohnt hatte, bevor er Phil Parhatka umgebracht hatte.

Sie holte ihre Brieftasche hervor und stockte ihr Guthaben bei einer Recherche-App auf, die sie nutzte, wenn sie bei einer Suche unterhalb des Radars der Police Scotland bleiben wollte. Manchmal war es besser, keine Spuren zu hinterlassen. Sie rief das Wählerverzeichnis der Stadtverwaltung von Edinburgh auf. Das Dokument war theoretisch für jeden zugänglich, aber man musste sich schon sehr anstrengen, wenn man es in einer öffentlichen Bibliothek aufspüren wollte. Da solche Einrichtungen aufgrund von Sparmaßnahmen immer mehr zusammengestrichen wurden, war es nur eine Frage der Zeit, wie lange das überhaupt noch möglich war. Da war es viel einfacher, ein paar Pfund zu investieren und das Verzeichnis online zu durchsuchen. Natürlich nur, wenn man diese paar Pfund erübrigen konnte.

Als sie den Eintrag zu 7 Bughtlin Grove fand, musste Karen grinsen. Da war Luke Gray. Und direkt darunter Jennifer Shand. Vermutlich Merrick Shands Schwester. Was für ein Glück für Merrick, dass er jemanden hatte, der ihn nach seiner Entlassung bei sich aufnahm. Nicht viele verurteilte Mörder erwarteten solche Annehmlichkeiten.

Karen nahm sich die Zeit, ihre Arbeitskleidung zu wechseln. Eine Frau im Hosenanzug würde auf den Straßen oder in einem Pub in den Vorstädten Edinburghs sicherlich auffallen, auch wenn sie einen schlichten Mantel darüber trug. Sie entschied sich deshalb für ein Paar Jeans, dicke Socken in flachen, halbhohen Stiefeln, ein langärmliges T-Shirt unter einem Sweatshirt, über das sie eine Daunenjacke zog. So würde sie nicht frieren, konnte aber nacheinander die Schichten ablegen, wenn sie irgendwohin kam, wo es ordentlich warm war. Schwitzend an einer Bar zu stehen, sah niemals vorteilhaft aus.

Bughtlin Grove war menschenleer. Ein Dutzend Häuser stand entlang eines sichelförmigen Bogens aus niedergetrampeltem Gras und einer Handvoll struppiger Sträucher. Hinter den meisten Gardinen brannte Licht, Autos parkten vor Garagen. Niemand nutzte heute seine Garage noch, um das Auto darin abzustellen, dachte Karen. Sie wurden für alles Mögliche verwendet – als Lagerräume, Werkstätten, als unerlaubte zusätzliche Schlafzimmer, Arbeitszimmer. Sie fragte sich, ob Merrick Shand in die Garage von Nummer sieben verbannt worden war. Sie hoffte, er würde dort die ganze Nacht auf einem verklumpten, unbequemen Futon vor sich hin frösteln.

Karen fand einen Stellplatz auf der anderen Seite der Rasenfläche. Von dort aus konnte sie das Haus gut im Blick behalten. Im Erdgeschoss war nur ein schmaler Lichtstreifen zu sehen, in einem der Schlafzimmer im Stockwerk darüber waren die Vorhänge dünner, sodass sie das Fenster in eine dunkelrote Fläche verwandelten. Das Auto in der Auffahrt war nicht das, das Jason überprüft hatte; der Wagen war am Straßenrand geparkt, ein fünf Jahre alter silberner BMW. Sie machte es sich auf ihrem Sitz bequem und packte ihr Sandwich aus, das sie unterwegs an einer Tankstelle gekauft hatte, ein herrlich ungesunder Genuss mit pikanter Käsecreme.

Die Zeit tröpfelte dahin, während sie einem Roman von Marian Keyes lauschte, den sie als Hörbuch heruntergeladen hatte. Karen mochte, wie Keyes ihre Charaktere lebendig werden ließ; Charaktere, die gelernt hatten zu überleben, ohne verbittert zu werden – und ohne dass sie einem als Leser das Gefühl gaben, versagt zu haben, weil man sich nicht ständig ein Lächeln abringen konnte angesichts all der Zumutungen, die das Leben für einen bereithielt. Es hatte in den letzten Jahren Phasen gegeben, in denen Karen in den dunklen Tunnel der Depression gestarrt und sich gefragt hatte, wie sie ihr Leben bewältigen sollte, nachdem sie Phil durch einen derart willkürlichen Akt sinnloser Gewalt verloren hatte. Am Morgen war er noch zur Arbeit bei der Murder Prevention Squad gegangen, hatte mitgeholfen, häuslicher Gewalt vorzubeugen. Und am Ende des Tages lag er auf der Intensivstation, über den Haufen gefahren vom monströsen Geländewagen des Frauenschlägers Merrick Shand. Zwei Tage später war er tot.

Sie hatte sich dazu gezwungen weiterzumachen. Nicht weil »Phil das so gewollt hätte«, wie ihr alle versicherten, sondern weil sie entschlossen war, Merrick Shand kein zweites Opfer zuzugestehen. Sie hatte sich oft vorgestellt, wie sie Rache nahm. Sich überlegt, ihn genauso zu zerstören, wie er sie fast zerstört hatte; aber schlussendlich hatte sie sich dagegen entschieden, weil sie wusste, dass ihr dies keine Erleichterung bringen würde.

In rationaleren Momenten, wenn sie in den frühen Morgenstunden durch die Straßen von Edinburgh ging, um die Nacht hinter sich zu lassen, kam sie nicht umhin, sich einzugestehen, dass auch Shand verloren hatte. Als er hinter Gittern war, hatte sich seine Frau sicher genug gefühlt, um die Scheidung einzureichen. Sie hatte ihren Namen geändert und war in eine der großen Städte im Norden Englands gezogen. Auf legalem Weg hatte er keine Möglichkeit, seine Kinder je wiederzusehen, nicht nach dem, was in der Anhörung vor dem Familiengericht zur Sprache gekommen war. Ohne ihn an der Spitze war sein Unternehmen zusammengebrochen, und seine Anwaltsrechnungen hatten ihn in den Ruin getrieben.

Sie fragte sich, ob er je die Verantwortung übernommen hatte für die desaströsen Konsequenzen dessen, was er vor Gericht als »einen Moment des Wahnsinns« bezeichnet hatte. Nicht »meinen Moment des Wahnsinns«. Er konnte nicht einmal das zugeben. Karen hatte fast damit gerechnet, dass er Phil die Schuld dafür zuschieben würde, dass dieser vor seinem Auto gestanden hatte, als er flüchten wollte. Oder seiner Frau, weil sie ihn zu den Taten provoziert hatte, die seine Probleme überhaupt erst verursachten. Oder seinen Kindern, weil sie ihn ständig gestört und nicht in Ruhe gelassen hätten. Jedem anderen, nur nicht dem, der ihm aus dem Spiegel entgegensah.

Ein Auto hielt zwei Häuser weiter, der Fahrer eilte ins Warme, den Kopf zum Schutz vor dem Wind in den Mantelkragen gezogen.

Das Kapitel war vorbei. Ein neues Kapitel begann.

Ihr Telefon vibrierte: ein Anruf. »Hamish«, wie ihr Display verriet. Sie wies den Anruf ab. Welchen Teil von »Ruf mich nicht an, ich rufe dich an« hatte er nicht verstanden? Doch prompt meldeten sich andere Gedanken. Wenn sie ehrlich zu sich war, dann wusste sie, dass sie Hamish nicht aus ihrem Leben verbannen wollte. Also schrieb sie ihm eine Textnachricht.

Ich ignorier dich nicht, ich arbeite. Ich melde mich, aber ich brauche Zeit.

Die Tür des letzten Hauses in der Reihe öffnete sich, und ein schlaksiger Teenager erschien, die Kapuze des Hoodies über den Kopf gezogen, die Schultern verkrampft. An einer Hundeleine führte er einen von diesen Pudelkreuzungen mit albernem Namen aus. Sie hatte gelesen, dass Pudel als intelligent galten. Das traf aber auf keine Züchtung zu, die Karen bislang kennengelernt hatte. Es war schon eine echte Meisterleistung, Dummheit in eine ganze Hunderasse hineinzuzüchten. Zu beobachten, wie der Teenager sich abmühte, den Hund unter Kontrolle zu bekommen, machte die Langeweile der Observierung schon fast wieder wett.

Kurz vor zehn, als Karen schon fast so weit war, sich einzugestehen, dass es eine alberne Idee gewesen war, den Abend hier zu verbringen, öffnete sich die Tür von Nummer sieben, und Licht fiel nach draußen. Zwei Männer kamen heraus und gingen durch den Vorgarten. Sie erkannte Shand trotz des schummrigen Lichts der Straßenlaternen. Seine Konturen hatten sich in ihr Gedächtnis eingebrannt. Im Gefängnis hatte er Gewicht verloren. Seine zuvor sportstudiogestählten Muskeln waren verkümmert, und er bewegte sich unbeholfen, als hätte er zu viel Zeit zu verkrampft in derselben Position verbracht. Er faltete sich auf dem Beifahrersitz zusammen, und Gray fuhr los, bevor noch die Autotür zu war.

Karen richtete sich auf ihrem Sitz auf und nahm vorsichtig die Verfolgung auf. Gray kurvte zielsicher durch das Straßenlabyrinth und bog weniger als eine halbe Meile von seinem

Haus entfernt in eine kleine Straße ein, in der sich ein Supermarkt befand, der auch spätabends noch geöffnet hatte. Gray parkte auf dem erstbesten Parkplatz, ohne sich darum zu scheren, dass es ein Behindertenparkplatz war. Karen blieb ihm auf den Fersen und stellte ihren Wagen ein Stück entfernt ab. Sie sah zu, wie die beiden Männer aus dem Auto stiegen und in die Richtung zurückgingen, aus der sie gekommen waren. Erst jetzt bemerkte sie das Ziel der beiden: ein lang gestrecktes, einstöckiges Gebäude mit einem Schild, das es als Pub auswies. Mitten in einem Wohngebiet war das ungewöhnlich; von außen erinnerte es eher an ein Pflegeheim. Die Picknicktische auf der Terrasse davor schauten auf einen Kreisverkehr, zwei Wohnblöcke und eine Bushaltestelle.

Karen gab den Männern ein paar Minuten Vorsprung, dann ging sie ebenfalls hinein. Die Inneneinrichtung erwies sich als angenehme Überraschung. Das Pub war hell erleuchtet, die holzvertäfelten Wände waren weiß und blassgrau gestrichen, Sitzecken und Bänke sauber und gepflegt. Jemandem lag dieser Ort am Herzen. Rund ein Dutzend Menschen saß in dem großen Raum verteilt, die meisten Gäste achteten kaum auf sie. Es waren überwiegend Mittvierziger, die Frauen tranken Wein, die Männer hatten Biergläser vor sich stehen. An den Wänden hingen Tafeln mit der Art von Sprüchen, die offenbar witzig sein sollten: »Toilets: Men to the left because Women are always right« und »Let the Fun beGIN«.

Shand und Gray lehnten am weißen Tresen und warteten darauf, dass die Barfrau ihre Lager fertig zapfte. Karen ging an ihnen vorbei und um die Ecke, wo sie sich ebenfalls an die Theke stellte und darauf wartete, bedient zu werden. Gray warf ihr einen flüchtigen Blick zu, fand sie nicht weiter interessant und richtete seine Aufmerksamkeit wieder auf sein Bier. Shand schob zwanzig Pfund über die Theke und hob sein Glas an die Lippen. Er sah sich mit jenem argwöhnischen, prüfenden Blick im Raum um, den Karen im Laufe der Jahre bei etlichen Gefängnisinsassen bemerkt hatte. Als seine Augen sie erfassten, zuckte seine Hand mit dem Bierglas, und er verschüttete Bier über sein Kinn. Die Barfrau musste sich laut räuspern, damit sie ihm sein Wechselgeld aushändigen konnte.

Karen sah ihn direkt an, dann drehte sie sich zur Barfrau, die sich ihr nun zuwandte. Sie bestellte ein alkoholfreies Bier und war sich bewusst, dass Shand sie anstarrte. Als ihr Getränk kam, prostete sie ihm ironisch zu.

Er stellte sein Glas etwas zu fest ab. Alarmiert drehte Gray sich um, als Shand die Bar umrundete und ein bisschen zu dicht vor Karen trat. »Was zum Teufel machen Sie hier?«, herrschte er sie mit verhaltener Stimme an.

»Ich nehm nur einen kleinen Drink«, sagte Karen sanft wie ein Kätzchen. »Haben Sie ein Problem damit, Merrick?«

»Ich hab meine Zeit abgesessen. Sie müssen mich in Ruhe lassen.«

Karen hörte die Gehässigkeit in seiner Stimme. »Sie sind derjenige, der mich belästigt, Merrick. Ich steh hier nur rum und kümmere mich um meinen eigenen Kram.«

Dann war Gray an seiner Seite und legte eine Hand auf seinen Arm. »Was ist hier los, Merrick?«

»Sie schikaniert mich, verdammt noch mal, das ist hier los.«

Karen breitete ihre Hände in einer Geste aus, die Frieden signalisierte. »Wie ich schon sagte, ich nehm hier nur einen kleinen Drink.«

»Sie ist ein verdammter Cop«, spie Shand aus. »Sie war beim Prozess.«

Karen lächelte. Ihr Herz raste, aber sie war entschlossen, es nicht zu zeigen. »Jeden Tag. Und wissen Sie, was mir am besten gefallen hat? Als Sie verurteilt wurden.« So ruhig wie möglich nahm sie einen Schluck Bier.

»Ich denke, Sie sollten gehen«, sagte Gray und versuchte, Shand von ihr wegzuziehen. Die Stimmung im Pub war umgeschlagen. Im Raum herrschte Stille.

Nun mischte sich die Barfrau ein. »Was ist hier los? Luke? Warum belästigt ihr Jungs dieses Mädchen?«

»Ich wollte nur schnell was trinken«, sagte Karen und stellte ihr Glas auf den Tresen. Schnell zog sie die Hand zurück für den Fall, dass sie zitterte. »Ich dachte, das sei ein nettes Pub. Ich wusste nicht, dass Sie hier auch verurteilte Mörder reinlassen.« Damit drehte sie sich um und ging zur Tür. Aus dem Augenwinkel sah sie, wie Gray nach Shands Arm griff und ihn zurückhielt.

Sie zog die Tür auf und drehte sich zum Schankraum um, sah die geschockten Gesichter, Grays panischen Blick, Shands Wut. »Bye, Merrick«, sagte sie. »Wir sehen uns. Vielleicht siehst du mich nicht, aber ich werde auf jeden Fall dich sehen.«

Sobald sie durch die Tür war, begann Karen zu laufen, sie rannte die Stufen hinunter und über die Straße zu ihrem Auto. Sie fuhr los und sah gerade noch, wie Merrick Shand mit geballten Fäusten und wutverzerrtem Gesicht auf der Terrasse des Pubs stand.

Karen machte sich in gemäßigtem Tempo auf den Weg nach Hause. Sie hatte getan, was sie sich vorgenommen hatte. Sie hatte die Saat des Unbehagens in Merrick Shands Herz ausgebracht. Sie brauchte ihn nicht zu verfolgen, wie Jimmy Hutton es befürchtete. Alles, was sie tun musste, war, alle paar Wochen am Rande seines Sichtfeldes aufzutauchen. Ihm scheinbar zufällig über den Weg zu laufen. Er würde sich nie wieder sicher fühlen.

Das war ein Anfang.

12

Dienstag, 18. Februar 2020

Daisy versuchte, sich nicht dadurch düpiert zu fühlen, dass ihr Chef beschlossen hatte, sie zum Gespräch mit Mary Auld zu begleiten. Er war für seine Rastlosigkeit bekannt, doch das machte es für sie nicht einfacher. Nur weil Charlie Todd es hasste, herumzusitzen und die nächsten Entwicklungen in einem Fall abzuwarten, musste er ja noch lange nicht ihre Position untergraben. Es war nicht ihre Schuld, dass Mary Auld nach Fife gezogen war. Und wenn Daisy offenbar kompetent genug war, am Vorabend auf sich selbst gestellt zu ermitteln, wie kam es dann, dass sie am nächsten Morgen einen Babysitter brauchte?

Mary Auld hatte den georgianischen Prunk Nord-Edinburghs gegen einen unauffälligen modernen Bungalow mit Blick über den Golfplatz von Lundin Links eingetauscht. An einem frostigen Februarmorgen wie diesem, mit klarem blauem Himmel und dem schimmernden grauen Meer vor den grünen Wiesen, war das nur allzu verständlich. »Man kann sich daran nie sattsehen«, sagte Charlie so zufrieden, als wäre er höchstpersönlich dafür verantwortlich. »Jeden Tag anders.«

Daisy war da zwiegespaltener. Ihrer Meinung nach war die Menge an Zeit begrenzt, die man mit dem Starren auf jegliches Panorama verbringen konnte, egal wie bezaubernd es sein mochte. »Man muss es genießen«, sagte sie. »Denn sonst gibt es hier ja nicht viel, wenn man nicht gerade Golf spielt.«

Charlie lachte leise, als sie den Weg entlanggingen. »Sie haben offenbar noch nie in einem Dorf gelebt. Lassen Sie sich nicht von der verschlafenen Oberfläche täuschen. Die meisten Leute hier haben ein regeres Sozialleben als Sie.« Charlie klingelte an der Tür und kramte seinen Polizeiausweis hervor.

Die Frau, die ihnen öffnete, schien alterslos zu sein. Braunes Haar mit silbernen Strähnen, das zu einem langen Bob geschnitten war, umrahmte ein bemerkenswertes Gesicht; hohe Wangenknochen betonten die wunderschönen dunkelblauen Augen. Sogar in Jeans und Fischerhemd wirkte sie elegant. Sie bemerkte sofort Charlies Ausweis und biss sich auf die Lippe. »Iain«, sagte sie. »Sie sollten besser reinkommen.« Sie trat beiseite, um sie einzulassen.

»Wir sind nicht wegen Ihres Mannes da, Mrs Auld«, sagte Charlie schnell.

Sie runzelte die Stirn. »Nicht wegen Iain? Warum dann? Um wen geht es?«

»Können wir reinkommen?«, fragte Daisy sanft.

»Natürlich.« Sie führte sie in einen Wohnraum, der den spektakulären Ausblick gekonnt in Szene setzte. »Bitte, nehmen Sie Platz.« Daisy war Wohnzimmer gewohnt, in denen der Fernseher im Mittelpunkt stand. Hier war nicht mal ein schwarzer Bildschirm zu sehen. Fünf bequeme Stühle standen in einem Halbkreis vor dem Fenster, jeder mit einem eigenen Beistelltisch. Der blasse Spannteppich war kaum zu erkennen unter den vielen abgenutzten, aber wunderschönen Läufern. An den Wänden hingen Gemälde, die alle figurativ und auf eine leichte, zarte Art und Weise ausgeführt waren, die einiges an Können erforderte. »Kann ich Ihnen etwas zu trinken anbieten? Tee? Kaffee?«

»Danke, nein«, sagte Charlie. Er machte eine unbestimmte Bewegung. »Ich denke, wir sollten uns setzen.« Er wartete, bis Mary Auld sich angespannt auf der Kante eines tiefen Sessels niedergelassen hatte. »Ich fürchte, ich habe schlechte Nachrichten. Ein Mann, von dem wir annehmen, dass er Ihr Schwager ist, wurde nicht weit von hier tot aufgefunden.«

Sie richtete sich auf ihrem Sessel auf, umfasste ihre Arme, die Finger wie Klauen. »Jamie? Sie meinen doch nicht Jamie?«

»Doch, James Auld. Es tut mir leid.«

Sie lehnte sich vor, ihre Hände umklammerten einander. »Sind Sie sicher? Nur …« Ihre Stimme verlor sich.

»Ich fürchte, es gibt nicht viel Spielraum für Zweifel. Aber wir möchten Sie dennoch um eine förmliche Identifikation bitten. Er trug einen französischen Pass und einen Führerschein auf den Namen Paul Allard bei sich, doch unsere Nachforschungen haben ergeben, dass seine wahre Identität James Auld sein muss.«

Mary nickte mehrfach, während er sprach. »Sie haben recht, das ist Jamie. Aber was ist denn passiert? Wie kann er tot sein?«

»Seine Leiche wurde bei St. Monans von einem Fischer aus dem Meer gezogen. Bevor er ins Wasser fiel, hat er einen Schlag auf den Kopf bekommen.«

»Ein Unfall?«

»Wir gehen davon aus, dass es sich um einen unnatürlichen Todesfall handelt.«

Mary schlug eine Hand vor Augen und presste ihre Lippen so fest aufeinander, dass alle Farbe aus ihnen wich.

»Es tut uns leid«, sagte Daisy.

Mary ließ die Hand fallen und atmete geräuschvoll durch die Nase ein. »Ich kann es nicht glauben. Er wollte mich diese Woche besuchen.«

»Diese Woche? Wann?« Charlie lehnte sich vor, so aufmerksam wie ein Jagdhund, der auf den Schuss wartete.

»Er hat kein Datum genannt. Er sagte, er muss sich um ein paar Sachen kümmern, dann würde er vorbeikommen. Er wollte sich noch mal melden.« In ihren Augen schimmerten ungeweinte Tränen, die sie ungeduldig mit der Faust wegwischte.

»Warum wollte er Sie sehen?«

»Warum nicht? Er gehörte zur Familie.« Ihr Ton war abweisend.

Charlie sah Daisy mit gequälter Miene an.

»Er war aber auch ein Verdächtiger beim Verschwinden Ihres Mannes«, sagte Daisy. »Wir wissen, dass die beiden einen Streit hatten.«

»Oh, um Himmels willen«, sagte Mary voller Verachtung. »Ich hab damals schon gesagt, dass das völlig verrückt ist; die von der Polizei waren allesamt auf dem Holzweg. Nur weil sie gestritten hatten. Haben Sie noch nie jemanden von Ihrer Familie angeschrien? Jamie und Iain haben einander geliebt. Jamie hätte Iain niemals auch nur ein Haar gekrümmt. Das habe ich den Idioten von der Met so oft gesagt, dass ich keine Luft mehr bekam. Aber sie hatten sich so auf Jamie eingeschossen, dass sie das Verschwinden von Iain nie gründlich untersucht haben. Kein Wunder, dass Jamie die Flucht ergriffen hat und der Fremdenlegion beigetreten ist. Die Polizei hatte ihm das Leben zur Hölle gemacht.«

»Der Fairness halber muss man aber sagen, dass es ein Beweisstück gab: das T-Shirt mit dem Blut Ihres Mannes, das in einer Mülltonne im Keller des Wohnblocks gefunden wurde, in dem Ihr Schwager lebte«, erwiderte Charlie. »Das ist nicht nichts.«

»Ich bin keine Juristin, aber ich weiß, dass das nicht von Belang ist. Ich kann mir ein halbes Dutzend Szenarien ausmalen, wie es Jamie untergeschoben wurde.« Sie reckte ihr Kinn vor. Nichts konnte sie von ihrer Meinung abbringen.

»Sie sind also in Kontakt mit Jamie geblieben?«, fragte Daisy nach einem Moment des Schweigens. »Nachdem er der Fremdenlegion beigetreten war?«

»Warum auch nicht? Ich war um ihn fast genauso besorgt wie um Iain. Ich hatte die beiden Männer verloren, von denen ich angenommen hatte, dass sie immer da sein würden. Ich hatte große Angst bei dem Gedanken, was ihnen zugestoßen sein könnte. Nichts ergab einen Sinn. Als ich dann nach sechs Monaten einen Brief von ihm erhielt, brach ich in Tränen aus. Ich war so erleichtert.« Mary seufzte schaudernd. »Ich hatte das Gefühl, damit auch ein bisschen wieder mit Iain verbunden zu sein.«

»Und Sie haben nicht darüber nachgedacht, der Polizei seinen Aufenthaltsort mitzuteilen?«, fragte Charlie.

Mit einem Anflug von hochmütiger Verachtung sah Mary ihn an. »Warum in aller Welt hätte ich das tun sollen? Warum hätte ich ihn noch mehr Anschuldigungen Ihrer begriffsstutzigen Kollegen ausliefern sollen?«

»Es muss ein Trost für Sie gewesen sein. Haben Sie einander nach dieser ersten Kontaktaufnahme regelmäßig geschrieben?« Daisy versuchte, verlorenen Boden gutzumachen.

Mary nickte. »Alle paar Monate. Er hat mir berichtet, was er so macht. Meist ging es um Musik. Das hat uns immer verbunden. Jamie war Saxofonist im Orchester der Fremdenlegion, aber er hat auch ein Jazzquintett gegründet.« Sie seufzte erneut. »Und ich hab ihm geschrieben, was ich mir angehört und was ich so unternommen hab. Nichts besonders Wichtiges, einfach das, was man schreibt, um in Kontakt zu bleiben.«

»Hat er Sie damals mal besucht?«, fragte Daisy.

Mary schüttelte den Kopf. »Das ging nicht. Er hatte zu dem Zeitpunkt noch keinen französischen Pass, und sein britischer Pass hätte für eine Meldung gesorgt, wenn er eingereist wäre.«

»Haben Sie ihn besucht?«, schaltete Charlie sich ein.

Daisy erhaschte ein Aufblitzen von Scharfsinn in Marys Blick, als sie antwortete. »Zwei Jahre, nachdem er der Fremdenlegion beigetreten war, haben wir uns in Paris getroffen. Er hatte Urlaub, und ich bin hingefahren, um ihn zu sehen. Es war sehr tröstlich für uns beide. Wir konnten über Iain reden, uns darüber austauschen, was ihm wohl zugestoßen war.«

»Sind Sie zu irgendwelchen Ergebnissen gekommen?«, fragte Charlie.

Mary lächelte matt. »Wir hatten alle möglichen verqueren Ideen. Aber letztendlich kamen wir immer wieder zu denselben Schlüssen. Ein zufälliger Mord, seine Leiche in einem Fluss, von einer Schiffsschraube zerrissen.«

»Haben Sie sich weiterhin getroffen?«, fragte Daisy.

»Ja, einmal im Jahr kamen wir zusammen. Paris, Lyon, Marseille. Einmal waren wir sogar in Berlin. Iain liebte Berlin, wir waren oft übers Wochenende da gewesen. Als Jamie dann die Fremdenlegion verließ und den französischen Pass auf den Namen Paul Allard bekam, konnte er endlich ungefährdet nach Großbritannien einreisen. Er war trotzdem weiterhin sehr vorsichtig. Solange ich noch in Edinburgh lebte, kam und ging er nur nach Einbruch der Dunkelheit. Er sorgte sich, dass neugierige Nachbarn ihn erkennen und die Polizei rufen könnten.« Sie wischte sich mit den Fingerspitzen über die Augen.

»Kam er häufig?«, fragte Charlie.

»Ein paarmal im Jahr. Beim ersten Mal hatte ich ein besonderes Anliegen. Ich wollte die Wohnung in Edinburgh veräußern. Ich musste warten, bis Iain offiziell für tot erklärt wurde, bevor ich sie zum Kauf anbieten konnte, aber ich begann, sie auszuräumen, sobald der ganze Prozess angestoßen war. Darum bat ich Jamie, für einige Tage herzukommen, damit er sich ein paar Sachen aussuchen konnte, die ihn an Iain erinnerten. Bücher, Gemälde, Fotografien, so was halt.«

»Das muss sehr schmerzhaft für Jamie gewesen sein«, sagte Daisy umgehend.

»Das war es für uns beide.« Mary sah auf ihre Hände, die jetzt gefaltet in ihrem Schoß lagen.

»Was hat er mitgenommen?«, fragte Charlie.

»Ein halbes Dutzend Bücher. Iains Skizzenbuch von einer unserer Reisen in die Schweiz. Ein kleines Ölgemälde, ein Seestück. Manschettenknöpfe, die ihrem Vater gehört hatten.« Ein weiteres mattes Lächeln.

»Typisch Jamie. Er hätte alles mitnehmen können, aber er entschied sich für wenige ausgesuchte Dinge, die sentimentalen Wert für ihn hatten.«

»Ein Skizzenbuch?«, erkundigte sich Charlie.

»Auf diese Weise hat sich Iain entspannt.« Ihr Blick wurde weicher bei dem Gedanken daran. »Er war nicht besonders begabt, Gott segne ihn. Aber er hatte Spaß am Zeichnen. Jamie meinte, das Skizzenbuch wäre mehr als nur ein Andenken an einen Urlaub, es sei eine Erinnerung daran, wie Iain war, wenn er völlig entspannt war, wenn er den Druck der Arbeit hinter sich gelassen hatte.«

»Glauben Sie, dass es einen bestimmten Grund gab, warum Jamie diese Woche bei Ihnen vorbeischauen wollte?«, fragte Daisy.

»Er hat nichts gesagt. Aber wissen Sie, es musste auch gar keinen bestimmten Grund geben. Haben Sie immer gute Gründe, um Ihre Familie zu besuchen?«

Daisy dachte an die vielen Gründe, die ihr einfielen, um ihre Familie *nicht* zu treffen. »Ich hab mich nur gefragt, ob es vielleicht wegen eines Geburtstags war, wegen eines Jahrestags oder was Ähnlichem.«

Ein weiteres Kopfschütteln. »Nein, nichts in der Art. Er wollte herkommen, wir hätten gemeinsam gegessen, uns eine Flasche Wein geteilt und geredet.«

»Worüber haben Sie so geredet?«

»Was ich so machte, was er so tat. Musik. Die schottische Unabhängigkeit. Das Leben in Paris.«

»Über Ihren Ehemann?«

Mary sah hinab auf ihre Hände. »Anfangs ja.« Sie blickte auf. »Aber in der letzten Zeit nicht mehr. Wir hatten das Thema ziemlich erschöpfend diskutiert. Eine Sache war für uns beide völlig klar: dass Jamie in keiner Weise verantwortlich war für Iains Verschwinden.«

»Hat er Ihnen je erzählt, worüber sie in jener Nacht gestritten haben?«, mischte sich Charlie ein.

Daisy verbarg ihre Irritation darüber, dass ihr Boss die Verbindung torpedierte, die sie zu Mary aufbaute.

»Politik. Jamie ist ein leidenschaftlicher Vertreter der schottischen Unabhängigkeit. Iain war das nicht. In Jamies Augen stärkte Iain in seiner Stellung im Schottland-Amt die Position der Regierung in Westminster und der Unionisten.«

»Und das hat zu einer lautstarken Auseinandersetzung geführt? Zu umgeworfenen Möbeln?« Charlie klang ungläubig, aber Daisy vermutete, dass er nicht ganz aufrichtig war. Wegen Schottlands Zukunft schlugen die emotionalen Wellen seit Jahren hoch. Das war einer der Gründe, warum sie ihrer Familie aus dem Weg ging.

»Sie vergessen, wie frustrierend das politische Klima war, nachdem die Tories 2010 die Wahl gewonnen hatten. Jamie bezweifelte, dass die Schotten je die Chance hätten, über ihre eigene Zukunft zu entscheiden.« Sie lächelte traurig. »Ironischerweise konnte er beim Unabhängigkeitsreferendum 2014 nicht mit abstimmen.«

»Blieb er lang, wenn er Sie besuchte?« Daisy versuchte, die Unterhaltung in weniger kontroverse Gewässer zu steuern.

»Manchmal blieb er für ein oder zwei Tage, aber meistens fuhr er schon am gleichen Abend. Er hat alles hinter sich gelassen, als er nach Frankreich ging. Freunde, Kollegen, die Leute, mit denen er Musik gemacht hatte. Alles. Ich war die Einzige, die ihn noch mit seiner Vergangenheit verband. Verständlicherweise. Er wusste, er konnte mir vertrauen. Und es scheint ja, als hätte er die Lage richtig eingeschätzt, wenn es stimmt, was Sie sagen. Dass er eines unnatürlichen Todes gestorben ist.«

»Wir warten noch auf den endgültigen Autopsiebericht«, sagte Charlie. »Hat Jamie je jemanden erwähnt, der es auf ihn abgesehen hatte? Jemanden, vor dem er sich gefürchtet hat?«

Wieder lächelte sie ein wenig schief. »Jamie neigte nicht zu Furcht. Wenn die Dinge düster schienen, wurde er aktiv. Er hat nie erwähnt, dass er Angst gehabt hätte. Und warum sollte es jemand auf ihn abgesehen haben?«

»Soldaten tun in der Hitze des Gefechts manchmal Dinge, die Racheakte provozieren.«

»Jamie war nicht einmal in der Nähe von Gefechten«, sagte Mary bestimmt. »Er war den größten Teil seiner Legionärszeit der Operation Sentinelle zugeteilt. Die sind in ganz Frankreich an Orten stationiert, an denen es terroristische Anschläge geben könnte. Er war nicht am Waterboarding im Iran beteiligt, Chief Inspector.«

»Wie war es, nachdem er die Legion verlassen hatte? Hat er vielleicht erwähnt, dass er mit jemandem aneinandergeraten ist?«

»Nein. Er hat Musik gemacht mit seinem Jazzquintett. Sie

hatten viele Gigs überall im Land, weil sie wirklich gut waren. Wie Jamie immer sagte, lag das unter anderem daran, dass sie die besten Freunde waren. Es gab kein böses Blut zwischen ihnen.«

»Wie steht es mit einer Freundin? War Jamie mit jemandem zusammen?« Daisy lächelte. »Es heißt immer, Musiker hätten eine besondere Anziehungskraft auf Frauen.«

Mary lächelte zurück. »Pascale. Sie haben sich seit ungefähr einem Jahr getroffen. Sie lebt in Caen, wo sie einen Jazzclub hat. Sie sahen sich zwei- oder dreimal im Monat. Mir kam das Ganze ziemlich zwanglos vor. Sie hatten nicht vor zusammenzuziehen. Ich hatte mal vorgeschlagen, dass er sie doch mitbringen solle, aber er sagte, das sei nicht die Art von Beziehung, bei der man sich gegenseitig der Familie vorstellt. Er schien im Umgang mit ihr völlig entspannt und stressfrei zu sein.«

Charlie und Daisy wechselten einen Blick. Noch etwas, das nachverfolgt werden musste. »Haben Sie vielleicht einen Nachnamen für uns? Wissen Sie, wo man sie erreichen kann?«

»Darüber haben wir nie gesprochen. Aber die anderen Bandmitglieder sollten das wissen, sie haben regelmäßig in ihrem Club gespielt.«

»Können Sie uns die Namen der Bandmitglieder geben? Wir werden mit ihnen reden müssen.«

»Dom, Patrice, Jean-Claude und Hugo«, sagte sie und zog ihr Telefon aus der Tasche. »Sie haben eine Website.« Sie tippte auf dem Bildschirm herum und drehte das Telefon dann, um es Daisy zu zeigen. »CommeDesEtrangers.cde.fr. Das ist eine Anspielung auf ihren Dienst in der Fremdenlegion. *Légion Étrangère* wird sie in Frankreich genannt.«

Daisy notierte sich den Link. Fünf Männer starrten sie von einem düsteren Schwarz-Weiß-Foto an. Auf dem Handydisplay konnte sie nicht viel erkennen, aber sie war sich sicher, sie würde sie ausfindig machen können, wenn sie erst einmal an ihrem Laptop saß. »Hervorragend, danke.«

»Gern.« Marys Gesicht fiel in sich zusammen, als ihr unvermittelt ihr Verlust wieder bewusst wurde. »Ich glaube nicht, dass ich Ihnen noch irgendwie weiterhelfen kann«, sagte sie, und ihre Stimme brach.

»Wenn Sie uns bei der formellen Identifizierung helfen könnten, wäre das eine große Hilfe«, sagte Charlie.

Mary nickte langsam, ein mitleiderregender Ausdruck lag in ihren Augen.

»Ich arrangiere das mit der Leichenhalle und melde mich dann bei Ihnen. Ich kümmere mich so schnell wie möglich darum.« Charlie stand auf. »In der Zwischenzeit –«

»Wenn mein ausgedörrtes altes Hirn sich plötzlich an Jamies Erzfeinde erinnert, lasse ich Sie es wissen«, sagte sie, und aus Trauer wurde Wut. »Die Wahrheit ist, Chief Inspector Todd, die einzigen Feinde, die Jamie je hatte, waren Ihre Kollegen. Aber die werden vermutlich nicht auf Ihrer Liste der Verdächtigen stehen, nicht wahr?«

13

Tamsin hatte wieder einmal ihre Zauberkräfte walten lassen. Als Karen an diesem Morgen ihren Bürorechner hochfuhr, fand sie eine E-Mail von den DNA-Technikern vor:

> Wir haben zwei substanzielle DNA-Ablagerungen in der Wohnkabine des Campers entdeckt. Die eine stimmt mit der Probe überein, die Dr. River Wilde aus dem Skelett extrahiert und uns geschickt hat. Die andere, die sich auch in den Blutspuren auf dem Teppich der Kabine findet, stimmt nicht mit den Proben überein, die im Haus von Susan Leitch genommen wurden (und bei denen es sich vermutlich um deren DNA handelt). Es gab Spuren von Leitchs DNA am Lenkrad und auf dem Fahrersitz, aber nicht in der Wohnkabine. Keine der Proben ist in unserer Datenbank gespeichert, keine der Personen war also in jüngster Zeit in ein Kapitalverbrechen verwickelt. Wir sind noch nicht dazu gekommen, uns um die Gemälde zu kümmern, um zu sehen, ob wir hier DNA isolieren können. Ich melde mich bei Ihnen, sobald wir mehr wissen.
> Fröhliches Jagen!

Karen lehnte sich auf ihrem Stuhl zurück und dachte nach. Laut der DNA-Ergebnisse hatte Susan Leitch ganz offensichtlich nichts mit der Leiche im Camper zu tun. Denn wie hätte sie jemanden in diesem engen Raum umbringen oder auch nur ablegen können, ohne Spuren zu hinterlassen? Wenn nicht noch irgendetwas Außergewöhnliches in ihrem Haus entdeckt würde, entlasteten die Beweise Susan Leitch.

Leider lagen noch nicht alle Ergebnisse vor. Die Identität der Leiche war immer noch unklar. Doch eines war nicht zu bestreiten: Susan Leitch hatte gewusst, was sich da in ihrer Garage befand, auch wenn sie nicht verantwortlich für den Tod der Person im Camper war. Karen fragte sich, wie lange die Leiche dort gelegen hatte und ob Susan vorgehabt hatte, sie loszuwerden. Oder hatte sie einfach nur eine Plane darübergebreitet und dann beschlossen, so zu tun, als wäre der Leichnam nicht da – wie ein Kleinkind, das sich die Augen zuhielt und krähte: »Keiner kann mich sehen.«

Das Öffnen der Tür unterbrach ihre Gedanken. Jason schob sich mit zwei Bechern Kaffee herein; das Signal, dass der Arbeitstag begann. Schwungvoll stellte er Karens Kaffee vor ihr ab und sagte: »Ich habe gerade eine Textnachricht von der Polizeiwerkstatt bekommen. Die Nummernschilder und die Plakette mit der Fahrzeug-Identifikationsnummer waren zwar vom VW-Bus abmontiert, aber die Fahrgestellnummer war intakt.«

»Gut zu wissen, dass die Verbrecher nicht dazulernen«, sagte Karen und genoss ihren ersten Schluck. In den paar Minuten, die man brauchte, um vom nahe gelegenen Coffee Shop zum Büro zu gelangen, kühlte der Kaffee auf die perfekte Trinktemperatur ab. »Hilft uns das weiter?«

»Na ja, im Fahrzeugbrief ist die Fahrgestellnummer vermerkt. Und die Kfz-Zulassungsstelle kann ihre Datenbanken nach der Fahrgestellnummer durchsuchen. So bekommen wir Namen und Adresse des eingetragenen Halters.« Jason grinste und hob seinen Becher. »Prost, Boss.«

»Hatten Sie sich letztes Jahr nicht mit jemandem von der Zulassungsstelle angefreundet? Bei dem Fall in Wester Ross?«

»Ja, hab ich. Sie heißt Kayleigh. Und ich hab mir ihre Telefonnummer geben lassen und sie abgespeichert. Phil hat immer gesagt, man soll niemals eine Telefonnummer wegwerfen.« Kurz legte sich ein dunkler Schatten über seine stolze Freude.

Karen erinnerte sich vage, dass sie Jason das Gleiche gesagt hatte, und zwar mehrfach, aber das passte nicht zu dem Schlachtruf, den er sich erwählt hatte: »Was würde Phil tun?« Doch sie störte sich nicht dran; alles, was ihn motivierte, war für sie in Ordnung. »Worauf warten Sie dann noch?«

Er zog seine Jacke aus, steckte sich die Ohrstöpsel ein und tippte auf seinem Telefon. »Hi, sprech ich mit Kayleigh? … Vielleicht erinnerst du dich noch an mich? Jason Murray. DC Jason Murray. Aus Edinburgh … Ja, genau, Historic Cases. Wie geht es dir? … Was geht ab in Swansea?«

Karen verdrehte innerlich die Augen und blendete Jason aus. Sie öffnete ihr E-Mail-Programm und schrieb eine Nachricht an Tamsin in Gartcosh:

> Schon was erreicht wegen Susan Leitchs Telefon? Wenn es noch nicht bei dir eingetroffen ist, lass es mich wissen, dann teile ich hier ein paar Kopfnüsse aus. K.

Sie warf einen Blick zu Jason und registrierte zufrieden, dass er sich etwas notierte.

»Das ist großartig, ich kann gar nicht glauben, dass du das so schnell gefunden hast … Ich weiß, aber sonst habt ihr so einen riesigen Rückstau … Oh, danke. Meine Mutter sagt immer: ›Es macht Freude, freundlich zu sein, Jason.‹ Vielen Dank für deine Hilfe, du bist ein echter Kumpel.« Er zog die Ohrstöpsel heraus und reckte Karen beide Daumen entgegen. »Top Info, Boss«, sagte er sichtlich zufrieden mit sich.

»Was hat Kayleighs Suchlauf ergeben?«

»Die eingetragene Halterin des VW-Busses ist Amanda McAndrew.« Er machte eine erwartungsvolle Pause.

»Susan Leitchs Ex.«

»Sie hat ihn vor etwas mehr als drei Jahren gekauft. Und ihn knapp ein Jahr später von der Steuer abgemeldet.«

»Was? Sie hat ihn offiziell von der Straße genommen?« Sobald sie es ausgesprochen hatte, wurde Karen klar, dass das eigentlich nicht weiter überraschend war. Ein so alter VW-Camper musste wahrscheinlich jährlich durch den MOT-Test, die Prüfung, ob das Auto verkehrssicher und fahrtauglich war. Aber selbst die nachlässigste Werkstatt würde ein Fahrzeug kaum als fahrtüchtig einschätzen, wenn darin ein menschliches Skelett und jede Menge Madenüberreste lagen. »Tja, das verkleinert das Zeitfenster. Hat McAndrew den Wagen auf Susans Adresse eintragen lassen? Oder haben wir Glück?«

Jason grinste erneut. »Wir haben richtig viel Glück. Die Adresse, die sie angegeben hat, lautet: Tullyfolda House, Milton of Glenisla. Wo auch immer das sein mag.«

»Dann lassen Sie uns das mal rausfinden.«

* * *

Sie brauchten fast zwei Stunden, um nach Milton of Glenisla zu kommen. Über die Autobahn bis Perth, dann auf Landstraßen durch Hügel, Felder und triste, unbelaubte Wälder. Es war einer dieser grauen Februartage, an denen es Karen immer so vorkam, als würde das Tageslicht blaumachen. Die sonst so eindrucksvolle Silhouette der Berge verschwamm am Horizont.

Die aufdringliche Stimme des Navigationsgeräts schlug ihnen vor, von der Hauptstraße in ein Tal abzubiegen, durch das ein schmaler Weg zwischen zwei dichten Wäldchen führte. Weit und breit waren keine Gebäude zu erkennen. »Das sieht nicht gerade vielversprechend aus«, nörgelte Jason. Aber nach rund einer halben Meile beschrieb die Straße eine scharfe Linkskurve, und vor ihnen stand ein heruntergekommenes Haus im schottischen Baronialstil. Eins der Ecktürmchen war offenbar abgebrochen, auf dem Boden lagen die steinernen Überreste. Die Lücke war mit Wellblech und Beton verschlossen worden. Als sie zwischen baufälligen Pfeilern hindurchfuhren, die die selbst im Winter von Unkraut überwucherte Kiesauffahrt säumten, konnte Karen erkennen, dass die Farbe an den Fenstern gesprungen war und abblätterte.

Zwei ältere Wohnmobile parkten vor einem langen Nebengebäude aus Stein, darin ein großes Doppeltor, dessen einer Flügel ein bisschen offen stand. Als Jason das Auto zum Stehen gebracht hatte, stürzten zwei wild aussehende Collies um die Ecke des Hauses. Schwanzwedelnd und hysterisch bellend sprangen sie an den Autotüren hoch. »Himmel«, murrte Jason. »Glauben Sie, die beißen?«

Karen stieg aus, ohne darauf einzugehen. Der Hund, der ihr am nächsten war, stieß sie am Bein an und leckte ihre Hand. Das einzige Risiko hier bestand ganz offensichtlich darin, zu Tode geliebt zu werden. Als sie sich auf der Suche nach einem Lebenszeichen umblickte, tauchte eine Frau aus der Richtung auf, aus der auch die Hunde gekommen waren. Sie war für den Aufenthalt im Freien angezogen – eine gewachste Jacke über einem dicken Pullover, die Jeans steckten in Gummistiefeln, über deren Rand die Bündchen von langen Socken geschlagen waren. Eine Tweedmütze mit Ohrenklappen bedeckte den größten Teil ihres Kopfes. Stirnrunzelnd sah sie den Neuankömmlingen entgegen. »Haben Sie sich verfahren?«, fragte sie.

»Nicht, wenn das hier Tullyfolda House ist«, antwortete Karen und zog ihren Polizeiausweis hervor. »Ich bin DCI Pirie von der Police Scotland. Wir möchten mit den Leuten reden, die hier wohnen.« Es war nicht nötig zu sagen, von welcher Abteilung sie waren, noch nicht. Während sie sich vorgestellt hatte, war ein stämmiger Mann mit einem kastanienbraunen Haarschopf aus dem Nebengebäude aufgetaucht. Er trug eine fleckenübersäte Latzhose über einem karierten Flanellhemd, in der Hand hielt er locker eine glänzende Säge.

»Worüber wollen Sie mit uns reden?«, wollte er wissen, während er ein bisschen näher kam.

»Wir sind auf der Suche nach jemandem, der hier früher wohl mal gelebt hat«, sagte Karen. »Ich weiß leider nicht, wie das hier organisiert ist. Gibt es jemanden, der das Sagen hat oder …?«

Die Frau stieß einen leisen Pfiff aus, und die Hunde scharten sich um sie und legten sich ihr zu Füßen. »Niemand hat das Sagen. Wir sind eine Künstlerkolonie. Leute kommen her und arbeiten hier. Töpfer, Maler, Bildhauer, Musiker, Schriftsteller, Weber. Wir hatten hier schon alle möglichen Künstler zu Gast.«

»Gehört Ihnen das Grundstück?«, fragte Jason.

»Es gehörte meiner Familie«, antwortete sie. »Inzwischen ist es Teil einer Stiftung. Die Leute, die hier leben und arbeiten, helfen im Gegenzug, so gut sie können, bei der Instandhaltung.«

»Offenbar nicht genug«, meinte Karen verhalten.

»Für uns reicht's«, erwiderte die Frau bestimmt.

»Wie viele Leute leben hier?«, fragte Karen.

»Derzeit sind wir fünf –«

»Sieben, wenn du die Kinder mitzählst«, warf der Mann ein.

»Ich glaube nicht, dass sich die Polizei ausgerechnet für Thomas und Dinah interessiert«, sagte die Frau. »Fünf Erwachsene. Declan hier –«, sie wies mit der Hand auf den Mann mit der Säge, »Declan macht wunderschöne Möbel. Ich bin Teppichweberin. Charis und Donald sind beide Töpfer. Thomas und Dinah sind ihre Kinder. Thomas ist sieben und Dinah neun. Und außerdem lebt hier noch Jessie, eine Malerin und Collagistin.«

»Können wir irgendwo reden, wo es nicht so eisig ist?« Karen vergrub sich demonstrativ in ihrem Mantel.

Die Frau sah Declan an, der mit den Schultern zuckte. »Kommen Sie hier rein, ich hab den Ofen an.« Die Frau gab lächelnd ihr Einverständnis, woraufhin alle in das Nebengebäude marschierten. Die unverputzten Steinwände waren säuberlich geweißelt worden. Ein Gestell mit diversen Holzbohlen nahm den größten Teil der hinteren Wand ein. Auf einer Seite standen zwei Werkbänke, auf der anderen eine Tischsäge und weitere Maschinen, deren Funktion Karen nicht kannte. In der Mitte des Raumes fanden sich drei Werkstücke, an denen noch gearbeitet wurde: ein Schreibtisch, ein frei stehendes Bücherregal und ein langer, schmaler Esstisch. Die Möbelstücke waren von schlichter Eleganz, um die Karen sie beneidete.

»Wunderschön«, sagte sie.

Declan nickte, als wäre diese Anerkennung nur gerechtfertigt. »Also, worum geht es? Sie haben begonnen und dann nichts mehr gesagt.«

»Bevor wir richtig starten, würden Sie mir Ihre Namen nennen? Nur für die Akten.« Karen setzte den geübten Blick resignierter Ergebenheit auf. »Papierkram – der Fluch unseres Lebens.«

»Ich bin Declan Burns.« Er schaute mürrisch drein, als wäre ihm etwas entrissen worden.

»Und ich bin Camilla Gordon-Bruce.« Ihr Lächeln hingegen war offen und freigiebig.

Jason holte sein Notizbuch heraus und hielt die Antworten fest.

Karen schlenderte zu den Werkbänken und begutachtete zwei Holzstücke, die dort eingespannt waren. »Wir versuchen, Kontakt zu Amanda McAndrew aufzunehmen. Wir glauben, dass sie vor rund drei Jahren hier gelebt hat.« Sie drehte sich im richtigen Moment um, um mitzubekommen, wie Camilla die Augenbrauen hochzog.

»Sie war hier, ja. Eine ganz anständige Aquarellmalerin, fand ich. Ausreichend talentiert, um Bilder zu malen, die sich verkaufen ließen. Wir haben gute Kontakte zu vielen Kunsthandwerk- und Souvenirläden hier in der Gegend. Die sind immer auf der Suche nach Dingen, die die Touristen interessieren könnten.«

»Gott sei Dank muss ich mich damit nicht rumschlagen«, murrte Declan.

»Declan erhält Aufträge über seine Website. Warum suchen Sie Amanda? Ist sie verschwunden?«

Es bestand keine Notwendigkeit, diesen beiden mehr als das Nötigste mitzuteilen, befand Karen. »Ihre frühere Partnerin ist vor Kurzem bei einem Verkehrsunfall ums Leben gekommen. Deshalb müssen wir mit Amanda sprechen.«

»Warum?« Camilla wirkte irritiert. Zu Recht, dachte Karen. Die meisten Menschen gaben sich mit derart unlogischen Antworten zufrieden, aber diese Frau durchschaute es.

»Es ist kompliziert«, sagte Jason bestimmt. »Wir brauchen nur ein paar Informationen von Ihnen, und dann sind wir auch schon wieder weg.«

Karen war beeindruckt. »Wie ich schon sagte, wir haben Grund zur Annahme, dass Amanda vor drei Jahren hier gelebt hat. Wir wollten überprüfen, ob sie immer noch da ist, und wenn nicht, ob Sie vielleicht wissen, wo sie jetzt lebt.«

»Ich erinnere mich an Amanda«, sagte Declan. »Sie war allerdings nur ein paar Monate hier.«

Declan schaute Camilla an. »Du weißt darüber besser Bescheid«, sagte er, wendete sich ab und vertiefte sich in ein paar technische Zeichnungen auf seiner Werkbank.

Camilla seufzte. »Nicht jeder ist für das Leben in einem Kollektiv geschaffen. Amanda schien anfangs gut reinzupassen –«

»Erzähl ihnen die Wahrheit, Milla. Nachdem sie Dani verführt hatte, ging alles den Bach runter«, unterbrach Declan sie wütend. Er fegte die Zeichnungen von der Bank und stapfte hinaus, seine schweren Stiefel schlugen gegen die Pflastersteine.

»Hört sich nach einer interessanten Geschichte an«, meinte Karen. »Wer ist Dani?«

»Dani Gilmartin ist eine sehr begabte Silberschmiedin«, sagte Camilla. Sie zog einen Stuhl unter einer Bank hervor und ließ sich nieder wie die geborene Geschichtenerzählerin. »Sie hatte eine schwierige Kindheit – ihre Eltern hatten sich sehr dramatisch scheiden lassen, als sie ein Kind war. Die meiste Zeit ihrer Jugend wurde sie zwischen den Familienteilen hin- und hergeschoben. Sie hat mir erzählt, dass sie sich immer gefühlt hatte, als wäre sie im Weg. Aber sie hat das Beste draus gemacht. Sie hat ihren Vater überredet, ihr eine Ausbildung zur Silberschmiedin zu bezahlen, und überzeugte dann ihre Mutter, ihr den Aufbau eines Geschäfts zu finanzieren.«

»Herausholen, was herauszuholen war, oder?«, sagte Karen.

»Ganz genau«, erwiderte Camilla spöttisch. »Danach hat sie beiden gesagt, sie könnten sie mal.«

Sie schwiegen einen Moment.

»Ich wette, damit hatten sie nicht gerechnet«, sagte Karen.

»Sie hat es aber genau so gemeint. Dani kam her … lassen Sie mich nachdenken. Vor mehr als vier Jahren. Am Ende des Sommers. Es war nicht immer einfach mit ihr. Sie war ziemlich launisch – wegen der banalsten Dinge konnte sie einen Streit vom Zaun brechen. Aber sie konnte auch sehr liebenswert sein. Declan war ein bisschen in sie verschossen, aber sie war nicht an ihm interessiert, und um fair zu sein, er hat es auch nicht weiter forciert. Dann tauchte Amanda auf, und sofort hat es zwischen ihnen gefunkt.«

»Und dann hat Amanda Dani verführt?«

Camilla verzog gequält das Gesicht. »Sehen Sie – was Declan gesagt hat –, er ist ein bisschen voreingenommen. Wie ich schon sagte, er hatte ein Auge auf Dani geworfen. Wenn überhaupt, dann war es andersherum. Dani ist direkt auf Amanda zugestürmt, aber es war offensichtlich, dass ihr Interesse auf Gegenliebe gestoßen ist.«

»Amanda und Dani wurden ein Paar?«

Camilla nickte. »Dani war ganz schön besessen von Amanda. Sie konnte sie nicht in Ruhe lassen. Wenn Amanda rausging, um zu malen, dann kam Dani mit. Sie behauptete zwar, sie würde in der Natur Anregungen für ihre Arbeit suchen. Aber sie hat nie was davon umgesetzt. Die einzige Zeit, in der sie gearbeitet hat, war, wenn Amanda bei ihr in der Werkstatt saß. Ich würd sagen, sie war ganz schön bedürftig. Und Amanda mochte es, gebraucht zu werden.«

»Sie sagten, Dani war launisch. War auch die Beziehung davon geprägt?«

Camilla runzelte die Stirn und dachte nach. »Schwer zu sagen. Manchmal hatte Amanda so einen Gesichtsausdruck – gehetzt, panisch, irgendwas in der Art. Aber sie waren ganz klar einander verfallen. Es war eine sehr exklusive, andere ausschließende Beziehung.«

»Was ist dann passiert?«

»Sie fingen an, davon zu reden, sich was Eigenes zu suchen. Ich vermute, Dani wollte Amanda ganz für sich. Und Amanda wollte unbedingt einen Hof oder ein Cottage mieten, sodass sie ihr eigenes Gemüse ziehen konnten.«

»Schwachsinn, wenn Sie mich fragen«, sagte Declan von der Tür her, wo er wieder aufgetaucht war. »Hippie-Blödsinn. Die Art von Müll, den Leute von sich geben, die sich noch nie um was Größeres gekümmert haben als ein Blumenbeet.«

»Du hast vermutlich recht, Declan, und ich hab sie vorsichtig von der Idee abbringen wollen. Aber am Ende sind sie doch gegangen. Amanda kam eines Morgens in die Küche. Sie sah fürchterlich aus, als hätte sie nicht geschlafen. Sie sagte, Dani hätte entschieden, dass sie so nicht länger leben könne und dass sie beide sich unbedingt was Eigenes suchen sollten. Sie hatten den VW-Bus gepackt und wollten los. Amanda hat sich entschuldigt. Sie sagte, sie hätte es hier gemocht, aber ohne Dani wollte sie nicht dableiben.«

»Haben Sie versucht, sie zum Bleiben zu überreden?«

Camilla lachte leise. »Oh nein. Um ehrlich zu sein, war es zu dem Zeitpunkt eine Erlösung. Mit Amanda war gut auszukommen, aber Dani hatte etwas Zerstörerisches an sich. Dieser Ort funktioniert nur, wenn alle am selben Strang ziehen, und Dani konnte nicht anders, als immer wieder querzutreiben. Ich hab Amanda gesagt, wenn sie zurückkommen wolle, wäre sie willkommen. Ihr war klar, dass ich meinte: ohne Dani. Sie hat den Kopf geschüttelt und gesagt, das würde nicht geschehen. Und so war's dann auch. Sie ist aus der Küche raus, und die beiden fuhren mit dem VW weg, ohne irgendwas zurückzulassen.«

»Sind Sie mit Amanda in Kontakt geblieben?«

»Warum sollte ich? Ich hänge nicht an der Vergangenheit, Chief Inspector. Einen Schlussstrich ziehen und nach vorn schauen, das ist meine Devise. Ich hab keine Ahnung, wohin es sie verschlagen hat.«

»Wie steht es mit den anderen? Könnten sie den Kontakt gehalten haben?«, fragte Karen.

»Keiner von denen war zu der Zeit hier. Jessie wohnt erst seit ein paar Monaten bei uns. Charis und Donald kamen mehrere Monate, nachdem Amanda und Dani weggefahren waren. Wie Sie sehen, können wir Ihnen nicht helfen. Tut mir leid. Amanda und Dani sind für uns ein abgeschlossenes Kapitel.«

»Nicht für mich«, erklärte Declan mit Bestimmtheit. »Dani hat inzwischen eine Website und ein Blog.«

14

Charlie war auf dem Rückweg von Lundin Links ungewöhnlich schlecht gelaunt gewesen. Daisy war sich nicht sicher, was er von Mary Auld erwartet hatte – ein Geständnis? Hass, der aus ihr herausbrach? Die Beteuerung, dass sie nichts mehr mit James Auld zu tun gehabt hatte, nachdem er untergetaucht war? Was immer er sich erhofft hatte, es war nicht eingetreten; so viel war klar.

»Immerhin haben wir jetzt eine eindeutige Identifizierung«, sagte sie aufmunternd.

»Die hatten wir sowieso schon fast«, grummelte Charlie. »Der Pass in seiner Tasche plus die Informationen, die Sie von der französischen Botschaft erhalten haben.«

»Und wir haben den Namen seiner Freundin und die Website der Band. Vielleicht sollte jemand nach Paris fahren und sie befragen? Herausfinden, ob wir einen Durchsuchungsbeschluss für seine Wohnung bekommen?«

Charlie grunzte. Sarkastisch verzog er den Mund. »Träumen Sie von einem kleinen Ausflug, Daisy?«

Sie umfasste das Steuer fester und unterdrückte den Drang zurückzuschnappen. »Muss ja nicht unbedingt ich sein. Ich dachte, Sie würden vielleicht hinfahren wollen?«

»Ich muss an diesem Ende der Ermittlungen alles im Blick behalten. Ich kann mich nicht einfach amüsieren gehen. Es ist ja nicht so, als wär das Verbrechen in Paris begangen worden.«

»Das versteh ich, aber da er doch in Paris gelebt hat, liegt es dann nicht nah, dass die Gründe für seine Ermordung dort liegen?«

»Daisy, er war der Hauptverdächtige im Fall der Ermordung eines hohen Regierungsbeamten, nah am Zentrum der Macht –«

Daisy konnte sich ein prustendes Lachen nicht verkneifen. »Das Schottland-Amt? Vor zehn Jahren, unter David Cameron? Nicht mal seine eigene Mutter hätte das Schottland-Amt als nah am Zentrum der Macht bezeichnet.«

Das war natürlich das Falsche. Es brachte Charlie nur noch mehr auf. »Wenn Sie mich fragen, hängt das, was James Auld zugestoßen ist, mit seiner Vergangenheit hier zusammen, und nicht mit seinem tadellosen Leben als Jazzmusiker in Frankreich. Wenn irgendjemand nach Paris fährt, werde das bestimmt nicht ich sein.«

Damit drehte er sich weg und rief in der Einsatzzentrale an. Soweit sie es mitbekam, hatten die Beamten, die die Hundebesitzer in Elie befragen sollten, nicht einen einzigen Zeugen gefunden, der gesehen hätte, wie James Auld auf die Landzunge mit dem Turm zusteuerte. Das war nicht weiter überraschend; es hatte gedämmert, war schon fast dunkel gewesen. Und es gab mehr als eine Richtung, aus der man sich der Landspitze nähern konnte. Daisy machte sich gedanklich eine Notiz.

Außerdem war immer noch unklar, wo er gewohnt hatte. Daisy hatte sich schon gedacht, dass das schwierig werden würde. Die East Neuk war voll von Unterkünften für Touristen, und inzwischen war es ganz einfach, online kurzfristig etwas zu buchen; manche der Gästezimmer gab es offiziell gar nicht. Ohne Genehmigung, hinter dem Rücken der Behörden. Ihre rein virtuelle Existenz machte es praktisch unmöglich, sie aufzuspüren.

Es wurde noch schlimmer, als sie in der Einsatzzentrale eintrafen. Mit dem Rücken zur Tür, offensichtlich vertieft in das Board, das die Fortschritte der Ermittlung dokumentierte, stand unverkennbar Assistant Chief Constable (Crime)

Ann Markie. Niemand, egal welchen Ranges, trug eine derart perfekt geschnittene Uniform, die so schmeichelhaft saß. Daisy meinte zu hören, wie Charlie ein leises »Fuck« ausstieß, aber das war vielleicht nur eine Projektion.

»ACC Markie«, sagte Charlie und verdeckte seine schlechte Laune unter einer dicken Schicht Jovialität. »Schön, Sie zu sehen, Ma'am.«

Sie drehte sich langsam um, noch präsenter zu wirken. Daisy, die sie noch nie von so Nahem gesehen hatte, war erstaunt ob der Perfektion ihres Make-ups. Nicht ein einziges Haar lag am falschen Platz. Markie sah aus, als käme sie direkt von einem Fotoshooting für Männer, die auf Frauen in Uniform standen. Niemals hätte sie in diesem Outfit einen Junkie auf der Straße verfolgen können, der gerade ein Mädchen an einer Bushaltestelle überfallen hatte. Nicht in diesen High Heels, die gegen jede Vorschrift verstießen. »DCI Todd«, sagte sie. Das unausgesprochene »auch schon da« hing in der Luft. »Und das muss DS Mortimer sein.«

»Ma'am.« Daisy neigte den Kopf. Es war beunruhigend, auf Markies Radar zu erscheinen. Die Frau hatte den Ruf, eiskalt, berechnend und rücksichtslos zu sein, wenn es darum ging, sich abzusichern. Wenn ein Shitstorm tobte, glitt er an Ann Markie ab, als wäre sie aus Teflon. Nur der Himmel konnte den beschützen, der neben ihr stand.

»Keine großen Fortschritte bisher«, sagte Markie und wies beiläufig auf das Board. »Mir scheint das eher ein Board des ›ausbleibenden Fortschritts‹ zu sein.« Die vier übrigen Beamten im Raum waren vollkommen absorbiert von ihren Computerbildschirmen. Finger tippten emsig auf Tastaturen. Niemand wollte da mit reingezogen werden.

»Die Leiche wurde erst gestern früh gefunden«, protestierte Charlie vorsichtig. »Wir haben gerade mit Mary Auld gesprochen. Der Tote ist –«

»– ihr Schwager, ja«, unterbrach ihn Markie. »Wie Sie sich vielleicht denken können, bin ich deshalb hier. Das Verschwinden und der mutmaßliche Tod von Iain Auld sind immer noch ungeklärt. Jetzt taucht sein Bruder unter rätselhaften Umständen auf. Konnte Mrs Auld Licht ins Dunkel bringen?«

»Sie hatte ihn im Laufe dieser Woche erwartet. Also, James Auld. Sie standen in regelmäßigem Kontakt.«

Markies Lippen verzogen sich zu einem sardonischen Lächeln. »Nachdem er weggelaufen war, um in der Fremdenlegion Soldat zu spielen?«

»Ja.« Charlie näherte sich Markie aus Gründen der Konversation und weniger der Konfrontation.

»Und hilft uns dieser Kontakt in irgendeiner Hinsicht weiter?«

Charlie schüttelte den Kopf. »Mrs Auld meinte, sie hätten beide keine Ahnung gehabt, was ihrem Mann zugestoßen sein könnte. Und sie ist überzeugt, dass der Bruder nichts damit zu tun hat.«

Markie drehte sich um und studierte erneut das Board. »Und Sie glauben ihr?«

»Zum gegenwärtigen Zeitpunkt spricht nichts dagegen.«

»Außer dass ihr Schwager zu Besuch kommt und dann stirbt. Es scheint mir ziemlich offensichtlich, dass das, was James Auld zugestoßen ist, mit dem Verschwinden seines Bruders zusammenhängt. Und das ist ein Cold Case.« Sie nahm einen der Textmarker, die auf der Ablage unter dem Board lagen, und schrieb: *»Iain Auld = Cold Case«*.

Markie ließ sich auf der Kante des Schreibtischs nieder und musterte Charlie. »Sie haben nicht viel Erfahrung mit Mord. Und Sie haben keinerlei Erfolge beim Aufklären von Cold Cases vorzuweisen. Sobald klar war, dass Iain Auld in diesen Fall involviert ist, hätten Sie die Akten über sein Verschwinden lesen müssen; dabei hätten Sie entdeckt, dass DCI Pirie von der Historic Case Unit vor zwei Jahren routinemäßig einen Bericht erstellt hat, der auch ein Gespräch mit Mary Auld enthält. Es ergaben sich keine neuen Erkenntnisse, aber DCI Pirie ist mit dem Fall vertraut. Und sie weiß besser als Sie, wie man mit Altfällen umgeht. Deshalb werde ich ihr die Leitung dieses Falles übertragen.«

Charlie sah aus, als hätte er eine Ohrfeige einstecken müssen. Was ja im Grunde auch zutraf, dachte Daisy. Markie fuhr ungerührt fort: »Jemand muss nach Frankreich fahren und James Aulds Leben dort unter die Lupe nehmen. Wir stünden ganz schön dumm da, wenn sich herausstellen sollte, dass Iain Auld während der letzten zehn Jahre Vibrafon in einer Jazzfunk-Band gespielt hat.« Sie fixierte Daisy mit ihren kalten blauen Augen. »Sie haben einen Abschluss in Französisch, nicht wahr?«

»Ja, Ma'am, Französisch und Jura.«

»Sie fahren mit DCI Pirie nach Paris. Ich glaube kaum, dass die Beherrschung der französischen Sprache zu deren Fertigkeiten zählt. Und DCI Todd wird sich darum kümmern, dass sein Team hier vor Ort etwas Brauchbares entdeckt. Jemand muss mit James Auld Kontakt gehabt haben. Denjenigen müssen Sie finden. Ich schicke Ihnen Pirie her, damit Sie sie auf den neuesten Stand bringen in dem Tempo, das hier in Fife als schnell gilt.« Markie nahm ihre genderneutrale Baseballkappe und setzte sie auf ihren perfekt frisierten Kopf, hängte sich ihre Tasche über die Schulter und nickte zum Abschied.

Kaum war die Tür hinter ihr ins Schloss gefallen, ließ sich Charlie auf einen Stuhl fallen. »Tja, so was nennt man wohl ›in die Schranken weisen‹«, brummte er.

»Ist sie immer so?«, fragte Daisy.

»Nur zu den niederen Rängen.« Er blickte voller Bedauern auf das Board. »Wir hatten kaum Zeit, richtig loszulegen.«

»Das ist nicht fair. Oh, apropos, ich hatte eine Idee. So wie Mary Auld es geschildert hat, war James Auld ziemlich gründlich darauf bedacht, seine Spuren zu verwischen. Vielleicht ist er gar nicht von Elie aus zum Turm gegangen, sondern hat den Küstenpfad genommen.«

»Nach Einbruch der Dunkelheit sind auch weniger Hundehalter auf dem Küstenpfad unterwegs«, sagte Charlie.

»Aber er muss von irgendwoher gekommen sein. Ich würd drauf wetten, dass er ein Auto gemietet hat, als er eingereist ist.«

»Er hätte mit dem Bus herfahren können.«

»Dieser Mann hat sich so sehr gesorgt, nach zehn Jahren noch erkannt zu werden, dass er erst im Dunkeln zu Mary gegangen ist. Ich glaube, die Kontrolle über sein Kommen und Gehen war ihm wichtig. Und er hatte einen legalen Pass und Führerschein. Ich hab mir die Karte angesehen: Man kommt ganz einfach vom Ardross Farm Shop zum Küstenpfad und auf ihm entlang zum Turm. Das sind nur anderthalb Meilen. Es wär einen Versuch wert, einen der Polizisten vor Ort hinzuschicken, um nachzusehen, ob dort ein Auto über Nacht abgestellt wurde.«

»Das ist eine gute Idee, Daisy.« Er raffte sich auf und wendete sich einem der Officer in der Einsatzzentrale zu. Über die Schulter sagte er Daisy: »Sie sollten lieber nach Hause fahren und Ihren Pass holen. Sieht aus, als würden Sie mit KP Nuts nach Frankreich fahren.«

»KP Nuts?«

»Karen Pirie. KP Nuts. Wie das Knabberzeug. Und Nuts wie verrückt. Aus Gründen.«

15

Sie verließen Tullyfolda House mit der Webadresse von Danis Website und dem Versprechen, dass Camilla Gordon-Bruce ihre Digitalfotos nach Aufnahmen von Amanda und Dani durchforsten würde, um ihnen diese dann zu mailen.

»Was halten Sie davon?«, fragte Karen.

»Schwer zu sagen«, antwortete Jason. »Ich mein, ich würd mich nicht so verhalten, aber wer weiß, was bei solchen Leuten als normal durchgeht? Denen kam es überhaupt nicht in den Sinn, dass da was faul dran sein könnte, dass Amanda und Dani so plötzlich die Biege machten.«

»Wir müssen herausfinden, was danach passiert ist. Oder besser gesagt, davor. Wir haben keine Augenzeugen dafür, dass Dani Gilmartin noch am Leben war, als Amanda vom Hof fuhr.«

»Sie denken, das in dem Bus ist Dani, Boss?«

Karen blähte die Wangen auf und stieß die Luft dann wieder aus. »Das wär zumindest logisch. Wenn es Amanda wäre – warum sollte Susan Dani dann einen Gefallen tun? Andererseits betreibt Dani laut Declan einen Online-Handel. Vielleicht ist es jemand ganz anderer. Vielleicht haben sich Dani und Amanda getrennt, Amanda hat jemand Neues kennengelernt, und das endete böse.«

»Wir wissen ja nicht mal, wie lange der Camper in Susans Garage stand. Aber was, wenn Dani den Bus mit Amandas Leiche irgendwo anders versteckt hatte? Und als sie dann von Susans Tod hörte, hat sie den Bus dorthin in die Garage gebracht.«

Karen kam das weit hergeholt vor, aber sie freute sich,

dass Jason das Selbstbewusstsein aufbrachte, eine eigene Theorie zu formulieren, so unwahrscheinlich sie auch sein mochte. »Aber wie hätte sie das Auto in Susans Garage abstellen können?«

Jason runzelte die Stirn. »Das ist die Vierundsechzigtausend-Dollar-Frage.«

»Eine Möglichkeit kann ich mir vorstellen. Wenn Amanda immer noch die Schlüssel zu Susans Haus hatte, könnte Dani sie an sich genommen haben.« Karen stellte sich vor, wie eine Frau zügig die North Woodlands Crescent im Schatten der hohen Hecken entlangeilt, Latexhandschuhe an den Händen. Sie schlüpft in die Einfahrt und verschafft sich durch die Hintertür Zugang zu Susan Leitchs Haus, ohne die Aufmerksamkeit schlafloser Nachbarn zu wecken. Rein in die Küche und den Flur entlang, um die Tür zur Garage zu öffnen. Die Erleichterung, als sie feststellt, dass dort tatsächlich genug Platz ist, wie Amandas Erzählungen von Susans Ordnungsfimmel hatten erwarten lassen. Sie findet den Schalter, mit dem sich das Garagentor öffnen lässt. Das macht mehr Lärm, als ihr lieb ist, aber sie wartet einen Moment, und in den umliegenden Häusern geht kein Licht an.

Dann zurück zum VW-Bus, der ein paar Straßen weiter parkt. Sie fährt ihn direkt in die Garage, um die Wahrscheinlichkeit möglichst gering zu halten, dass irgendjemand das typische Tuckern eines VW-Motors hört. Sie schließt das Tor, bedeckt den Bus mit der Plane, die sie schon in der Scheune, Hütte oder Garage genutzt hat, in der sie das Auto vorher abgestellt hatte, dann lässt sie die Luft aus den Reifen. Danach verschwindet sie in die Nacht. Sie geht durch die schlafende Stadt und erreicht den Bahnhof rechtzeitig für den ersten Zug.

Doch dann erinnerte Karen sich an den brüchigen Gummi der platten Reifen. Die waren schon seit mehr als drei Wochen nicht mehr fahrtüchtig.

»Boss?« Jason schreckte sie aus ihren Überlegungen auf.

»Was?«

»Ich hab gefragt, ob wir zurück ins Büro fahren oder woandershin.«

»Zurück ins Büro. Jetzt heißt es erst mal auf Tastaturen einhacken und auf Monitore starren. Langweilig, ich weiß, aber wir müssen herausfinden, wie es mit diesen beiden Frauen weitergegangen ist.«

***

Wenige Minuten, nachdem sie Gayfield Square erreicht hatten, hätte Karen einiges für Langeweile gegeben. »Sie haben Besuch«, berichtete ihr der diensthabende Beamte, kaum dass sie das Polizeirevier betreten hatten.

»Wen denn?«

Er verzog das Gesicht. »Dreimal dürfen Sie raten.«

Karen grinste. »Ich bin Detective, keine Wahrsagerin. Spucken Sie's aus, junger Mann.«

Er sah sich schnell um und senkte die Stimme. »Der Hundekuchen.«

Karen verdrehte die Augen. Ann Markie verdankte ihren Spitznamen einer Marke für Hundekekse. Weil der Name so clever und respektlos war, hatte er sich schneller als ein Schnupfen unter den Polizisten verbreitet, wie es sich für gute Spitznamen gehörte. »Danke für die Vorwarnung.« Sie wandte sich zu Jason um. »Gehen Sie und besorgen Sie sich ein Sandwich oder so. Ich kümmere mich um Ihre Majestät.«

Auf dem Weg zu ihrem Büro schlüpfte Karen in die Damentoilette. Frühere Begegnungen hatten sie zwar gelehrt, dass sie nicht mit dem perfekten Aussehen des Hundekuchens konkurrieren konnte, aber sie wollte sich zumindest vergewissern, dass sie keine Krümel auf dem Jackett oder Morast an den Hosenbeinen hatte. Sie fuhr sich mit den Fingern durchs Haar, um es zu glätten, und fragte sich, warum manche Frauen nie so aussahen, als hätte ihr Kopf in einer Hecke gesteckt. Sie straffte die Schultern, atmete tief ein und murmelte: »Keine verbalen Ausrutscher.«

Ann Markie saß an Karens Schreibtisch und tippte mit einem perfekt manikürten Fingernagel auf einem Mini-Tablet herum. Sie sah kaum auf, als Karen eintrat. »Setzen Sie sich«, sagte sie frostig und tippte weiter. Karen ließ sich auf Jasons Stuhl nieder und wartete.

Ihre letzte Begegnung war nicht gut verlaufen. Markie hatte Karen die strikte Anweisung gegeben, etwas zu unterlassen, und Karen hatte dies ohne Gewissensbisse missachtet. Ihrer Meinung nach stand Gerechtigkeit über Politik. Es war durchaus denkbar, dass Markie darauf pochen würde, dass das Wohl der Police Scotland oberste Priorität hatte, doch für Karen stand ihre Verpflichtung den Toten und deren Familien gegenüber an erster, zweiter und letzter Stelle. Obwohl Karens Insubordination zur Verurteilung eines Mörders geführt hatte, konnte sie sich nicht vorstellen, dass das an der Geringschätzung etwas geändert hatte, die Markie ihr gegenüber empfand. Aus welchem Grund wollte sie ihr heute wohl an den Kragen?

Die Minuten vergingen langsam, während Karen aus dem Fenster auf die gegenüberliegende Wand starrte und an angenehme Dinge dachte. Zum Beispiel an die Flasche Nàdar Gin von Arbikie, den Jimmy Hutton zu ihrem nächsten Gin-Montag mitbringen wollte. Er wurde aus Erbsen hergestellt und hatte eine negative CO_2-Bilanz, damit war er für einen Gin fast zu gut, um wahr zu sein. Wie er wohl schmecken würde?

Das Tippen hörte auf, und Markie räusperte sich. Karen

löste ihre Augen von der nicht existierenden Aussicht und schaute ihre Chefin an. »Was kann ich für Sie tun?«

»Haben Sie den Fall des Ertrunkenen verfolgt, der gestern Morgen aus dem Forth gezogen wurde?« Wie immer, wenn es um weniger bedeutende Tote ging, war Markie geradeheraus bis zur Unhöflichkeit. Niemand sollte je vergessen, wer hier das Sagen hatte.

»Tut mir leid, das ist an mir vorbeigegangen. Ich war beschäftigt mit einem Skelett in einem Wohnmobil im aufstrebenden Perth. Das hat seit gestern früh meine volle Aufmerksamkeit beansprucht.«

»Wenn es sich um ein Skelett handelt, ist der Fall so kalt, wie er nur sein kann. Es gibt keinen Grund zur Eile, nicht wahr?«

»Ich gehe eigentlich davon aus, dass wir die Altfälle mit der gleichen Dringlichkeit behandeln wie die aktuellen.«

»Kommen Sie mir nicht so tugendhaft, Pirie. Nicht einmal Sie sind so naiv zu glauben, dass alle Morde gleichwertig sind. Sie können Perth vorläufig beiseitelassen. Ich will, dass Sie die Leitung in dem Fall in Fife übernehmen.«

Innerlich schäumte Karen, doch sie beherrschte sich und bohrte unter der Schreibtischplatte die Fingernägel in ihre Handflächen. »Das fällt doch ganz offensichtlich nicht in meinen Aufgabenbereich.«

»Auf den ersten Blick nicht, zumindest was die gestrige Leiche angeht. Aber sie steht in direktem Zusammenhang mit einem Vermisstenfall, den Sie sich vor zwei Jahren angesehen haben. Sie haben dabei zwar keine Fortschritte erzielt, aber zumindest kennen Sie die Akte.«

Ein Fall, den sie sich vor zwei Jahren noch mal vorgenommen hatte, engte es nicht gerade ein. Wann immer Karen keine neuen Spuren zu verfolgen hatte, ging sie die Unterlagen alter Schwerverbrechen durch. Aber das waren nicht die schlagzeilenverdächtigen Fälle, nach denen Markie lechzte. Das waren die staubigen und ungeliebten Fälle, die nur noch die Hinterbliebenen bekümmerten. Nicht mal die ursprünglichen Ermittler wollten an die Monumente ihres Versagens erinnert werden. »Um welche Akte handelt es sich?« Sie war jetzt auf der Hut und fragte sich, wohin das führen würde.

»Iain Auld.«

Der Name hing zwischen ihnen wie ein bewegungsloses Pendel, das darauf wartete, angestoßen zu werden.

Karen begann, sich zu erinnern. »Der Verwaltungsbeamte des Schottland-Amts«, sagte sie und schubste das Pendel Markie zu. »Ist das der Tote?«

»Nein. Der Tote ist der Hauptverdächtige für den mutmaßlichen Mord.«

Karen seufzte. »Ich mutmaße nicht. Meiner Meinung nach handelt es sich immer noch um ein verdächtiges Verschwinden.« Markie öffnete den Mund, um etwas zu erwidern, aber Karen hob ihre Hand und fuhr fort: »Sein Bruder. Mir fällt der Name nicht ein. Aber er war verdächtig und ist untergetaucht.« Sie tippte mit den Fingern gegen die Kante des Schreibtischs. »In Spanien, nicht wahr? Floh über Irland?«

»Sehr gut. Ihr Erinnerungsvermögen für Details ist beeindruckend.« Aus Markies Mund klang es wie eine Beleidigung. Karen konnte sich die unausgesprochene Hälfte des Kommentars ausmalen, wahrscheinlich lautete sie: »Aber zu mehr reicht es nicht, nicht wahr?«

»Dann ist also die Leiche seines Bruders in Fife aufgetaucht. Und was habe ich damit zu tun?«

»Es ist mehr als wahrscheinlich, dass der Bruder der Schlüssel für das Verschwinden von Iain Auld ist. Denken Sie nicht? Sie hatten eine Auseinandersetzung am Abend, bevor er verschwunden ist, die Met fand ein blutstarrendes

T-Shirt in James Aulds Mülltonne, und dann entzog er sich dem Zugriff der Behörden. Ich möchte, dass Sie den Fall von Iain Aulds Verschwinden neu aufrollen. Und das geht am besten, indem Sie diesen Fall übernehmen.« Markie klang, als müsste sie sich die Worte abpressen.

»Was wäre verkehrt daran, wenn ich den jetzigen Verantwortlichen einfach unterstütze?«

Markie schürzte die Lippen und sagte: »Er hat bisher in keinem Mord ermittelt. Und bei all Ihren Fehlern: Gegen Ihre Erfolgsrate kann man nichts sagen.«

Karen begann zu verstehen. »Es geht um Politik, nicht wahr? Die Leute, die in Schottland heute an der Spitze der Macht stehen, sind dieselben wie damals, nur nicht mehr in so wichtiger Position. Und mit der Aussicht auf ein zweites Unabhängigkeitsreferendum wollen sie die Pferde nicht scheu machen. Sie wollen, dass jemand die Ermittlungen führt, dem sie vertrauen können.« Sie musste leise lachen. »Jemanden, der weit genug unten steht, um keine eigenen Interessen zu verfolgen, aber weit genug oben in der Nahrungskette, um die Kritik der Medien zu parieren.«

»Denken Sie, was Sie wollen, Pirie. Es geht um effiziente Polizeiarbeit, nicht um Politik. Ich möchte, dass Sie sofort nach Fife fahren und sich mit dem Team dort zusammensetzen, damit Sie auf den neuesten Stand kommen. Ich habe angeordnet, dass DS Daisy Mortimer von DCI Todds Team Ihnen zuarbeitet. Sie fahren heute noch mit dem Nachtzug nach Paris.«

»Paris?«

»Dort hat James Auld gelebt. Sie haben Glück, Pirie. Denken Sie nur an die vielen Dreckslöcher, in denen er sich stattdessen hätte verkriechen können.« Markie wendete sich wieder ihrem Tablet zu, dann sah sie noch mal auf: »Was machen Sie immer noch hier?«

16

Wo sind Sie?

Bei Nando's im Omni Centre

Natürlich war er bei Nando's. Was fanden Männer nur an Nando's? Als würden schottische Imbissstuben nicht schon seit Karens Kindheit Brathähnchen mit Pommes und Currysoße servieren. Aber zumindest war er in der Nähe.

Warten Sie da. Ich komm gleich hin. Bestellen Sie mir schon mal Piri-Piri-Fritten.

Sie entdeckte Jason an dem Tisch, der am weitesten von der Tür entfernt war, damit keinem ranghöheren Polizeibeamten der flammend rote Schopf auffiel, der sich über die Reste eines halben Hähnchens hermachte. »Ihre Pommes sind unterwegs, Boss«, sagte er.

»Was schulde ich Ihnen?« Karen nahm es sehr genau mit dem Geld. Beide zahlten im Büro in die Kaffeekasse ein, und obwohl es immer Jason war, der den Kaffee holte, achtete sie darauf, dass er sich stets das aus der Kasse nahm, was ihm zustand.

»Schon okay, Boss. Sie können mir eins von diesen portugiesischen Vanilletörtchen ausgeben. Wie kommt's, dass Sie hier sind? Sie hassen Nando's.«

Karen schnaubte. »Der Hundekuchen hat mich aus meinem eigenen Büro geworfen. Ich habe den Befehl, nach Fife zu fahren, um dort einen Mordfall zu übernehmen, der gerade mal einen Tag alt ist, weil er mit einem Cold Case zusammenhängt, den wir vor zwei Jahren noch mal geprüft hatten.«

Jason runzelte die Stirn. »Haben wir da irgendwas rausgefunden?«

»Es gab nicht mal ein ›Wir‹. Ich habe ›keine weiteren Ermittlungen möglich‹ daruntergesetzt.« Karen hasste es, dies einem alten Fall zu attestieren, aber bei der Revision historischer Fälle war es eher die Regel als die Ausnahme.

»Versteh ich nicht. Warum ist da keine Mordkommission dran, wenn der Mord gerade erst geschehen ist?« Jason zupfte das letzte Stück Fleisch von seinem Hähnchen und schob es sich in den Mund.

Die Ankunft ihrer Pommes war eine willkommene Ablenkung für Karen. »Doch, da ist schon eine Mordkommission dran. Mehr oder weniger. Ein DCI Charlie Todd leitet das Team in Fife, aber es ist sein erster Mord. Darum nutzt Markie das als Ausrede, um mich aufs Feld zu schicken.«

Jason wischte sich den Mund mit dem Handrücken ab und reinigte dann seine Hand mit der Serviette. »Ich versteh es immer noch nicht. Markie hasst uns.«

»Es ist eine Win-win-Situation für sie. Der Fall hat eine politische Dimension. Sie sind vermutlich zu jung, um sich daran zu erinnern, aber vor zehn Jahren verschwand ein hoher Verwaltungsbeamter des Schottland-Amts spurlos. Das war ungefähr zu der Zeit, als das Unabhängigkeitsreferendum anlief; die Politiker sind von den Medien deswegen gelöchert worden. Jetzt wird das wieder hochgespült, weil der Tote, der gestern im Forth gefunden wurde, damals der Hauptverdächtige war. Und der Bruder des Verschwundenen, ums noch komplizierter zu machen. Wenn ich es diesmal aufklären kann, heimst der Hundekuchen die Lorbeeren ein. Und wenn nicht? Dann ist es nur ein weiterer Makel, der mir anhängt.« Karen stocherte lustlos in ihren Pommes herum und fragte sich, warum sie sie überhaupt bestellt hatte. Sie klangen immer besser, als sie schmeckten.

»Dann müssen Sie also nach Fife.«

Karen nickte. »Und dann weiter nach Paris.«

»Paris?«

»Da hat der Bruder gesteckt, seit er untergetaucht ist, bevor er wegen irgendwas angeklagt werden konnte.«

»Ich war noch nie in Paris. Hab ehrlich gesagt auch nie darüber nachgedacht. Eilidh war da während der Fußballweltmeisterschaft der Frauen, beim Spiel Schottland gegen Argentinien. Aber das war, bevor wir richtig zusammen waren.«

Karen hatte gar nicht mitbekommen, dass aus Jasons gelegentlichen Kinoverabredungen, Pizzaessen oder Nachmittagen im Fußballstadion ein »Richtig-zusammen-Sein« geworden war. »Seit wann ist das so?«

Er wurde dunkelrot, seine Sommersprossen sahen aus wie bleiche Sterne auf einem aufgewühlten Himmel. »So um Silvester rum wurde es ernster«, sagte er. »Sie ist ein nettes Mädchen.«

Karen zweifelte keine Sekunde daran. Mrs Murray hatte ihr Okay gegeben, und nichts geschah ohne die Zustimmung von Jasons Mutter. »Freut mich für Sie. Aber während ich in Paris bin, müssen Sie hier die Ermittlungen zum Skelett im Camper vorantreiben. Schreiben Sie mit, Jason.«

Er schaute verschreckt drein. »Können Sie mir nicht alles per E-Mail schicken?«

»Nein, dafür fehlt mir die Zeit.« Widerwillig zog er sein Notizbuch und einen Stift hervor.

»Was ich Ihnen aber mailen kann, sind die hier.« Karen holte ihren Laptop heraus und öffnete die Fotos, die Camilla Gordon-Bruce ihr geschickt hatte. Das erste zeigte zwei Frauen an einem Tisch, der mit den Überresten eines Mahls übersät war. Beide schauten in die Kamera und prosteten der Fotografin mit Weißwein zu. Karen deutete auf die Frau links. Schulterlanges, hellbraunes Haar, ein dichter Pony wie Claudia Winkleman, strahlend blaue Augen und ein keckes Grinsen. »Das ist Amanda McAndrew. Und das«, sie wies auf die andere Frau, deren glattes dunkles Haar in einem steilen Winkel vom Hinterkopf zu ihrem Unterkiefer verlief; sie trug eine runde Brille mit modisch breiter Fassung und lächelte etwas weniger enthusiastisch, »ist Daniella Gilmartin. Dani für Sie und mich und Amanda.« Sie betätigte eine Taste, und Amanda war im Dreiviertelprofil zu sehen, wie sie konzentriert ein Gemälde auf ihrer Staffelei betrachtete. Das letzte Foto war ein Schnappschuss von Dani, wie sie sich zur Kamera drehte, während sie Silberschmuck auf einer Auslage arrangierte. »Ich denke, wir können mit ziemlicher Gewissheit davon ausgehen, dass eine der beiden unser Skelett ist.«

»Vielleicht aber auch nicht«, sagte Jason. »Wir wissen, dass Dani noch lebt.«

»Wissen wir das?«

»Sie hat diese Website. Sie verkauft immer noch Schmuck.«

»Dahinter kann jeder stecken. Das bedeutet nicht, dass sie es ist, die den Schmuck herstellt, oder? Lassen Sie uns unvoreingenommen bleiben. Wichtig ist jetzt vor allem, unser Opfer zu identifizieren. Die vollständigen DNA-Ergebnisse aus dem Bus und – hoffentlich – von den Bildern in Susans Flur sollten uns morgen oder übermorgen vorliegen. Das könnte die Frage beantworten. Wenn die DNA des Skeletts mit der von den Bildern übereinstimmt, können wir davon ausgehen, dass es sich um Amanda handelt. Wenn nicht, ist es höchstwahrscheinlich Dani, aber das hängt an einem seidenen Faden, bis wir eine DNA-Probe haben, die definitiv von ihr stammt. An diesem Punkt kommen Ihre Stärken ins

Spiel, Jason. Sie wissen, dass Sie gut darin sind, Datenbanken zu durchforsten.«

Er schaute Karen misstrauisch an, als könnte er diesem Lob nicht recht trauen. »Bin ich das?«

»Sie wissen, dass Sie es sind.« Sie grinste. »Und wenn Sie feststecken, sind Sie sehr gut darin, Frauen zu überreden, Ihnen zu helfen. Das müssen diese Mutterinstinkte sein. Gott sei Dank verfängt das bei mir nicht.«

»Was soll ich also tun?«

»Wir müssen Familienmitglieder von Dani und Amanda aufspüren. Wenden Sie sich an Tamsin und bitten Sie sie zu prüfen, ob Susan Kontaktdaten von Amandas Eltern auf ihrem Laptop hat. Besorgen Sie sich außerdem Amandas Geburtsurkunde und finden Sie die Namen ihrer Eltern heraus. Dann gehen Sie der Frage nach, wo sie heute sind. Wenden Sie sich an die Kfz-Zulassungsstelle, nutzen Sie kommunale Steuerverzeichnisse, Google, Telefonnummern. Sie wissen schon. Eltern, Geschwister, wer auch immer. Ich zähl auf Sie, Jason.«

Seine Miene zeigte Spuren leichter Panik. »Ich geb mein Bestes, Boss.«

»Und dann müssen Sie sich die Website anschauen und mit der Person reden, die den Schmuck herstellt, der in Danis Namen verkauft wird. Es könnte Dani sein. Aber es könnte auch jemand vollkommen anderes sein.« Sie schob ihm ihre Pommes zu, und er nahm sich ohne Zögern eine Handvoll.

»Okay.« Er kaute und schluckte. »Ich halte Sie auf dem Laufenden, okay?«

»Besser ist das. Für Fälle wie diesen sind wir da. Vergessen Sie die Politiker, deren Arsch gerettet werden soll. Unsere Aufgabe ist es, den einfachen Leuten die Fragen zu beantworten, die sich ihnen stellen, weil Menschen aus ihrem Leben verschwunden sind.« Sie schob ihren Stuhl zurück. »Ich ruf Sie heute Abend an.«

Ein hartnäckiger Nieselregen hatte die Straßen mit einem Nässefilm überzogen, und Karen eilte zum Taxistand. Zu Hause packte sie eine Tasche für drei Tage. Sie ging nicht davon aus, dass sie länger in Frankreich bleiben müsste. Sie steckte ein Buch über das Wettrennen zu den Gipfeln des Himalaja in den Dreißigerjahren ein; Hamish hatte es ihr gekauft. Normalerweise las sie so etwas nicht, aber sie hörte das Murmeln eines schlechten Gewissens im Hinterkopf, weil sie sich nicht bei ihm gemeldet hatte. Selbst wenn sie ihm den Laufpass geben wollte, musste sie doch erst mal den Mut aufbringen, wieder mit ihm in Kontakt zu treten.

Sie schaffte es, Edinburgh hinter sich zu lassen, bevor der Verkehrsinfarkt der Rushhour einsetzte, und während sie fuhr, durchstöberte sie ihr Gedächtnis nach dem, was ihr vom Durchlesen der alten Akte in Erinnerung geblieben war. Iain Auld war ein hochrangiger Regierungsbeamter gewesen. Sehr geachtet von seinen Kollegen, die ihn als zuverlässig beschrieben. Er stand im Ruf, höflich und zurückhaltend zu sein. Sie hatte nicht eine einzige Zeugenaussage gefunden, in der ihm vorgeworfen worden wäre, dass er je die Beherrschung verloren hätte.

Karen hatte sich vor allem für die Aussagen seiner Vorgesetzten aus der Riege der Politiker interessiert. Wer von denen hatte etwas zu verbergen, in das Iain Auld eingeweiht gewesen war? Die, mit denen er am engsten zusammengearbeitet hatte, waren seitdem größtenteils die Karriereleiter weiter raufgeklettert. Ein paar waren aus der Politik ausgeschieden, in Ungnade gefallen aus den für Politiker üblichen Gründen – schlechtes Händchen bei Sex oder Geld. Aber es waren immer noch genug von ihnen in Amt und Würden, die vermutlich nicht mit einer neuen Ermittlung in Verbindung gebracht werden wollten. Kein Wunder, dass der Hundekuchen so versessen darauf gewesen war, Karen den Fall zuzuschieben.

Der Nachmittag neigte sich dem Ende entgegen, als Karen die vertrauten Gebäude erreichte, die sie aus der Zeit kannte, als sie hier stationiert gewesen war. Damals hatte Fife noch über eine eigene Polizeieinheit verfügt, und die Historic Crimes Unit hatte aus Karen, einem sehr unerfahrenen Minzdrops und Phil Parhatka bestanden. Der Gedanke entfachte wieder ihre Wut auf Merrick Shand. Er hatte ihr den Mann geraubt, der ihr das Gefühl gegeben hatte, liebenswert zu sein, nach all den Jahren, in denen sie sich wie eine Versagerin in Sachen Beziehung gefühlt hatte.

»Nicht jetzt, Karen«, brummte sie verärgert, als sie die Wagentür zuschlug und auf den Vordereingang zueilte. Es würde noch genug Dinge geben, über die sie sich aufregen konnte, bevor der Tag vorbei war. Das spürte sie in ihren Knochen.

17

Karen konnte verstehen, warum Ann Markie frustriert war. Wenn es in einer Mordermittlung nicht innerhalb der ersten vierundzwanzig Stunden eine richtige Spur gab, bedeutete das in der Regel Probleme. Die meisten Morde waren simpel. Sie geschahen, weil ein Mann – und in der Regel waren es Männer – um sich schlug, weil er wütend, verängstigt, gedemütigt oder frustriert war. Normalerweise war das Objekt seines Zorns eine Frau, die das Pech hatte, sich in irgendeiner Form von Beziehung mit ihm zu befinden. Meistens war es seine Partnerin, aber manchmal war die Verbindung so willkürlich wie der falsche Blick in einer Bar oder ein Geschäft mit einer Sexarbeiterin, das ungewollt zur schlimmstmöglichen Reaktion führte.

Solche Fälle ließen sich leicht lösen, waren aber schwer zu ertragen, selbst dann, wenn man wie Karen niemals eine Beziehung zu einem Mann gehabt hatte, dessen Gewaltpotenzial verstörend nah unter der Oberfläche brodelte. Noch schlimmer waren die Fälle, in denen Kinder zum Opfer wurden – Babys, Kleinkinder, verängstigte kleine Wesen, die sich nirgendwo verstecken konnten. Besonders dann, wenn die Männer die Mütter so manipuliert hatten, dass sie ihretwegen das Wohl der Kinder an die zweite Stelle setzten.

Aber dennoch waren solche entsetzlichen Verbrechen leicht aufzuklären – wenn auch nicht immer ganz einfach vor Gericht zu bringen. Am schwierigsten waren die Fälle, in denen keine direkte Verbindung zwischen Mörder und Opfer zu erkennen war.

Als sie von Charlie Todd und Daisy Mortimer auf den aktuellen Stand der Ermittlung zum Tod von James Auld beziehungsweise Paul Allard gebracht wurde, schrillten bei Karen alle Alarmsirenen. Dies würde ein äußerst schwer zu lösender Fall werden. Charlie tat ihr leid, seine Armesündermiene passte nicht recht zu seinem Gesicht, das sich mit dem Ausdruck von Entschlossenheit vermutlich deutlich wohler fühlte.

»Um ehrlich zu sein: Ich wär an Ihrer Stelle total angefressen, wenn mir die ACC den Fall unter dem Hintern weggezogen hätte. Ich kann keinen Fehler finden bei dem, was Sie bisher getan haben«, sagte Karen. »Ich hätte genauso gehandelt.«

»Danke«, sagte Charlie resigniert. »Wir sind erst seit zwei Tagen dran und stoßen auf nichts als Sackgassen. Wir wissen noch nicht mal, wann er bei uns eingetroffen ist oder wie er hergekommen ist. Wir vermuten, dass er ein Auto gemietet hat, aber wenn wir nicht wissen, wo er gestartet ist, nutzt uns das gar nichts.«

»Da stimme ich Ihnen zu«, sagte Karen. »Es hört sich so an, als wäre er sehr vorsichtig gewesen – er wird nicht zu einer der großen Firmen gegangen sein. Er wird sich eher an eine kleine Autovermietung vor Ort gewendet haben.«

»Daisy meinte, er könnte vielleicht das Auto beim Hofladen abgestellt haben und von dort zu Fuß über den Küstenpfad gegangen sein. Aber wir haben nichts gefunden. Keine Autos, die über Nacht da standen.« Charlie seufzte.

Karen schloss kurz die Lider und führte sich die Umgebung vor Augen. Sie kannte sich dort gut aus. Phil und sie waren oft an Sommerabenden nach East Neuk gefahren, um auf dem Küstenwanderweg spazieren zu gehen und im Anschluss daran Fish and Chips in Pittenweem oder Crail zu essen. »Es gibt einen Parkplatz oberhalb von St. Monans«, sagte sie zögernd. »Er könnte von dort über die Hauptstraße zum Hofladen gegangen und da dann auf den Küstenpfad abgebogen sein. Nach dem, was wir über den Todeszeitpunkt wissen, hätte noch mindestens eine halbe Stunde Tageslicht geherrscht, als er losging. Schicken Sie einen Streifenwagen hin und überprüfen Sie alle Autos in der Polizeidatenbank. Ich kann mir nicht vorstellen, dass es da jetzt im Februar viele Touristen gibt. Es sollte einfach sein, die Autos von Ortsansässigen herauszufiltern.«

»Glauben Sie wirklich, dass sich das lohnt?« Charlie klang immer noch mutlos.

»Dauert ja nicht lang. Wär'n Versuch wert, Chef«, versuchte Daisy, ihn aufzumuntern.

Sie fing an, Karen mit ihrer Energie und ihrer Haltung zu beeindrucken. Karen fand sich in ihr wieder, wie sie selbst vor rund zehn Jahren gewesen war, nur hatte Daisy den Schliff, den ein anderer Hintergrund und ein Universitätsabschluss mit sich brachten. »Daisy, ich möchte, dass Sie mit Ihren Freunden in der französischen Botschaft sprechen. Finden Sie heraus, wie wir Zugang zur Wohnung von James Auld bekommen. Ich hab keine Ahnung, wie man da vorgehen muss, ob wir uns dafür an einen Amtsrichter wenden müssen oder an sonst wen. Aber ganz gleich, was dafür erforderlich ist: Wir sollten morgen in Paris eintreffen. Da sind die Bandmitglieder, mit denen wir reden müssen, und wir sollten nach Caen fahren, um uns mit der Freundin zu unterhalten. Ich würd vorschlagen, dass wir heute Abend den Nachtzug nach London nehmen und dann in St. Pancras in den Eurostar umsteigen. Dann wären wir zum Mittagessen in Paris ohne das ganze Flughafengenerve.«

»Außerdem ist das besser für unseren CO_2-Fußabdruck«, gab Daisy zu bedenken. Sowohl Karen als auch Charlie schauten sie so verblüfft an, als hätte sie Swahili gesprochen. CO_2-Abdrücke gehörten normalerweise nicht zu den Spuren, die Kriminalermittler verfolgten.

Karen räusperte sich. »Klar. Charlie, können Sie eine Ihrer zivilen Hilfskräfte damit beauftragen, das zu organisieren? Ich steige in Dundee in den Nachtzug ein. Ich muss dorthin, um mit River Wilde, der Anthropologin, wegen eines anderen Falls zu sprechen. Daisy, ich vermute, Sie steigen bei Kirkcaldy ein?«

Daisy sah sie erstaunt an. »Ich wusste gar nicht, dass der Zug dort hält.«

»Irgendwas um Mitternacht«, erwiderte Karen. Sie stand auf. »Gut. Ich geh dann mal. Ich lass mein Auto hier, Charlie. Daisy, können Sie mich zum Bahnhof Markinch bringen, damit ich mit dem Zug nach Dundee fahren kann?«

Daisy sprang auf. »Kein Problem, Ma'am.«

Karen zuckte zusammen. »Nennen Sie mich nicht Ma'am, Daisy. Chefin, Chef, Boss, irgend so was. Aber bei Ma'am fühl ich mich wie eine Hochstaplerin.«

Daisy grinste. »Da haben Sie recht, Chefin. Am Auto in fünf Minuten?«

Karen nickte, und Daisy machte sich auf den Weg. »Wie ist Mary Auld auf uns zu sprechen?«

»Ganz gut, denke ich. Sie ist ein bisschen genervt, weil wir nicht in der Lage waren, ihren Mann zu finden, aber insgesamt ist es okay. Warum?«

»Vielleicht sollten wir sie fragen, ob sie weiß, wie Auld sonst zu seinen Besuchen angereist ist. Natürlich gibt es keine Garantie, dass er diesmal genauso hergekommen ist.«

»Gute Idee. Danke, Karen. Und fürs Protokoll: Ich nehme Ihnen das nicht übel. Das Ganze geht auf Markies Konto. Sie wird ihre Gründe dafür haben. Soweit ich gehört hab, hat sie die immer.«

Karen lächelte ironisch. »So ist sie in die Position gelangt, die sie jetzt innehat. Ich bin nur dankbar, dass ich nicht mit so einem Ehrgeiz geschlagen bin. Stellen Sie sich nur vor, wie wütend sie wäre, wenn einer aus dem Fußvolk mal nicht liefern sollte.«

Charlie lachte, und zum ersten Mal an diesem Nachmittag hellte sich seine Miene auf. »Da möchte man fast scheitern.«

Karen schüttelte den Kopf. »Das niemals, Charlie. Ich weiß, wie sich ein Verlust anfühlt. Und wie wichtig die Antworten für die sind, die zurückbleiben. Ich möchte niemals scheitern. Nicht mal, um Ann Markie die Suppe zu versalzen. Dafür finde ich schon andere Wege.«

* * *

River wartete in der Bar des Malmaison Hotels auf Karen. Vor ihr standen zwei Cocktails. »Ich hab online gesehen, dass dein Zug pünktlich kommt, darum hab ich dir einen Rhabarber-Ingwer-Gin bestellt. Der ist mit Mediterranean Tonic, dazu Apfelschnitze und Rhabarber. Ich dachte, so angefressen, wie du am Telefon klangst, würde am besten was Saures passen.«

Karen küsste River auf den Scheitel ihres üppigen kastanienbraunen Haares, setzte sich ihr gegenüber und zog den Mantel aus. »Ich könnte dich nicht noch mehr lieben«, sagte sie. »Und was trinkst du da?«

»Seltsamer geht's nicht. Gin Mare. Tonic mit Rosmarin und schwarzen Oliven, dazu grüne Oliven, Rosmarin, Orange. Ich weiß nicht recht. Ich neige dazu, Jay Rayner zuzustimmen, dass zu viele Gins gute Wodkas gewesen wären.« River schnupperte misstrauisch an ihrem Glas und nahm einen Schluck. »Würde vielleicht besser zu Pizza passen. Also, hast du mit Hamish gesprochen?«

Karen verdrehte die Augen. »Erst das Vergnügen. Was kannst du mir über das Skelett aus Perth sagen?«

»Du bist eine strenge Zuchtmeisterin.« River hob ihr Glas.

»Auf die Verbrechensaufklärung.« Sie stießen miteinander an. »Also, dein Skelett. Definitiv weiblich. Alle Knochen sind da und auch da, wo sie sein sollten. Das sagt mir, dass die Leiche dort abgelegt worden ist, bevor die Verwesung einsetzte – entweder das, oder ein hervorragender forensischer Anthropologe hat sie so drapiert.«

»Was eher unwahrscheinlich ist.«

»Was eher unwahrscheinlich ist. Ich habe mir die Schambeinfuge genauer angesehen. Na, was ist das, Chief Inspector?«

Karen grinste. Sie hatte ihre Lektionen gelernt. »An der Vorderseite des Beckens, dort, wo die beiden Beckenhälften aufeinandertreffen, befindet sich ein Gelenk, das Schambeinfuge genannt wird«, memorierte sie brav. »Es zeigt im Laufe der Jahre spezifische Abnutzungserscheinungen, Dr. Wilde.«

»Korrekt. Soll ich dir einen Minderwertigkeitskomplex verpassen und dir was vom ventralen Wall und der kammartigen Struktur des dorsalen Rands erzählen?«

»Du könntest auch gleich auf den Punkt kommen und mir sagen, wie alt sie war, als sie starb.« Karen prostete River zu und nahm einen Schluck.

»Irgendwas zwischen dreißig und fünfunddreißig. Hilft das?«

»Im Augenblick gehen wir davon aus, dass es sich bei unserem Opfer um eine von zwei Frauen handelt. Vor drei Jahren war die eine einunddreißig und die andere vierunddreißig. Also, nein, es hilft uns nicht, das Opfer zu identifizieren, aber es bestätigt, dass wir bei der Eingrenzung der möglichen Opfer richtigliegen.«

»Wenn ihr den Zahnstatus in die Hände bekommen könntet, wäre eine eindeutige Identifizierung möglich. Die Tote hat irgendwann einen ihrer Schneidezähne verloren;

sie hatte an der Stelle ein Titanimplantat. Und zwar von guter Qualität. Man hat es zu ihren Lebzeiten vermutlich nicht als Implantat erkennen können.«

Karen nickte zufrieden. »Das könnte uns tatsächlich weiterhelfen. Wie sieht es mit der Verletzung des Schädels aus?«

»Ich würde sagen, sie hat einen heftigen Schlag auf den Hinterkopf bekommen.«

»Ein Baseballschläger? Ein Eisenrohr?«

River schüttelte den Kopf. »Ich tippe eher auf etwas mit einer klar definierten Kante.«

»Und was? Eine Vierkantstange aus Metall oder vielleicht ein Stuhlbein?«

»Du weißt, dass es nicht zu meinen Aufgaben gehört zu spekulieren.« Sie hob eine Hand, bevor Karen protestieren konnte. »Aber ja, so etwas hätte diese Verletzungen verursachen können. Wenn ich von der Spurensicherung wäre, würde ich mir die Arbeitsflächen des Campers ansehen. Es wäre möglich, dass ihr Kopf auf eine der scharfen Kanten aufgeschlagen ist.«

»Oder er wurde gegen eine scharfe Kante gestoßen.«

River zuckte mit den Schultern. »Um eine eindeutige Antwort darauf zu geben, müsste ich die Verletzung genauer untersuchen. Das Einzige, was ich sonst noch für dich habe, ist die DNA. Wir konnten welche aus den Knochen und den Haaren extrahieren, und beide sind identisch.«

»Warum sollten sie auch nicht identisch sein?«, fragte Karen spöttisch.

»Es gibt keinen bestimmten Grund, aber ich geh lieber auf Nummer sicher. So. Und jetzt erzähl mal, was mit Hamish ist.«

Karen ächzte. »Das kann ich nicht mit leerem Magen. Ich muss nachher den Nachtzug erwischen, und ich brauche eine solide Grundlage aus Essen und Rotwein, bevor ich einsteige. Wie wär es mit der neapolitanischen Pizzeria um die Ecke?«

»Du weichst mir aus.«

Karen mochte nicht zugeben, dass ihre Freundin recht hatte. »Nein, ich will dir schon alles erzählen, aber ich verhungere. Lass uns austrinken und was essen gehen.«

Das Restaurant war gut besucht, und Karen unkte bereits, dass sie keinen Tisch bekommen würden, doch zum Glück war gerade ein Paar im Aufbruch, als sie eintrafen. Der Kellner quetschte sie an das hintere Ende einer Reihe von Zweiertischen. Beide wussten, was sie wollten – doppelt Mozzarella mit pikanter Salami für Karen, Gorgonzola, Artischocken und Parmaschinken für River, eine Flasche Primitivo für beide.

Sobald der Kellner ihre Bestellung aufgenommen hatte, lehnte River sich vor. »So. Jetzt will ich die ganze Geschichte. Kein ›Diesmal ist er zu weit gegangen‹ mehr. Ich will Details, Karen.«

Als sie es jetzt zum zweiten Mal erzählte, hatte sich Karens Ärger etwas gelegt. Aber ihr Unbehagen wegen Hamishs Verhalten war nicht gewichen. »Es ist die Art, wie er annimmt, er wüsste, was das Beste für mich ist. Sogar wenn ich ausdrücklich etwas anderes sage. Als wir gerade zusammen waren, wurde ich skeptisch wegen der Sache mit dem Ohrring.« Das war der erste Riss in Hamishs Fassade gewesen. Karen war ein Ohrring in den Abfluss gefallen in dem Ferienhaus, das Hamish ihr vermietet hatte; sie war wegen eines Falles in den Highlands gewesen und hatte ihn dabei kennengelernt. Sie hatte ihn gebeten, im Abfluss danach zu suchen. Ein paar Tage später war er mit dem vermissten Ohrring in ihrem Büro aufgetaucht. Sie war überglücklich gewesen, bis Anders, Hamishs Barista, rausgerutscht war, dass Hamish online ein zweites Paar Ohrringe gekauft hatte.

»Nicht das schon wieder«, seufzte River. »Er war einfach großzügig. Er war scharf auf dich und wollte dich beeindrucken. Ist das so schlimm?«

Karen zupfte an ihrer Serviette herum. »An sich nicht, nein. Ich versteh schon, dass er mitbekommen hat, wie aufgelöst ich wegen des Ohrrings war, und er wollte helfen. Aber für ihn war es keine große Sache, einfach mehrere Hundert Pfund für ein Paar Ohrringe in die Hand zu nehmen, weil er Eindruck bei einer Frau machen wollte, die er gerade erst kennengelernt hatte.«

»Ganz genau. Keine große Sache. Warum ist es so eine große Sache für dich?«

»Weil Phil mir diese Ohrringe geschenkt hat. Und für ihn war es eine große Sache. Cops verdienen nicht viel, eine derartige Summe für jemanden auszugeben, war etwas, das er sich genau überlegen musste. Es war eine bedeutsame Entscheidung für ihn. Nicht einfach ein Klick auf einen Button auf einer Website.«

»Ich dachte, du hättest im Zweifel zugunsten von Hamish entschieden? Du kannst einen Mann nicht für seine Großzügigkeit bestrafen.«

»Kann man nicht? Du und Giorsal, ihr seid euch darin einig. Aber Großzügigkeit kann auch eine Form von Tyrannei sein. Einem Mann, der dich dermaßen gut behandelt, musst du ja dankbar sein. Wie könnte man nicht mit ihm zusammen sein wollen?« Sie drehte den Stiel ihres Weinglases mit ihren Fingern hin und her, bis River sanft ihre Hand auf Karens legte.

»Du bist gern mit ihm zusammen, oder?«

»Ja.«

»Ihr habt guten Sex?«

»Wir harmonieren da sehr, keine Frage.«

»Und er behandelt dich gut?«

»Solange er nicht versucht, mein Leben seinen Regeln zu unterwerfen. Beim Gefängnis aufzutauchen war mir gegenüber respektlos. Das stellt mein Urteilsvermögen infrage. Meine Fähigkeit, auf mich selbst aufzupassen. Ich bin eine erfahrene Polizeibeamtin, River. Ich bin daran gewöhnt, auf mich aufzupassen.«

»Ich glaube, du verstehst es falsch. Ich denke nicht, dass mangelnder Respekt dahintersteckt – oder fehlendes Vertrauen in deine Fähigkeit, selbstbestimmt zu handeln. Ich glaube, seine Motive ähneln eher denen von Jimmy. Du bist ihm wichtig, Karen. Er war da zu deiner Unterstützung. Falls irgendetwas Unvorhergesehenes passieren sollte. Bestrafe ihn nicht dafür, dass er helfen wollte.«

Bevor Karen eine aufmüpfige Antwort geben konnte, wurden ihre Pizzen serviert. Beide Frauen juchzten begeistert auf und bedachten den Kellner mit einem strahlenden Lächeln. »Hervorragend«, sagte Karen. Sie schnitt ein Stück heraus, klappte es zusammen und biss genüsslich hinein. »Oh«, stöhnte sie mit vollem Mund. »Gestorben und im Himmel«, fügte sie glückselig hinzu, als ihr Mund wieder leer war. »Aber was ist mit den ganzen anderen Sachen? Venedig, als ich nach Wester Ross wollte? Degustationsmenüs mit Zutaten, von denen ich noch nie gehört habe, wo ich doch bei so was in Verzückung gerate.« Sie wies mit der Hand auf ihre Pizza. »Es fällt mir schwer, mit all diesen Privilegien zurechtzukommen, die dazugehören, wenn man mit Hamish zusammen ist.«

»Ich versteh das«, sagte River. »Aber hast du jemals daran gedacht, dass es für ihn genauso schwer ist, deinen Erwartungen zu entsprechen?«

18

Jason hatte schon immer Gefallen daran gefunden, sich nützlich zu machen. Er war ein hilfsbereites Kind gewesen, das hatte ihn zum Liebling seiner Mutter gemacht. Die Kehrseite war, dass er für seinen Bruder dadurch zum Sündenbock wurde. Ronan hatte ihn bei jeder Gelegenheit mit den unschönen Konsequenzen kindlichen Fehlverhaltens sitzen lassen. Die unerwartete Rettung war Fußball gewesen. Jason hatte einen sechsten Sinn fürs Stellungsspiel, einen talentierten linken Fuß und einen richtig guten Trainer. Mehrere Talentscouts hatten in seiner frühen Jugend ein Auge auf ihn geworfen. Doch dann hatte er sich bei einem bösen Zweikampf einen komplizierten Knöchelbruch zugezogen, und alle Hoffnung auf eine Profikarriere als Fußballer war dahin.

Während dieser Zeit war sein Coach für ihn da. Und der hatte im Brotjob bei der Polizei gearbeitet. Auch er hatte seinen Traum vom Profifußball aufgeben müssen, aber nicht wegen einer Verletzung wie Jason, sondern das fehlende Talent war das Hindernis gewesen. Aber die Verzweiflung hatte der von Jason geähnelt. Er hatte Jason eine neue Perspektive gegeben und ihm erklärt, warum es das Beste für ihn wäre, zur Polizei zu gehen. »Du warst mit Haut und Haar Fußballer, Jason – du hast nicht ein einziges Training verpasst, du hast dich richtig ins Zeug gelegt, und du hast dein Team nie im Stich gelassen. Das sind übertragbare Fähigkeiten. Sie machen aus dir einen guten Polizisten, und das macht aus dir einen guten Mann.«

Jasons Bruder war ausgerastet. Sein Vater hatte sich über ihn lustig gemacht und behauptet, dass seine Großväter – beide Bergmänner – ihn verleugnet hätten. Doch seine Mutter hatte ihn unterstützt, und auch heute noch sagte sie ihm immer wieder, wie stolz sie auf ihn war. Die körperlichen Voraussetzungen für den Beruf erfüllte Jason ohne Probleme, doch beim Lesen der Musterfragen für den Aufnahmetest war ihm der kalte Schweiß ausgebrochen. Seine Mutter hatte ihn gerettet, indem sie die Fragen mit ihm durchgegangen war und ihm erklärt hatte, wie er sie beantworten sollte. Das machte sie sechs Wochen lang jeden Sonntagnachmittag, und schließlich gelang es ihm, sich irgendwie durch die Aufnahmeprüfung zu wurschteln.

Während seiner Probezeit hatte er Phil Parhatka bei der Suche nach einem vermissten Kind geholfen. Sie hatten sich flüchtig gekannt, denn sie waren sich schon auf der Südtribüne bei den Spielen der Raith Rovers begegnet. Jason hatte sich sehr angestrengt, um einen guten Eindruck zu hinterlassen. Dennoch war er überrascht gewesen, als Phil ihm angeboten hatte, bei der Historic Cases Unit einzusteigen. Und damit veränderte sich alles. Nach und nach hatte er herausgefunden, dass Beharrlichkeit ganz gut ausglich, dass er nicht allzu helle war. Er erarbeitete sich seinen Platz, indem er das übernahm, was Karen in den Wahnsinn trieb. Er hatte vielleicht nicht so schnell Antworten parat wie manch andere, aber auf das, was er dann vorzuweisen hatte, konnte sie sich immer verlassen.

Darum verbrachte er den Abend nicht mit Eilidh auf seinem IKEA-Sofa, um Netflix zu schauen, sondern hockte an seinem Schreibtisch am Gayfield Place und durchforstete Geburten-, Heirats- und Sterbefallregister. Schnell hatte er die Bestätigung gefunden, dass Amanda tatsächlich vor siebenunddreißig Jahren in Selkirk im Scottish Borders Council geboren worden war. So viel, wie Jason darüber wusste, hätte Selkirk auch auf dem Mond liegen können.

Aus ihrer Geburtsurkunde erfuhr er, dass Amandas Vater Barry Geschäftsmann und ihre Mutter Anita Hausfrau gewesen war. Bald schon hatte er auch deren Geburtsdaten und wusste, wann sie geheiratet hatten. Falls sie tot waren, dann waren sie zumindest nicht in Schottland gestorben. Dank des Sicherheitswahns der Regierung von Tony Blair hatte Jason Zugriff auf alle möglichen Daten, die zuvor ohne Gerichtsbeschluss nicht zugänglich gewesen wären, es sei denn, sie waren im Rahmen einer strafrechtlichen Untersuchung von Belang. Allerdings fiel ein Skelett in einem Camper in der Garage definitiv in diese Kategorie.

Nach 2015 hatten Barry und Anita McAndrew keine Spuren mehr in behördlichen Datenbanken hinterlassen. Google fand einen kurzen Artikel auf der Website einer Lokalzeitung, der über den Verkauf des Altmetallhandels berichtete. Jason grinste bei der Vorstellung, dass ein Schrotthändler sich Geschäftsmann nannte. Er hatte mehrere Schrotthändler kennengelernt, meist durch Ronan, und »Geschäftsmann« war nicht unbedingt das Wort, das er benutzt hätte. Der Zeitungsartikel bestätigte, was Camilla Gordon-Bruce ihnen vom Kauf des Olivenwäldchens in Griechenland erzählt hatte. Das war in doppelter Hinsicht hilfreich, denn es bewies, dass sie eine glaubwürdige Zeugin war.

Aber erst Facebook brachte den Durchbruch. Jason schnalzte missbilligend mit der Zunge. Er war auf Facebook gewesen wie jeder andere auch, bis die Chefin ihm vor ein paar Jahren klargemacht hatte, dass es als Polizeibeamter seine Aufgabe war, Verbrecher dingfest zu machen – weshalb es vielleicht keine ganz so gute Idee war, so einfach im Internet aufzuspüren zu sein. Er löschte seinen Account, und als er anfing, mit Eilidh auszugehen, überzeugte er auch sie davon, ihre Privatsphäre bestmöglich zu schützen. Der Hinweis: »Wenn du das nächste Mal auf Jobsuche bist, möchtest du bestimmt nicht, dass deine potenziellen Arbeitgeber das Foto von dir beim Junggesellinnenabschied deiner

Cousine sehen, oder?« hatte den Ausschlag gegeben. Sie hatte zwar gemeckert, dass sie die Einzige im Kreis ihrer Freundinnen war, die kein sichtbares Leben in den sozialen Medien führte, aber sie hatte getan, was er ihr nahelegte.

Ganz offensichtlich hatte niemand Barry und Nita McAndrew einen vergleichbaren Rat gegeben. Es gab Dutzende von Fotos von ihnen in ihrem Olivenhain auf einem Hügel in Kreta. Genauso beeindruckend wie die Bilder vom Meer, den Sonnenuntergängen und den Olivenbäumen fand Jason die Videos von der maschinellen Ernte. Er hatte erwartet, dass schwarz gewandete griechische Mütterlein – deren ledrig faltige Gesichter in die Kamera lächelten und dabei Zahnlücken bloßlegten – altertümliche Körbe mit handgepflückten Oliven füllten. Stattdessen fuhr eine riesige Maschine die akkuraten Linien von Bäumen ab, um jeden davon regelrecht zu verschlucken und viereckig zurechtgestutzt auszuspucken, während sich ein Trichter mit Oliven, Blättern und Zweigstückchen füllte. Das war genauso brachial wie die gigantischen Metallpressen, die Barry auf seinem Schrottplatz gehabt haben dürfte.

Jason stellte ein Memo mit den Details seiner Recherche zusammen und sendete es Karen. Es war an ihr, über das weitere Vorgehen zu entscheiden. Allerdings konnte er sich nicht vorstellen, dass sie den Eltern von Amanda eine Direktnachricht über Facebook schicken und um eine DNA-Probe bitten würde. Zum Glück lag es oberhalb seiner Gehaltsklasse, eine Lösung dafür zu finden.

Aber er hatte erst die Hälfte erledigt. Seufzend tippte Jason »Daniella Gilmartin« in das Suchfeld ein und begann den ermüdenden Rechercheprozess von Neuem.

* * *

Auf der anderen Seite des Firth of Forth arbeitete auch Daisy Mortimer zu dieser späten Stunde. Sie war nach Hause gefahren, um eine Tasche zu packen und ihren Pass zu holen, und dann ins Büro zurückgekehrt – mit einem in Papier gewickelten White Pudding mit Pommes, gut gesalzen und mit ordentlich viel Soße. Der intensive Duft verbreitete sich im Großraumbüro, doch da niemand mehr da war, konnte sich niemand beschweren oder gar Pommes mopsen. Ihr blieben noch ein paar Stunden, um die Arbeit in Paris vorzubereiten, bevor sie zum Nachtzug eilen musste, und sie hatte beschlossen, das Beste aus der Zeit herauszuholen.

Eine Flut von E-Mails, die sie mit Verancourt gewechselt hatte, hatte schlussendlich zum Namen des Beamten am *commissariat de police* im Sechsten Arrondissement geführt, der ihr Verbindungsmann sein würde. Sie wusste jetzt, dass in Mordfällen die *Brigade Criminelle* ermittelte, die aus Teams zu sieben Leuten bestand. Commandant Jean-Claude Gautier war der *chef de groupe* jenes Teams, das zuständig war für den unnatürlichen Tod des Mannes, der in der Leichenhalle in Fife lag. Laut Verancourt sollten Daisy und Karen zum Polizeihauptquartier in der Rue Bonaparte fahren und nach *Les Gautiers* fragen.

Das Team ist nach dem leitenden Beamten benannt?, hatte sie nachgehakt und sich gefragt, ob sie irgendetwas falsch verstanden hatte.

Das ist so üblich, hatte die Antwort gelautet. Daisy freute sich darauf, Karen vorzuschlagen, dass sie sich als Les Piries vorstellen sollten.

Sie beendete ihr Abendessen und begann, im Internet zu recherchieren. Sie wusste, dass sich das französische Justizsystem vom britischen unterschied, aber sie musste herausfinden, wie weit die Unterschiede gingen. Je mehr sie las, desto klarer wurde ihr: Es gab durchaus einige Gemeinsamkeiten in der Art und Weise, wie bestimmte Dinge gehandhabt wurden. In Schottland arbeitete die Polizei eng mit den *Procurators fiscal,* den Staatsanwälten, zusammen, die die Fallberichte von der Polizei erhielten und dann bei schweren Verbrechen entschieden, in welche Richtung die Ermittlungen weiterlaufen und welche Fälle vor Gericht kommen sollten. In Frankreich gab es *procureurs,* die ungefähr dasselbe taten, aber darüber hinaus arbeiteten sie mit einem *juge d'instruction* zusammen, der eher was von einem Ermittler hatte. Es war sehr verwirrend. Sie hoffte, das bedeutete nicht, dass die französischen Polizisten ihr System nutzen würden, um sie aus den Ermittlungen hinauszudrängen. Irgendwie konnte sie sich nicht vorstellen, dass Karen Pirie das zulassen würde.

Als Letztes machte sie sich daran, eine E-Mail an Commandant Gautier zu schreiben. Sie zählte an ihren Fingern die Themen ab, die sie ansprechen musste. Sie brauchten Zugang zur Wohnung des Toten, und sie wollten mit seinen Musikerkollegen und seiner Freundin sprechen. Waren die bereits über seinen Tod informiert worden? War es erforderlich, dass Les Piries von Les Gautiers dorthin begleitet wurden? Konnte Commandant Gautier die Zusammenarbeit mit dem *procureur* und dem *juge d'instruction* schon vor ihrer Ankunft vorbereiten, damit keine Zeit verloren ging?

Daisy atmete tief durch, setzte Verancourt und Karen ins cc und klickte auf Senden. Sie hatte getan, was sie konnte. Nun hoffte sie, dass KP Nuts damit zufrieden war. Sie sah auf die Uhr und stellte erschrocken fest, dass ihr weniger als eine halbe Stunde blieb, um noch rechtzeitig zum Nachtzug zu kommen. Sie sprang auf, griff sich ihren Mantel und machte sich auf den Weg zum Bahnhof Kirkcaldy. Wenn sie den verdammten Zug verpasste, war es egal, wie sorgfältig sie gearbeitet hatte. Dann wäre sie erledigt, bevor sie überhaupt angefangen hatte.

Der Nachtzug ließ den Bahnhof hinter sich und schlängelte sich langsam durch die Außenbezirke von Dundee und über den Tay. Karen zog die Arbeitsplatte unter dem Waschbecken in ihrem Abteil hervor und stellte ihren Laptop darauf. Sie verband sich mit dem Internet, rief ihre E-Mails ab und las die Schlagzeilen der neuesten Nachrichten, um sich vorzumachen, dass sie mit wichtigen Dingen beschäftigt sei. Aber irgendwann konnte sie das, was sie tun musste, nicht länger aufschieben.

Hi Hamish

Sie starrte die beiden Worte an. Wäre »Lieber Hamish« besser? War es zu distanziert? Bei den wenigen Malen, da sie ihm eine E-Mail statt einer Textnachricht geschickt hatte, war sie definitiv nicht so formal gewesen. Vielleicht nur sein Name ohne irgendeine Grußformel? Oder würde das zu konfrontativ klingen?

»Ach, verdammt noch mal«, brummte sie wütend. »Reiß dich zusammen und schreib einfach.«

Hi Hamish.
Ich streite mich nicht gern mit dir. Ich bin wirklich gern mit dir zusammen. Du bringst mich zum Lachen, du bringst mich dazu, Dinge aus einem anderen Blickwinkel zu sehen. Ich glaube, wir passen in vielerlei Hinsicht gut zusammen, und ich möchte nicht, dass das vorbei ist.

Diese Worte zu schreiben, hatte zehn Minuten gebraucht; zahllose Male hatte sie währenddessen auf die Delete-Taste eingehämmert. Karen öffnete ihre Reisetasche und suchte nach der Dose Gin Tonic, die sie vor der Fahrt gekauft hatte.

Sie nahm einen großen Schluck, zuckte zusammen, weil der Drink ungeheuer süß war, und wandte sich mit zusammengezogenen Augenbrauen wieder ihrem Laptop zu.

Aber obwohl wir viel gemeinsam haben, gibt es auch eine Menge Unterschiede zwischen uns. Wir sind mit sehr unterschiedlichen Erwartungen ans Leben aufgewachsen. Ich finde es schwer, mich daran zu gewöhnen, wie selbstverständlich Privilegien für dich sind, und ich weiß, dass du mich manchmal für aufbrausend hältst. Mir ist klar, dass du dich in deinen Augen freundlich, großzügig und beschützend verhältst, aber für mich fühlt es sich manchmal an, als wolltest du jemanden aus mir machen, die ich nicht bin. Man denkt immer, Kontrolle bedeutet, dass man einem anderen sagt, was er tun oder lassen soll, aber auch Freundlichkeit kann eine Form der Kontrolle sein.
Ich meine es ernst damit, dass ich nicht möchte, dass wir uns trennen. Aber du musst aufhören, zu entscheiden, was das Beste für mich ist. Als du an diesem Morgen aufgetaucht bist, war ich außer mir vor Wut. Was ich dort gemacht habe, ging dich nichts an. Auch wenn es sich nicht um eine Polizeiaktion handelte, war das Letzte, was ich brauchte, von einem Zivilisten abgelenkt zu werden.
So bin ich nun mal. Dickköpfig. Aber auch waghalsig. Verstehst du, was das bedeutet? Du bist in ganz anderen Verhältnissen aufgewachsen. Versuch, dich in mich einzudenken. Du wirst mich nicht verändern, und wenn du es weiterhin versuchst, dann haben wir keine gemeinsame Zukunft. Es tut mir leid, wenn das schroff klingt, aber es hat keinen Sinn, so zu tun, als könnte ich eine andere werden.

Ich vermute, du befürchtest manchmal, du könntest nicht mit einem Toten konkurrieren, aber für mich gibt es keinen Konkurrenzkampf zwischen dir und Phil. Du bist derjenige, mit dem ich zusammen bin. Wenn ich dich ansehe, sehe ich dich, nicht Phil. Ich möchte nicht aufgeben, was wir haben.
Im Augenblick sitze ich im Zug nach Paris. Ich bin für ein paar Tage unterwegs. Wegen eines Falles. Ich möchte mit dir sprechen (wenn du noch mit mir reden magst), aber ich muss mich jetzt auf das konzentrieren, was anliegt; können wir es darum erst mal so stehen lassen, bis ich zurück bin? Bestimmt tut es uns ganz gut, wenn wir beide ein bisschen Zeit haben, um herauszufinden, was wir wollen. Ich sag Bescheid, wenn ich zurück bin.
Pass auf dich auf
Kx

Karen starrte das x an. Sie nahm die Dose, um einen Schluck zu trinken. Erstaunt stellte sie fest, dass nichts mehr drin war. Sie konnte sich nicht daran erinnern, sie in den Pausen zwischen den Sätzen geleert zu haben. Erneut las sie die Worte, die sie geschrieben hatte, und wusste nicht, wie sie ihre schroffe Botschaft mildern sollte. Mit einem Kopfschütteln klickte Karen auf Senden.

Sie hatte anstrengende Tage vor sich. Ein Problem aus dem Weg zu haben, war schon mal ein Schritt in die richtige Richtung. Sie überlegte, ob sie zum Speisewagen gehen und sich einen Drink holen sollte, aber sie wusste, dass das die Dinge nicht besser machen würde. Und außerdem: einen Mord aufklären? Da konnte ein Gin Tonic niemals mithalten.

19

Mittwoch, 19. Februar 2020

Karen blickte Daisy über den Bistrotisch am Bahnhof St. Pancras an. »Sie veralbern mich, oder? *Les Piries?*« Sie nahm einen Schluck Kaffee, als würde der sie zurück in die Welt der Vernunft bringen.

»Ehrlich, Boss. Das Team wird nach dem leitenden Beamten benannt.«

»Als ob wir nicht schon genug unter den hohen Tieren zu leiden hätten, die sich für Gott halten. Hoffentlich erzählt das niemand dem Hundekuchen.« Sie zerkleinerte ihr Ei im Glas und schaufelte einen Bissen auf ihre Gabel. »Haben Sie schon was von diesem Gautier gehört?«

Daisy schüttelte den Kopf. »Es ist noch zu früh.« Sie unterdrückte ein Gähnen. Ihre Nacht im Liegesitz – der einzige freie Platz ab Kirkcaldy – war nicht besonders bequem gewesen, und sie hatte weniger geschlafen als Karen in ihrer schmalen Koje. Dennoch schaffte sie es, sich durch einen Käse-Ei-Schinken-Muffin mit Hash Browns zu arbeiten.

»Okay. Wenn wir aufgegessen haben, checken wir im Eurostar ein, danach muss ich mich mit Jason wegen eines anderen Falls austauschen. Und Sie können Ihrem geheimnisvollen Monsieur Verancourt einen kleinen Schubs geben.« Noch während sie sprach, öffnete sie die E-Mail-App auf ihrem Telefon und las gründlich die Nachrichten von Jason, die sie vorher nur kurz überflogen hatte. Amanda McAndrews Eltern lebten tatsächlich in einem Olivenhain auf Kreta. Dani Gilmartins Mutter war vor mehr als einem

Jahr an Brustkrebs gestorben, und ihr Vater wohnte offenbar in einem Dorf im Scottish Borders Council. Er war am besten geeignet für eine DNA-Probe, um beweiskräftig zu belegen, wer im VW gewesen war und wessen Skelett in Rivers Leichenhalle lag.

Jason nahm beim zweiten Klingeln ab. Es klang, als hätte er gerade in einen Donut gebissen. Er räusperte sich, hustete, spuckte und brachte endlich eine Begrüßung heraus: »Sorry, Boss, ich hatte einen Krümel im Hals.«

»Klang eher wie ein Felsbrocken. Haben wir schon was vom Labor wegen der DNA im Camper?«

»Noch gar nichts, Boss. Ich hab da gleich als Erstes angerufen, aber die sind im Augenblick bis zum Anschlag ausgelastet. Die halbe Labormannschaft liegt mit irgendeinem Virus flach. Offenbar waren sie letztes Wochenende zu einem Junggesellenabschied in Mailand und haben es sich da eingefangen.«

»Mailand? Das ist nicht besonders hip, oder?«

»Sie hatten Tickets für ein Fußballspiel. Irgendein großes Match.«

»Sieht mir mehr nach einem Eigentor aus.« Karen sog genervt an ihren Zähnen. »Ich rufe Tamsin an und frage, ob sie irgendwem auf die Füße treten kann. In der Zwischenzeit müssen Sie schnurstracks in die Scottish Borders fahren und mit Dani Gilmartins Vater sprechen. Und eine DNA-Probe von ihm nehmen.«

Schweigen trat ein. »Was soll ich ihm sagen, Boss? Soll ich ihm erzählen, dass wir denken, seine Tochter sei tot?«

Das war eine schwere Entscheidung. »Ich denke, Sie sollten ihm die Wahrheit sagen: Wir haben eine nicht identifizierte Leiche, und wir haben Grund zur Annahme, dass es sich dabei um Dani handeln könnte. Das möchte niemand hören, aber jedes Herumgeeiere kann uns am Ende auf die

Füße fallen. Sie bekommen das hin, Jason. Versetzen Sie sich in ihn hinein und überlegen Sie, wie Sie so eine Nachricht mitgeteilt bekommen wollten.«

»Ich würde so was am liebsten gar nicht hören, Boss. Armer Kerl.« Er seufzte. »Ich tu mein Bestes. Oh, da ist noch was.« Er klang jetzt aufgekratzter. »Ich weiß nicht, ob es mit irgendwas zusammenhängt, aber Sie sagen mir ja immer, ich soll nach allem Ausschau halten, das ungewöhnlich ist. Und ich glaube, ich hab da was.«

Karen verdrehte die Augen. Was sie unter »ungewöhnlich« verstand, unterschied sich sehr von dem, was für Jason ungewöhnlich war. Er war alles in allem überraschend behütet aufgewachsen. »Und was, Jason?«

»Ich habe online herumgesucht. So wie Sie das machen. Weil mir aufgefallen war, dass ich wirklich wenig über Mary Auld wusste, weil Sie ja mit ihr zu tun hatten, als Sie sich die Akte noch mal angesehen haben, und jetzt hat dieses andere Team mit ihr gesprochen. Darum habe ich nachgesehen, was ich zu ihr finden konnte. Und wissen Sie was? Ihr Haus steht zum Verkauf. Sehr diskret, kein großer Aufriss, man muss sich erst durch die aufgemotzten Fotos auf der Website des Immobilienmaklers wühlen, um ihres zu finden. Aber es ist definitiv da. Es wird seit Neujahr zum Verkauf angeboten.«

Er machte eindeutig Fortschritte. »Sehr gut, Jason, das ist interessant. Es ist nicht gerade der beste Zeitpunkt im Jahr, um in East Neuk Immobilien zu verkaufen. Es wäre sinnvoller, bis zum Frühling zu warten, wenn die Touristen da sind und ihnen aufgeht, dass sie unbedingt ein Haus am Meer haben wollen.«

»Vielleicht braucht sie ja Geld? Meinen Sie, sie erbt was von ihrem Schwager?« Jetzt klang er eifrig.

»Das ist etwas, das wir in Paris überprüfen müssen. Es ist

auf jeden Fall ein mögliches Motiv. Und sie wohnt ganz in der Nähe des Tatorts.«

»Niemand denkt bei brachialer Gewalt an Frauen, nicht wahr?«

Karen lachte düster. »Ich schon, Jason. Glauben Sie mir, ich schon. Aber jetzt ab mit Ihnen in die Scottish Borders, solange Sie eine Glückssträhne haben.«

Daisy sah von ihrem Telefon auf. »Hört sich an, als machten Sie Fortschritte.«

Karen zuckte mit den Schultern. »Nicht wirklich. Ein paar lose Enden.« Sie schaute ins Leere und dachte über das nach, was Jason ihr erzählt hatte. Die Verzögerung bei der DNA-Analyse war ärgerlich. Sie waren so abhängig geworden von den schnellen und zuverlässigen Antworten, die die Technologie ermöglichte, dass sie ganz vergessen hatten, dass es andere Möglichkeiten gab. Und es gab andere Möglichkeiten, rief sie sich ins Gedächtnis.

Sie tippte die Kurzwahl für River in ihr Telefon und schnalzte missbilligend mit der Zunge, als sie auf der Mailbox landete. Karen kam direkt zum Wesentlichen: »In Gartcosh verzögert sich die DNA-Analyse, weil das halbe Team an einem Virus leidet, den es sich in Italien eingefangen hat. In der Zwischenzeit habe ich zwei Wörter für dich: Buck Ruxton. Wir sprechen später. Ich bin unterwegs nach Frankreich.«

***

Endlich konnte sich River von den eifrigen Fragen ihres Neun-Uhr-Kurses loseisen. Auf ihrem Weg durch die trubeligen Korridore zu ihrem Büro schaltete sie ihr Telefon an. Sie hatte einen furchterregenden Berg an Arbeit auf dem Schreibtisch, durch den sie sich durchackern musste. Der lang anhaltende, intermittierende Streik der Universitätslehrkräfte hatte ihren Zeitplan völlig durcheinandergebracht. Heute war kein Streiktag, aber selbst, wenn sie auf Hochtouren schuftete, könnte sie nicht alles abarbeiten, was anlag. Ihr Partner, ein hochrangiger Polizeibeamter im Lake District, war wegen ihres Engagements für den Streik irritiert. »Wir dürfen nicht mal streiken, wir müssen auf Position und den Mund halten«, hatte er gemurrt, als sie am Anfang der Woche zu ihren vier Tagen in Dundee aufgebrochen war.

»Ich streike nicht für mich«, hatte sie gesagt, erschöpft von der immer wiederkehrenden Diskussion, aber doch gewillt, ihre Gründe zu erklären. »Ich streike für die River Wilde, die gerade ihre Promotion abgeschlossen hat und jetzt versucht, eine Unilaufbahn einzuschlagen. Ich habe damals gleich einen guten Job als Junior Lecturer bekommen und bin immer weiter aufgestiegen. Ich konnte auf Sicherheit und Stabilität vertrauen. Wenn ich heute anfangen würde, hätte ich schon Glück, wenn ich einen Zehn-Monats-Vertrag erhielte. Und dann vielleicht einen Job für sechs Monate an einer Uni am anderen Ende des Landes. Könntest du auf diese Weise eine Polizeieinheit führen? Ich glaube nicht.« Sie hatte ihren Standpunkt klargemacht – wieder einmal – und war dann aufgebrochen. Die halbe Zugfahrt hatte sie an einer Art Magendrücken gelitten. In all den Jahren, die sie nun schon zusammen waren, hatte es zwischen ihnen kein Streitthema gegeben, das sich als derart hartnäckig erwies.

Sie hatte die Sprachnachricht von Karen sofort entdeckt, aber sie wartete, bis sie hinter geschlossenen Türen an ihrem Schreibtisch saß, um sie abzuhören. Zunächst runzelte sie verwirrt die Stirn. Aber dann glättete sich ihr Gesicht, und sie grinste. Sie rief augenblicklich ihre Mails ab, und wie sie gehofft hatte, fand sie eine Nachricht von Karen mit Fotos im Anhang. Schon war sie durch die Tür und eilte in die Leichenhalle.

Sie zog ihre Schutzkleidung an und durchquerte den Sezierraum; immer wieder hielt sie an, um die Fragen der Studierenden zu beantworten, die an den ihnen zugeteilten Leichen arbeiteten. Vor der verschlossenen Tür zu dem Raum, in dem sie die Fälle für die Polizei bearbeitete, blieb sie stehen und forderte die vier Studierenden am nächstgelegenen Seziertisch auf, sie zu begleiten. Eine Chance, Wissen zu vermitteln, sollte niemals vergeudet werden.

Die Studierenden folgten ihr und warteten, während sie das Licht und die Videokameras anschaltete. Ihre Aufregung war regelrecht mit den Händen zu greifen, wie es immer war, wenn sie die Möglichkeit bekamen, River dabei zu beobachten, wie sie an aktuellen Fällen arbeitete. »Sie kennen die Regeln«, sagte River. »Nichts anfassen. Nur zusehen und zuhören.« Sie nickten und starrten die Knochen an, die auf dem Tisch vor ihnen lagen.

»Wir haben hier die sterblichen Überreste einer jungen Frau. Sie hat eine schwerwiegende Schädelfraktur erlitten, eine Impressionsfraktur, die meiner Meinung nach die unmittelbare Ursache für ihren Tod war. Das Problem ist die Identifizierung. Es gibt zwei Möglichkeiten, um wen es sich bei der Toten handeln könnte. Ich habe bereits ausreichend Material für die DNA-Analyse aus den Knochen extrahiert, und das würde normalerweise die Frage klären.«

Die Studierenden nickten.

»Normalerweise. Diesmal aber werden wir durch eine Überlastung der DNA-Labore auf dem Gartcosh Campus ausgebremst. Doch selbst bei Cold Cases kann Zeit entscheidend sein.« Während sie sprach, drehte sie sich zum Computer um, der mit einem großen Bildschirm an einer der Wände verbunden war. Sie rief die Fotos auf, die Karen ihr gesendet hatte. »In ein paar Tagen erhalten wir den DNA-Beweis. Aber im Augenblick wäre es hilfreich, etwas zu haben, das für die Ermittlungen von Wert, wenn auch als Beweismittel nicht rechtskräftig ist. Mit anderen Worten: etwas, das vor allem die ermittelnden Beamten voranbringt, aber nicht unbedingt vor Gericht Bestand hat. Irgendwelche Vorschläge?«

»Wir könnten eine Gesichtsrekonstruktion machen«, warf einer der Studierenden ein, der auf der linken Seite stand, ein schlaksiger junger Mann mit einem ausgeprägten Glasgower Akzent.

»Das könnten wir. Aber das wäre ganz schön teuer für etwas, das nur für die Ermittlungen verwendet werden kann«, sagte River.

»Und es würde relativ viel Zeit in Anspruch nehmen«, sagte eine kleine, adrette junge Frau aus dem Süden Englands.

»Richtig.« River betrachtete die Fotografien. »Wer kann mir etwas über den Buck-Ruxton-Fall sagen?« Sie hatten lange genug studiert, um die Meilensteine der forensischen Anatomie zu kennen.

Samira, an deren Namen sich River erinnerte, weil sie die Klügste der Gruppe war, meldete sich. »Buck Ruxton war ein Arzt in Lancaster in den 1930er-Jahren. Er ermordete seine Frau und ihre Hausangestellte. Er zerteilte sie und entfernte das, womit man sie hätte identifizieren können, also Fingerabdrücke und Zähne. Dann lud er ihre Leichen stückweise in den Scottish Borders ab.«

»Danke, Samira. Er war so geschickt vorgegangen, dass der Rechtsmediziner und der Anatom anfangs dachten, sie hätten eine Frau und einen Mann vor sich, weil Bella Ruxton einen kräftigen Kiefer und ausgeprägte Gesichtszüge aufwies. Dann entdeckte ein Labortechniker drei Brüste unter den Überresten. Durchaus ein Hinweis … Was haben sie gemacht, um die Opfer zu identifizieren?«

Samira grinste. »Kraniofaziale Fotoüberblendung.«

»Versuch mal, das nach ein paar Pints auszusprechen«, murmelte der Junge aus Glasgow. Seine flapsige Bemerkung ließ aber auch Bewunderung durchblicken.

»Genau. Es gab ein aktuelles Porträt von Bella Ruxton aus einem Fotostudio, das sie im Dreiviertelprofil zeigte. Der Schädel wurde im gleichen Winkel ausgerichtet und dann geröntgt. Dann vergrößerten sie das Foto auf die entsprechenden Ausmaße und legten das Röntgenbild über das Foto. Das genügte, um die Detectives zu überzeugen. Es war ein wichtiger Baustein, um die Beweislast zu untermauern, die Ruxton schließlich überführte.«

»Und Sie wollen das auch machen?« Wieder meldete sich der Glasgower zu Wort. »Wie verlässlich ist das?«

»Genau das habe ich vor, ja. Wenn wir zusätzlich eine kraniofaziale Morphanalyse machen, liegt die Verlässlichkeit bei über neunzig Prozent.«

»Was ist eine kraniofaziale Morphanalyse?«, fragte Samira.

»Es handelt sich um einen Satz von Algorithmen, die eine anthroposkopische Methode anwenden, um die Formkorrelationen zwischen dem Schädel und der Fotografie zu bewerten. Im Grunde ordnen sie den sichtbaren Kongruenzen Wahrscheinlichkeiten zu.« River grinste. »Das ist eine der vielen Möglichkeiten, über die wir verfügen, um Ermittler zu verwirren, die sonst nur Mordstatistiken kennen. Also, wir haben hier Fotos der potenziellen Opfer. Ich möchte, dass jeder von Ihnen eines der Fotos nimmt und den Schädel in eine identische Position bringt. Dann machen Sie eine Röntgenaufnahme davon und vergrößern das Foto, bis es dem Röntgenbild entspricht. Liefern Sie mir Ihre Ergebnisse bis zum Ende des Tages. Ich sage einem der Techniker Bescheid, dass er Ihnen das mobile Röntgengerät bringt.«

Die Studierenden sahen sich an. »Was? Wir sollen an einem echten Fall mitarbeiten?«, fragte die junge Frau aus England nervös.

»Es wird nicht vor Gericht verwendet werden«, sagte River. »Erinnern Sie sich, was ich gesagt habe? Hilfreich für die Ermittlung, aber nicht beweiskräftig.« Sie lächelte. »Und jetzt beweisen Sie mir, dass ich meine Zeit nicht vergeudet habe. Zeigen Sie mir, was Sie können.«

20

Jason hatte Whitbridge hinter sich gelassen, bevor er es überhaupt bemerkt hatte. Er war an einem kruden Durcheinander von Cottages und einem Verkaufsraum für Landmaschinen vorbeigekommen und hatte auf etwas gewartet, das seinen Vorstellungen von einem Dorf entsprach. Es dauerte einen Moment, bis ihm klar wurde, dass er kurz geblinzelt und das Dorf schon passiert hatte. In einer Farmeinfahrt wendete er und kehrte um. Diesmal hörte er seinem Navi etwas konzentrierter zu.

Vor der Reihe von geduckten Häusern aus rotem Sandstein war nicht genug Platz zum Parken, darum fuhr er auf das Rasenstück vor Ettrick Cottage, dem Haus von Thomas Gilmartin. Er hatte etwas deutlich Größeres erwartet. Dieses beengte kleine Cottage mit seinen winzigen Fenstern und einer Veranda in der Größe eines Wachhäuschens sah nicht aus wie das Zuhause eines Mannes, der es sich leisten konnte, seiner Tochter eine Ausbildung zur Silberschmiedin zu spendieren. Das Haus war durchaus gepflegt, aber es entsprach eher Jasons Vorstellung von der Hölle. Wo war der nächste Takeaway? Wie weit musste man gehen, um einen Liter Milch zu bekommen oder gar ein Bier? Was *machten* die Leute nur hier am Ende der Welt?

Es waren gerade mal drei kleine Schritte von der Straße bis zur Türschwelle. Keine Klingel, nur ein hässlicher Türklopfer aus Eisen. Er hob ihn an und ließ ihn fallen. Keine Reaktion. Er versuchte es noch mal, und diesmal hörte er von irgendwo links ein piepsendes Stimmchen. »Suchen Sie nach Tam?«

Jason trat einen Schritt zurück und drehte sich um. Hinter

einer niedrigen Mauer entdeckte er eine ältere Frau, die sich mit krummem Rücken auf eine Gehhilfe stützte. Auf ihrem kurzen Silberhaar saß keck eine handgestrickte Tam o' Shanter – eine runde flache Schottenmütze – in Regenbogenfarben. Er konnte es kaum fassen, wie schnell sie es aus der Tür geschafft hatte.

»Ich hab gesehn, wie Sie Ihr Auto da abgestellt haben«, sagte die Frau und musterte ihn durch ihre erstaunlich modische Brille mit dickem schwarzem Rand.

»Ich suche Mr Gilmartin«, sagte er.

»Haben Sie was, das gemacht werden muss? Er's ganz schön beschäftigt im Augenblick. Is' immer dasselbe im Winter. Das Wetter findet die Schwachstellen der Häuser jedes Mal.«

»Nein, ich muss nur mit ihm reden. Wissen Sie, wo er arbeitet?«

Sie legte den Kopf schräg und blickte ihn misstrauisch an. »Wie kommt's, dass Sie mit ihm reden müssen, aber nicht wissen, wo er arbeitet?«

Widerwillig kramte Jason seinen Polizeiausweis hervor. Karen hätte alle notwendigen Informationen vermutlich erhalten, ohne einen Finger zu rühren, ging ihm durch den Kopf. »Ich bin von der Polizei.«

Sie beäugte seinen Dienstausweis von der Police Scotland. »Das muss ein Missverständnis sein. Tam Gilmartin is'n guter Mann. Guter Nachbar, ehrlicher Handwerker. Ihr Kerle seid immer hinter der arbeitenden Bevölkerung her.«

»Er steckt nicht in Schwierigkeiten. Ich muss nur mit ihm reden, das ist alles.« Jason versuchte, die Stimme nicht zu heben. Was war das nur mit alten Menschen? Seine Großmutter war genauso. Aus jeder einfachen Frage wurde ein Verhör.

»Er wird bei der Arbeit sein.«

»Und wo könnte das sein?«

Sie zuckte mit den Schultern – eine Bewegung, die von einer Schulter zur anderen zu wandern schien. »Könnte überall sein. Er ist Tischler, er geht dahin, wo die Arbeit ist«, sagte sie, als müsste sie es einem kleinen Kind erklären.

»Haben Sie vielleicht seine Telefonnummer? Die Mobilnummer?«

»Die hab ich irgendwo im Haus. Aber Sie können sie auch selbst mit Ihrem kleinen cleveren Telefon finden. T. Gilmartin, Tischler.«

Jason rang sich ein Lächeln ab. »Sie haben mir sehr geholfen.« Ihr Blick verriet ihm, dass sie wusste, dass das nicht der Fall war und dass es ihr egal war. Zurück im Auto, fand er trotz des extrem schlechten Netzes die Telefonnummer von Thomas Gilmartin. Danach musste er drei Meilen fahren, damit der Empfang ausreichte, um telefonieren zu können. So ein Mist passierte der Chefin nie, dachte er frustriert, während er darauf wartete, dass Gilmartin den Anruf annahm. Sie hätte das grantige alte Weib in null Komma nichts um den Finger gewickelt.

»Tam Gilmartin.« Zumindest klang diese Stimme munter.

»Hier spricht Detective Constable Jason Murray von der Police Scotland«, stellte er sich vor. »Ich würde Sie gern sprechen, wegen eines Falles, in dem ich ermittle. Könnte ich vorbeikommen und mich mit Ihnen unterhalten?«

Ein Moment des Schweigens. »Polizei? Bin ich in Schwierigkeiten?«

»Nein, überhaupt nicht, Mr Gilmartin. Ich müsste nur etwas abklären, und dabei können Sie mir sehr wahrscheinlich helfen.«

»Oh, Herrgott noch mal.« Er seufzte, jede Munterkeit war verflogen. »Es ist wegen Dani, oder? Was hat sie diesmal angestellt?«

»Wenn wir uns einfach treffen könnten?«

»Kinder, ey. Nichts als Ärger. Ich bin in Hawick, renoviere einen Laden. Sie können ihn nicht verfehlen, ist direkt gegenüber vom Lidl-Parkplatz.«

***

Bei dem Laden handelte es sich um ein niedriges Backsteingebäude mit vernagelten Fenstern. In Jasons Augen wirkte es eigentlich nicht wie ein Geschäft, aber die Tür stand offen, und das Kreischen eines Elektrowerkzeugs drang nach draußen und zerrte an den Nerven von allen, die am Haus vorbeikamen. Jason trat ein und entdeckte einen untersetzten Mann in einem dunkelblauen Overall mit einer Schiebermütze aus Tweed, der eine Sperrholzplatte entzweisägte. Als die Säge stoppte, fragte er: »Mr Gilmartin?«

Der Mann sah auf. »Sind Sie der Polizist?« Sein Gesicht war zerknittert und zerknautscht von den vielen Jahren konzentrierten Starrens auf Holz und Maschinen.

Jason nickte. »Wir haben telefoniert.«

»Worum geht's, mein Sohn?«

»Können wir uns irgendwo hinsetzen?« Abgesehen von ein paar Stapeln Baumaterial und einem Sägebock, war nichts Passendes im Raum.

»Was immer Sie mir zu sagen haben, kann ich mir auch im Stehen anhören. Nichts, was Dani angestellt hat, kann mich noch schockieren. Ich nehm mal an, dass Sie wegen ihr da sind, oder?« Er ging hinaus auf die Straße und zog ein Päckchen Zigaretten aus der Tasche. Er steckte sich eine in den Mund und hielt die Hände schützend um die Flamme eines Plastikfeuerzeugs. Dann sah er auf. »Ich weiß, es ist verboten, an seinem Arbeitsplatz zu rauchen, aber ich glaube nicht, dass Sie mich deswegen verhaften werden, stimmt's?«

»Stimmt. Mr Gilmartin, was ich Ihnen zu sagen habe, ist nicht einfach zu erklären. Wir haben menschliche Überreste gefunden und vermuten, dass es sich um Ihre Tochter handelt.«

Sein Mund stand offen, Rauch entwich. All seine Selbstsicherheit war wie weggeblasen. »Nein«, keuchte er. »Nein«, schrie er dann.

***

Das Pub befand sich in einer Scheune, die Art Kaschemme mit billigem Bier und Karaoke oder Quizabenden zu TV-Shows, die bis spät in die Nacht geöffnet hatte. Aber zu dieser Tageszeit schien es eher, als wäre die Zombieapokalypse eingetreten. Ein paar verschrumpelte alte Männer lungerten auf Barstühlen herum, und eine gleichgültige Barfrau füllte die Kühlschränke auf. Jason und Tam Gilmartin hockten an einem angestoßenen Tisch in der hintersten Ecke, Jason hatte eine Cola, Gilmartin einen Whisky vor sich. Sein Gesicht war in sich zusammengefallen, seine Augen wirkten wie blank polierte Steine. Tränen standen darin.

»Es ist noch nicht endgültig, Mr Gilmartin. Wie ich schon sagte, wir glauben, dass es sich bei den Überresten entweder um Ihre Tochter oder um eine Freundin handelt, mit der sie herumgereist ist.«

»Geliebte«, korrigierte Gilmartin Jason. »Es war eine Geliebte. Sie war nie ohne Verehrerinnen. Sie war hübsch, aber sie war auch wild. Das ist eine Kombination, der man nur schwer widerstehen kann. Ich weiß das, weil ihre Mutter genauso war.« Er seufzte. »Sie wissen, was man sagt, oder? Man kann nicht mit ihr leben, aber auch nicht ohne sie? So war Lizzie. Ich war vernarrt in sie vom allerersten Moment an. Aber sie hat mich wahnsinnig gemacht. Sie liebte es, Leute um sich zu haben. Sie liebte es zu tanzen, zu trinken, Drogen zu nehmen, Risiken einzugehen. Es war, als könnte sie von allem nie genug bekommen. Sie war eine schlechte Mutter. Manchmal verschwand sie einfach für mehrere Tage, ließ mich mit der Kleinen allein.« Hilflos spreizte er die Hand. »Ich musste arbeiten, für ein Dach über dem Kopf sorgen, für Essen auf dem Tisch. Ich habe Dani denen anvertraut, die sie gerade nehmen konnten – meiner Mutter, meiner Cousine, der Nachbarin. Und Dani hat mir die Schuld dafür gegeben, dass Lizzie nicht da war.« Er schüttelte den Kopf und nahm einen Schluck von seinem Drink.

»Das tut mir leid«, sagte Jason. »Das muss schlimm gewesen sein.«

»Es hat mir das Herz zerrissen. Sobald sie alt genug war, wurde Dani genauso wild wie ihre Mutter. Sie blieb lange weg, manchmal die ganze Nacht. Sie verkündete, dass sie lesbisch sei und alle Männer Vergewaltiger wären. Das kam nicht gut an in einer Kleinstadt. Wir haben damals in Galashiels gewohnt. Manchmal bin ich nachts durch die Straßen gegangen und habe nach Häusern gesucht, in denen noch Licht brannte, in der Hoffnung, sie da irgendwo zu sehen. Das war ungefähr zu der Zeit, als Lizzie zwangseingewiesen wurde. Sie ist abgestürzt wegen der Drogen. Ist von was abhängig geworden, das die Dinge in ihrem Kopf verschoben hat, sodass sie nicht mehr wusste, wer sie war oder wer wir waren.« Er wischte sich schnell mit der Hand über die Augen und nahm noch einen Schluck.

Dann war das, was Dani Gilmartin den Leuten in Tullyfolda erzählt hatte – dass ihre Mutter ihr die Selbstständigkeit finanziert hatte –, ganz offensichtlich gelogen. Jason hätte gern ein paar Dinge gefragt, aber dann zog er sein Mantra zurate – »Was würde Phil tun?« –, und er entschied, dass es besser wäre, Gilmartin weiterreden zu lassen. »Ich kann mir gar nicht vorstellen, wie man über so was hinwegkommen kann«, sagte er.

»Ich bin aus der Stadt nach Whitbridge umgezogen«, sagte er. »Führe uns nicht in Versuchung, was, mein Sohn? Und es hat auch funktioniert. Dani war gezwungen, ruhiger zu werden. Zumindest für eine Weile. Sie beschloss, dass sie Silberschmiedin werden wollte. Gott weiß, woher sie die Idee hatte. Sie versteifte sich darauf, einen Kurs am College zu besuchen, der einen Haufen Geld kostete, das ich nicht hatte. Lizzie hatte jeden Penny durchgebracht, den ich verdient hatte, und noch mehr. Aber ich hab's geschafft, das Geld zusammenzukratzen. Hab ein paar der alten Werkzeuge verkauft, die ich noch von meinem Großvater hatte. Und dann ging sie aufs College und kam nie wieder. Vor vier Jahren habe ich das letzte Mal von ihr gehört. Sie gab mir die Schuld an Lizzies Zustand und sagte, dass sie mich hasst. Es war, als würd mir das Herz ein zweites Mal herausgerissen.« Er trank seinen Whisky aus.

»Möchten Sie noch einen?«

»Nein danke, mein Sohn. Ich muss zurück an die Arbeit, und man braucht eine sichere Hand an der Kreissäge.«

»Danis Mutter ist letztes Jahr gestorben, nicht wahr?«

»Ja, Brustkrebs. Ist am Ende sehr schnell gegangen. Aber sie hat schon seit Jahren nicht mehr in ihrem Kopf gelebt.«

»Und Dani ist nicht zum Begräbnis erschienen?«

»Ich glaube nicht, dass sie überhaupt davon gewusst hat. Ich hatte keine Ahnung, wie ich sie erreichen sollte. Die Telefonnummer, die ich hatte, war nicht mehr gültig.« Ein tiefes Seufzen entfuhr ihm. »Ich hab immer gehofft, sie kommt zurück. Und wenn es auch nur gewesen wär, um mir unter die Nase zu reiben, wie gut es ihr geht.«

»Geben Sie die Hoffnung nicht auf, Mr Gilmartin. Vielleicht ist es gar nicht Dani. Deswegen brauch ich eine DNA-Probe von Ihnen. Damit wir sie vergleichen können.«

Gilmartin rollte sein leeres Glas zwischen den kräftigen, zerschundenen Fingern hin und her. »Ich bin nicht dumm, mein Sohn. Sie würden sich nicht so viel Mühe machen, die Leiche zu identifizieren, wenn sie einfach im Schlaf gestorben wäre. Sie denken, sie wurde ermordet, hab ich recht?«

Jason druckste herum. »Es ist das, was wir einen verdächtigen Todesfall nennen. Das bedeutet nicht, dass es sich um ein Verbrechen handeln muss. Wenn Ihre alte Großmutter im Schlaf stirbt und sie vorher eine ganze Weile nicht beim Arzt war, dann wird das auch als verdächtiger Todesfall gehandelt. Bis wir beweisen können, was passiert ist.«

Gilmartin schüttelte den Kopf, auf seinen Lippen lag ein trauriges Lächeln. »Sie sind ein freundlicher Kerl. Aber wir beide wissen, dass es hier nicht um jemandes Großmutter geht. Entweder ist es meine Dani, oder meine Dani ist darin verwickelt. Auch wenn es hart klingt: Ich würde lieber um sie trauern als sie im Gefängnis besuchen. Es wär, als würd man eine Katze einsperren. Oder einen Raben.«

Jason wusste nicht, was er darauf erwidern sollte. Darum holte er das DNA-Testkit aus seiner Jackentasche. »Es gibt nur einen Weg, wie wir uns sicher sein können«, murmelte er. »Wär's okay, wenn wir das machen? Es ist nicht schlimm, ich wische nur mit der Watte an der Innenseite Ihrer Wangen entlang.«

»Warum nicht?« Gilmartin wirkte jetzt so verzweifelt, dass es Jason schmerzte. Dieser Mann hatte über die Jahre so viel gelitten, und es würde noch mehr werden auf die eine oder andere Weise. Der Tischler öffnete weit den Mund.

Jason sah sich um, aber niemand schenkte ihnen Beachtung. Er fuhr mit dem Tupfer durch Gilmartins Mund und versuchte, den sauren Geruch nach Whisky und Tabak zu ignorieren. Dann verschloss er das Wattestäbchen in einem Röhrchen und beschriftete es sorgfältig. »Danke, Mr Gilmartin. Ich sage Ihnen so schnell wie möglich Bescheid, aber ich muss Sie vorwarnen: Es kommt zu Verzögerungen im Labor. Die sind gerade unterbesetzt.« Er holte eine Karte hervor. »Aber wenn Sie mit mir reden wollen, können Sie mich hier erreichen.« Dann fiel ihm etwas ein. »Eine Sache noch. Hatte Dani Ihres Wissens ein Zahnimplantat?«

Gilmartins Gesicht verriet die Antwort. »Seit sie sechzehn war. Sie stolperte auf der Außentreppe ihrer Großmutter und brach sich dabei einen ihrer Vorderzähne ab. Sie war wütend, weil sie dachte, sie müsste jetzt eine Prothese tragen. Aber der Zahnarzt kriegte es hin, dass sie stattdessen ein Implantat bekam.« Er schluckte. »Sie brauchen die DNA nicht mehr, oder?«

Es gab nichts mehr zu sagen. Sie standen auf und gaben sich die Hand. Eine einzelne Träne rann aus Gilmartins linkem Auge und folgte dem Verlauf einer Falte. »Das Schlimmste war, das alles mit anzusehen. Sie waren keine schlechten Menschen, Dani und ihre Mutter. Sie waren nur anders als wir anderen. Sie waren wie Tiere, die es nicht aushielten, gefangen zu sein.«

21

Im Fond eines Polizeiautos durch Paris kutschiert zu werden, erinnerte Karen an einen Song von Marianne Faithfull. Wie hieß er noch gleich? »The Ballad of Lucy Jordan«. Durch diese Straßen zu gondeln, hatte nie auf Karens Wunschliste gestanden, aber nichtsdestotrotz war es etwas, das man gut mitnehmen konnte. Jemand von Les Gautiers, dessen Namen sie nicht mitbekommen hatte, hatte sie durch den quirligen Gare du Nord eskortiert und sie zu einem Auto gebracht, das direkt davor geparkt war. Ein Gendarm in Uniform hatte es bewacht. Sie schlängelten sich mit Warnlicht und manchmal mit Sirene durch den Verkehr. Der Fahrer hatte einen Mordsspaß dabei, vermutete Karen.

Sie schaute aus dem Fenster und war fasziniert von der Fremdartigkeit. Alles war anders – die Läden, die Kleidung der Fußgänger, die Beschilderung, das Chaos des Verkehrsflusses. Sie war schon einmal in Paris gewesen, ein langes Wochenende mit zwei Arbeitskolleginnen, als sie gerade erst bei der Historic Cases Unit in Fife angefangen hatte. Sie erinnerte sich vor allem daran, dass sie Unmengen von Stufen raufgeklettert waren – den Eiffelturm und hoch zu Sacré-Cœur – und dass sie ein paar angeblich günstige Kleidungsgeschäfte durchstöbert hatten, die gestopft voll mit Kleidungsstücken gewesen waren, die sie nicht einmal angezogen hätte, wenn es sie in ihrer Größe gegeben hätte. Sie und Phil hatten davon gesprochen, hier einmal Urlaub zu machen, aber wie so vieles war ihnen das verwehrt geblieben. Was sie an Merrick Shand erinnerte; sie spürte, wie Wut in ihr aufstieg.

Der Mann, der sie abgeholt hatte, saß auf dem Beifahrersitz. Jetzt drehte er sich herum und sagte sehr schnell etwas auf Französisch. Daisy antwortete ebenso. »Sagen Sie ihm, dass ich kein Französisch spreche, Daisy. Und erinnern Sie ihn daran, dass ich der Boss bin.«

Daisy nickte und sagte erneut etwas auf Französisch.

»Ah, okay«, sagte der Flic. »Tut mir leid, das wusste ich nicht. Ich bin Giles Chevrolet. Hat nichts mit Autos zu tun. Der Name ist abgeleitet von ›Ziegenhirte‹. Ich bin einer von Les Gautiers, also, gehöre zum Team von Commandant Gautier. Ich bin damit vermutlich so was wie ein Sergeant bei Ihnen, oder?«

»Ich bin Sergeant«, sagte Daisy. »DCI Pirie hat denselben Rang wie Ihr Commandant.«

Das war ja alles liebreizend, dachte Karen, aber es war an der Zeit, sich auf das zu konzentrieren, worum es hier ging. »Gibt es schon Pläne, wie wir jetzt vorgehen?«

»Natürlich. Wir sind über Ihre Ermittlungen informiert, und es scheint offensichtlich, dass es sich um ein schottisches Verbrechen handelt. Nichtsdestotrotz sollten wir Hand in Hand arbeiten. Wir sind daher bereit, Ihnen unsere volle Unterstützung hier in Paris zu gewähren.« Er grinste Karen jungenhaft an, und sie war sich sicher, dass er dieses Lächeln im Laufe der Jahre perfektioniert hatte.

»Und was heißt das? In praktischer Hinsicht?«

»Ich weiß, dass Sie sich Paul Allards Apartment ansehen wollen. Aber bevor Sie das tun können, brauchen wir die Erlaubnis vom *juge d'instruction* – Sie wissen, was das ist, der *juge d'instruction?*«

Karen nickte. »Wir haben etwas Ähnliches in Schottland. Wie lange wird das dauern?«

»Der Commandant trifft ihn heute Nachmittag. Ich vermute, es wird keine Probleme geben. Mir wurde außerdem gesagt, dass Sie mit Allards Kollegen sprechen wollen. Den Männern aus der Jazzband?«

»Das ist richtig. Wohin sind wir jetzt unterwegs?«, fragte Karen.

»Wir treffen seine Musikerkollegen. Sie haben einen … Praxisraum?«

»Übungsraum«, sagte Karen. »Sprechen die Männer Englisch?«

Chevrolet zuckte mit den Schultern. »Ich weiß es nicht. Vielleicht. Vielleicht auch nicht.«

Karen versuchte, sich ihre Frustration nicht anmerken zu lassen. »Aber Commandant Gautier spricht Englisch?«

Chevrolet lächelte erneut charmant. »Besser als ich. Er hat bei der Anti-Terrorismus-Einheit der Metropolitan Police gelernt.«

»Wäre es dann nicht sinnvoller, mich zu ihm zu bringen, damit wir den Durchsuchungsbeschluss für die Wohnung beantragen können, während Sie Sergeant Mortimer mitnehmen, um mit den Männern Französisch zu sprechen, die vielleicht kein Englisch verstehen?«

Daisy sagte schnell etwas auf Französisch; Karen vermutete, dass sie dem beipflichtete, was ihre Chefin gerade gesagt hatte. Chevrolet fuhr sich mit der Hand durch sein perfekt zerzaustes Haar. »Meine Anweisungen lauten anders.«

»Dann sollten Sie vielleicht mit Ihrem Boss sprechen und sich neue Anweisungen holen?« Jetzt war es an Karen, charmant zu lächeln.

Er drehte sich nach vorn und sprach schnell in sein Telefon. Daisy hörte konzentriert zu und signalisierte Karen dann heimlich mit erhobenem Daumen ihren Erfolg. Chevrolet beendete das Gespräch und sagte: »Okay. So gehen wir normalerweise nicht vor, aber Les Gautiers, also wir, machen unsere eigenen Regeln. Es sieht so aus, als könnte der Commandant jetzt gleich mit dem Richter sprechen, darum bringen wir Sie zum *parquet* – der Staatsanwaltschaft. Und wir fahren dann weiter zum Raum des Übens und sprechen mit den Musikern, ja?«

»Danke. So nutzen wir die Zeit am besten. Und wenn Sie fertig sind, kann Sergeant Chevrolet Sie vielleicht zu mir in Allards Wohnung bringen, Daisy. Die Durchsuchung wird vermutlich etwas länger dauern.«

Chevrolet wirkte überrascht. Karen war sich nicht sicher, ob es daran lag, dass er es nicht gewohnt war, Anweisungen von einer Frau entgegenzunehmen, oder ob er davon ausgegangen war, dass ihr Besuch reine Routine war. »Okay«, sagte er, als müsste er sich das Wort abringen. Er sagte etwas zum Fahrer, der vor sich hin murrte und dann mit dem Wagen einen furchterregenden U-Turn hinlegte.

Wenige Minuten später hielten sie vor einem kleinen Café. Chevrolet sprang aus dem Auto, öffnete die hintere Tür und bedeutete Karen auszusteigen. »Bitte, Commandant Pirie, dort hinein«, sagte er. »Mein Boss ist beim Richter, gleich um die Ecke. Er hat mir gesagt, er würde Sie dann im Café treffen.«

»Woran erkenne ich ihn?«

Chevrolet musterte sie von oben bis unten. »Er wird Sie erkennen, Madam. Sie sehen nicht aus wie eine Französin.«

Sagte es und saß auch schon wieder im Auto. Das Letzte, was Karen sah, war Daisys verunsichertes Gesicht im Heckfenster. Sie hatten während der Zugfahrt darüber gesprochen, was sie die Zeugen fragen wollten. Aber weil sie nicht recht wussten, was sie erwartete, hatten sie sich nicht besonders intensiv vorbereiten können. Karen würde jetzt also herausfinden, was für eine Polizistin Daisy war. Genauer gesagt: Daisy würde es herausfinden.

***

Karen schaffte es, sich einen *café au lait* zu bestellen. Sie fragte sich, wie lang sie wohl warten musste und ob sie es riskieren konnte, etwas von der Karte zu bestellen. Ein *croque monsieur* war, soweit sie wusste, so was Ähnliches wie ein überbackenes Sandwich, aber sie wollte es nicht darauf ankommen lassen. Nicht weil sie besonders konservativ war, was Essen anging – sie wollte nur unbedingt vermeiden, mit etwas Kompliziertem zu kämpfen, wenn Gautier eintraf.

Sie hatte schon rund zehn Minuten in ihre leere Tasse gestarrt, als sich ein Schatten auf sie legte. Sie blickte auf. Vor ihr stand ein großer Mann in einem grauen Anzug, der sie musterte. Er sah dünn aus wie ein Asket, sein ordentlich gescheiteltes Haar war an den Schläfen eisengrau. »Madame Commandant Pirie?«, fragte er mit überraschend sanfter Stimme.

Karen stand hastig auf. »Commandant Gautier?«

Er nickte höflich und wies auf ihre Tasse. »Ich sehe, dass Sie der Kaffeefraktion angehören. Darf ich Ihnen noch einen bestellen?«

»Immer«, sagte sie. Er gab am Tresen ihre Bestellungen auf und kehrte zurück.

Nachdem er sich hingesetzt hatte, schlug er ein langes Bein über das andere und lächelte. »Das ist eine Tradition bei den französischen Mordkommissionen. Jeden Tag trinken wir miteinander Kaffee. Wenn es uns möglich ist, essen wir auch gemeinsam zu Mittag. Wir sind Freunde, und wir sind einander so loyal verbunden wie eine Familie.« Sein Englisch war klar und präzise, sein Akzent nur schwach ausgeprägt. Nicht zum ersten Mal schämte sich Karen für ihre Einsprachigkeit.

»Die Polizisten, die ich kenne, ähneln eher einer echten Familie. Kleinkriege, Streitereien, Rivalitäten. Aber mein Team ist überschaubar, es scheint mir mehr wie Ihres zu sein.«

»Was ich am schlimmsten fand, als ich zur Met abgestellt war, war der abscheuliche Kaffee im Büro. Kameradschaft gab es nur im Pub. Ich habe mich dort nicht wohlgefühlt.« Er hob die Tasse zu einem spöttischen Toast. »Auf den Kaffee.«

»Danke für Ihre Kooperation in diesem Fall«, sagte Karen.

Er zuckte mit einer Schulter. »Es ist Ihr Fall, wirklich. Allard war zwar französischer Staatsbürger, aber er war außerdem Brite, und er ist in Ihrem Land getötet worden. Die Ursachen für seine Ermordung könnten hier in Frankreich liegen, aber es ist doch wahrscheinlicher, dass sie in seiner Vergangenheit und seinen früheren Verbindungen zu Schottland zu suchen sind.«

»Auch wenn es pedantisch scheinen mag: Wir bezeichnen es immer noch als verdächtigen Todesfall. Auch wenn mir mein Instinkt sagt, dass sein Tod die Folge eines brutalen Verbrechens war, müssen wir doch den abschließenden Bericht der Rechtsmediziner abwarten. Aber ich stimme Ihnen zu, dass die Gründe für Allards Tod sehr wahrscheinlich in Schottland liegen. Ich weiß nicht, wie viel man Ihnen mitgeteilt hat, aber als er Großbritannien verlassen hat, stand er unter Verdacht wegen des Verschwindens seines Bruders, Iain Auld.«

Gautier lehnte sich konzentriert vor, zwischen seinen Augenbrauen zeichneten sich zwei parallele Falten ab.

»Iain war Regierungsbeamter, und die beiden Brüder hatten eine gewalttätige Auseinandersetzung am Abend, bevor Iain spurlos verschwand. Die Met ging davon aus, dass er ermordet wurde. Sein Bruder war ihr Hauptverdächtiger. Ihr einziger Verdächtiger, um ehrlich zu sein. Sie hatten sich auf ihn fixiert und haben nicht weiter ermittelt. Als er dann die Biege machte – Entschuldigung, als er das Land verließ, kam die Ermittlung mehr oder weniger zum Stillstand. Wussten Sie davon?«

Gautier schüttelte den Kopf. »Das ist mir neu. Es überrascht mich. Die Fremdenlegion überprüft im Allgemeinen, ob ihre Anwärter in Verbrechen verwickelt sind.«

»Er war trotz allem nur ein Verdächtiger. Er war nicht verhaftet oder angeklagt worden. Die Met hatte nicht genügend Beweise für einen Haftbefehl. Darum war er offiziell sauber.«

Karen kam für einen Augenblick in den Genuss eines echten französischen Schulterzuckens, als Gautier sein Missfallen zeigte. »Das scheint mir halbherzig. Wenn sie genug hatten, um nicht nach weiteren Verdächtigen zu suchen, nachdem er das Land verlassen hatte, dann sollten sie auch genug gehabt haben, um einen Haftbefehl zu beantragen, oder?«

»Das sehen Sie so. Aber offensichtlich nicht die Met. Iain Auld war ein hochrangiger schottischer Regierungsbeamter, vielleicht wurde also politischer Druck ausgeübt? Als ich vor zwei Jahren die Akten erneut geprüft habe, fand ich allerdings keine Hinweise darauf.«

Gautier lächelte sarkastisch. »Wenn sie sorgfältig waren, sollten Sie auch keine Beweise dafür entdecken können.« Ein weiteres Schulterzucken. »Wie auch immer die Umstände waren: Ihr Mann hat sich in der Fremdenlegion tadellos verhalten, und es liegt auch nichts gegen ihn vor, seit er diese verlassen hat. Aber was Sie sagen, bestärkt mich in meinen Vermutungen. Ich stimme Ihnen darin zu, dass die Antworten, die Sie suchen, in Schottland zu finden sind. Oder vielleicht in London. Aber nicht hier.«

»Dennoch muss ich mir seine Wohnung ansehen. Ich habe im Augenblick keine Spur. Die Wohnung ist meine größte Hoffnung.«

»Das verstehe ich. Und Sie haben *carte blanche*, sein Apartment zu durchsuchen. Ich habe die Erlaubnis des *juge d'instruction*. Sobald wir unseren Kaffee ausgetrunken haben, bringe ich Sie hin. Einer meiner Beamten wird uns dort treffen, und ich übergebe Sie seiner Obhut. Ich muss mich um andere Dinge kümmern, ich hoffe, Sie verstehen das nicht als Affront.«

»Ganz und gar nicht. Ich kann mir vorstellen, dass dies nicht allzu weit oben auf Ihrer Prioritätenliste steht.« Karen versuchte, nicht so zufrieden dreinzuschauen, wie sie sich fühlte. Sie wollte auf keinen Fall, dass ein Beamter mit vergleichbarem Rang und vergleichbarer Erfahrung ihr über die Schulter sah. Trotz der Versicherungen, dass sie kooperieren und Informationen teilen wollten, war es ihr doch lieber, wenn sie die Kontrolle über die Ermittlungsergebnisse hatte. Sie würde Gautier ihre Schlussfolgerungen mitteilen. Sie wollte aber nicht, dass er die Ermittlung an sich riss und ihre Erkenntnisse auf seine Weise interpretierte. In einer Hinsicht hatte ACC Ann Markie recht, was sie anging – sie war nicht immer ein Teamplayer.

***

Paul Allards Wohnung lag in einer kleinen Straße, die vom Place de l'Odéon hügelab führte. Karen erhaschte einen Blick auf den eindrucksvollen Portikus des Nationaltheaters, bemerkte das Restaurant an der Ecke und dachte, dass dies wie ein Viertel wirkte, in dem es sich gut leben ließ. Die Gebäude waren sauber und gepflegt, die Ladenlokale auf Straßenhöhe beherbergten kleine Läden, die alles von antiquarischen Büchern bis zu importiertem chinesischem Porzellan verkauften. Ein uniformierter Gendarm stand auf halber Höhe der Straße vor einer massiven Doppeltür aus Holz; Gautier parkte in zweiter Reihe davor und blockierte so effektvoll den Verkehr.

Er begleitete Karen zu dem Polizeibeamten, der die gleiche Unglückseligkeit ausstrahlte wie Jason. Gautier feuerte einen rasanten Schwall französischer Worte auf ihn ab, und er nickte wie ein Aufziehspielzeug. Er stammelte eine Antwort, und der Commandant erwiderte etwas darauf. Dann wandte er sich Karen zu. »Okay. Das ist Officer Henri. Er hat den Schlüssel von der Concierge. Er wird Sie zur Wohnung begleiten und dann da warten. Er wird sich nicht in Ihre Suche einmischen.« Gautier lächelte verschmitzt. »Es sei denn, Sie können an etwas nicht heranreichen.« Er streckte ihr die Hand entgegen, und sie schüttelte sie.

»Vielen Dank für Ihre Unterstützung. Ich werde dafür sorgen, dass Sie einen vollständigen Bericht erhalten.«

Er zwinkerte. »Es reicht mir schon, wenn er vollständig genug ist, um uns beide abzusichern. Und wenn es etwas gibt, dem wir nachgehen sollen, lassen Sie es mich wissen. Viel Glück, Madame Commandant Pirie.« Damit wandte er sich um und winkte lässig dem eingekesselten Autofahrer zu, der mit Mordgelüsten Gautiers Auto anstarrte.

Karen folgte dem schweigsamen Beamten in einen kleinen Hinterhof. Er öffnete eine Tür, die in ein Stiegenhaus führte, und sie kletterten eine Treppe nach der anderen hinauf. Auf jedem Stockwerk kamen sie an zwei Wohnungen vorbei. Schließlich gab es keine weiteren Stufen mehr zu erklimmen. Der Polizist öffnete die hintere Tür und bedeutete ihr einzutreten.

Karen atmete tief ein, nicht nur wegen des Aufstiegs. Sie roch die abgestandene Luft mehrerer Tage, den schwachen Duft gekochten Essens und einen Hauch Lavendel, den sie sofort auf einen Strauß getrockneter Blumen zurückführen konnte, der nachlässig in eine Vase auf einem Tisch neben der Tür gestopft worden war. Bislang hatte sie James Auld nur als Leiche gekannt. Nun würde sie ihn als lebendigen Mann kennenlernen.

22

Die DNA-Probe von Tam Gilmartin persönlich abzuliefern, würde die Dinge vielleicht beschleunigen. Es wär zumindest einen Versuch wert, überlegte Jason. Er könnte seinen besten Dackelblick aufsetzen, eventuell würde einer der übrig gebliebenen Techniker dann Mitleid mit ihm haben. Besonders, wenn er irgendwann mal mit Karen aneinandergeraten war.

Doch als Jason schließlich eintraf, bekam er kein einziges menschliches Wesen zu Gesicht. An der Tür zum DNA-Labor hing lediglich ein mit Klebefilm befestigtes Pappschild: »Proben bitte durch den Türschlitz werfen.« Er drückte auf die Türklingel, aber niemand kam.

Mutlos wollte er sich wieder auf den Weg machen, als ihm einfiel, dass Tamsin ja Susans Laptop analysierte. Vielleicht hatte sie etwas herausgefunden. Jason fand sie an ihrem Schreibtisch. Neben ihrer linken Hand lag eine Packung Jaffa Cakes. Sie schaute über die Schulter und schob sie schnell in ihre Schublade. »Erzähl's niemandem«, sagte sie. »Es verstößt gegen das Gesetz, Kekse neben der Tastatur zu haben.«

»Aber sind es denn Kekse?«

Tamsin drehte sich auf ihrem Stuhl herum und grinste. »Das ist die ewige Frage. Die Entscheidung des VAT and Duties Tribunal von 1991 hatte das eigentlich klären sollen. Sie behaupteten, es seien Kuchen. Aber ehrlich, Jase, kannst du dem im Tiefsten deines Herzens zustimmen?«

Er wünschte, er hätte den Mund gehalten. Tamsin jagte ihm eine Mordsangst ein. Er wusste nie, wann sie etwas ernst meinte und wann sie Spaß machte. Dass ihr Haar jedes Mal eine andere Botschaft verkündete, wenn er sie sah, machte es nicht einfacher. Diesmal war ihr Scheitel blau-weiß gefärbt und zeigte das Andreaskreuz der schottischen Flagge. War das ironisch gemeint? Oder ein harsches Post-Brexit-Statement? »Ich mag die eigentlich gar nicht«, sagte er.

»Warum bist du dann hier, wenn nicht wegen meiner Kekse?«

»Ich war gerade in der Nähe und dachte, ich könnte mal nachfragen, ob du was Interessantes auf Susans Laptop gefunden hast.«

»Kommt drauf an, was du mit ›interessant‹ meinst. Es gibt einiges über coole Fahrradstrecken in Perthshire und Grampian. Und ein paar Rezepte für Taco-Füllungen, die wirklich lecker klingen.« Er machte ein langes Gesicht, und sie bekam Mitleid mit ihm. »Karen sagte, ihr sucht nach E-Mails, die Susan und Amanda McAndrew einander geschrieben haben.«

»Ja, genau. Hast du was gefunden?«

»Ja und nein.«

»Und was heißt das?«

»Erinnerst du dich, wie ihr das Skelett in dem VW-Camper gefunden habt? Dadurch wusstet ihr, dass dort einmal ein vollständiger Körper gelegen haben musste. Na ja, und ich habe Überreste einer ganzen Reihe von E-Mails der beiden gefunden. Irgendjemand hat sie vor einer Weile gelöscht. Darum liegen jetzt überall E-Mail-Fragmente auf der Festplatte herum wie Konfetti.«

»Das klingt nicht gut.«

»Um ehrlich zu sein, Jason: Die Mails wieder zusammenzufügen, ist, als würde man ein Landschaftspuzzle machen, von dem der Hund den halben Himmel zerkaut hat. Das überfordert die meisten Tekkies.« Sie drehte sich wieder zu ihrem Monitor. »Aber ich bin nicht wie die meisten Tekkies. Ich bin ein verdammtes Genie. Es ist noch eine Menge zu tun, aber ich kann dir jetzt schon sagen, dass Susan vor rund fünf Jahren eine E-Mail an Amanda geschickt hat, in der in einer Zeile ›Toilettenpapier und Balsamicoessig‹ stand. Ich vermute, es ist eine von diesen ›Kannst-du-das-auf-dem-Heimweg-mitbringen‹-Mails und kein Code für obskure Sexpraktiken. Aber kann mich auch irren. Bei schottischen Lesben kann man das nie wissen.«

Jason spürte, wie eine tiefe Röte seinen Hals hinaufkroch. Er hasste das. »Irgendeine Idee, wie lange es dauern wird?«

»Schwer zu sagen.« Tamsin wurde jetzt ernsthafter. »Ich lasse ein Programm im Hintergrund laufen. Kann sein, dass es morgen schon Ergebnisse gibt oder in sechs Wochen oder niemals. Hängt davon ab, wie ordentlich Susan im Umgang mit ihrem Computer war. Das Gute ist: Die meisten Leute sind total lax darin. Wenn die ihre Wohnungen so vernachlässigen würden wie ihre Festplatten, würde man sie nur noch mit Seuchenschutzausrüstung besuchen.«

»Okay. Danke. Bitte entschuldige die Störung.«

»Ich versuch, dran zu denken, Karen nichts davon zu sagen«, sagte sie abwesend, während sie konzentriert auf ihren Monitor starrte.

Es wäre Jason nie in den Sinn gekommen, dass sie das hätte tun können. Jetzt hatte er noch etwas, weswegen er sich Sorgen machen musste.

***

Auf der anderen Seite des Ärmelkanals erging es Daisy nicht viel besser. James Aulds Musikerkollegen waren sichtlich mitgenommen von der Nachricht von dessen Tod. Sie beteuerten, dass sie alles tun würden, damit derjenige gefunden wurde, der ihm das angetan hatte. Aber keiner von ihnen konnte bei der Frage helfen, wer es gewesen sein könnte.

Zwei von ihnen waren mit Auld seit ihrem Dienst in der Fremdenlegion befreundet. Ja, schon, Paul hätte manchmal Streit mit anderen gehabt, aber das hatte sich immer schnell beruhigt. »Er war ein umgänglicher Typ«, sagte der Schlagzeuger. »Manche Kerle in der Legion sind permanent auf Streit aus. Aber so war er nicht.«

»Verstehen Sie das nicht falsch, er war kein Feigling«, warf der Bassist ein. »Er konnte für sich einstehen. Aber er war gut darin, die Wogen zu glätten, wissen Sie?«

»Keine Feinde, die Ihnen einfallen?« Daisy bettelte schon fast. Die Männer sahen einander an und schüttelten den Kopf. Sie schienen ehrlich fassungslos zu sein. »Wie sieht es mit seinem Liebesleben aus? Hat er jemanden verärgert? Jemandem die Freundin ausgespannt? Eine Affäre mit einer verheirateten Frau gehabt?«

Der Schlagzeuger lachte. »Als er noch bei der Legion war, war er wie wir alle anderen auch. Lebte wie ein Mönch, bis auf die Momente, in denen er das eben nicht tat. Wir sind alle zu Nutten gegangen, wenn es nicht anders ging. Und jeder hatte mal einen One-Night-Stand oder eine bedeutungslose Affäre hier und da.«

»Aber er war nicht mehr in der Legion«, stellte Daisy fest.

Der Keyboarder warf ihr einen verschmitzten Blick zu. »Er hatte eine Freundin. Aber nicht in Paris.«

»Pascale Vargas«, sagte der Schlagzeuger. »Sie ist ein ziemlich guter Fang. Sie besitzt einen Jazz-Club in Caen. Läuft nicht schlecht. Und sie ist eine attraktive Frau. Paul und sie mochten sich schon bei unserem allerersten Gig dort. Verdammtes Saxofon«, meinte er spöttisch. »Das ist wie Katzenminze für Frauen. Man sollte es Sexofon nennen.« Er blickte alarmiert auf. »Verstehen Sie mich nicht falsch. Ich bin nicht hinter Pascale her. Ich habe eine Freundin.«

»Paul hat niemanden ausgestochen«, erklärte der Keyboarder. »Pascale war Single, als die beiden zusammenkamen.«

Das führte zu nichts, dachte Daisy. Alles, was für sie dabei heraussprang, war eine intensive Auffrischung ihres Französischs. »Hat er je was von seinem Leben vor der Fremdenlegion erzählt?«

Der Schlagzeuger lachte. »Es gibt zwei Arten von Männern in der Legion. Die einen hören nicht mehr auf, davon zu sprechen, wie hart ihr Leben vor der Fremdenlegion war. Und die anderen fangen gar nicht erst an. Ich habe keine Ahnung, warum sich Paul der Legion angeschlossen hat. Alles, was ich weiß, ist, dass er aus Schottland kam, und als er ankam, hatte er einen mordsmäßigen Akzent und kannte kein einziges Schimpfwort. Beides hat sich schnell geändert.«

Der Keyboarder lehnte sich vor und sagte nachdrücklich: »Wir wollen wirklich helfen. Wir haben den Kerl geliebt. Aber wir haben nicht darüber gesprochen, ob uns jemand töten wollte. Wir haben über Musik geredet, über Fußball und Filme und ob wir zum Gig in der nächsten Woche mit dem Zug oder dem Auto fahren sollen.« Er breitete achselzuckend die Hände aus. »Tut mir leid.«

»Hat er gesagt, warum er nach Schottland wollte? Wen er dort treffen wollte?«

Der Bassist runzelte die Stirn. »Ich hab ihn gefragt, ob er da immer noch Familie hat. Er hat nicht geantwortet. Er meinte nur, dass er hofft, jemanden zu treffen, den er seit Jahren nicht mehr gesehen hat.«

Daisys Aufmerksamkeit war geweckt. »Sagte er, wen?«

»Ich hab ihn nicht gefragt. Das ging mich nichts an. Wenn er gewollt hätte, dass ich's wüsste, hätte er es mir gesagt.« Er lächelte sie schief an. »Ich glaube, Männer und Frauen sind sehr unterschiedlich, wenn es darum geht, sich anderen zu öffnen. Vielleicht sollten Sie nach Caen fahren und mit Pascale reden. Wenn er jemandem mehr gesagt hat, dann wahrscheinlich ihr, oder?«

Daisy hoffte es inständig. Sie waren zu weit gefahren, um in einer *cul de sac*, einer Sackgasse, zu enden.

23

Niemand konnte Karen vorwerfen, ordentlich zu sein, aber selbst sie hätte es in James Aulds Wohnung nicht ausgehalten. Jede Fläche in seinem Wohnzimmer war bedeckt mit kippeligen Stapeln aus Büchern, Notenblättern und Musikmagazinen, dazu Unmengen entwerteter Konzertkarten. Die einzige Ausnahme bildete eine Lücke in der Größe eines Laptops auf einem kleinen Tisch in der Ecke. Die Regale waren gestopft voll mit CDs und LPs. Drei schimmernde Saxofone ruhten nebeneinander aufgereiht auf Ständern. Gläser, in denen offensichtlich mal Rotwein gewesen war, standen überall herum. Entweder hatte Auld gegen die Jahre des spartanischen Militärlebens rebelliert, oder die Legion hatte es nicht geschafft, ihm eine angeborene Leidenschaft fürs Horten und Sammeln auszutreiben.

An den wenigen freien Wandflächen zwischen den Regalen hingen gerahmte Fotografien. Auld auf der Bühne mit seinem Quintett. Auld in der Uniform der Fremdenlegion, unter seinem Mützenschirm wissend hervorlächelnd. Jazzmusiker, die Karen nicht kannte. Und neben dem Fenster, das auf Dächer und Dachgärten von Paris hinausging, ein Foto der Auld-Brüder, als sie Mitte zwanzig waren; die Arme um die Schultern des jeweils anderen geschlungen, grinsten sie in die Kamera. Darunter ein Hochzeitsfoto. Karen musterte es. Iain und James Auld als Bräutigam und Trauzeuge; die lächelnde Braut war eine jüngere Version der Mary Auld, die Karen im Zuge der Revision des Falles gesprochen hatte. Kein Anzeichen von Feindseligkeit, die zu Mord hätte führen können. Aber das musste nichts bedeuten. Zu oft hatte

Karen gesehen, was geschah, wenn Liebe umschlug und sich in Hass verkehrte.

Die Küche, die vom Wohnzimmer abging, war winzig. Offenbar hatte James Auld sie zu wenig mehr als zum Kaffeekochen und zur Lagerung der Rotweinflaschen genutzt. Wer hätte ihm das verdenken können? Es gab genügend Cafés und Bars an jeder Straßenecke. Ein Mann, der keine Lust hatte zu kochen, war nicht dazu gezwungen. Sie öffnete den Kühlschrank. Zwei Packungen Kaffeebohnen; eine Tupperbox mit drei angeschnittenen Stücken Käse, deren Sorte Karen nicht benennen konnte; ein halb leeres Glas Artischocken in Olivenöl. Fünf Flaschen Bier.

Sie ging zurück in den vollgestopften Flur. Zwischen den Jacken an der Wand und dem jungen Gendarmen war kaum genug Platz, sich umzudrehen. Sie bat ihn gestikulierend, beiseitezutreten, damit sie die Jackentaschen durchsuchen konnte. Drei Paar Handschuhe, zerknüllte Kassenbons über kleinere Beträge, zwei Tuben Lippenbalsam. Karen seufzte und steckte den Kopf durch die Badezimmertür. Das Bad war sauber und erstaunlich ordentlich. Toilettenartikel standen auf einem langen Regalbrett, Handtücher hingen gefaltet über einer Stange an der Tür der Duschkabine.

Der letzte Raum, der vom Flur abging, war das Schlafzimmer. Karen hatte das gleiche Chaos wie im Wohnzimmer erwartet, doch überrascht musste sie feststellen, dass es genauso aufgeräumt war wie das Bad. Die Bettdecke war über das Doppelbett gebreitet, die Kissen waren aufgeschüttelt worden. An einem Ende des Raumes befand sich hinter einem Vorhang ein improvisierter Kleiderschrank. Jacketts, Hemden und Hosen in verschiedenen Abstufungen von Schwarz und Dunkelblau hingen gesittet nebeneinander, eine schmale Kommode enthielt ein paar Pullover, Unterwäsche und T-Shirts. Fünf Paar Schuhe waren am Boden aufgereiht. Er besaß nicht viel Kleidung; offenbar hatte er sein ganzes Geld für Musik ausgegeben. An der Wand gegenüber vom Bett hing ein großer Spiegel und daneben ein kleines gerahmtes Ölgemälde, ein Seestück. Mit ihrem Smartphone machte sie schnell ein Foto davon. Vermutlich handelte es sich um das Bild, das er sich aus den Habseligkeiten seines Bruders ausgesucht hatte, aber das sollte sie sich lieber von Mary Auld bestätigen lassen. Nur, um ganz sicherzugehen. Und es wäre gut, herauszufinden, was es zeigte, für den Fall, dass das von Bedeutung war. Worin die bestehen sollte, wusste sie allerdings nicht.

Ein Stuhl stand vor dem Dachfenster, ein leichter Pullover war darüber geworfen. Das einzige weitere Möbelstück im Raum war der Nachttisch. Unter einer Leselampe lag ein dickes Taschenbuch. Karen hob es auf. *Norman Granz: The Man Who Used Jazz for Justice* von Tad Hershon. Sie hatte weder vom Autor noch von dem Musiker je gehört, aber das war nicht weiter überraschend. Alles, was vor Ella Fitzgerald lag, war ihr fremd. Müßig zog sie die Schublade auf; sie erwartete nichts Besonderes, sondern wollte nur ihre Rückkehr ins Chaos des Wohnzimmers hinauszögern.

Eine hellbraune Dokumentenmappe aus Pappe lag unter einem Paar Kopfhörer. Karen streckte eine behandschuhte Hand aus und zog sie hervor. Sie öffnete den Deckel und blätterte durch den Inhalt. Auf den ersten Blick ergab das wenig Sinn. Eine Fotografie, ein Zeitungsartikel, der aus dem Internet ausgedruckt worden war und auf dessen Rückseite sich kryptische Notizen fanden, ein Artikel über die Preisentwicklung von Kunstwerken und eine alte Hardcover-Ausgabe von Ian Flemings *James Bond – Im Geheimdienst Ihrer Majestät* inklusive ziemlich angeschlagenem Schutzumschlag.

Sie setzte sich auf das Bett und betrachtete die Sachen etwas intensiver. Auf dem Foto waren zwei Männer von der Hüfte aufwärts zu sehen. Sie hielten sich eng umschlungen, die Nasen berührten sich, sie sahen einander lächelnd in die Augen. Und sie waren nackt. Es war eindeutig, was hier abgebildet war: zwei Liebende in einem Moment der Innigkeit.

Einer davon war Iain Auld. Ohne jeden Zweifel. Sie drehte das Foto um. In zarter Bleistiftschrift stand dort: *Gefunden zwischen dem Vorsatzblatt und dem Buchrücken von* JBIGIM. *Jetzt weiß ich, wer der Mann ist.*

»Das ist mehr, als ich weiß«, murmelte Karen vor sich hin. Sie nahm das Buch und schlug es auf der letzten Seite auf. Das Vorsatzblatt war vorsichtig vom Buchrücken gelöst worden, wahrscheinlich mit einem Skalpell oder etwas Ähnlichem. Sie konnte die schwachen Umrisse des Fotos auf dem Vorsatzblatt erkennen, ungefähr zehn mal fünfzehn Zentimeter. Vermutlich hatten sie James Auld verraten, dass sich etwas dahinter verbarg.

Iain Auld hatte also offenbar einen männlichen Liebhaber gehabt. Damit war er nicht unbedingt eine Ausnahme unter den britischen Beamten. Aber mal im Ernst, sagte sie sich, konnte das irgendetwas mit seinem Verschwinden zu tun haben? Es wäre vielleicht ein bisschen peinlich gewesen, aber es war kein Verbrechen, solange der andere kein russischer Spion war. Und selbst dann, was hätte eine fremde Macht von einem Insider im Schottland-Amt schon erfahren sollen?

Sie legte das Buch beiseite und nahm den Ausdruck zur Hand. Es war ein Artikel aus dem *Guardian* von vor vier Jahren. Darin ging es um den Brand in einer Kunstgalerie in Brighton. Laut des Artikels hatte sie die beste und teuerste Sammlung zeitgenössischer britischer Kunst außerhalb Londons beherbergt. Werke im Wert von mehreren zehn Millionen Pfund waren in Rauch aufgegangen, die Polizei vermutete Brandstiftung. Der Beitrag war bebildert mit Fotos vom Brand, Flammen schossen hoch in die Nacht und färbten das Meer rot und golden. Das dritte Foto zeigte eine Gruppe von Schaulustigen, aufgeregt wie Kinder während der Guy-Fawkes-Nacht. Außerdem war ein Porträtfoto des milliardenschweren Industriellen Simon Goldman beigefügt, dessen Sammlung das Herz des Museums gebildet hatte. Er war ein älterer Mann, der keinerlei Ähnlichkeit mit dem auf dem Foto hatte. Karen hatte keine Ahnung, was das alles bedeuten sollte. Soweit sie wusste, hatte weder Iain noch James Auld Verbindungen nach Brighton. Vielleicht hatte der geheimnisvolle dritte Mann dort gelebt. Ob er in der Galerie gearbeitet hatte? Und wohin führte das, wenn es zutraf?

»Absolut nirgendwohin«, murmelte sie. Sie drehte den Ausdruck um. Auf der Rückseite stand in der gleichen ordentlichen Handschrift wie auf dem Foto:

12 NT
Ouds
Hilary 92/3

Karen verdrehte die Augen. »12 NT« wirkte wie eine dieser obskuren Abkürzungen, die man in Berichten von Bridge-Spielen fand. Sie hatte nie etwas Komplizierteres als Whist gespielt, darum hatte sie keine Ahnung, ob die Notiz irgendwas mit Karten zu tun hatte. Sie googelte »Oud« und erfuhr, dass es sich dabei um ein dreizehnsaitiges Instrument handelte, einer Laute ähnlich, das aus dem Mittleren Osten stammte. Es spielte offenbar eine wichtige Rolle im libanesischen Jazz. Und wer war Hilary? Das konnte eine Frau oder ein Mann, ein Vor- oder ein Nachname sein. Im Jahr 1992 musste Iain Auld Anfang zwanzig gewesen sein, James ein paar Jahre älter. War Hilary jemand, den Iain an der Universität kennengelernt hatte? Er hatte einen Bachelor-Abschluss in Edinburgh gemacht und war für den Master nach Oxford gegangen. Karen konnte sich nicht daran erinnern, dass der Name Hilary in den Akten aufgetaucht war, als sie sie vor zwei Jahren durchgegangen war.

Was zur Hölle sollte das alles? Sie war eine gute Polizistin, das wusste sie. Aber sie war nicht der verdammte Sherlock Holmes. Geheimnisvolle Hinweise und die französische Fremdenlegion? Das war die Art von Blödsinn, über die sie und Phil sich sonntagabends vor dem Fernseher lustig gemacht hatten. In einer Dachwohnung in Paris herumzustehen und so einem Agatha-Christie-mäßigen Schwachsinn einen Sinn abzuringen, war nicht das, was sie unter solider Polizeiarbeit verstand.

Sie schob die Sachen zurück in die Mappe und steckte diese in ihren Rucksack. Gewissensbisse hatte sie keine bei dem Gedanken, das für sich zu behalten. Sie konnte sich ja schon keinen Reim darauf machen, da konnte Commandant Gautier das wahrscheinlich noch weniger. Dennoch hatte sie das Gefühl, dass der Inhalt der Mappe mit den Gründen zusammenhing, aus denen James Auld nach Schottland zurückgekehrt war und den Tod gefunden hatte.

Aber das musste warten. Fürs Erste blieb ihr nichts anderes übrig, als sich dem chaotischen Wirrwarr im Wohnzimmer zu widmen.

Karen hatte gerade den ersten Stapel neben dem Sofa durchgesehen, als Daisy mit Chevrolet im Schlepptau auftauchte. Er pfiff leise, als er das Ausmaß der Aufgabe erfasste, die vor ihnen lag. »Meine Frau würde mich umbringen, wenn ich versuchen sollte, so zu leben«, sagte er.

»Aber unser Mann hatte keine Frau«, erwiderte Karen. »Er lebte so, wie es ihm passte. Hier ist es unordentlich, aber nicht dreckig. Die Küche ist sauber, das Schlafzimmer ähnelt einer Mönchszelle.« Sie wandte sich Daisy zu. »Was haben Sie von der Band erfahren?«

Daisy verzog das Gesicht. »Reine Zeitverschwendung. Gemessen an den vielen Stunden, die diese Typen miteinander verbracht haben, wissen sie ganz schön wenig über das Leben der anderen. Das bestätigt sämtliche Klischees, dass Männer vom Mars und Frauen von der Venus sind. Wenn ich so viel Zeit mit meinen Freundinnen verbringen würde, dann würde ich jedes Detail ihres Alltags ebenso gut kennen wie ihre komplette emotionale Entwicklung und die Beziehungen zu Eltern und Geschwistern.«

Chevrolet zuckte mit den Schultern. »Unterschiedliche Prioritäten. Ich kann Ihnen zum Beispiel jeden Gewinner der *Ligue 1* in diesem Jahrhundert aufzählen. Meine Damen, lassen Sie sich nicht dabei stören, sich durch das Leben von James Auld zu wühlen. Ich werde Sie nun mit meinem Kollegen allein lassen. Wie wäre es, wenn wir uns zum Frühstück träfen? Wo übernachten Sie?«

Karen schaute zu Daisy: »Wo haben Sie für uns gebucht?«

Daisy wurde rot. »Sie haben mir nicht gesagt, dass ich ein Hotel suchen soll.«

»Wo sollen wir denn Ihrer Meinung nach schlafen? Unter einer Brücke? Als ich Sie angewiesen habe, die Reise vorzubereiten, bin ich davon ausgegangen, dass Ihnen schon klar ist, dass wir irgendwo übernachten müssen.« Karen schüttelte ärgerlich den Kopf. »Sogar Jason hätte das hinbekommen.«

Chevrolet hatte eindeutig seinen Spaß an dieser Szene. Ein kleines Lächeln lag ihm auf den Lippen, das Karen ihm zu gern ausgetrieben hätte. »Vielleicht gehört das zu den Dingen, die wir Männer besser können. Keine Sorge, Commandant Pirie. Hier in der Nähe gibt es ein paar Hotels, an die wir uns wenden, wenn wir Gäste unterzubringen haben.

Ich gehe jetzt los und besorge Ihnen eine Unterkunft.« Er machte eine kleine Verbeugung. »Ich komme wieder.«

Karen wartete, bis er die Wohnungstür geschlossen hatte. »Ein nerviger Mann.«

»Aber hilfreich«, erwiderte Daisy.

»Das ist es ja gerade, was ihn so nervig macht. Ich wünschte, Sie hätten besser nachgedacht, dann stünden wir jetzt nicht noch tiefer in seiner Schuld.«

»Es tut mir leid«, sagte Daisy. »Ich war noch nie an einer solchen Operation beteiligt.«

»Und Sie haben wirklich gar nichts Interessantes von den Jungs in der Band erfahren?«

»Ganz am Ende hab ich gefragt, ob Auld irgendwas über seine Fahrt nach Schottland gesagt hat. Offenbar hatte er gemeint, er hoffe, jemanden zu treffen, den er seit Jahren nicht mehr gesehen hat. Aber das ist auch schon alles. Könnte das etwas zu bedeuten haben?«

Karen zuckte mit den Schultern. »Das kann alles Mögliche bedeuten.« Bevor sie weitersprechen konnte, klingelte ihr Telefon. Sie warf einen Blick auf das Display und lächelte ironisch. »Mit etwas Glück gibt es Neuigkeiten. Aber nicht in diesem Fall.«

Sie verließ den Raum, bevor sie den Anruf annahm, und stürzte damit den jungen Gendarmen in Verwirrung, der jetzt nicht mehr wusste, wen er im Auge behalten sollte. »River«, sagte Karen, als sie ins Schlafzimmer ging.

»Wie ist Paris?«

»Sehr französisch. Wie ist Dundee?«

»Bei Weitem nicht französisch genug. Also, die Fotoüberblendung war eine interessante Sache. Ich habe daraus eine Übung für ein paar meiner Studenten gemacht. Und wie sich zeigte, war es ein bisschen komplizierter, als ich vermutet hatte.« Sie legte eine Kunstpause ein.

»Inwiefern?«, fragte Karen ergeben.

»Wenn man von den unterschiedlichen Frisuren absieht, sehen sich die beiden Frauen ziemlich ähnlich. Aber es ist gar nicht ungewöhnlich, dass man sich von jemandem angezogen fühlt, der fast so aussieht wie man selbst. Als meine Studenten die Überblendung gemacht haben, ging es darum nicht so recht voran. Doch schließlich zeigte sich, dass es einen signifikanten Unterschied beim Arcus zygomaticus gibt.«

Karen seufzte. »Ich ahnte, dass du mich mit Wissenschaft blenden wirst.«

»Wangenknochen, für Leute wie dich. Dani ist die mit den Wangenknochen. Amandas sind deutlich flacher und weniger ausgeprägt.«

»Zu welcher passt denn nun der Schädel, River?«

»Mutmaßlich handelt es sich bei dem Skelett im Camper um Daniella Gilmartin.«

»Du kannst nicht konkreter werden?«

»›Mutmaßlich‹, du erinnerst dich? Aber wenn es eine von den beiden Frauen ist, dann definitiv nicht Amanda McAndrew.«

Karen seufzte. »Das wirft mehr Fragen auf, als es beantwortet.«

»Warum? Wo ist das Problem?«

»Dani Gilmartin scheint sehr lebendig zu sein. Sie arbeitet als Silberschmiedin und betreibt eine Website. Ist ein bisschen schwierig, so was aus dem Jenseits aufzuziehen.«

»Tut mir leid, wenn das nicht die Antwort ist, die du haben wolltest. Aber denk dran: *mutmaßlich*. Daniella Gilmartin ist nicht die einzige Frau auf der Welt mit dunklem Haar und entzückenden Wangenknochen, Karen.«

24

Nicht zum ersten Mal war Jasons spontane Reaktion auf Karens Briefing: »Versteh ich nicht.« Dani Gilmartins Website zeigte Fotos ihrer Arbeiten. Es gab Anleitungen, wie man Anfertigungen der Ohrringe, Armbänder und Halsketten kaufen konnte. Es gab eine Seite, auf der man seinen eigenen Entwurf hochladen konnte, damit Dani ihn dann umsetzte. Und es gab ein Blog, auf dem rund alle sechs Wochen neue Posts veröffentlicht wurden. Der letzte Eintrag stammte von vor zwei Wochen. Darin berichtete Dani von einem Waldspaziergang im Januar. Er war bebildert mit Fotos von skelettierten Blättern und kahlen Zweigen, die sich in den Winterhimmel streckten; Dani schrieb, dass diese Eindrücke sie zu neuen Schmuckstücken inspiriert hätten. Zudem fanden sich auf der Internetseite Kommentare von zufriedenen Kunden, die aktuellsten stammten von kurz vor Weihnachten.

All dies hatte er Karen erklärt, als diese aus Paris angerufen hatte, um ihm die Ergebnisse von Rivers Analyse mitzuteilen. Sie hatte einen Moment nachgedacht und dann gesagt: »Ich seh zwei Möglichkeiten: Entweder ist die Website Schall und Rauch, und es gibt gar keinen Schmuck. Oder Amanda hat sich genug abgeschaut, um als Silberschmiedin Danis Identität und Geschäft zu übernehmen.«

»Wie können wir das herausfinden? Auf der Website wird keine Anschrift genannt. Nur eine E-Mail-Adresse.«

»Steht im Blog, wo sie ihren Januarspaziergang gemacht hat? Irgendwelche Details?«

»Ich glaube nicht. Das klang mehr wie etwas, das man über jeden Wald schreiben kann.«

»Überprüfen Sie das. Und gehen Sie die übrigen Blogbeiträge durch, ob sich irgendwo Hinweise finden lassen.« Sie begann, langsamer zu sprechen. Das war etwas, was er kannte. Eine kluge Idee war dabei, in ihrem Kopf Gestalt anzunehmen. »Es gibt einen ganz einfachen Weg, wie wir herausfinden können, ob die Website echt ist. Ist es nicht Zeit für ein kleines Geschenk für Eilidh?«

»Sie wollen, dass ich etwas von der Website kaufe? Das ist nicht gerade billig, Boss. Ich glaube, die günstigsten Ohrringe kosteten um die vierzig Tacken«, protestierte er.

»Das ist sie doch sicherlich wert?« Er glaubte, einen Anflug von Fopperei in Karens Stimme gehört zu haben, aber er war sich nicht sicher. Darum wartete er lieber, und er wurde dafür belohnt. »Sie können es als Spesen geltend machen. Ich zeichne das ab.«

»Danke, Boss.«

»Und wir bekommen auf die eine oder andere Weise eine Antwort.«

»Ich habe übrigens eine DNA-Probe von ihrem Vater. Die hab ich persönlich nach Gartcosh gebracht, weil sich alles durch diesen Virus verzögert. Oh, und er hat mir erzählt, sie hätte ein Implantat gehabt. Einer der Schneidezähne. Hat sie schon als Teenager bekommen.«

Es war typisch für Jason, dass er sich das Beste bis zum Schluss aufhob. Manche Menschen machten so etwas bewusst. Doch bei Jason war es ganz einfach so, dass dies die letzte Information war, die er erhalten hatte. »Das bestätigt die Identität«, sagte Karen.

»Genau das dachte ich auch. Aber wir sichern uns doppelt ab, oder? So arbeiten wir doch?«

»Exakt. Gute Arbeit, Jason.«

»Danke. Wie geht es in Paris voran?«

»Nicht so gut, um ehrlich zu sein.«

Jason verspürte einen Anflug von Befriedigung, als er das

hörte. Aber prompt hasste er sich dafür. Daisy war keine Konkurrentin für ihn. Er war Karens Sidekick, sie waren ein Team. Daisy war nur vorübergehend dabei, weil sie die Sprache beherrschte und weil es nun mal Daisys Team war, das den aktuellen Teil des Falles bearbeitete. »Tut mir leid, das zu hören, Boss.«

»Wir müssen Berge von Zeug in Aulds Wohnzimmer durchsehen. Das wird uns wahrscheinlich bis in den Abend beschäftigt halten. Und morgen fahren wir nach Caen, wo immer das auch sein mag. Ich wäre gern morgen Abend wieder zurück in Schottland. Es ist nicht so, dass ich Ihnen nicht vertrauen würde, ich mag es nur nicht, aus der Entfernung an einem Fall zu arbeiten.« Er hörte eine gedämpfte Stimme im Hintergrund. »Also gut«, sagte Karen. »Ich muss wieder an die Arbeit. Lesen Sie das Blog und schauen Sie, ob Sie Hinweise finden, wo unsere sogenannte Dani lebt.«

»Möchten Sie, dass ich herausfinde, auf wen die Website eingetragen ist?«

Schweigen trat ein. »Brauchen Sie dafür einen richterlichen Beschluss?«

»Nein, es gibt eine Website, bei der man sich anmeldet, und dann kann man da anfragen, wo die URL registriert ist, wer die Seite hostet und so«, sagte Jason mit einem albernen Anflug von Zufriedenheit, dass er mal etwas wusste, das ihr unbekannt war.

»Woher wissen Sie das?« Karen hörte sich an, als müsste sie sich Mühe geben, nicht verblüfft zu klingen.

»Vor Jahren hab ich mal versucht, jemanden aufzuspüren, der Ronan über den Tisch ziehen wollte. Alles, was wir hatten, war die Adresse der Website. Ich hatte gedacht, dass Tamsin bestimmt weiß, wie man das macht, darum hab ich sie gefragt, und sie hat's mir gesagt. Wollen Sie, dass ich das mach?«

Karen starrte ihr Telefon an. Offenbar hatte »Was würde Phil tun?« die gewünschten Auswirkungen. Jason zeigte nicht nur Initiative, er war sogar inzwischen so selbstbewusst, ihr seine Ideen auch mitzuteilen. Vielleicht sollte sie genauso vorgehen. Was *würde* Phil tun? Sie verzog den Mund zu einem schiefen Lächeln und sendete Jason eine Textnachricht mit zwei hochgereckten Daumen.

Im Wohnzimmer ging Daisy einen weiteren Stapel Notenblätter und Magazine durch. Sie blickte verdrießlich auf. »Ich glaube, das ist Zeitverschwendung«, murrte sie.

»Vermutlich, aber wir müssen es machen.« Karen hockte sich neben einen unberührten Berg Zeitungen und Bücher.

»Wir wissen nicht mal, wonach wir suchen.«

Karen warf einen kurzen Blick auf ihren Anstandsgendarmen. »Wir werden es wissen, wenn wir es finden. Einen Brief, eine Fotografie, einen Zeitungsartikel.«

»Aber wie sollen wir wissen, dass das wichtig ist? Oder gar relevant?«

»Wir nutzen unseren gesunden Menschenverstand. Wenn es mit seinem Bruder zu tun hat, seinen Besuchen in Schottland oder wenn es etwas ist, das nicht zum Rest seines Lebens passt.« Sie wusste, dass das eher ein Pfeifen im Walde war. Aber es half unerfahrenen Polizisten nicht, wenn sie das Gefühl bekamen, dass ihre Vorgesetzten genauso wenig Ahnung hatten wie sie selbst. Sie begann, sich durch ihren Stapel zu arbeiten; alle Briefe auf Französisch schob sie Daisy zu, die diese sofort sichtete.

»Jemand bietet ihm ein Sopransaxofon an … ein Termin bei seinem Arzt vor einem Jahr, um die Ergebnisse einer Blutuntersuchung zu besprechen … eine Antwort von einem Kunsthändler in Dublin auf eine Nachfrage zu einem Künstler … ein Brief von der Fremdenlegion wegen seiner Pensionsansprüche …«, und so weiter.

Kurz nach neun tauchte Giles Chevrolet wieder auf. Sie durchforsteten gerade die letzten beiden Papierhaufen; bislang war James Aulds Steuererklärung das Interessanteste, das sie gefunden hatten. »Ich habe eine Straße weiter zwei Zimmer für Sie gebucht«, sagte er.

»Danke. Wir sind hier fast fertig.«

»Haben Sie irgendwas gefunden, von dem ich wissen sollte?«

Karen schüttelte lächelnd den Kopf. »Es ist eine totale Zeitverschwendung. Sie sollten uns dankbar sein, dass wir Ihnen die Drecksarbeit abgenommen haben.«

»Ich bin sogar so dankbar, dass ich Sie zum Abendessen einlade. Um die Ecke ist ein sehr nettes Bistro. Die Gendarmerie zählt zu den Freunden des Hauses.«

Bei einer Platte mit Wurstspezialitäten und Käse fragte Chevrolet Karen über den Iain-Auld-Fall aus. »Je mehr Sie mir erzählen, desto überzeugter bin ich, dass die Antworten, die Sie brauchen, hier nicht zu finden sind«, sagte er, als er ihnen aus einer Karaffe Rotwein nachschenkte.

»Mag sein. Ich will dennoch nach Caen, um mit der Freundin zu sprechen. Es ist gut möglich, dass er ihr gesagt hat, was er in Schottland vorhatte.« So erschöpft sie auch war, sie war nicht bereit, nachzugeben. Sie hatte ihre Hacken in den Boden gestemmt, und da würden sie auch bleiben. Chevrolet war klug genug, Beharrlichkeit zu erkennen, wenn er sie sah.

»Also gut. Wir fahren morgen früh. Um neun Uhr dreißig holen wir Sie am Hotel ab. Früher zu fahren, lohnt sich nicht, wenn wir nicht den Schönheitsschlaf von Madame Vargas stören wollen. Besitzerinnen von Nachtclubs stehen wohl kaum vor Mittag auf.«

Karen hatte nichts dagegen. Ihr Körper sehnte sich nach einem Bett, und bei dem Gedanken, früh aufstehen zu müssen, hatte sie sich etwas unwohl gefühlt. Sie tranken ihren

Wein aus, und Chevrolet bestand darauf, sie zum Hotel zu begleiten. Den ganzen Weg über schwärmte er plappernd vom Charme Caens und den Stränden der Normandie. Nachdem sie in dem kleinen, inhabergeführten Hotel eingecheckt hatten, konnten sie ihn nur abschütteln, weil der antike Fahrstuhl kaum groß genug für die beiden Frauen war.

»Ich dachte schon, der geht nie«, sagte Karen.

»Ich weiß. Wer hätte gedacht, dass es so viel über Caen zu erfahren gibt?«

»›Das Chateau wurde von Wilhelm dem Eroberer errichtet, bevor er losging und Ihr Land eroberte‹«, imitierte Karen Chevrolets Akzent. »Nicht mein Land, Junge.«

Daisy lachte. »Nur gut, dass Sie nicht darauf eingegangen sind.«

In einem schlecht beleuchteten Korridor hielten sie Ausschau nach ihren Zimmernummern. Karen entdeckte ihre zuerst. »Bringen Sie Ihre Sachen auf Ihr Zimmer und kommen Sie dann wieder her. Ich möchte Ihnen was zeigen.«

Daisy blickte erschrocken drein.

Karen gab einen missbilligenden Ton von sich und verdrehte die Augen. »Aus dem Apartment. Ich wollte nicht, dass die Franzosen das sehen, weil es ganz eindeutig mit dem Iain-Auld-Fall zu tun hat.«

Erleichtert eilte Daisy davon. Karens Zimmer war aufwendig ausgestattet mit einem Doppelbett und einem Schrank, der fast die gleichen Maße hatte. Ein abgewetzter Gobelinsessel und ein Lehnstuhl, der unter den kleinsten Schreibtisch geschoben war, den Karen je gesehen hatte, vervollständigten den Eindruck, dass das Zimmer überladen war. Sie hatte kaum ihren Rucksack aufs Bett geworfen, als Daisy auch schon klopfte.

»Nehmen Sie sich einen Stuhl.« Karen zog die Dokumentenmappe heraus. »Das hier hab ich in James Aulds Nachttisch gefunden. Weil es nichts mit seinem Leben in Frankreich zu tun hat, wollte ich es nicht an die große Glocke hängen.« Sie verteilte den Inhalt auf dem Bett, und Daisy rückte ihren Stuhl näher, um die Sachen besser anschauen zu können.

»Ist das James Auld?«, fragte sie zögerlich und deutete auf das Foto.

»Nein, das ist sein Bruder Iain. Sie ähneln einander, da stimme ich Ihnen zu, aber glauben Sie mir, ich habe so viele Bilder von Iain betrachtet, als ich vor zwei Jahren die Akte durchgearbeitet habe, dass mir die Unterschiede auffallen.«

»Okay. Aber wer ist der andere Mann?«

»Ich habe keine Ahnung. Es steht kein Name auf der Rückseite.«

Daisy starrte das Bild weiterhin an und runzelte die Stirn. »Das ist ein sehr intimes Foto. Ich mein, sie sehen aus wie ein Paar. Finden Sie nicht auch?«

Karen nickte. »Würd ich auch sagen. Das Foto besagt eindeutig ›Liebende‹ und nicht ›Freunde‹. Das sind sicher nicht zwei Typen, die an einem Clubabend des Rugby-Vereins rumalbern.«

»Glauben Sie, dass Mary davon wusste?«

»Tja, das ist die Frage, nicht wahr? Sie hat nie auch nur die kleinste Andeutung gemacht, dass es in ihrer Ehe Probleme gegeben hätte. Aber wer weiß schon, was unter der glatten, beherrschten Oberfläche vor sich geht. Typisch Edinburgh. Wie ein Schwan, der gelassen vorbeigleitet, während unter Wasser die Füße wie verrückt strampeln.« Karen zog sich den anderen Stuhl heran und ließ sich darauf fallen. »Sie haben sie erst vor Kurzem gesehen. Welchen Eindruck hatten Sie von der entzückenden Mary?«

Daisy zuckte mit den Schultern. »Sie war bestürzt wegen James. Jamie nennt sie ihn. Aber sie war sehr gefasst.« Sie lächelte. »Wie Sie schon sagten. Typisch Edinburgh.«

»Wenn sie wusste, dass ihr Ehemann heimlich ein schwules Liebesleben führte, wäre das aus Sicht mancher Leute ein Motiv, ihn aus dem Weg zu räumen. Die Peinlichkeit, die Kränkung, der Verrat, der Statusverlust.« Karen fuhr sich mit der Hand durch die Haare. »Aber heutzutage? Oder auch vor zehn Jahren? Klar, es wäre demütigend gewesen, aber nur für fünf Minuten. Es ist ja nicht so, als hätten sie im Fokus der Öffentlichkeit gestanden. Sie hätten sich scheiden lassen können, damit jeder seiner Wege gehen kann, und das wäre es dann gewesen. Ich seh da kein Motiv.«

»Ich auch nicht …« Daisy sah gedankenverloren drein. »Wo war sie in der Nacht, in der er verschwand?«

»Gute Frage. Sie behauptete, sie wäre zu der Zeit zu Hause in Edinburgh gewesen. Sie hat am frühen Abend kurz was mit Freunden getrunken, aber niemand kann sich für die Stunden danach für sie verbürgen. Auch für den nächsten Tag hat sie kein Alibi. Sie hat damals Teilzeit gearbeitet, und der folgende Tag war einer von denen, an denen sie freihatte. Sie hat gesagt, sie wäre den ganzen Tag zu Hause gewesen und hätte gekocht. Hätte das Gefrierfach aufgefüllt.« Karens Skepsis war mit Händen zu greifen. »Offenbar war sie nicht besonders anspruchsvoll, was ihre Freizeit anging.« Sie schüttelte den Kopf. »Lob und Preis dem Officer, der sie befragt hat – er hat das Gefrierfach überprüft. In seinem Bericht steht, dass sich darin Dutzende von Tupperdosen befanden, alle sorgfältig beschriftet mit Inhalt und Datum.«

»Das beweist gar nichts«, sagte Daisy. »Sie ist eine clevere Frau.«

»Wirklich clevere Leute denken sich keine verworrenen Geschichten aus, bei denen Tiefkühletiketten und nächtliche Fahrten nach London eine Rolle spielen. Sie schubsen ihr Opfer eine steile Treppe runter oder über eine Felskante, oder sie mischen etwas Tödliches unter die eigenhändig gesammelten Beeren. Und wenn sie nicht mit James unter einer Decke steckte, wie hätte sie es arrangieren sollen, dass die beiden Brüder einen heftigen Streit in der Nacht vor Iains Verschwinden hatten? Das ist ein bisschen zu kompliziert.«

»Aber vielleicht *steckte* sie ja mit James unter einer Decke? Vielleicht wollten sie Iain loswerden, damit sie zusammen sein konnten?«

Karen verdrehte die Augen. »Für so was gibt es Scheidungen, Daisy. Was es auch mit dem Foto auf sich haben mag, ich glaube nicht, dass es für Mary wirklich ein Motiv gewesen wäre.«

Daisy runzelte die Stirn. »Er war aber immer noch ein hochrangiger Staatsbeamter. Höchste Ebene im Schottland-Amt. Könnte er deswegen erpresst worden sein?«

»Vor zwanzig Jahren vielleicht. Aber vor zehn Jahren? Und im Schottland-Amt? Den Minister haben zu der Zeit ja nicht mal die Torys gestellt, sondern die Lib Dem, die Liberal Democrats, und die sind nicht gerade dafür bekannt, die LGBT-Community zu verteufeln.«

»Also ist das Foto irrelevant.« Daisy wirkte verdrossen.

»Das hab ich nicht gesagt. Ich weiß nur nicht, *inwiefern* es relevant ist.« Karen schob das Foto zur Seite und entfaltete den Zeitungsausdruck. »Ein Feuer in einer Galerie mit moderner Kunst vor vier Jahren. Was hat das mit der ganzen Sache zu tun?«

Daisy überflog den Artikel. »Bei Mary Auld hingen eine Menge Gemälde an den Wänden«, sagte sie zweifelnd. »Die sahen relativ modern aus.«

»Daran erinnere ich mich. Ich kenn mich zwar nicht gut mit Kunst aus, aber ich glaube nicht, dass die Bilder der Aulds denen ähnelten, die in Flammen aufgingen. Diese Galerie«, Karen tippte auf das Blatt Papier, »schien sich auf zeitgenössische Künstler konzentriert zu haben. Wie nennt man das noch? Diese Sachen von Damien Hirst und Tracey Emin?«

»Konzeptkunst. Aber die hatten auch Gemälde, steht da.«

»Und dann ist da diese Notiz.« Sie drehte das Blatt um, sodass die kryptische Notiz zu sehen war.

12 NT
Ouds
Hilary 92/3

»Können Sie damit irgendwas anfangen? Ich hab nicht die leiseste Idee.«

»Vielleicht ist Hilary der Typ auf dem Foto? Das kann doch auch ein Männername sein, oder? Vielleicht ist das das Datum, an dem sie sich das erste Mal getroffen haben. Und später sind sie sich dann wiederbegegnet?«

Das war keine schlechte Idee, dachte Karen; innerlich ärgerte sie sich, dass sie nicht selbst darauf gekommen war. Dieser Fall vernebelte ihr den Kopf.

Daisy griff nach dem letzten Blatt. Es war der Ausdruck von einer Website, auf dem die Preise aufgelistet waren, die bei einer Auktion für Gemälde erzielt worden waren. Sie reichten von einer kleinen Skizze von Picasso bis zu einer Reihe von Künstlern, von denen sie noch nie gehört hatte. Sie zog die Augenbrauen zusammen. »Einer von den Briefen im Apartment war von einem Kunsthändler. Erinnern Sie sich daran? Aus Dublin.«

»Fuck«, fluchte Karen. »Wieso haben da nicht die Alarmglocken geläutet?«, stöhnte sie. »Das passiert, wenn ich nicht genug Schlaf bekomm. Ich überseh ganz eindeutige Zusammenhänge. Erinnern Sie sich an den Namen des Künstlers, nach dem sich Auld erkundigt hat?«

»Ich hab nicht drauf geachtet, tut mir leid. In dem Moment schien mir das nicht wichtig.«

»Gibt auch keinen Grund, warum Sie das hätten vermuten sollen. Wir müssen wieder hin und den Brief holen.«

»Wir haben keinen Schlüssel. Und es ist fast Mitternacht.«

»Natürlich nicht jetzt. Wir müssen morgen früh dorthin. Was bedeutet, dass wir Gautier erklären müssen, warum wir da noch mal reinwollen.« Karen stand auf und begann, rastlos im Raum auf und ab zu laufen. »Ich kann nicht glauben, dass ich das übersehen hab.«

»Das passiert uns allen mal«, erdreistete sich Daisy.

Karen starrte sie an.

»Vielleicht können wir noch mal dorthin, nachdem wir mit Pascale gesprochen haben«, sagte sie langsam. Laut überlegte sie: »Wir können dann immer noch behaupten, dass sie sich auf etwas bezogen hat, das uns an den Brief in der Wohnung erinnert. Dann müsste ich nicht zugeben, dass ich ein Beweisstück rausgeschmuggelt habe, zumal Les Gautiers vermutlich der Meinung sind, ich hätte sie darüber in Kenntnis setzen müssen.« Daisy sah sie überrascht an. Karen grinste. »Was? Hat Ihnen niemand gesagt, dass ich hinterhältig sein kann, wenn es sein muss?«

»Man hat mir das ein oder andere über Sie erzählt, aber nicht das. Sie müssen so hinterhältig gewesen sein, dass andere es gar nicht mitbekommen haben, dass sie über den Tisch gezogen wurden.«

Karen taxierte sie. »Okay, gut. Sie werden es weit bringen, Daisy. Aber jetzt geht's erst mal nur ins Bett. Wir sehen uns morgen um acht unten zum Frühstück. Schlafen Sie ein bisschen. Ich brauche Sie morgen hellwach. Wenn irgendjemand James Aulds Geheimnisse kannte, dann die reizende Pascale.«

25

Donnerstag, 20. Februar 2020

Ausnahmsweise schlief Karen lang und tief. Die Schlaflosigkeit, die sie nach dem Tod von Phil geplagt hatte und die aus ihr eine nächtliche Wanderin gemacht hatte, egal, in welcher Stadt sie sich gerade befunden hatte, hatte in der letzten Zeit nachgelassen. Doch sie war immer noch unberechenbar. Erschöpft ins Bett zu sinken war keine Garantie, dass Karen Schlaf fand; und wenn sie sich umgekehrt hellwach fühlte, bedeutete das nicht unbedingt, dass es auch so bleiben würde. Als sie um kurz nach sieben aufwachte, war sie fast enttäuscht. Sie fühlte sich, als wäre sie um die Chance betrogen worden, ein anderes Paris kennenzulernen als das, das sie bei Tage durchquert hatte.

Aber wie so oft hatte sie nach dem Aufwachen neue Einsichten; die Ideen überschlugen sich in ihrem Kopf. Jasons Vorschlag, den Betreiber von Dani Gilmartins Website aufzuspüren, war stichhaltig, daran war nicht zu rütteln. Es war aber nicht die einzige Möglichkeit. Es gab eine Menge anderer, viel einfacherer Wege, jemanden aufzustöbern, wenn man über die Ressourcen eines Polizisten verfügte. Karen schüttelte den Kopf. Was war nur los mit ihr? Es war nicht das erste Mal, dass sie in mehr als einem Fall gleichzeitig aktiv war. Aber diesmal fiel es ihr schwer, sich zu konzentrieren.

Unter der Dusche stellte sie gedanklich eine Liste mit Instruktionen für Jason zusammen. Danach ging sie sofort zu ihrem Laptop, um ihm eine E-Mail zu schreiben, doch als sie ihr E-Mail-Programm öffnete, fiel ihr als Erstes eine Nachricht von Hamish ins Auge. »Später«, murmelte sie. War es das, was ihre Konzentration störte? Oder hatte der Zusammenstoß mit Merrick Shand sie auf einer tieferen Ebene verstört, als sie wahrhaben wollte?

Was es auch war, sie musste sich zusammenreißen. Das Letzte, was sie sich jetzt leisten konnte, war, einen der Fälle zu vermasseln. Ob Daisy Mortimer es nun bewusst war oder nicht: Sie war Ann Markies Maulwurf in der Historic Cases Unit, und Karen hatte Besseres zu tun, als dem Hundekuchen die Munition zu liefern, mit der sie sie abschießen konnte.

Sie frottierte ihre Haare und fuhr mit den Fingern hindurch in dem wie stets vergeblichen Versuch, sie zu bändigen. Dann wickelte sie sich in das Handtuch und begann zu tippen, bevor sie vergaß, was sie schreiben wollte.

Hi Jason,
Ihr Vorschlag gestern, die Website zurückzuverfolgen, war gut. Wenn Sie mit dem Host der Seite sprechen, versuchen Sie, den Ball flach zu halten – erwähnen Sie nicht, dass es um ein schweres Verbrechen geht. Wenn Sie es hinbekommen, gar nicht erst zu sagen, dass Sie Polizist sind, wäre es umso besser. Wir wollen keine Alarmglocken zum Läuten bringen, damit unsere Zielperson nicht abtaucht, bevor wir da sind.
Es gibt noch andere Wege, die Sie beschreiten können. Wenn »Dani Gilmartin« Sachen verkauft, muss sie ein Bankkonto haben. Wenn Sie so tun, als wollten Sie was kaufen, sollten Sie die Bankverbindung erhalten oder die Daten über Ihre Kreditkartenfirma erfahren können. Sie müsste außerdem eine Umsatzsteuernummer haben, wenden Sie sich deswegen an die Steuer- und Zollbehörde.

Irgendwann wird sie auch eine Sozialversicherungsnummer gehabt haben. Gehen Sie dem doch mal nach. Und versuchen Sie's auch bei der Passstelle – finden Sie heraus, wann ihr Pass ausgestellt und ob er verlängert wurde. Und fragen Sie bei der Kfz-Zulassungsbehörde nach – vielleicht ist ein Fahrzeug auf sie zugelassen. Auf einem dieser Wege sollte ihre Adresse herauszufinden sein. Und ich kann gar nicht genug betonen, wie wichtig es ist, jedes Aufsehen zu vermeiden. Bei dem Skelett scheint es sich um Dani Gilmartin zu handeln, das bedeutet, dass jemand ihre Identität nutzt, und die Chancen sind hoch, dass es die Person ist, die sie getötet hat. Wahrscheinlich ist das Amanda McAndrew, aber wir wissen es nicht mit Sicherheit.

Halten Sie mich auf dem Laufenden. Ich bin hoffentlich innerhalb der nächsten vierundzwanzig Stunden zurück in Großbritannien.

Karen

Sie drückte auf Senden und wollte den Laptop schon schließen, doch Hamishs Mail konnte sie nicht einfach ignorieren. Wenn sie seine Antwort nicht las, würde das den ganzen Tag an ihr nagen. Warum konnte er nicht einfach das tun, worum sie ihn gebeten hatte, und sie in Ruhe lassen, bis sie zurück war. Mit zusammengepressten Lippen öffnete sie die Nachricht.

Hi Karen, danke, dass du so aufrichtig bist. Wir finden eine Lösung. Lass mich wissen, wenn du wieder da bist, dann sprechen wir. Ich hoffe, du bekommst ein bisschen französisches Qualitätsfutter. Hx

Wenn sie sich schon mit einer Antwort herumschlagen musste, dann gerne mit so einer. Sie rief sich mahnend in Erinnerung, dass er gut darin war, das zu bekommen, was er wollte, ohne drängelig zu wirken. »Gott schütze mich vor vernünftigen Männern«, murmelte sie vor sich hin.

Sie entdeckte Daisy im Speisesaal, wo diese gerade in ein Croissant mit Butter und Marmelade biss. Karen holte sich ein Stück frisches Baguette und eine Auswahl an Käse und Aufschnitt. Es war fast wie eine Neuauflage des Abendessens, aber das störte sie nicht. Ein Becher Kaffee stand bereits auf dem Tisch; nach Karens Dafürhalten war dieses Frühstück so gut, wie es ohne Speck, Black Pudding und Tattie Scones überhaupt möglich war.

»Ich hab eine Textnachricht von dem Schlagzeuger der Band erhalten«, sagte Daisy. »Er hat mit Pascale telefoniert. Sie wird ab Mittag im Club sein, genau wie Chevrolet vorhergesagt hat.«

Karen nickte, während sie das deliziöse Brot kaute und versuchte, keine glücklichen Essseufzer von sich zu geben. »Hoffentlich hat sie was Brauchbares für uns.«

* * *

Chevrolet war pünktlich auf die Minute. Karen bestand darauf, dass sie ihr Gepäck mitnähmen. »Wenn irgend möglich, möchte ich heute Abend zurückfahren«, sagte sie. »Wahrscheinlich haben Sie recht. Die Antworten liegen in Schottland, nicht in Frankreich. Je eher wir Ihnen nicht mehr im Weg rumstehen, umso angenehmer für Sie, denke ich mal.«

Chevrolet gluckste. »*Au contraire,* Commandant Pirie. Es gibt in unserer Abteilung nicht so viele Frauen mit Ihrem Rang. Die meisten Teams sind – wie Les Gautiers – ganz ohne Frauen. Für mich ist es sehr aufschlussreich zu sehen, wie Frauen diesen Job erledigen.«

Karen wollte sich schon eine Antwort verkneifen, überlegte es sich dann aber anders: »Wir in Schottland wissen, dass Frauen diese Arbeit genauso gut machen wie Männer. Manchmal sogar besser. Ehrlich gesagt, den meisten von uns – Männern wie Frauen – würde ein Team mit Leuten nur eines Geschlechts unvollständig vorkommen.« Aus dem Augenwinkel sah sie, wie Daisy grinste, während der Fahrer durch die engen Straßen des Rive Gauche kurvte.

»Total«, sagte Daisy. »Es ist schräg, wenn die Sichtweise der Hälfte der Menschheit fehlt.«

Chevrolet schnaubte. »Vielleicht. Aber das ist ein gefährlicher Job. Darum tragen wir Waffen. Ich glaube nicht, dass Frauen mit lebensbedrohlichen Situationen besonders gut umgehen können.«

»Und doch leite ich eine Abteilung, die ganz offiziell Mörder verfolgt und hinter Gitter bringt. Ohne Waffen oder Machotum.« Karen machte sich nicht die Mühe, ihre Worte mit einem Lächeln sanfter klingen zu lassen.

Chevrolet drehte sich halb in seinem Sitz um. »Was machen Sie, wenn jemand eine Waffe auf Sie richtet?«

»Das kommt nicht besonders oft vor, weil in unserem Land die Waffengesetze schärfer sind als bei Ihnen. Es ist mir nur einmal passiert.« Karen erinnerte sich an den eisigen Schauer, den sie gespürt hatte, als ihr kalter Schweiß den Rücken hinuntergelaufen war. Die Mündung der Waffe war ihr so groß wie der Deckel einer Mülltonne vorgekommen, dazu die langsam wachsende Gewissheit, dass dies das Letzte sein könnte, was sie je sah. Sie hatte versucht, ihre Stimme ruhig zu halten, und gesagt: »Ich weiß, dass Sie das nicht tun wollen. Wenn Sie abdrücken, gibt es kein Zurück mehr. Ihr Leben ist vorbei. Das Gleiche gilt für jeden, der Ihnen am

Herzen liegt.« Wundersamerweise waren das die richtigen Worte gewesen. Kyle Kelman hatte den Lauf der Waffe langsam gesenkt, bis er zum Boden wies. Luft war in Karens Lungen zurückgekehrt, und sie hatte gewusst, dass sie weiterleben würde.

»Einmal reicht schon«, sagte Chevrolet. »Eine Kugel reicht.«

»Und wenn Sie die richtigen Worte finden, reicht ein einziger Satz.« Karen drehte sich weg und richtete den Blick auf den langsam dahinkriechenden Verkehr. »Wie lange brauchen wir bis nach Caen? Sind wir schon da?«

* * *

Die Stadt war geprägt von einer irritierenden Mischung unterschiedlicher Baustile. Eindrucksvolle Gebäude aus dem Mittelalter, deren heller Stein in der Wintersonne leuchtete, dominierten das Zentrum; dazwischen fanden sich moderne Häuserblöcke. Es war schwer zu unterscheiden, ob es sich um Wohnhäuser oder Bürogebäude mit Läden im Erdgeschoss handelte. Karen fand das nicht unattraktiv, aber es war eine eigenartige Kombination.

Als könne er ihre Gedanken lesen, sagte Chevrolet: »Die Stadt musste einen hohen Preis für ihre Befreiung zahlen. Viele alte Gebäude wurden zerstört.«

»Mir gefällt das durchaus«, sagte Karen. »Durch den hellen Stein hat sie etwas Lichtes. In Edinburgh, wo ich wohne, ist die Altstadt düster, viele Häuser stehen dicht gedrängt beieinander. Hier aber hat man das Gefühl von Weite.«

Sie fuhren an einem Kanal entlang und bogen dann in eine schmale Seitenstraße. Der Fahrer parkte am Straßenrand vor einer Eckkneipe. »Das ist sie«, sagte Chevrolet. »Die Bar Trente-Deux.«

»Bar Zweiunddreißig«, übersetzte Daisy. »Warum der Name?«

»Keine Ahnung«, antwortete Chevrolet. Der Fahrer sagte etwas unverständlich schnell. Chevrolet grunzte. »Er meint, die Strophe eines Gassenhauers ist in der Regel zweiunddreißig Takte lang.«

»Man lernt nie aus.« Karen seufzte und folgte den anderen nach drinnen. Die Bar wirkte gemütlich und war mit dunklem Holz ausgekleidet, das aus früheren Zeiten zu stammen schien. Chevrolet sprach mit einem Mann in mittleren Jahren, der hinter der Theke stand. Dieser wies mit dem Kopf in Richtung zweier Schwingtüren im Saloon-Stil im rückwärtigen Teil der Bar.

Chevrolet übernahm die Führung. Als ob es einen anderen Weg geben würde, dachte Karen sarkastisch. Sie kamen in einen weitläufigen Raum, an dessen hinterem Ende sich eine niedrige Bühne befand, in deren Mitte ein glänzendes Schlagzeug stand. Tische und Stühle waren wie in einem Varieté davor arrangiert, ein langer Tresen nahm eine der Wände ein. Die Deckenbeleuchtung war eingeschaltet, und wie stets ließ das trübe Licht die Bar tagsüber trist erscheinen, des Glamours des Nachtlebens beraubt. In einer Ecke neben der Bühne saß eine Frau an einem der Tische. Sie schien einen Stapel Papiere abzuarbeiten. Als die drei eintraten, schaute sie nur kurz auf und wandte sich dann prüfend dem nächsten Blatt zu.

Während sie sich ihren Weg zwischen den Tischen hindurchbahnten, musterte Karen die Frau, soweit es bei dem schwachen Licht möglich war. Sie hatte verwuschelte blonde Haare von einer solchen Helligkeit, dass die Farbe aus der Tube stammen musste. Als sie näher kamen, bemerkte Karen erstaunt, dass es sich bei Pascale Vargas um ein typisch französisches Phänomen handelte: *la belle laide* – sie war so schön wie hässlich: eine breite Stirn, die Nase spitz hervorstechend, der schmale Mund scharlachrot geschminkt, dazu ein eckiges Kinn. Eine ungewöhnliche Kombination eigentlich unschöner Gesichtszüge, die zusammen jedoch eine magnetische Anziehungskraft entwickelten. Sie trug einen sackartigen Pullover mit U-Boot-Ausschnitt und eine Halskette aus wild zusammengewürfelten bunten Plastikteilen.

»Madame Vargas?«, fragte Chevrolet.

Die Frau sah auf und nahm ihre Brille mit breitem hellrotem Rahmen ab. »*Oui*«, sagte sie gedehnt.

Karen hörte heraus, dass Chevrolet sie vorstellte. Pascale erkannte, dass Karen diejenige war, auf die es ankam, und richtete den Blick auf sie. »*Parlez-vous Français?*«

Das verstand sogar Karen. »Nein, ich nicht«, sie deutete mit dem Daumen auf Daisy, »aber sie.«

Pascale grinste und zeigte eine unwahrscheinliche Zahl an Zähnen. »Dann sprechen wir Englisch. Das ist vermutlich einfacher. Bitte, setzen Sie sich. Und sagen Sie Pascale zu mir. Madame Vargas klingt, als wär ich meine Großmutter.«

Karen zog einen Stuhl hervor und ließ sich nieder. »Das mit Paul tut mir sehr leid.«

Pascale blickte zur Bühne und presste die Lippen aufeinander. Sie riss sich zusammen, schaute Karen wieder an und sagte: »Er war ein wunderbarer Mensch. Er spielte mit einer solchen Hingabe, einer solchen Beseeltheit. Und ich habe ihn geliebt.«

Das war etwas, das Karen gut verstand. Wie es war, einen geliebten Mann durch einen Akt sinnloser Gewalt zu verlieren. Sie war versucht, Pascale dies wissen zu lassen, aber das war nicht gerade zielführend bei einer Befragung, es sei denn, man war Boulevardjournalist. »Wir kennen ihn unter seinem ursprünglichen Namen«, sagte sie. »James Auld. Hat er je über seine Vergangenheit gesprochen?«

Pascale schüttelte den Kopf. »Im Laufe der Jahre hab ich sehr viele Musiker kennengelernt. Die meisten von ihnen machen Musik, um sich und das, was sie erlebt haben, zu vergessen. Paul hat mir von seiner Zeit bei der Fremdenlegion erzählt, aber so gut wie nichts aus den Jahren davor. Ich weiß, dass er aus Schottland stammte und einen Bruder hatte, der jedoch gestorben ist; das ist alles. Wir haben über vieles geredet, aber kaum über unsere Vergangenheit.«

Das klang nicht, als hätte Pascale mehr zu berichten als die Jungs aus der Band. Die ganze Mühe für nichts. »Wann haben Sie ihn zum letzten Mal gesehen?«

»Vor ein paar Wochen. Da kam er aus London zurück. Er meinte, er habe sich mit jemandem getroffen, um herauszufinden, ob er sich bestimmte Dinge einbildete.«

Karens Sinne waren geschärft. »Sich Dinge einbildete? Was für welche?«

Pascale lächelte traurig. »Ich hab ihn gefragt, aber er wollte es nicht sagen. Er meinte, er würde einem Phantom nachjagen. Und dass er mir davon erzählen würde, wenn er die Wahrheit herausgefunden hätte.«

»Hat er gesagt, warum er Ihnen nichts erzählen wollte?«

»Er meinte, ich würde ihn für verrückt halten.« Sie lächelte schief. »Er meinte, *er* würde sich für verrückt halten.«

»Und das war's? Sonst nichts?«

»*Non.*«

»Hat er je erwähnt, ob er einen Feind hatte? Jemanden, der ihn töten wollte?«

Pascale schüttelte frustriert den Kopf. »Warum sollte er? Die Menschen mochten Paul. Er war nicht perfekt, aber er war auch kein Arschloch. Er war keiner, der einen Streit vom Zaun brach.«

»Hatte er finanzielle Probleme? Hatte er Schulden?«

Pascale runzelte die Stirn. »Ich glaube nicht. Er führte ein einfaches Leben. Er hat nicht gespielt, nahm keine Drogen, ging nicht in teure Restaurants. Von der Legion bezog er eine kleine Pension, und die Band war gut im Geschäft. Er war nicht gerade reich, aber ich hab nie Anzeichen dafür gesehen, dass er Geldprobleme hätte.« Sie seufzte. »Ich wünschte, er wäre an dem Wochenende vor seiner Reise nach Schottland hierhergekommen, statt nach Dublin zu fahren.«

»Dublin?« Karen lehnte sich vor. Aus dem Augenwinkel konnte sie sehen, wie Daisy den Rücken durchstreckte. »Paul ist nach Dublin gefahren?«

»*Oui*. Wie ich schon sagte: am Wochenende, bevor er nach Schottland gereist ist. Die Band hat hier am Donnerstag gespielt, und am Freitag ist er mit dem Zug nach Paris gefahren, um von dort nach Dublin zu fliegen.«

»Ich interessiere mich für alles, was ungewöhnlich war an Pauls Verhalten. Ist er oft in Dublin gewesen?«

»Nicht, seit ich ihn kannte. Wir waren übers Wochenende mal in Biarritz, aber nie in Dublin. Er hat nie erwähnt, dass er dort jemanden kennt.«

»Haben Sie ihn getroffen, nachdem er wieder zurück war? Zwischen Dublin und Schottland.«

»Nein, aber wir haben telefoniert.«

»Hat er gesagt, was er in Dublin gemacht hat?«

»Er meinte, er hätte was zu erledigen gehabt, aber die meiste Zeit wäre er durch die Stadt gelaufen. Und er hat eine Jazz-Bar entdeckt.«

»Er hat nicht erwähnt, was er zu erledigen hatte?«, schaltete Daisy sich ein.

»Ich habe Ihnen alles gesagt, was er mir dazu mitgeteilt hat.«

»Und Schottland?«, fragte Karen. »Was hat er über Schottland gesagt?«

»Nicht viel. Er wollte die Witwe seines Bruders treffen. Mary.« Sie zuckte mit den Schultern. »Ich kenne sie nicht. Sie war nie hier in Caen.«

Karen holte das Foto hervor, das sie in Aulds Wohnung gefunden hatte. »Wissen Sie irgendwas über dieses Bild?« Sie gab es Pascale, die es aufmerksam betrachtete.

»Er sieht aus wie Paul, ist aber nicht Paul«, sagte sie mit Bestimmtheit und tippte mit dem Fingernagel auf Iain Auld. Sie drehte das Bild um, und ihr irritiertes Stirnrunzeln glättete sich. »Das ist das Foto, das er in dem Buch gefunden hat.« Sie blickte auf. »Seine Schwägerin hatte ihm angeboten, sich ein paar Sachen von seinem Bruder auszusuchen, bevor sie die Wohnung auflöste. Er hat sich für das James-Bond-Buch entschieden, weil er es mochte. Und er hat mir erzählt, dass ihm etwas aufgefallen war, als er es lesen wollte, etwas am Ende des Buches. *La page de garde*. Ich weiß nicht, wie das auf Englisch heißt – das Blatt, das mit dem Buchrücken verleimt ist?«

»Vorsatzblatt«, sagte Daisy. »Was ist damit?«

»Es war der Umriss von etwas zu erkennen, und als er es abgelöst hat, fand er das Foto. Er sagte, es zeigte seinen Bruder und noch einen Mann, den er nicht kannte.«

»Wie hat er reagiert? War er überrascht? Verwirrt?«

Sie zog die Augenbrauen hoch. »Er klang verärgert. Nicht überrascht. Ich hab ihn gefragt, was darauf zu sehen war, aber er meinte, er wolle nicht darüber reden.« Sie lächelte matt. »Paul war kein Mann, den man zu etwas drängen konnte. Wenn er nicht über etwas reden wollte, dann war's das.« Pascale gab das Foto zurück.

Karen zeigte ihr den Zeitungsartikel und die Notiz auf der Rückseite. »Können Sie damit was anfangen? ›12 NT. Ouds. Hilary 92/3‹.«

Pascale rieb mit dem Fingerknöchel über ihr Oberlippengrübchen, während sie nachdachte. »Nein, gar nichts. Auf jeden Fall hat es nichts mit Musik zu tun. Ich wünschte, ich könnte Ihnen helfen.« Sie schaute auf ihre Hände, die jetzt gefaltet in ihrem Schoß lagen, und seufzte. Dann hob sie den Blick und sah Karen in die Augen.

»Ich möchte, dass Sie den Mann finden, der das getan hat. Paul hat es nicht verdient, so zu sterben. Finden Sie ihn und lassen Sie ihn dafür bezahlen, Commandant Pirie.«

Karen nickte. Das würde Pascale den Geliebten nicht zurückbringen, aber sie wusste aus eigener Erfahrung, dass es das Herz ein wenig erleichterte, wenn der Person Gerechtigkeit widerfuhr, die einem so viel genommen hatte. Sie erhob sich. »Vielen Dank, dass Sie sich die Zeit genommen haben«, sagte sie und gab Pascale ihre Karte. »Wenn Ihnen noch was einfällt –«

Chevrolet schob seinen Arm zwischen sie und ließ seine Karte vor Pascale auf den Tisch fallen. »Dann rufen Sie mich an, Madame Vargas.«

Pascale schürzte die Lippen. Dann sagte sie etwas Barsches auf Französisch.

»*Allons*«, sagte Chevrolet ebenso barsch und verärgert. Karen und Daisy folgten ihm in ein paar Schritten Abstand. »Denken Sie das Gleiche wie ich?«, fragte Karen leise.

»Dublin. Wir müssen unbedingt noch einmal in die Wohnung.«

»Oh ja. Ich glaube, wir haben jetzt endlich eine erste Spur.«

26

Karen schwieg, bis sie auf dem Rückweg nach Paris waren. »Wir müssen noch einmal in Paul Allards Apartment«, sagte sie zu Chevrolets Hinterkopf.

Er drehte sich zu ihr um. »Warum? Ich dachte, da wäre nichts Interessantes gewesen.«

»Das war, bevor Pascale Vargas Dublin erwähnt hat.«

»Sie haben etwas gefunden, das auf eine Verbindung nach Dublin hinweist?«

»Einen Brief von einer Kunstgalerie in Dublin«, sagte sie. »Daisy, erzählen Sie es ihm.«

Daisy warf ihr einen schnellen Seitenblick zu. »Da stand so was wie ›ja, manchmal verkaufen wir Gemälde von dem Künstler, nach dem Sie gefragt haben. Augenblicklich haben wir jedoch nichts. Die Werke, die wir hatten, stammten aus einer privaten Sammlung‹.«

Chevrolets Augenbrauen hoben sich und zogen sich dann zu einem Stirnrunzeln zusammen. »Und das haben Sie nicht erwähnt?«

»Warum hätten wir das tun sollen? Sie haben gesehen, in welchem Zustand das Wohnzimmer war. Ich glaube nicht, dass er je ein Blatt Papier weggeworfen hat. Wenn Sie auf diesen Brief gestoßen wären, hätten Sie da gedacht, dass er von Bedeutung ist?« Karen starrte Chevrolet an. »Ich weiß, wie ich meinen Job zu machen habe. Bis zu dem Moment, in dem Pascale Dublin erwähnt hat, war der Brief bedeutungslos.«

Chevrolet erwiderte spöttisch: »Meinen Sie, das ist die Wohnung eines Kunstkenners? Fanden Sie den Brief nicht deplatziert zwischen den Saxofonen und den Notenblättern?«

»Schon möglich, dass er sich nicht für Kunst interessiert

hat, aber seine Schwägerin sammelt Gemälde«, sagte Daisy. Karen mochte, wie sie herausfordernd das Kinn vorstreckte. »Vielleicht hat er etwas für sie herausfinden wollen.«

Chevrolet grunzte. »Okay, dann fahren wir jetzt dorthin, damit Sie den Brief heraussuchen und mir aushändigen können.«

»Ihn aushändigen?«, schoss Karen aufbrausend zurück.

»Es ist ein Beweisstück. Auf französischem Boden gefunden. Also bleibt es hier.«

Karen erkannte Halsstarrigkeit, wenn sie sie sah. Sie hatte ihr oft genug aus dem Spiegel entgegengeblickt. »Wir werden es fotografieren. Und wir nehmen per Video auf, wie Sie es in Obhut nehmen.«

Er verdrehte die Augen.

»So will es das schottische Gesetz. Beweisstücke müssen von Dritten bezeugt werden. Es reicht nicht, dass ich mit einem Foto auf meinem Telefon herumwedle und sage: ›Hier, seht mal, das ist der Beweis.‹ Darum muss ich Sie filmen, während Sie sich ausweisen und den Brief hochhalten, und zwar in der Wohnung, wo er gefunden wurde.«

»Das ist ein widersinniges Gesetz. Wie können Sie da Mörder und Vergewaltiger überführen? Bei diesen Verbrechen gibt es keine Zeugen.«

»Wir bekommen das hin«, sagte Karen mit Bestimmtheit. *Mehr schlecht als recht,* setzte sie für sich hinzu. Sie hatte zu viele Sexualstraftäter feixend aus dem Gerichtssaal gehen sehen, nachdem der Richter den Geschworenen das Gesetz erklärt hatte. Und das war nur der geringe Prozentsatz, den man bis auf die Anklagebank gebracht hatte. Mehrere Lord Advocates hatten an dem Gesetz herumgeschraubt, damit es der Opferseite mehr Gewicht verlieh, aber Karen schäumte immer wieder vor Wut, wenn Kollegen von noch mehr gescheiterten Anklagen berichteten.

»Okay, wir fahren zur Wohnung.« Chevrolet seufzte. »Haben Sie Flüge zurück nach Schottland gebucht?«

»Nein, wir nehmen den Eurostar. Ich muss noch was in London erledigen.« Daisy sah sie mit einem Blick an, der ausdrückte, dass ihr das neu war.

»Ich hoffe, Sie verheimlichen mir nichts«, murrte Chevrolet leise.

»Es hängt mit einem anderen Fall zusammen. Uns ist nicht der Luxus vergönnt, immer nur an einem Fall zurzeit arbeiten zu können.« Karen klang entspannt. Phil hatte immer gesagt, das sei ein sicheres Zeichen dafür, dass sie log.

***

Sie erreichten den Eurostar um 17.13 Uhr nach London gerade noch rechtzeitig – aber nur, weil Chevrolet sie derart dringend loswerden wollte, dass er sie durch die Formalitäten des Check-ins hetzte, sie durch Zoll und Passkontrolle drängte und zum Zug brachte. »Ich halte Sie über die Entwicklungen hier in Paris auf dem Laufenden«, sagte er, ohne sich die Mühe zu geben, aufrichtig zu klingen.

»Natürlich werden Sie das«, sagte Karen. »Genau wie ich.« Sie lächelte. »Womöglich können wir einander sogar unterstützen. Man weiß das nie.«

Sie hatten einen Zweiersitz für sich allein, und die hohen Rückenlehnen gewährten ihnen ein gewisses Maß an Privatsphäre. Kaum hatten sie sich gesetzt, fragte Daisy: »Was war das vorhin? Angelegenheiten in London in einem anderen Fall?«

Karen zuckte mit den Schultern. »Er ist mir mit seinem Reviergehabe auf die Nerven gegangen. Er weiß überhaupt nichts über den Fall oder die Hintergründe, er hat keinerlei Interesse daran gehabt, mehr darüber zu erfahren. Da werd ich ihm doch nicht in aller Ausführlichkeit erzählen, was ich vorhabe.«

»Und was *haben* Sie vor? Darf ich Sie das fragen?«

»Immer. Kann nur sein, dass ich nicht immer antworte. Aber diesmal tu ich es. Auf unserem Rückweg von Caen hab ich eine kleine Nachricht verschickt. Wir treffen uns heute Abend mit DCS Ron Beckett. Er war damals beim Verschwinden von Iain Auld der leitende Ermittler. Als ich den Fall vor zwei Jahren noch mal durchgegangen bin, habe ich mit ihm gesprochen.«

»Wieso haben eigentlich Sie die Revision gemacht? Ich dachte, das wär ein Fall der Met gewesen und kein schottischer.«

»Nicht so direkt, nein. Doch die Lothian Police, die es damals noch gab, hat die Befragungen nördlich der Grenze übernommen: Mary Auld und die Leute vom Schottland-Amt in Edinburgh. Und obwohl es technisch gesehen kein schottischer Fall war, waren unsere Politiker nie wirklich davon überzeugt, dass ernsthaft genug ermittelt worden war. Wie Sie sich vielleicht erinnern, war das ganz am Anfang der Koalitionsregierung, und Iain Auld stand nicht weit genug oben auf der Agenda des Innenministeriums, das sich sowieso nur wünschte, Schottland möge sich zurückziehen und nicht weiter rumnerven.«

Daisy lachte. »Gut gelaufen, was?«

»Nicht auf lange Sicht, aber da war es schon zu spät für Iain Auld.«

»Und die Altfall-Revision? War die politisch motiviert?«

Karen grinste. »Könnte man so sagen. Aber ich möchte das auf keinen Fall kommentieren. Ich muss allerdings zugeben, dass ich bei der Revision keinen Hinweis gefunden habe, dass es eine politische Dimension bei Iain Aulds Verschwinden gegeben hätte. Es sei denn, er war im Besitz eines

Geheimnisses, das so tief vergraben war, dass es verborgen blieb.«

»Aber das kommt in der Politik nicht so häufig vor, oder?«

»Dinge haben die Angewohnheit, ans Licht zu kommen. Ganz egal, wie weit nach oben man es auf der Karriereleiter geschafft hat, Leichen bleiben nie auf ewig vergraben.«

»Dann glauben Sie also, dass DCS Beckett mehr weiß, als er bisher zugegeben hat?«

»Das bezweifle ich. Aber für den Fall der Fälle haben wir jetzt etwas, das wir zum Tausch anbieten können … Und da wir eh durch London kommen, dachte ich, es könnte nicht schaden.«

***

Es muss da irgendeine tiefere Verbindung zwischen Cops und indischen Restaurants geben, dachte Daisy. Detective Chief Superintendent Ron Beckett hatte sie zu einem der vielen Lokale in den Seitenstraßen rund um den Bahnhof Euston gelotst, wo es so duftete wie auf den Bazaren von Goa, wo sie auf ihrer Indienreise mit drei Freundinnen im Sommer vor ihrem Abschluss gegessen hatte.

Beckett war ein großer Mann mit breiten Schultern und breitem Gesicht, der rund um die Mitte zu Fettleibigkeit neigte. Das wurde aber durch gute Schneiderkunst verborgen, zumindest, bis er sein Jackett aufknöpfte und sich setzte. Sein silbergraues Haar war immer noch voll. Er trug es aus der Stirn gebürstet, die zerfurcht war von vielen Jahren des Stirnrunzelns. Seine Nase war kurz und knubbelig, der Mund schmallippig. Bemerkenswert waren aber vor allem seine Augen. Sie waren von einem warmen, geradezu flüssigen Braun, die Art von Augen, die Ruhe und Verständnis signalisierten. Daisy hätte darauf gewettet, dass er nicht wenige Menschen eingelullt hatte, ihm im Verhörraum mehr anzuvertrauen, als sie vorgehabt hatten. »Unterschätzen Sie nie die Verlockung der Beichte«, hatte einer ihrer Juralehrer mal zu ihr gesagt. »Sie hat die katholische Kirche über Jahrhunderte an der Macht gehalten.«

»Schön, Sie wiederzusehen«, begrüßte ihn Karen.

»Sie schauen gerade noch rechtzeitig vorbei, Karen. In wenigen Wochen hätte es geheißen: ›Alice doesn't live here any more.‹«

»Wie kommt's?« Sie klang verblüfft.

»Ich bin raus«, sagte er. »Ich war fünfunddreißig Jahre bei der Truppe, es ist Zeit, sich auszuruhen und die Rente zu genießen. Wir verkaufen Haus und Grund und ziehen mit Sack und Pack nach Galway. Ich will meine Tage angelnd und meine Abende Guinness trinkend verbringen.«

»Glückwunsch.« Karen grinste. »Ich wette, Ihr Team ist gelb vor Neid.«

»Das ist die Version, die ich bevorzuge. Und das muss Daisy Mortimer sein.« Er reichte ihr eine große Hand mit überraschend schmalen Fingern und drückte die ihre fest. Nicht zu fest, aber ausreichend, um selbstsichere Autorität auszustrahlen, ohne in Macho-Dominanz zu verfallen. »Hallo Daisy. Ich habe mit Ihrem anderen Boss gesprochen.«

»Charlie Todd hat sich bei Ihnen gemeldet?« Karen schlug die Speisekarte auf. Daisy vermutete, dass sie Nonchalance demonstrieren wollte, und traf ins Schwarze.

»Anstandsanruf, um mir zu sagen, dass ich die Akte James Auld schließen kann«, antwortete er trocken.

»So kann man es auch sehen. Aber das ist nicht die Sichtweise der Historic Cases Unit. Auch wenn der Hauptverdächtige tot sein mag, ist die Akte immer noch geöffnet, bis wir beweisen können, wer es war.« Karen sprach verhalten, aber schon jetzt kannte Daisy Karen gut genug, um zu wissen, dass es sich dabei um ein Glaubensbekenntnis handelte.

»Da kann ich Ihnen nicht widersprechen, Karen. Aber lassen Sie uns ein paar Drinks bestellen. Die letzten Zuckungen einer aussterbenden Art begießen. Daisy, Sie erleben eine ganze andere Welt als ich damals, als ich anfing. Wir ersticken heute in Verwaltungskram und Berichten. Nicht genug Beinarbeit.« Er gab der Bedienung ein Zeichen. »Was darf's denn sein, meine Damen?«

Nachdem sie Bier und eine Unmenge an Essen bestellt hatten, machten sie es sich bequem, um über das zu sprechen, weshalb sie zusammengekommen waren. »Klingt, als hätte Charlie Todds Team Probleme mit dem Fall. Bisher ist es ihnen noch nicht gelungen herauszufinden, wo er gewohnt hat, darum haben sie seinen Laptop oder Notizen und so weiter noch nicht gefunden.« Spöttisch fügte er hinzu: »Das ist ja nicht gerade höhere Mathematik. Wie viele Möglichkeiten gibt es denn schon. Das ist ja schließlich nicht Torremolinos, nicht wahr?«

»Es ist aber schon eine Touristengegend, Ron. Es gibt jede Menge Ferienwohnungen. In den meisten muss man sich für eine ganze Woche einmieten. Wenn Auld das getan hat, wird bis zum geplanten Abreisetag niemandem sein Verschwinden auffallen.«

»Schon, aber sie können doch rumtelefonieren und nachfragen, ob irgendjemand an Paul Allard oder James Auld vermietet hat.«

»Durch die Zunahme privater Angebote wie über Airbnb gibt es jede Menge Mietmöglichkeiten, die nicht beim Fremdenverkehrsamt oder bei den Behörden vor Ort gemeldet sind«, sagte Daisy. »Die Leute vermieten alles von Zweitwohnungen bis hin zu aufgebockten Wohnmobilen. Das ist alles andere als übersichtlich, Sir.«

»Hm«, grummelte er. Die Papadams wurden serviert, und er machte sich darüber her. »Also, wie war Paris, Karen? Hat es irgendwas gebracht außer gutem Essen?«

»Ein paar lose Enden, aber es ist schwer zu sagen, ob die irgendwohin führen. Auld hat zwei Kurzreisen gemacht, bevor er nach Schottland gefahren ist: London und Dublin. Aber ohne seinen Laptop oder sein Telefon, das vermutlich auf dem Grund des Firth of Forth liegt, haben wir nicht viel, das wir weiterverfolgen können.« Die Pakoras wurden aufgetischt und unterbanden jede weitere Unterhaltung.

»Die sind gut«, sagte Karen schließlich. »Wirklich gut.«

»Ja, hervorragend«, stimmte Beckett zu. »Sie haben also keinen Hinweis, worum es geht?«

»Alles, was wir haben, ist ein Brief von einem Kunsthändler in Dublin. Auld hat sich offenbar nach einem Künstler erkundigt, aber im Brief wird kein Name genannt.«

Wenn Beckett ein Hund gewesen wäre, dann hätten sich jetzt seine Ohren aufgerichtet. »Das ist seltsam.«

»Warum?«

»Ich glaube nicht, dass es da eine Verbindung gibt, aber vier, fünf Jahre nach dem Verschwinden von Iain Auld und dem Abtauchen von James Auld wurde ich zu einem Fall hinzugezogen, bei dem Dover House involviert war. Sie wissen schon, das Schottland-Amt? Es war streng genommen nicht mein Bereich. Aber ich kannte die Verwaltungsbeamten bereits, und es war eine sensible Angelegenheit. Und trotzdem dachten sie, es wäre besser, mich damit zu betrauen.« Er grinste.

»Das klingt spannend«, sagte Karen.

»Das war es. Aber das Einzige, was der Fall mit dem Verschwinden von Iain Auld gemeinsam hat, ist die Tatsache, dass wir ihn nicht aufklären konnten.«

Bevor Karen antworten konnte, kamen ihre Currys; die

unterschiedlichen Soßen dufteten verlockend. Während sie ihre Teller beluden und sich Naan und Paratha nahmen, versiegte erneut das Gespräch. Dann sagte Karen: »Worum ging's dabei?«

Beckett schluckte einen Bissen Saag Paneer hinunter und spülte mit Kingfisher Bier nach. Er genoss sichtlich das Geschichtenerzählen. »Na ja, in Whitehall sitzen all diese Staatssekretäre und Regierungsbeamten. Und alle haben sie Büros. Das sind jede Menge leere Wände, die man mit Bildern vollhängen kann; jede Menge Gelegenheiten, Besucher zu beeindrucken. Es läuft meist so, dass der Minister auswählt, was an die Wände kommt. Er oder sie kann sich was aus den staatlichen Sammlungen aussuchen. Theoretisch dürften auch die Staatssekretäre und Regierungsbeamten mitmischen, aber wer will schon dem Boss widersprechen.«

»Okay, ich bin im Bilde.«

Daisy und Beckett stöhnten. »Nicht schlecht«, sagte Beckett und deutete mit seiner Gabel auf Karen. »Also, 2015 übernahmen die Torys die Mehrheitsregierung nach diesem Schlamassel von Koalition. Und kurz darauf beschloss der Schottland-Minister, die Muskeln spielen zu lassen und alle Gemälde durch Kunstwerke zu ersetzen, die seinem Tory-Geschmack entsprachen. Die vorherigen wurden zurück an die Galerien geschickt, aus denen sie stammten. Doch einem scharfsichtigen Konservator fiel auf, dass mit einem der Gemälde etwas nicht stimmte. Am Original war etwas restauriert worden, doch am vorliegenden Bild war nichts davon zu sehen.« Er machte eine Kunstpause und schob sich Lamm Pilaw in den Mund.

Karen löffelte sich schwarzes Dal auf den Teller. »Ich wette, dass sie auch die anderen unters Mikroskop geschoben haben.«

»Goldrichtig, Sherlock. Und was meinen Sie wohl? Sechs

davon stellten sich als Fälschungen heraus. Ganz hervorragende Fälschungen laut der Fachtrottel, die sich damit auskennen, aber so echt wie Neun-Schilling-Scheine.« Seine Augen wanderten zur Decke, als er sich an die Künstler zu erinnern versuchte, deren Werke kopiert worden waren. »Raeburn, MacTaggart, Redpath, Eardley, Crawhall, Doig.« Er grinste. »Ich würd drauf wetten, dass Sie mich nie für einen solchen Kulturkenner gehalten hätten, Karen.«

»Wieso stand davon nichts in den Zeitungen?«, wollte Karen wissen. »Warum erfahr ich jetzt zum ersten Mal davon?«

»Tja, es war ganz schön peinlich. Die Regierung leiht sich Kunstschätze aus der Staatssammlung, und irgendein Fälscher kopiert nicht nur einen davon, sondern sechs. Wie blöd hätten sie denn ausgesehen?«

»Aber dafür hätte doch sicherlich die vorherige Regierung die Verantwortung übernehmen müssen, oder?« Daisy wirkte irritiert. »Ich hätte gedacht, dass sie ihrem politischen Gegner mit Vergnügen den Schwarzen Peter zuschieben.«

Becketts braune Augen schauten sie kummervoll an. »Sie sind so jung, Daisy.« Er schüttelte den Kopf.

Karen tat Daisy leid. Sie hatte sich so oft wie die letzte Idiotin gefühlt, dass sie barmherzig reagierte. »Die vorherige Regierung war die Koalition aus Torys und den Lib Dems. Die Lib Dems stellten den Schottland-Minister, aber die Torys waren der Seniorpartner der Koalition. Die Lib Dems zu blamieren, hätte ein schlechtes Licht auf sie zurückgeworfen. Und außerdem wäre es politisch riskant gewesen – die Lib Dems wussten, wo die Leichen im Keller verbuddelt waren.«

»Korrekt«, sagte Beckett. »Also hielten sie den Deckel drauf.«

»Aber Sie haben ermittelt?«

»Natürlich hab ich das, Karen. Aber es war nicht so einfach. Die Schottland-Minister der Lib Dem ließen meist die Bilder an der Wand hängen, die sie von der scheidenden Labour-Regierung übernommen hatten. Sie mochten sie. Und sie wollten die Unterschiede betonen zwischen den Bildern, die einem Tory-Minister gefielen, und dem, was sie mochten. Dadurch hatten wir sechs Gemälde, die zwischen sieben und vierzehn Jahren dort gehangen hatten. Die Kopien konnten irgendwann in diesem Zeitraum gemacht worden sein.«

»Was ergaben die forensischen Untersuchungen?«, fragte Daisy.

»Die haben uns nicht weitergeholfen. Verdammtes Dover House. Dort gehen Polizeikarrieren zugrunde.« Er spießte ein Stück Lamm auf und kaute düster.

»Sie sind nicht gerade auf der Schrotthalde gelandet«, wies ihn Karen sanft zurecht.

»Oh, ich weiß. Ich beschwer mich auch gar nicht. Es nervt, das ist alles. Ich mag so unerledigte Sachen nicht.« Er leerte sein Glas und winkte damit der Bedienung. »Aber ich schätze, Sie sind daran gewöhnt, die unerledigte Arbeit anderer wieder aufzunehmen, richtig, Karen?«

»Richtig, Ron. Und von Zeit zu Zeit können wir sie erledigen.«

»Tja, ich hoffe, Sie haben mit James Auld mehr Glück als ich mit seinem Bruder. Ich mein, es war pures Glück, dass seine Leiche überhaupt gefunden wurde. Soweit ich Charlie Todd verstanden habe, wären die Überreste als Knochenhaufen an einem norwegischen Strand geendet, wenn die Leiche sich nicht in einem Hummerkorb verfangen hätte. Wär ich ein Spieler, würde ich mein Geld darauf setzen, dass so was in der Art auch mit seinem Bruder passiert ist.«

Karen riss sich ein Stück Naan ab. »Wahrscheinlich haben

Sie recht, Ron. Wenn es Ihnen nicht gelungen ist, herauszufinden, was Iain Auld zugestoßen ist, dann hab ich nicht den Hauch einer Chance.«

Daisy starrte konzentriert auf ihren Teller, damit Ron Beckett ihr nicht ins Gesicht sehen konnte. Sie wollte nicht preisgeben, dass sie inzwischen merkte, wenn Karen log.

27

Karen und Daisy schritten das Gleis fünfzehn am Bahnhof Euston auf und ab und hofften, dass jemand die gute Fee für sie spielte, indem er seine Reise mit dem Nachtzug nicht antrat und ihnen so seinen Schlafplatz überließ. Nicht einmal ihre Dienstausweise und Daisys Charmeoffensive hatten zwei freie Kabinen herbeizaubern können. »Wenn das der verdammte Orient Express wär, hätten sie wenigstens ein leeres Abteil für mörderische Notfälle«, murrte Karen und vergrub die Hände tiefer in den Taschen, um sie vor der Kälte zu schützen.

»Schon, aber keine von uns ist Hercule Poirot«, merkte Daisy an.

»Dieser Schnurrbart wär auch total unpraktisch bei einem Teller Scotch Broth.«

Die beiden kicherten bei der Vorstellung, wie Poirots Schnäuzer großzügig mit Graupen und Karottenstückchen garniert wäre. »Das Curry war wirklich toll«, sagte Daisy. »Schade nur, dass ›Nenn mich Ron‹ nicht besonders hilfreich war.«

»Ehrlich gesagt hab ich mir nur wenig davon versprochen. Aber ich dachte, es wäre gut, in Kontakt zu bleiben. Doch da er schon kurz vor der Rente ist, war es wahrscheinlich reine Zeitverschwendung. Aber immerhin haben Sie eine wichtige Lektion gelernt, Daisy. Diese Geschichte mit den gefälschten Gemälden zeigt, dass alles außer Mord unter den Teppich gekehrt werden kann, wenn Politiker nur nachdrücklich genug eine Blamage vermeiden wollen.«

Sie hatten das hintere Ende des Bahnsteigs erreicht, der nur Zentimeter über die unfassbar lange Schlange von Waggons hinausreichte, aus denen der Nachtzug nach Glasgow und Edinburgh bestand. »Was wohl aus den Kopien geworden ist?«, fragte Daisy, als sie den roten Lichtern den Rücken zuwandten und wieder zurück zum trostlosen Betongewölbe des Bahnhofs gingen. »Wurden sie heimlich, still und leise aus den Inventarlisten der Galerien gestrichen? Oder wurden sie in einem Abstellraum versteckt mit der Notiz, sie niemals wieder in der Öffentlichkeit auszustellen?«

Karen zuckte mit den Schultern. »Keine Ahnung. Durch einen Fall vor ein paar Jahren kenne ich ein oder zwei der Konservatoren, die in den Lagern der Nationalgalerie in Granton arbeiten, aber von so etwas hab ich noch nie gehört. Nicht mal ein Gerücht oder einen kleinen Wink. Gott sei Dank ist das nicht unser Problem.« Bevor Daisy etwas erwidern konnte, bemerkte Karen, dass eine der Zugbegleiterinnen ihnen zuwinkte. »Kommen Sie, sieht aus, als hätten wir Glück.«

Sie liefen den Bahnsteig entlang, dorthin, wo die Zugbegleiterin stand und ihr Klemmbrett umklammerte. Sie war so tief in eine dicke Jacke und einen Schal eingemummelt, dass sie aussah wie ein kleines Tier, das aus seinem Nest herausspähte. »Eine gute und eine schlechte Nachricht«, sagte sie. »Wir haben eine freie Kabine, aber die ist in dem Teil des Zuges, der nach Glasgow fährt. Es sind jetzt nur noch fünf Minuten bis zur Abfahrt, darum wird wohl nichts anderes mehr frei werden.«

»Ist das eine Einzelkabine?«

»Im Grund ja, aber –«

»Ich nehm sie«, sagte Karen schnell, weil sie vermutete, dass gleich das Angebot kam, eine zweite Schlafkoje auszuklappen. Sie mochte Daisy, aber nicht genug, um sich mit ihr ein winziges Schlafabteil zu teilen. »Sie haben doch bestimmt noch freie Sitze im Zugteil nach Edinburgh?«

Die Zugbegleiterin verstand den Wink. »Ja, haben wir.« Sie lächelte Daisy an. »Wenn Sie zum hinteren Teil des Zugs gehen, wird einer meiner Kollegen Ihnen einen Platz organisieren.«

Mit einem düsteren Nicken schickte Daisy sich an zu gehen. »Daisy? Wenn Sie in Edinburgh ankommen, fahren Sie nach Hause, duschen Sie und essen was zum Frühstück. Danach gehen Sie am besten ins Büro und setzen DCI Todd ins Bild. Ich möchte, dass Sie mitkommen, wenn ich mit Mary Auld rede, aber vorher muss ich ein paar andere Sachen erledigen.«

Daisy sah sie erschrocken an. »Sie wollen ihr aber nicht das Foto zeigen?«

Karen schüttelte den Kopf. »Nicht das ganze Bild, noch nicht. Vielleicht zu einem späteren Zeitpunkt; im Augenblick würde es sie wahrscheinlich nur gegen uns aufbringen, und dann macht sie womöglich völlig dicht. Aber ich möchte trotzdem wissen, ob sie den Mann kennt. Wir können das Foto so bearbeiten, dass Iain abgeschnitten ist, und es ihr dann zeigen. Und ich möchte ihr Gesicht sehen, wenn ich sie frage, ob sie etwas von James Aulds Reisen nach London und Dublin wusste.«

»Okay.« Daisy klang nicht gerade begeistert. »Soll ich denn Charlie von der Mappe erzählen?«

Karen zog die Augenbrauen hoch. »Natürlich. Ich scanne die Sachen ein, sobald ich im Büro bin, und maile sie Ihnen. Wenn er mehr aus den Unterlagen herauslesen kann als ich, landet er ganz oben auf meiner Weihnachtsgrußliste. Gehen Sie jetzt und suchen Sie sich einen Platz. Versuchen Sie, ein bisschen zu schlafen.« Sie deutete ein Winken an und eilte zu ihrem Abteil. Als sie an der Zugbegleiterin vorbeikam, zwinkerte sie ihr zu und sagte: »Danke.«

»Keine Ursache. Schlafen Sie gut.«

Karen lud ihre Taschen in der Kabine ab und machte sich auf den Weg zum Speisewagen. Ausgerüstet mit einer Miniflasche Gin und einer Dose Tonic, ließ sie sich auf ihrem Bett nieder, stellte den Laptop auf den aufgeklappten Tisch und öffnete ihn. Sie war zwar müde, aber noch nicht bereit, sich schlafen zu legen. Sie wusste, wie elend es war, wach zu liegen und sich nach Schlaf zu sehnen, wenn es keine Möglichkeit gab, aufzustehen und sich durch einen nächtlichen Spaziergang zu verausgaben; da war es besser, eine Weile abzuwarten, statt jetzt etwas zu erzwingen. Sie öffnete ihr E-Mail-Programm und sah nach, ob für einen ihrer Fälle etwas Wichtiges eingegangen war, doch in beiden herrschte Ruhe. Was vermutlich ganz gut war, da sie nicht da war, um die Ermittlungen zu lenken.

Beklommen nahm sie einen Schluck von ihrem Drink und begann, eine E-Mail zu tippen.

> Hi Hamish,
> ich bin jetzt mit dem Nachtzug unterwegs nach Hause. Wenn du am Abend Zeit hast, wollen wir uns dann treffen? Ich weiß nicht, wie lange ich heute arbeite, aber wenn du vorbeikommen magst, schicke ich dir eine Textnachricht, wenn ich zu Hause bin.

Sie stoppte und wog verschiedene Möglichkeiten ab.

> Ich würd mich freuen, dich zu sehen. Kx

Bevor ihr Zweifel kommen konnten, schickte sie die Mail in den Äther und schloss das Programm. Da die neuen Nachtzüge ein halbwegs stabiles WLAN hatten, rief sie die iPlayer-Seite der BBC auf und entdeckte einen skandinavischen Krimi, den sie noch nicht kannte. Sie machte sich bettfertig, schob sich die Kopfhörer in die Ohren – auch wenn sie die Sprache nicht verstand, wollte sie wenigstens die Soundeffekte und die Musik mitbekommen – und machte es sich bequem, um einen norwegischen Cop dabei zu beobachten, wie er versuchte, einen verzwickten Cold Case um einen Serienmörder zu lösen. Nach zehn Minuten war sie sich sicher, dass sie das besser hinbekommen hätte. Nach fünfzehn Minuten dämmerte sie weg, vom bedeutungslosen Murmeln in ihren Ohren in seltsame Träume eingesponnen.

Als sie aufwachte und auf dem Telefon nach der Uhrzeit sah, stellte sie fest, dass sie in Carstairs waren, wo der lange Nachtzug getrennt wurde: Eine Hälfte fuhr nach Glasgow, die andere nach Edinburgh. Das Gerucke der Waggontrennung musste sie geweckt haben. Sie streckte sich und gähnte, dabei zog sie die Ohrstöpsel heraus. Eigentlich gab es keinen Grund mehr weiterzuschlafen, darum beschloss sie aufzustehen. Sie rollte sich aus dem Bett und betrat die kleine Kabine, in der sich die Toilette und die Dusche befanden.

Als der Zug in Glasgow einlief, war sie sauber und frisch, das Haar noch etwas feucht, aber halbwegs ordentlich. Ihr Gehirn war fit, und so begann sie, den Tag zu planen. Es war Zeit, die Fälle beim Schlafittchen zu packen und die Kontrolle zu übernehmen.

***

Karen war sehr erfreut, Jason an seinem Schreibtisch vorzufinden, als sie kurz nach neun ins Büro kam.

»Boss«, rief er und kippte vor lauter Überraschung fast seine Dose Irn-Bru um. »Wann sind Sie zurückgekommen? Sie haben nicht gesagt …«

»Ich komme direkt aus dem Nachtzug. Was soll denn das Irn-Bru? Sinkt hier womöglich das Niveau?« Als sie ihn genauer ansah, bemerkte sie die dunklen Ringe unter seinen Augen und die Blässe seiner Haut, dank derer seine Sommersprossen wie eine orangefarbene Sternenkarte wirkten.

Er seufzte. »Erwischt. Ich hatte ein paar Gläschen gestern Abend. Eine von Eilidhs Freundinnen hatte Geburtstag, darum sind wir Pizza essen gegangen, in dem neuen Restaurant am unteren Ende des Leith Walk. Da gibt es riesige Krüge Sangria. Und bevor man sichs versieht, streikt die Zunge.«

Karen grinste. »Solange Ihr Geist noch funktioniert. Ich geh los und besorge uns Kaffee. Sortieren Sie währenddessen Ihre Gedanken und bringen Sie mich dann auf den neuesten Stand.«

Als sie ihm seinen Kaffee reichte, nahm Jason einen Schluck und erschauderte. »Verdammte Hölle. Boss, was ist da drin?«

»Zwei zusätzliche Shots. Ich dachte, Sie bräuchten vielleicht einen kleinen Muntermacher.«

Seine Augen weiteten sich. »Muntermacher? Das ist eher ein Herzinfarkt aus dem Becher.«

Während er sich mit seinem Kaffee abmühte, scannte Karen den Inhalt der Dokumentenmappe aus James Aulds Schlafzimmer ein und mailte alles an Daisy. Vielleicht eine nutzlose Übung, aber eventuell entdeckte ja einer in Charlie Todds Ermittlerteam etwas, das ihr entgangen war. »Wie kommen Sie mit der Suche nach Amanda McAndrew voran? Oder ihrem Alias?«, fragte sie.

Jason gelang es kaum, seine Frustration zu verbergen. »Nicht die winzigste Spur. Ich hab's bei der Kfz-Zulassung mit beiden Namen versucht. Aber auf beide ist kein Auto mehr zugelassen worden, seit Amanda den Camper hatte. Und der wurde vor drei Jahren abgemeldet, nachdem auch keine Steuern mehr dafür gezahlt wurden. Aber wir wissen immerhin, wo er einen Teil der Zeit gestanden hat.«

»Ich würd eher sagen, die ganze Zeit. Man nimmt nicht das Risiko auf sich, mit einem Wagen rumzufahren, der von Verkehrskameras als abgemeldet erkannt werden oder in eine Verkehrskontrolle geraten kann, bei der sich jemand die Mühe macht, die Nummernschilder zu checken. Nicht mit einer Leiche hinten drin. Nein, ich glaube, der Wagen stand schon in Susan Leitchs Garage, als er abgemeldet wurde. Auf diesem Weg finden wir sie also nicht. Wie steht's mit der Steuer- und Zollbehörde?«

Er schüttelte den Kopf. »Nichts. Keine von ihnen ist umsatzsteuerpflichtig und keine hat in den letzten drei Jahren eine Steuererklärung eingereicht.«

»Und die Website? Wie weit sind Sie mit der gekommen?«

»Okay, also, ich bin auf die Seite und hab versucht, ein Paar Ohrringe zu kaufen. Aber auf dem Bildschirm erschien die Meldung: ›Tut uns leid, aber dieser Artikel ist derzeit nicht lieferbar. Wenn Sie Ihre E-Mail-Adresse hinterlassen, melden wir uns bei Ihnen, sobald der Engpass behoben ist.‹ So weit, so gut, dachte ich. Darum hab ich's mit einem zweiten Paar mit geschliffenen Tigeraugen versucht.« Er blickte in sein Notizbuch. »Diesmal teilte mir der Bildschirm mit: ›Tut uns leid, aber wir haben derzeit Schwierigkeiten, Steine in einer ausreichend guten Qualität zu ordern. Wenn Sie Ihre E-Mail-Adresse hinterlassen, melden wir uns bei Ihnen, sobald der Engpass behoben ist.‹«

»Interessant«, meinte Karen. »Haben Sie versucht, eine Sonderanfertigung zu bestellen?«

»Klar, Boss.« Wieder konsultierte er seine Notizen. »›Aufgrund des hohen Bestellaufkommens können wir im Augenblick keine neuen Aufträge annehmen. Wenn Sie Ihre E-Mail-Adresse hinterlassen –‹«

»›… melden wir uns bei Ihnen, sobald der Engpass behoben ist‹«, führte Karen den Satz zu Ende.

»Als ob die überhaupt nichts verkaufen wollten.«

Karen trommelte mit ihrem Bleistift auf ihrem Notizbuch. »Ich glaube eher, dass die nichts zu verkaufen haben. Denn tote Frauen machen keine Silberschmiedearbeiten. Das ist eine Nebelkerze, Jason. Wenn jemand nach Dani sucht, findet er ihre Website, und wenn er dann Kontakt aufnehmen will, bekommt er eine Nachricht, dass es ihr offenbar ziemlich gut geht. Haben Sie es geschafft, den Host aufzuspüren?«

»Das ist eine Ein-Mann-Klitsche in Birmingham. Ist aber auch eine Sackgasse. Der Mann hat keine Ahnung, wo seine Kunden sitzen. Das läuft alles völlig anonymisiert, bezahlt wird mit Bitcoin. Sie sagen ihm, was Sie haben wollen, und er bastelt Ihnen eine Seite, ohne Fragen zu stellen.«

Karen stöhnte. »Echt jetzt? Wie können wir so was Unreguliertes zulassen? Kein Wunder, dass das verdammte Internet so eine Jauchegrube ist.«

»Aber eines kann man daraus schließen.«

»Fahren Sie fort, ich hör Ihnen zu.«

»Die ganzen Sachen? Die zieht man nur auf, wenn man was Schlimmes verbergen will. Das ist eigentlich schon so was wie ein Geständnis.«

»Das stimmt, aber es bringt uns Amanda McAndrew nicht näher.«

»Wie wär's, wenn wir mit ihren Eltern reden? Die wissen vielleicht …«

»Die Eltern.« Karen unterbrach ihn ungeduldig. »Wissen wir, wann sie nach Kreta gezogen sind? Rufen Sie mal deren Facebook-Seite auf, Jason. Schauen wir mal, wie weit das zurückgeht.« Sie sprang auf, ging um den Schreibtisch herum und blickte ihm über die Schulter, während seine Finger über die Tastatur flitzten. Er scrollte sich durch die Seite und klickte auf verschiedene Optionen.

»Ich glaube, das war 2015«, murmelte er. »Wollen wir sie

kontaktieren und mal sehen, was sie uns zu ihrer Tochter sagen können?«

Karen verzog das Gesicht. »Es ist schwierig, als Polizist auf diese Weise Kontakt aufzunehmen, das sieht sofort nach einer großen Sache aus. Und Sie wollen Eltern nicht auf diese Weise mitteilen, dass ihre Tochter womöglich eine Mörderin ist. Zum einen wollen wir das Weiße in ihren Augen sehen. Zum anderen wollen wir nicht, dass sie Amanda vorwarnen, wie viel wir schon wissen.«

»Na schön.«

»Da«, sagte sie und tippte mit ihrem Stift auf den Bildschirm. »Das reicht rund fünf Jahre zurück. In die Zeit, bevor Amanda und Dani die Biege gemacht haben.« Sie kehrte auf ihren Platz zurück. »Die Eltern haben nicht einfach ein kleines Ferienhaus gekauft. Die haben ein Unternehmen gekauft, einen ganzen Lebensstil. Die haben nicht vor, wieder zurückzukehren. Darum werden sie ihre Autos verkauft haben. Und wer wüsste das besser als die eigene Tochter? Jason, rufen Sie doch noch mal Ihren Kontakt bei der Zulassungsstelle an. Prüfen Sie, ob in den letzten drei Jahren Fahrzeuge auf Barry oder Anita McAndrew zugelassen wurden. Ich kann mir nicht vorstellen, dass sie ohne fahrbaren Untersatz unterwegs ist.«

28

Freitag, 21. Februar 2020

Wenn Karen sich erhofft hätte, dass Charlie Todd oder einer aus seinem Team dank der Informationen aus Paris eine brillante Eingebung gehabt hätte, die den Fall klärte, wäre sie enttäuscht worden. Da sie jedoch ihren Optimismus im Zaum gehalten hatte, seufzte sie nur, holte Daisy ab und fuhr los, um mit Mary Auld zu sprechen.

Sie waren fast da, als Charlie anrief. »Gute Neuigkeiten, Karen«, sagte er.

»Sie klingen, als hätten Sie den Jackpot geknackt.«

»Na ja, nur fünf von sechs Richtigen, aber immerhin. Wir haben einen Anruf erhalten von einer Frau, die in Elie ein Cottage vermietet. Sie ist heute Morgen hingegangen, um alles für die neuen Mieter vorzubereiten. Aber die Sachen des Vormieters waren noch da. Kleidung, Laptop. Und die verderblichen Lebensmittel im Kühlschrank sind entweder knapp über dem Haltbarkeitsdatum oder kurz davor.«

»Hervorragend, Charlie. Wir sind nur zehn, fünfzehn Minuten von Elie entfernt, wir können dort vorbeischauen, bevor wir mit Mary Auld sprechen. Sind Sie so gut und schicken mir die Adresse – und bitten Sie die Besitzerin, uns dort zu treffen? Und wir werden die Spurensicherung brauchen, um das Haus zu durchforsten.«

»Klar, okay.« Die Enttäuschung in seiner Stimme war deutlich zu hören. Karen kam sich wie eine Spielplatz-Tyrannin vor, die den anderen Kindern die Süßigkeiten wegnimmt.

»Wenn ihr Jungs euch nicht um die Ferienwohnungen gekümmert hättet, wären wir immer noch keinen Schritt weiter«, sagte sie und versuchte, nicht gönnerhaft zu klingen.

»Stimmt schon. Geht ja um Teamwork«, sagte er etwas fröhlicher. »Viel Glück in Elie.«

***

Bayview Cottage hielt, was der Name versprach. Es war ein gedrungenes Cottage, das korallenrosa gestrichen dort an der Küste kauerte, wo Elie in das benachbarte Earlsferry überging. Sie mussten an der Hauptstraße parken und eine schmale Gasse hinuntergehen, die sie zum Meer führte, wo der Ostwind drohte ihnen die oberste Hautschicht abzuschmirgeln. Die See war kriegsschiffgrau mit weißen Schaumflecken. »Darum haben wir hier in Fife eine so tolle Haut«, erklärte Karen, während ihr die Augen tränten. »Wir bekommen jeden Tag ein Peeling.«

Das Cottage wirkte gepflegt, Eingangstür und Fensterrahmen waren hellgrau gestrichen. Karen hatte kaum die Hand gehoben, um zu klingeln, als die auch schon geöffnet wurde. »Sind Sie von der Polizei?« Die Frau auf der Türschwelle zerrte sofort an Karens Nerven. Das lag nicht so sehr an dem englischen Oberschichtsakzent, sondern vielmehr an dem Blick, mit dem sie sie vom Kopf bis zu den Zehen musterte und für ungenügend befand. Auf den ersten Blick wirkte die Frau wie Anfang dreißig, das blonde Haar war zu einem lockeren Knoten geschlungen. Sie trug figurbetonende Jeans, die Hosenbeine waren in lederne Reitstiefel geschoben. Obenherum trug sie die Sorte Designer-Strickware, in der Karen wie ein Wollball auf zwei Beinen gewirkt hätte. Erst als sie genauer hinsah, bemerkte Karen, dass die Vermieterin eher fünfzig als dreißig war.

»Detective Chief Inspector Pirie«, stellte sie sich vor. »Das ist Detective Sergeant Mortimer. Und Sie sind?«

»Kommuniziert ihr bei der Polizei denn nicht miteinander? Ich bin Mrs Archibald. Livy Archibald. Das hier ist mein Cottage. Sie kommen besser herein.« Sie trat zurück und winkte sie nach innen. Das Haus war komfortabel eingerichtet auf eine nichtssagende, aber doch ganz angenehme Weise. Die Deko war typisch für Küsten-Cottages: gerahmte Drucke mit nautischen Sujets, Töpferware mit stilisierten Fischen und Bootsteilen. Ein Dreierset Glaskugeln im Fischernetz lag auf dem Kamin. Aber nirgendwo war ein Laptop zu sehen. »Normalerweise mache ich die Übergabe nicht selbst«, sagte sie. »Aber das Mädchen hat mich sitzen lassen. Weil es angeblich die Grippe hat.« Sie gab einen missbilligenden Laut von sich. »Also wirklich! Als ob ich nichts Besseres zu tun hätte. Und jetzt das.«

»Passiert so was oft? Dass Leute nicht rechtzeitig auschecken?« Karen wanderte durch den Raum auf der Suche nach Anzeichen, dass hier tatsächlich jemand gewohnt hatte, ohne jedoch eines zu finden.

»Manchmal sind welche ein paar Stunden zu spät dran. Aber dieser Kerl hätte gestern weg sein sollen. Nur weil ich gestern zu viel zu tun hatte, bin ich erst heute hergekommen.«

»Und warum haben Sie uns angerufen?«

Sie verdrehte die Augen. »Weil Ihre Leute eine E-Mail an alle eingetragenen Besitzer von Ferienwohnungen geschickt haben mit der Bitte, sich zu melden, wenn wir an jemanden mit dem Namen Allard oder Auld vermietet hätten. Ich habe es nicht geschafft, in meine Unterlagen zu schauen, bis ich heute Morgen hergekommen bin und seine ganzen Sachen in der Küche und im Schlafzimmer gefunden hab.«

»Sie waren beschäftigt?« Karen sprach in einem sanften Ton, aber ihre Augenbrauen waren hochgezogen.

»Ja, wie das so ist. Also, nehmen Sie jetzt die Sachen von diesem Mann mit, damit ich meine Arbeit fortsetzen kann?«

»So einfach ist das nicht, Mrs Archibald. Es handelt sich um eine Mordermittlung, und dies ist ein potenzieller Tatort.«

»Ein Tatort?« Sie hob die Stimme. »Sehen Sie sich doch mal um. Hier ist nichts durcheinandergebracht worden. Geht es um den Mann, der bei St. Monans aus dem Meer gefischt wurde? Wie um aller Welt kann dann das hier ein Tatort sein?«

»Möglicherweise gibt es Hinweise darauf, dass eine dritte Person hier bei Mr Auld –«

»Allard. Es war auf Allard gebucht. Sie kennen ja nicht mal den Namen der Person, um die es geht. Und ich erwarte ein Paar, das das Cottage gebucht hat. Es kommt am Nachmittag an. Was soll ich denn mit denen machen? Ich habe hier ein Geschäft zu führen.«

»Tut mir leid, Mrs Archibald. Unsere Tatorttechniker werden so schnell wie möglich hier sein, aber bis sie fertig sind, darf niemand hier rein. Und wir brauchen Ihre Fingerabdrücke und Ihre DNA, um Sie ausschließen zu können.«

Daisy stand hinter der Vermieterin; Karen warf ihr einen Blick zu. Daisy verstand den Hinweis. »Wann hat Mr Allard das Cottage gebucht?«, fragte sie.

»Dafür müsste ich in meinen Unterlagen nachsehen.«

»Dann sollten wir vielleicht gehen und das jetzt tun. Wohnen Sie hier in der Nähe?«

Livy Archibald schürzte die Lippen und runzelte die Stirn. »Die Straße rauf in Kilconquhar. Das ist alles unglaublich unerfreulich.«

»Ich folge Ihnen dorthin und nehme die Details auf.« Daisy rang sich ihr schönstes Lächeln ab.

»Das würde es Ihnen ersparen, hier zu warten«, sagte Karen.

Mürrisch willigte die Frau ein. Sie händigte Karen die Schlüssel für das Cottage aus und folgte Daisy hinaus, bei jedem einzelnen Schritt vor sich hin murrend.

Karen schob ihre Hände in ein Paar Nitrilhandschuhe und ging über den Flur direkt ins Schlafzimmer. Es wurde von einem ungemachten Bett in Übergröße beherrscht. Nach dem einzelnen Abdruck auf den Kissen zu schließen, hatte hier nur eine Person genächtigt. Eine Reisetasche stand auf dem Fenstersitz. Karen umrundete das Bett und schaute hinein. Ein Paar schwarze Hosen aus dickem Stoff von einem französischen Hersteller, den sie nicht kannte. Vier Unterhosen, drei Paar Socken. Zwei T-Shirts und ein leichter Pullover mit rundem Ausschnitt. Ein Paar schwarze Lederslipper. Die französischsprachige Taschenbuchausgabe eines Romans von Bernard Minier. Aber kein Notebook. Als sie sich umdrehte, entdeckte sie die Kante des Laptops, die auf der Ablage unter dem Nachttisch hervorlugte.

»Bingo«, sagte sie und griff danach. Sie klappte das MacBook Air auf. »Und natürlich muss man ein verdammtes Passwort eingeben.« Sie suchte in ihrem Notizbuch nach Aulds Geburtsdatum und probierte verschiedene Kombinationen mit seinen beiden Namen. Ohne Erfolg. Sie blätterte durch die Seiten, bis sie ihre Aufzeichnungen zu Aulds Aufenthalt in der Fremdenlegion fand. Seine Personenkennziffer brachte sie nicht weiter, auch nicht in Verbindung mit seinen Namen oder dem Geburtsdatum. »Fuck«, fluchte sie und klappte den Laptop zu. Das musste Tamsin in Gartcosh rausfinden. Und wer weiß, wie lange das dauern würde.

Das Badezimmer gab nur wenig her. Einen Kulturbeutel aus Plastik, Shampoo und Waschlotion aus dem Supermarkt, Deodorant, Zahnbürste, Zahnpasta und einen elektrischen Rasierapparat. James Auld reiste mit so leichtem Gepäck, wie es einem Mann nur möglich war. Der Laptop war der einzige Gegenstand, der einen Hinweis darauf geben konnte, was er hier vorgehabt hatte, abgesehen von dem Besuch bei Mary Auld.

Die Küche war nicht ergiebiger. Ein Teller, ein Wasserglas und ein Becher standen auf dem Abtropfgestell, daneben eine Gabel, ein Messer und ein Löffel. Die Geschirrspülmaschine war leer. Auf einem Schneidbrett lag ein angeschnittener Laib Brot, inzwischen so hart wie ein Ziegelstein. Der Kühlschrank enthielt ein Stück Butter, einen zur Hälfte verzehrten schottischen Camembert, zwei Fertiggerichte aus einem hiesigen Bauernladen, eine halbe Packung Milch und eine kaum angebrochene Packung gemahlenen Kaffee. Für Karen sah das nicht aus wie die Verpflegung eines Mannes auf einem Kurzurlaub in East Neuk. Das war eher die Basisration eines Mannes auf einer Mission.

Sie ging ins Wohnzimmer und starrte aus dem Fenster auf den winterlichen Forth. East Lothian war nur als verschwommener Fleck auf der gegenüberliegenden Seite auszumachen. Die Sicht war fast genauso klar wie ihre Einsichten in den Fall, überlegte Karen. Nichts brachte sie wirklich voran, und im Nacken konnte sie den Atem des Hundekuchens spüren. Sie brauchte eine zügige und eindeutige Lösung des Falles, aber das lag derzeit völlig außer Reichweite.

Die Ankunft der Spurensicherung bewahrte Karen davor, sich dem Trübsinn hinzugeben. Sie brachte den Leiter des Teams auf den aktuellen Stand. »Es gibt keine Anzeichen für einen Kampf, keinen Hinweis, dass jemand außer unserem Opfer hier gewesen ist. Aber ich möchte Gewissheit haben. Im Schlafzimmer ist ein Laptop. Der muss dringend nach Gartcosh geschickt werden zu Händen von Tamsin Martinu.«

Der Teamleiter schaute gelangweilt drein. Er hatte das alles schon mal gehört. Sie beide hatten schon zusammengearbeitet, als Karen noch bei der Polizei von Fife die Chefin der Cold Cases gewesen war, darum hätte sie eigentlich wissen müssen, dass er seinen Job sehr sorgfältig machte. Sie ging hinaus, um der Spurensicherung nicht im Weg zu stehen, und verzog sich in die windgeschützte Gasse. Dort schrieb sie Daisy eine Nachricht, dass diese sie abholen solle, sobald sie mit der Vermieterin fertig war. Danach ging Karen in das nächstgelegene Pub, um zu warten und zu grübeln. Das war der Teil ihres Jobs, den sie am wenigsten mochte.

* * *

Seit ihrer Begegnung vor zwei Jahren fand Karen Mary Auld sympathisch. Sie wirkte würdevoll, und auch menschlich. Aber das bedeutete nicht, dass sie über jeden Verdacht erhaben war, was das Verschwinden ihres Mannes oder den mutmaßlichen Mord an ihrem Schwager anging. Als sie das Wohnzimmer betreten hatten, wurden Karens Augen weniger von der spektakulären Aussicht als vielmehr von den Gemälden an der Wand angezogen. Sie hatten schon in der Wohnung in Edinburgh gehangen, wie sich Karen erinnerte. Aber bei dem Licht hier wirkten sie weitaus beeindruckender. Sie wusste so gut wie gar nichts über Kunst, aber sie konnte erkennen, dass Mary Aulds Geschmack in sich stimmig war.

»Das ist eine beachtliche Sammlung«, sagte sie und schwieg dann, um die Bilder zu bewundern.

»Iain und ich hatten einen recht ähnlichen Geschmack, was bildende Kunst angeht«, sagte Mary. »Wir mochten einen bestimmten Stil, der typisch für die Mitte des zwanzigsten Jahrhunderts ist. Wir haben die Auktionen in der näheren Umgebung im Auge behalten, und manchmal hatten wir Glück. Sie sind nicht besonders wertvoll, aber sie haben uns gefallen, darum haben wir sie gekauft. Ich finde es tröstlich, sie immer noch um mich zu haben. Sind Sie an Kunst interessiert, DCI Pirie?«

Karen blickte reumütig drein. »Es ist mir etwas peinlich, aber ich bin eine von denen, die sagt: ›Ich weiß nicht viel über Kunst, aber ich weiß, was mir gefällt.‹« Sie wollte das nicht weiter ausführen und zugeben, dass sie ihr spärliches Wissen den Kuratoren der Nationalgalerien verdankte, von denen sie einiges aufgeschnappt hatte, als sie vor einer Weile Fälle unaufgeklärter Kunstdiebstähle bearbeitet hatte.

»Ich glaube, ein Kunstwerk zu mögen, ist der einzige Grund, warum man es kaufen sollte«, sagte Mary und führte sie zu den Sesseln, die auf das Meer ausgerichtet waren. »Ermitteln Sie jetzt anstelle von DCI Todd?«

»Wir arbeiten zusammen. Weil ich mich mit dem Verschwinden Ihres Mannes beschäftigt habe. Es besteht die Möglichkeit, dass die Fälle zusammenhängen.«

Mary Auld lächelte matt. »Ich kann verstehen, warum Sie so denken. Zwei unerklärliche Ereignisse in ein und derselben Familie – das erweckt den Anschein, als müsste es eine Verbindung geben. Aber es liegt so viel Zeit dazwischen, dass ich mir nicht vorstellen kann, wie beides zusammenhängen sollte.« Sie spielte an dem Ehering herum, den sie nach wie vor trug, und drehte ihn fortwährend an ihrem Finger. »Aber natürlich helfe ich Ihnen, wo immer ich kann.«

Karen hatte ihren Zwischenstopp in Edinburgh eingelegt, um das Foto von Iain Auld und dem unbekannten Mann einzuscannen. Aus dem Scan hatte sie den Regierungsbeamten rausgeschnitten, sodass nur noch der andere Mann im Profil zu sehen war. Sie holte den Ausdruck aus ihrer Tasche und reichte ihn Mary. »Kennen Sie diesen Mann?«

Sie studierte das Bild gründlich mit konzentriert zusammengezogenen Augenbrauen. »Nein«, sagte sie schließlich.

»Ich kann mich nicht erinnern, ihn je gesehen zu haben. Warum? Wie hängt er mit alldem zusammen?«

»Das wissen wir nicht«, sagte Karen. »Wir haben das Foto in einer Mappe in James Aulds Apartment in Paris gefunden. Dabei war auch der Ausdruck eines Zeitungsartikels aus dem Internet über ein Feuer in einer Kunstgalerie in Brighton –« Sie reichte Mary das Blatt.

Mary betrachtete es und gab es zurück. »Wir hatten nie mit denen zu tun. Ich fürchte, das ist nicht ganz unsere Preisklasse. Ich weiß auch nicht, was das mit Jamie zu tun haben soll. Er war nicht besonders an Kunst interessiert.«

»Das ist seltsam. Denn er hatte auch noch dies.« Karen gab Mary die Liste mit Kunstwerken und Auktionspreisen.

Mary betrachtete sie eingehend und ließ ihren Finger über die Namen laufen. »Das deckt eine ziemlich breite Auswahl an Stilen und Epochen ab. Darunter sind ein halbes Dutzend YBAs – also Young British Artists. Dann ein paar europäische Künstler aus der zweiten Hälfte des zwanzigsten Jahrhunderts. Und ein paar aus den Zwanzigerjahren. Es gibt nichts, was ihnen gemeinsam wäre. Sieht mehr aus wie die Zusammenstellung einer eher allgemein gehaltenen Auktion. Eine, wie sie ein mittelgroßes Auktionshaus ausrichten würde.« Sie gab die Liste zurück. »Es gibt keinen Hinweis, um welches Auktionshaus es sich handelt. Aber das müsste sich schnell herausfinden lassen.«

»Was muss ich dafür tun?«, fragte Karen.

»Googeln Sie die Gemälde. Es sollte nicht lange dauern, Einzelheiten zu den Werken zu finden, wenn sie vor Kurzem den Besitzer gewechselt haben. Sind Sie weitergekommen in der Frage, wer Jamie umgebracht hat?«, fragte Mary. Ihr Mund verzog sich, als ihre Trauer für einen Moment die Oberhand gewann.

»Wir versuchen, uns ein Bild von seinem Leben zu machen. Von seiner Welt. Bislang können wir nicht an den Inhalt seines Laptops heran, darum ist es noch ein bisschen mühselig. Aber auf der Rückseite des Artikels über den Brand in der Kunstgalerie in Brighton haben wir etwas entdeckt. Sagt Ihnen der Name Hilary irgendetwas? Hat Jamie je eine Person mit diesem Namen erwähnt?« Karen war aufgefallen, wie Mary ihren Schwager nannte, und nahm dies nun auf. Das war eine einfache Taktik, um eine Verbindung herzustellen. »Kann eine Weile her sein, vielleicht Anfang der Neunziger?«

Mary zuckte mit den Schultern. »Da klingelt bei mir nichts.«

»Vielleicht jemand, den er über Iain kannte? Hatte Iain Freunde oder Kollegen mit dem Namen Hilary?« Karen wusste, dass sie nach Strohhalmen griff, aber Strohhalme waren alles, was sie hatte.

»Ich wünschte, ich könnte helfen«, seufzte Mary. »Ich erinnere mich vage an eine Frau namens Hilary, die für den First Minister in Bute House gearbeitet hat, aber sie gehörte nicht zu den Leuten, mit denen Iain regelmäßig zu tun hatte.«

»Ich werde jemanden darauf ansetzen«, sagte Karen. »Sergeant Mortimer hat mit den Mitgliedern von Jamies Band in Paris gesprochen, und gemeinsam haben wir seine Freundin Pascale aufgesucht. Über eine Sache, die sie uns erzählt hat, würde ich gern mehr erfahren.«

»Was hat sie denn gesagt?« Mary lehnte sich vor. Sie war eindeutig neugierig, aber Karen konnte keine Anzeichen von Verunsicherung erkennen.

»In der Woche, bevor er nach Schottland gekommen ist, reiste James nach London. Danach fuhr er für einen Tag nach Dublin. Er hat Pascale nicht erzählt, was er dort gemacht hat, alles, was er sagte, war, dass er etwas zu erledigen hätte.«

Marys Frustration war deutlich erkennbar. »Er hat mir nichts von diesen Reisen gesagt. Nicht ein Wort. Aber es ist eigenartig, dass er nach London gefahren ist. Obwohl schon so viel Zeit vergangen war, hat er es möglichst vermieden, nach London zu reisen. Ich hab ihm immer wieder gesagt, dass niemand in dem Mann, der er jetzt war, den Mann von damals wiedererkennen würde, aber er hat sich immer noch Sorgen deswegen gemacht. Er hat niemals vergessen, dass nach ihm gefahndet wurde. Er hat sogar die Durchreise durch London vermieden, wann immer es ging. Die Vorstellung, dass er ausgerechnet dorthin gefahren ist, die irritiert mich. Er muss einen sehr wichtigen Grund dafür gehabt haben.«

»Irgendeine Idee, um welchen Grund es sich gehandelt haben könnte? Hat irgendjemand ihn belästigt? Hat er irgendwas gesucht? Vielleicht etwas, das auf den ersten Blick völlig harmlos wirkt? Das vielleicht mit seiner Musik zu tun hat? Oder mit der Liste der Auktionspreise, die die Künstler erzielt haben?«

»Wie ich schon sagte: Er hat nichts erwähnt, das mit den Reisen im Zusammenhang stehen könnte. Nicht mal die Orte.«

»Wir wissen, dass er mit einem Kunsthändler in Dublin in Kontakt stand«, sagte Karen.

»Das ist mir neu. Ehrlich, ich kann mich nicht daran erinnern, je mit Jamie über Kunst oder Malerei gesprochen zu haben. Tut mir leid, ich bin genauso ratlos wie Sie.«

»Wissen Sie zufälligerweise, wer die Begünstigten in Jamies Testament sein werden?«

Die Frage schien Mary zu beleidigen. »Ich habe keine Ahnung. Ich wusste nicht einmal, dass er ein Testament gemacht hat.«

Karen lächelte. »Wir müssen das fragen.« Sie stand auf. »Ich habe gehört, dass Sie das Haus verkaufen wollen.«

Mary schüttelte mit einem sarkastischen Lächeln den Kopf. »Was? Sie denken, ich habe Jamie wegen seines Geldes umgebracht? Nein, Chief Inspector. Es ist weitaus prosaischer. Sosehr ich diesen Ausblick auch liebe, ich finde das Dorf schrecklich langweilig. Ich will zurück nach Edinburgh, da ist mehr los. Sie können gern mit meinem Bankberater sprechen, wenn Sie meine finanzielle Situation überprüfen wollen.« Sie stand aus ihrem Sessel auf und brachte sie zur Tür. »Ich fass es nicht! Als ob jemand Jamie wegen seines Geldes hätte umbringen sollen. Und wenn, dann hätte ihn eine riesige Enttäuschung erwartet.«

29

Nachdem Karen Daisy am Revier abgesetzt hatte, fuhr sie zurück nach Edinburgh. Als sie sich der Brücke Queensferry Crossing näherte, rief Jason an. »Hi Boss«, begrüßte er sie.

»Was haben Sie für mich, Jason?«

»Ich glaube, wir sind auf Öl gestoßen. Laut Kayleigh von der Kfz-Zulassungsstelle ist im November 2017 ein Skoda Yeti auf einen Barry McAndrew zugelassen worden.«

Karen jubelte vor Freude: »Gott segne Kayleigh von der Zulassungsstelle. Haben Sie eine Adresse?«

»Klar, Boss. Isherwood Ateliers, Reddish Road, Stockport. England.«

Sie stöhnte auf. »Nicht noch mehr Rumgereise! Ich komm mir schon vor wie ein ausgeleiertes Gummiband.«

»Ich könnte allein hinfahren«, bot Jason zögerlich an. »Wenn Sie zu beschäftigt sind oder so.«

»Nein, wir müssen zu zweit dorthin. Bezeugung durch Dritte, erinnern Sie sich? Auch wenn sie in England ist, handelt es sich immer noch um eine schottische Ermittlung. Beim James-Auld-Fall stecken wir zurzeit ein bisschen fest. Wenn sich daran bis morgen früh nichts geändert hat, fahren wir nach Stockport und sehen, ob wir Amanda ausfindig machen können. Oder Dani. Oder wie auch immer sie sich nennen mag. Aber es gibt keinen Grund zu hetzen. Wenn sie durch die Medienberichte über den Skelettfund aufgescheucht wurde, ist sie bereits untergetaucht. Wenn sie sich sicher fühlt, wird sie auch noch in ein oder zwei Tagen da sein.«

»Okay. Was soll ich in der Zwischenzeit machen?«

»Gehen Sie noch einmal die Akten zu Iain Auld durch. Schauen Sie, ob Sie Hinweise auf Kunst oder Künstler finden. Und achten Sie auf alles, das mit Dublin in Verbindung steht.«

Er war klug genug, nicht nach den Gründen zu fragen. »Ich kümmere mich sofort drum. Bis morgen.«

Karen überquerte die Brücke, doch heute war sie zu sehr in Gedanken versunken, um das anmutige Design zu würdigen, das an riesige Segel erinnerte, die die Autofahrer über das Meer zu tragen schienen. Sie durchforstete ihre Musikdateien, um etwas Jazziges zu finden, durch das sie sich James Auld vielleicht ein bisschen verbundener fühlen würde. Was dem am nächsten kam, war eine Playlist mit deutschen Filmkomponisten. River hatte sie ihr geschickt, als sie sich mal beschwert hatte, dass sie nichts hatte, das anspruchslos genug war, um ihr zu helfen, sich zu konzentrieren. Es war nicht das Richtige gewesen, aber die Playlist war immer noch auf ihrem Telefon. Sie drückte auf Start und hörte kein einziges Mal mehr hin.

Musik war nie besonders wichtig für Karen gewesen. Nicht, weil sie sie nicht mochte. Es war eher so, dass Musik ihr kein inneres Bedürfnis befriedigte, wie das bei anderen Leuten der Fall zu sein schien. Karen brauchte sie nicht als Spiegel ihrer Gefühle, und sie sortierte wichtige Erlebnisse ihres Lebens nicht danach ein, was gerade im Radio oder bei YouTube gelaufen war. Häufig hatte sie gehört, dass bestimmte Songs für manche Menschen wie Zeitmaschinen funktionierten: Sie hörten sie in einer Bar oder im Auto und fanden sich plötzlich in einer bestimmten Situation in ihrer Vergangenheit wieder. Karen fragte sich, wie es wohl sein mochte, Musiker zu sein; wenn das Leben durch das definiert wurde, das durch die Ohren hinein- und durch die Finger wieder hinausfloss.

Plötzlich schoss ihr durch den Kopf, dass für jemanden wie James Auld Musik das Zentrum von allem gewesen sein musste. Liebhaberinnen, Freunde, Familienmitglieder kamen und gingen, aber die Musik blieb. Was, wenn nicht die Musik, die einen am meisten ansprach, würde man als Passwort wählen?

Sie hatte gerade die Cramond Brig am Ende der zweispurigen Schnellstraße hinter sich gelassen, sodass sie jetzt an den Straßenrand fahren konnte. Sie blätterte durch ihr Notizbuch, bis sie Pascale Vargas' Telefonnummer fand. Sie tippte sie ins Handy und wartete geduldig auf das internationale Freizeichen. Es klingelte so lange, dass Karen schon dachte, sie hätte kein Glück, doch schließlich hörte sie: »*Oui, bonjour?*«

Sie atmete tief ein. »*Bonjour Pascale. C'est Commandant Pirie.* Aus *Écosse.* Wir haben uns gestern unterhalten.«

»Ah, oui, natürlich. Wie kann ich Ihnen helfen, Commandant?«

»Ich hab eine Frage. Wissen Sie vielleicht das Passwort von Pauls Laptop?«

»*Non, je ne le sais pas.* Ich kenne es nicht, das war nie nötig. Tut mir leid.«

»Okay, das war sowieso ein Schuss ins Blaue. Aber ich hab noch eine andere Frage: Hatte Paul einen Lieblingsmusiker? So was wie ein Vorbild?«

»*Mais oui.* Besonders verehrte er den Saxofonisten John Surman. Soll ich Ihnen den Namen buchstabieren?«

»Ja, bitte.« Karen tippte den Namen in ihr Telefon ein. »Vielen Dank. Sie waren mir eine große Hilfe. Bitte entschuldigen Sie die Störung.«

»Kein Problem.« Ein tiefes Seufzen. »Ich kann nicht glauben, dass er weg ist, wissen Sie? Immer wenn das Telefon klingelt, denke ich, das ist er. Es fühlt sich so unwirklich an.«

Glauben Sie mir, das kenne ich. »Wir setzen alles daran, herauszufinden, wer Paul getötet hat«, versicherte Karen. »Das wird die Schmerzen nicht lindern, aber es beantwortet ein paar Fragen.«

»Es kann gar keine sinnvollen Antworten geben, Commandant. Er war ein guter Mann, ein anständiger Mann. Ich begreife nicht, dass jemand ihn so gehasst haben soll, dass er ihn getötet hat.«

Ich kenne das Gefühl. »Es tut mir leid. Ich halte Sie über die weiteren Entwicklungen auf dem Laufenden, das verspreche ich.«

»Vielen Dank. Viel Glück bei Ihren Ermittlungen.«

Die Verbindung wurde getrennt. Karen legte den Kopf aufs Lenkrad und gab sich für einen Moment ihren eigenen Erinnerungen hin. Sie hatte wenigstens ein Ziel, auf das sie ihre Wut über den Verlust des geliebten Mannes richten konnte. Verfluchter Merrick Shand. Sie wusste nicht, wie sie ohne dieses Wissen hätte zurechtkommen sollen. Pascale war in einem Albtraum ohne Antworten gefangen, das würde ihr Leben noch auf ganz andere Weise vergiften, bis Karen den Fall lösen konnte.

Karen richtete sich auf und fuhr sich mit dem Handrücken über die Augen. Sie musste sich zusammenreißen. Google war ein weiteres Mal auf ihrer Seite: Sie fand John Surman sofort auf Wikipedia. Er war nicht nur ein virtuoser Saxofonist gewesen, sondern hatte auch Synthesizer und Bassklarinette gespielt. Wer hätte gedacht, das es so ein Instrument gab? Sie las weiter und erfuhr, dass er Free-Jazz- und Modal-Jazz-Stücke geschrieben hatte. Vermutlich fanden sich nicht allzu viele Ohrwürmer in seinem Werk. Erstaunt stellte sie fest, dass er ein Album gemeinsam mit einem tunesischen Oud-Spieler aufgenommen hatte. War das nur ein seltsamer Zufall, oder hatte es etwas mit der Notiz auf der Rückseite des Zeitungsartikels zu tun? Sie konnte sich zwar nicht vorstellen, wie eine zwanzig Jahre alte Aufnahme mit dem Mord an Auld zusammenhängen sollte, aber sie merkte es sich, um später darüber nachzudenken.

Was jedoch eventuell hilfreich war, war sein Geburtstag, der 30. August 1944. Das war ein Anfang.

Sie wählte die vertraute Nummer und war erleichtert, Tamsin Martinus schnodderige Begrüßung zu hören. »Was geht, Karen? Heute schon ein paar böse Buben in den Hintern getreten?«

»Ich habe es vorhin geschafft, jemandem ans Bein zu pinkeln, aber der Tag ist ja noch jung.«

»Richtig. Ich wusste, dass ich mich auf dich verlassen kann. Worum geht's, Schwester?«

»Du bekommst einen Laptop von der Spurensicherung Fife rein. Der gehört zur Ermittlung im Mordfall James Auld. Er ist passwortgeschützt. Ich hab das Übliche versucht, Namen und Geburtstage und so, leider ohne Erfolg. Aber jetzt kommt's. Er war Jazzmusiker. Sein Held war ein Saxofonist mit dem Namen John Surman.« Sie begann zu buchstabieren, aber Tamsin unterbrach sie.

»Ja, ja, ich kenn Surman. Er hat ein sehr cooles Album rausgebracht, *Coruscating,* das hör ich gern nachts. Du solltest es dir mal anhören in einer deiner schlaflosen Nächte.«

Karen seufzte. »Na, vielleicht. Egal, ich glaube, es würde sich lohnen, mit Surmans Daten herumzuprobieren. Geboren ist er am 30. August 1944.« Als ob Tamsin das nicht in Sekundenschnelle selbst herausgefunden hätte.

»Ich bin gespannt. Was erhoffst du dir?«

»Mir geht es vor allem um E-Mails. Alles über Dublin, London, seinen Bruder Iain. Und Gemälde.«

»Ich mag es, wenn du so präzise Vorstellungen hast. Ich knack das Ding so bald wie möglich. Wenn wir Glück haben, hat er für sein E-Mail-Konto das gleiche Passwort wie für den Rechner genutzt.«

»Steht das an erster Stelle der Warteliste?«

»Du weißt, dass ich nichts versprechen kann.«

Aber du lieferst immer. Denn meine Fälle faszinieren dich, und du willst die Antworten genauso dringend haben wie ich. »Schon gut. Denn eines Tages …«

»Wird nicht passieren, Karen. Und jetzt ab mit dir und ruinier jemand anderem den Abend.« Sie legte auf, und Karen erinnerte sich daran, dass die Chancen gut standen, dass sie genau das tun würde.

30

Karen schaute im Aleppo vorbei, um die Mezze abzuholen, die sie vom Auto aus bestellt hatte. Miran, der Geschäftsführer, hatte ihr nie die Hilfe vergessen, die sie ihnen angeboten hatte, um das Café aufzubauen; er nickte ergeben, als sie das Geld, das er von ihr nicht annehmen wollte, in die Spendendose für die Flüchtlingshilfe steckte. »Schön, dich zu sehen«, hatte er sie begrüßt.

»Freu mich auch, dich zu sehen. Wie geht's der Familie?«

Er lächelte. »Uns geht's gut. Ich habe dir ein paar Extras in die Schachtel getan, neue Gerichte, die Amina gerade ausprobiert. Sag uns, wie sie dir geschmeckt haben.«

Mirans Frau Amina war das kreative Genie in der Küche. Vor Kurzem war sie noch in Elternzeit gewesen, währenddessen war nichts Neues auf die Speisekarte gelangt, aber jetzt war offenbar wieder Normalität eingekehrt. »Aber mit Vergnügen«, sagte sie. Zumindest hätten sie und Hamish etwas, worüber sie sprechen konnten.

Als sie zu Hause ankam, schickte sie ihm eine Nachricht, bevor sie einen Rückzieher machen konnte.

Bin in einer halben Stunde da. x

Karen brauchte keine fünf Minuten zum Duschen und achtete darauf, dass ihr Haar nicht nass wurde. Sie entschied sich für eine locker sitzende Caprihose aus Leinengemisch und ein dunkelgrünes Shirt mit schwarzen Wirbeln, das sie im Ausverkauf bei Sahara gefunden hatte. Ich geb mir Mühe, aber nicht zu viel, war die Botschaft, die sie aussenden wollte. Sie deckte den Tisch, öffnete eine Flasche Shiraz und stellte sich dann vor die bodentiefen Fenster, die auf die ruhelose See hinausgingen. War Hamish in sich widersprüchlich oder einfach nur jemand, der sich mehrere Möglichkeiten offenhielt?

Als sie sich kennengelernt hatten, gleich zu Beginn eines von Karens heikelsten Fällen, hatte sie ihn nach seinem Aussehen beurteilt – ein moderner Kleinbauer in den nordwestlichen Highlands, der auf seinem Land Schafe hielt und Ferienhäuser vermietete. Allerdings hatte er ein bisschen was von einem Adonis, als wäre er mit seinem Kilt, den Arbeitsstiefeln, dem prächtigen Bart und dem langen rotgoldenen Haar direkt einer Folge von *Outlander* entsprungen. Sie hatte gehofft, das wäre ein ironisches Statement, aber der aufflackernde Zweifel, wer er wirklich war, war in Flammen aufgegangen, als sie die Küche seines Cottages betreten hatte. Die hätte besser in eine der Wohnungen des Edinburgher West Ends gepasst, die entkernt und mit Marmor und Stahl neu ausgestattet worden waren, um dann für ein kleines Vermögen verkauft zu werden. Der ganze Stolz von Hamishs Küche war eine Kaffeemaschine, die wahrscheinlich über mehr Rechenleistung verfügte, als für die erste Mondlandung nötig gewesen war. Die Tasse Kaffee, die er ihr zubereitet hatte, hatte sie trotz ihrer misstrauischen Art in den Bann gezogen.

Wenig später hatte sie Hamishs anderes Leben kennengelernt. Er besaß eine kleine Kette von hippen Coffeeshops in Edinburgh; Perk hieß sie. Er wechselte zwischen diesen beiden Welten, tauschte sein Kleinbauernoutfit gegen Skinny Jeans und Tweedjacketts über karierten Hemden. Dazu trug er einen Pferdeschwanz. *Ein Pferdeschwanz, verflucht noch mal,* hatte sie sich selbst gescholten bei ihrer ersten Begegnung mit seinem Stadt-Ich.

Und dann war da seine offene, unkomplizierte Art. Ein

ganz normaler Kerl, der seinen Lebensunterhalt bestritt. Nur, dass er mit Vergünstigungen aufgewachsen war, die Karen sich nicht mal vorstellen konnte. Beide Elternteile waren äußerst erfolgreiche Wissenschaftler. Seine Teenagerjahre hatte er in den USA verbracht, war zwischen der Privatschule in New England und dem Haus seiner Eltern in Kalifornien hin- und hergependelt und später nach Schottland zurückgekommen, um an der Uni von Edinburgh zu studieren. Der Kontrast zu Karens Herkunft aus der Arbeiterklasse in Fife hätte nicht größer sein können. Sie erinnerte sich daran, wie stolz ihre Eltern gewesen waren, als sie mit Mühe die Anzahlung für ihr damals modernes Häuschen mit zwei Schlafzimmern zusammengekratzt hatten, in dem sie ihre Teenagerjahre verbrachte. Nie war genug Geld da gewesen, um etwas zurückzulegen. Die Ferien verbrachten sie in einem Wohnwagen an der schottischen Küste, nicht an einem Strand in Mexiko oder beim Skifahren in den Adirondacks.

Aber er konnte nichts dafür, und trotz ihres tief sitzenden Argwohns gegenüber Leuten, die in ihren Augen ihre Privilegien nicht verdient hatten, erwärmte sie sich für ihn. Doch dann hatte er sich diese unaufrichtige Sache mit ihrem Ohrring geleistet, gleich am Anfang. Das hatte sie verunsichert, sodass sie nicht bereit war, auch nur einen weiteren Schritt auf ihn zuzumachen. Doch er hatte beteuert, das sei ein völlig untypisches und dummes Verhalten gewesen, etwas, das er nur getan hatte, weil er für sie mehr sein wollte als ein Zeuge in einem Cold Case.

Karen hatte sich überzeugen lassen. Schließlich war er der erste Mann seit Phils Tod, an dem sie zumindest ein bisschen interessiert war. Sie hatte gedacht, dass sie ihm vielleicht genug vertrauen könnte, um die ersten zögerlichen Schritte hin zu einer Beziehung zu machen. Und so hatten sie sich vorsichtig aufeinander zubewegt. Sie war froh, dass sie sich wegen ihres Jobs und seines doppelten Lebens nur selten sehen konnten; sie hatte keine Lust auf etwas Verbindlicheres, noch nicht – vielleicht auch nie. Sie war ohnehin schon auf der Hut wegen ihrer unterschiedlichen Erwartungen und Wünsche. Aber das, was am Montag vor dem Gefängnis geschehen war, hatte einen Keil zwischen sie getrieben. Sie wusste nicht, wie sie etwas so Tiefgehendes überwinden sollte.

Niemals hatte etwas Vergleichbares zwischen ihr und Phil gestanden. Sie hatte immer angenommen, das sei ein Zeichen dafür, wie stark ihre Liebe war. Aber vielleicht bedeutete es auch nur, dass ihre Beziehung nie so auf den Prüfstand gestellt worden war.

Ihre beiden engsten Freundinnen waren der Meinung, dass sie die Sache mit Hamish klären sollte. Sie musste doch keine Angst davor haben, den Rat anzunehmen, oder? Und war sie nicht vielleicht selbst unaufrichtig gewesen, als sie Hamish versichert hatte, er befände sich nicht in einem Konkurrenzkampf mit einem Toten? Maß sie ihn an einem absurden Standard?

Es klingelte an der Tür. Zeit für die Probe aufs Exempel. Karen drückte auf den Türöffner für die Haustür und ging, um die Wohnungstür zu öffnen. Der Fahrstuhl gab einen Ton von sich, und wenige Augenblicke später bog Hamish um die Ecke des Hausflurs. Trotz ihrer Bedenken machte ihr Herz einen Sprung, als sie ihn auf sich zukommen sah, das Haar offen und glänzend, in den Händen einen riesigen Strauß exotischer Blumen, deren Namen sie nicht kannte. Und das sagt doch alles, flüsterte die zynische Stimme in ihrem Hinterkopf. Phil hätte Narzissen mitgebracht, und sie wäre vollkommen zufrieden damit gewesen. Hamish musste natürlich eins draufsetzen.

Und sie musste lernen, die beiden nicht mehr zu vergleichen. Denn sie wusste, dass der Tote immer als Sieger daraus hervorgehen würde.

Ein paar Schritte vor ihr blieb Hamish stehen. »Ich hatte Angst, ich würde dich nie wiedersehen«, sagte er.

»Hamish, auf gar keinen Fall würde ich je aufhören, Kaffee im Perk zu kaufen.« Sie lächelte verschmitzt.

Er lächelte zaghaft zurück.

»Komm rein.«

Er drückte ihr die Blumen in die Hand und folgte ihr in die Wohnung. Karen legte den Strauß neben der Küchenspüle ab und drehte sich zu ihm um. Jetzt war nichts Trennendes mehr zwischen ihnen. Sie sah ihm in die Augen, machte dann einen Schritt auf ihn zu und legte beide Hände auf das Revers seines Mantels. Langsam hob sie ihm ihr Gesicht entgegen, während er seinen Kopf neigte. Ihre Lippen trafen sich sanft, und sie sog seinen vertrauten Duft ein. Bartöl mit Noten von Sandelholz und Eukalyptus, der vage Geruch nach gerösteten Kaffeebohnen, unterlegt von einer undefinierbaren Männlichkeit. Dem ließ sich nur schlecht widerstehen.

Und eigentlich wollte sie auch gar nicht widerstehen. Sie küssten sich ein weiteres Mal, nun weniger zaghaft, schlangen fest die Arme umeinander. »Es tut mir so leid«, flüsterte Hamish. »Ich möchte so gern alles für dich in Ordnung bringen.«

»Das ist nicht deine Aufgabe«, sagte Karen. »Du denkst, auf diese Weise zeigst du mir, wie wichtig ich dir bin. Für mich fühlt sich das an, als wolltest du mich kontrollieren.«

Er seufzte und verdrehte frustriert die Augen. »Ich versteh, was du sagst, aber es ist verdammt schwer, das umzusetzen.«

»Wie wär's, wenn du warten würdest, bis ich um Hilfe bitte, statt vorzupreschen, wenn du meinst, dass ich sie brauche?«

»Das würde aber andererseits auch bedeuten, dass du es über dich bringen müsstest, darum zu bitten.«

Sie schwieg eine Weile. »Da haben wir beide was zu lernen.« Sie gab ihm einen schnellen Kuss. »Willst du nicht den Mantel ausziehen, damit es so aussieht, als würdest du ein Weilchen bleiben?«

Hamish schälte sich aus seinem Überzieher und ging durch den Flur, um ihn aufzuhängen. Als er zurückkehrte, war Karen dabei, die Mezze aus dem Kühlschrank zu holen.

»Brauchst du Hilfe?«

»Geht schon. Die sind aus dem Aleppo.«

»Perfekt. Was für Leckerbissen«, sagte er abwesend und schob ein paar Papiere zur Seite, die auf der Frühstückstheke lagen. Als sein Blick darauf fiel, fragte er: »Warum hast du ein Bild von David Greig? Und wer ist sein Liebhaber?«

»Was?«, fragte Karen scharf und drehte sich hastig um.

Hamish wedelte mit dem Foto von Iain Auld und dem unbekannten Mann. »David Greig.«

»Das einfach nur zu wiederholen, hilft nicht«, sagte Karen. »Wer ist David Greig?«

Er tippte mit dem Finger auf den Unbekannten. »David Greig. Weißt du nicht, wer er ist? Oder besser, wer er war?«

»Nein.« Jetzt war sie hoch interessiert. Sollte Hamish die Antwort wissen, nach der sie gesucht hatte?

»Warum hast du dann ein Foto von einem Mann hier liegen, den du gar nicht kennst? Ist das Arbeit?«

»Ja, das ist Arbeit. Du weißt, dass ich dir nicht mehr sagen kann.« Sie nahm Hamish das Foto aus der Hand, und er ließ es widerstandslos geschehen. »Erzähl mir von David Greig«, forderte sie ihn auf.

»Ich kann gar nicht glauben, dass du ihn nicht kennst«,

sagte Hamish und klang zum ersten Mal seit seiner Ankunft völlig entspannt.

Gereizt sagte Karen: »Wenn ich dich mit einem Drink besteche, hörst du dann auf, mich wie eine Idiotin zu behandeln?«

Hamish grinste. »Einverstanden. Ein Glas von dem Roten würde gehen.«

Karen goss zwei Gläser ein und kam an seine Seite zurück. »Erzähl mir von David Greig.«

»Er war ein YBA. Einer aus der zweiten Welle, eher RCA als Goldsmiths College.«

»Hamish, ich versteh kein Wort. Ich habe mich als Polizistin aus den Hintergassen von Kirkcaldy hochgearbeitet. Können wir einfach davon ausgehen, dass ich einen Scheiß über diesen Scheiß weiß?« Die entspannte Stimmung, die ein paar Minuten zuvor noch geherrscht hatte, war so schal geworden wie abgestandenes Irn-Bru.

»Tut mir leid. Ich verhalt mich immer noch wie ein Angeberarsch.« Er versuchte, sie mit einem entschuldigenden Grinsen zu besänftigen. Karen verzog die Lippen, was als halbherziger Versuch zu lächeln durchgehen konnte. »RCA, Royal College of Art, und YBA, Young British Artists. Konzeptkünstler, die schockieren wollten und wussten, wie man mit Kunst Geld machte. Damien Hirst, Gillian Wearing, Tracey Emin, solche Leute.«

Karen begann zu verstehen. »Solche Leute. Haie in Formaldehyd, ungemachte Betten und Elefantendung.« Karen verdrehte die Augen. »Mir kommt das eher so vor, als hätten sie keine Kunst geschaffen, sondern eine ganze Generation von Leuten wie mich hervorgebracht, die die Köpfe schütteln und murmeln: ›Was zur Hölle soll das?‹ Die waren wie eine Maschinerie, die kulturlose Spießer aus uns anderen gemacht hat.«

Hamish gluckste. »Da kann ich dir nicht widersprechen. Ich hatte ein paar Kumpel, die in den Neunzigern Kunst studiert haben, und ehrlich, manchmal dachte ich, ihre Sachen hätten was von des Kaisers neuen Kleidern, und zwar in übersteigerter Form. Aber ich bin dennoch nach New York geflogen, um mir 2000 die Sensation-Ausstellung anzusehen.« Er schüttelte den Kopf, in seinen Augen lag ein amüsierter Ausdruck. »Ein paar Sachen fand ich ganz erstaunlich, aber meine Meinung haben die nicht geändert.«

»Und wie passt David Greig zu all diesen Kondomen und riesigen Vulvas?«

»Ein bisschen was hast du also doch mitbekommen?«

»Nur die Überschriften der Boulevardblätter. Was hat der Kerl denn nun gemacht?«

»Wie viele von denen entwickelte er einen besonderen Kunstkniff. Er hat Porträts gemacht, aber auf eine ziemlich spezielle Weise. Ausgangspunkt war eine Landschaft oder ein Gebäude, das eng mit dem Porträtierten zusammenhing. Wenn er zum Beispiel ein Bild von mir gemacht hätte, wäre er vielleicht nach Clashstronach gefahren und hätte das Tal mit dem Crofting-Haus und den Meeresarm im Hintergrund gemalt. Oder er hätte das Innere einer der Perk-Filialen genommen. Dann hätte er diese Landschaft in kleine Stücke geschnitten – Streifen, Dreiecke, Quadrate, Splitter. Und aus diesen Fragmenten hätte er dann mein Porträt zusammengesetzt.« Hamish nahm einen Schluck Wein und seufzte zufrieden.

Karen zog die Augenbrauen zusammen. »Du meinst eine Collage? Aus einem Landschaftsgemälde?«

»Genau. Ich weiß, das klingt völlig verrückt, aber irgendwie hat er es so hinbekommen, dass es funktionierte.« Er holte sein Telefon heraus und googelte »David Greig Tony Blair«. Auf dem Display erschien ein Bild des früheren Premierministers, das fast wie ein Foto wirkte, nur dass die Farben ein sonderbares Spektrum an Grau- und Blautönen abdeckten, mit gelegentlichen Schattierungen von Grün. »Bei dieser Größe kann man es nicht sehen, aber dem liegt ein Gemälde des Fettes College zugrunde, wo Blair zur Schule gegangen ist. Greig hatte ein Foto von dem ursprünglichen Gemälde gemacht und es neben dem Porträt ausgestellt.«

Karen schüttelte den Kopf. »Das ist gewitzt. Aber ist es auch Kunst?«

»Ich denke, es geht darum, dass wir unsere Wahrnehmung hinterfragen. Dass der Kontext, in dem sich eine Person befindet, beeinflusst, wie wir sie sehen.«

Sie stöhnte. »Drück's doch einfacher aus. Das ist doch reines Gepose.«

»Vielleicht, aber Gepose auf hohem Niveau.«

»Mir kommt das wie reine Verschwendung vor. Du hast vorhin gesagt: ›Wer er ist. Oder besser, wer er war.‹ Was hast du damit gemeint? Ist er in Ungnade gefallen?«

»Er hat sich umgebracht«, antwortete Hamish. »Ich kann mich nicht mehr an alle Einzelheiten erinnern, aber er hat sich von einer Klippe gestürzt. Seine Leiche wurde zwar nicht gefunden, doch es ist nicht so wie bei dem Typen von den Manic Street Preachers, der einfach verschwand. Greig hatte seine Kleidung und seine Brieftasche auf der Klippe zurückgelassen. Ich meine, mich dunkel an einen Abschiedsbrief zu erinnern.«

»Wann war das?« Sie zwang sich, möglichst ungezwungen zu klingen. Zwei Männer auf einer Fotografie. Dieser liebevolle Blick. Der eine verschwindet, der andere bringt sich um, aber seine Leiche taucht nie auf. Sie glaubte nicht an solche Zufälle. Aber Glauben nützte nichts ohne Beweise.

Hamish stieß geräuschvoll die Luft aus. »Weiß ich nicht mehr. Muss zehn, zwölf Jahre her sein. Hilft dir das irgendwie?«

»Zu wissen, dass das Greig ist, ist ein großer Schritt in die richtige Richtung. Ich weiß nicht, wohin mich das führt, aber es ist eine Spur.« Aus einem Impuls heraus nahm sie den Zeitungsausschnitt und drehte ihn um. »Ich geh mal nicht davon aus, dass du weißt, wer Hilary sein könnte im Zusammenhang mit der Welt der Kunst?«

Hamish betrachtete die hingekritzelten Zeilen auf der Seite. »War dein Typ vielleicht in Oxford?«

Karen starrte ihn mit offenem Mund an. »Wie bist du denn darauf gekommen?«

Hamish deutete beim Sprechen auf die einzelnen Zeilen: »Nun, OUDS ist die Oxford University Dramatic Society, und das Frühlingstrimester wird dort Hilary genannt. In diesem Zusammenhang würd ich vermuten, dass ›12 NT‹ für die Aufführung von *Twelfth Night* steht – *Was ihr wollt*, von Shakespeare.«

Er sagte das so beiläufig, als wäre es völlig offensichtlich. Karen hingegen wurde schmerzlich bewusst, wie unbekannt ihr dieses Terrain war. »Das hab ich nicht gewusst«, sagte sie. »Warum sollten die ein Uni-Trimester Hilary nennen? Das ist albern. Ich war davon ausgegangen, dass Hilary eine Person ist.«

»Vielleicht ist es nach einem Heiligen benannt worden. Nach dem Schutzheiligen der Doktorhüte oder ähnlichem Unsinn. Ich hätte das Gleiche wie du vermutet, allerdings bin ich mal mit einem Mädchen ausgegangen, das unbedingt Theaterschauspielerin werden wollte. Sie stand oft auf der Bühne, als sie in Oxford war. Sie hat immer von der OUDS gesprochen, als wär das die Royal Shakespeare Company.« Mit einem hilflosen Lächeln schob er sich die Haare aus dem Gesicht. Karen wurde klar, dass er versuchte, ihr nicht das Gefühl zu geben, unzulänglich zu sein.

»Und? Hat sie es geschafft?« Karen war das eigentlich egal, aber es schien die einfachste Reaktion zu sein.

Er grinste. »Sie arbeitet in der Personalabteilung einer Anwaltskanzlei in der Londoner City.«

»Da bist du gerade noch mal davongekommen.«

Er lachte. »In mehr als einer Hinsicht, Karen. Ich bin hier viel glücklicher, als ich es in ihrer Wohnung in den Docklands je hätte sein können.«

Karen nahm den Artikel, um seinem Blick auszuweichen. »Also glaubst du, dass das hier was zu tun hat mit der Aufführung von *Was ihr wollt* im – was? Im Hilary-Trimester 1992 oder 1993?«

»Passt das irgendwie zu deiner Ermittlung?«

Das tat es, aber das würde sie ihm nicht sagen. »Hör auf nachzuhaken.« Karen lehnte sich vor und gab Hamish einen Kuss. Sie lechzte danach, mehr über David Greig herauszufinden, aber ihr war klar: Das konnte warten. Niemand würde vor dem nächsten Morgen sterben. Sie hielt sich vor Augen, dass es heute Abend darum ging, die Sache zwischen ihr und Hamish wieder geradezurücken. Sie zog ihn auf seine Füße. »Zeit für die Mezze. Ich hab heute kaum was gegessen, und da du jetzt hier bist, muss ich bei Kräften bleiben.« Sie stellte sich auf die Zehenspitzen und küsste ihn. Dann nahm sie seine Hand und führte ihn zum Tisch.

Er zögerte, sich hinzusetzen. »Dann ist alles wieder gut? Mir wurde vergeben?«

Karen sah ihn an. »Ich möchte nicht, dass es mit uns vorbei ist, Hamish. Aber wir müssen ehrlich miteinander sein, wenn einer von uns sich unwohl fühlt mit dem, was der andere sagt oder tut. Das gilt für dich genauso wie für mich.«

Hamish blickte auf den Tisch. »Ich versuch's.« Dann sah

er auf und schenkte ihr ein entwaffnendes Grinsen, das seine Wirkung bei ihr nie verfehlte. »Das Dumme ist, ich hab nichts dagegen, wenn du einen Streit anfängst. Ich mag die Herausforderung.«

»Dann hör auf, mich besänftigen zu wollen. Und jetzt setz dich und iss.«

»Willst du nicht an den Laptop und zu David Greig recherchieren?« Er warf ihr einen schelmischen Blick zu und nahm Platz.

Er kannte sie besser, als sie zugeben mochte. Karen verzog das Gesicht. »Tote Männer können warten. Ganz besonders, wenn ich einen lebendigen hab, den ich zu meinem Vorteil nutzen kann.«

31

Samstag, 22. Februar 2020

Karens Augen sprangen auf. Die Anzeige ihres Weckers verriet ihr, dass es 4:27 Uhr war. Neben ihr schnarchte Hamish leise, aber das war es nicht gewesen, was sie geweckt hatte. Sie hatte geträumt, irgendwas mit Meer. Sie hatte aufs Meer geschaut? Was es auch gewesen war, es entschlüpfte ihrem Bewusstsein, war zu schnell verschwunden, um es festhalten zu können. Sie stand vorsichtig auf und fröstelte nackt in der Nachtluft. Auf dem Weg aus dem Schlafzimmer zog sie ihren Bademantel über, denn ihr war klar, dass sie heute Nacht keinen Schlaf mehr finden würde. Die Selbstvergessenheit, die ihr guter Sex verschaffte, war begrenzt.

Leise schloss sie die Tür und ging ins Wohnzimmer. Dort schaltete sie die Heizung und die Schreibtischlampe neben ihrem Laptop ein. Sie hätte sich gern einen Kaffee gekocht, aber das Mahlen der Kaffeebohnen hätte unweigerlich Hamish geweckt, und es gab keinen Grund, warum sie beide morgen unausgeschlafen sein sollten. Sie machte es sich mit einer Dose zuckerfreiem Irn-Bru bequem; irgendeine Dosis Koffein war besser als gar keine.

Karen saß eine ganze Weile sinnierend vor dem dunklen Bildschirm und genoss das Kribbeln der Vorfreude. Es war erst ein paar Tage her, dass sie das Foto von Iain Auld und David Greig gefunden hatte, aber es kam ihr vor, als hätte das Rätsel um den zweiten Mann sehr viel länger an ihr genagt. Da sie jetzt die Antwort hatte, wollte sie den Moment ein bisschen auskosten, bevor es anstrengend wurde.

Sie startete den Rechner und tippte »David Greig Künstler« in das Suchfeld. Es mochte rund zehn Jahre her sein, dass Greig verschwunden war, aber das Internet hatte ihn nicht vergessen. Rund 1,25 Millionen Treffer. Wikipedia war ihr erster Anlaufpunkt. Natürlich mit der gebotenen Vorsicht, denn der Beitrag konnte mit unterschwelliger Häme oder Schwärmerei verfasst worden sein. Trotzdem hätte sie etwas, mit dem sie beginnen konnte.

David Greig (1969–2010) war ein englischer Konzeptkünstler, der zur Young-British-Artists-Bewegung gezählt wurde. Sein Porträt von Ali Smith schaffte es auf die Shortlist für den Turner Prize 2002.

Frühe Jahre

Greig wurde in Manchester geboren und wuchs bei seiner alleinerziehenden Mutter auf. Er besuchte die Burnage High School für Jungen. Er machte einen Bachelor-Abschluss am Edinburgh College of Art und einen Master am Royal College of Art.

Die Verbindung zu Edinburgh weckte ihr Interesse. Sie machte sich eine Notiz, nachzuprüfen, ob irgendwer, der Greig unterrichtet hatte, dort noch lehrte. Das wäre garantiert eine Stunde ihrer Zeit wert.

Künstlerische Tätigkeit

Vorrangig war er an Porträtmalerei interessiert und entwickelte schnell ein einzigartiges Verfahren, das Landschaftsmalerei, Collagetechniken und Multimedia kombinierte, um bestimmte Personen zu porträtieren. Die Landschaftsräume hatten immer eine enge Verbindung zu den Porträtierten. Ihm ging es darum zu zeigen, in welcher Weise sich unsere Persönlichkeit aus vielen Fragmenten zusammensetzt. Sein Werk galt als zugänglicher als das vieler seiner Zeitgenossen der YBA, nicht zuletzt, weil er vor allem Personen des öffentlichen Lebens porträtierte: Politiker, Popstars, Schauspieler, Schriftsteller. Schon früh erzielten seine Werke höhere Preise, als üblicherweise für zeitgenössische Kunst gezahlt wurden. Dem gegenüber stand ein relativ moderater Output, gemessen an Zeit und Aufwand, die seine Methode erforderte. Er schuf selten mehr als drei oder vier Bilder pro Jahr.

Karen überflog die Angaben zu Ausstellungen, Galerien und kritischen Stimmen zu Greigs Werk und scrollte dann runter zu dem Abschnitt, der sie am meisten interessierte.

Tod

Greig beging am 10. Juni 2010 Selbstmord.

Dieser Satz ließ sie aufmerken. Drei Wochen nach Iain Aulds Verschwinden verschwand auch der Mann, der in einem intimen Moment mit ihm abgelichtet worden war. Aufgeregt las sie weiter.

Gegenüber Freunden hatte er beklagt, dass er sich nach dem Ende einer Beziehung niedergeschlagen fühlte. Seine Kleidung, Schuhe und Brieftasche wurden ordentlich zusammengelegt auf den Gogarth-Klippen auf Anglesey gefunden. In seiner Jackentasche steckte ein Abschiedsbrief, der bei der gerichtlichen Untersuchung seines Todes verlesen wurde. Darin schrieb er, seine Kreativität sei versiegt, als sein Liebhaber ihn verlassen habe, und er wolle nicht weiterleben, wenn er nicht in der Lage wäre zu malen. Seine Leiche wurde niemals gefunden.

Wirkung
Sein Werk wird nach wie vor von Kritikern geschätzt und ist auch bei Sammlern weiterhin beliebt. Bei Auktionen erzielt es gute Preise, besonders, da mehrere seiner Porträts 2017 bei dem katastrophalen Brand in der Goldman-Galerie zerstört wurden. Viele seiner Porträts waren an Privatleute verkauft worden, und von Zeit zu Zeit kommt eines davon auf den Markt. In den letzten zehn Jahren tauchten acht unbekannte Werke auf. Deren Authentizität steht außer Zweifel, da Greig eine einzigartige Methode hatte, die Echtheit seiner Werke zu bezeugen. Er verankerte Proben seiner Fingernägel auf der Rückseite der Leinwände. »Mein Agent verfügt über Gegenproben meiner DNA. Sollte jemand an der Echtheit meiner Arbeit zweifeln, kann er einen der Nagelabschnitte testen lassen, um die Sache abzuklären«, sagte er einem Journalisten, der zur Frage der Authentifizierung in der zeitgenössischen Kunstwelt recherchierte, die das Konzept der »Factory« und deren Kunstproduktion verfolgte. Anhänger verglichen dieses System mit den Werkstätten der Renaissancekünstler.

Was musste das für ein Gefühl sein, in einem Bereich zu arbeiten, in dem das, was du tust, nach deinem Tod mehr wert ist als vorher, fragte sich Karen. Phil Parhatka war einer der engagiertesten Cops gewesen, mit denen sie je zusammengearbeitet hatte. Die Arbeit, die er geleistet hatte, besonders in seiner letzten Position bei der Murder Prevention Unit, hatte Leben verändert und Zukunftsperspektiven eröffnet. Aber wer erinnerte sich noch an ihn, abgesehen von ihr, seiner Familie und einer Handvoll vertrauter Freunde? Würde sie selbst noch zehn Jahre nach seinem Tod um ihn trauern? Würde sie sich nach wie vor in ihren Erinnerungen verlieren, würde ihr das, was er getan hatte, dann sogar noch wertvoller erscheinen? Würden die Frauen und Kinder, deren Leben er gerettet hatte, sich noch an seinen Namen erinnern? Und dann gab es da David Greig, einen Mann, der nie ein einziges Leben gerettet hatte und der immer noch verehrt wurde und in Dutzenden von Büchern und Artikeln Erwähnung fand. Wo war da die Gerechtigkeit?

Für einen Moment vergrub sie ihren Kopf in den Händen. Gedanken wie diese waren der schnellste Weg, sich schuldig zu fühlen. Wegen des Mannes, der in ihrem Bett schlief; und das war unfair gegenüber Hamish – und gegenüber ihrer eigenen Zukunft. Karen knurrte tief in ihrer Kehle und richtete sich wieder auf. Sie kannte nun die grundlegenden Fakten. Jetzt war es Zeit für das, was die Medien aus Greigs Tod gemacht hatten.

Als Erstes nahm sie sich das trashigste der Boulevardblätter vor. BRIT-ART ENFANT TERRIBLE VON KLIPPE GESTÜRZT brüllte die Überschrift.

> Der Künstler und Multimillionär David Greig, 41, hat sich nach Überzeugung der Polizei von einer Klippe in den Tod gestürzt.
> Der schwule, für seinen exzessiven Drogenkonsum auf Partys bekannte David hinterließ einen herzzerreißenden Abschiedsbrief auf den steilen Klippen von Anglesey, North Wales.

»Er hatte eine Trennung hinter sich und seine Schaffensfreude verloren. Ohne seine Kunst und seinen Liebhaber konnte er nicht weiterleben«, so ein Freund.

Karen hätte ihre Wohnung darauf verwettet, dass der zitierte »Freund« eine Erfindung war. Sie überflog den Rest und merkte sich lediglich, dass Greigs Auto unverschlossen auf dem nahe gelegenen Parkplatz des South-Stack-Leuchtturms gefunden worden war und dass Greig als Kind auf Anglesey die Ferien verbracht hatte.

Eines der anderen Boulevardblätter hatte einen Ex-Freund ausgegraben. Neben skurrilen Geschichten über Drogen und sexuelle Ausschweifungen fand sich auch die Einlassung, dass Greig sich in den letzten Jahren aus gesundheitlichen Gründen zurückgehalten hatte. »Er hatte mehr oder weniger aufgehört, heftig zu feiern«, las Karen. »Ich weiß, dass er eine neue Beziehung hatte, aber er hielt sich sehr bedeckt, was sein Privatleben anging. Vor ein paar Monaten hieß es dann, dass er abserviert wurde und völlig verzweifelt sei.«

Karen runzelte die Stirn. Das Timing war interessant. Falls der Ex-Freund sich nicht irrte, war Greig rund vierzehn Tage vor Iain Aulds Verschwinden das Herz gebrochen worden. Und wenn Auld seine heimliche Liebe gewesen war, gäbe Greig einen perfekten Hauptverdächtigen ab. Ein abgewiesener Liebhaber, der über Trauer und Wut den Verstand verloren hatte, passte äußerst gut ins Bild. Und es erklärte Greigs Selbstmord. Überwältigt von Schuldgefühlen, war er an den Ort zurückgekehrt, an dem er einst glücklich gewesen war, und hatte sich das Leben genommen. Wie aus dem Lehrbuch, dachte sie.

Und doch, und doch … Ihrer Erfahrung nach waren lehrbuchmäßige Verbrechen häufig die Ausrede für eine nachlässige Ermittlung; um sich mit dem Offensichtlichen zu begnügen und nicht nach verborgenen Wahrheiten zu suchen. In ihrem Hinterkopf konnte sie Phils Stimme hören: »Wo ist der Beweis, Karen? Ein einziges Foto. Das ist alles, was du hast. Wie passt die Universität Oxford da rein? Du weißt nicht mal, ob die OUDS *Was ihr wollt* 1992 oder 1993 gespielt hat. Und was hat das mit dem Brand in der Galerie fünfundzwanzig Jahre später zu tun?« Sie hatten oft auf diese Weise ihre Beweisführung aneinander getestet. Hatten sich gegenseitig hinterfragt, die Theorien auseinandergenommen, bis nur noch die puren Fakten übrig blieben.

Wenn diese bequeme Erklärung, was Iain Auld zugestoßen war, der Wahrheit entsprach, hatte das grundlegende Konsequenzen für die Ermittlungen im Mord an seinem Bruder. Es würde bedeuten, dass der jüngste Tod in keiner Weise mit dem zusammenhing, was Iain passiert war. Eigentlich müsste sie sich jetzt darauf konzentrieren, ein paar Beweise zu finden, die ihre Hypothese untermauerten, und den aktuellen Fall an Charlie Todd zurückverweisen. Dem Hundekuchen berichten, dass der Fall keine politischen Implikationen hatte, sodass jeder im schottischen Establishment erleichtert aufseufzen konnte. Das wäre die naheliegende Vorgehensweise.

Aber aus irgendeinem Grund wollte sie den Fall noch nicht loslassen. »Du bist so verdammt besitzergreifend«, murmelte sie. Weil sie schon so viel Arbeit reingesteckt hatte, war ein Teil von ihr überzeugt, dass sie einen Anspruch darauf hatte, dem Faden durchs Labyrinth zu folgen. Es konnte sicherlich nicht schaden, die Verbindung zum Edinburgh College of Art nachzuverfolgen, obwohl sie keine Ahnung hatte, ob sich nach dreißig Jahren noch jemand finden ließ, der Greig unterrichtet hatte.

Karen streckte sich und gähnte. Die Uhr ihres Computers

zeigte 6:43 Uhr. Die Zeit verging wie im Fluge, wenn sie sich im Internet in den Details verlor. Sie wollte gerade ihr E-Mail-Programm anklicken, als sie hörte, wie die Tür geöffnet wurde. Sie drehte sich um und sah Hamish im Flur, zerzaust und gähnend. Sie war nicht überrascht; sein zweifaches Lebenskonzept, einen Pachthof und eine Coffeeshop-Kette zu führen, hatte aus ihm einen Frühaufsteher gemacht. »Ich hab gar nicht gehört, wie du aufgestanden bist«, sagte er.

»Da bin ich aber froh, dass ich dich nicht geweckt hab.«

»Arbeitest du? Soll ich Kaffee machen?«

»Du kennst mich so gut. Ich check nur schnell meine E-Mails, dann komm ich zu dir.« Karen drehte sich zurück zum Bildschirm; das vertraute Grummeln und Fauchen der Kaffeemaschine begleitete sie, während sie sich durch einen Haufen Routinemails arbeitete.

»Wir könnten ins Malmaison gehen, um zeitig zu frühstücken«, schlug Hamish vor und reichte ihr einen dampfenden Becher.

»Ich hab zu viel zu tun heute.« Sie milderte ihre Zurückweisung ab, indem sie den Kaffee abstellte und ihn küsste. »Das ist deine Schuld«, fügte sie hinzu und spielte mit der Locke hinter seinem Ohr. »Du hast mir einen hervorragenden Hinweis gegeben.«

Er lachte bedauernd. »Ich war schon immer mein schlimmster Feind.«

32

Jason schwang sich auf seinem Drehstuhl herum, als Karen das HCU-Büro betrat. »Fahren wir jetzt nach Stockport, Boss?«, fragte er so aufgeregt wie ein kleines Kind am ersten Tag der Schulferien.

»Später vielleicht«, erwiderte sie. »Es gibt ein paar Sachen, die ich vorher regeln muss.«

Er sah enttäuscht drein. »Oh. Okay. Was soll ich in der Zwischenzeit erledigen?«

»Wir wissen, wo das Auto auf Barry McAndrew zugelassen wurde. Das ist im Augenblick unsere beste Spur. Vielleicht können wir uns ein bisschen Rumgerenne sparen, nicht dass wir hinfahren, und unsere vermisste Person ist längst woanders. Durchforsten Sie Wähler- und Gemeindesteuerverzeichnisse nach Daniella Gilmartin, Barry McAndrew und Amanda McAndrew. Probieren Sie es noch mal bei der Steuer- und Zollbehörde, beim Sozialamt, checken Sie, ob Dani den gefürchteten Universal Credit beantragt hat.« Das war eigentlich Beschäftigung um der Beschäftigung willen, aber Jason das Gefühl zu geben, nützlich zu sein, war immer etwas Gutes.

»Okay.« Er wandte sich seinem Bildschirm zu, drehte sich dann aber wieder um. »Boss?«

»Jason.«

»Wenn jemand einem anderen einen Ring kaufen wollte, wie könnte er herausfinden, welche Größe er braucht?« Seine Ohren glühten pink.

»Sie wollen Eilidh fragen, ob sie Sie heiratet?« Karen hoffte, dass er ihr ihre Überraschung nicht anhörte. Eilidh war ein wirklich nettes Mädchen; aber sie hatte nicht gedacht, dass es so ernst war. »Ist das nicht ein bisschen früh?«

»Wir kennen uns jetzt seit fast einem Jahr. Und ich mag sie wirklich«, sagte er. Die Röte kroch von seinem Hals hoch zu seinen Wangen. »Und ich glaube, sie mag mich auch sehr, und wir kommen toll miteinander aus. Ich hab noch nie jemanden gekannt, mit dem ich so zusammen sein wollte wie mit ihr.«

Karen spürte, wie aufrichtige Freude in ihr aufstieg. Ihre anfängliche Frustration über Jasons Grenzen hatte sich gewandelt in tief empfundene Wärme und Respekt für seine Bereitwilligkeit, hart zu arbeiten. Er beschwerte sich nie, auch wenn sie ihm Aufgaben aufbürdete, die wegen ihrer langweiligen Routine ihr selbst die Tränen in die Augen getrieben hätten, und sie konnte nicht leugnen, dass er sich deutlich weiterentwickelt hatte, seit er damals ins Team gekommen war. Aber vor allem hatte er zu Phil aufgeblickt und ihn verehrt wie den großen Bruder, den er sich anstelle des schwachen und unmoralischen Ronan gewünscht hätte. Wie konnte sie sich nicht über das Glück von jemandem freuen, dem Phil so am Herzen gelegen hatte? Und wenn er Eilidh dieselbe Loyalität entgegenbrachte, wer war sie, »ihr seid zu jung« zu sagen?

»Alles gute Gründe, um ihr einen Ring an den Finger zu stecken. Trägt sie Ringe?«

»Nicht, wenn sie arbeitet. Sie meint, sie müsste aufpassen, dass sie sich damit nicht im Haar ihrer Kundinnen verheddert. Es wär kein Problem, wenn sie Herrenfriseurin wär. Aber als Damen-Stylistin könnte sie sich mit einem ausgefallenen Ring leicht Probleme einhandeln.«

»Und wie ist es, wenn ihr ausgehen wollt und sie sich schick macht?«

Jasons Brauen zerfurchten sich, während er nachdachte.

»Manchmal schon«, sagte er nach einer Weile. »Sie hat so große Ringe. So Klunker, wenn Sie verstehen, was ich meine.«

Karen lächelte. »Alles, was Sie machen müssen, ist, heimlich einen Ring aus ihrem Schmuckkasten zu nehmen und ihn zu einem Juwelier zu bringen. Dort kann man Ihnen sagen, welche Größe er hat. Und das ist eine ziemlich gute Hilfe. Wenn der Ring am Ende ein bisschen zu groß ist, lässt er sich problemlos etwas kleiner machen. Achten Sie nur darauf, dass Sie keinen Ring für den kleinen Finger erwischen.« Bei Jason war es nie verkehrt, das Naheliegende auszusprechen.

Sein Gesicht leuchtete auf. »Danke, Boss. Das ist eine hervorragende Idee.«

»Viel Glück, Jason. Ich hoffe, sie weiß, dass sie bereits einen Diamanten gefunden hat, und sagt Ja.«

Freudestrahlend erwiderte er: »Davon weiß ich nichts, aber ich sag ihr, dass Sie das gesagt haben.«

»Und – Jason?«

»Ja?«

»Sagen Sie ihr auch, dass ich ihr die Beine breche, wenn sie Ihnen das Herz bricht.«

Seine Augen weiteten sich vor Schreck. »Sie machen Witze, oder?«

»Glauben Sie?« Sie verzog die Lippen zu einem feinen Lächeln. »An die Arbeit jetzt.« Sie richtete ihre Aufmerksamkeit auf den Monitor. Sie fragte sich, ob es sich lohnen würde, nach jemandem am College of Art zu suchen, der sich an David Greig als Student erinnerte. Vermutlich war das nicht die Art von Einrichtung, bei der es Jahrbücher gab und Fotos bei der Immatrikulation gemacht wurden. Dennoch: Wer nicht wagt, der nicht gewinnt. Schnell fand sie im Internet eine E-Mail-Adresse für die Alumni-Organisation des

Colleges. Sie schrieb dorthin mit der Bitte, sie zu kontaktieren. Aber vor Montagmorgen würde wahrscheinlich niemand die Mail lesen.

Da Hamish die Bedeutung der Zeilen auf der Rückseite des Zeitungsausdrucks herausgefunden hatte, wollte sie als Nächstes schauen, ob Mary Auld Licht in die Sache bringen konnte. Für einen Moment spielte sie mit dem Gedanken, Daisy hinzuschicken, aber Karen musste sich eingestehen, dass sie Marys Reaktion selbst erleben wollte.

Das Telefon klingelte eine ganze Weile, bevor jemand ranging. »Hier spricht Mary Auld«, sagte die merkwürdig förmlich.

»DCI Pirie. Tut mir leid, dass ich Sie noch mal stören muss, aber es gibt etwas, das ich Sie fragen möchte.«

»Es wäre besser, wenn das eher nützlich als störend wäre, Chief Inspector«, seufzte Mary. »Wie kann ich Ihnen helfen?«

»Haben Sie Ihren Mann schon gekannt, als er noch in Oxford war?«

»Nein, wir haben uns erst kennengelernt, als er schon in Edinburgh lebte. Warum fragen Sie?«

»Mir ist klar, dass das jetzt ein bisschen seltsam klingt, aber wir verfolgen bei einer Ermittlung jede Spur. Wissen Sie vielleicht, ob Iain geschauspielert hat, als er noch Student war?«

Mary blieb einen Moment still. Karen interpretierte das als verblüfftes Schweigen, aber sie hatte sich geirrt. »Es ist sehr merkwürdig, dass Sie das fragen«, sagte Mary langsam. »Ja, hat er. Er hatte sich für das Laientheater an der Uni begeistert, auch später noch. Na ja, als er zwanzig war. Aber dass Sie fragen, ist gar nicht das, was daran merkwürdig ist.«

Manchmal veränderte sich der Ton einer Unterhaltung, und Karen wusste, dass sie gleich etwas Wichtiges hören würde. Nicht immer verstand sie dann sofort, was daran bedeutsam war, aber das Gefühl veranlasste sie immer, das Gesagte geistig mit einem Sternchen zu versehen. »Und was ist das Merkwürdige daran, Mary?«, fragte sie behutsam.

»Vor ein paar Wochen bekam ich einen Telefonanruf von einer Frau mit dem Namen Verity Foggo. Sie ist Schauspielerin. Manchmal ist sie im Fernsehen zu sehen, aber hauptsächlich arbeitet sie beim Theater. Iain kannte sie aus Oxford, sie hatten gemeinsam bei einer Shakespeare-Aufführung mitgewirkt.«

Karen merkte, dass sie die Luft angehalten hatte, und atmete langsam aus. »Wissen Sie noch, bei welchem Stück?«

»Es war *Was ihr wollt*. Verity spielte Viola und Iain Antonio.«

»Und sie hat Sie einfach so aus heiterem Himmel angerufen?«

»Ja, es kam völlig überraschend. Wir waren ein paarmal was trinken gegangen, damals in London. Aber nach der Gedenkfeier für Iain hatten wir keinen Kontakt mehr.«

»Warum hat sie sich bei Ihnen gemeldet?«

Wieder schwieg Mary einen Augenblick. »Das war ziemlich eigentümlich. Sie hat mich gefragt, ob ich noch Kontakt zu Jamie hätte. Ich erklärte ihr, dass die Polizei ihn als Verdächtigen bei Iains Verschwinden betrachtet hätte und er untergetaucht sei, als er es nicht mehr ausgehalten hatte. Sie meinte, das wüsste sie alles, aber sie könne sich nicht vorstellen, dass Jamie jeden Kontakt zur Familie abgebrochen hätte. Sie sagte, sie hätte gern Jamies E-Mail-Adresse, damit sie ihn erreichen könne.« Mary klang irritiert.

»Das versteh ich nicht. Warum wollte sie Kontakt mit Jamie aufnehmen?«

»Ja, das ist das Komische daran. Ich bin mir nicht ganz

sicher. Sie sagte, sie hätte Jamie kennengelernt, als Iain in Oxford war. Sie wären ein- oder zweimal miteinander ausgegangen. Das war mir völlig neu.«

»Na gut, aber warum wollte sie ausgerechnet jetzt mit ihm Kontakt aufnehmen?«

»Sie hat mir eine Geschichte erzählt von einem Wasserrohrbruch in ihrem Keller. Offenbar ist dabei eine Kiste mit Erinnerungsstücken beschädigt worden, darunter auch Fotos von der Produktion von *Was ihr wollt.* Jamie hatte damals Fotos von der Aufführung gemacht, und sie wollte ihn anschreiben in der Hoffnung, dass er immer noch die Negative oder zumindest ein paar Abzüge hätte.«

»Was haben Sie ihr gesagt?«

»Ich sagte, selbst wenn ich wüsste, wie ich Kontakt zu Jamie aufnehmen könnte, wäre ich nicht so dumm, irgendjemandem Details zu verraten. Soweit ich wisse, sei er für die Polizei immer noch ein Verdächtiger, was Iains Verschwinden angeht. Und nebenbei, warum hätte er beim Untertauchen Fotos von ihr mitnehmen sollen?«

Karen konnte sich auf all das keinen Reim machen. Das passte zu keiner ihrer Theorien. Und ganz sicher trug es nichts zur Klärung von James Aulds Tod bei. »Wie sind Sie mit ihr verblieben?«

»Ich hab ihr gesagt, dass ich ihr nicht helfen kann.«

»Haben Sie Jamie davon erzählt?«

»Ja, klar. Warum hätte ich ihm das verheimlichen sollen? Ich erwähnte es bei unserem nächsten Telefonat. Er war genauso verdutzt wie ich.«

»Wissen Sie, ob er sich bei ihr gemeldet hat?«

»Er hat nichts davon gesagt, also denk ich mal, dass er es nicht getan hat. Ich mein, warum sollte er? Eine selbstsüchtige Schauspielerin, die glaubt, er würde fast dreißig Jahre lang Fotos von ihr mit sich rumtragen? Ich weiß, es ist ein

Klischee, aber ehrlich – Schauspieler … Es muss immer um sie gehen, oder etwa nicht?«

Karen kannte nur wenige Schauspieler, aber ihrer Erfahrung nach waren deren Egos nicht monströser als die aller anderen. Wenn überhaupt, dann waren sie zerbrechlicher, weil ihr Leben davon abhing, dass andere eine gute Meinung von ihnen hatten. Aber sie wollte sich nicht mit Mary Auld darüber streiten. »Stimmt wohl. Ich bin sicher, Jamie hätte es Ihnen erzählt, wenn er sich bei ihr gemeldet hätte. Wahrscheinlich hat er sich die Notizen, die wir gefunden haben, gemacht, als Sie beide miteinander telefoniert haben.«

»Das klingt logisch.«

»Tut mir leid, dass ich Sie mit etwas so Banalem belästigt habe. Aber bei einer Morduntersuchung müssen wir alles ausschließen, egal, wie banal es scheint.«

»Ich versteh schon. Ich wünschte nur, Ihre Kollegen wären so gründlich gewesen, als Iain verschwand«, entgegnete sie scharf.

Damit beendeten sie das Gespräch. Karen starrte auf den Namen, den sie sich notiert hatte. Verity Foggo. Wie passte sie ins Bild? Passte sie überhaupt hinein? Oder war sie so etwas wie ein Puzzleteil, das zu einem anderen Spiel gehörte? Ihr Kopf brummte von all den vielen unverbundenen Einzelteilen des Falls, ganz zu schweigen von der Sache mit dem Skelett im Camper, die es auch noch zu klären galt. Sie brauchte einen menschlichen Resonanzkörper, jemanden, dessen Urteil sie vertrauen konnte. Früher war das Phil gewesen – und dies war der einzige Bereich, in dem Hamish ihn niemals ersetzen konnte.

Sie seufzte und googelte Verity Foggo. Nach den Suchergebnissen zu urteilen, arbeitete sie mehr als andere Schauspieler. Sie schien eine von denen zu sein, die nie die Hauptrolle bekamen, aber sehr oft in der Mitte der Besetzungsliste auftauchten. Karen klickte auf »Bilder«. Verity Foggo kam ihr vage bekannt vor, und sie stellte fest, dass sie in mehreren TV-Serien mitgespielt hatte, die Karen gesehen hatte. Aber bei einer Gegenüberstellung hätte sie sie nicht identifizieren können. Sie sah sich ihr Twitter-Profil an und entdeckte, dass sie derzeit in Glasgow ein Gastspiel gab, mit einem Stück, das *Hyde and Seek* hieß, von einem Dramatiker, von dem Karen noch nie gehört hatte. Die Sterne schienen ihr mit einem Mal gewogen zu sein.

Aber bevor sie mit ihrer Entdeckung etwas anfangen konnte, klingelte ihr Telefon. Eine unbekannte Edinburgher Nummer erschien auf dem Display. »DCI Pirie, Historic Cases Unit«, meldete sie sich.

»Oh, hallo? Hier ist Sonja Hall von der Alumniverwaltung des Edinburgh College of Arts? Sie haben uns vorhin eine E-Mail geschrieben?«

Unsicher, warum jemand mit einem Glasgower Akzent das Bedürfnis zu haben schien, aus jedem Satz eine Frage zu machen, erwiderte Karen: »Ja, das habe ich. Vielen Dank, dass Sie mich zurückrufen.«

»Kein Problem, wirklich? Sonst bin ich samstags nicht im Büro, aber wir stehen kurz davor, einen großen Fundraising-Aufruf zu starten, darum wollte ich sichergehen, dass die Spenden-Seite korrekt funktioniert? Also, was kann ich für Sie tun? Wir haben strenge DSGVO-Bestimmungen am College of Arts, sodass ich persönlich Ihnen keine Einzelheiten zu den Alumnis mitteilen kann?«

»Damit hatte ich schon gerechnet. Aber –«

»Was ich aber machen kann – und was ich auch schon getan habe –, ist, die früheren Studenten der damaligen Kurse für Malerei anzuschreiben, deren Kontaktadressen wir haben, um sie zu bitten, sich bei Ihnen zu melden?«

Karen entwirrte den Satz und sagte: »Das ist toll, danke! Das ist wirklich nett von Ihnen.«

»Ich weiß nicht, wie hilfreich es sein wird? Denn wir haben nicht so richtig guten Kontakt zu den damaligen Absolventen? Wir haben vielleicht ein halbes Dutzend in unserer Datenbank?«

Einer reichte schon, wenn es der Richtige war. »Mit etwas Glück wird das schon klappen.«

»Sicher, aber wissen Sie, einer der Lehrer, der damals den Kurs gab, unterrichtet heute immer noch? Ich dachte, vielleicht könnte er helfen, darum habe ich mich an ihn gewendet?«

»Er arbeitet da seit achtundzwanzig Jahren?«

Sie hörte ein Kichern. »Ich weiß, es ist unglaublich, nicht wahr? Aber er erinnert sich ziemlich gut an David Greig, er war so was wie sein Mentor?«

»Können Sie mich mit ihm in Kontakt bringen?«

»Er wird Sie anrufen, wenn das okay ist? Ich wollte Sie nur kurz vorwarnen, damit es nicht so überraschend kommt? Sein Name ist Alasdair Darnley?«

»Sonja, das ist grandios. Ich kann Ihnen gar nicht genug danken.« *Und jetzt geh aus der Leitung und lass mich mit dem Mann reden, der David Greig für mich zum Leben erweckt.*

»Machen Sie sich keine Gedanken, es ist toll, eine so interessante Anfrage zu bekommen? Die meisten sind todlangweilig, wissen Sie? Ihr Job muss total spannend sein?«

»Er hat so seine Momente. Vielen Dank noch mal.« Karen beendete den Anruf und saß fingertrommelnd an ihrem Schreibtisch. Sieben lange Minuten dauerte es, bis das Telefon ein zweites Mal klingelte. Sie hob beim ersten Ton ab. »DCI Pirie, Historic Cases Unit«, platzte es aus ihr heraus.

»Hier ist Alasdair Darnley«, intonierte gravitätisch eine

sonore Stimme. »Ich glaube, Sie wollten mit jemandem sprechen, der den verstorbenen David Greig kannte.«

»Das wollte ich, Sir. Vielen Dank, dass Sie mich anrufen. Könnten wir uns vielleicht treffen?«

»Es spricht nichts dagegen. Sind Sie in Edinburgh?«

Sie verabredeten sich in der Perk-Filiale auf der George-IV.-Brücke, auf halber Strecke zwischen seiner Wohnung in Marchmont und ihrem Büro. Die Aussicht darauf, etwas zu tun zu haben, gab Karen einen Energieschub. Als sie nach ihrem Mantel und der Tasche griff, sah Jason auf. »Fahren wir nach Stockport? Es ist nur –«

»Später, Jason. Ich muss jetzt erst mit einem Mann über einen Maler sprechen. Aber danach fahren Sie und ich nach Glasgow.«

»Nicht Stockport?«

»Liegt auf dem Weg. Na ja, so ungefähr. Zwei Fliegen mit einer Klappe, so was in der Art. Vertrauen Sie mir, Jason.«

Als hätte er je etwas anderes getan.

33

Karen trat aus der dystopisch fluoreszierenden Düsternis der Polizeiwache Gayfield Square in den strahlenden Sonnenschein von Leith und dem Rest der Stadt. Obwohl die Bäume noch kahl waren und die Luft frisch, fühlte es sich doch so an, als sei der Winter auf dem Rückzug. Es reichte, um ihre Stimmung aufzuhellen, obwohl es schien, als kämen in beiden Fällen immer mehr Informationen zusammen, ohne dass es irgendeinen Fortschritt gab. Sie freute sich so über den schönen Tag, dass sie völlig den Mann übersah, der ihr über die North Brigde, die High Street hinauf und bis auf die George-IV.-Brücke folgte. Als sie in den Coffeeshop ging, überquerte ihr Schatten die Straße und setzte sich auf einen Fensterplatz in einem Café gegenüber.

Anders, der Barista, begrüßte Karen mit einem freundlichen Lächeln und bereitete einen Espresso für eine schmerzlich dünne Frau zu, die einen Stapel Fachbücher umklammerte. Danach schenkte er Karen seine Aufmerksamkeit. »Flat White?«

»Wie immer. Viel los?«

»Geht so. Hamish ist nicht da, falls du ihn suchst.«

Einer von Hamishs Vorzügen bestand darin, dass er keiner von den Chefs war, die immer um ihre Angestellten herumschwirrten. Er stellte Leute ein, denen er vertraute, und wenn sie ihn im Stich ließen, gab es keine zweite Chance. Sein Team verstand das, aber weil er sie wie Erwachsene behandelte und besser zahlte, als es anderswo üblich war, funktionierte es offenbar, wenn man die geringe Fluktuation als Gradmesser nehmen wollte. »Nein, ich bin hier verabredet«, sagte Karen und sah sich um, ohne jemanden zu entdecken, der ihr wie ein Professor für Kunst vorkam. »Ich setz mich auf einen Fensterplatz und versuch, auszusehen wie ein Cop.«

Sie hatte kaum ihren Kaffee vor sich stehen, da watschelte ein Fass von einem Mann herein. Er war der Inbegriff eines bestimmten schottischen Typus: klein, rund, kahl, mit einem Gesicht, als hätte es jemand aus Ton geknetet: Knollennase, Doppelkinn, Apfelbäckchen und buschige Augenbrauen. Eine Brille mit Goldrand hatte sich in seine Nase gegraben. Er trug ein Fischerhemd, das aus den Nähten zu platzen drohte, und darüber einen voluminösen Regenmantel. Er sah sich um mit der Miene eines Mannes, der versuchte, sich so zu verhalten, als bewege er sich auf gewohntem Terrain. Er fing Karens Blick auf und runzelte die Stirn. »Warten Sie auf mich?«, fragte er. »Ich bin Alastair Darnley.«

Karen stand auf. »Und ich bin DCI Pirie. Kann ich Ihnen einen Kaffee holen?«

Er wieselte auf den Stuhl ihr gegenüber zu, und als er sich setzte, drückte sein Bauch gegen die Tischplatte. »Einen Americano mit Sojamilch, bitte. Ich bin laktoseintolerant.«

Karen bestellte seinen Kaffee und kehrte wieder zum Tisch zurück. »Danke, dass Sie hergekommen sind.«

»Mein Interesse ist geweckt«, sagte er. »David Greig. Ein Name aus der Vergangenheit. Warum sollte ein Detective Chief Inspector daran interessiert sein, über den verstorbenen David Greig zu sprechen?«

Er war auf eine Weise herablassend, die sie unangenehm fand; hinzu kam, dass sie das auch noch verbergen musste. Aber das gehörte bei ihrem Job gelegentlich dazu. »Wie ich schon am Telefon sagte, arbeite ich in der Historic Cases Unit. David Greigs Name tauchte bei einem der Fälle auf, die ich kürzlich einer neuerlichen Prüfung unterzogen habe.«

»Das klingt betörend. Steht er im Verdacht, ein abscheuliches Verbrechen begangen zu haben?«

Karen hoffte, dass ihr Lächeln nicht so gequält wirkte, wie es sich anfühlte. »Nichts derart Aufregendes. Ich verfolge nur ein paar lose Enden.«

»Nun, David konnte in der Tat recht lose sein«, sagte er mehrdeutig. Anders brachte seinen Kaffee. Darnley ließ sich nicht dazu herab, sich zu bedanken. »Vielleicht können Sie mir einen Hinweis geben, woran genau Sie interessiert sind?«

»Ich versuche herauszufinden, was für ein Mensch er war. Weil ich in Edinburgh wohne, dachte ich, ich könnte gleich hier anfangen. Sie haben David im Malen unterrichtet, stimmt das?«

Er gluckste affektiert. »Ich bringe Künstlern wie David nicht das Malen bei. Ich weise sie auf die Unzulänglichkeiten in ihren Werken hin und mache Vorschläge, welche Richtung sie einschlagen könnten, um sich zu verbessern. Aber: Ja, David war einer meiner Studenten.«

»Wie war er? Als Mensch?«

»Sehr von sich eingenommen – und überzeugt, Gottes Geschenk an die Malerei zu sein. Laut, eigensinnig und ehrgeizig. Aber er war auch attraktiv, witzig und charismatisch. Bei vielen seiner Kommilitonen war er sehr beliebt, was ihn selbstverständlich bei anderen wiederum sehr unbeliebt machte. Und natürlich war er auffallend schwul, was nicht unproblematisch war zu Zeiten von Section 28, des Verbots der ›Förderung der Homosexualität‹.«

Karen wusste, dass Darnley sie dazu bringen wollte, darauf einzugehen, aber sie hatte keine Lust. Sie wusste nicht recht, wonach sie eigentlich suchte, war sich jedoch ziemlich sicher, dass es nichts mit Greigs Zeit am College zu tun hatte. »Und als Maler? Was haben Sie von ihm gehalten?«

Darnley nippte an seinem Kaffee und schürzte die Lippen. »Ich will ehrlich sein. Anfangs habe ich mich gefragt, ob wir nicht einen Fehler gemacht haben, ihn im College aufzunehmen.« Er schmunzelte selbstzufrieden. Er war wie ein Hündchen, das Kunststückchen vorführte, um das nächste Leckerli zu bekommen. Oder in seinem Fall: das nächste Stichwort.

»Warum das?«

»In seinem ersten Jahr war seine Arbeit erschreckend epigonal. Er konnte jeden Stil kopieren – von Bellini bis Bacon. Im ersten Trimester bewies er im Arbeiten nach Modell ein hervorragendes zeichnerisches Können, aber es war nichts Originäres daran. In einer Woche zeichnete er wie Dürer, in der nächsten wie Picasso, danach dann eine Skizze im Stil Michelangelos. Womit er sich gerade beschäftigt hatte, beeinflusste, was auf seiner Staffelei zu sehen war. Aber wenn es um die eigene Schaffenskraft ging, dann schien da nur Leere zu herrschen. Es war besorgniserregend, Detective Chief Inspector. Wir sind ein College für Künstler und keines für Kopisten.«

»Offensichtlich hat sich was verändert.«

»Er hatte ein Damaskuserlebnis.« Er wartete einen Moment ab, weil er offenbar annahm, dass sie ihn um eine Worterklärung bitten würde.

»Und was war seine Erleuchtung auf dem Weg nach Damaskus?« All die Sonntagmorgen beim Gottesdienst in der Presbyterianischen Kirche zahlten sich mitunter doch aus.

»Er besuchte eine Ausstellung mit Werken des deutschen Collagekünstlers Kurt Schwitters. Etwas an diesen Bildern sprach ihn an, sodass er sich mitten in seinem dritten Trimester für diese Kunstform zu begeistern begann. Es war eine totale Verwandlung. Als hätte jemand in seinem Kopf einen Schalter umgelegt, auf dem ›Kreativität‹ stand. Er steckte all sein handwerkliches Können in diese Offenbarung.«

»Das war der Moment, in dem er die Idee entwickelte, eine Porträtcollage aus einem Landschaftsbild zu machen?«

»Anfangs noch nicht derart spezifisch. Er begann ganz konventionell und schuf Porträts aus Magazinausschnitten. Aber irgendwann während dieser ersten Sommerpause stieß er auf das, was er ›Mode: Landscape to Portrait‹ nannte. So eine Art Wortspiel, verstehen Sie? Inspiriert von computergenerierter Kunst, aber das war natürlich Anfang der Neunziger. Ich hielt das für eine bemerkenswerte Idee.« Er linste über seinen Brillenrand und schürzte erneut die Lippen. »Es war die einzige originelle Idee, die er je hatte. Aber die Leute liebten sie, und er nutzte das weidlich aus. Jeder Star, jeder Politiker wollte von David Greig porträtiert werden. Auch wenn nicht alle das Ergebnis mochten. David wurde ziemlich gut darin, hinter die Fassade zu schauen.«

»Wann wurde er berühmt – wann war seine Reputation so groß, dass seine Werke zu Sammlerstücken wurden? Wann begann das Geld zu fließen?«

»Nicht in den Anfangsjahren. Erst als er nach London ans Royal Collage ging und die Förderer der BritArt ihn unter die Fittiche nahmen. Nein, David war wie die anderen ein armer Student. Aber er konnte es zumindest vermeiden, Ferienjobs in Etablissements wie diesem anzunehmen.« Überheblich wedelte er mit einer Hand in Richtung des Tresens.

Karen verbiss sich die auf der Hand liegende Erwiderung zu den Fertigkeiten, die es brauchte, um einen guten Kaffee zu fabrizieren. »Wie hat er das hinbekommen?«

»Er nutzte seine Fähigkeiten als Kopist und versah berühmte Gemälde mit den Gesichtern, die seine Auftraggeber auswählten.« Wieder eine bedeutungsschwangere Pause.

»Ich bin mir nicht sicher, ob ich das verstehe«, gab sie widerwillig zu.

»Wenn Sie zum Beispiel heiraten wollten, hätte er Ihnen eine Kopie von Van Eycks Arnolfini-Hochzeit gemalt, jedoch statt der originalen Gesichter Ihres und das Ihres Bräutigams eingesetzt. Nur vielleicht nicht mit Schwangerschaftsbauch … Oder wenn die Ehefrau Geburtstag hatte, malte er für seinen Auftraggeber eine abgewandelte Version von Vermeers Mädchen mit dem Perlenohrgehänge. Oder den Ehemann in Rugby-Ausrüstung im Stil von Holbein. Ein Familienporträt wie von Gainsborough mitsamt dem Familienhund. Er hat die Bilder in einer beunruhigenden Schnelligkeit fertiggestellt. Vermutlich gibt es Dutzende davon in den bürgerlichen Salons von Edinburgh. Natürlich alle sehr ironisch. Aber was hat das mit dem Fall zu tun, in dem Sie ermitteln? Sie wissen doch bestimmt, dass David inzwischen rund zehn Jahre tot ist.«

Karen sah ihm lang und fest in die Augen. »Waren Sie überrascht, als Sie hörten, dass David Selbstmord begangen hat?«

Darnley hatte den Anstand, beschämt dreinzusehen. »Ja, das war ich«, sagte er nach einem Moment des Schweigens mit leiser Stimme. »Ich habe David nie für einen Mann gehalten, der von Selbstzweifeln gequält wird. Ein paar Jahre vor seinem Tod hat er hier am College eine Vorlesung gehalten, und er wirkte sehr viel ruhiger und glücklicher, als ich ihn in Erinnerung hatte. Seine Bilder waren begehrte Sammlerstücke geworden, sein Werk wurde insgesamt sehr gut aufgenommen. Früher war er ein Hasardeur gewesen, so würde ich es nennen. Aber zu der Zeit hat er nicht einmal

Alkohol getrunken. Er erzählte mir, dass er sich Hepatitis B eingefangen hatte, und das war so etwas wie ein Weckruf gewesen. Also: Ja, ich war schockiert, als ich hörte, dass er Selbstmord begangen hatte.«

»Als er wegen der Vorlesung hier war, hat er da gesagt, ob er eine Beziehung hatte?«

Darnley schüttelte den Kopf. »Mit keinem Wort. Ein paar von uns gingen danach noch essen, und jemand erkundigte sich scherzhaft nach seinem Liebesleben. Er hat sofort dichtgemacht und gesagt, sein Privatleben sei genau das: privat. Wir haben uns daraufhin anderem Tratsch zugewendet.«

Karen wusste nicht, was sie noch fragen sollte. Alastair Darnley hatte ein paar der Leerstellen in ihrem Bild von David Greig gefüllt, aber er hatte den Mann weder richtig gut gekannt, noch hatte er ihm nahegestanden, als er starb, weshalb er kaum in größerem Maße hilfreich sein konnte. Um zu einem Ende zu kommen, fragte sie: »Erzielen seine Werke immer noch hohe Preise?«

»Oh ja. Die Nachfrage steigt bei den meisten Künstlern, wenn sie sterben, weil nichts Neues mehr auf den Markt kommen wird. Aber zwei Dinge haben das bei David zusätzlich begünstigt. Zum einen hat es vor ein paar Jahren in der Goldman-Galerie in Brighton gebrannt. Dabei sind eine Menge YBA-Werke zerstört worden, darunter auch einige von Davids Porträts.«

»Und das hat seinen Wert gesteigert?«

»Richtig.« Er lächelte sie nachsichtig an.

»Und die andere Sache?«

»Es gibt außerdem einen privaten Sammler, der im Besitz einer beträchtlichen Menge von Davids Gemälden ist. Er – oder vielleicht auch sie – hat in den letzten Jahren ungefähr alle fünfzehn Monate eines davon auf den Markt gebracht. Sie waren zuvor nicht katalogisiert gewesen, sodass es immer ordentlich Aufsehen erregt, wenn eines bei einer Auktion versteigert wird.«

»Aber wenn es unbekannte Werke sind, müssen die Käufer doch einen Herkunftsnachweis verlangen, oder? Ich habe von dieser Sache mit Davids Fingernägeln gelesen. Beglaubigt der Händler tatsächlich seine DNA?«

»Ich denke schon. Die Scottish National Portrait Gallery hatte 2015 sein Porträt von Gordon Brown gekauft, und die war überzeugt, dass es echt war. Einer der Kuratoren erzählte mir, dass die Originalrechnung mit Davids Unterschrift beigefügt war. Ich habe einige Zeit damit zugebracht, das Bild zu betrachten, und ich habe keine Zweifel, dass es sich um einen echten David Greig handelt.« Er nahm noch einen Schluck Kaffee und verzog angeekelt das Gesicht. »Warum interessiert Sie das?«

»Ich bin nun mal neugierig«, sagte sie. »Man weiß nie, wann ein zufälliges Stückchen Wissen mal hilft, beim Pub-Quiz zu gewinnen.« Sie schob ihren Stuhl zurück. Sie wusste nicht, was sie sich von diesem Treffen genau erhofft hatte, aber zumindest hatte sie jetzt einen etwas besseren Eindruck von dem Mann, in den sich Iain Auld verliebt hatte. »Ich möchte nicht noch mehr von Ihrer Zeit in Anspruch nehmen. Das war sehr freundlich von Ihnen.«

Er zuckte mit einer fleischigen Schulter. »Keine Ursache. Auch wenn ich immer noch nicht weiß, hinter was Sie her sind.«

Sie stand auf und lächelte. »Damit sind wir schon mal zu zweit.« Sie freute sich immer noch über seinen verwirrten Blick, als sie zügig über die George-IV.-Brücke ging.

Deshalb bemerkte sie den Mann erneut nicht, der aus dem Café gegenüber dem Perk herauskam und in ihr Kielwasser eintauchte. Er blieb ihr auf den Fersen, als sie die Royal Mile überquerte und durch die St. Giles Street ging, um die Abkürzung über die News Steps zu nehmen. Gedankenverloren ließ sie sich Zeit und ließ beim Hinabsteigen der steilen Treppen den Blick über die Stadt schweifen. Als sie die scharfe Kehre erreichte, an der sich eine Art Plattform befand, hörte sie schlurfende Schritte in ihrem Rücken und drehte sich um – und in diesem Moment fiel ihr auf, dass sie in der Falle saß.

34

Adrenalin flutete ihren Körper, und der Pegel schoss weiter nach oben, als Karen klar wurde, dass es sich nicht um eine zufällige Begegnung handelte. Merrick Shand ragte über ihr auf, unrasiert, mit zerwühltem Haar und fauligem Atem. Unwillkürlich tänzelte sie wie ein Boxer auf den Fußballen und schloss die Hände zu Fäusten.

»Gehen Sie weg«, blaffte sie, kein Zittern verriet die Angst, die ihr Herz rasen ließ.

Er hob die Hände, die Handflächen ihr zugewandt. »Ich wollte Sie nicht erschrecken«, sagte er und machte einen Schritt zurück. »Ich wollte Ihnen keine Angst einjagen.«

»Warum schleichen Sie sich dann an mich heran wie ein verdammter Meuchelmörder?« Karen hob die Stimme in der Hoffnung, dass jemand, der die Abkürzung rauf- oder runterging, sie hörte und herkam.

»Ich wollte mit Ihnen sprechen. Ich wollte Ihnen sagen, dass es mir leidtut, wie ich im Pub reagiert hab. Das war aus einem Reflex heraus.«

»Der gleiche Reflex, aus dem heraus Sie Ihre Frau zusammengeschlagen haben?« Karens Schrecken hatte sich in Wut verwandelt. Sie rückte näher an ihn heran. »Sie machen mir keine Angst, Merrick Shand. Ich hab noch nie Angst vor Schlägertypen gehabt.«

»Sie haben nichts zu befürchten. Ich hab mich geändert. Neulich war ich erschrocken, ich hatte nicht erwartet, Sie zu sehen, ich war nicht bereit, Ihnen gegenüberzutreten.« Er ließ die Hände sinken, sein Gesicht zu einer kläglichen Miene verzogen. »Ich wollte nicht, dass es so läuft.« Seine Hände wanden sich umeinander, als würde er sie waschen.

»Was haben Sie sich denn vorgestellt? Sie haben meinen Freund umgebracht. Und dafür wurden Ihnen lächerliche drei Jahre Ihres Lebens genommen. Was haben Sie erwartet? Vergebung?«

Er machte noch einen Schritt zurück. »Ich habe gar nichts von Ihnen erwartet. Ich möchte überhaupt nichts von Ihnen. Ich möchte mich entschuldigen. Zwei Jahre lang war ich in einer Gruppentherapie, um zu lernen, mich dem zu stellen, was ich meiner Frau und Ihrem Freund angetan hab. Phil Parhatka.«

»Nehmen Sie nicht seinen Namen in den Mund.« Wut pulsierte in ihrer Stimme.

»Ich muss. Ich muss die Namen der Leute aussprechen, denen ich unrecht getan hab. Ich muss die Schwere dessen, was ich getan hab, auf mich nehmen. Ich kann nichts ungeschehen machen, aber ich kann darauf achten, das Unrecht nicht zu wiederholen, das ich begangen habe.«

»Das ist leicht dahingesagt. Ich vermute, der Bewährungsausschuss war ganz entzückt davon. Hat Ihrer Entlassung zugestimmt, weil Sie gelernt haben, die richtigen Worte zu sagen.«

Unbehaglich trat er von einem Fuß auf den anderen. »Ich versteh, dass Sie das denken. Es gibt nichts, was ich sagen kann, um Sie davon zu überzeugen, dass ich zutiefst bedaure, was ich getan habe. Aber ich möchte es trotzdem versuchen. Es tut mir leid, dass ich Ihnen Schmerzen bereitet habe. Sie können so wütend auf mich sein, wie Sie wollen, ich werde es Ihnen niemals heimzahlen. Für den Rest meines Lebens. Mir bleibt nichts übrig, als so zu leben, es ist meine Buße. Ich habe meine Frau verloren, meine Kinder, mein Heim, mein Unternehmen. Ich bekomme nichts davon zurück. Ich muss mein Leben von Grund auf neu aufbauen, und diesmal muss ich es anders machen. Wenn Sie in ein paar Jahren einen Blick auf mein Leben werfen, erkennen Sie vielleicht die Wahrheit da drin. Nicht in dem, was ich gesagt hab, sondern in dem, was ich getan hab.«

»Nette kleine Ansprache. Perfekt komponiert, damit ich Sie in Ruhe lasse. Sie haben sie geübt, nicht wahr?« Der Hohn in ihren Worten wie in ihrem Gesichtsausdruck war nicht zu übersehen. »Ich hab einen Tipp für Sie: Schleichen Sie sich nicht in abgelegenen Ecken an Leute heran, wenn Sie sie überzeugen wollen, dass Sie ein netter Kerl sind. Und jetzt hauen Sie ab, oder ich verhafte Sie wegen Bedrohung eines Polizeibeamten.«

Er schreckte unwillkürlich zurück und hob abwehrend die Hände. »Es tut mir leid, ich wollte nur ungestört mit Ihnen reden. Ehrlich, dass Letzte, was ich wollte, war, Sie zu erschrecken.«

»Das ist gründlich schiefgegangen.« Sie wandte sich ab und eilte die Stufen hinunter. Zwei junge Männer in der Dienstkleidung von Anwälten kamen ihr, vertieft in ein Gespräch, auf dem Weg zum Zivilgerichtshof entgegen. *Zu spät für die Action, Jungs.* Karen blieb stehen und sah zurück. Merrick Shand lehnte an der Wand, den Kopf in den Händen vergraben. Konnte er es wirklich ernst gemeint haben?

Karen schob den Gedanken beiseite, lief schneller und drückte sich an den Anwälten vorbei. Als sie am Fuß der Treppe ankam, war der Adrenalinstoß abgeebbt, und sie spürte, dass sie zitterte. Sie schaffte es den Berg hinunter und betrat einen Coffeeshop in der Gordon Street. Ausnahmsweise verzichtete sie auf Koffein und bestellte eine heiße Schokolade. Sie brauchte einen Zuckerschub, um wieder ins Gleichgewicht zu kommen nach der Begegnung mit Shand.

Ihn beim Wort zu nehmen, kam ihr vor wie ein Ding der

Unmöglichkeit. Es fühlte sich an, als würde er sie um ihre rechtmäßige Wut betrügen. Wo sollte sie mit ihrer Trauer hin, wenn sie akzeptierte, dass Shands Reue tatsächlich echt war? Worauf sollte sie dann ihre Wut über den Verlust richten? Wenn er bereit war, ihren Schmerz auf sich zu nehmen, wie er gesagt hatte, dann wäre da nichts mehr, womit sie den Zorn füttern konnte.

Sie würde dann wirklich einen Weg finden müssen, wie sie ihre Wut überwinden konnte.

Karen kniff die Augen zusammen und ballte die Fäuste. Sie konnte sich dem jetzt nicht stellen. Sie hatte zu arbeiten. Es gab andere Leben, die eine Antwort verlangten. Sie suchte nach ihrem Telefon und schickte Jason eine Nachricht.

***

»Alles okay, Boss?«, begrüßte Jason sie, als sie sich auf den Beifahrersitz fallen ließ. »Sie sehen ein bisschen blass aus.«

»Mir geht's gut«, sagte Karen schärfer, als er es verdient hatte. Sie atmete durch. »Wirklich, mir geht es gut.«

»Wo fahren wir hin?«

»Nach Glasgow. Wir müssen mit einer Schauspielerin mit dem Namen Verity Foggo sprechen. Sie spielt bei einem Stück im King's Theatre mit.« Während sie die Stadt hinter sich ließen und auf der Schnellstraße fuhren, brachte Karen Jason auf den aktuellen Stand der Ermittlungen im Fall James Auld. So eine Zusammenfassung half ihr immer, die Einzelheiten in ihrem Kopf zu sortieren, oftmals fielen ihr dabei auch neue Ermittlungswege ein, die sie einschlagen konnte. Und manchmal kam sie so sogar auf Verknüpfungen, die ihr vorher nicht aufgefallen waren. Als sie Jason jetzt von den einzelnen Schritten berichtete, die sie und Daisy unternommen hatten, brach sie mitten im Satz ab.

»Was ist?«, fragte Jason. Erneut wirkte er besorgt.

»Als Daisy und ich mit Ron Beckett essen waren, schweifte er im Gespräch ab und erzählte von einem anderen Fall, an dem er beteiligt gewesen war und der ebenfalls mit Dover House zusammenhing.«

»Was ist Dover House?«

»Das ist der Sitz des Schottland-Amts in London, wo Iain Auld gearbeitet hat. Ein paar Jahre, nachdem Iain verschwunden war, wurde Beckett zu einer anderen Ermittlung hinzugezogen. Man wollte ihn dabeihaben, weil es ein sensibler Fall war und er dort schon ein paar Leute kannte.«

»Inwiefern sensibel? Politiker, die in den üblichen Blödsinn verwickelt waren?«

»Schwer zu sagen, weil nie jemand verhaftet wurde. Es ging um Kunstfälschungen, Jason. Jemand hat die Gemälde kopiert, die als Leihgaben der schottischen Nationalsammlungen dort gehangen hatten, und hat sich mit den Originalen aus dem Staub gemacht. Und heute Morgen habe ich mit einem Professor vom College of Art gesprochen, der mir von einem früheren Studenten erzählt hat, der erstaunlich gut darin war, die Werke anderer Künstler zu kopieren.«

»Sie machen Witze, oder?«

»Nein, ich bin nur zu langsam im Kopf. Ich hab das nicht sofort zusammengebracht, weil die Fälschungen erst Jahre nach David Greigs Tod entdeckt wurden. Aber die Kopien können ja vorher schon angefertigt worden sein, denn die gefälschten Bilder hingen sehr lange im Dover House.« Karen schlug sich mit der Faust in die Hand. »Shit. Was, wenn David Greig und Iain Auld gar kein Liebespaar waren? Was, wenn sie auf ganz andere Weise unter einer Decke steckten? Wenn sie sich zusammengetan haben, um uns alle mit dem Diebstahl wertvoller Gemälde abzuzocken?«

»Aber wie hätten sie die verkaufen sollen? Ich mein, man

kann die ja nicht einfach bei einer Auktion anbieten, wenn die so bekannt sind, oder?«, fragte Jason zweifelnd.

»Es gibt einen Schwarzmarkt für Kunst. Privatsammler, denen es egal ist, woher ein Bild stammt, solange sie sich nur sicher sein können, dass es echt ist.« Karen schüttelte ungläubig den Kopf über ihre eigene Dummheit. »Warum hab ich die Verbindung nicht schon in dem Moment gesehen, als Alastair Darnley von Greigs Talent für Kopien erzählt hat? Und ich will Detective sein, gottverdammt.«

»Aber fairerweise muss man sagen, dass Sie keine Veranlassung hatten, die Verbindung herzustellen. Ich mein, warum sollten Sie glauben, dass ein so aufrechter Mann wie Iain Auld bis zum Hals in so eine Dummheit verwickelt war. Nichts deutete bei der Revision des Falls darauf hin, dass er etwas anderes gewesen sein könnte als ein ehrlicher Mann.«

Karen seufzte. »Ich weiß. Trotzdem, ich hätte die Augen offen halten müssen, nach jedem Anzeichen von krimineller Aktivität. Ich hätte von den Kunstdiebstählen wissen müssen, jemand hätte es bei der Revision erwähnen müssen.«

»Sie sind keine Hellseherin, Boss. Wenn es niemand für nötig hält, Ihnen davon zu berichten, wie hätten Sie es dann wissen sollen? Und selbst wenn es bei der Revision aufgetaucht wär, warum hätte es dann irgendwie von Bedeutung sein sollen? Sie haben zu der Zeit nicht mal gewusst, dass David Greig existierte, ganz zu schweigen davon, dass er irgendwas mit Iain Auld zu tun hatte«, protestierte Jason.

»Ja, vielleicht. Aber ich muss meinen ganzen Ermittlungsansatz in diesem Fall neu überdenken.« Frustriert fuhr sie sich mit der Hand durch die Haare.

»Vielleicht kann diese Verity Foggo ein bisschen Licht ins Dunkel bringen, Boss.«

Karen grunzte. »Hoffen wir, dass wir im Theater auf jemanden treffen, der uns sagen kann, wo wir sie finden. Sie wird nicht besonders begeistert sein, wenn wir auftauchen, kurz bevor sie auf die Bühne muss.«

***

Zum zweiten Mal an diesem Tag hatte Karen Glück. Der Tourmanager der Theatertruppe war hinter der Bühne und bereitete die Abreise am Montag vor. »Nächste Woche sind wir in Manchester«, erklärte er und führte sie durch die Kulissen zu einem winzigen Büro ohne Fenster, das nach ungewaschenen Körpern roch, unterlegt mit einem Hauch von ungesund süßlichem E-Zigarettendampf. »Nach zwei Monaten auf Tournee sollte man meinen, dass sie das perfekt beherrschen, aber jedes verdammte Mal ist es so, als müsste man kleinen Kindern das Einmalzwei beibringen.« Er ließ sich auf das Sofa fallen, das gut ein Drittel des Raums einnahm. »Also, was kann ich für Sie tun? Wir bekommen sonst immer nur Polizisten in Uniform zu Gesicht, die uns das Leben schwer machen, wenn wir die Trucks parken wollen.«

»Ich muss mit Verity Foggo sprechen.« Karen hob eine Hand, um den besorgten Protest abzuwiegeln, den sie auf sich zukommen sah. »Sie steckt nicht in Schwierigkeiten. Wir vermuten, dass sie im Besitz von Informationen ist, die eine unserer Ermittlungen betreffen. Wo können wir sie finden? Wo ist sie untergebracht?«

Er fuhr sich mit der Zunge über die Lippen, ihre Worte hatten ihn ganz eindeutig nicht beruhigt. »Sie werden mir aber nicht die Aufführung heute Abend ruinieren, oder?«

Karen zuckte mit den Schultern. »Es sind nur ein paar Fragen. Nichts Aufregendes.«

Er verlagerte das Gewicht und zog sein Telefon aus der

Gesäßtasche. Mit dem Daumen klickte er sich durch ein paar Seiten und sagte: »Sie ist in einer Wohnung auf der anderen Seite der Schnellstraße.« Er schrieb ihnen die Adresse raus. »Ich werd sie anrufen und ihr sagen, dass Sie kommen. Ich will nicht, dass sie sich aufregt und sich Sorgen macht.«

»Das ist okay. Aber falls sie nicht da sein sollte, wenn wir vor ihrer Tür stehen, dann kommen wir wieder.« Karens Lächeln reichte nicht bis zu ihren Augen. »Sie sollten sich darüber im Klaren sein, dass Behinderung der Polizei eine Straftat ist.«

Auf der Straße sagte Jason: »Das war vielleicht ein bisschen harsch.«

»Meinen Sie? Ich mag es nicht, wenn Leute so einen beschissenen Sinn für Prioritäten haben. Warum sollte die Aufführung eines Stücks wichtiger sein als die Aufklärung eines Verbrechens?« Als sie die Worte aussprach, hörte Karen sich selbst zu und fragte sich, wann sie so selbstherrlich geworden war. Dieser Fall setzte nicht nur ihrem Kopf zu.

Die Wohnung befand sich in einem großen Mietshaus aus Sandstein in einer Seitenstraße, nur wenige Gehminuten vom Theater entfernt. Karen drückte auf den Klingelknopf, und der Türöffner summte, ohne dass jemand nachgefragt hätte, wer da war. »Warum ist es eigentlich immer das oberste Stockwerk?«, murrte Jason, als sie sich die ausgetretenen Stufen raufquälten.

»So ist das Leben«, erwiderte Karen.

Verity Foggo erwartete sie in der Tür der Wohnung. Sie war nicht geschminkt, die Haare hatte sie zu einem Topknot geschlungen. Sie trug Yogahosen und einen riesigen Baumwoll-Sweater, der ihr fast bis zu den Knien reichte. Sogar in diesem Aufzug erkannte Karen sie aus einem Film über Leihmutterschaft wieder, den sie vor ein paar Monaten gesehen hatte. »Sie müssen von der Polizei sein«, sagte Verity, ihre warme Stimme passte zu ihrem Lächeln. »Steve hat mir gesagt, dass Sie unterwegs zu mir sind. Kommen Sie rein.«

Sie folgten ihr in einen gesichtslosen Wohnraum, der eindeutig mittels eines Beutezugs durch IKEA eingerichtet worden war. »Scheiß Airbnb«, erklärte Verity. »Noch nichtssagender als eine Hotelkette. Nehmen Sie Platz.«

Karen stellte sie beide vor, während sie sich hinsetzten. Veritys perfekt geformte Augenbrauen schossen bei den Worten »Historic Cases Unit« in die Höhe.

»Ich hätte nicht gedacht, dass ich alt genug bin, um als historisch durchzugehen«, meinte sie. »Worüber wollen Sie mit mir reden?« Sie wirkte, als wäre sie auf der Hut. Karen war sich nicht sicher, ob sie tatsächlich keine Ahnung hatte, warum sie hier waren, oder ob sie sich bedeckt hielt. Dass sie eine erfahrene Schauspielerin war, würde es nicht einfacher machen, aus dieser Befragung schlau zu werden.

»Gehe ich recht in der Annahme, dass Sie vor Kurzem versucht haben, Kontakt zu James Auld aufzunehmen?«

Verity sah nicht so überrascht aus, wie sie es nach Karens Ansicht hätte sein müssen. »Das ist richtig. Woher wissen Sie das?«

»Seine Schwägerin hat uns erzählt, dass Sie sie gebeten haben, ihm Ihre E-Mail-Adresse weiterzuleiten. Hat er Sie kontaktiert?«

Sie legte den Kopf leicht schräg. »Das hat er. Warum ist das eine Sache für die Polizei?«

»Warum haben Sie versucht, Ihre Bekanntschaft mit James Auld zu reaktivieren?«

»Das ist eine komische Frage, Chief Inspector. Warum fragen Sie mich nach ihm?«

Karen wurde klar, dass der subtile Ansatz nichts brachte. Zeit für den direkten Weg. »James Aulds Leiche wurde Anfang der Woche aus dem Firth of Forth gezogen. Er ist Opfer eines brutalen Angriffs geworden, dann hat man ihn ins Meer geworfen, wo er ertrank.« Ein bisschen dichterische Freiheit, aber nicht zu viel.

Veritys Mund klappte auf, und ihre Hände schnellten zu ihren Wangen. »Nein«, keuchte sie. Karen wartete ab. »Oh mein Gott. Das ist schrecklich.« Verity atmete tief ein und schlang die Arme um sich. »Fragen Sie mich alles, was Sie wollen, alles, was helfen könnte. Oh mein Gott, der arme Jamie.«

Karen registrierte, dass sie den familiären Kosenamen verwendete. »Warum wollten Sie nach so vielen Jahren wieder Kontakt mit ihm aufnehmen?«

Verity legte den Kopf schräg und schaute sie von unten herauf an. »Ich weiß nicht, wo ich beginnen soll. Wenn ich ganz vorn anfange, halten Sie mich für verrückt.«

»Vertrauen Sie mir, Verity, ich habe eine Menge seltsamer Geschichten gehört. Die Reihenfolge ist egal, solange sie Ihnen sinnvoll erscheint.«

Sie holte noch mal tief Luft. »Ich dachte, ich hätte einen Geist gesehen.«

35

Das war nicht das, was Karen erwartet hatte, aber sie ließ sich davon nicht abschrecken. »Wo war das, Verity?«

»Auf Facebook. Allerdings liegt es ein bisschen länger zurück, ich hab's nur erst jetzt erkannt. Sie wissen, dass Facebook einen unaufgefordert an Dinge erinnert? ›Vor fünf Jahren hast du das Foto von Freddy Bloggs geliked‹?«

»Ich weiß, was Sie meinen, ja.«

»Vor ein paar Wochen tauchte so was auf. Es war ein Foto, und die Benachrichtigung lautete: ›Vor vier Jahren hast du den Beitrag deiner Freundin Megan kommentiert.‹ Ich habe mich dunkel dran erinnert; sie hatte einen Link zu einer Reihe von Fotos gepostet, die jemand von dem Feuer in einer Kunstgalerie in Brighton gemacht hatte. Sie betreibt in derselben Straße, in der die Galerie ist, einen Laden, der Kerzen, Kristalle und ähnlichen Plunder an Touristen verkauft, darum hat sie die Sache beschäftigt. Sie hatte sich über die Menschen aufgeregt, die mit morbider Neugier das Feuer angeguckt haben. Ich hatte einen Kommentar geschrieben, so nach dem Motto: Menschen mögen diese Mischung aus Schadenfreude und Spektakel und denken nie über die Auswirkungen nach. All die Bilder, die in Rauch aufgegangen sind.« Sie lächelte traurig. »Weil ich selbst eine Künstlerin bin, hab ich vielleicht eine Art Verwandtschaft empfunden.«

Karen hatte ihre Antennen ausgefahren. Noch ein Hinweis auf den Galeriebrand in Brighton, so kurz nach dem ersten. Sie glaubte nicht an Zufälle, viel zu oft waren solche Häufungen alles andere als willkürlich. Doch wohlweislich vermied sie es voranzupreschen, bevor Verity alles erzählt hatte. »Und als dieses Foto jetzt noch mal auftauchte, dachten Sie, Sie hätten einen Geist erblickt?«

Verity nickte langsam. »Als ich es das erste Mal gesehen hab, hab ich nicht genauer hingeschaut. Ich glaube, das war auf meinem Smartphone. Aber jetzt, beim zweiten Mal, saß ich am Laptop, dadurch war alles viel klarer und deutlicher. Und mitten in der Menge, da sah ich ihn.« Sie machte eine dramatische Pause. »Ich sah Iain Auld. Aber ich wusste ja, dass er das nicht sein konnte. Er ist vor zehn Jahren verschwunden und dann für tot erklärt worden. Das hatte ich in der Zeitung gelesen.«

»Aber wenn Iain Aulds Foto vor vier Jahren in den Zeitungen und in den sozialen Medien zu sehen war, dann versteh ich nicht, warum ihn niemand erkannt hat.«

»Weil es nicht Iain war, wie ihn jeder gekannt hat. Es war Iain, wie er aussah, als wir gemeinsam in *Was ihr wollt* in Oxford gespielt haben. Ich war Viola und er Antonio. Er hatte sich dafür die Haare wachsen lassen. Außerdem ein Ziegenbärtchen und einen Schnauzbart. Dadurch sah er völlig anders aus. Ehrlich, wenn man nicht wusste, dass er es war, war es unmöglich, ihn zu erkennen«, sagte sie mit Nachdruck. »Ich hab ein paar Fotos von der Produktion, die hatte ich rausgesucht, um sie Jamie zu zeigen.« Sie sprang auf. »Ich hol meinen Laptop und zeig sie Ihnen.«

Karen und Jason wechselten einen Blick, als Verity aus dem Zimmer eilte. »Damit hab ich nicht gerechnet«, murmelte Jason.

»Ich auch nicht. Keine Ahnung, wohin das führt.«

Verity kehrte zurück, klappte ihren Laptop auf und gab ihr Passwort ein. Dann tippte sie auf den Tasten und dem Touchpad herum und drehte schließlich den Laptop so, dass die beiden Polizisten den Bildschirm betrachten konnten. Eine Gruppe von Schauspielern in Kostümen, die elisabethanisch sein sollten, grinste in die Kamera. »Schauen Sie«, sagte Verity. »Das sind wir im Mai 1993. In der Oxford University Dramatic Society.« Mit einem langen Fingernagel deutete sie auf eine junge Frau in Knickerbocker in der Mitte. »Das bin ich.« Ein zweiter Fingerzeig. »Und das ist Iain.«

Sie hatte recht. Niemals hätte Karen Iain Auld auf diesem Foto erkannt. Sein Haar war aus der Stirn gekämmt, es fiel ihm bis auf den Kragen. Locken rahmten sein Gesicht ein, das durch den Bart eine andere Form zu haben schien, es wirkte länger und schmaler. »Er sieht wirklich völlig anders aus«, sagte sie.

Verity drehte den Laptop wieder zu sich und klickte ein bisschen herum. Triumphierend zeigte sie ihnen, was sie herausgesucht hatte. »Das hab ich gemacht, damit Jamie nicht denkt, dass ich völlig verrückt bin«, sagte sie.

Karen richtete ihren Blick auf den Bildschirm. Verity hatte Iain aus dem Bild der OUDS herausgeschnitten. Der vergrößerte Ausschnitt nahm die eine Hälfte des Monitors ein. Daneben stand das Bild des Mannes aus der Menge vor der Galerie in Brighton, mit dem sie es genauso gemacht hatte. Die Ähnlichkeit war frappierend. Karen wollte das durch River bestätigen lassen; sie konnte die Proportionen der beiden Gesichter exakt miteinander vergleichen und beurteilen, ob sie tatsächlich übereinstimmten. Aber für Karen sah es so aus, als wären es zwei Fotos von ein und demselben Mann. Auch wenn es ihr schwerfiel, eine so unerwartete Übereinstimmung zu akzeptieren. Und Zeitungsfotos waren niemals scharf genug, um sich ganz sicher sein zu können. »Ich verstehe, warum Sie dachten, Sie hätten einen Geist gesehen«, sagte Karen. »Sie meinten, Sie wollten das Jamie zeigen. Das heißt dann wohl, dass Sie sich mit ihm getroffen haben?«

»Oh ja«, antwortete sie. »Am Tag, nachdem ich mit Mary gesprochen hatte, schickte er mir eine E-Mail. Wie Sie auch fragte er sich, warum ich ihn gesucht hatte, und als ich es ihm erklärte, war er ziemlich aufgeregt. Ich habe ihm Kopien von den Bildern geschickt, aber er sagte, er wolle das Original des Fotos aus Oxford mit eigenen Augen sehen. Er hat in Frankreich gelebt – aber das wissen Sie wahrscheinlich schon, oder?« Karen nickte, und Verity fuhr fort: »Vor ein paar Wochen kam er dann nach London. Wir haben sonntags und montags frei, darum konnte ich mich mit ihm treffen. Ich konnte gar nicht fassen, wie sehr er sich verändert hat. Er wirkte so erwachsen, so selbstbestimmt. Er hat mir alles von seinen Jahren in der Fremdenlegion und seiner Musik erzählt.« Ihr Blick wurde schwermütig, und sie seufzte.

»Als ich Jamie kennengelernt hab, war er eine unruhige Seele, er wollte reisen und Abenteuer erleben. Mit ihm zusammen zu sein, hat Spaß gemacht, er war voller Überraschungen. Aber der Mann, der mich jetzt besuchen kam, ruhte völlig in sich selbst, er schien zufrieden mit seinem Leben zu sein. Das Einzige, was er wollte, war herausfinden, was Iain zugestoßen war. Er war völlig überrumpelt, als er sah, was ich ihm hatte zeigen wollen. Wie ich glaubte er, dass das sein Bruder sein musste. Er wollte das Foto aus Oxford mitnehmen, aber ich hab Nein gesagt und versprochen, einen zweiten Abzug machen zu lassen und ihm zu schicken. Leider bin ich bislang nicht dazu gekommen.«

Karen hakte ein, denn ihr war eine Unstimmigkeit aufgefallen. »Ich dachte, Jamie hätte die Fotos von der Oxforder Aufführung gemacht. Das haben Sie zumindest Mary Auld gesagt. Dann hatte er doch sicher die Negative, oder?«

Verity lachte glockenhell. »Sie haben mich erwischt, Chief Inspector. Ich habe Mary etwas vorgeflunkert. Ich wusste zwar, dass Jamie untergetaucht war, aber ich konnte mir nicht vorstellen, dass er den Kontakt zu ihr abgebrochen haben sollte. Diese Familie hat immer so eng zusammengehalten. Trotzdem brauchte ich einen plausiblen Grund, warum ich Jamies Adresse haben wollte. Und weil jeder glaubt, Schauspieler seien schrecklich selbstbezogen, hab ich gedacht, sie würde mir eine Geschichte abkaufen, die so klingt, als ginge es mir nur um mich. Jamie hatte immer gern Fotos mit seiner Olympus Trip geschossen, daran erinnerte ich mich, deshalb habe ich ihr erzählt, ich bräuchte für mein Archiv Abzüge von Fotos, die Jamie gemacht hatte. Es tut mir leid, wenn das irreführend war.«

»Ich versteh schon. Wie hat Jamie genau reagiert? War er wirklich fest überzeugt, dass der Mann auf dem Foto aus Brighton sein Bruder ist?«

»Er wurde sehr still.« Verity schlug die Beine unter sich und lehnte sich in ihrem Sessel zurück. »Ich wollte ihn nicht bedrängen, darum habe ich abgewartet. Schließlich stand er auf und begann, im Zimmer auf und ab zu gehen. Er wirkte ziemlich aufgewühlt. Dann sagte er, er hätte erst vor gar nicht langer Zeit angefangen zu akzeptieren, dass sein Bruder wirklich tot ist, aber kürzlich hätte er ein anderes Foto gefunden, das ihn dazu gebracht hat, alles zu hinterfragen. Ich fragte, was darauf zu sehen sei, aber er wollte es mir nicht sagen. Er sagte, er müsse jemanden treffen, bevor er imstande sei, zu verstehen, was passiert ist, aber er hoffe, er könne endlich das Rätsel um seinen Bruder lösen.«

»Und er hat keinen Hinweis darauf gegeben, wer diese andere Person war? Oder wo sie sich befand? Oder was er sich von ihr erwartete?«

Sie schüttelte den Kopf, der Inbegriff des Bedauerns. »Ich habe Ihnen alles gesagt, was ich weiß, Chief Inspector.«

»Eine letzte Sache. Ich versteh nicht, warum Sie Mary Auld nichts von Ihrem Verdacht erzählt haben. Es hätte doch viel näher gelegen, sie zu bitten, einen Blick auf das Foto zu werfen, oder?«

Verity gab eine beeindruckende Vorstellung mitfühlender Unschuld: »Für den Fall, dass ich falschlag. Wie hätte ich damit leben können, wenn ich bei ihr erst Hoffnungen geweckt hätte, die dann aber wieder in sich zusammengefallen wären? Ich dachte, Jamie könnte damit besser umgehen. Falls ich mich irrte …«

Karen hatte keine Lust, ihr nach dem Mund zu reden. Sie holte eine Visitenkarte hervor und reichte sie der Schauspielerin. »Können Sie mir bitte die Fotos schicken?«

»Natürlich, das mach ich jetzt sofort.« Sie zog die Beine unter sich hervor und griff nach dem Laptop.

Während sie tippte, sagte Karen: »Wir brauchen auch das Originalfoto aus Oxford. Sie erhalten es zu gegebener Zeit zurück, aber fürs Erste ist es ein Beweisstück in einer Mordermittlung.« Sie übertrieb ein bisschen, das wusste sie, aber sie würde kein Nein als Antwort akzeptieren. »Sie fahren morgen zurück nach London?«

»Ja, ich bin dort bis Dienstag früh, dann muss ich nach Manchester.« Voller Widerwillen zog sie einen Schmollmund. »Zwei Monate sind das Limit für mich, so lange bringt mir eine Tournee Spaß. Ich bin froh, wenn diese vorbei ist. Ich bin fast die ganze Zeit auf der Bühne, das ist sehr anstrengend.«

»Aber es muss doch in Ihrem Metier ganz gut sein, wenn man Arbeit hat«, meldete sich Jason zu Wort.

»Das ist lieb von Ihnen, aber ich kann über Angebote nicht klagen«, sagte Verity und strahlte ihn charmant an. Er wurde rot.

Karen unterbrach die beiden: »Ich sorge dafür, dass jemand von der Met bei Ihnen vorbeikommt und die Fotografie abholt. Sie bekommen eine Quittung darüber.«

Verity seufzte. »Na gut. Aber bitte seien Sie vorsichtig. Das Bild ist von sentimentalem Wert für mich.«

Ganz zu schweigen von dem, was die Medien dafür hinlegen würden, wenn dieser Fall denn gelöst wurde, dachte Karen. Aber sie lächelte und versprach es, als sie aufstand. »Vielen Dank, Ms Foggo.«

»Dafür nicht, das hab ich gern getan«, sagte die Schauspielerin. »Und ich hab aus dem Gespräch eine Menge Anregungen mitgenommen für den Krimi, für den ich gecastet wurde.«

***

Die Zugfahrt vom Glasgower Bahnhof Queen Street nach Gartcosh war kaum lang genug, dass Karen Tamsin eine Nachricht schicken konnte, dass sie zur Forensikabteilung auf dem Polizei-Campus unterwegs war. Angesichts dessen, was Karen heute alles erfahren hatte, hatte sie beschlossen, vorerst in Schottland zu bleiben; sie wollte die verschiedenen Spuren verfolgen, die im Fall der Auld-Brüder aufgetaucht waren. Außerdem war ihr bewusst geworden, dass sie in ihren beiden Fällen nicht den nötigen Überblick hatte, was die Forensik anging. Und die Erfahrung hatte sie gelehrt, dass sie trotz Tamsins Unterstützung am Ball bleiben musste, wenn sie nicht wollte, dass andere Officer, die den Forensikern das Leben noch saurer machten als sie, sie ans Ende der Warteschlange abdrängten.

Es hatte keinen Sinn, dass Jason an einem Samstag nach Stockport fuhr. Wahrscheinlich wäre bis Montagmorgen ohnehin niemand bei den Isherwood Ateliers anzutreffen. Darum schickte sie ihn nach Hause mit der ausdrücklichen Anweisung, erst am Sonntagabend nach Stockport zu fahren. »Suchen Sie sich ein Hotel, gönnen Sie sich ein gutes Essen und gehen Sie früh schlafen. Am nächsten Morgen gehen Sie als Erstes zu den Ateliers, zu der Adresse, auf die das McAndrew-Auto zugelassen ist. Das ist unser einziger Anhaltspunkt. Seien Sie diskret, aber versuchen Sie herauszufinden, wo sich ›Dani‹ oder Amanda aufhält. Versuchen Sie möglichst, sie zu Gesicht zu bekommen, aber halten Sie dabei Abstand und rufen Sie mich an. Nähern Sie sich ihr nicht, bevor ich da bin.« Die Anweisungen hätten nicht eindeutiger sein können. Und Eindeutigkeit war das, womit Jason am besten zurechtkam. Damit konnte sie diesen Punkt fürs Erste ans Ende ihrer übervollen Aufgabenliste schieben.

Der Bahnhof von Gartcosh war denkbar schlicht gehalten. Zwei Betonbahnsteige, die vom Rest der Welt durch Maschendrahtzaun mit Betonpfeilern abgetrennt waren. Zwei einfache Unterstände aus Metall und Plexiglas und ein paar Fahrkartenautomaten. Ein bitterkalter Westwind blies Karen Abfälle um die Füße, als sie sich auf den Weg zu dem markanten, schwarz-weißen Gebäude machte, das die Schaltzentrale der Police Scotland beherbergte. An einem Sommertag hätte es um die acht Minuten gedauert, dorthin zu schlendern. Heute schaffte sie die Strecke in weniger als fünf.

Ihr war immer noch kalt, als sie sich Tamsins Arbeitsplatz näherte. Während sie an den Schreibtisch trat, holte Karen eine Packung Minzkekse mit dunkler Schokolade aus der Tasche, die sie am Bahnhof Queen Street gekauft hatte. Die IT-Expertin war in etwas auf ihrem Bildschirm vertieft, doch sobald Karen ihre Opfergabe in Tamsins Blickfeld schob, schwang diese herum und schnappte sich ihre Belohnung. »Guter Schachzug, KP«, sagte sie.

Karen zog sich einen Stuhl heran. »Ich war in der Nähe. Und ich dachte: Wer wird mich vor mir selbst retten und diese verlockenden Kekse mit mir teilen?«

»Du ersparst mir einen Telefonanruf. Du stehst auf meiner To-do-Liste für den heutigen Nachmittag.«

»Ich bin enttäuscht, dass ich so weit unten rangiere.«

Tamsin grinste und offenbarte dabei eine neue Goldkrone auf einem ihrer Eckzähne. »Wie geht's voran?«

»Mein Vater ist großer Motown-Fan. Einer seiner Lieblingshits fasst es ganz gut zusammen: ›Ball of Confusion (That's What the World is Today)‹ – die Welt ist ein einziges Chaos. Ich hab ein Sammelsurium von Bruchstücken und Einzelteilen anstelle eines Gehirns im Kopf.«

Tamsin schnaubte mitfühlend. »Schade, dass du dein Hirn nicht defragmentieren kannst wie eine Festplatte. Aber du bist ein kluges Mädchen, du bekommst das schon hin. Und ich hab ein paar weitere Puzzleteile für dein Sammelsurium. Wer weiß, vielleicht sind das genau die Details, die du brauchst.«

»Ein Mädchen gibt die Hoffnung nicht auf. Sind die DNA-Jungs mit den Gemälden vorangekommen?«

»Ich hab sie ein bisschen aufgemuntert.« Tamsin grinste diabolisch. »Und heute Mittag haben sie sich dann gemeldet. Das meiste, was sie entdeckt haben, ist ziemlich lückenhaft. Nicht unbedingt ausreichend, um vor Gericht Bestand zu haben. Aber an zweien der Gemälde haben sie genug gefunden, dass es aussagekräftig ist. Beide Proben stimmen mit einem der DNA-Funde im Camper überein, aber nicht mit der DNA des Skeletts. Hilft dir das weiter?«

Karen riss die Kekspackung auf und nahm sich einen. »Es ist eine negative Bestätigung. Wir wissen, dass sich zwei Menschen den Camper geteilt haben. Jetzt wissen wir mit Bestimmtheit, wer das Skelett *nicht* ist. Und wer unsere Hauptverdächtige ist. Wie steht es mit der Probe, die Jason neulich vorbeigebracht hat?«

Tamsin nickte. »Vater und Tochter. Die Tote ist Thomas Gilmartins Tochter.«

»Wolltest du mich ärgern, indem du mir das nicht gleich als Erstes gesagt hast? Damit sind alle Zweifel ausgeräumt.«

»Würd ich auch sagen. Und ich habe es geschafft, ein paar mehr E-Mails aus dem Papierkorb auf Susan Leitchs Computer zu rekonstruieren. Ich schick dir die Fragmente, die ich gefunden hab. Vielleicht kannst du etwas herauslesen, aber erwarte nicht zu viel. Sie sind ziemlich nichtssagend.«

»Wie steht es mit Susan Leitchs Telefon? Ist es schon aufgetaucht?«

»Nein. Ich habe eine Suchanfrage gestellt, aber bislang ohne Ergebnis.«

Karen murrte missbilligend. »Wahrscheinlich liegt es irgendwo in einem Beweismittelbeutel, und irgendein Sesselfurzer guckt einfach nicht in seinen Posteingang. Zum Glück versprech ich mir nicht allzu viel davon. Wie steht es mit James Aulds Laptop?«

Tamsin stöhnte. »Gönn mir 'ne Pause, Karen. Wir haben ihn gerade erst heute Morgen reinbekommen. Ich hatte noch keine Zeit, mir das verdammte Ding anzugucken. Vertrau mir, sobald es was Nennenswertes gibt, lass ich es dich wissen.«

Karen hob beschwichtigend die Hände. »Tut mir leid, ich weiß, ich bin eine gierige Kuh.«

»In meinen Augen ist das kein Charakterfehler. Du bist wie ich, du kommst mit langsamen Fortschritten nicht zurecht. Montag bin ich nicht hier, aber ich setze es ganz oben auf meine Prioritätenliste, wenn ich am Dienstag wieder Dienst hab, okay?«

»Danke.« Karen sah auf ihre Uhr. »Ich mach mich besser auf den Weg.«

»Schön, dass du da warst. Danke für die Kekse.« Als Karen schon fast bei der Tür war, rief Tamsin sie zurück. »Eine Sache noch. Dieser Virus aus China – deck dich mal lieber mit Handgel und Desinfektionsmittel ein. Und besorg dir eine Packung Gesichtsmasken.«

»Machst du Witze? Das ist doch nur eine Grippe, oder?«

Tamsin verzog das Gesicht. »Das ist nicht das, was ich online mitbekomme. Tu's einfach. Es ist ja nicht so, dass du es dir nicht leisten könntest.«

Karen schüttelte amüsiert den Kopf. »Okay, ich schau auf dem Heimweg in der Apotheke vorbei. Nur, damit du beruhigt bist.«

»Du wirst mir dankbar sein, wenn sich herausstellt, dass es das Richtige war«, sagte Tamsin abwesend, sie war schon wieder von ihrem Computer absorbiert worden.

Im Zug zurück nach Edinburgh schickte Karen Nora Brooke eine Nachricht. Sie hatte mit der Kuratorin der schottischen Nationalgalerien bei einer ungelösten Serie von Kunstdiebstählen zusammengearbeitet.

> Ich weiß, dass deine Arbeitswoche so unfassbar voll ist wie meine, aber können wir uns zum Brunch treffen? Ich brauche dein Gehirn. (Und ich glaube, du könntest ganz interessant finden, worum es dabei geht …)

Nora antwortete umgehend: Lass uns am Montag treffen. Bis dahin bin ich in Aberdeen, Gott steh mir bei.

Karen lächelte zufrieden und wendete sich den E-Mail-Fragmenten zu, die Tamsin aus Susan Leitchs gelöschtem Mail-Austausch mit Amanda McAndrew gerettet hatte. Vieles ergab ohne Kontext keinen Sinn, und das meiste stammte aus der Zeit vor der Trennung. Es schien hauptsächlich um Termine und alltägliche Angelegenheiten zu gehen. Nach der Trennung gab es so gut wie nichts. Aber ein vielsagendes Bruchstück einer Nachricht von Amanda an Susan hatte überlebt: … vertrauen kann … Ärger bereite … Hilfe … wieder ab, wenn die Lage …

Karen hütete sich, zu viel in die Lücken hineinzuinterpretieren, aber sie konnte nicht widerstehen, sich zu fragen, ob die Nachricht nicht ungefähr so gelautet hatte: Du bist die Einzige, der ich vertrauen kann. Es tut mir leid, wenn ich dir Ärger bereite, aber ich brauche deine Hilfe. Ich hol es wieder ab, wenn die Lage sich beruhigt hat. Das passte sowohl zu den Mail-Fragmenten als auch zu dem Rest der Beweise. Langsam, aber sicher begannen sie zu verstehen, was mit dem Skelett im Camper geschehen war.

Sie hatte noch einen Anruf zu tätigen, aber ihr war bewusst, dass es im Zug Mithörer gab. Sobald sie ausgestiegen war, suchte sie sich auf dem Bahnhof eine ruhige Ecke und rief die Staatsanwältin Ruth Wardlaw an. Zügig umriss sie das Netz an Beweisen, das sie um Amanda McAndrew gewebt hatte. »Können Sie das einem Richter vorlegen und mir einen Haftbefehl besorgen, wenn ich Ihnen jetzt gleich die Details maile?«

Ruth lachte. »Dafür, dass Sie sich mit Cold Cases befassen, bekommen Sie es erstaunlich gut hin, dass Ihre Anfragen immer von hoher Dringlichkeit sind.«

»Das ist eine Gabe. Was meinen Sie? Können Sie das machen?«

»Lassen Sie mich sehen, was Sie für mich haben, dann entscheide ich, ob es für einen Haftbefehl reicht.«

»Ganz schön streng, Ruth.«

»Vielleicht. Aber Sie pokern gern hoch, Karen.«

Das war ein Urteil, dem Karen nicht widersprechen konnte. Was sie auch gar nicht wollte.

36

Montag, 24. Februar 2020

Karen liebte es, im Aleppo zu brunchen. Das war genau das Richtige, um ihre Stimmung zu heben nach einem Abend, an dem sie sich durch die Einzelheiten des James-Auld-Mordfalls gewühlt hatte. Den Sonntagnachmittag hatte sie mit ihren Eltern in Kirkcaldy verbracht; sie hatte sie zum Mittagessen ins Pub eingeladen, danach hatten sie einen zügigen und belebenden Spaziergang durch den Ravenscraig Park gemacht. Sie hätte sich auch mit Hamish treffen können, aber nach den Komplikationen der letzten Woche war ihr das zu viel.

Sie hatte sich den ganzen Sonntagabend mit Fragen gequält, wie ein Kind, das den Schorf von einer Wunde kratzt. War Verity Foggos Entdeckung stichhaltig? Und wenn ja, was bedeutete das dann? Hatten die Fälschungen aus Dover House etwas mit ihrem Fall zu tun? Sie hatte die Reste von ihrem Picknick mit Hamish gegessen, während sie die Informationen hin und her wälzte; und dennoch hatte Karen das Gefühl, dass sie etwas übersah. Nur eines hatte ihre Frustration ein wenig gemildert: das Eintreffen eines Haftbefehls per E-Mail, mit freundlicher Empfehlung von Ruth Wardlaw.

Die Aussicht auf das Aleppo hatte sie beim Aufwachen mit Vorfreude erfüllt. Sie nahm immer die gebackenen Eier mit Pilzen, würzige 'Nduja und Aubergine, dazu fluffiges Fladenbrot.

Als sie zusammensaßen, entschied sich Nora für einen Korb mit unterschiedlichem Gebäck, dazu Butter und Feigenmarmelade. »Einem herzhaften Frühstück kann ich nichts abgewinnen«, sagte sie. Ihr rundes Gesicht mit den rosa Bäckchen war der Beweis für ihre Liebe zu Süßem. Sie strich sich das lange braune Haar mit seinen sanften Wellen aus der Stirn und fasste es zu einem lockeren Knoten im Nacken zusammen. »Ich möchte nicht, dass Marmelade reinkommmt«, murmelte sie. »Das ist wirklich himmlisch, Karen.«

»Noch weißt du nicht, was ich von dir will.« Karen zerstieß ein Ei mit der Gabel und vermischte es mit dem Rest des Gerichts.

»Geht es wieder um einen Cold Case? Noch mehr Gemälde, die aus einer Burg gestohlen wurden?«

»Es ist ein Cold Case mit einem warmen Kern. Ein Mord, der letzte Woche begangen wurde, hängt zusammen mit einem mysteriösen Verschwinden vor zehn Jahren.«

»Oh, das klingt wie eine Folge aus dieser TV-Serie, in der Trevor Eve so rumbrüllt.«

Karen lachte. »Wenn man laut werden muss, macht man was falsch.«

»Und was hat das alles zu tun mit der wunderbaren Welt der schönen Künste?« Nora brach ein Croissant entzwei und seufzte leise. »Oh, du mein Augenstern.«

»Mehrere Gemälde, die aus dem Schottland-Amt in London zurück in die Galerien gingen, stellten sich als Fälschungen heraus. Weißt du was darüber?«

Nora erstarrte, ein Stück Croissant blieb auf halbem Weg zu ihrem Mund in der Luft hängen. »Wie hast du davon erfahren? Es wurde alles vertuscht. Wir dürfen nicht darüber reden, darauf steht die Todesstrafe. Na ja, nicht so richtig, aber du weißt schon, was ich meine.«

»Ich vermute, es gibt eine Verbindung zu dem Fall, in dem ich gerade ermittle. Was kannst du mir darüber sagen?«

»Dieses Gespräch haben wir nie geführt, Karen. Ich mein das ernst, ich darf nicht damit in Zusammenhang gebracht werden.« Nora legte das Croissant zurück auf ihren Teller, alle Leichtigkeit war von ihr abgefallen.

»Du hast mein Wort, Nora. Es ist Hintergrundrecherche. Nichts wird auf dich zurückfallen. Erzähl mir, was du weißt.«

Nora blickte sich nach allen Seiten um, dann konzentrierte sie sich auf Karen. »Ich glaube, es waren sechs Gemälde. Alle von schottischen Künstlern, aus diesem Grund waren sie für das Schottland-Amt ausgewählt worden. Aber sie stammten aus sehr unterschiedlichen Epochen und waren in unterschiedlichen Stilen gemalt. Sie waren ziemlich wertvoll – fünfstellige Beträge im unteren Bereich. Bis auf den Peter Doig, der würde bei einer Auktion fünf oder sechs Millionen einbringen. Keines der Originale ist je wieder aufgetaucht, was bedeutet, dass sie alle Teil der Privatsammlung eines reichen Scheißkerls sind. Wer immer die Kopien gemalt hat, hat einen Mordsgewinn gemacht.« Sie schlug die Hand vor den Mund. »Das mein ich natürlich nicht wörtlich.«

»Ich weiß. Erzähl mal, wie gut waren die Kopien?«

»Tja, das ist wahrscheinlich die interessanteste Frage von allen, die du hättest stellen können. Leute erzählen eine Menge Mist, von wegen, dass sie instinktiv wüssten, ob ein Bild eine Fälschung ist. Ich für meinen Teil denke, dass das überheblicher Schwachsinn ist. Was sie ihrem Instinkt zuschreiben, ist unterbewusstes Wissen, das sie erworben haben, indem sie ein Leben lang Kunstwerke sehr intensiv aus der Nähe studiert haben. Diese sechs Gemälde waren in technischer Hinsicht sehr gekonnt gemacht. Wenn man sie einfach nur betrachtet hat, gab es nichts, was die Alarmglocken hätte läuten lassen. Derjenige, der die Kopien erstellt hat, hat die Farben und die Pinselführung perfekt getroffen.

Aber sie waren nicht dafür gemacht, einer intensiveren Prüfung standzuhalten. Als sie in die Galerien zurückkamen, konnten wir sofort erkennen, dass es sich nicht um die Originale handelte. Die verwendeten Materialien waren falsch. Ein Fälscher, dem es in erster Linie darum geht, unentdeckt davonzukommen, sucht sehr sorgfältig nach den richtigen Materialien. Er braucht Leinwand, die das richtige Alter hat. Er wird die Pigmente selbst zerstoßen, damit sie mit dem übereinstimmen, was zur Zeit der Entstehung des Bildes zur Verfügung stand. Er wird selbst Leim herstellen, damit auch das passt. Diese Kopien waren anders. Sie sahen echt aus, aber sie sollten keine Echtheitsprüfung überstehen.«

»Aber was soll das dann? Wenn du in der Lage bist, etwas so authentisch aussehen zu lassen, warum dann so viele Nachlässigkeiten bei den anderen Dingen?«

Nora wandte sich wieder ihrem Croissant zu. »Weil es nicht darum ging, langfristig zu überzeugen. Das waren Platzhalter, während die Verbrecher die Originale beiseitegeschafft haben. So haben sie Zeit gewonnen.«

Karen nahm einen Schluck Kaffee und verfiel ins Grübeln. »Das ist, als würden sie uns eine lange Nase drehen«, sagte sie nachdenklich. »Als würden sie sagen: ›Guck, wir können euch reinlegen. Und wenn wir wollen, können wir euch aufs Kreuz legen, und ihr könnt uns gar nichts.‹«

Nora runzelte die Stirn. »Vielleicht. Oder vielleicht sind sie auch nur faul. Alles gründlich zu erledigen, ist zeitaufwendig und schwierig. Ein paar Kopien rauszuhauen, die auf den ersten Blick überzeugen, ist viel schneller erledigt.«

»Niemand wurde deswegen verhaftet, oder?«

»Nicht, soweit ich weiß.«

»Gab es Verdächtige? Wurden Namen genannt?«

»Das Scotland-Yard-Dezernat für Kunst und Antiquitäten hat ein paar Leute überprüft. Aber die Einheit wurde

2017 nach dem Feuer im Grenfell Tower aufgelöst. Ihre Arbeit wurde als nicht besonders wichtig eingestuft, und die Met brauchte wegen des Feuers alle Cops, die sie bekommen konnte. Seitdem haben wir nichts mehr gehört. Ich glaube, das Hauptproblem war, wer Zugang zum Dover House hatte. Wir gehen davon aus, dass nicht alle Kopien zum selben Zeitpunkt angefertigt wurden. Weil verschiedene Farben zu unterschiedlichen Zeitpunkten auf dem Markt waren, lässt sich das beweisen. Und es wäre auch ein hochriskantes Unternehmen gewesen, alle sechs Bilder gleichzeitig auszutauschen. Da ist es viel sicherer, sechsmal ein kleines Risiko einzugehen, statt einmal ein großes auf sich zu nehmen.«

»Glaub ich auch. Also, keine Namen? Nicht mal Andeutungen?«

Nora schüttelte den Kopf und fegte dann die Krümel von ihrem ausladenden Busen. »Ich verschweige dir nichts.«

»Über welche Summen sprechen wir hier? Ein paar Millionen? Ein zweistelliger Millionenbetrag?«

Nora lachte. »Kein zweistelliger Millionenbetrag, Karen. Alles zusammengenommen – und das ist nur eine grobe Schätzung – würden der Raeburn, der MacTaggart, der Redpath, der Eardley und der Crawhall vermutlich irgendwas zwischen einer Viertelmillion und dreihunderttausend einbringen. Das Sahnehäubchen ist der Peter Doig. Bei einer Auktion dürfte der für mehr als fünf Millionen versteigert werden. Vielleicht sogar für zehn.«

»Für ein Gemälde?«

Nora nickte. »Doig ist ein Star.«

»Dann könnten die bis zu zehn Millionen für ihren gar nicht mal so kleinen Schwindel eingefahren haben?«

»Nicht auf dem Schwarzmarkt. Mit etwas Glück haben sie die Hälfte bekommen.«

»Vielleicht nicht genug, um sich damit zur Ruhe zu setzen, aber schon eine ganz stattliche Summe.«

»Ich weiß nicht, ich glaube, für fünf Millionen könnte ich mir einen recht schönen Lebensabend in einer entzückenden Steueroase in der Karibik durchaus vorstellen. Dennoch wäre es ganz schön riskant, das durchzuziehen. Du müsstest demjenigen, der die Bilder für dich verkauft, blind vertrauen.«

»Könnte man das nicht selbst machen?«

Nora nahm sich eine Rosinenschnecke und biss hinein, während sie nachdachte. »Ich glaub kaum, dass besonders viele Fälscher direkte Kontakte zu Sammlern haben.«

»Was, wenn es jemand war, der nicht in erster Linie als Betrüger bekannt war?«

»Was meinst du damit?«

»Okay. Ich hab dir versprochen, deine Geheimnisse zu bewahren. Jetzt brauche ich dein Versprechen, dass du auch meine nicht ausplauderst. Worüber ich jetzt mit dir reden will, darfst du absolut niemandem erzählen.«

Nora hob die Augenbrauen, ebenso fasziniert wie geschmeichelt. »Ich schwöre beim Grab meiner Katze.«

»Kennst du David Greig?«

»Wow. Wenn ich eine Liste von hundert Künstlern zusammengestellt hätte, über die wir heute Morgen möglicherweise sprechen würden, hätte David Greig wahrscheinlich nicht darauf gestanden. Du weißt schon, dass er tot ist, oder?«

»Ja, Nora, ich weiß, dass er tot ist.« Karen verdrehte die Augen und schob sich eine Portion gebackene Eier in den Mund, um Nora zappeln zu lassen. »Weißt du, wie sich David Greig das Studium finanziert hat?«

»Meinst du seine originellen Porträts? Natürlich, über die weiß ich alles. Es gibt ein sehr berühmtes Gemälde im Louvre mit dem Titel *Gabrielle d'Estrées und eine ihrer Schwestern,* darauf sind zwei Frauen im Bad abgebildet, von der Hüfte aufwärts nackt, und eine fasst der anderen an den Nippel. Greig hat eine Version davon hergestellt für eine der Kuratorinnen der Portrait Gallery und deren Freundin; die hatte das in Auftrag gegeben. Das war einer der Momente, in dem alle so taten, als wären sie total empört, während sie sich eigentlich bestens amüsierten. Aber du willst jetzt nicht andeuten, dass David Greig was mit dem Betrug im Dover House zu tun hat, oder? Als das herauskam, war er seit Jahren tot.«

»Die Kopien hatten da aber schon gehangen, als er noch lebte. Die Zeitachse ist nicht das Problem. Was ich wissen möchte, ist, ob du glaubst, dass David Greig die Kopien hätte herstellen können.«

Nora starrte Karen mit offenem Mund an. Sie atmete tief aus, blähte dann ihre Wangen auf und meinte schließlich: »Verdammt, ja.«

37

Jason hatte genau das getan, was ihm aufgetragen worden war. Die einzige Zugabe war ein langer FaceTime-Chat mit Eilidh gewesen, bei dem es vor allem darum gegangen war, welche Serie sie als Nächstes bingen wollten. Sie hatten sich schließlich auf Narcos geeinigt. Jason hatte versucht einzuwenden, dass das ein bisschen so wäre, als brächte er Arbeit mit nach Hause, aber Eilidh hatte nicht zu Unrecht dagegengehalten, dass die Historic Cases Unit nur selten in Schießereien, Observierungen und rasante Verfolgungsjagden verwickelt wurde.

Das Gebäude der Isherwood Ateliers sah aus, als wäre es in den Sechzigerjahren von einem Architekten entworfen worden, der Rache an der Wohngegend hatte nehmen wollen. Das Haus aus Betonplatten, Stahlstreben und Glas lag eingezwängt zwischen einer beeindruckenden Kirche aus roten Ziegeln und einer Reihe unauffälliger Ladengeschäfte. Ein Schild verkündete: ISHERWOOD ATELIERS – STOCKPORTS DREHSCHEIBE FÜR KUNST UND KUNSTHANDWERK. Jason glaubte nicht, dass er schon mal etwas gesehen hatte, das weniger wie eine Drehscheibe gewirkt hatte.

Der Eingang, eine Doppeltür aus schäbigem, kastanienbraunem Holz, lag auf der Rückseite des Gebäudes. Er führte in ein großes, quadratisches Foyer, in dem eine junge Frau in farbenverkleckstem Overall und gebatiktem Turban an einem Wandgemälde arbeitete, das offenbar eine Stadtlandschaft in Fisheye-Optik darstellen sollte. Jason räusperte sich. »Hallo«, sagte er.

Sie drehte sich um und grinste ihn freundlich an. »Selber hallo. Suchst du jemanden?«

»Ist Dani vielleicht da? Dani Gilmartin. Aus Schottland.« Er schenkte ihr sein schönstes Lächeln.

»Nichte heute Morgen, Kumpel. Was willst du denn von ihr?«

»Ich wollte nur mal vorbeischauen.« Er hatte eine Idee und strahlte. »Wir haben uns früher in Schottland ein Atelier geteilt. In Tullyfolda. Vielleicht hat sie's erwähnt.«

Sie sah ihn skeptisch an. Jason vermutete, dass er nicht gerade wie ein Künstler aussah, auch wenn er extra seine Krawatte abgenommen hatte.

»So gut kenn ich sie nicht. Ich bin übrigens Orla.« Auch wenn das wie eine freundliche Geste wirkte, war es doch auch ganz klar eine Aufforderung.

»Jason. Ich bin nur für ein paar Tage hier, weißt du vielleicht, wo ich Dani finden kann?«

Orla musterte ihn erneut. »Sie gibt montagmorgens einen Kurs. Aquarellmalerei für Anfänger. Im Gemeindesaal bei Morrisons. Dort müsstest du sie bis Mittag antreffen.«

Jason grinste. Die Chefin würde stolz auf ihn sein. »Danke«, sagte er. »Das ist echt nett.« Er deutete ein Winken an und kehrte zurück zu seinem Auto.

Dabei fiel ihm überhaupt nicht auf, dass Orla am Telefon hing, bevor noch die Tür hinter ihm ins Schloss gefallen war. Wer auch immer dieser schottische Kerl sein mochte, sie hätte ihr Motorrad darauf verwettet, dass er kein Künstler war. Höchstens ein Hochstapler.

* * *

»Bei Morrisons« entpuppte sich als enervierende Menge an Nebenstraßen, wie Jason feststellen musste. Aber in der dritten oder vierten wurde er fündig. Der Gemeindesaal befand sich in einem langen Ziegelgebäude mit einem Giebeldach und Sprossenfenstern, die mit Sicherheitsgittern aus Metall versehen waren. Er beobachtete, wie ein halbes Dutzend Frauen und ein Mann unbestimmten Alters plaudernd hineingingen, dann folgte er ihnen vorsichtig zum Eingang. Vor einem Schwarzen Brett daneben blieb er stehen. Neben Brownies, Tierbabys, Diät-Selbsthilfegruppen und Seniorensingen wurde auch »Aquarellmalerei für Anfänger mit professioneller Anleitung von Dani« angeboten: »Montags von zehn bis zwölf. Jeder kann teilnehmen. Fünf Pfund bei Eintritt.« Er war hier richtig.

Jason schritt die Straße der Länge nach ab und überlegte, was er als Nächstes tun sollte. Er konnte es nicht einfach dabei belassen, dass er wahrscheinlich die richtige Person gefunden hatte. Er musste sie sehen, um sie mit den Fotos zu vergleichen. Die Chefin wäre nur mit einer absolut wasserdichten Bestätigung zufrieden. Er drehte sich gerade rechtzeitig um, um zu sehen, wie drei Frauen das Gebäude betraten. Er schickte sich an, ihnen zu folgen, hielt aber Abstand. Als er sich den großen, offen stehenden Holztüren näherte, konnte er weit genug hineinsehen, um ein Paar Schwingtüren zu erkennen, die mit Fenstern auf Kopfhöhe versehen waren. Wenn er wartete, bis der Kurs anfing, könnte er hindurchlinsen und mit etwas Glück einen Blick auf die Kursleiterin werfen, gut genug, um eine positive Identifizierung vorzunehmen.

Er vertrödelte ein paar weitere Minuten, indem er wieder die Straße hinunterschlenderte. Um sieben nach zehn machte er sich erneut vorsichtig auf den Weg zurück zum Gemeindesaal. Dieses Mal betrat er das geflieste Vestibül und pirschte sich an die Fenster in der Tür heran. Er hatte sie kaum erreicht, als eine ältere Dame neben seinem Ellbogen auftauchte. »Seien Sie nicht so schüchtern, junger Mann«, rief sie. »Wir beißen nicht, müssen Sie wissen. Jeder ist beim ersten Mal aufgeregt.«

Jason trat panisch einen Schritt zurück. »Ich bin nicht … ich wollte nicht …«

Aber die Frau ließ sich nicht abschütteln. Sie legte eine Hand in seinen Rücken und schubste ihn auf die Tür zu. Er wusste nicht, was er tun sollte. Er konnte sich ja wohl kaum mit einer Rentnerin anlegen. Und schon hatte sie eine der Schwingtüren geöffnet und schob ihn mit Nachdruck weiter voran. »Wir haben einen Neuzugang«, verkündete sie. »Ein netter junger Mann. Er wird dir ganz schön Konkurrenz machen, Tony!«

Jeder im Raum drehte sich zu ihm um. Jason fühlte, dass sein Gesicht zu glühen begann. Halbherzig hob er die Hand zur Begrüßung und sagte »Hallo« mit einem Kiekser, der ihn selbst überraschte. Obwohl es nicht gerade warm war in der Halle, konnte er fühlen, wie ihm der Schweiß im Nacken stand. Er schaute sich um und sah ein Dutzend Leute vor einfachen Staffeleien, an denen Papierbögen befestigt waren. Auf der Kante der Bühne saß die Kursleiterin mit einem sardonischen Lächeln auf den Lippen. Ihr Haar war länger als auf den Fotos, aber Jason zweifelte nicht einen Moment daran, dass er seiner Zielperson gegenüberstand.

»Willkommen in der Gruppe«, sagte sie. Ihr schottischer Akzent klang immer noch durch. »Ich bin Dani.«

Nein, bist du nicht. Du bist Amanda. »Ich bin Jason«, stellte er sich vor. »Ich hab das noch nie gemacht.«

»Dann bist du hier richtig. Aquarellmalen für Anfänger«, sagte sie, stieß sich von der Bühne ab und kam auf ihn zu. Sie führte ihn durch die Gruppe zu einer freien Staffelei am entgegengesetzten Ende des Raums. Keine Chance, unbemerkt hinauszuschlüpfen, dachte er düster. »Okay, Leute, lasst uns anfangen. Wie üblich hab ich eine Reihe von Bildern auf der Bühne ausgelegt, darunter auch ein paar Stillleben. Wählt aus, woran ihr euch versuchen wollt, und bereitet die Grundierung vor. Ich erklär Jason so lange, wie es hier läuft.«

»Danke«, murmelte er, als die Kursteilnehmer sich in Bewegung setzten.

»Du hast keine Farben oder Pinsel mitgebracht«, stellte sie fest. »Der Kurs kostet fünf Pfund pro Sitzung, und für weitere zwanzig Pfund erhältst du eine Grundausstattung: ein paar Farben und Pinsel. Das reicht fürs Erste, um zu starten. Und wenn du dann angefixt bist, kannst du entscheiden, was du alles brauchst. Ist das okay für dich?«

Er nickte stumm, holte seine Brieftasche hervor und gab ihr fünfundzwanzig Pfund. Dabei entging ihm, wie sich kurz der Schock auf ihrem Gesicht abzeichnete, als sie seinen Polizeiausweis von der Police Scotland bemerkte. Während er sich Gedanken machte, ob er das Geld ohne Quittung zurückbekommen würde, kramte Dani einen Plastikkasten und ein Marmeladenglas aus einer blauen Ikea-Tasche, die neben der Bühne stand.

»Du kannst das Glas in der Küche füllen, gleich links neben der Tür dort.« Dani öffnete den Malkasten und wählte den größten Pinsel aus. »Geh und such dir ein Bild aus, mit dem du es probieren willst, hol Wasser, und dann zeig ich dir, wie du loslegst.« Sie warf ihm ein forsches Lächeln zu und begann dann, von Staffelei zu Staffelei zu gehen.

Jason zog seine Jacke aus und hängte sie über einen Stapel Stühle. Dann trottete er zur Bühne. Die meisten hatten sich schon ein Bild ausgewählt, nur zwei der Frauen waren noch unschlüssig. Unglücklich starrte er das halbe Dutzend Fotos an, mehrere Landschaften und Stillleben. Eine der Frauen stupste ihn an und wies auf ein Foto mit einem Strauß Partyballons vor blauem Himmel. »An Ihrer Stelle würd ich das nehmen für den Anfang. Es ist weniger nervig als die anderen.«

Er betrachtete es und lächelte dann gequält. »Danke. Ich bin mir nicht sicher, ob das was für mich ist.«

»Das können Sie nicht wissen, bevor Sie es ausprobiert haben, mein Junge. Sie sind Schotte, nicht wahr? Wie Dani?«

»Das stimmt.«

»Sind Sie neu hier?«

Er fand ihre Fragen seltsam beruhigend. Mit neugierigen alten Frauen kannte er sich aus; die Hälfte seiner weitläufigen Verwandtschaft bestand daraus. »Ich bin jetzt seit ein paar Monaten hier, aber ich dachte, es wär an der Zeit, neue Leute kennenzulernen.«

Die zweite Frau lachte zotig. »Hier werden Sie kein passendes Mädchen finden, mein Sohn. Wir klopfen alle schon ans Himmelstürchen.«

»Sprich für dich selbst, Irene. Ich hab immer noch einen Funken in meiner Feuerbüchse.« Sie beiden stießen einander mit den Ellbogen an und kicherten wie Teenager.

»Ich habe eine Verlobte«, beeilte er sich zu sagen, ehe das Geplänkel außer Kontrolle geriet. Das entsprach schließlich fast der Wahrheit. Er griff sich das Foto mit den Ballons und kehrte zu seiner Staffelei zurück. Die nächsten zwei Stunden schleppten sich in einem Albtraum aus Klecksen und Tropfen dahin. Dani schaute oft bei ihm vorbei und gab ihm viele Ratschläge und Tipps, aber für Jason stand schnell fest, dass Malen nicht zu seinen Stärken zählte.

Endlich neigte sich der Kurs dem Ende entgegen. Im Flur zur Küche befand sich eine Korkwand, die bereits mit Bildern vollgehängt war. Dani nahm sie zügig ab und ersetzte sie durch die noch feuchten Erzeugnisse des heutigen Morgens. Die Teilnehmer pickten sich ihre früheren Schöpfungen heraus, dann suchten sie Jacken und Taschen zusammen. Jason war schon auf dem Weg zur Tür, als Dani ihn aufhielt.

»Könntest du mir mit den Staffeleien helfen? Normalerweise mach ich das allein, aber heute bin ich ein bisschen in Eile, und ich möchte nicht die Oldies fragen«, sagte sie entschuldigend mit einem charmanten Lächeln.

»Klar.« Er beobachtete, wie sie eine der Staffeleien zusammenklappte, und machte es ihr nach, während die anderen plaudernd und lachend aus der Halle wuselten.

Als er drei zusammengelegt hatte, sagte Dani: »Ich zeig dir, wo sie hingehören.«

Er folgte ihr den Flur entlang, vorbei an der Küche, danach ging es um die Ecke. Dani hielt vor einer altmodischen schweren Holztür an und betätigte einen Lichtschalter. Sie schloss die Tür auf und schob die Riegel oben und unten zurück. Sie öffnete die Tür, hinter der eine Steintreppe zu erkennen war, die von einer nackten Glühbirne beleuchtet wurde. »Da unten«, sagte sie und trat einen Schritt zurück, damit er vorbeigehen konnte.

Jason spürte einen kräftigen Stoß im Rücken, dann stürzte er in einem Gewirr von Staffeleien die Treppe hinunter. Alles wurde schwarz.

38

Nora starrte Karen über den Tisch hinweg an. »Du glaubst, David Greig steckt hinter den Fälschungen?«

»Ich wollte nur wissen, ob du dir vorstellen kannst, dass er sie gemalt hat.«

»Aber du sagtest, es muss jemand gewesen sein, der Zutritt zum Sitz des Schottland-Amts hatte. Nach allem, was ich über Greig weiß, verkehrte er nicht in solchen Kreisen. Es gibt Künstler, die sich beim Establishment einschmeicheln. Die kommen zu Partys und Eröffnungen mit wie Schoßhunde und sind total bieder. So war Greig nicht. Er war subversiv und gefährlich.«

»Mmmm.« Karen wollte sich nicht zu sehr in die Karten gucken lassen trotz Noras Versicherung, alles für sich zu behalten. »Er scheint ja auch noch über seinen Tod hinaus für Aufsehen zu sorgen: So wie ich es verstanden hab, tauchen immer wieder neue Bilder von ihm auf.«

»Das ist nicht weiter überraschend. Seine Werke waren schon zu Lebzeiten Sammlerobjekte. Genau die Art von Künstler, die einen Mäzen mit tiefen Taschen anlockt. Von der Sorte, die Kunst eher als Investment denn als Genuss betrachtet. Greig war nicht besonders produktiv, darum sind seine Werke immer noch wertvoll.«

»Und dann war da noch das Feuer in Brighton«, sagte Karen. »Einige von Greigs Bildern gingen in Rauch auf, nicht wahr?«

»Das stimmt. Ich glaube, drei oder vier seiner Porträts wurden in der Nacht zerstört. Was wiederum eine Wertsteigerung für jeden bedeutete, der ein paar seiner Werke in petto hatte. Je weniger Bilder überleben, desto wertvoller sind die, die übrig sind, solange die Reputation des Künstlers nicht den Bach runtergeht.«

»Aber wenn er so viel Geld verdient hat, warum hätte sich Greig dann zu einem solchen Betrug hinreißen lassen sollen?«

Nora breitete achselzuckend die Hände aus. »Karen, wenn es um Geld geht, bekommen einige Menschen nun mal den Hals nicht voll. Und Greig war berüchtigt dafür, ein schlimmer Finger zu sein. Wahrscheinlich hat er es eher aus Spaß denn aus Gier getan. Nach dem, was ich über ihn gehört hab, liebte er es, das Establishment reinzulegen. Je mehr ich darüber nachdenke, umso mehr glaube ich, dass es für ihn ein Jux gewesen sein muss.«

Karen holte eine Kopie der Aufstellung hervor, die sie in James Aulds Pariser Wohnung gefunden hatte. »Da ist ein Greig drauf gelistet. *Jarvis Cocker in the Year 2000.* Für fast eine Dreiviertelmillion Dollar. Ist das der normale Preis für ein Bild von ihm?«

Nora zuckte mit den Schultern. »Ich bin keine Expertin, was die Wertbestimmung angeht. Aber es überrascht mich nicht.«

»Wie kann ich herausfinden, wer das Gemälde verkauft hat?« Karen zeigte ihr die Liste. »Es wird keine Galerie genannt.«

»Wenn du online suchst, solltest du das relativ leicht herausfinden können.«

»Und die können mir dann sagen, in wessen Auftrag sie es verkauft haben?«

»Wenn der Verkäufer anonym bleiben will, werden sie es dir nicht mitteilen. Kannst du nicht einen Gerichtsbeschluss dafür bekommen?«

»Da brauche ich einen ziemlich überzeugenden Grund«, sagte Karen.

»Und hast du?« Nora warf ihr einen koketten Blick zu.

»Nicht nach Informationen fischen, das ist nicht gut fürs Karma. Dann gibt es also keinen einfachen Weg herauszufinden, wer davon profitiert, wenn neue Gemälde auf den Markt kommen?«

Nora nahm einen großen Bissen von einem Pain au Chocolat und kaute energisch. Dann schluckte sie und sagte: »Nun, es gibt was, das ist nicht ganz so direkt, könnte aber funktionieren. Wenn ein Kunstwerk in einem der Länder des Europäischen Wirtschaftsraums verkauft wird, muss die Galerie oder das Auktionshaus dem Künstler eine Beteiligung am Weiterverkaufserlös zahlen. Das ist ein festgelegter Prozentsatz des erzielten Preises und geht an den Künstler oder, wenn der tot ist, an seinen Erben. Der Anteil an all diesen David-Greig-Gemälden würde also an seinen Erben ausgezahlt werden. Der Begünstigte wird demnach vermutlich wissen, wer der Verkäufer ist. Denn der wird sich eventuell bei ihm gemeldet haben wegen eines Belegs oder persönlicher Informationen, die die Provenienz stützen.«

Karen hörte gut zu. Ihr wurde schlagartig bewusst, dass dies ganz wesentlich dabei helfen konnte, die Einzelteile in der richtigen Reihenfolge zusammenzufügen. »Wie kann ich das herausfinden?«

»Es gibt spezialisierte Organisationen, die sich um die Verwaltung kümmern. Ich kann die Details raussuchen, wenn ich zu Hause bin, und dir dann schicken. Ich habe keine Ahnung, ob sie dir die Informationen dann freiwillig geben oder ob du einen von diesen lästigen Gerichtsbeschlüssen besorgen musst.«

Karen aß den letzten Bissen ihres Brunchs, den sie erstaunlicherweise hatte lauwarm werden lassen. Ihr Gehirn lief auf Hochtouren bei dem Versuch, die neuesten Informationen zu verarbeiten. »Vielleicht auch nicht. Angenommen, die Informationen stehen in seinem Testament? Er wird jemanden festgelegt haben, der die Beteiligungen erhält, oder? Oder zumindest einen Universalerben bestimmt haben.«

Noras Augenbrauen wanderten wieder in die Höhe. »Ich denke schon. Darüber weißt du mehr als ich.« Heimlich streckte sie die Hand nach einem Stück Baklava aus.

Laut überlegte Karen: »Greig lebte und starb in England. Er wird Dinge besessen haben, auch Kunstwerke, selbst wenn sie nicht ganz fertiggestellt waren. Sein Testamentsvollstrecker muss eine Testamentseröffnung beantragt haben, und das bedeutet, dass sein Letzter Wille öffentlich einsehbar ist.«

»Wirklich? Man kann jedermanns Testament einsehen? Wer hätte das gedacht.«

»Ich danke dir, Nora, du hast mir einiges zum Nachdenken gegeben.« Karen schob ihren Stuhl zurück. »Es tut mir leid, aber ich muss gehen und ein paar Sachen online recherchieren. Nimm dir Zeit, bestell dir noch Kaffee, alles, was du willst. Wenn das hier vorbei ist, gehen wir essen, versprochen.« Damit machte sie sich auf den Weg und hielt nur kurz an, um zwei Zwanziger in die Spendendose neben der Kasse zu schieben.

* * *

Als er wieder zu sich kam, war es so dunkel, dass Jason dachte, er wäre blind geworden. Er versuchte aufzustehen, aber die Schmerzen im Bein waren so stark, dass ihm schwindelig wurde. Übelkeit überkam ihn. Langsam ebbte die Höllenpein wieder ab. Solange er sich nicht bewegte, ging es einigermaßen. Er überlegte, mit der Hand sein Bein abzutasten, um die Quelle des Schmerzes zu finden, ließ es dann aber sein, weil er zu viel Angst hatte vor dem, was er entdecken mochte.

Zunächst begriff er nicht, wo er war oder was passiert war. Doch langsam wurde sein Kopf klarer, und er erinnerte sich, dass er oben an der Kellertreppe gestanden und eine Hand in seinem Rücken gespürt hatte. Dann der Sturz. Dann nichts mehr.

Die Treppenstufen waren beleuchtet gewesen. Es hatte definitiv Licht gegeben. Aber jetzt herrschte Grabesschwärze. Und etwas drückte ihn nach unten. Er hatte Staffeleien auf den Armen gehabt, das musste es sein. Sie waren leicht genug gewesen, dass er drei auf einmal tragen konnte, aber jetzt, da sie auf ihm lagen, schienen sie sperrig und schwer.

Langsam, vorsichtig und immer wieder nach Luft schnappend, wenn Schmerzwellen ihn überrollten, schob er die Staffeleien zur Seite. Dann hielt er keuchend inne. Er hatte keine Ahnung, wie lang er hier bereits lag, auf etwas, das sich anfühlte wie – seine Finger tasteten umher – ein Steinfußboden. Ihm war so kalt, dass er sich wahrscheinlich schon eine ganze Weile hier befand. Als ihm klar wurde, dass niemand wusste, wo er war, wurde ihm noch kälter, und sein Telefon befand sich in der Jacke, die er auf den Stühlen im Gemeindesaal zurückgelassen hatte.

Jason stöhnte. Reflexartig tippten seine Finger auf den Fitnesstracker an seinem Handgelenk. 12:46 Uhr. Er war gut eine halbe Stunde bewusstlos gewesen. Vielleicht war noch jemand oben. Optimist, der er war, holte er tief Luft und rief »Hallo«, so laut er nur konnte. Es gab kein Echo. Was auch immer sich im Keller befand, es hatte den Ruf verschluckt. »Ich bin am Arsch«, flüsterte er.

Er bewegte sich ein bisschen und wimmerte wegen der Schmerzen in seinem Bein. Gebrochen, damit musste er wohl rechnen. Als er sich den Knöchel gebrochen hatte, war die Qual genau die gleiche gewesen. Aber diesmal war es größer, tiefer. Es war schlimmer.

Durch die Bewegung drückte etwas gegen seinen Oberschenkel. Die Autoschlüssel, fiel ihm ein. Am Schlüsselring hing doch eine kleine LED-Lampe, oder? Ungeduldig schob er seine Hand in die Tasche und konnte die Schlüssel herausangeln; nur einmal überkam ihn Panik, als sie ihm aus der Hand zu rutschen drohten. Er schluckte heftig und fummelte am Knopf der Taschenlampe herum. Ein schmaler Strahl weißes Licht erhellte ein Stückchen des Kellers. Tapeziertische waren an einer Wand aufeinandergeschichtet. Dahinter befand sich ein großer Stapel Pappkartons: Toilettenpapier und Papierhandtücher laut Kartonaufdruck. Ein Haufen, der aussah wie Bühnenvorhänge aus Samt, lag in der Ecke dahinter. Und neben ihm die Staffeleien, die er von seinem Körper geschoben hatte. Soweit er es erkennen konnte, bestanden die Wände aus weiß gekalkten Ziegeln. Nichts, was wie ein Werkzeugkasten oder etwas ähnlich Hilfreiches aussah.

Jason reckte den Hals und bewegte den schmalen Lichtstrahl, bis er die Treppe entdeckte. Er konnte ein paar Dutzend Stufen ausmachen, aber nicht bis zur Tür hinaufsehen. Er musste es versuchen und sich irgendwie dort oben hochschieben, wenn er gerettet werden wollte.

Wie hatte das passieren können? Die Leiterin des Kunstkurses war ganz eindeutig nicht Dani Gilmartin, denn Dani Gilmartin war tot. Und die einzige Person, die Danis Identität angenommen haben konnte und die ein Motiv hatte, ihn ohne Rücksicht auf die Konsequenzen eine Steintreppe hinunterzustoßen, war Amanda McAndrew. Außerdem hatte er sie von den Fotos erkannt, die Karen ihm gezeigt hatte. Aber woher hatte sie gewusst, wer er war? Er hatte sich nicht als Polizist ausgewiesen, weder bei den Ateliers noch im Kurs. War es so offensichtlich, dass er ein Cop war?

Er konnte sich höchstens vorstellen, dass die Frau, mit der er bei den Ateliers gesprochen hatte, Amanda angerufen und ihr gesagt hatte, dass ein Typ namens Jason, den sie wohl kannte, nach ihr suchte. Und als er dann im Kurs aufgetaucht war, hatte sie gewusst, dass er gelogen hatte. Und das hatte ausgereicht, um bei ihr den Fluchtreflex zu aktivieren. Sie musste mit so was die ganzen Jahre über gerechnet haben. Wahrscheinlich hatte sie irgendwo eine fertig gepackte Tasche stehen für den Fall, dass sie verschwinden musste. Selbst wenn er es hier je rausschaffen sollte, war sie längst weg.

Aber warum hatte sie ihm das angetan? Sie hätte ihn einfach mit den Oldies rausspazieren lassen können, um dann die Biege zu machen. Wahrscheinlich hatte sie gefürchtet, er würde sie gleich vor Ort verhaften. Und das bedeutete, dass sie definitiv etwas zu verbergen hatte. Was mehr oder minder bewies, dass sie Dani getötet hatte. Er hatte es also geschafft, dass eine Mörderin ihn austrickste und entkam.

Der Chefin würde das überhaupt nicht gefallen.

Aber auch wenn er mit dem schlimmsten Anschiss seines Berufslebens zu rechnen hatte, musste er trotzdem erst mal hier rauskommen. Jason vergewisserte sich, wo die unterste Stufe war, dann machte er die Lampe aus und steckte sie zurück in die Tasche. Er brauchte jetzt beide Hände. Mit höchster Vorsicht und so langsam wie ein Gletscher legte er seine Handflächen auf den Boden, streckte die Arme durch und schob sich Zentimeter für Zentimeter rückwärts. Er schrie vor Schmerz, ließ sich davon aber nicht aufhalten. Schließlich stieß er schwitzend und fluchend mit dem Hintern an die unterste Stufe.

Das war ein Anfang.

39

Als Karen den Leith Walk hinaufeilte, fegte ein Regenschauer über sie hinweg, der tropisch hätte sein können, wenn es nicht zwei Grad über null gewesen wäre. Sie lief zur nächsten Bushaltestelle und kauerte sich in deren bescheidenen Schutz. Kaum hatte sie den 25er-Bus bestiegen, klingelte ihr Telefon.

Es war die letzte Person, mit der sie reden wollte, insbesondere in einem vollen Bus. Sie nahm den Anruf an und hob sich schwungvoll das Telefon ans Ohr. »Ma'am?«

»Wo um alles in der Welt stecken Sie, Pirie?«, fragte Markie in ihrer üblichen herrischen Art.

»Ich bin im Bus.«

»Wie kurios.«

Karen starrte auf die grauen Mietsblöcke, in denen sich Dutzende von Wohnungen über Takeaways, Pubs und Ramschläden für Elektroartikel stapelten. Irgendwie war es denen gelungen, sich gegen die wachsende Konkurrenz der Fachmärkte und des Onlinehandels zu behaupten. Sie konnte sich nicht vorstellen, dass der Hundekuchen bereit wäre, auch nur einen Fuß über eine der Türschwellen des Leith Walk zu setzen. »Ma'am«, sagte sie.

»Ich habe am Mittwochmorgen um elf ein Meeting im St. Andrew's House. Vorher benötige ich ein Briefing von Ihnen. Ich nehme an, Sie haben zumindest ein paar Fortschritte erzielt, die Sie mir mitteilen können?«

»Mein Büro liegt auf Ihrem Weg. Ich werde zusehen, dass ich da bin.« Genau das richtige Maß an Frechheit, befand Karen.

»Zehn Uhr morgens. Pünktlich, DCI Pirie. Und ich erwarte, dass ich unseren Herren und Meistern etwas Handfestes zu berichten habe.«

»Sie kennen mich, Ma'am. Ich bin stets äußerst engagiert.« Karen konnte nicht anders. Dem Hundekuchen etwas vor die Füße zu werfen, das sie zur Weißglut brachte, war ein kleiner Ausgleich für den Berg an unbezahlten Überstunden, den sie im Laufe der letzten Woche angehäuft hatte.

Karen stieg aus dem Bus, lief über die Elm Row und hinein in das Polizeirevier Gayfield Square. Auf dem Weg zu ihrem Büro schüttelte sie sich den Regen aus ihren Haaren. »Ich hätte mir unterwegs einen Kaffee holen sollen«, murrte sie, zog den Mantel aus und ließ sich an ihrem Schreibtisch nieder. Während der Computer hochfuhr, bemerkte sie, wie spät es war. Fast schon eins, und immer noch nichts von Jason. Das passte gar nicht zu ihm. Er hatte nach wie vor Angst vor seinem eigenen Mut; wenn er irgendwelche wichtigen Entscheidungen treffen musste, würde er sie vorher anrufen. Andererseits waren ihre Anweisungen unmissverständlich gewesen: die Frau finden und anrufen, wenn er sie im Blick hatte. Aber vielleicht wurde er selbstsicherer? Vielleicht sollte sie aufhören, sich wie eine Glucke aufzuspielen?

Vielleicht nächste Woche. Sie tippte seine Nummer ins Telefon ein und lauschte dem Freizeichen. Drei, vier, fünf Mal klingelte es, dann die Mailbox. »Jason Murray hier. Hinterlassen Sie Ihre Nummer, dann rufe ich Sie zurück.«

Karen wartete den Signalton ab und sagte: »Karen hier. Ich hab mich nur gefragt, wie es bei Ihnen läuft. Rufen Sie mich an, wenn möglich.«

Dann verdrängte sie Jason aus ihren Gedanken und konzentrierte sich auf die nächste Aufgabe: das Testament von David Greig aufzuspüren. Die entsprechende Website der Regierung hieß entgegenkommenderweise »Finde ein Testament«. Sie musste den Nachnamen und ein Jahr eingeben, und schon wurden mehrere Hundert Namen ausgespuckt. Sie scrollte durch die Ergebnisse, und fast am Ende der dritten Seite entdeckte sie ihn. Nun musste sie sich nur noch mit einem Passwort registrieren, und für den bescheidenen Betrag von eins fünfzig wäre der Letzte Wille David Greigs in ihren Händen.

Aber natürlich war es nicht ganz so einfach. Auf dem Bildschirm erschienen eine Zahlungsbestätigung sowie die Mitteilung, dass das Testament, so es denn verfügbar sei, ihr per E-Mail zuginge. Und natürlich gab es keine Telefonnummer, unter der sie einen rangniederen Beamten hätte erreichen können, um ihn zu überreden, das Mahlen der Bürokratiemühlen etwas zu beschleunigen. Wie gut standen die Chancen, dass sie eine Antwort erhielt, bevor Markie in ihrer ganzen Pracht bei ihr eintraf? »Ach, verdammt noch mal«, brüllte sie.

Vielleicht hatte sie mehr Glück mit der Galerie, die den nicht enden wollenden Vorrat an Originalen von David Greig verkaufte. Das war die Art langweiliger Arbeit, die sie normalerweise an Jason delegierte, aber der war ja vollauf damit beschäftigt, Amanda McAndrew aufzuspüren und zu verfolgen. Und Daisy würde erst am späteren Nachmittag herkommen. Wohl oder übel musste sie sich selbst darum kümmern.

Die Kunstwelt machte Karen ganz konfus. Es schien Dutzende von Seiten zu geben, die alle behaupteten, Auktionen und Galerieverkäufe zu vermitteln. Einige boten dieselben Werke an, aber zu unterschiedlichen Preisen. Bei wieder anderen waren die Beschreibungen der zum Verkauf stehenden Werke unverständlich; ein Bild, das auf den ersten Blick ein Schnäppchen zu sein schien, entpuppte sich als überteuerter signierter Druck. Nach mehr als einer Stunde hatte sie eine hoffentlich vollständige Liste mit sämtlichen unbekannten Greigs, die seit seinem Tod auf den Markt gekommen waren. Von *Jarvis Cocker in the Year 2000* hatte sie schon gehört. Die anderen waren ihr unbekannt, was nicht weiter überraschend war. Es handelte sich um die Werke *Rihanna Disturbia, Barack/House Black/White, Madonna of the Celebration, Dame Judi, Time Out for Stephen Hawking* und *Passing Divine.*

Karen suchte nach Fotos der Collage-Gemälde und staunte erneut über das Talent und die Vorstellungskraft, die die Farben und Formen von Gebäuden und Landschaften in derart wiedererkennbare Porträts von Personen mit Kultstatus überführt hatte. Auf den ersten Blick ließ sich keine Verbindung zu den Objekten erkennen, die Greig als Ausgangspunkte erwählt hatte. Karen fragte sich, ob er vielleicht ganz einfach vom Bild eines unbelebten Gegenstands ausgegangen war, das gut dafür geeignet schien, in Einzelteile zerlegt und dann zu einem Porträt geformt zu werden. Das war als ordnendes Prinzip genauso schlüssig wie alles andere, das sie sich ausmalen konnte.

Die Bilder zu ihrem Ursprung zurückzuverfolgen, war nicht ganz einfach. Aber das verbindende Element in ihrer jeweiligen Vergangenheit schien derselbe Dubliner Händler zu sein, von dem auch der Brief an James Auld stammte. Es war mit Sicherheit kein Zufall, dass Auld das Foto von seinem Bruder mit David Greig entdeckt hatte und dann die Galerie kontaktiert hatte, die dessen Werke verkaufte, oder? Irgendwas war da, aber sie bekam es nicht recht zu fassen.

Francis Flaxner Geary hatte eine Galerie am Merrion Square. Karen kannte Dublin nicht, aber die Satellitenbilder und Streetview vermittelten ihr den Eindruck, dass es sich um einen wohlhabenden Teil der Stadt handelte. Galerie Geary hatte eine schmale Fassade, aber dank der Luftaufnahmen konnte sie erkennen, dass sie sich sehr in die Tiefe erstreckte. Francis Flaxner Geary kam offenbar ganz gut zurecht. Allein die Verkäufe der Bilder von David Greig hatten rund zwölf Millionen Dollar eingebracht. Angesichts der Provisionen, die ein Vermittler in der Kunstwelt erhielt, musste der Tote Geary einen recht angenehmen Lebensstil ermöglicht haben.

Karen führte Gespräche, die sich als schwierig erweisen konnten, eigentlich lieber von Angesicht zu Angesicht, aber diesmal gewann ihre Ungeduld die Oberhand. Das war eine der Gelegenheiten, die eine Notlüge rechtfertigten. Auch wenn Geary ihr nicht weiterhelfen konnte, konnte sie zumindest einen Eindruck von dem Mann gewinnen. Und die Möglichkeit, ihn persönlich aufzusuchen, würde ihr danach immer noch offenstehen.

Die Telefonnummer der Galerie herauszufinden, war eine Sache von Sekunden. Bevor sie es sich noch mal überlegte, tippte Karen sie in ihr Telefon. Es klingelte so lange, dass sie schon dachte, sie würde gleich aus der Leitung geworfen werden. Doch gerade als sie beschloss aufzugeben, hob jemand ab, und eine Männerstimme sagte: »Galerie Geary. Wie darf ich Ihnen an diesem feuchten Februarnachmittag helfen?« Er klang freundlich und hatte einen leichten irischen Akzent.

»Kann ich mit Francis Geary sprechen?«

»Francis Geary ist bereits am Apparat und zu Ihrer Verfügung. Mit wem spreche ich?«

»Ich bin Karen Parhatka«, sagte sie. Phils Namen für eine gute Sache zu nutzen, war kein Vergehen. »Ich bin vom Ausstellungsteam des Edinburgh Art Festivals. Habe ich das richtig verstanden, dass Ihre Galerie die Erben von David Greig vertritt?«

»Wie wunderbar, Sie kennenzulernen, Karen, und sei es auch nur am Telefon. Sie haben völlig recht. Wir waren Davids Galerie, als er noch lebte, und wir haben das Glück, diese Beziehung auch mit seinen Erben weiterzuführen.« Er sprach zuvorkommend und ein bisschen übertrieben, ein Mann, der rein gar nichts zu verbergen hatte.

»Das Team hier ist ganz fasziniert von der Zahl an Werken, die in den letzten Jahren aufgetaucht sind. Sie haben offenbar Kontakt zu jemandem, der eine große Sammlung aufgebaut hat. Darum haben wir uns gefragt, ob es möglich wäre, dass wir beim diesjährigen Festival einen bislang unbekannten Greig ausstellen könnten.« Sie fand, dafür, dass sie völlig unvorbereitet war, war das gar kein schlechter Versuch.

Geary lachte mehrdeutig. »Solche und ähnliche Anfragen hatten wir schon häufiger. Alles, was ich tun kann, ist, Ihre Frage weiterzuleiten. Aber erhoffen Sie sich nicht zu viel, Karen. Diese Werke werden gut unter Verschluss gehalten.«

»Es wäre eine tolle Werbung für einen späteren Verkauf«, versuchte sie nachzulegen.

»Wir bekommen das selbst ganz gut hin«, sagte Geary. »Da es sich um das Werk von David Greig handelt, verkauft es sich mehr oder minder von allein. Es tut mir leid, Sie enttäuschen zu müssen.«

»Sind die Erben im Besitz der Bilder? Oder gehören sie einem bestimmten Sammler?«

»Wir haben direkt mit den Erben zu tun«, sagte Geary. »Ich weiß aber nicht, in welcher Beziehung diese zum Eigentümer der Werke stehen.«

»Könnten Sie mich mit ihnen in Kontakt bringen?« Karen versuchte sich in Koketterie. »Dann könnte ich versuchen, sie selbst zu überreden.«

»So charmant Sie auch sein mögen, Karen, das kann ich nicht tun. Wir sind unseren Klienten gegenüber zur Vertraulichkeit verpflichtet. Exakt die gleiche Diskussion habe ich vor ein paar Wochen geführt mit einem Mann, der extra aus Paris hergekommen war.«

»Aus Paris?« Sie konnte sich nicht zurückhalten.

»In der Tat. Wie ich schon sagte, David Greigs Werke verkaufen sich von selbst. Er hat einen wirklich großen Namen, aber ich bin mir sicher, dessen sind Sie sich bewusst. Nun, es war wundervoll, mit Ihnen zu plaudern, aber leider kann ich Ihnen nicht weiterhelfen. Wenn Sie einmal in Dublin sind, schauen Sie gern vorbei. Ich wäre glücklich, Ihnen einen Kaffee spendieren zu dürfen und mit Ihnen Ideen zu schmieden, wie sich eine Beziehung zum Edinburgh Art Festival gestalten könnte.« Und damit war die Leitung tot. Ganz offenbar hatte sie Francis Flaxner Gearys Charme aufgebraucht.

Aber sie wusste jetzt mehr als vorher. Es war kaum vorstellbar, dass der Mann aus Paris, der dort vorbeigeschaut hatte, jemand anderes als James Auld gewesen sein konnte. Ohne jede Frage war Geary das nächste Verbindungsglied in der Kette. War er ein marodes Glied? Wenn ihr erst einmal eine E-Mail vom Nachlassregister vorlag, kam sie hoffentlich dem Geheimnis, das die Auld-Brüder umgab, einen entscheidenden Schritt näher.

Noch bevor sie ihre Zusammenfassung vollständig niedergeschrieben hatte, klingelte das Telefon. Mit einem Stoßgebet, dass dies Jason sein möge, tastete sie zwischen vollgekritzelten Blättern mit hingeworfenen Notizen danach. Sie konnte sich nicht entscheiden, ob sie sich freute oder ob sie enttäuscht war, als sie Rivers Nummer auf dem Display erkannte. »Bist du heute in Dundee?«, fragte sie.

»Bin ich. Ewan ist in Brüssel bei einer Konferenz über polizeiliche Zusammenarbeit nach dem Brexit, da dachte ich, ich könnte einen Tag früher herkommen. Außerdem hab ich einen derartigen Rückstau, das würdest du nicht glauben.«

»Vertrau mir, ich weiß alles über Rückstaus. Gerade jetzt stecke ich bis über beide Ohren in einem. Rufst du an, um dich vor der Arbeit zu drücken, oder hast du was für mich?«

»Ich hab mir das Skelett aus Perth noch mal angesehen. Daniella Gilmartin, wie ihr vermutet.«

»Wir haben noch keine Beweise dafür, die vor Gericht Bestand hätten, aber das ist die einzig logische Annahme. Wir wissen, dass sie mit Amanda in dem Camper gelebt hat, und wir wissen, dass die DNA des Skeletts nicht die von Amanda ist.«

»Mein Bereich ist die Wissenschaft, aus den Ermittlungsergebnissen einen Fall zu stricken, überlass ich dir.«

»Schon okay. Was hast du denn nun für mich?«

»Ich war noch mal im VW-Bus, um zu sehen, ob ich feststellen kann, womit sie kollidiert ist, dass eine solche Fraktur hatte entstehen können. Es gab ein paar wenige Möglichkeiten – die Kante der Arbeitsfläche neben dem Herd, die Ecke eines hohen Geschirrschranks, die Türkante. Aber entweder hätten daran Schäden zu sehen sein müssen, oder das Möbelstück war nicht stabil genug, oder es gab nicht genug Platz, dass ein zufälliger Sturz eine ausreichend große Wucht hätte entfalten können. Nur eine einzige Möglichkeit blieb übrig, und das war die Kante der Spüle. Edelstahl, rechter Winkel. Und anders als der Rest der Einrichtung war diese von Fingerabdrücken oder anderen Rückständen gereinigt worden.«

»Okay, dann war es die Kante der Spüle. Was ergibt sich daraus?«

River seufzte. »Daraus ergibt sich Mord. Die einzige Möglichkeit, wie Dani so viel Schwung entwickelt haben kann, um angesichts des zur Verfügung stehenden Platzes eine so tiefe und großflächige Fraktur zu erleiden, ist, dass jemand sie mit weit mehr Kraft gestoßen hat, als ein Unfall hätte erzeugen können.«

Karen schwieg lange. »Also hat Amanda sie getötet.«

»Jemand hat sie getötet, Karen. Es ist deine Aufgabe zu beweisen, dass es Amanda war.«

Das Telefonat mit River hatte Jason wieder in Karens Bewusstsein gerufen. Was zur Hölle machte er nur? Es war völlig ungewöhnlich für ihn, dass er sich während einer laufenden Ermittlung so lange nicht bei ihr meldete. Selbst wenn er nicht vorankam, rief er sie an, und sei es nur in der Hoffnung, dass sie ihm vorschlug, wie er weitermachen sollte. Sie versuchte noch mal, ihn ans Telefon zu bekommen, landete aber diesmal sofort auf der Mailbox. Er hatte doch wohl nicht vergessen, das Smartphone aufzuladen?

Frustriert durchquerte sie das Büro, um die oberste Schublade von Jasons Schreibtisch aufzuziehen. Sie hob den Schubladeneinsatz an und holte das Post-it hervor, auf dem Jason all seine Passworte notiert hatte. Sie ging zu ihrem Schreibtisch zurück und holte ihr Mini-iPad hervor. Sie loggte sich aus ihrem Apple-Konto aus und in das von Jason ein. Dann ging sie direkt zur Seite »Find My Phone«. Sie zoomte in die Karte hinein und stellte irritiert fest, dass Jason offenbar an einer Raststätte auf der östlichen Seite der M62 zwischen Manchester und Leeds war. Die Raststätte Hartshead Moor umfasste eine Tankstelle und ein Motel, direkt nebenan lag ein Golfplatz. Keine Häuser, die man hätte observieren können. Wenn Amanda McAndrew nicht gerade eine Runde Golf spielte, war die einzig vernünftige Erklärung für Jasons Aufenthalt dort, dass er den Wagen auftankte und bei Starbucks einen Kaffee kaufte. Wenn er die Frau verfolgte, war das durchaus logisch. Aber dennoch war es absolut ungewöhnlich, dass er nicht erreichbar war.

Sobald er sein Telefon wieder einschaltete, würde sie sicherstellen, dass er das niemals wieder tun würde. Nicht ohne zwingenden Grund.

***

Am oberen Ende der Treppe lehnte sich Jason an die Tür und weinte. Es hatte ihn fast vier Stunden gekostet, sich die Stufen hochzuziehen, eine quälende Bewegung nach der anderen. Er war sich ziemlich sicher, dass er zwischendrin ohnmächtig geworden war, denn er war wieder zu Bewusstsein gekommen, weil ein Spuckefaden aus seinem Mundwinkel über das Kinn geflossen war. Er redete mit sich selbst, sang tonlos Lieder und entwarf Heiratsanträge für Eilidh, um die Panik in Schach zu halten. Jede einzelne Stufe hatte stechende Schmerzen durch sein linkes Bein schießen und ihn erzittern lassen.

Jedes Mal, bevor er sich auf die nächste Stufe hievte, hatte er den Hals verdreht, um nach oben zu schauen. Nach der Hälfte des Weges hatte er ein Hochgefühl verspürt, denn er hatte die schwach erleuchteten Umrisse der Tür gesehen, die sich zwischen ihm und seiner Rettung befand. Diese Aussicht hatte ihn weitermachen lassen, er hatte die Zähne zusammengebissen und sich seinen Weg nach oben erkämpft. Sein Mund war trocken, und immer wieder unterbrachen Übelkeitsanfälle seine Bewegungen.

Die Hoffnung, die ihn auf seinem Weg nach oben begleitet hatte, hatte sich zerschlagen, sobald er die Tür erreichte. Er hatte sich herumgedreht, um den Griff zu fassen, doch als er daran zog, war nichts geschehen. Er hatte den blassen Lichtschein rund um die Tür inspiziert und zwei Unterbrechungen entdeckt: Die eine kam vom unteren Riegel und die andere vom Schloss; das Schlüsselloch war unterhalb der

Klinke. Mit dem schmalen Lichtstrahl der Taschenlampe hatte er das Schlüsselloch ausgeleuchtet, doch es war fast völlig blickdicht. Jason wurde klar, dass er nicht mal so etwas Abwegiges probieren konnte, das in Comics immer funktionierte: Er konnte den Schlüssel nicht aus dem Loch stoßen, weil die blöde Kuh, die ihm das angetan hatte, daran gedacht hatte, dem Schlüssel noch eine Vierteldrehung zu verpassen, sodass er nicht vertikal im Schloss stand.

Er schluchzte vor Frustration laut auf. Mit dem Hinterkopf stieß er gegen die solide Tür und schrie vor Wut. »Ich werde hier drinnen nicht sterben«, rief er trotzig. Aber das war nur Gerede, und das wusste er. Er war im Keller eines leeren Gemeindesaals eingeschlossen, und niemand würde kommen und ihn rauslassen. Nicht heute. Aber vielleicht morgen? Der Saal wurde rege genutzt. Bestimmt kam hier bald eine Gruppe oder ein Kurs zusammen, oder? Eine Diät-Selbsthilfegruppe oder eine Mutter-und-Kind-Gruppe? Oder?

Er wusste, dass man vier Wochen ohne Nahrung durchhielt. Aber ohne Wasser? Das war eine Frage von Tagen. Eigentlich eher Stunden, oder? Wie lange konnte er überleben mit einem gebrochenen Bein und ohne Wasser? Wie lang würde es dauern, bevor die Chefin nach ihm suchte?

Wichtiger noch: Wie lange würde es dauern, bis sie ihn fand?

40

Karen stellte erfreut fest, dass Daisy schnell dazulernte. Sie tauchte in Karens Büro mit zwei Kaffee und mehreren Haferkeksen mit belgischer Schokolade auf und war so aufgeregt wie ein Welpe kurz vor dem Spaziergang.

»Wie gehen die Ermittlungen vor Ort voran?«, fragte Karen.

»Wir mühen uns echt ab. Immer noch keine Zeugen, die gesehen haben, wie James Auld zum Turm ging. Und Fremde gibt es dort wie Sand am Meer, selbst im tiefsten Winter. Sie kommen wegen des Schneeglöckchen-Fests in Cambo hin und spazieren dann überall in East Neuk herum. Um ehrlich zu sein, bis wir die Auswertung von James Aulds Computer bekommen, tappen wir völlig im Dunkeln.«

»Ich war am Samstag kurz in Gartcosh. Die beste Digitalanalystin dort hat mir versprochen, dass sie sich morgen darum kümmert. Hoffentlich ergeben sich daraus ein paar neue Anhaltspunkte. Ich könnt im Augenblick ein bisschen Rückenwind gebrauchen – ACC Markie sitzt mir im Nacken. Wenn ich keinen Knochen hab, den sie den Politikern zum Fraß vorwerfen kann, wird sie mich zum Knochen machen.«

Daisy zog die Augenbrauen hoch. »Sie ist schon sehr speziell, nicht wahr?« Eine diplomatische Antwort.

»Sie ist ein Albtraum, Daisy. Sie kennen die feministische Idee, dass erfolgreiche Frauen denen heraufhelfen, die die Leiter hinter ihnen hochklettern, oder? Nicht so der Hundekuchen. Sie würde Ihnen auf die Finger treten, bis Sie die Sprosse loslassen.«

»Sie sind nicht gerade ein Fan, was?« Daisy musste grinsen.

»Sagen wir mal, wir haben unterschiedliche Konzepte, wie Polizeiarbeit aussehen sollte. Und nun schauen wir mal, wo wir stehen.«

Daisy holte ihr Telefon hervor. »Während ich mit dem Zug unterwegs war, habe ich die Zeitleiste rekonstruiert, soweit es mir möglich war. Soll ich Ihnen das senden?«

Karen öffnete die Zeitleiste auf ihrem Bildschirm. Sie war klar und prägnant verfasst und so detailliert, wie sie es wahrscheinlich selbst gemacht hätte. Es war nicht Daisys Schuld, dass sie nicht im Besitz aller Fakten gewesen war. »Das haben Sie gut gemacht, Sie haben alle Informationen eingebaut, die Sie hatten«, sagte Karen. »Das hilft sehr. Seit wir aus Paris zurück sind, habe ich ein oder zwei Schritte vorwärtsgemacht. Ich bring Sie auf den neuesten Stand, und Sie«, sie grinste Daisy schief an, »fügen es in die Zeitleiste ein.«

Sie legte Daisy detailliert dar, was sie getan hatte, seit sie sich getrennt hatten. Daisys Gesichtsausdruck zeigte eher Unglauben als Bewunderung, als sie die Informationen verarbeitete. »Das ist irre«, keuchte sie. »Was Superintendent Beckett also nicht wusste, war, dass David Greig ein hervorragender Kopist war.«

»Der zum Fälscher wurde, wie wir mutmaßen.«

»Wenn man das mit seiner Beziehung zu Iain Auld in Verbindung bringt –«

»Auch da wieder: mutmaßlich.«

»Aber es klingt so folgerichtig!« Daisy war richtig aufgeregt. Karen konnte sehen, dass sie unbedingt sofort diese neuen Erkenntnisse in ihre Zeitleiste einbauen wollte.

»Und es ergibt auch Sinn im Hinblick auf Iain Aulds Verschwinden und David Greigs Selbstmord«, sagte Karen. Sie begriff in diesem Moment, wie sich die neuen Informationen ins größere Bild einpassten. Es stimmte, dass zwei Köpfe mehr waren als die Summe der beiden einzelnen. »Die Unterhauswahl war im Mai 2010. Auld wusste, dass ein Schottland-Minister der Torys ganz andere Bilder für Dover House auswählen würde. Die Motive würden sich vor allem um die Einheit des Vereinigten Königreiches drehen, um Edinburgh als das Athen des Nordens, schottische Soldaten, die in den Krieg ziehen. Nicht das Feiern von Kunst um der Kunst willen.«

»Auld und Greig wussten, dass es nicht mehr aufzuhalten war. Die Fälschungen würden nach Schottland geschickt werden, wo einer scharfsichtigen Kuratorin der Unterschied auffiele, und dann würde die Hölle losbrechen.«

Karen nickte. »Es wäre wesentlich mehr Aufruhr zu erwarten gewesen als 2015, als die Fälschungen dann tatsächlich entdeckt wurden. 2015 hatte die neue Tory-Regierung ganz eigennützige Gründe, Stillschweigen zu bewahren und ihre vormaligen Koalitionspartner nicht zu beschuldigen, sich am nationalen Erbe vergriffen zu haben. Das wäre auf sie zurückgefallen. Es gab zu viele frische Leichen im Keller, von denen die Lib Dems wussten.«

Daisy hüpfte auf ihrem Stuhl regelrecht auf und ab. »Während es die Torys im Jahr 2010 herbeigesehnt hätten, etwas zu finden, mit dem sie auf die Regierung Gordon Brown hätten einschlagen können. Es wäre durch alle Medien gegangen, und sie hätten jeden Stein umgedreht, um die Schuldigen zu finden.«

»Auld hatte Angst, dass er ins Fadenkreuz geraten würde. Und damals, 2010, wär das durchaus realistisch gewesen. Ich könnte mir vorstellen, dass es Videoüberwachung im Dover House gegeben hat. Aufnahmen, wen er nach Büroschluss ins Gebäude geschleust hat. Er konnte nicht ahnen, dass es fünf Jahre dauern würde, bis jemand sein und Greigs kleines Spielchen entdeckte.« Karen wickelte einen Haferkeks aus der Verpackung und biss nachdenklich hinein.

»Das passt alles perfekt zusammen, aber es erklärt immer noch nicht, was Auld zugestoßen ist. Und warum Greig sich umgebracht hat«, sagte Daisy enttäuscht.

»Ich denke, dass das, was Auld passiert ist, der Grund dafür war, warum Greig sich getötet hat. Vielleicht ist Auld in Panik geraten und wollte untertauchen, weshalb er und Greig in einen Streit gerieten, der blutig endete. Oder Auld hat sich womöglich eingestehen müssen, dass er ein Lügner und ein Dieb war und dass er das Vertrauen seiner Frau und seines Landes missbraucht hatte. Woraufhin er sich getötet hat. Greig konnte nicht mit der Schuld leben und hat sich für den gleichen Weg entschieden?« Es fühlte sich für Karen spekulativer an, als es beim Aussprechen geklungen hatte. Und dann entdeckte sie den Fehler.

»Aber das passt nicht richtig.« Sie runzelte die Stirn, uneins mit sich selbst. »Laut den Zeitungsberichten hatte Greig seinen Freunden von einer zerbrochenen Liebesbeziehung erzählt, kurz bevor Iain Auld verschwand.«

»Das muss aber nicht heißen, dass es nicht doch so war, wie Sie vermuten. Ich war 2010 noch Schülerin, aber ich erinnere mich daran, dass niemand damit rechnete, dass Gordon Browns Labour-Regierung wiedergewählt würde, sogar noch bevor der Wahlkampf begann. Das Ende schien nah. Was, wenn sie sich getrennt hatten, dann kam die Wahl, und Iain Auld flippte aus und sagte Greig, dass sie reinen Tisch machen müssten. Sie können in einen Streit geraten sein, und dann verlief es so, wie Sie vermuten.«

Das klang einleuchtend, dachte Karen. Aber war es auch belastbar genug, um darauf einen Fall aufzubauen? Sie musste David Greigs Testamentsvollstrecker sprechen. Jemand, der Greig so nahstand, dass ihm die Verwaltung des Nachlasses anvertraut wurde, musste Details aus seinem Privatleben gekannt haben. Aber sie hatte Verity Foggos Hinweise außen vor gelassen. Konnte die Schauspielerin sich getäuscht haben? War die »Entdeckung«, die den Stein ins Rollen gebracht hatte, letztlich doch ein Irrtum?

Karen massierte sich die Schläfen und seufzte. »Lassen Sie uns was essen gehen. Die Straße rauf sind ein ganz anständiger Thai und ein guter Inder.«

»Klingt nach einem Plan. Reicht die Zeit noch, dass ich die neuen Sachen in die Zeitleiste integriere, bevor wir aufbrechen?«

»Klar. Ich muss sowieso noch den Minzdrops erreichen.«

Daisy sah auf. »Den Minzdrops?«

»Sie haben Jason bislang noch nicht kennengelernt, oder? Mein Mitarbeiter. DC Jason Murray, auch bekannt als der Minzdrops.«

Daisy schaute verwirrt drein. »Der Minzdrops?«

»Sie sind zu jung, um es zu kennen, oder? ›Murray Minzdrops – so gut, dass man sie einfach langsam auf der Zunge zergehen lassen muss‹.«

»Oh. Okay.« Sie schüttelte den Kopf. »Cop-Spitznamen. Immer so kompliziert.« Sie wandte ihre Aufmerksamkeit wieder dem Bildschirm zu. »Wo ist er?«, fragte sie abwesend.

»Gute Frage, auf die die Antwort offenbar lautet: unentschuldigt fehlend.« Karen blickte finster auf ihr Telefon und hielt es sich dann ans Ohr. Sofort wieder die Mailbox. Das war nicht mehr witzig. Sie griff sich das iPad und rief erneut »Find My Phone« auf. Und da war es auch schon, immer noch auf dem Gelände der Raststätte Hartshead Moor. »Das gefällt mir nicht«, murmelte sie. Selbst wenn Jason Amanda McAndrew auf den Golfplatz gleich daneben gefolgt war: Es war schon nach sechs Uhr. Es musste dort schon dunkel sein. Und soweit Karen wusste, spielte man Golf nicht im Dunkeln.

»Wo liegt das Problem?«, fragte Daisy.

»Ich weiß nicht recht.« Falls Amanda Golf gespielt hatte, war sie vielleicht danach noch eine Weile geblieben, um etwas zu trinken. Aber Jason würde doch sicher eher auf dem Parkplatz des Golfclubs warten, oder? Oder sogar in der Bar. Sie zoomte hinein und schaltete auf Satellitenansicht um. Die Raststätte war vom Golfplatz durch zwei Linien getrennt, bei denen es sich um eine Baumreihe und dichtes Gebüsch zu handeln schien. Nicht mal Jason würde das für einen guten Ort für eine Observierung halten. Und warum war das Telefon aus? Wenn er in seinem Auto saß, sollte er es doch problemlos aufladen können. »Lassen Sie uns was essen und uns erst später Sorgen um Jason machen.«

Sie entschieden sich für das Thai-Restaurant um die Ecke in der Union Street. »Hmmm, ein günstiges Vorabend-Menü«, seufzte Daisy. »Ich liebe Schnäppchen.« Sie verzog das Gesicht. »Muss an den vielen Jahren in Aberdeen liegen.«

»Dann stimmt es also, dass die Aberdonians geizig sind?«

»Das ist genauso wahr wie das, was man über euch Fifer sagt: ›Gerade mal seit einer Generation aus den Höhlen raus.‹«

Karen lachte. »Ja, aber das stimmt schon.« Sie nahm das, was sie immer aß – Krabben in Reispapier und danach Pad Khing. Sie liebte den würzigen Ingwer darin, der ihre Geschmacksknospen kitzelte. Daisy war konservativer und entschied sich für Fischfrikadellen und Pad Thai. Sie ist noch jung, dachte Karen. Gib ihr Zeit.

Sie einigten sich darauf, während des Essens nicht über den Fall zu reden. Stattdessen unterhielten sie sich über Urlaub. Wie sich zeigte, war Daisy ein Fan der griechischen Inseln. Mit ihrer Freundin Tori erkundete sie die kleineren und mied die Meerespromenaden mit ihren Touristenfallen, wo sich eine Taverne an die andere reihte, in denen sich Urlauber mit Bier und Ouzo betranken. »Wir lieben die kleinen

Dörfer, wo sich die Tavernen quasi auf der Terrasse von ganz normalen Häusern befinden. Da geht man dann in die Küche und sucht sich den Fisch aus, den man essen will. Und sie werfen ihn vor deinen Augen auf den Grill. Wunderbar.«

Karen war noch nie in Griechenland gewesen. Sie hatte Geschichten über die Sanitäranlagen gehört und sich entschieden, das lieber zu vermeiden. Aber was Daisy beschrieb, klang nach etwas, das ihr gefallen könnte. Vielleicht war sie voreilig gewesen. Vielleicht wäre das ein Kompromiss, auf den sie und Hamish sich einigen konnten.

»Fahren Sie zurück nach Fife?«, fragte Karen, als sie auf die Rechnung wartete.

»Sind wir fertig?«

»Für heute Abend schon. Ich denke nicht, dass viel passieren wird, bis wir entweder erfahren, was sich auf James' Computer befindet, oder eine Kopie von Davids Testament erhalten. Und ich möchte, dass Sie morgen den Hinweisen wegen der Weiterverkaufsbeteiligung nachgehen.« Das gehörte zu den Aufgaben, die sonst Jason übernahm. Doch Jason war nicht da, dafür aber Daisy.

»Und Sie?«

»Zuerst versuche ich ein allerletztes Mal, den Minzdrops zu erreichen.« Karen wählte erneut. Wieder die Mailbox. Und auf dem iPad zeigte »Find My Phone« das Gleiche an wie zuvor.

So langsam machte sie sich wirklich Sorgen.

Beunruhigt fragte Daisy: »Immer noch nichts?«

»Seit dem späten Vormittag werden alle Anrufe direkt an die Mailbox weitergeleitet. Kurz bevor Sie eintrafen, habe ich mit ›Find My Phone‹ sein Telefon lokalisiert, und laut der Website ist er die ganze Zeit auf einer Raststätte in Yorkshire. Da stimmt was nicht. Jason ist sonst immer erreichbar. Er hat so viel Angst davor, etwas falsch zu machen, dass er alles andere als eigenständig ist.« Die Bedienung kam mit der Rechnung, und Karen zahlte per Karte.

»Was macht er da unten?«

»Es geht um einen anderen Fall, an dem wir arbeiten. Wir glauben, dass eine Frau mit Namen Amanda McAndrew ihre Freundin getötet und dann ihre Identität gestohlen hat.«

»Warum hätte sie das tun sollen?«

»Ich bin mir nicht sicher, aber ich könnte mir vorstellen, dass sie es getan hat, um ihre Spuren zu verwischen. Wenn man das durchzieht, ist es ein sehr guter Weg, den Zeitpunkt des Todes zu verschleiern. Sie wusste, dass ihre Geliebte sich von ihrer Familie entfremdet hatte, und sie hat anderen erzählt, dass die beiden durch die Gegend gondeln wollten. Auf diese Weise würde niemand die Freundin als vermisst melden. Wenn genug Zeit vergangen wäre, könnte McAndrew sich wieder in sich selbst zurückverwandeln, frei und unbelastet.«

»Klingt ganz plausibel.«

Karen lächelte schief. »Das ist das Beste, womit ich aufwarten kann. Mit etwas Geschick und ausgeklügelter Recherche konnten wir sie mit einer Adresse in Stockport in Verbindung bringen. Ich habe Jason hingeschickt, um sie aufzuspüren. Er hat die strikte Anweisung, sich ihr nicht zu nähern. Er soll nur herausfinden, wo sie lebt oder arbeitet, und sie im Blick behalten, bis ich zu ihm stoße. Und jetzt das. Seit gestern Abend hab ich nichts mehr von ihm gehört. Und wir gehen davon aus, dass die Frau eine Mörderin ist.« Karen sah erschöpft aus.

»Können Sie nicht die Jungs in Uniform vor Ort bitten, mal bei der Raststätte vorbeizuschauen und nachzusehen, ob sie ihn dort finden?«

»Die haben keine Aktien in dem Fall, das würde nicht weit oben auf ihrer Prioritätenliste landen.« Karen seufzte tief.

»Warum fühl ich mich nur immer für ihn verantwortlich. Ich bin nicht seine verdammte Mutter.« Dann fiel ihr etwas ein. Sie nahm ihr Telefon und suchte in den Kontakten nach Eilidh. »Die Freundin«, murmelte sie auf Daisys fragenden Blick hin.

Eilidh ging beim dritten Klingeln ran. »Hallo, DCI Pirie«, sagte sie. Egal, wie oft Karen ihr schon gesagt hatte, sie könne sie gern mit Vornamen ansprechen, folgte sie doch weiterhin Jasons Beispiel.

»Hi Eilidh. Tut mir leid, dass ich Sie störe, aber ich glaube, es gibt ein Problem mit Jasons Telefon. Können Sie mir sagen, ob Sie im Laufe des Tages von ihm gehört haben?«

»Ja, er hat mich heute früh angerufen. Es ging ihm gut, und er wollte los zu einem Künstleratelier oder so. Er meldet sich nachher noch mal, wir telefonieren immer vor dem Schlafengehen, wenn wir nicht zusammen sind.« Sie klang unbesorgt, worüber Karen froh war. Sie wollte sie nicht beunruhigen.

»Okay, kein Problem. Vielleicht ist er nur in einem Funkloch gelandet.«

»Oder er hat vergessen, sein Telefon aufzuladen. Sie wissen ja, wie er ist, immer den Kopf in den Wolken.«

So konnte man es auch nennen. Karen beendete das Gespräch und starrte düster auf ihr Telefon. Es blieb ihr keine Wahl. Sie musste ihren abtrünnigen Mitarbeiter suchen gehen.

***

Auf den kalten Stufen zu sitzen, war früher am Tag noch auszuhalten gewesen. Aber die Sonne war vor Stunden untergegangen, und die Heizung im Gemeindesaal hatte sich inzwischen auch ausgeschaltet. Ein dünnes Hemd und ein

Paar Anzughosen vermochten den Temperatursturz nicht aufzufangen. Jason konnte kaum noch seine Finger spüren. Er würde hier sterben, davon war er inzwischen überzeugt. Wenn nicht wegen des Flüssigkeitsmangels, dann wegen der Kälte.

Er hatte ständig Zitterkrämpfe, und wenn sein gebrochenes Bein davon erfasst wurde, war das eine noch größere Qual. Dann erinnerte er sich an den Haufen Samtvorhänge in einer Ecke des Kellers. Der Gedanke daran brachte ihn den Tränen nah. Was war schlimmer? Hier bei der Tür zu bleiben, wo die Chance bestand, dass er auf sich aufmerksam machen konnte, wenn Leute in den Gemeindesaal kamen – immer unter der Voraussetzung, dass er bis dahin nicht erfroren war? Oder die Schmerzen auf sich zu nehmen, sich die Treppe wieder hinunterzuarbeiten und in die Vorhänge zu wickeln, damit jedoch zu weit von der Tür entfernt zu sein, um gehört zu werden, wenn er um Hilfe rief?

Er hatte keine Wahl. Mit der schwächelnden Taschenlampe kundschaftete er die Treppe aus, dabei fiel ihm ein Handlauf auf. Wenn er es schaffte, sich daran hochzuziehen, konnte er sich mit seinem gesunden Bein Stufe für Stufe hinabquälen. Das wäre immer noch schmerzhaft, würde aber hoffentlich weniger Zeit in Anspruch nehmen, als sich auf dem Hintern nach unten zu schieben.

Als er den Kellerboden erreichte, war er in kalten Schweiß gebadet. Schlimmer noch war, dass er pinkeln musste. Auf keinen Fall wollte er sich einnässen. Nicht, weil das peinlich wäre, wenn er gefunden wurde, sondern weil er wusste, dass ihm dadurch noch kälter werden würde. Auf einem Bein balancierend, klammerte er sich mit einer Hand am Treppengeländer derart fest, dass die Fingerknöchel weiß hervortraten. Dann öffnete er den Reißverschluss und zielte auf den Stapel Tische. Er hatte ein schlechtes Gewissen deswegen, aber was hätte er sonst tun sollen? Ermattet von der Anstrengung, ließ er sich auf den Boden nieder und lag dort für ein paar Minuten, bis er wieder etwas Kraft geschöpft hatte.

Mehr noch als zuvor sehnte er sich nach Wärme. Er robbte ungeschickt über den Steinfußboden auf die Vorhänge zu und wickelte seinen gequälten Körper mit einem beeindruckenden Strom von Flüchen in einen von ihnen. Leise wimmernd manövrierte er sich in eine Position, die halbwegs auszuhalten war. Wenn es schon seine letzte Nacht auf Erden sein sollte, dann hatte er es jetzt zumindest warm.

41

Daisy hatte kein Nein gelten lassen. Karen hatte eingewendet, dass es nicht nötig war, dass es nicht Daisys Fall war, dass die ganze Sache verrückt war und dass sie das auch allein hinbekäme. Obwohl sie sich im Stillen eingestehen musste, dass sie nichts gegen etwas Unterstützung hätte. Und zu Karens heimlicher Erleichterung hatte Daisy einfach darauf insistiert. »Nach allem, was Sie mir von Jason erzählt haben, bin ich mir sicher, dass er dasselbe für mich machen würde.«

»Na ja, wenn er dran denken würde. Er braucht manchmal einen kleinen Schubs, aber er hat das Herz am rechten Fleck.«

Und so waren sie zum Gayfield Square zurückgekehrt und hatten sich einen Streifenwagen geben lassen. »Dann können wir das Blaulicht einschalten und durch die Straßen brettern. Das sollte uns ein bisschen Zeit sparen«, hatte Karen erklärt, als sie losfuhren. »Außerdem müssen wir so niemanden einschüchtern, denn wir wirken verdammt offiziell.«

Während Karen den Wagen aus der Stadt steuerte, um auf die A1 Richtung Süden zu gelangen, sprachen beide nur wenig. Sobald sie die vierspurige Schnellstraße erreicht hatte, drückte Karen das Gaspedal durch, und schon bald rasten sie mit hundert Meilen pro Stunde dahin, die Straße um sie herum in Blaulicht getaucht. Es herrschte wenig Verkehr, sodass Karen nur selten das Martinshorn aktivieren musste. Sie war völlig darauf konzentriert, das Auto bei der hohen Geschwindigkeit sicher auf der Straße zu halten. Aber nach dreißig Meilen wurde die Schnellstraße zweispurig, und Karen musste das Tempo drosseln.

»Wow, das war ein ganz schöner Ritt«, sagte Daisy.

»Das wird nicht die letzte von diesen rasanten und extravaganten Autofahrten gewesen sein. Können Sie im Auto lesen?«

»Ja, mir wird nicht übel, wenn Sie das meinen.«

»Okay. Können Sie online etwas überprüfen? Das Feuer in der Goldman-Galerie in Brighton vor vier Jahren – können Sie nachschauen, ob das Brandstiftung war? Was hat man damals vermutet? Und wie viele von David Greigs Werken sind genau in Rauch aufgegangen? Ich wollte dem nachgehen, aber der verdammte Jason ist dazwischengekommen.« Karen stellte die Sirene an, um sich an den Ausläufern von Eyemouth den Weg an mehreren herumtrödelnden Autos vorbei zu bahnen.

Daisy begann, das Internet zu durchstöbern, ihr Gesicht vom Telefondisplay erleuchtet. Karen fuhr unbeeindruckt davon weiter, darauf fokussiert, möglichst schnell möglichst viele Meilen hinter sich zu lassen – in einem Tempo, das ihr gerade noch vertretbar schien. Nach einer Weile sagte Daisy: »Die Polizei und die Feuerwehr gingen davon aus, dass das Feuer absichtlich gelegt wurde. Es gibt dazu einen recht detaillierten Artikel in einer Lokalzeitung. Sie vermuten, dass jemand Benzin durch einen Briefschlitz an der Hintertür gegossen und es dann in Brand gesetzt hat. In dem Raum, in dem das Feuer am schlimmsten wütete, hingen vier Landschaften-Porträts von David Greig, Konzeptkunst von Tracey Emin, mehrere von diesen Punktbildern von Damien Hirst und ein halbes Dutzend Arbeiten von Leuten, von denen ich noch nie gehört hab.«

»Verhaftungen?«

»Nein. Keine einzige. Über die Motive wurde viel spekuliert. War es ein abgewiesener Künstler, der eifersüchtig auf die Ausstellenden war? War es eine Protestaktion gegen zeitgenössische Kunst im Allgemeinen? War es ein Feuerteufel, der eine schöne Feuersbrunst sehen wollte? Oder war es gegen Simon Goldman persönlich gerichtet? Der hatte kurz vorher eine Fabrik in Kent geschlossen, was bei den Arbeitern, die ihren Job verloren, nicht besonders gut ankam.«

»Viele Ermittlungsansätze. Aber wahrscheinlich ist die Versicherung eingesprungen, und niemand wurde verletzt, oder?«

»Von Verletzten oder einem Todesopfer ist nirgendwo die Rede. Das wird ein bisschen Druck rausgenommen haben, oder?«

»Ja, bestimmt. Die Medien sind meist nicht übermäßig interessiert, wenn das Lieblingsprojekt eines reichen Bastards abgefackelt wird. Nach der ersten Aufregung ebbt das ab. Wenn es wirklich Iain Auld war, der in der Menge stand und beobachtet hat, wie die Werke seines Liebhabers verbrannten, dann war es vielleicht auch Iain Auld, der das Feuer gelegt hat.« Karen gab Gas, als die Straße auf einem kurzen Abschnitt wieder vierspurig wurde.

»Warum hätte er das tun sollen? Ich mein, wenn er noch gelebt hat, warum hätte er dann die Kunstwerke seines Liebhabers zerstören sollen?«

Karen flitzte an einer Reihe von Lastwagen vorbei, die über die innere Spur rumpelten. Dann sagte sie: »Wie lautet die erste Frage, die wir uns stellen, wenn ein Fall nicht ganz eindeutig ist?«

»Wer profitiert davon?«

»Und wer profitiert von dem Galeriebrand?«

»Der Galeriebesitzer? Er hatte gerade eine Fabrik geschlossen. Vielleicht brauchte er die Versicherungssumme?«

»Er ist Milliardär, Daisy. Ihm hätten diverse Wege offengestanden, finanzielle Probleme zu lösen, ohne seine Kunstsammlung abzufackeln. Er hätte sie verkaufen können, wenn er wirklich so verzweifelt gewesen wäre.«

Daisy seufzte. »'tschuldigung. Da hatte ich nicht richtig nachgedacht.«

»Der Hauptprofiteur ist derjenige, der die nicht-katalogisierten Porträts von David Greig besitzt. Und um wen handelt es sich da aller Wahrscheinlichkeit nach?«

»Iain Auld? Er ist nicht tot? Verity Foggo hat recht?«

»Ich habe River Wilde – Sie wissen schon, die forensische Anthropologin in Dundee – gebeten, die Fotos miteinander und mit früheren Aufnahmen von Auld zu vergleichen. Wenn sie es bestätigt, ja, dann können wir diese Annahme für die weitere Arbeit zugrunde legen.«

Daisy runzelte die Stirn und dachte über die Implikationen nach. »Als David Greig sich umgebracht hat, hatte Iain Auld dann also Zugriff auf einen geheimen Vorrat seiner Werke?«

»Das ist eine Möglichkeit. Aber es gibt noch eine zweite, die mir sehr viel besser gefällt. Was, wenn David Greig gar nicht Selbstmord begangen hat? Was, wenn Greig die nicht-katalogisierten Werke erst nach seinem angeblichen Tod angefertigt hat? Was, wenn beide noch lebten?«

Daisy brach das Schweigen, das eingetreten war. »Wie konnten sie damit durchkommen? Wie konnten sie sich überhaupt so einen Betrug ausdenken?«

»Ich hab darüber nachgedacht, hab versucht, dem Ganzen einen Sinn abzugewinnen. Stellen Sie sich mal vor, Sie wären Iain Auld. Sie sind ein hoch angesehener Regierungsbeamter und nach außen hin ein glücklich verheirateter Mann. Niemand, mit dem wir gesprochen haben, hat etwas anderes angedeutet. Und dann verlieben Sie sich Hals über Kopf in einen Mann. Und zwar nicht in irgendeinen Mann, sondern in einen notorischen Bad Boy. Er steht im Ruf, promiskuitiv zu sein, Drogen zu nehmen – Exzesse aller Arten. Das wird Ihrer beruflichen Karriere überhaupt nicht guttun. Und Ihrer Frau, die Ihnen immer noch am Herzen liegt, wird es immensen Schmerz zufügen.«

»Und vielleicht war das Letzte, was David Greig wollte, dass er mit einem derart respektablen Menschen in Verbindung gebracht wurde. Er wär zur Lachnummer bei den YBA geworden, darauf würd ich wetten«, warf Daisy ein.

»Daran hatte ich noch gar nicht gedacht, aber ja, genau. Das ist nicht gerade Avantgarde, was? Darum haben sie sich in aller Heimlichkeit getroffen. Ich kann mir vorstellen, dass Iain seinem Liebhaber Dover House zeigen wollte – immerhin ist es in architektonischer Hinsicht ein Juwel. Und David, dieser brillante Kopist mit Hang zum Risiko, betrachtet die Gemälde an den Wänden und verfällt auf die Idee, die Originale durch Kopien zu ersetzen. Ich seh direkt vor mir, wie er das Ganze verklärt: Es ist subversiv, disruptiv. Und es hat was von des Kaisers neuen Kleidern: Wie lange wird es dauern, bis jemandem auffällt, was er getan hat? Und so bekommt er dann Iain rum.«

»Eine Art elaborierter Witz, meinen Sie?«

»Genau. Aber David ist durch und durch ein böser Bube. Der Witz reicht ihm nicht. Er weiß genug über die Welt, in der er sich bewegt, er weiß, dass es zwielichtige Händler gibt, die für Privatsammler arbeiten und keine Fragen stellen. Jetzt wage ich mich auf dünnes Eis, aber ich glaube, David hat die Originale weiterverkauft. Ansonsten hätte er beim Regierungswechsel die Kopien einfach wieder gegen die Originale austauschen können. Aber wenn er sie verkauft hat, war das nicht mehr möglich. Sie müssen gewusst haben, dass ihre Entlarvung kurz bevorstand. Sie wussten nicht, wie sie ihren Kopf aus der Schlinge ziehen sollten, wenn der Betrug entdeckt würde. Und außerdem hatten die beiden einen

Punkt erreicht, an dem sie keine Lust mehr hatten, eine geheime Teilzeit-Beziehung zu führen. Sie wollten zusammen sein.«

Karen war in Fahrt gekommen, während sie die M1 mit vierzig Meilen pro Stunde über dem Tempolimit entlangraste. »Das Erste, was im Vorfeld der Wahl geschah, war, dass David die Saat ausbrachte. Er vertraute sich seinen Freunden an – sein Lover hätte ihn verlassen, er könne nicht arbeiten, er sei am Boden zerstört, er sei noch nie so deprimiert gewesen. Kurz nach der Wahl verschwindet dann Iain, ohne eine Spur zu hinterlassen. Ich vermute, er hat sich aus dem Land geschlichen. Vielleicht reichten Davids zwielichtige Kontakte so weit, dass sie falsche Pässe hatten? Das hätte es jedenfalls sehr viel einfacher gemacht. Aber egal, wie sie im Detail agiert haben: Iain geht voraus, dorthin, wo sie gemeinsam ein neues Leben beginnen wollen.«

Daisy meinte spöttisch: »Sie haben eine ganz schön verschlagene Fantasie.«

»Das habe ich von sehr verschlagenen Menschen gelernt. Und nicht alle von ihnen waren bei der Polizei.«

»Und sobald Iain sicher untergebracht ist, wartet David drei Wochen und täuscht dann seinen Selbstmord vor?«

»Ganz genau. Ich finde die Wahl des Ortes sehr interessant. Diese Klippen auf Anglesey sind nur wenige Meilen von Holyhead entfernt. Und von Holyhead aus ist es ein Leichtes, auf die Fähre nach Dublin überzusetzen.«

»Wo Geary ist. Vielleicht sein zwielichtiger Händler?«

»Das passt alles zusammen, nicht wahr?« Karen stellte die Sirene an, um ein paar verträumte Fahrer auf die Innenspur zu scheuchen. »Die beiden richten sich gemeinsam häuslich ein an einem Ort, an dem niemand sie kennt, und beginnen ein neues Leben. Finanziert durch die neuen Werke, die David schafft. Die Gemälde sind echt und als authentisch beglaubigt, die Herkunft wird von einem privaten Sammler bestätigt. Über Gearys Galerie, die schon zuvor mit Davids Werken gehandelt hat, werden sie weiterverkauft, und die beiden streichen die Erlöse ein.«

»Und dann beginnt James, die Puzzleteile zusammenzufügen?«

»Ich hab über den Streit nachgedacht, den die Brüder in der Nacht vor Iains Verschwinden hatten. Vielleicht hat er seinem Bruder erzählt, dass er eine Affäre hatte. Mit einem Mann.«

»Warum hätte er das tun sollen?«, fragte Daisy.

»Sie standen sich nah. Wenn er es überhatte, eine Lüge zu leben, hätte Iain vielleicht gedacht, James wäre der einzige Mensch, dem er die Wahrheit anvertrauen könnte.«

»Aber der hätte doch sicherlich der Polizei davon erzählt, als David Greigs Selbstmord überall in den Schlagzeilen war, oder?«

»Nicht, wenn Iain die Identität seines Lovers geheim gehalten hätte. Und James hatte Mary Auld ganz offensichtlich wirklich gern. Vielleicht wollte er ihr nicht noch mehr Kummer bereiten, als sie sowieso schon hatte.«

»Vielleicht.« Daisy klang zweifelnd. »Aber wenn er sich dadurch entlastet hätte?«

»Wer weiß? Er wird es uns nie erzählen können. Wir können aber davon ausgehen, dass er Greig erkannte, als er das Foto von seinem Bruder und David Greig gefunden hat. Ich könnte mir vorstellen, dass er in der Zeit nach Iains Verschwinden regelmäßig die Zeitungen durchforstet hat, um zu sehen, ob sich etwas Neues ergeben hat. Und dabei ist er dann auf Greigs Foto gestoßen, das wegen seines angeblichen Selbstmords überall auf der ersten Seite war.«

»Das hätte eine seiner Fragen beantwortet. Daraufhin beginnt er, den Markt nach Werken von Greig abzusuchen, und entdeckt, dass immer wieder neue Bilder auftauchen.«

»Und dann betritt von links Verity Foggo die Bühne. Sie bestätigt, was James gerade herauszufinden beginnt.«

»Ich mag es, wie Sie die Einzelteile zusammenfügen. Aber wer hat James dann getötet?«

»Der Logik nach entweder David Greig oder Iain Auld.«

»Aber wir wissen nicht, wer von beiden.«

»Und es gibt ein weiteres Problem.« Karen blickte finster auf die Straße vor ihnen. »Wie bei Jason wissen wir nicht, wo zur Hölle sie sich aufhalten.«

»Der einzige Stolperstein ist in meinen Augen der Brand in der Galerie. Ich weiß nicht viel über Künstler, aber ich kann mir nicht vorstellen, dass jemand, der seine Arbeit ernst nimmt, einverstanden wäre, sie zu verbrennen.«

»Als ihre Bankguthaben drohten zur Neige zu gehen, mussten sie etwas opfern. Die Alternative wäre gewesen, in Kauf zu nehmen, dass ihr Betrug aufflog, wodurch sie sich einer ganzen Reihe von Anklagepunkten hätten stellen müssen. Und Greig wusste, dass er weitere Werke schaffen konnte, wenn ihm danach war.«

»Ja, vielleicht. Ich hätte aber eigentlich gedacht, dass Künstlern alles ungeheuer lieb und teuer ist, was sie je kreiert haben.«

»Vielleicht wollen sie nicht nach ihren frühen Werken beurteilt werden? Ich erinnere mich, dass ich mal irgendeinen Film gesehen habe, in dem es darum ging, dass Michelangelo mit einem Hammer auf eine seiner Statuen losging, weil er fand, sie wäre nicht gut genug gelungen.«

»Ich vermute, das ist in sich logisch.« Daisy studierte die Karte auf ihrem Telefon, als sie sich der Raststätte Hartside Moor auf der M62 näherten. »Wir sind auf der falschen Seite«, sagte sie. »Und es gibt keine Verbindungsstraße. Wir müssen bis zur nächsten Abfahrt und von dort dann wieder hierher zurückfahren.«

»Typisch«, knurrte Karen.

Als sie die östliche Seite der Raststätte erreicht hatten, fuhr Karen langsam die Parkplätze ab. »Sein Auto ist nicht hier.« Sie parkte so nah wie möglich am Hauptgebäude und überprüfte auf ihrem iPad erneut, wo sich Jasons Telefon befand. »Es ist hinter dem Hauptgebäude«, sagte Karen, sprang aus dem Auto und lief los. Ihr iPad hielt sie vor sich, als würde es sie so schneller zum Telefon führen. Daisy folgte ihr auf die andere Seite des Gebäudes. Dort befand sich der Personaleingang, und daneben eine Mülltonne.

»Sieht aus, als wäre es in der Tonne«, sagte Karen. Sie tippte auf das Icon, das das Telefon dazu brachte, sich bemerkbar zu machen. Auf den Fußballen balancierend wartete sie. Und dann waren aus der Tonne immer lauter werdende Pieptöne zu hören.

»Sollen wir –«, setzte Daisy beklommen an.

»Scheiß drauf«, sagte Karen, schob energisch ihr iPad in die Tasche und zog mit beiden Händen die schwarze Mülltüte aus der Tonne. Sie machte ein paar Schritte rückwärts und ließ sie auf den Asphalt fallen. Dann angelte sie ein Paar Nitrilhandschuhe aus ihrer Jackentasche und riss die Tüte der Länge nach auf. Sie war nur zur Hälfte voll. Nach dem Inhalt zu schließen, war früher am Tag die Müllabfuhr da gewesen. Karen wühlte sich durch Fast-Food-Packungen, Kaffeebecher, Verpackungsmüll von Schokoriegeln und Essensreste.

In weniger als einer Minute hielt sie Jasons Telefon in der Hand. »Er ist nicht hier«, sagte sie. »Ich glaube, er war nie hier.«

42

Weil sie körperliche Bewegung brauchte, schob Karen den Müll in die aufgerissene Plastiktüte zurück und stopfte alles wieder in die Tonne. Dann starrte sie die Tonne an, als könnte die ihre Furcht und den Frust mindern, die ihr das Herz schwer machten.

»Wir könnten eine Tasse Kaffee trinken und überlegen, wie wir jetzt vorgehen«, schlug Daisy zögerlich vor. Karen sah ein, dass das eine gute Idee war. Abgesehen von allem anderen war es fast elf Uhr abends, und sie fühlte sich ausgezehrt von der Fahrt. Sie brauchte etwas zu essen, und auch der übelste Raststätten-Kaffee verfügte über lebensrettendes Koffein.

»Sollen wir die Polizei vor Ort bitten, bei den Ateliers vorbeizuschauen, um zu sehen, ob Jason da ist?«, fragte Daisy, als sie vor ihren Heißgetränken samt wenig attraktiven Tankstellen-Sandwiches hockten.

Karen seufzte. »Ich hab darüber nachgedacht. Aber sie würden nicht aufgrund eines Anrufs von einem Mobiltelefon reagieren. Sie würden prüfen wollen, ob ich wirklich die bin, die ich zu sein behaupte, und das hieße, dass sie die Police Scotland anrufen und mit jemandem sprechen wollen würden, der meine Identität bestätigen kann. Um diese Uhrzeit wäre das ganz schön umständlich. Es geht schneller, wenn wir jetzt direkt nach Stockport fahren. Es kann zu dieser späten Stunde nicht länger als dreißig, vierzig Minuten dauern.«

»Und dann?«

»Beobachten und lernen, Daisy. Beobachten und lernen.« Karens Antwort war nicht herablassend gemeint. Sie hatte nur einfach keine Lust, das jetzt zu erklären. Sie war zu müde und machte sich zu viele Sorgen. Aus irgendeinem Grund tauchte eine Zeile aus einem Bob-Dylan-Song in ihrem Kopf auf. Etwas darüber, dass man einen Preis dafür zahlen muss, Dinge nicht zweimal zu tun. Heute Abend zahlte sie garantiert im Voraus.

Als sie wieder auf der Straße waren, begleitete sie das blaue Signallicht, während sie die Pennines überquerten und hinter der letzten Erhebung die Dunkelheit des Moores dem orangefarbenen Leuchten von Greater Manchester in der Ferne wich. Als sie auf die Umgehungsstraße abfuhren, sagte Karen: »Suchen Sie die Polizeiwache raus, die den Isherwood Ateliers am nächsten liegt.«

Daisy machte sich an ihrem Telefon zu schaffen. »Es gibt eine in der Hauptstraße. Die beginnt als Gorton Road und wird dann zu Reddish Road. Die Wache ist die ganze Woche rund um die Uhr besetzt. Sie müssen bei der nächsten Abfahrt raus auf die A57 Richtung Manchester.«

Wenige Minuten später hielten sie vor einem einstöckigen Ziegelgebäude. »Sieht mehr nach einem Gesundheitszentrum als nach einem Polizeirevier aus«, murmelte Karen und löste ihren Sicherheitsgurt. Beim Aussteigen streckte sie ihren Rücken durch, lockerte die Schultern und stöhnte. »Mein Gott, langsam klinge ich wie eine alte Frau.«

Das Foyer war so spartanisch eingerichtet, wie sie es erwartet hatte. Vinylboden, Ziegelwände, ein halbes Dutzend Stühle, öffentliche Bekanntmachungen und Bilder vermisster Personen an den Wänden sowie ein verglaster Empfangstresen gegenüber der Tür. Karen durchquerte den Raum und drückte auf den weißen Klingelknopf neben dem Glas. Ungeduldig trommelte sie mit den Fingern, aber sie hütete sich, ein zweites Mal zu klingeln. Heute Abend brauchte sie das Entgegenkommen der örtlichen Polizeikräfte.

Ein paar Minuten vergingen, dann kam aus einer Seitentür ein uniformierter Polizist, der aussah, als wäre er noch zu jung, um sich zu rasieren. Er schlüpfte hinter das verstärkte Glas und sagte ohne rechte Begeisterung: »Kann ich Ihnen helfen?«

Karen hielt ihren Dienstausweis schon bereit. »Detective Chief Inspector Karen Pirie von der Police Scotland. Ich brauche Ihre Unterstützung.«

Er blickte erschrocken drein. »Welche Art von Unterstützung?«

Sie lächelte beruhigend. »Die von der einfachen Art«, sagte sie. »Einer meiner Officer ist hier in der Gegend für ein paar Routineermittlungen. Seit gestern Abend hat er sich nicht mehr gemeldet. Ich muss nachverfolgen, was er getan hat. Kennen Sie die Isherwood Ateliers? Hier die Straße runter?« Sie sprach mit beiläufiger Vertrautheit. »Sie müssen mir die Telefonnummer von jemandem besorgen, der dort zuständig ist.«

»Ich bin mir nicht sicher, ob ich Sie richtig verstehe«, stammelte er.

»Es ist ganz einfach. Ich muss herausfinden, mit wem mein Officer gesprochen hat und wohin der oder die ihn geschickt hat. Und ich kann nicht bis morgen warten, denn wie ich schon sagte, ist mein Kollege vom Radar verschwunden.« Im Plauderton fügte sie hinzu: »Hatte ich erwähnt, dass es sich um eine Morduntersuchung handelt? Es ist wirklich recht dringend.«

»Ich muss mit jemandem sprechen.« Er machte kehrt und verschwand durch die Tür.

»Natürlich muss er das.« Karen seufzte. Sie lehnte sich gegen die Wand und ließ den Kopf dagegen fallen. Solange sie gefahren war, hatte sie sich so sehr konzentrieren müssen, dass ihre Fantasie keine Chance gehabt hatte, sich auszumalen, welches Schicksal Jason ereilt haben mochte. Sie hätte ihn niemals losschicken dürfen, um eine Frau zu verfolgen, die sehr wahrscheinlich eine Mörderin war, eine Frau, die schon einmal ihren Einfallsreichtum bewiesen hatte bei der Lösung von Problemen, die entstanden, wenn man eine Leiche hinten im Camper hatte. Schweigend schalt sich Karen für ihre Ungeduld. Das hätte warten können, bis sie Zeit gehabt hätte, sich ausreichend darauf zu konzentrieren, statt es während einer größeren Ermittlung noch reinzuquetschen. Wenn Jason etwas passiert war –

Bevor sie weiter darüber nachdenken konnte, kam ein grauhaariger Sergeant in Uniform durch die Tür. Karen trat wieder zur Abtrennung und rang sich ein müdes Lächeln ab. »PC Armitage hat mir gesagt, Sie wollen Kontakt mit jemand Offiziellem von den Isherwood Ateliers aufnehmen. Irgendwas wegen eines Ihrer Kollegen, der vermisst wird?«

Sie nickte. »Das stimmt.«

Der Sergeant legte den Kopf schief und musterte sie. »Sie sind ein bisschen außerhalb Ihres Zuständigkeitsbereichs, nicht wahr? Sind Sie sicher, dass er sich nicht einfach irgendwo betrinkt?«

»Das würde er nicht wagen«, warf Daisy ein. Karen blickte sie erstaunt an. »DCI Pirie führt ein sehr strenges Regiment.«

»Darf ich wissen, warum Sie uns nicht darüber informiert haben, dass Sie hier auf unserem Boden eine Operation durchführen?« Sein Ton war freundlich, aber er blickte sie fest an.

»Weil wir das nicht tun. DC Murray hat Anweisung, die Verdächtige aufzuspüren und sich ihr nicht zu nähern. Sobald wir die Bestätigung gehabt hätten, dass wir die richtige Adresse haben, und bereit gewesen wären, zuzuschlagen, hätten wir Sie informiert.« Ganz sachlich, kein großer Aufriss.

»Armitage sagt, es ginge um Mord?«

»Ein Cold Case.« Normalerweise wirkte das beruhigend, weil es bedeutete, dass auf ihrem Terrain nicht die Hölle losbrechen würde. »Wir folgen nur dem Hinweis eines Zeugen.«

Er schürzte die Lippen und schüttelte den Kopf. »Wahrscheinlich sollte ich das nicht tun, aber was soll's.« Er zog ein gefaltetes Stück Papier aus der Tasche und schob es über den Tresen. »Hier, bitte schön. Sie wohnt nur ein paar Straßen weiter.«

Karen entfaltete das Blatt und las »Patience Cameron«, gefolgt von einer Telefonnummer. »Danke, Sergeant«, sagte sie.

»Passen Sie auf sich auf, Chief Inspector.«

Sie kehrten zu ihrem Auto zurück. Karen warf einen Blick zurück aufs Revier und sah, wie der Sergeant hinter dem Empfangstresen stand und sie mit den Augen verfolgte. »Hier gibt es nichts zu sehen«, murmelte sie und setzte sich hinters Steuer. Sie holte ihr Telefon hervor und tippte die Nummer auf dem Papier ein. Es klingelte einmal, zweimal, dreimal, viermal, fünfmal, sechsmal. »Los, komm schon.« Siebenmal, acht–

»Hallo? Wer ist da?«, fragte jemand argwöhnisch. So kurz vor Mitternacht war das nicht anders zu erwarten gewesen.

»Ms Cameron? Entschuldigen Sie die Störung. Ich bin Detective Chief Inspector –«

»Jaden! Ist Jaden was passiert?« Aufregung, Angst. Karen konnte das verstehen.

»Nein, es hat nichts mit Jaden zu tun. Sie müssen sich keine Sorgen machen, wirklich.«

»Warum rufen Sie mich dann um diese Uhrzeit an?« Neben dem Manchester-Akzent war das leichte Trillern eines karibischen Einschlags zu hören.

»Sie sind für die Isherwood Ateliers zuständig, stimmt das?«

»Ist jemand eingebrochen? Was ist passiert?«

»Nein, kein Einbruch. Es gibt keinen Grund zur Panik, Ms Cameron. Kann ich es Ihnen erklären?«

»Okay, okay. Erklären Sie's, Miss Chief Inspector.«

»Einer meiner Kollegen hatte den Auftrag, die Ateliers heute Morgen aufzusuchen. Aber seitdem hat ihn niemand mehr gesehen, und das ist nicht –«

»Was wollte er bei den Ateliers?«

Derjenige, der ihr den Namen Patience gegeben hatte, hatte reichlich falschgelegen, dachte Karen. »Wir versuchen, Dani Gilmartin zu kontaktieren.«

Mit den Zähnen machte sie ein Geräusch, das wie »Tscha« klang. »Er wird Dani heute Morgen da nicht gefunden haben.« Sie klang abschätzig, als ob jeder Trottel das wüsste. »Die einzige Person, die er angetroffen haben wird, dürfte Orla gewesen sein, die an ihrem Wandbild arbeitete.«

»Und was wird Orla ihm gesagt haben, wo er Dani finden kann?«

»Jeder weiß das. Montagsmorgens gibt Dani den Kurs ›Aquarellmalerei für Anfänger‹ im Gemeindesaal bei Morrisons.«

Karen fühlte, wie sich ihr Atem wieder normalisierte. »Und dorthin würde Orla ihn geschickt haben?«

»Das hab ich doch gesagt, oder etwa nicht?«

»In welcher Straße ist das? Sorry, ich bin nicht von hier.«

»Nein, so klingen Sie auch nicht. Die Halle ist in der Lingard Fold Lane. Aber jetzt, in der Nacht, wird niemand da sein. Es wird alles verschlossen sein bis zur Diätgruppe morgen Nachmittag.«

Bitte, Gott, nur eine Pause … »Wissen Sie, wer die Schlüssel dafür hat?«

»Tja, wir haben in den Ateliers ein Set, aber das wird Dani bei sich haben, weil sie nach ihrem Kurs abschließen muss. Kann ich jetzt weiter meinen Film schauen?« Sie begann, ärgerlich zu klingen, und wer hätte ihr das verdenken können?

»Eine letzte Sache noch: Wissen Sie, wo Dani wohnt?«

»Wissen Sie, wo alle wohnen, mit denen Sie zusammenarbeiten? Ich weiß nur, dass sie irgendwo in der Nähe der Gorton wohnt. Und jetzt gute Nacht, Miss Chief Inspector.«

***

Der Gemeindesaal lag vom Bürgersteig zurückversetzt, ein dunkler Schatten gegen den Himmel. Sie parkten am Ende der Straße und gingen wieder zurück. Karen hielt so abrupt an, dass Daisy es nicht vermeiden konnte, in sie hineinzulaufen. »Fuck«, sagte Karen und deutete über die Straße. »Das ist Jasons Auto. Wenn er von hier verschwunden ist, dann nicht auf seinen eigenen Beinen.« Ihre Brust schmerzte, die Angst griff regelrecht nach ihr.

Nach fünf Minuten war klar, dass es keinen einfachen Weg in das Gebäude hinein gab. Vorder- und Hintertür waren verschlossen, alle Fenster mit Gittern gesichert. »Ich hätte das schon früher tun müssen«, sagte Karen, ging ein Stück die Straße hinunter und holte ihr Telefon heraus. Sie rief die Leitstelle in Edinburgh an und erteilte den Befehl, das Auto, das auf Barry McAndrew zugelassen war, anzuhalten und festzusetzen. »Es gibt einen laufenden Haftbefehl gegen Amanda McAndrew alias Daniella Gilmartin. Ich schicke Ihnen den per E-Mail, sobald ich aufgelegt habe. Aber Sie müssen das an die anderen Polizeistellen in Großbritannien weiterleiten, als dringende Eilanfrage«, insistierte sie. »Und ich will einen Fahndungsaufruf für die Pässe, die auf Daniella Gilmartin und Amanda McAndrew ausgestellt sind. Fährhäfen und Flughäfen. Ist das angekommen?«

Der wachhabende Offizier wiederholte die Details.

»Danke. Und können Sie insbesondere den Fährhafen Hull im Blick behalten? Von dort starten Nachtfähren nach Holland und Belgien. Sie hat Manchester auf der M62 Richtung Osten verlassen. Wenn sie das Land verlassen will, sind die Hull-Fähren die naheliegendste Wahl.« Innerhalb weniger Minuten hatte sie alles erledigt. Wieder wünschte sich Karen, sie hätte früher daran gedacht, aber sie hatte Jason die Chance geben wollen, Initiative zu beweisen.

Sie war verantwortlich für das, was ihm zugestoßen war.

Sie kehrte zurück zum Gemeindesaal, wo Daisy ganz nonchalant am Pfosten der geöffneten Tür lehnte. »Was zur Hölle?«, sagte Karen, bevor sie überhaupt wusste, dass sie sprach.

Daisy wedelte mit einem Satz Dietriche, als Karen näher kam. Sie feixte. »Erinnern Sie sich, wie Sie vorhin sagten, ›beobachten und lernen‹? Nun, ich dachte, ich mach mal weiter und nutz die Zeit. Ich kann Ihnen das immer noch ein anderes Mal beibringen.«

Karen musste unwillkürlich lachen. »Ich tu einfach so, als wäre das nie passiert«, sagte sie. »Los, kommen Sie, sehen wir uns drinnen um.«

Sie betraten den Vorraum und schoben die Türen zum Hauptraum auf. Daisy betätigte mehrere Lichtschalter, und Leuchtstoffröhren erwachten zum Leben. »Ich hoffe, die Nachbarn rufen nicht die Polizei«, murmelte sie.

Hier gab es nichts, wo Jason versteckt sein konnte. Wenn er nicht auf Kleinkindgröße zusammengefaltet und in das Spielhaus geschoben worden war, das in einer Ecke stand. Karen schaute dennoch hinein, nur um sicherzugehen.

Sie durchquerten den Saal und gingen durch die Tür am hinteren Ende. Daisy wandte sich zur Küche zur Linken und suchte nach Anzeichen eines Kampfes, nach Blut, nach etwas, das nicht am richtigen Platz war. Sie fand es im Mülleimer. Mithilfe einer Gabel aus der Besteckschublade angelte sie es vorsichtig aus dem Abfall. »Gehört die Jason?«, fragte sie und zeigte Karen die Anzugjacke, die an der Gabel hing.

Karen nickte stumm. Sie vertraute ihrer Stimme nicht. Dann drehte sie sich um und polterte in die Damentoilette. Sie stieß die Türen mit solcher Wucht auf, dass sie gegen die dünnen Trennwände schlugen, und fluchte bei jeder leeren Kabine vor sich hin. Das Gleiche tat sie in der Herrentoilette.

Daisy hielt Jasons Notizbuch hoch. »Das ist alles, was da drin war.«

Karen griff danach und blätterte zum letzten Eintrag. »Gemeindesaal, Seitenstraße, Morrisons«, stand da. Sie schüttelte den Kopf und nahm es mit in den Flur. Sie folgte diesem um eine Rechtskurve und wäre fast in einen Stapel Staffeleien gelaufen. Daisy lief auf sie auf, wodurch der ordentliche Stapel so weit verrutschte, dass Karen die Tür erkennen konnte, die sich dahinter verbarg. Adrenalin schoss ihr ins Blut.

»Die müssen weg«, sagte sie, griff sich die nächstbeste Staffelei und lehnte sie an die gegenüberliegende Wand.

Es war eine Arbeit von wenigen Minuten, die Staffeleien aus dem Weg zu räumen. »Da muss er sein«, keuchte Karen, als sie nach der letzten griff und sie regelrecht in den Flur warf.

Sie sahen sich einer soliden Tür gegenüber, Riegel oben und unten, der Schlüssel im Schlüsselloch. »Handschuhe«, forderte Karen. Sie hatte ihr einziges Paar auf der Raststätte benutzt.

»Küche.« Daisy eilte den Flur entlang und durchstöberte den Geschirrschrank, wo sie zuvor einen Karton mit dünnen Plastikhandschuhen gesehen hatte. Sie nahm eine Handvoll heraus und lief zurück.

Karen zog ein Paar über und drehte vorsichtig den Schlüssel, darauf bedacht, ihn nur an den Kanten zu berühren. Sie bezweifelte, dass Amanda ebenso sorgfältig gewesen war. »Halten Sie einen Handschuh auf«, wies sie Daisy an und ließ den Schlüssel hineinfallen. Dann mühte sie sich mit den schwergängigen Riegeln ab, bis diese widerwillig nachgaben. Neben der Tür entdeckte sie einen Lichtschalter und drückte darauf. Sie war den Tränen nah.

Sie zog die Tür auf. »Jason«, brüllte sie und lief rasch die Treppe hinunter. An deren Fuß stoppte sie und schaute sich hektisch um. Der Geruch von abgestandenem Urin stach ihr in die Nase. Aber von Jason war nichts zu sehen oder zu hören. »Jason?« Sie flüsterte fast, ihre Stimme bebte.

Und dann hörte sie ein Stöhnen. Aus einer Ecke, in die das Licht kaum hinreichte. Karen erblickte etwas, das wie ein Haufen ausrangierter Vorhänge aussah. Sie eilte hin, Daisy direkt hinter ihr. Als sie näher kam, konnte sie den oberen Teil von Jasons Kopf sehen, sein orangefarbenes Haar biss sich mit dem pflaumenblauen Samt. Ihr Herz machte einen Sprung, und für einen Moment errang Erleichterung die Oberhand über die Angst. Doch dann war der Schrecken zurück. Was war ihm zugestoßen? Wie schwer war er verletzt?

Karen kroch neben ihn und zog vorsichtig den Vorhang von seinem Kopf. Er war kalkweiß, dunkle Schatten lagen unter seinen Augen, und ein lang gezogener Bluterguss bedeckte eine Seite seines Gesichts. Seine Lider flackerten, und er zog die Augenbrauen zusammen. »Boss?«, flüsterte er mit aufgesprungenen Lippen. »Es tut mir leid.« Die Augen verdrehten sich nach oben, und er atmete keuchend.

»Rufen Sie einen Krankenwagen, Daisy.« Karen legte eine

Hand an sein Gesicht und achtete darauf, seinen Kopf nicht zu bewegen. »Und die Polizei. Wo tut es weh, Jason?«

»Bein«, stöhnte er. »Linkes Bein.«

»Okay. Hilfe ist unterwegs, halten Sie durch.« Er murmelte etwas, das sie nicht verstand. »Was?«

»Wasser«, sagte er etwas lauter.

Karen wartete, bis Daisy ihr Telefonat mit dem Notdienst beendet hatte, dann rief sie: »Holen Sie ein Glas Wasser, Daisy.«

»Wollen Sie ihm wirklich was zu trinken geben?«, fragte Daisy und überwand ihre Angst, Karen zu widersprechen. »Falls sein Bein operiert werden muss?«

»Guter Einwand. Dann bringen Sie mir Wasser und ein Papiertuch. Zumindest kann ich seine Lippen befeuchten, verdammt noch mal.«

Der Rettungswagen schien ewig zu brauchen, aber Karen wusste, dass das täuschte. Die Sanitäter waren effizient und freundlich und legten Jason eine Infusion, bevor sie ihn bewegten. »Es ist das Schienbein«, erklärte einer. »Entweder ein verschobener Bruch oder ein Trümmerbruch. Schwer zu sagen. Wir müssen ihn ins Krankenhaus bringen, damit er geröntgt wird.«

»Wird er operiert werden müssen?«, fragte Karen. Ihr war nicht wohl bei der Vorstellung, Mrs Murray sagen zu müssen, dass ihr Sohn sich im Dienst was gebrochen hatte.

»Das kann ich nicht sagen, meine Liebe«, erwiderte er. »Wir bringen ihn zum Stepping Hill Krankenhaus an der A 6. Kommen Sie mit?«

Karen schüttelte den Kopf. »Ich muss hier auf die örtliche Polizei warten. Das war kein Unfall. Dies ist ein Tatort.«

43

Dienstag, 25. Februar 2020

Es war nach drei Uhr morgens, als sie in das Hotel eincheckten, in dem auch Jason die Nacht zuvor verbracht hatte. Sie hatten ihn im Krankenhaus zurückgelassen, wo er sediert auf den chirurgischen Eingriff wartete, der sein Schienbein wieder richten sollte. Die örtliche Polizei war mit lobenswertem Enthusiasmus aktiv geworden, fast so, als wäre Jason einer von ihnen, dachte Karen. Sie hatten Patience Cameron aus dem Bett gescheucht und sie gedrängt, alle Mieter der Isherwood Ateliers abzutelefonieren, bis sie jemanden gefunden hatte, der wusste, wo »Dani« wohnte. Die Polizei hatte Karen und Daisy eingeladen mitzukommen, wenn sie in der nahen Gorton Road die Tür zu der Maisonettewohnung eintraten. Sie lag im dritten und vierten Stock eines Mietsblocks, der an eine Kaserne erinnerte.

»Als ich das letzte Mal hier war, wurden die Häuser als Kulisse für einen Film genutzt, der in Ostdeutschland in der Zeit des Kalten Kriegs spielt«, hatte einer der Polizisten bemerkt. Karen glaubte ihm das auf der Stelle.

In der Wohnung fand sich wenig Interessantes. Karen vermutete, dass Amanda eilig hereingestürzt war, um alles zu beseitigen, das sie entweder belastete oder einen Hinweis auf ihr Fluchtziel hätte geben können. Keine Familienfotos, keine Briefe, kein Laptop oder Tablet. Nur große Aquarelle von den schottischen Highlands, die mit Reißzwecken an die Wände gepinnt waren. Karen erkannte Schiehallion und den Am Buachaille. Vielleicht war Amanda doch nicht so tough, wie sie gedacht hatte; die Bilder ließen ein gewisses Heimweh erkennen. Das ließ auf eine verletzlichere Seite schließen als die offenkundige Kaltschnäuzigkeit, mit der sie Dani Gilmartins Tod hinter sich gelassen hatte.

Obwohl sie müde bis auf die Knochen war, konnte Karen dennoch nicht einschlafen, als sie endlich ins Bett gekrochen war. Vom Verstand her wusste sie, dass das, was Jason zugestoßen war, Amanda McAndrews Schuld war, nicht ihre. Aber dennoch fühlte sie sich verantwortlich. Es war ihr nicht in den Sinn gekommen, dass sie Jason einer Gefahr aussetzte, aber sie hätte es wissen müssen. Eine Sache stets von Neuem aufzurollen, bis sie den Punkt fand, an dem alles in die Katastrophe abgeglitten war, war sinnlos, aber dennoch tappte sie immer wieder in diese Falle.

Als ihr Telefon um 3:19 Uhr klingelte, fiel sie fast aus dem ungewohnten Bett, so eilig hatte sie es, den Anruf anzunehmen. Es war die Leitstelle. »Hey, DCI Pirie. Entschuldigung, dass ich Sie geweckt habe, aber ich dachte, Sie würden bestimmt gern auf dem Laufenden gehalten werden.«

»Da haben Sie richtig gedacht«, sagte sie. »Ist sie verhaftet worden?« Sie wühlte sich aus den Laken, um auf der Bettkante sitzen zu können, die Ellbogen auf die Knie gestützt und das Telefon am Ohr.

»Das nun nicht gerade. Aber wir wissen, wo sie ist. Die Polizisten in Hull haben ihr Auto zwei Straßen vom Fährterminal entfernt gefunden. Wir konnten sie dazu bringen, die Ticketverkäufe zu überprüfen, und McAndrew hat tatsächlich gestern Nachmittag eine Liegekoje auf der Nachtfähre nach Rotterdam gebucht. Die läuft dort gegen halb neun morgens ein, nach deren Zeit.«

Karen verdrehte die Augen. »Damit hab ich weniger als

fünf Stunden, um einen Europäischen Haftbefehl zu erwirken?«

»Weniger als vier Stunden. Die sind uns eine Stunde voraus, erinnern Sie sich?«

Karen stöhnte. »Ich kümmere mich drum.« Sie quälte sich aus dem Bett und setzte sich mit Tablet und Telefon an den Tisch, die Hörstöpsel ins Ohr geschoben, damit sie die Hände frei hatte. Die Nummer, die sie anrief, war die der Staatsanwältin Ruth Wardlaw. Karen kannte Ruth gut genug, um sich einigermaßen sicher zu sein, dass sie ans Telefon gehen würde, auch wenn sie keinen Bereitschaftsdienst hatte. Wie Karen konnte Ruth dem Sirenengesang eines interessanten Falles nicht widerstehen, und niemand würde es wagen, sie mitten in der Nacht anzurufen, wenn es nicht um einen interessanten Fall ging. Mal ganz abgesehen davon, dass sie es Karen übel nehmen würde, wenn diese sich an jemand anderen in der Staatsanwaltschaft wendete, nachdem Ruth sich so ins Zeug gelegt hatte, um den ursprünglichen Haftbefehl zu erwirken.

Es klingelte ein halbes Dutzend Mal, bis jemand ranging. Karen hörte ein Poltern, dann ein gedämpftes »Scheiße«, gefolgt von einem Geräusch des Umhertastens. »Wer ist da?« Ruth klang verständlicherweise mürrisch.

»Karen. Es tut mir leid, dass ich Sie wecke, aber es ist dringend. Amanda McAndrew ist auf der Nachtfähre von Hull nach Rotterdam. Sie hat Jason – Sie erinnern sich an Jason, DC Murray? –, sie hat Jason eine Treppe runtergestoßen und seinen Tod in Kauf genommen, dann ist sie abgehauen. Wir brauchen einen Europäischen Haftbefehl, und wir brauchen ihn innerhalb der nächsten Stunden.«

Ruth seufzte. »Ihnen auch einen guten Morgen, Karen. Sie hat DC Murray eine Treppe runtergestoßen? Wo war das?«

»Ist das wichtig? Es war in Stockport.«

Ruth gähnte. »Nun, dann gibt es eine gute und eine schlechte Nachricht. Die schlechte ist, dass wir das nicht im Haftbefehl erwähnen dürfen, weil es in einer anderen Gerichtsbarkeit als der Mord geschah. Die gute ist, dass wir die Dinge nicht unnötig kompliziert machen müssen, indem wir das im Haftbefehl erwähnen.«

»Bekommen Sie das hin?«

»Karen, Sie sprechen mit mir. Sobald wir aufgelegt haben, werde ich den diensthabenden Auslieferungsrichter der International Crime Unit beim Crown Office kontaktieren und den Haftbefehl dorthin schicken, zusammen mit einer kurzen Erklärung, warum wir einen Europäischen Haftbefehl brauchen. In der Zwischenzeit stellen Sie mir einen kurzen Bericht zum Angriff auf Ihren Officer zusammen. Den füge ich separat als Beweis für die Fluchtmotive hinzu. Und dann schleppe ich meinen müden Körper ins Büro der ICU, um alle Argumente vorzubringen, die der Richter hören muss, und den EHB abzuholen.« Karen konnte hören, wie sich jemand im Hintergrund bewegte und leise etwas murmelte.

»Schicken Sie das an die holländische Polizei und die Einwanderungsbehörde? Oder muss ich das machen?«

»Unsere ICU kümmert sich darum. Ich schicke Ihnen eine Kopie. Für den Fall, dass die Zeit zu knapp wird, können wir einen einstweiligen Haftbefehl beantragen. Das bedeutet, dass sie sie vorläufig verhaften können, wenn sie die Fähre verlässt; wir haben dann ein Zeitfenster von vierundzwanzig oder achtundvierzig Stunden, um einen rechtsgültigen Haftbefehl nachzuliefern. Ich weiß gerade aus dem Stand nicht, wie die Fristen in Holland sind. Wir kriegen sie, Karen. Vertrauen Sie mir. Die Leute beim Crown Office kennen sich mit Notfällen aus. Sie wären erstaunt, was für Tempo ein Richter sogar mitten in der Nacht vorlegen kann. Und jetzt raus aus der Leitung. Lassen Sie mich meinen Job machen. Wir sprechen später.« Die Leitung war tot.

***

Es war fast fünf, als Ruth sich meldete. »Der Haftbefehl ist ausgestellt und liegt den Holländern vor. Polizei und Einwanderungsbehörden am Ankunftshafen sind alarmiert. Sie haben uns versichert, dass McAndrew nicht an ihnen vorbeikommen wird.«

Karen wünschte, sie könnte diesen Optimismus teilen. »Stellen Sie sicher, dass die wissen, wie hinterhältig sie ist. Es fällt ihr leicht, Leute dazu zu bringen, ihr zu helfen. Sie wird nicht zu Fuß unterwegs sein. Wahrscheinlich wird sie jemanden überreden, sie mitzunehmen. Die müssen neben den Fußgängern auch alle Autos und Laster checken.«

»Ich geb das weiter. Und ich halt Sie auf dem Laufenden. Wenn ich was Neues erfahre, teil ich's Ihnen mit.«

Karen legte sich noch mal hin und versuchte, eine bequeme Position zu finden. Sie fragte sich, ob Amanda McAndrew schlafen konnte oder ob Angst ihr Blut durchzog, sie nervös und wachsam machte. Wohin wollte sie? Würde sie versuchen, zu ihren Eltern zu gelangen, in der Hoffnung, dass die sie aufnahmen? Jason hatte das vermutet; soweit er herausgefunden hatte, war Amanda vor zwei Jahren bei ihren Eltern gewesen, aber Karen hatte ihn nicht gebeten, intensiver zu recherchieren. Noch etwas, das sie hätte tun sollen. Wahrscheinlich wussten die Eltern gar nicht, dass ihre Tochter die Identität von jemand anderem angenommen hatte. Vielleicht sollten sie ihr Rückzugsort werden. Der Ort, an dem Amanda McAndrew wieder sie selbst werden konnte.

Der letzte Gedanke, der ihr vor dem Einschlafen durch den Kopf ging, war: Es wär aber besser, sie zu verhaften, bevor es so weit kommt.

***

Karen hatte ihren Wecker auf acht Uhr gestellt. Die Fähre würde zwar schon um halb neun anlegen, aber sie vermutete, es würde eine Weile dauern, bis die holländischen Behörden Amanda McAndrew in die Finger bekamen, und dann noch etwas länger, bis die Neuigkeiten bis zu Ruth durchgedrungen waren.

Durch den fehlenden Schlaf und den Stress des vorherigen Tages fühlte es sich an, als hätte sie es am Vorabend mit dem Gin übertrieben. Aber bevor sie versuchte, die Müdigkeit abzuschütteln und das wattige Gehirn zum Laufen zu bringen, musste sie einen Anruf tätigen. Sie hatte die Krankenschwester, die sich um Jason kümmerte, überredet, ihr die Durchwahl der Station zu geben, und diese Nummer wählte sie jetzt. »Hier ist Detective Chief Inspector Pirie«, teilte sie in dringlichem Tonfall dem Mann mit, der den Anruf angenommen hatte. »Ich rufe an, um mich nach dem Zustand eines Ihrer Patienten zu erkundigen. Wir haben ihn letzte Nacht sehr spät eingeliefert. Jason Murray.«

»Sind Sie mit ihm verwandt?«

Vorlauter Mistkerl. »Ich bin die Polizistin, die ihn gerettet und ins Krankenhaus begleitet hat. Es ist eine ganz einfache Frage. Wie geht es ihm?«

»Wir dürfen nur Verwandte über den Zustand des Patienten unterrichten.«

Tu das nicht, mein Sohn. Wirklich, tu es nicht. »Wollen Sie tatsächlich eine Polizeibeamtin an der Ausübung ihrer

Pflicht hindern?« Sie erhöhte das Level der Ungläubigkeit, die sich deutlich heraushören ließ, auf Stufe elf von zehn.

»N-Nein«, stammelte er. »Es ist nur –«

Karen hörte eine energische Stimme im Hintergrund. Dann übernahm eine Frau den Telefonhörer. »Gibt es irgendein Problem?«

Karen stellte sich erneut vor. »Ich bin Jasons Chefin«, sagte sie. »Ich bin diejenige, die einer Verwandten im Umkreis von zweihundert Meilen am nächsten kommt, und ich bin für ihn verantwortlich.«

»Gutes Argument, hervorragend dargelegt, meine Liebe. Er ist noch im OP – sie haben ihn vorgezogen, weil er ein Polizist ist. Wenn Sie in einer Stunde oder so noch mal anrufen, kann ich Ihnen mehr sagen. Fragen Sie nach Shirley. Machen Sie sich keine Sorgen um ihn, er wird das gut überstehen.«

Karen dankte ihr und schloss für einen langen Moment die Augen. Sie atmete tief ein und aus und suchte dann auf ihrem Telefon eine weitere Nummer heraus. Das war der Anruf, vor dem ihr graute.

»Sind Sie das, Karen?« Überrascht und gleichzeitig hellhörig. »Suchen Sie Jason? Er ist nicht hier, Liebes, ich erwarte ihn heute auch gar nicht.«

»Ich weiß, Mrs Murray. Er ist Richtung Süden gefahren wegen einer Ermittlung. Und dort hat es einen kleinen Unfall gegeben.«

Mrs Murray zog scharf die Luft ein. »Oh nein, nicht mein Jason –«

»Nichts Schlimmes«, unterbrach Karen sie eilig. »Er ist nicht in Gefahr, das versichere ich Ihnen. Er ist eine Treppe hinuntergestürzt und hat sich ein Bein gebrochen. Im Augenblick ist er im Krankenhaus und wird operiert. Sein Bein wird gerichtet.«

»Eine Operation?«

»Das ist eine Routinesache. Ich habe eben mit der Station gesprochen, und es gibt keinen Grund, sich Sorgen zu machen.«

»Sie haben leicht reden, Karen Pirie. Jeden Tag der Woche sterben Menschen auf Operationstischen.«

Sie konnte die Tränen in Mrs Murrays Stimme hören. »Wenn es Sie beruhigt, kann ich einen Polizisten abordnen, der Sie hinfährt.« Scheiß auf den Hundekuchen und ihr Budget.

»Nein, ich will nicht mit einem Fremden im Auto sitzen. Ich ruf Ronan an, damit der mich fährt.«

Da hatte die Welt doch tatsächlich eine Verwendung für Ronan gefunden. »Ich schicke Ihnen eine Textnachricht mit den Details. Aber bitte, Mrs Murray, versuchen Sie, sich nicht so viele Gedanken zu machen.«

»Man merkt Ihnen an, dass Sie keine Mutter sind.« Sie holte tief Luft. »Entschuldigen Sie, Karen. Das war Ihnen gegenüber unangebracht. Sie haben Jason immer gut behandelt. Ich hol Ronan, und dann machen wir uns auf den Weg. Weiß Eilidh schon Bescheid?«

»Ich hab zuerst Sie angerufen.«

»Okay, dann meld ich mich bei ihr, und wir sammeln sie unterwegs ein. Sie wird zu ihm wollen, und ich denke mal, dass er lieber sie an seinem Bett sehen will als seine alte Mami.«

Das wär ein knappes Rennen, dachte Karen. Nachdem das Schlimmste erledigt war, richtete sie ihre Aufmerksamkeit darauf, einen Schlachtplan für sie und Daisy zu entwerfen. Aber zuerst das Frühstück. Kein Sieg konnte errungen werden ohne Kaffee und Kalorien.

44

Karen war bei ihrer zweiten Tasse Kaffee, als Ruth Wardlaw anrief. »Gute Neuigkeiten«, sagte die Staatsanwältin. »Die holländische Polizei hat Ihren Rat befolgt und die Autos überprüft, die die Fähre verließen. McAndrew hatte versucht, durchs Netz zu schlüpfen: Sie hatte einen polnischen Installateur überredet, sie in seinem Van mitzunehmen, aber sie haben sie entdeckt. Derzeit hockt sie in einer Zelle in Rotterdam und wartet auf einen Anwalt.«

Es fühlte sich an, als würde sich das Blatt endlich wenden, das ihr weiß Gott nicht in die Hände gespielt hatte, seit James Aulds Leiche aus den Fluten des Forth gezogen worden war. »Das sind hervorragende Nachrichten. Was geschieht als Nächstes? Wie ist die zeitliche Abfolge?«

»Kommt drauf an. Wenn sie sich bereit erklärt, zurückzukehren und sich der Anklage zu stellen, auf die der Haftbefehl ausgestellt ist, ist sie innerhalb von zehn Tagen wieder in Schottland. Wenn sie jedoch beschließt, den Haftbefehl anzufechten – und alles, was Sie mir von ihr erzählt haben, deutet darauf hin –, dann haben die niederländischen Gerichte sechzig Tage Zeit, um zu entscheiden, ob sie ausgeliefert wird.«

Karens Stimmung sank. »Sie kann also immer noch davonkommen?«

»Keine Panik. Die niederländische Anhörung wird keine Beweisaufnahme sein. Sie werden lediglich prüfen, ob unsere ICU den Haftbefehl angesichts der Art des Verbrechens zu Recht ausgestellt hat und ob das Verfahren legitim ist. Und ich zweifle keinen Moment daran, wie das ausgeht. Wir bewegen uns auf solidem Grund, Karen.«

»Was, wenn sie vorbringt, dass es kein Tötungsdelikt, sondern ein Unfall war?«

»Das ist irrelevant. Die Anklage auf dem Haftbefehl lautet Mord, und das ist es, was wir beweisen werden. Wir sind darauf vorbereitet, alles zu durchlöchern, was sie zur Verteidigung vor Gericht vorbringen wird.«

»Na gut.«

»Unterm Strich geht es darum, dass man einen Todesfall nicht vertuscht, eine Leiche nicht versteckt und dann die Identität der Toten übernimmt, wenn es ein Unfall war.«

»Aber sie könnte einwenden, dass sie Angst vor falschen Anschuldigungen hatte, insbesondere da es sich um eine sehr wechselhafte Beziehung handelte«, gab Karen zu bedenken.

»Sie können sich das vorstellen, und ich kann es mir vorstellen, aber für die Mehrheit der Geschworenen wird es in einem anderen Kontext als dem eines Verbrechens nicht denkbar sein. Entspannen Sie sich, Karen, Sie haben Schwerstarbeit geleistet. Dani Gilmartins Vater erfährt nun, was mit seiner Tochter geschehen ist, und das ist gut so, ganz egal, wie es vor Gericht ausgeht.«

Sie hatte recht. »Danke, Ruth.«

»Gern geschehen. Und nun geh ich ins Bett. Bis bald.«

Glückliche Ruth. Karen stocherte in den letzten Bissen ihres Rühreis herum, kam aber zu dem Schluss, dass es inzwischen schon zu gummiartig geworden war. Irgendwann heute würde Tamsin an die Daten von James Aulds Laptop kommen. Und mit ein bisschen Glück würde der Bericht der Rechtsmedizinerin in Kürze bei ihr eintreffen und offiziell bestätigen, dass Aulds Verletzungen eher für einen Mord als für einen Unfall sprachen. Es gab nichts, was sie im Augenblick noch für Jason tun konnte, vor allem nicht, wenn seine Mutter, seine Freundin und sein nutzloser Bruder auf dem Weg zu ihm waren.

Karen schob ihren Teller weg und gab ihrer Ungeduld nach. Es war Zeit, sich auf den Rückweg zu machen. Sie schickte Daisy eine Textnachricht: *Wir treffen uns in fünfzehn Minuten im Foyer.* Ausreichend Zeit, um vom Café zurückzugehen und das Auto aus dem Parkhaus zu holen. Die Nachricht von Amanda McAndrews Verhaftung hatte ihr neue Energie verliehen. Der Hundekuchen konnte sich morgen früh auf eine Überraschung freuen.

* * *

Die Fahrt zurück nach Edinburgh schien ewig zu dauern. Das konstante Nieseln und die schlechte Sicht machten es nicht besser. Auch nicht Karens entschiedene Weigerung, mit Blaulicht über die M6 zu rasen wie ein geölter Blitz. »Missbrauch von Privilegien«, hatte sie gemurmelt, als Daisy sich erkundigt hatte, warum sie sich so sklavisch an das Tempolimit hielten.

Während der ersten Hälfte der Reise hatte sie Daisy auf den neuesten Stand der McAndrew-Ermittlung gebracht. Daisy war völlig fasziniert von der Entwicklung des Falls, vom Skelett in der Garage in Perth über die Künstlerkolonie in Glenisla bis hin zum Gemeindesaal in Stockport. »Was für ein bizarrer Auftakt für einen Fall«, sagte sie. »Ich mein, wenn Susan Leitch nicht diesen Verkehrsunfall gehabt hätte, hätte es Jahre – sogar Jahrzehnte – dauern können, bis Danis Überreste entdeckt worden wären. Susan hätte sogar die Nerven aufbringen können, das Skelett zu entsorgen. Sie hätte es in ihrem Garten vergraben können oder – ich weiß nicht, die Knochen verbrennen und dann zerkleinern können. Oder sie mit einem Hammer zertrümmern und dann an die Küste fahren, um sie ins Meer zu werfen.«

»Oder sie einfach weiterhin ignorieren.«

»Könnten Sie das? Könnten Sie in einem Haus leben, wenn Sie wüssten, dass eine Leiche in der Garage liegt? Es ist ja nicht so, als wär sie nie da reingegangen. Sie hat dort ihre Fahrräder aufbewahrt, ihr Werkzeug und alles.« Daisy erschauderte. »Ich glaube nicht, dass ich das könnte.«

»Sie wären überrascht, was Menschen alles verdrängen können«, erwiderte Karen. »Ich erinnere mich an einen Fall, da hatte ein Mann sich mehr als zwanzig Jahre geweigert, sich einzugestehen, dass er seine Tochter erschossen hatte. Er hatte sogar eine Kampagne gestartet, um ihren Mörder zu finden, obwohl er auf irgendeiner Ebene gewusst haben musste, dass er dafür verantwortlich war.«

»Das ist total schräg. Ihr habt wirklich interessante Fälle bei den Cold Cases, oder?«

»Durch das Voranschreiten der Zeit werden aus einfachen Morden wendungsreiche Reisen. Aber manchmal verdorrt das ganze Gestrüpp, das einem die Sicht versperrt, und man kann die Lösung klar erkennen.« Karen lachte spöttisch. »Hören Sie sich das nur an, ich kling schon wie einer dieser überheblichen Idioten im Radio.«

»Nein, nein, was Sie sagen, ergibt durchaus Sinn. Glauben Sie, ich könnte mich eines Tages zur HCU versetzen lassen, um mit Ihnen und Jason zusammenzuarbeiten?«

Karen warf ihr einen kurzen Blick zu, um zu sehen, ob sie sie veräppelte. »Wirklich?«

»Warum nicht?«

»Die meisten Polizisten, die an vorderster Front arbeiten, halten uns für Sesselpupser. Und glauben, dass die Fälle, die wir bearbeiten, bei Weitem nicht so wichtig sind wie die aktuellen.«

Daisy schnaubte. »Was für eine Arroganz! Was Sie machen, ist viel anspruchsvoller und auch wichtiger. Sie korrigieren die Fehler, den Schlendrian, die Vorurteile, die dazu geführt haben, dass Fälle im ersten Anlauf nicht gelöst wurden. Ich finde, das ist cool.«

»So kann man es auch sehen. Oder Sie sehen es wie der Hundekuchen, dann sind wir der Stachel im Fleisch der Police Scotland, weil jeder unserer Erfolge eine Erinnerung daran ist, dass die Helden an vorderster Front es vergeigt haben. Wenn es nach ihr ginge, würde unsere Abteilung aufgelöst werden. Darum müssen unsere Erfolge sehr öffentlichkeitswirksam sein, nur so können wir überleben. Einmal Mist gebaut, und wir liegen tot im Graben.«

»Klingt, als bräuchten Sie alle Hilfe, die Sie kriegen können.« Daisy lächelte sie keck an. »Wir kommen gleich an eine Raststätte. Können wir anhalten? Ich muss aufs Klo, und es gibt hier hervorragende selbst gemachte Backwaren.«

Karen konnte nicht leugnen, dass sie Daisys freches Auftreten mochte. Und dass die junge Frau es richtig einschätzte, wie wichtig Kaffee und Kuchen für eine ordentliche Ermittlungsarbeit waren. Sie bog von der Schnellstraße ab und parkte in einiger Entfernung zum Eingang von Café und Shop. »Können Sie mir einen Flat White mitbringen?«, bat sie. »Ich muss telefonieren.«

Daisy eilte los, und Karen rief ein zweites Mal im Krankenhaus an. Dieses Mal hatte sie Glück, und Shirley, die Krankenschwester, nahm den Anruf entgegen. Die guten Nachrichten nahmen kein Ende: Jason war aus dem OP raus, und es hatte keine Komplikationen gegeben. Karen erklärte, dass die Familie auf dem Weg zum Krankenhaus sei, und wünschte der Krankenschwester viel Glück.

Während sie auf Daisy wartete, rief sie ihre E-Mails ab. Zu ihrer Freude hatte Professorin Jenny Carmichael ihr den Autopsiebericht geschickt. Dieser untermauerte den mündlichen Bescheid, den sie Charlie Todd in der Leichenhalle gegeben hatte: Die Ergebnisse wiesen auf vorsätzliche Tötung hin. Und eine Nachricht von Charlie verkündete einen Durchbruch. Einer der Spurensicherer, die die Gegend abgesucht hatten, war auf die Idee gekommen, den Steinhang beim Turm hinunterzuklettern, und hatte dabei in einer Spalte eine Brechstange aus Metall gefunden. Trotz des Regens und der salzigen Gischt, die seit Tagen darauf niedergegangen waren, war die Unterseite geschützt gewesen. Der Tatort-Techniker, der das Brecheisen geborgen hatte, hatte die Fläche konserviert; auf ihr fanden sich Spuren von Blut und Haaren, die von James Auld stammten. Charlie Todds Landeier hatten sich als Trümpfe erwiesen. Sie untersuchen die Brechstange noch genauer, um zu sehen, ob sie weitere DNA oder Fingerabdrücke finden können. Hoffe, das hilft. Und ich hoffe, dass Daisy Sie gut unterstützt, hatte er geendet. Karen vermutete, dass er nicht gerade begeistert sein würde, wenn Daisy sich zur HCU versetzen ließ.

Daisy kehrte zurück mit Kaffee und dem größten Wurstbrötchen, das Karen je gesehen hatte. »Ich hatte kein Frühstück«, murmelte sie durch einen Bissen Fleischbrät und Blätterteig hindurch.

»Dafür hatten Sie Schlaf.«

Karen teilte Daisy die neuesten Ergebnisse mit, während diese aß und Stückchen von Blätterteig auf ihrer Jacke und im Fußraum verteilte. »Das ist toll«, sagte sie. »Tut mir leid wegen der Sauerei. Ich geh mit dem Staubsauger drüber, wenn wir zurück sind, versprochen.«

»Da wären Sie die Erste«, spottete Karen.

Zwanzig Meilen später war Daisy eingeschlafen. Ihr Kopf hing schlaff zur Seite, ein dünner Spuckefaden zog sich aus einem Mundwinkel über das Kinn. Karen erinnerte sich dunkel, dass sie einst auch über diese Gabe verfügt hatte. Es schien ihr wie eine Erfahrung aus einem anderen Leben. Um die Meilen zu überbrücken, startete sie ihre Playlist für Autofahrten. Daisy bewegte sich im Schlaf und seufzte, wachte aber nicht auf. Zum ersten Mal seit Tagen spürte Karen, wie die Spannung in ihren Schultern nachließ und wie ein wenig Frieden in ihre Gedanken einkehrte.

Was eigenartig war, schließlich sollte sie in Kürze dem Hundekuchen Rede und Antwort stehen.

***

Karen setzte Daisy am Haymarket ab und fuhr durch die Stadt zu ihrer Wohnung. Sie war weniger als sechsunddreißig Stunden unterwegs gewesen, aber es kam ihr viel länger vor. Als Erstes zog sie die Kleidung vom Vortag aus und stellte sich so lange unter die Dusche, wie es dauerte, um die Überreste der Reise abzuspülen, die sich in ihrem Gehirn festgesetzt hatten. Dann wickelte sie sich in ein dickes Handtuch und streckte sich mit einem Tumbler mit Eis, Martin Miller's Gin, Fever-Tree Tonic und drei dünnen Scheiben Gurke auf dem Sofa aus. Einfach, aber effektiv, dachte sie.

Sie rief vom Festnetz aus Sandra Murray an. Aufs Wesentliche reduziert, besagten die Neuigkeiten, dass Jason aufrecht saß, redete und sich über das Krankenhausessen und den unbequemen Gips an seinem Bein beschwerte. Die Ärzte wollten ihn noch eine Nacht dabehalten, unter anderem wegen seiner Kopfverletzung. Danach konnten ihn seine Mutter und sein Bruder mit nach Hause nehmen. Eilidh saß schon im Zug zurück nach Edinburgh, weil sie keinen Tageslohn verlieren wollte wegen etwas so Geringfügigem wie einem gebrochenen Bein. »Das Mädchen hat Kunden, die auf sie angewiesen sind«, hatte Mrs Murray betont. Karen mochte Eilidhs Gespür für Prioritäten. Sie wäre ziemlich angefressen, wenn ihre Friseurin ihren Termin in letzter Minute canceln würde.

Sie hatte kaum aufgelegt, als ihr Smartphone ihr mit einem Ton anzeigte, dass eine E-Mail eingegangen war. Seufzend stand sie vom Sofa auf und holte es. Die Mail war von Ruth Wardlaw.

Hi Karen, ich dachte, das interessiert Sie vielleicht. Ich glaube nicht, dass sie einen Rechtsbeistand hat, denn wie ich ja schon erklärt habe, sind die Niederländer nicht daran interessiert, den Fall zu verhandeln; was für sie zählt, ist, dass das Verfahren ordnungsgemäß ist, was eindeutig der Fall ist. Hätte sie mit einem Anwalt gesprochen, hätte der sie davor gewarnt, vor Strafverfolgungsbehörden eine Aussage zu machen, die möglicherweise widerlegt werden kann.

Es war ein Anhang beigefügt. Karen öffnete ihn und las.

An die zuständigen Behörden

Ich protestiere gegen die unverhältnismäßige Forderung der schottischen Gerichte, mich an Schottland auszuliefern. Ich habe nicht nur das Verbrechen nicht begangen, für das der Haftbefehl ausgestellt wurde, sondern es hat überhaupt kein Verbrechen gegeben. Mein Name ist Amanda McAndrew, und ich werde beschuldigt, meine frühere Partnerin Danielle Gilmartin ermordet zu haben. Für das Protokoll: Ich habe ihr nichts angetan. Meine einzige Schuld besteht darin, in Panik verfallen zu sein, als sie bei einem Unfall starb.
Wir hatten in einer Künstlergemeinschaft in Tullyfolda in Glenisla, Schottland, gelebt. Dani war dort nicht glücklich und bestand darauf, dass wir weggehen und uns etwas Eigenes suchen. Das war nicht weiter schwer,

weil wir in einem Volkswagen-Camper lebten. Wir verließen Tullyfolda im Mai 2017 und fuhren mehrere Wochen durch die schottischen Highlands, um einen Ort zu suchen, an dem wir uns häuslich niederlassen konnten. Eines Nachts fuhren wir eine einspurige Straße in der Nähe von Glencoe entlang, als mir ein Hirsch vors Auto sprang. Ich trat mit Wucht auf die Bremse, aber wir kamen von der Straße ab, und ich hatte mit dem Lenkrad zu kämpfen, um gegenzusteuern. Dani war zu diesem Zeitpunkt im rückwärtigen Teil, um sich ein Wasser zu holen. Als ich mich umdrehte, um zu sehen, ob es ihr gut ging, lag sie zusammengesackt auf dem Boden. Ich lief um den Wagen herum zur Seitentür und kletterte neben sie. Sie atmete nicht, und ich bemerkte Blut auf der Kante der Spüle. Ich drehte sie um, und ihr Kopf war stark eingedellt. Sie war tot. Ich konnte es nicht glauben.

Ich bekam Panik, das gebe ich zu. Ich wusste, dass ich nichts mehr für Dani tun konnte. Aber die Leute, mit denen wir in Tullyfolda zusammengelebt hatten, wussten, dass Dani launisch und streitsüchtig sein konnte. Ich musste sie mehr als einmal vor den anderen beruhigen. Ich dachte, niemand würde mir meine Version der Geschehnisse glauben. Es gab mindestens eine Person, die mir gern die Schuld für alles gegeben hätte, was Dani zugestoßen war.

Declan. Karen überlegte, dass er Amanda mit Freude vorverurteilt hätte.

Ich wusste nicht, was ich tun sollte. Darum wendete ich mich an meine Ex-Partnerin Susan Leitch. Ich wusste, dass Susan mich immer noch liebte, und ich wusste, dass sie mir helfen würde. Ich bettelte um Hilfe, und sie sagte, ich solle zu ihrem Haus kommen. Ich fuhr nach Perth und stellte den Camper in ihrer Garage ab. Es war eine schreckliche Fahrt. Alles, woran ich denken konnte, war, dass Dani tot hinter mir im Wagen lag. Ich konnte nicht begreifen, dass jemand, den ich liebte, wegen eines so dummen Unfalls tot sein sollte.

Susan behielt in Krisensituationen immer die Nerven. Sie schlug vor, dass ich den Van dort lassen sollte, wo er war. Sie hatte kein Auto, und sie konnte den Wagen mit einer Abdeckplane vor neugierigen Augen Dritter verbergen. Wir verständigten uns darauf, dass ich nach einer Weile zurückkommen und wir gemeinsam überlegen würden, wie wir weiter vorgehen. Ich ging am nächsten Tag, und ich schäme mich zuzugeben, dass ich nie wieder zurückkehrte. Ich verwischte meine Spuren, weil ich nicht wusste, wie ich das alles wieder in Ordnung bringen sollte. Es tut mir leid, dass ich so feige war. Aber ich bin keine Mörderin, und ich verdiene es nicht, dorthin zurückgeschickt zu werden, wo Menschen ein falsches Zeugnis gegen mich ablegen können. Ich werde keinen fairen Prozess bekommen. Bitte glauben Sie mir, denn ich sage die Wahrheit.

Es war eine clevere Verdrehung der Ereignisse, dachte Karen. Wäre nicht Rivers Versicherung gewesen, dass die Kraft, die notwendig war, um solch eine Verletzung zu verursachen, sich nicht durch einen Unfall erklären ließ, hätte ihr die Beteuerung vielleicht zu denken gegeben. Aber es gab zu viele Dinge, die McAndrew verbarg. Und der Versuch, Susan Leitch die Initiative für das Verstecken der Leiche in die Schuhe zu schieben, war ein fieser Trick. In Karens Augen schien es deutlich plausibler, dass McAndrew Susan vorgespielt hatte, dass sie sie immer noch liebte, um sie zu überreden, ihr in dieser Situation zu helfen. Und dann war sie weggelaufen und hatte Susan zurückgelassen mit einer Leiche und der trügerischen Hoffnung, dass sie zurückkommen würde, um das Chaos zu beseitigen. McAndrew musste zurück nach Schottland und ihren Fall vor einem ordentlichen Gericht darlegen. Auf diese Weise widerfuhr den Toten vielleicht die Gerechtigkeit, die sie verdienten. *Die Dinge, die wir aus Liebe tun.*

Dann klingelte das Telefon. »Tamsin«, sagte Karen erschöpft. »Ich hatte vergessen, dass du mich anrufen wolltest.«

»Du wurdest von meiner To-do-Liste gekickt durch die Razzia bei einem fragwürdigen Hersteller von Vitaminpräparaten mit einer Anhörung vor Gericht am Morgen. Tut mir leid.«

»Glaub mir, ich beschwer mich nicht. Ich weiß, dass du dich für mich mächtig ins Zeug legst.«

»Was muss ich da hören? Der Rote Ninja ist in einem Krankenhausbett gelandet?«

»Nichts ist schneller oder heißer als der Bürotratsch der Police Scotland.« Karen seufzte. »Du kennst den Minzdrops. Ein kleines bisschen zu vertrauensselig. Amanda McAndrew hat ihn eine Treppe runtergeschubst und ist dann postwendend mit der Nachtfähre nach Rotterdam geflüchtet.«

»Geschäftige Tage für die HCU. Ist sie entkommen?«

»Nein, wir haben für sie einen Europäischen Haftbefehl bekommen. Sie ist in einer Zelle in Holland weggesperrt. Und Jason sollte morgen oder übermorgen das Krankenhaus verlassen können mitsamt seinem Gips. Aber das ist Schnee von morgen. Hast du's geschafft, James Aulds Laptop zu knacken?«

»Ob ich's geschafft habe? Hast du vergessen, mit wem du

sprichst, Mädchen? Dank deines Tipps mit John Surman war ich innerhalb von zehn Minuten drin. Surman plus Aulds Personenkennziffer bei der Legion in umgekehrter Reihenfolge, falls du das wissen willst.«

»Das sind großartige Neuigkeiten.«

»Tja, so was in der Art. Mr Auld – oder Allard, je nachdem, welches E-Mail-Konto man sich anschaut – war nicht gerade ein Plaudertäschchen. Er hat seine Posteingänge sauber gehalten und keine Unmengen an Zeugs runtergeladen. Was das Surfen im Internet anging, hat der Typ es so gehalten wie Boris Johnson mit der Wahrheit. Aber ich hab dennoch alle Daten in einem Cloud-Speicher gespiegelt; ich schick dir den Link, dann kannst du es dir selbst ansehen. Oh, und ich hab die E-Mails zwischen ihm und seiner Freundin durch eine Übersetzungssoftware laufen lassen. Viel Spaß damit.«

»Deine Kekse sind schon in der Post.«

Karen stand vom Sofa auf und fuhr den Laptop hoch. Der Link, den Tamsin ihr geschickt hatte, führte sie mitten hinein in den Inhalt von James Aulds Laptop. Sie vertiefte sich in seine E-Mail-Korrespondenz. Wie Tamsin schon erwähnt hatte, gab es zwei Konten. Nach dem Prinzip, sich das Beste für den Schluss aufzuheben, wendete sie sich zunächst dem von Paul Allard zu. Es gab Quittungen für Zug- und Flugtickets, die bestätigten, was sie über seine Reisen bereits wusste oder vermutete. London, Dublin, Edinburgh, regelmäßige Fahrten nach und von Caen. Es fanden sich außerdem ein paar Mails wegen Gigs mit der Band, aber sie tippte darauf, dass die Band sich am ehesten über WhatsApp ausgetauscht hatte. Das wäre logischer. Die meisten Mails waren zwischen ihm und Pascale hin und her gegangen. Alle paar Tage hatten sie einander geschrieben, erzählten sich, wo sie gewesen waren, wen sie getroffen hatten, was sie gemacht hatten, wann sie sich das nächste Mal trafen. Keine glühenden Herzensergüsse, sondern alltägliche Dinge in einem liebevollen Ton.

Die einzige E-Mail an jemand anderen war eine an Francis Flaxner Geary, geschrieben vier Tage vor Aulds Tod:

> Lieber Mr Geary,
> wie schade, dass Sie mir keine Einzelheiten über den Verkäufer der Porträts von David Greig mitteilen können, die in den letzten Jahren über Ihre Galerie verkauft wurden. Aber ich respektiere Ihre Verschwiegenheit hinsichtlich Ihrer Klienten. Doch vielleicht kann ich Sie dazu bewegen, diese E-Mail an den fraglichen Klienten weiterzuleiten und ihn zu fragen, ob er so freundlich wäre, sich bei mir zu melden? James Auld ist ein gemeinsamer Freund. In den nächsten Tagen bin ich in Schottland, aber ich bin per E-Mail erreichbar. Vielen Dank im Voraus.
> Mit freundlichen Grüßen
> Paul Allard

Karen zog scharf die Luft ein. Es gab keinen Hinweis auf eine Antwort von Geary, aber wenn der Händler James' Mail weitergeleitet hatte – wovon sie ausging –, dann konnte dies zu der fatalen Begegnung auf der felsigen Landzunge in Fife geführt haben. Die Spur, die sie verfolgen musste, war mit einem Mal sehr viel klarer.

Das E-Mail-Konto von James Auld bot keine weiteren Enthüllungen. Die einzigen Menschen, mit denen er Mails gewechselt hatte, waren seine Schwägerin und Verity Foggo. Bei beiden Konten reichten die Mails nur wenige Monate zurück; wie Tamsin schon angedeutet hatte, hatte er offenbar in regelmäßigen Abständen seine alten Nachrichten gelöscht. Karen las sich durch die vorhandenen Mails und entdeckte nichts Neues. Der Austausch mit Verity Foggo bestätigte, was die Schauspielerin ihr erzählt hatte. Alles, was neu hinzukam, war die Erkenntnis, dass Verity Foggos Beziehung zur Zeichensetzung eher oberflächlich war.

Seine Browser-Chronik belegte, dass er über David Greigs Werke und seinen Nachlass recherchiert hatte. Es waren eine Menge Seiten aufgelistet, auf denen Berichte über das Feuer in Brighton standen, Artikel über Greig von vor und nach seinem angeblichen Selbstmord, und viele Seiten über Verkäufe und Preise von Kunst, die Karen auch besucht hatte. Es wäre toll gewesen, auf Notizen zu stoßen, in denen er seine Spekulationen und Schlussfolgerungen festgehalten hatte, aber da war nichts.

Karen schaute nach, wie spät es war. Hamish würde bald kommen, und sie hatte noch keinen Schlachtplan für ihr Treffen mit ACC Markie am kommenden Vormittag erarbeitet. Aber morgen früh wäre noch genug Zeit, eine Strategie auszuhecken. Fürs Erste brauchte sie dringend Schlaf.

45

Mittwoch, 26. Februar 2020

Karen bereitete sich eine zweite Tasse Kaffee und eine Scheibe Toast zu, während sie über die Lücken nachdachte, die noch in dem Gedankengebäude klafften, das sie errichtete. Ein Cold Case war eine Geschichte, die sich Stückchen für Stückchen zusammenfügte. Manchmal tauchten die Einzelheiten in der falschen Reihenfolge auf, sodass sie zunächst keinen Sinn ergaben. Aber einige Geschichten waren anders. Sie begannen mit dem Ende oder in der Mitte, und man musste aufpassen, nicht den entscheidenden Hinweis zu verpassen, der alle Fragmente miteinander verband. Und am Schluss, wenn man alle Einzelteile gefunden hatte, ergaben sie eine zusammenhängende Erzählung.

Doch manchmal hockte man auf einem Berg unsortierter Puzzleteilchen, die nicht richtig zusammenpassten, egal, wie sehr man sich auch anstrengte. Das war wie bei diesen Romanen, die Literaturpreise gewannen, solche, bei denen man sich beim Zuklappen des Buches fragte: »Worum ging's da überhaupt?« Karen hatte solche Romane noch nie gemocht. Ihr waren die lieber, bei denen das Ende zum Anfang und zu allen Ereignissen dazwischen passte.

An diesem Punkt war sie jedoch noch nicht bei der Geschichte von David Greig, Iain Auld und dessen bemitleidenswertem Bruder James.

Und bis sie da hinkam, musste sie etwas zusammenstellen, das den Hundekuchen besänftigte. Während sie über die

Figuren nachdachte, die noch stärker an Kontur gewinnen mussten, fiel ihr auf, dass sich eine darunter befand, über die sie unbedingt mehr erfahren sollte. Es war zu früh, um Nora anzurufen, aber nicht zu früh, um ihr eine Textnachricht zu schicken. Nora gehörte zu den Frauen, die ihr Telefon auf lautlos stellten, bevor sie ins Bett gingen, damit es ihre Ruhe nicht störte.

> Nora, ich brauche noch mal deine Hilfe. Francis Flaxner Geary, der Galerieinhaber in Dublin, der die nicht-katalogisierten Werke von David Greig verkauft – was kannst du über den herausfinden? Wie ist seine Reputation? Tratsch? Unbestätigter Klatsch? Alles Wasser auf meine Mühlen. Kannst du dich mal umhören, was die Gerüchteküche über ihn sagt?

Sie verputzte eine zweite Scheibe Toast, natürlich mit richtiger Butter. Nicht dieses Streichfettzeug, nicht, wenn es um Toast ging. Es schmeckte ihr so gut, dass sie Lust auf eine weitere Scheibe Sauerteigbrot bekam und diese auch umgehend in den Toaster schob. Sie brauchte so viel Stärkung wie möglich, bevor sie ihrer Chefin entgegentrat.

***

Karen war um neun Uhr im Büro. Sie trug einen Hosenanzug, den sie in einem Laden in der abschüssigen Kurve der Victoria Street aus einem spontanen Impuls heraus gekauft hatte. Das war keiner der Läden, in denen sie normalerweise einkaufte, aber der Anzug hatte im Fenster gehangen und war heruntergesetzt gewesen, außerdem mochte sie seinen Look. Er war aus einem leichten Seiden-Tweed in der Farbe von feuchtem Highland-Moor mit bleistiftdünnen Gitterlinien in dunklem Saphir. Der Anzug hing schon seit Wochen in ihrem Schrank und wartete auf den Tag, an dem sie selbstbewusst genug war, um sich in ihm wohlzufühlen, und nervös genug, um den Selbstsicherheitskick zu benötigen, den er ihr verlieh. Der Hundekuchen war immer figurbewusst gekleidet und perfekt gestylt für eine Großaufnahme; in ihrer Gegenwart hatte Karen damit zu kämpfen, sich nicht wie ein Bauerntrampel von der ländlichen Scholle zu fühlen.

Markie war pünktlich. Sie trug ihre Pünktlichkeit vor sich her wie eine Ohrfeige für den Rest der unzuverlässigen Welt. Sie legte sofort los, als sie durch die Tür trat. »Ich hoffe, Sie haben gute Neuigkeiten für mich.« Das war eine Kampfansage, keine Frage.

»Wir sind gut vorangekommen. Weit genug, dass Sie unseren politischen Dienstherren versichern können: Es gibt nichts, das ihnen in den Hintern beißen könnte.«

Markie sah sie lang und durchdringend an. »Hätten Sie die Güte, das auszuführen?«

»Die Gründe für den Mord an James Auld haben mit dem Verschwinden seines Bruders vor zehn Jahren zu tun, das stimmt schon. Sie hängen zusammen mit den gefälschten Gemälden, die im Dover House aufgetaucht sind. Aber der Schwarze Peter liegt bei Iain Auld. Es gibt keinen Zweifel daran, dass keiner der Politiker auch nur die leiseste Ahnung von dem hatte, was da vor sich ging. Und niemand in der gegenwärtigen schottischen Regierung kam den Ereignissen auch nur auf einhundert Meilen nah.«

»Das ist zumindest etwas. Wissen wir, wer James Auld umgebracht hat? Und warum?«

»Ich muss noch ein paar Nachforschungen anstellen. Wenn ich richtigliege, sollten wir Ende der Woche alles aufgeklärt haben.«

Markie gab ein Geräusch der Missbilligung von sich. »Das ist nicht das, was ich einen vollständigen Bericht nennen würde. Überhaupt nicht.«

»Das liegt daran, dass ich Ihnen keine erschöpfende Antwort liefern kann, und ich hasse den Gedanken, Ihnen eine Theorie mit auf den Weg zu geben, die in sich zusammenfallen könnte. Stellen Sie sich nur vor, wie enttäuscht Sie wären.« Karen zeigte ihr freundlichstes Lächeln, um ihre Dreistigkeit zu versüßen.

»Es wäre nicht das erste Mal, wenn es um Sie geht. Wo liegen die Antworten, nach denen Sie suchen?«

Das, dachte Karen, war der Punkt, an dem es schwierig wurde. »Ich muss ein paar Fragen in Dublin klären.«

Markie verdrehte die Augen. »Erzählen Sie mir nicht, dass Sie noch einen Europäischen Haftbefehl brauchen. Zweimal pro Woche wäre selbst für einen Beamten an vorderster Front ungewöhnlich, ganz zu schweigen für jemanden von den Altfällen. Ich weiß genau, was Sie vorhaben.«

Karen war nicht im Geringsten überrascht, dass sich ihre nächtlichen Abenteuer in England bereits in den höheren Etagen herumgesprochen hatten. »Dann wissen Sie auch, dass eine Mordverdächtige in den Niederlanden inhaftiert ist und auf ihre Überführung nach Schottland wartet.«

»Soweit ich weiß, ficht sie das an.«

»Soll sie. Der Haftbefehl wird dem standhalten, das wurde mir vom Team des Crown Office zugesichert.«

»Um Ihretwillen hoffe ich, dass Sie recht haben, insbesondere, weil Ihr kleines Abenteuer einen Ihrer Kollegen ins Krankenhaus gebracht hat.«

»Wenn irgendjemand das Recht hat, mir das vorzuwerfen, dann DC Murray. Und er hat nichts zu beanstanden. Ma'am. Und da wir gerade davon sprechen: Mir fehlt ein Mitarbeiter. DS Mortimer war eine große Hilfe in der James-Auld-Ermittlung. Ich würde sie gern offiziell zur HCU versetzen lassen, bis DC Murray zurück in den Dienst kann.«

Markie lachte kurz und bellend auf. »Ihre Impertinenz ist fast schon bewundernswert«, sagte sie mit geschürzten Lippen. »Sie hocken mitten im Chaos, Ihr Juniorpartner landet auf der Verletztenliste, und Sie bitten um mehr?«

»Vielleicht bringt ja DS Mortimer Ordnung in mein Chaos«, sagte Karen lieblich.

»Nach dem, was ich bisher von ihr mitbekommen habe, weiß sie zumindest, wie man es eine Treppe in einem Stück hinunterschafft.« Sie schüttelte den Kopf in gespielter Verzweiflung. »Na gut. Fürs Erste. Sie brauchen ganz offensichtlich jemanden an Ihrer Seite, der weiß, was er tut. Aber kein verdammtes Rumgerenne mehr im ganzen Land und dringende Anfragen bei der Staatsanwaltschaft, ohne mich vorher zu benachrichtigen. Ist das klar?«

Karen sagte nichts, stattdessen hielt sie Markies wütendem Blick mit so viel Sanftheit stand, wie sie aufbringen konnte.

»Ist das klar, habe ich gefragt.«

Karen fragte sich, ob ihre Chefin es auch wagen würde, so mit der First Minister zu sprechen. Irgendwie hatte sie ihre Zweifel daran. »Ist klar«, sagte sie nonchalant.

Markie ballte eine Hand zur Faust, drehte sich um und marschierte ohne ein weiteres Wort aus dem Büro. Die Tür hatte sich kaum hinter ihr geschlossen, da ließ sich Karen auf ihren Stuhl fallen und bedeckte das Gesicht mit den Händen. Sie wusste nicht, ob sie lachen oder weinen sollte, aber zum ersten Mal hatte ein Zusammenstoß mit Markie sie nicht in ohnmächtiger Wut zurückgelassen. Vielleicht lernte sie langsam dazu.

***

Karen hatte ihren E-Mail-Eingang alle fünf Minuten überprüft, seit sie im Büro eingetroffen war, und eine Minute nach Markies Abgang tat sie es wieder. Diesmal befand sich ganz oben eine Nachricht von no-reply@probatesearch.service.gov.uk mit dem Betreff: »Zustellung des angefragten Testaments«. Sie öffnete die Mail und sah, dass man ihrer Bitte nachgekommen war. Sie klickte auf den Anhang, und innerhalb von Sekunden blickte sie auf die eingescannte Kopie von David Greigs Letztem Willen.

Er hätte nicht einfacher gehalten sein können. Name, Adresse und die standardisierte Erklärung der Ungültigkeit aller vorherigen Testamente. Dann kam die erste Festlegung:

Ich bestimme Daniel Connolly, Hill House, Ramelton, Donegal, Irland, zum Vollstrecker meines Letzten Willens; im Folgenden »mein Testamentsvollstrecker« genannt.

Mein Wunsch ist eine Feuerbestattung und dass meine Asche im Manchester Ship Canal verstreut wird; die Ausgaben hierfür gehen zulasten meines Testamentsvollstreckers.

Mein gesamtes Eigentum in jeglicher Form und an jeglichem Ort überlasse ich meinem Testamentsvollstrecker, um es nach seinem Ermessen zu behalten oder zu veräußern, und was die Kunstwerke angeht, die zum Zeitpunkt meines Todes in meinem Besitz sind, so zu handeln, wie er es für richtig befindet.

Und das war's. Nicht mal eine von diesen »Wenn mein Testamentsvollstrecker mich nicht um mindestens achtundzwanzig Tage überlebt«-Klauseln.

Wer aber war Daniel Connolly? War er der geheimnisvolle Klient von Francis Flaxner Geary? Wenn ihre Theorie stimmte und beide Männer noch lebten, war dann Daniel Connolly das Verbindungsglied zwischen ihnen und dem Geld? Sie googelte »Daniel Connolly« und »Ramelton« und hatte nicht ein einziges Suchergebnis, das alle drei Worte beinhaltete. Das war schon seltsam. Sie gab die Adresse bei Google Maps ein, und sofort wurde sie fündig. Die Satellitenansicht zeigte ein stattliches, frei stehendes Gebäude, das am Ende einer mehrere Hundert Meter langen Einfahrt am Rande der Stadt lag. Die Adresse existierte also. Sie zoomte hinaus und suchte eine Route von Ramelton nach Dublin, was ihr einiges zu denken gab. Die Anfänge eines Plans begannen, sich in ihrem Kopf zu formen.

Alle Wege von Daniel Connolly zu Francis Flaxner Geary und zurück schienen durch Irland zu führen. Das würde dem Hundekuchen kein bisschen gefallen. Andererseits musste der Hundekuchen auch nicht alle Details wissen, bis die Sache unter Dach und Fach war. Karen überlegte, wann wohl Fähren von Stranraer nach Larne fuhren. Wenn sie schon durchs Land gondeln musste, dann im eigenen fahrbaren Untersatz.

Sie hatte gerade die Website der Fähre aufgerufen, als ihr Telefon klingelte. »Daisy«, sagte sie. »Sie standen als Nächste auf meiner Liste.«

»Oh, okay. Warum?«

»Sie haben mich angerufen, erinnern Sie sich? Lassen Sie uns damit beginnen.«

»Hmm, klingt logisch. Also, Sie wissen noch? Das Brecheisen, das auf den Felsen gefunden wurde? Dem Labor ist es gelungen, eine zweite DNA darauf zu sichern. Ist das nicht erstaunlich?«

Karen verdrehte die Augen. »Nur mäßig, solange es keinen Treffer in der Datenbank gibt.«

»Oh, ich versteh.« Daisy klang ernüchtert.

»Und? Gibt es?«

»Nein.«

»Nicht so schlimm.« Karens Verstand raste. »Es gibt andere Wege, die wir beschreiten können. Ich möchte, dass Sie Folgendes tun. Die großbritannienweite Vermisstenabteilung hat eine DNA-Datenbank. Wenn sie die bestätigte DNA eines Vermissten erhalten, speichern sie sie ab. Aber wenn es keine gibt oder wenn die Identität nicht zu hundert Prozent bestätigt werden kann, dann nehmen sie Proben von nahen Verwandten für mögliche familiäre Übereinstimmungen. Ich möchte, dass Sie bei Mary Auld nachhaken, ob die Familie jemals DNA-Proben in die Datenbank hat einspeisen lassen, und wenn sie es getan hat, dann müssen wir das abgleichen.«

»Sie denken, Iain Auld hat seinen Bruder getötet?« Daisy klang erschrocken.

»Ich bin nicht davon überzeugt. Aber es kommt vor. Also prüfen Sie das.«

»Okay. Oh, und noch was. Diese Sache mit der Weiterverkaufsbeteiligung, um die Sie mich gebeten hatten? Die Anteile gehen an einen Mann mit dem Namen –«

»Daniel Connolly. Hill House, Ramelton, County Donegal.«

»Woher wussten Sie –? Sie sind mir zuvorgekommen.« Jetzt klang sie empört.

»Kommt vor. Er ist der Vollstrecker und der Begünstigte des Testaments. Wenn Sie mit Mary Auld wegen der DNA gesprochen haben, möchte ich, dass Sie eine Tasche für ein paar Tage packen und mich in Edinburgh treffen. Denken Sie an Ihren Pass und nehmen Sie Wanderkleidung mit.«

»Wo fahren wir hin?«

»Sagen Sie Charlie nichts davon, aber wir fahren nach Irland.«

»Werden wir mit Francis Flaxner Geary reden?«

Ganz eindeutig musste sie Daisy das Konzept von Diskretion mal erklären. »Unter anderem. Ich verspreche Ihnen, dass niemand Sie eine Treppe hinunterstoßen wird.«

46

Im Seitenspiegel konnte Karen sehen, dass Daisy mitsamt Hammelpastete und zuckerhaltigem Irn-Bru zurück zur Autoschlange vor der Fähre kam. Sie verstand nicht, wie das Mädchen so viel Zeug in sich hineinstopfen konnte und trotzdem schlank blieb. Manche Leute hatten einfach Glück. Sie sprang schnell aus dem Auto und wedelte mit dem Zeigefinger vor Daisy. »Nicht in meinem Auto«, sagte sie.

»Aber Boss, es ist eiskalt«, jammerte Daisy.

»Daran hätten Sie vorher denken müssen. Sie vergessen, dass ich die Krümel gesehen hab, die Sie verstreuen, wenn Sie im Auto essen.«

»Das war Blätterteig«, protestierte Daisy.

»Ist mir gleich. Sie können alle Pasteten essen, die Ihnen in den Sinn kommen, wenn Sie in Ihrem Auto sitzen, aber ich habe Grundsätze. Die mögen nicht besonders anspruchsvoll sein, aber es gibt sie.« Karen grinste und kehrte zurück in den warmen Mief des Autos.

Daisy verdrückte ihre Pastete in Rekordgeschwindigkeit, bürstete ostentativ nicht vorhandene Krümel von ihrem Mantel und stieg ins Auto. »Als Sie angerufen haben – da war ich so beschäftigt damit, in meinem Kopf alles zu sortieren, was mit der Überprüfung der Vermissten-DNA zusammenhängt, und dann damit, mit Mary Auld darüber zu reden, und dann die Ergebnisse der Probe einzureichen, nachdem sie mir gesagt hatte, ja, sie hätte der Datenbank Iains DNA von seinem Elektrorasierer gegeben, dass ich ganz vergessen habe, dass Sie erwähnt haben, es gäb da auch eine andere Möglichkeit. Was haben Sie damit gemeint?«

»Was haben die gesagt, wann sie das Ergebnis haben?«

»Morgen. Aber was haben Sie gemeint, Boss?«

»Um ehrlich zu sein: Ich wäre erstaunt, wenn das auf der Brechstange Iain Aulds DNA wäre. Abgesehen von allem anderen hätten bei unserem Labor alle Glocken läuten müssen, sobald irgendwas aufgetaucht wäre, das eine gewisse Übereinstimmung mit der DNA des Opfers gehabt hätte. Seines Bruders, Sie erinnern sich?«

»Oh, ja, klar. Warum haben Sie mich dann gebeten, bei der Vermisstendatenbank nachzufragen?«

»Ich habe Ihre Zeit nicht verschwendet, Daisy. Sie müssen immer im Hinterkopf behalten, dass die Menschen, die wir für unsere Eltern halten, uns manchmal anlügen. Meist sind es die Mütter, die flunkern, was den tatsächlichen Vater angeht. Aber manchmal streut uns ein uneheliches Kind Sand in die Augen. Ich wollte sichergehen.«

Die Rücklichter des Vorderautos leuchteten auf, und der Auspuff stieß seinen geisterhaften Atem in die kalte Dunkelheit des Nachmittags aus. Karen ließ den Motor rechtzeitig an, um sich zentimeterweise mit der Schlange vorwärtszubewegen.

»Was ist dann die andere Möglichkeit?«

»Wenn Greig und Iain Auld immer noch leben, dann sind sie die beiden einzigen Menschen, die so etwas wie ein Motiv für den Mord an James haben. Erinnern Sie sich, wie David Greig die Echtheit seiner Bilder bestätigte?«

Daisys Gesicht leuchtete auf. »Natürlich. Die Nagelabschnitte, die mit der Rückseite der Leinwand verleimt sind.«

»Das ist die ultimative Absicherung, wenn ein Käufer der auf Papier belegten Provenienz nicht glaubt. Ich vermute, es gibt eine beglaubigte Kopie seiner DNA, die irgendwo bei einem Notar hinterlegt ist. Und ich wette, Geary weiß genau, wo. Damit könnten wir die DNA von der Brechstange mit der beglaubigten Kopie vergleichen und dann mal sehen, wohin uns das führt.« Karen fuhr auf die Rampe der Fähre und folgte den anderen Autos unter Deck.

»Das ist genial«, sagte Daisy. Sie war immer noch aufgeregt wegen der Neuigkeit, dass sie vorerst der HCU zugeteilt war. Karen war sich sicher, dass die junge Polizistin vorhatte, sich unersetzbar zu machen, damit sie auch nach Jasons Genesung bleiben konnte. Das wäre eine gute Sache, dachte Karen. Was aber wahrscheinlich bedeutete, dass der Hundekuchen darauf achten würde, dass es niemals geschah.

***

Sie hatten die schmale Meerenge zwischen Schottland und Nordirland zur Hälfte überquert – der massige Granitfelsen der Ailsa Craig ein dunklerer Fleck in der sternenklaren Finsternis –, als Karens Telefon klingelte. Noras fröhliche Stimme überbrückte die Entfernung zwischen ihnen und hob die Stimmung in der Düsternis. »Wo bist du?«, fragte Nora. »Was ist das für ein Rumpeln?«

»Mitten auf der Irischen See. Zum Glück ist es relativ ruhig.«

»Ooh, interessant. Bist du vielleicht unterwegs zu Mr Geary?« Ihre Stimme hatte etwas Neckendes.

»Du weißt, dass ich dir dazu nichts sagen kann. Aber da wir gerade von ihm sprechen …?«

»Mr Geary. Nun, ich habe mich sehr diskret umgehört bei Leuten, die sich sehr gut auskennen in der Szene. Ich habe angedeutet, dass wir von Geary etwas erwerben wollen, dessen Provenienz ich überprüfe.«

»Kluger Schachzug.«

»Das fand ich auch. Beide Gesprächspartner sagten weitgehend das Gleiche. Sie rieten mir, die Papiere sehr gründlich in Augenschein zu nehmen. Wie es scheint, hat Geary den Ruf, sehr hart am Wind zu segeln. Er wurde nie wegen irgendwas angeklagt, nicht einmal fragwürdiger Aktivitäten bezichtigt. Aber es scheint, als wäre er ein wenig obskur. Einer meinte, er hätte gehört – und das ist nur die Andeutung eines Gerüchts, nicht mehr –, dass es heißt, er würde unter dem Ladentisch an Privatsammler verkaufen. Bargeld für Bilder, deren Provenienz zumindest dubios ist.« Nora beendete ihren Bericht mit einem Hauch zufriedener Endgültigkeit. Karen konnte sich vorstellen, wie sie die Arme mit wohliger Genugtuung vor ihrem Busen verschränkte.

»Du meinst gestohlene Bilder.«

»Nicht ausdrücklich, aber ja, darauf deutet es hin. Es gibt einen großen Markt für gestohlene Bilder. Das organisierte Verbrechen sieht darin eine Möglichkeit, Geld zu waschen.«

»Ich hab davon gehört, aber ich habe es nie verstanden. Ich versteh schon, dass man Gemälde mit Bargeld kauft, aber wie verkauft man sie dann weiter? Wie wäscht man damit das Geld?«

»Ein Kunstwerk befindet sich irgendwo in einem Lagerraum und wird dann weiterverkauft an einen anderen Sammler. Wenn es sich um einen großen Namen handelt, gibt es immer obsessive Privatsammler, die glücklich sind, einer Sammlung, die für immer hinter verschlossenen Türen bleibt, etwas Illustres hinzuzufügen. Und dabei sprechen wir noch nicht von Fälschungen. Darum ist es so clever, was David Greig getan hat – die Echtheit eines Werks mithilfe der DNA zu beglaubigen, macht eine Fälschung weitgehend unmöglich.«

»Was für eine Schande, dass die alten Meister das nicht gemacht haben.«

Nora gluckste. »Und natürlich genügte es zu der Zeit, in der noch nicht alles auf Tastendruck verfügbar war, einfach lang genug zu warten, bis niemand sich mehr an das Bild erinnerte. Heute ist es sehr viel schwieriger, damit durchzukommen. Nun, kann ich dir noch irgendwie helfen?«

»Du kannst, Nora. Eine Sache noch – vermutlich finden all diese Transaktionen in bar statt? Es gibt keine Unterlagen?«

»Natürlich nicht. Dann wäre es ja keine Geldwäsche. Ich kann mir allerdings nicht vorstellen, dass Mr Geary eine intensive Prüfung durch die Finanzbehörden unbeschadet überstehen würde.«

Ein Druckmittel. Genau das, was Karen brauchte. »Du warst eine riesige Hilfe, Nora. Ich schulde dir was.«

»Nach dem Brunch im Aleppo? Ich glaube nicht. Das ist ganz klar, was man Vorauszahlung nennt.«

***

Den Rest der Überfahrt verbrachten sie damit, die detaillierte Karte der Gegend um Ramelton zu studieren, die Karen in dem Buchladen gegenüber ihrem Büro gekauft hatte, während sie auf Daisy wartete. Sie hatte außerdem ein Satellitenbild auf ihr Tablet heruntergeladen. »Das ist das Haus«, sagte sie und umkringelte es auf der Karte mit einem schwarzen Edding. »Es liegt so weit von der Straße entfernt, dass wir von dort aus nicht viel erkennen werden. Aber schauen Sie mal hier …« Sie wies auf das Tablet. »Es gibt einen Fußweg, der relativ nah hinter dem Haus entlangführt. Und das da zwischen dem Pfad und der Kiesfläche, auf dem die beiden Autos stehen, sieht aus wie ein Wäldchen oder Büsche.«

»Sie meinen, das könnte uns genügend Deckung für eine Observierung bieten?«

»Ich hoffe es. Denn keine von uns beiden sieht aus wie von den Zeugen Jehovas oder wie jemand von den Gaswerken.« Karen wies auf Jeans und Sweater, die sie vor ihrer Abfahrt angezogen hatte. »Sogar in Zivil seh ich noch aus wie eine Polizistin. Ich habe keine Ahnung, warum, aber es ist so.«

»Das liegt an Ihrem misstrauischen Blick, Boss. Sie sehen immer aus, als würden Sie kein Wort von dem glauben, was jemand sagt.«

Karen zog erstaunt die Augenbrauen hoch. »Tu ich das?«

Daisy wackelte mit der Hand. »Ja, schon. Meistens. Ich glaube, auf diese Weise bekommen Sie die Leute dazu zu reden. Sie sorgen dafür, dass sie sich unwohl fühlen, wenn sie Lügen erzählen oder übertreiben.«

»Das wusste ich nicht. Ich sollte üben, vertrauensseliger zu gucken. Aber egal. Wir stehen in aller Herrgottsfrühe auf und sehen, was wir erreichen können. Zumindest wird es zu dieser Jahreszeit erst später hell, dadurch haben wir ein paar mehr Möglichkeiten. Heute Nacht bleiben wir in Derry – das ist weniger als zwanzig Meilen entfernt und deshalb ganz praktisch. Wir checken in einem Hotel ein, essen was und gehen früh zu Bett.« Schon als sie es aussprach, wusste Karen, dass es wahrscheinlich Wunschdenken war, früh einzuschlafen. Nicht weil sie womöglich was trinken gingen wie viele ihrer männlichen Kollegen, wenn sie von der Leine gelassen wurden. Sondern weil Schlaf für sie immer noch etwas schwer zu Fassendes war.

Und so kam es auch. Sie kehrten gegen zehn Uhr ins Hotel zurück, gesättigt von butterweichem, rare-gebratenem Steak und Pommes, aber Karen machte sich gar nicht erst die Mühe, sich auszuziehen. Ihr Verstand raste, die verschiedenen Optionen und möglichen Ergebnisse des kommenden Morgens jagten durch ihren Kopf. Sie wusste, dass sie spazieren gehen musste, und die Broschüre in ihrem Hotelzimmer pries die perfekte Strecke an.

Die robusten Wälle, die die Stadt seit bald vierhundert Jahren umgaben, waren der naheliegendste Ort, um ihren nächtlichen Gang zu beginnen. Karen fand die nächstgelegene Aufstiegsmöglichkeit wenige Straßen entfernt und machte sich auf die meilenlange Runde auf der Befestigungsanlage. Es war eine kalte Nacht, frisch und frostig, eisige Böen wehten vom nahen Fluss heran. Manchmal war der Winterwind so scharf wie ein Sushi-Messer und schnitt regelrecht durch die Straßen und Alleen. Zu anderen Zeiten, so wie heute, kreiselte er und wechselte die Richtungen, drehte sich um sich selbst wie ein Dieb, der die Straßen durchstrich auf der Suche nach einem leichten Opfer. Die wenigen Leute unten auf den Straßen waren in Eile, um möglichst schnell irgendwohin zu kommen, wo die Kälte nicht war. Die Wälle abzuschreiten, kam ihnen nicht in den Sinn, sodass Karen niemandem auf ihrem Rundweg begegnete. Ihre Augen schweiften zwar über die Stadt, aber nur wenig von dem, was sie sah, blieb ihr im Gedächtnis. Ihr Blick war heute eher nach innen gerichtet, sie versuchte herauszubekommen, was die Informationen bedeuteten, die sie gesammelt hatte, und rang mit den Problemen, die zu erwarten waren, wenn sich als wahr herausstellte, was sie vermutete. Die Zeit verrann schnell, markiert nur durch den gleichmäßigen Rhythmus von Karens Schritten auf dem steinigen Untergrund, und bevor sie sich dessen wirklich bewusst war, war sie schon wieder an ihrem Ausgangspunkt angelangt.

Ihr Körper war müde, aber sie fühlte sich noch nicht schläfrig. Darum ging sie hinab zum Fluss und verweilte dort ein bisschen, in den Bann geschlagen von dem eleganten Bogen der Peace Bridge, die den Fluss Foyle überspannte. Sie stand für das Ende von Jahrhunderten des Blutvergießens und der Wut in den Straßen einer Stadt, die so zerrissen war, dass sie sich nicht einmal entscheiden konnte, wie sie sich nennen sollte. Karen hatte Derry Girls gesehen und über die Frechheit der Serie gelacht, aber sie wusste auch, dass Lachen manchmal der einzige Weg war, die Verletzungen zu überleben, die bis ins Mark trafen.

Was immer morgen ans Tageslicht käme, es würde Wunden schlagen, die vergleichbare Schmerzen bereiteten. Keine Peace Bridge konnte dafür einen Fluchtweg bieten.

47

Donnerstag, 27. Februar 2020

Um halb sieben erreichten sie den Stadtrand von Ramelton. In der Dunkelheit war es schwierig, ein Gefühl für die Stadt zu entwickeln. Zu Daisys Enttäuschung war die Tankstelle an der Hauptstraße noch geschlossen. »Ich verhungere«, beschwerte sie sich. »Man sollte doch meinen, es müsste hier was geben, wo ich ein Speckbrötchen bekomme.«

Spöttisch meinte Karen: »Sie sind ein Fass ohne Boden. Ich verspreche Ihnen, wenn irgendwas aufhat, halten wir und versorgen uns mit Proviant.« Sie kamen an einem Krankenhaus und einer katholischen Kirche vorbei, an weißen Häusern, die einander gegenüberlagen wie Zahnreihen voller Lücken. Es folgten kahle Äste von Bäumen, die sich über die Straße wölbten, eine Ansammlung von Häusern und eine T-förmige Kreuzung mit der Andeutung eines schmalen Flusses in der schwarzen Leere dahinter. Die Häuserfassaden an der Hauptstraße waren in unterschiedlichen Pastelltönen gestrichen, doch im schummrigen Licht der Straßenlaternen wirkten sie kränklich. Sie passierten einen geschlossenen, dunklen SPAR-Markt.

»Folgen Sie der Straße weiter bis über die Brücke«, sagte Daisy. »Dann rechts abbiegen und an der ersten Gabelung nach links.«

Karen tat, wie ihr geheißen, und fast augenblicklich hatten sie die Straßenbeleuchtung der kleinen Stadt hinter sich gelassen. Sie fuhr langsam eine schmale Straße entlang, die von glitzerndem Frost bedeckt war, vorbei an einem recht großen Friedhof, die Gräber geisterhaft mit Raureif bedeckt. Danach ging es so lange bergauf, bis die Dächer der Stadt unter ihnen lagen.

»Wir sind fast da«, meinte Daisy. »Diese Bäume da vorn – ich glaube, da ist schon das Haus. Wir kommen offenbar direkt hinter der Grundstücksgrenze auf den Fußweg.«

Sie hatten die Stadt jetzt ganz hinter sich gelassen, und über die Felder hinweg war in der Ferne das Glitzern einer Flussbiegung zu sehen. Karen fuhr an einer Baumreihe vorbei, und sie wurden mit zwei steinernen Torpfosten belohnt, die von gemeißelten Ananas gekrönt waren. Ein einfaches Holztor mit fünf Querbalken versperrte die gepflasterte Zufahrt. Nicht ein einziges Licht hob das Haus gegen die dunkle Masse der Büsche ab. Sie fuhr weiter und wurde langsamer, als sie den Punkt erkannte, an dem die Bäume einer struppigen Hecke wichen. Auf einmal sah sie einen provisorischen Parkplatz, der kaum groß genug für zwei Autos war. Karen schlitterte hinein und trat auf die Bremse. »Nicht besonders gut ausgeschildert, was?«, murrte sie.

»Da ist ein kleines Schild, das man in der Dunkelheit aber nur schwer erkennt.« Daisy wies geradeaus.

Karen starrte in die Richtung, sah jedoch nichts. »Wird Zeit, dass ich meine Augen untersuchen lasse. Gut, dann wollen wir mal loslegen.« Sie griff hinter ihren Sitz und holte ihren Rucksack hervor. Aus einer Seitentasche zog sie einen kleinen Beutel aus Baumwollvelours. Darin befand sich etwas, das wie ein Mini-Teleskop mit einem Clip aussah.

»Was ist das?«, fragte Daisy.

»Das ist ein Teleobjektiv für ein iPhone.« Karen hantierte mit dem Objektiv und dem Clip herum, bis es ihr gelang, es an ihrem Telefon zu befestigen. »Es ist ein optischer Zoom, kein digitaler.« Sie lachte. »Hören Sie sich das nur an! Ich sage das, als würd ich den Unterschied kennen. Alles, was ich weiß, ist, dass es funktioniert. Perfekt für Observationen. Und jetzt ist es Zeit, einen Blick auf den sogenannten Daniel Connolly zu werfen.«

Sie stiegen aus der Wärme des Wagens in die steife Brise, die vom Meeresarm hinter der Mündung über die Felder kam. Daisy atmete scharf ein. »Fuck, ist das kalt. Lassen Sie uns bloß schnell losgehen.« Sie eilte in Richtung des Wegweisers, auf dem »Ramelton« stand. Dieser deutete auf die schmale Lücke in der Hecke.

Der Pfad selbst war eine deutliche Verbesserung im Vergleich zu seiner Beschilderung und Zugänglichkeit. Er war rund einen Meter breit und geteert. Sogar in der Dunkelheit war er problemlos erkennbar. Er führte an einem stoppeligen Feld vorbei und folgte einer niedrigen Steinmauer, die ihn von dem Streifen mit Bäumen trennte, der Hill House umgab. Der Pfad bog um eine Ecke und verlief dann vierzig Meter weiter geradeaus. Karen hielt an und betrachtete die Mauer. »Ich glaube, hier sollten wir rüber«, sagte sie.

Beide Frauen kraxelten über die Mauer. In der Stille vor der Dämmerung schien jede Bewegung katastrophal laut. Aber kein Lebewesen rührte sich, als sie sich einen Weg durch die Bäume und in den dichten Streifen aus Rhododendren und Lorbeerbäumen bahnten, der das Haus vor neugierigen Blicken verbarg. Knapp über dem Boden krochen sie durch das Gestrüpp aus kräftigen Stämmen und elastischen Ästen der gepflegten Pflanzungen. Karen musste mehr als einmal einen Schrei unterdrücken, wenn ein Zweig zurückschnellte und sie ins Gesicht traf. Die Sträucher waren so dicht, dass sie schon fast aus der Deckung waren, als ihnen auffiel, dass sie den Rand erreicht hatten.

Sie stoppten gegenüber dem Parkplatz auf der Rückseite des Hauses. Sie hatten freie Sicht von der Hintertür bis zu den beiden dort stehenden Autos, deren Fenster mit Reif überzogen waren. Erleichtert stellte Karen fest, dass keine Überwachungskameras installiert waren. »Gut ausgewählt«, sagte Daisy leise. »Wie machen wir jetzt weiter?«

Karen ging in die Knie und suchte etwas in ihrem Rucksack. »Ich habe gestern meine Phobie vor dem Polizeipräsidium überwunden, lang genug jedenfalls, um in der Fettes Avenue mit den Technikfreaks zu sprechen.« Sie holte zwei Boxen aus mattem Metall heraus, die nicht viel größer als Streichholzschachteln waren. Sie blickte zum Haus. Immer noch kein Licht zu sehen. Vor Aufregung bildete sich kalter Schweiß an ihrem Haaransatz. »Warten Sie hier«, sagte sie und lief dann gebückt über den Kies auf die Autos zu.

Sie griff unter den Kotflügel des ersten, einem schwarzen BMW SUV, und drückte die magnetische Box auf eine möglichst glatte Oberfläche. Sie zerrte einmal kräftig dran, doch die Box bewegte sich nicht. Sie eilte zum zweiten Auto, einem silbernen Mercedes Cabrio, und wiederholte die Operation. Als sie ihre Mission erfüllt hatte, schaute sie zum Haus, und ihre Brust zog sich zusammen. Im ersten Stock war Licht angegangen. Keine Gardinen, also vermutlich ein Flur oder eine Treppe, meldete ihr in Panik versetztes Gehirn.

Schnell schätzte sie die Situation ab. Wenn sie einfach losstürzte, würde jeder, der am Fenster vorbeikam, sehen, dass sich etwas bewegte. Sie würde entdeckt werden, so viel war sicher. Sie fällte eine spontane Entscheidung: Statt auf direktem Weg zu Daisy zurückzukehren, benutzte sie die Autos als Deckung und eilte um die Ecke des Hauses.

Dort angekommen, richtete Karen sich auf und lehnte sich keuchend gegen die Wand. Es lag ein knapp zwanzig Meter breiter Rasenstreifen zwischen dem Haus und den ersten Bäumen. Keinerlei Deckung durch Büsche, aber danach könnte sie sich ihren Weg zu Daisy bahnen, ohne gesehen zu werden. Sie schloss die Augen, holte tief Luft, sprintete dann auf die Bäume zu und warf sich zu Boden, als sie sie erreicht hatte. »Ich bin zu alt für diesen Scheiß«, knurrte sie vor sich hin, als ihr Schienbein gegen einen Baumstamm stieß und Schmerzen ihr Bein hinaufschossen.

Es dauerte quälend lang, aber schlussendlich gelangte sie wieder bei Daisy an. Diese hatte sich genügend Platz verschafft, um sich auf einem Haufen Blätter niederzulassen. Einen der Lorbeerzweige hatte sie zur Seite gebogen, sodass sie die Rückseite des Hauses im Auge behalten konnte. Karen quetschte sich hinter sie. »Ich hab schon gedacht, Sie wären da drüben entdeckt worden«, sagte Daisy.

»Und dann haben Sie sich daran erinnert, mit wem Sie es hier zu tun haben«, sagte Karen mit gespielter Heroik. Zum ersten erleuchteten Fenster waren weitere im ersten Stock hinzugekommen. Während sie diese beobachteten, wurde eine Reihe von Fenstern im Erdgeschoss hell erleuchtet und enthüllte eine Küche, die annähernd so groß war wie Karens gesamte Wohnung. Helles Holz schimmerte warm, und sogar aus der Distanz konnte sie die Konturen und den Glanz einer ganzen Batterie Küchengeräte erkennen. Vor allem aber sahen sie einen großen Mann von hinten, gekleidet in einen dunkelblauen Morgenmantel. Er stellte einen Wasserkessel auf einen riesigen, frei stehenden Herd und holte zwei Tassen aus einem Geschirrschrank mit Glasfront. Dann griff er nach einem Tablett. Nahm eine große braune Teekanne aus Ton und gab ein wenig Wasser aus dem Kessel hinein. Als er zur Spüle ging, um das Wasser wieder abzugießen, drehte er sich zu ihnen um, sodass sie sein Gesicht sahen.

»Das ist Greig, oder?«, fragte Daisy aufgeregt.

Karen, die die Erfahrung Vorsicht gelehrt hatte, erwiderte:

»Könnte sein. Aus dieser Entfernung bin ich mir nicht hundertprozentig sicher.«

Er drehte sich wieder weg, und sie beobachtete, wie er losen Tee in die Kanne löffelte. Er goss Wasser aus dem Kessel dazu, stellte sie auf das Tablett und trug alles aus der Küche. Er ließ das Licht an, sodass sie ihn immer wieder kurz erblickten, als er die Stufen hochging und durch den oberen Flur schritt. »Zumindest wissen wir, dass sie zu Hause sind.« Karen griff erneut in ihren Rucksack und zog eine gefaltete Sitzmatte hervor.

Daisy beobachtete mit offenem Mund, wie sie diese auseinanderfaltete und sich darauf niederließ. »Gibt es eigentlich irgendwas, das Sie nicht da drin haben? Tracker, Teleobjektive, etwas zum Sitzen … Haben Sie vielleicht auch was zu essen dabei?« Karen lächelte, und ihre Hand verschwand ein weiteres Mal im Rucksack. Sie kam mit zwei Energieriegeln wieder heraus. Daisys erwartungsvoller Gesichtsausdruck fiel in sich zusammen. Widerwillig nahm sie den entgegen, den Karen ihr anbot, und studierte misstrauisch das Etikett. »Datteln? Aprikosen? Johannisbrot? Hafer? Kokosflocken? Was hab ich getan, um Sie zu verärgern, Boss? Was ist falsch an einer Karamellwaffel von Tunnock?«

»Bald werden Sie mir dankbar sein. Langsame Aufnahme der Inhaltsstoffe, kein schnelles Zuckerhoch und dann der Absturz. Und jetzt setzen Sie sich hin und behalten Sie die Belohnung im Auge. Wir könnten hier für Stunden hocken.«

* * *

Letztendlich dauerte es zwei kalte Stunden, bis sich die Hintertür öffnete und zwei Männer erschienen, die beide leere Einkaufstaschen mit sich führten. Karen, die ihr Telefon die ganze Zeit auf dem Schoß gehabt hatte, aktivierte es und richtete das Teleobjektiv auf ihre Gesichter aus, dankbar für das Tageslicht, das es allerdings gleichzeitig wahrscheinlicher machte, dass sie entdeckt wurden. Sie schoss mehrere Fotos von den beiden zusammen, dann von jedem einzeln. »Hab ich euch«, flüsterte sie.

Sie konnte die Aufregung spüren, die Daisy erfasst hatte. »Haben Sie sie erkannt? Sind sie's?«

»Schwer zu sagen, aber es könnte sein. Ich muss mir die Fotos auf einem größeren Bildschirm anschauen.« Während sie sprach, stiegen die beiden in den BMW und fuhren davon. »Unterwegs zum wöchentlichen Einkauf, würd ich vermuten. Lassen Sie uns zum Auto zurückkehren und uns die Bilder auf dem Laptop anschauen.«

Daisy warf einen Blick hinter sich. »Müssen wir den gleichen Weg zurückkriechen, den wir hergekommen sind?«

Karen musterte das Haus. Alle Lichter waren aus, und es war kein weiteres Lebenszeichen zu erkennen. »Lassen Sie es uns riskieren.« Sie stand auf, packte alle ihre Sachen zurück in den Rucksack, warf ihn sich über die Schulter und marschierte selbstbewusst auf die Baumreihe an der Seite des Grundstücks zu. Sie schoben sich durch die schmalen Lücken zwischen den Baumstämmen, sahen sich um, ob auch niemand zu sehen war, und kletterten über die Mauer. Zügig hielten sie auf das Auto zu, als wäre es die natürlichste Sache der Welt, an einem eiskalten Februarmorgen kurz nach Tagesanbruch durch die kahlen Felder zu spazieren.

Bevor Karen die Fotos auf ihren Laptop lud, prüfte sie die Tracker-App auf ihrem Telefon. Diese zeigte, dass der BMW in einer Seitenstraße im Zentrum von Ramelton parkte. »Scheint zu funktionieren. Bringen Sie die App auch auf Ihrem Telefon zum Laufen, damit wir eine zweite Absicherung haben. Aber lassen Sie uns erst mal sehen, was uns das Teleobjektiv beschert hat.«

Beide betrachteten aufmerksam die Fotos, während Karen hindurchscrollte. Dann suchte sie die Archivfotos heraus, die sie von beiden Männern abgespeichert hatte, außerdem das Foto von Verity Foggo von Iain Auld im Kostüm für *Was ihr wollt*. »Das sind sie«, rief Daisy. »Wir haben sie, Boss. Wir haben sie definitiv!«

Karen arbeitete sich ein zweites Mal langsam durch die Fotos, betrachtete jedes einzeln. Dann teilte sie den Bildschirm und stellte alte und neue Fotos gegenüber, erst welche von David Greig, danach die von Iain Auld. Sie hatte nicht den leisesten Zweifel, was Greig anging. Sein einst üppiges Haar war ausgedünnt, ergraut und deutlich kürzer geschnitten, aber das Gesicht war unverwechselbar. Immer noch attraktiv, immer noch dominiert von den Wangenknochen und der Kieferlinie, immer noch dieselbe arrogante Kopfhaltung.

Bei Auld lag die Sache anders. Wenn sie nicht das Foto aus *Was ihr wollt* gesehen hätte, hätte Karen Probleme gehabt, den adretten, glatt rasierten Regierungsbeamten in dieser Verkleidung zu erkennen. Sein nach wie vor sandfarbenes Haar trug er aus der Stirn gestrichen, es fiel ihm bis auf den Kragen. Sein Ziegenbart war perfekt getrimmt, der Schnurrbart bog sich an den Enden nach oben. Hätte er nicht eine runde Brille getragen, hätte er der Doppelgänger eines der Statisten in *Shakespeare in Love* sein können. Aber je länger sie hinsah, umso deutlicher fielen ihr die Übereinstimmungen auf zwischen dem Mann, der verschwunden war, und dem Mann, der heute Morgen aus der Hintertür von Hill House getreten war.

»Sie haben recht«, sagte Karen.

»Aber das ist doch eigentlich Daniel Connollys Haus. Wo mag der denn sein?«

Karen lachte. »Ich glaube, er ist unterwegs, um einzukaufen, Daisy. Ich denke, wir haben ihn heute Morgen in sein Auto steigen sehen.«

Daisy runzelte die Stirn. »Ich dachte, Sie dachten, er wär das Verbindungsglied, das für Greig und Auld das Geld ranholt?«

»Das hab ich angenommen, ja. Aber ich hab zu kompliziert gedacht. Jemand Drittes zu involvieren, multipliziert das Risiko. Warum noch jemanden einspannen, wenn man selbst jemand anders werden kann?«

»Sie meinen, die benutzen falsche Identitäten?«

Karen nickte. »Exakt. Geary wird mit allen möglichen zwielichtigen Leuten Geschäfte abschließen, wenn er mit gestohlenen Kunstwerken zu tun hat, und vielleicht befinden sich darunter auch Fälscher. Von da ist es kein großer Sprung, die Bekanntschaft von Leuten zu machen, die anderen eine neue Identität verschaffen können. Ich wette, einer der beiden ist auf dem Papier Daniel Connolly. Und dass beide gültige irische Pässe haben.«

Es herrschte einen Moment Stille, während Daisy über das nachdachte, was Karen gesagt hatte.

»Das könnte die Dinge etwas verkomplizieren, oder?«, traute Daisy sich vorzubringen.

»Nicht unbedingt. Nach meiner Erfahrung gibt es immer einen Weg, Komplikationen zu umgehen.«

48

Während des gesamten Wegs durch Ramelton hatte Daisy gejammert, weil Karen sich weigerte, irgendwo anzuhalten, damit sie was zu essen kaufen konnten. »Wie klug wär es wohl, in einen Laden zu gehen und plötzlich Greig und Auld gegenüberzustehen?«, hatte Karen gefragt.

»Die könnten überhaupt nichts mit uns anfangen.«

»Stimmt. Aber wenn alles schiefgeht und wir die beiden verfolgen müssen und sie uns erkennen, dann drehen sie durch, und wir sehen nur noch ihre Staubwolke. Darum müssen Sie jetzt durchhalten, bis wir in Letterkenny sind.«

Daisy seufzte, murrte, dass sie vor Hunger umkäme, und beugte sich über ihr Telefon. »Es gibt einen Megamarkt abseits der Hauptgeschäftsstraße. Sie müssen sowieso tanken, wenn wir noch nach Dublin wollen. Wir bekommen da Benzin und auch was zu essen. Und Kaffee«, fügte sie hinzu und packte Karen bei ihrer allbekannten Schwäche.

Während sie unterwegs waren, rief Karen Sandra Murray an. »Wir holen ihn heute zurück nach Hause, Liebes«, berichtete diese. »Die sagen, sein Bein wird wieder, wenn er tut, was man ihm sagt, und zur Physio geht. Und der Schlag gegen den Kopf hat keinen Schaden hinterlassen.« Sie kicherte. »Sie wissen ja, was man sagt: Wo kein Verstand ist, da ist auch kein Schaden.«

»Freut mich zu hören, dass er auf dem Weg der Besserung ist. Das nimmt mir eine Last von der Seele.«

»Ach, wissen Sie, er hat gesagt, dass Sie ihn angewiesen haben, dem Mädchen nicht nah zu kommen, darum ist er selbst schuld. Ich hoffe, sie kommt für das, was sie Jason angetan hat, ins Gefängnis.«

»Sie wird für lange Zeit hinter Gitter kommen, Mrs Murray.«

Nachdem Karen den Anruf beendet hatte, schaute Daisy sie an und sagte scharfsinnig: »Sie sind einer direkten Antwort ausgewichen, als sie meinte, McAndrew sollte ins Gefängnis kommen für das, was sie Jason angetan hat.«

»Gut beobachtet. Ich habe ihr nicht geantwortet, weil ihr die Antwort nicht gefallen würde. McAndrew wird nicht angeklagt werden für das, was sie Jason zugefügt hat.«

»Was? Warum nicht?«

»Das ist eine Eigenart des Europäischen Haftbefehls. Wir können nur einen Haftbefehl beantragen für ein Verbrechen, das in unserer Gerichtsbarkeit begangen wurde. Jemand, der zu uns überführt wird, kann nur angeklagt werden für die Verbrechen, wegen denen der Haftbefehl ausgestellt wurde, und wir können ihn nicht einer anderen Gerichtsbarkeit überstellen. Und weil technisch gesehen England eine andere Gerichtsbarkeit ist, können wir sie nicht an die Cops in Stockport überstellen, damit diese sie dort rechtlich belangen. Wir können nur dafür sorgen, dass die Mordanklage stichhaltig ist.«

»Das fühlt sich falsch an.«

»Ich weiß. Vielleicht könnten die Juristen einen Weg finden, aber ich glaube nicht, dass sie das als unbedingt notwendig ansehen, wenn wir McAndrew des Mordes überführen können.«

Daisys Wunsch, die Sache weiterzuverfolgen, wurde verdrängt durch das Schild des Supermarkts in Letterkenny. Eine halbe Stunde später waren sie wieder unterwegs. Daisy hatte sich zwei Speckbrötchen und eine heiße Schokolade mit geschlagener Sahne einverleibt; Karen hatte sich mit einem getoasteten Käsesandwich und einem großen Kaffee begnügt. Außerdem hatten sie ihre Wanderkleidung gegen normale Arbeitskleidung getauscht. »Wirkt bedrohlicher«, hatte Daisy beifällig gesagt.

Karen überließ Daisy für den nächsten Streckenabschnitt das Steuer. Sie erfuhr mehr, als ihr lieb war, über den Chor, in dem Daisy sang, und über ihre Pläne, die griechischen Inseln zu erkunden. Ohne das geringste Problem überquerten sie bei Strabane die Grenze nach Nordirland und verließen das Land wieder bei Aughnacoly. »Wie das wohl sein wird nach dem Brexit?«, sinnierte Karen.

Sie unterhielten sich darüber, welche Konsequenzen die Post-Brexit-Welt wohl für die Insel mit sich bringen würde. »Innerhalb von fünf Jahren wird Irland wiedervereinigt sein«, prognostizierte Karen. »Und das wird der Anfang des Endes von Großbritannien sein. Es wird auseinanderbrechen.«

»Nur, wenn Schottland sich nicht zuerst davon löst.«

Karen seufzte. »Hoffen wir's mal.«

»Wie lautet der Plan für Dublin?«

»Wir werden uns ein bisschen mit Francis Flaxner Geary unterhalten. Wie es dann weitergeht, hängt ganz davon ab, wie kooperativ er ist.« Karens Lächeln hätte hartgesottene Männer dazu veranlasst, in Deckung zu gehen.

* * *

Es war später Nachmittag, als sie vor der Galerie Geary standen. Sie hatte zwei Schaufenster, in denen jeweils ein einzelnes Gemälde ausgestellt war. Das eine war sehr groß, ein modernes, abstraktes Bild mit Farbtropfen in den unterschiedlichsten Schattierungen, die vom oberen Rand nach unten verliefen. Das andere war älter, viktorianisch, eine abendliche Straßenszene mit Straßenbahnen, die von Pferden gezogen wurden, und Menschen, die sich unter Sonnenschirmen verbargen. Dahinter erstreckte sich die Galerie in die Tiefe, unterbrochen von versetzt stehenden Wänden, durch die es mehr Platz zum Aufhängen von Gemälden gab. Eine junge Frau mit langen blonden Haaren und eng anliegender schwarzer Kleidung hockte auf einem hohen Stuhl, auf dem Cocktailtisch vor ihr ein Laptop. »Was meinen Sie, ist sie eine Installation, oder gehört sie zum Personal?«, fragte Karen.

»Gibt nur einen Weg, das herauszufinden«, meinte Daisy.

Sie mussten klingeln, um eingelassen zu werden. Die junge Frau schaute auf und tippte auf ein Touchpad. Die Tür summte, und Karen ging als Erste hinein. »Kann ich Ihnen helfen, oder möchten Sie sich nur umsehen?«, fragte die Frau. Ihr Akzent klang osteuropäisch, was zu ihren hohen Wangenknochen passte.

»Wir sind hier, um mit Mr Geary zu sprechen«, erwiderte Karen.

Die Assistentin hob eine Augenbraue, als bezweifelte sie ihre Provenienz. »Ich seh hier keinen Eintrag in seinem Kalender. Haben Sie einen Termin?«

»Sagen Sie ihm, es geht um sechs Gemälde von schottischen Künstlern, die er in den frühen 2000er-Jahren verkauft hat.« Karens Blick war unnachgiebig. »Er wird mich sprechen wollen.«

Sie runzelte die Stirn. »Könnten Sie das ein wenig präzisieren?«

»Nicht Ihnen gegenüber. Machen Sie schon und sagen Sie ihm, dass wir nicht gehen werden, bis wir ihn gesprochen haben.« Karens Stimme war tiefer und rauer geworden, eine unmissverständliche Drohung.

Die Assistentin glitt von ihrem Stuhl und stakste durch die Galerie zu einer Tür im hinteren Bereich. Karen folgte ihr, Daisy dicht auf ihren Fersen. Sie streckte den Arm aus, um Daisy wenige Schritte vor der Tür zu stoppen, die sich hinter der Blondine geschlossen hatte. Sie zählte im Kopf bis dreißig und öffnete sie dann, die Schultern zurückgenommen, den Kopf hocherhoben, um einen imposanten Auftritt hinzulegen.

Die Assistentin schoss herum. »Sie können hier nicht einfach reinkommen.«

Karen schaute sich in gespielter Überraschung um. »Oh, bin ich einfach hier reinmarschiert?«

Der Mann hinter dem Schreibtisch erhob sich, weltgewandt und höflich. Nicht die Spur von Panik. »Ist schon in Ordnung, Elvira. Ich kümmere mich um diese … Frauen.« Er nickte ihr zu. »Gehen Sie zurück auf Ihren Posten.« Er wartete, bis sie weg war, und deutete dann auf die Gästestühle. »Bitte, setzen Sie sich.«

Karen nahm sich einen Moment, um sich im Raum umzusehen, während sie sich niederließ. Taubengraue Wände, an jeder ein modernes, abstraktes Gemälde in kräftigen Farben. Da sie so gut wie gar nichts von Kunst und Künstlern wusste, konnte sie nur sagen, dass sie sich alle in Komposition und Wahl der Töne unterschieden. »Danke, dass Sie uns empfangen, Mr Geary«, sagte sie, während sie ihn musterte. Das sorgfältig getrimmte, eisengraue Haar schimmerte, und seine Haut hatte mehr Spa-Behandlungen erfahren als ihre. Eine Schildpattbrille mit breitem Rahmen verlieh seinem Gesicht einen seriösen, kultivierten Ausdruck. Er trug ein Seidenhemd, das am Hals offen stand und ein Büschel Brusthaar sowie eine schwere Silberkette enthüllte. An einem Ohr blinkte ein beachtlicher Diamant.

»Sie sind mir gegenüber im Vorteil. Ich habe keine Ahnung, wer Sie sind.«

»Ich bin Detective Chief Inspector Karen Pirie, und das ist Detective Sergeant Daisy Mortimer von der Historic Cases Unit der Police Scotland.«

»Dann sind Sie hier außerhalb Ihrer Zuständigkeit. Wir

befinden uns in der Poblacht na hÉireann – für Sie: Republik Irland.«

»Dafür sollten Sie dankbar sein. Denn ich glaube, das Letzte, was Sie möchten, ist, dass Ihnen ein Senior Detective von der Garda Siochana hier gegenübersäße.«

Spöttisch erwiderte er: »Ich habe nichts vor der Polizei zu verbergen. Meine Geschäfte sind vollkommen legal.«

Karen lachte schroff auf. »Natürlich sind sie das. Aber bevor wir uns der spannenden Frage nach den sechs schottischen Gemälden widmen, deren Verkauf Sie vor rund fünfzehn Jahren organisiert haben, möchte ich mit Ihnen über David Greig sprechen.« Sie ließ das für einen Moment zwischen ihnen stehen. Er bewegte seinen Kopf eine Winzigkeit und legte ihn ein wenig schräg.

»Was ist mit David?«

»Sie sind seit langer Zeit sein Händler.«

»Ich war sein Händler. Er ist seit zehn Jahren tot, falls Sie es noch nicht mitbekommen haben. Da Sie sich ja für Geschichte interessieren und so.« Sein entspanntes Lächeln hatte fast etwas von einem Feixen.

»Sie verkaufen nach wie vor seine Bilder.« Sie holte ihr Telefon hervor, tippte auf den Bildschirm und las vor: »*Jarvis Cocker in the Year 2000, Rihanna Disturbia, Barack/House Black/White, Madonna of the Celebration, Dame Judi, Time Out for Stephen Hawking* und *Passing Divine,* um genau zu sein. Die wurden alle nach seinem Tod verkauft und waren alle zuvor nicht katalogisiert.«

Sein Lächeln wurde breiter. »Und ihrer aller Echtheit wurde bestätigt. Sie wissen, wie er seine Werke authentifizierte?« Ein Hauch Sarkasmus schwang darin mit.

»Ja, ich weiß Bescheid über die Sache mit den Fingernägeln. Ich vermute, dass Sie eine notariell beglaubigte Kopie von Greigs DNA haben?«

Gearys Lächeln wurde hämisch. »Das ist richtig. Jedes dieser Gemälde stimmte mit der beglaubigten DNA überein. Nicht der Hauch eines Zweifels.«

»Das hatte ich auch nicht einen Moment lang angenommen«, sagte Karen gelassen. »Dann hätten Sie also kein Problem damit, mir eine Kopie dieser Beglaubigung zu überlassen?«

»Überhaupt kein Problem, Officer. Es geht wohl um eine Authentifizierung?«

»So was in der Art. Die Beglaubigung, wenn ich bitten darf.«

Geary seufzte. Er stand auf, durchquerte den Raum und nahm eines der Gemälde von der Wand. Dahinter wurde ein kleiner Safe sichtbar, den Geary jetzt öffnete, umsichtig darauf bedacht, die Kombination zu verbergen. Er öffnete ihn, suchte in seinem Inneren herum und zog einen Umschlag im A4-Format heraus. Er entleerte den Inhalt auf den Schreibtisch. Karen erkannte die vertrauten Muster eines DNA-Profils auf dem Blatt. Geary drehte es um. Auf der Rückseite waren ein Stempel und eine notarielle Bestätigung, unterschrieben und bezeugt von einem Dubliner Juristen mit einem beeindruckenden Briefkopf. »Zufrieden?«

»Sehr. Die Kopie?«

Noch ein Seufzen. Er drehte sich zum Tischkopierer um und kopierte schnell beide Seiten des Blattes. Währenddessen sagte Karen: »Sie können das doch auch gleich einscannen, oder? Und es mir senden? Nur um die Dinge zu beschleunigen.«

Dieses Mal schnalzte er missbilligend mit der Zunge, aber er tat, worum sie ihn gebeten hatte, und schickte den Scan an seinen Computer. »Wie lautet Ihre E-Mail-Adresse?«, fragte er. Karen gab ihm eine ihrer Visitenkarten. Er ging zur

Tür und rief nach Elvira. Sie konnten hören, wie er sie anwies, die Scans an Karen zu mailen.

»Vielen Dank«, sagte sie.

»War das jetzt alles? Ich bin ein viel beschäftigter Mann.«

Ja, klar. »Noch nicht ganz. Diese kürzlich entdeckten Bilder von David Greig – was können Sie uns zu ihrer Provenienz sagen? Wurden sie von einem Sammler veräußert, der seinen guten Geschmack kapitalisieren wollte? Weil tote Künstler ja höhere Preise erzielen, wenn ihre Werke richtig gut sind. Besonders wenn einige davon bei einem Brandanschlag ein Raub der Flammen wurden.«

Seine perfekt gezupften Augenbrauen senkten sich ein wenig. »Ich verhandle mit Davids Erben. Die Bilder erreichen mich über ihn. Sie mögen von anderen Sammlern stammen oder aus seinem eigenen Besitz. Das geht mich nichts an, solange die Gemälde vom Erben authentifiziert werden. Und das wurden sie.«

»Der Erbe? Das wäre dann Daniel Connolly?«

»Wenn Sie es schon wissen, warum fragen Sie mich dann noch?« Jetzt hob er sich auf seine Zehenspitzen. Seine Stimme klang etwas schärfer, der Rücken war gerader.

»Ich versuche nur, mir ein klareres Bild zu machen. Hat Daniel Connolly Ihnen diese sechs schottischen Bilder gebracht, die Sie in den frühen 2000er-Jahren verkauft haben?« Sie zog wieder ihr Telefon zurate: »Raeburn, MacTaggert, Redpath, Eardley, Crawhall, Doig. Oder war es David Greig persönlich? Er war derjenige, der sie schlussendlich gestohlen hat.«

»Ich habe keine Ahnung, wovon Sie reden.« Das Dementi war eindeutig, kein Zeichen von Angst erkennbar.

Noch nicht. »Ich schätze, sie sind nicht in Ihren Büchern verzeichnet«, sagte sie. »Da sie ja gestohlen waren. Aber wenn Sie wirklich keine Ahnung haben, wovon ich rede, warum reichte dann deren schlichte Erwähnung, um Zugang zum privaten Büro eines so beschäftigten Mannes zu erhalten? Und es wird Spuren geben, Mr Geary. Die Sorte Spuren, die aufzuspüren die Financial Intelligence Unit der Garda sehr geübt ist, wenn sie erst mal weiß, wonach sie suchen muss. Ist Ihr Haus ein kleines bisschen größer, als Ihre offiziellen Finanzen es zulassen würden? Haben Sie Kunstwerke an den Wänden hängen, die Ihre finanziellen Möglichkeiten übersteigen? Ist Ihr Auto ein bisschen zu hochwertig? Sobald die einmal losgelegt haben, lässt sich nichts mehr verbergen.«

Geary legte die Fingerspitzen aneinander. Seine Finger waren erstaunlich kurz und pummelig, sie passten nicht zu der Eleganz, die er anstrebte. »Was ich gar nicht schätze, ist, in meinem eigenen Büro eines Verbrechens beschuldigt zu werden, mit dem ich nichts zu tun habe.«

»Sie scheinen den Unterschied zwischen einer Drohung und einem Versprechen nicht zu kennen, Mr Geary.« Karen widmete sich erneut ihrem Telefon und hielt es ihm dann hin, um ihm das Foto von Iain Auld zu zeigen, das sie an diesem Morgen geschossen hatte. »Ist das vielleicht Daniel Connolly?«

Jetzt flackerte etwas in seinen Augen auf. Ein Moment der Entscheidung. »Ja, ziemlich sicher«, sagte Geary.

Karen wischte durch ihre Fotos, bis sie die Vergrößerung der Menschenmenge beim Feuer in Brighton fand. »Und das hier?«

»Ja, sieht aus wie er.« Eine Andeutung von Ungeduld in der Stimme.

»Dieses Foto wurde vor der Goldman-Galerie in Brighton gemacht. In der Nacht des Brandes.«

»Und was hat das mit mir zu tun? Ich werde dieses Gesprächs langsam überdrüssig«, sagte er und atmete lautstark durch die Nase aus.

»Ich finde, es ist eine interessante Koinzidenz, dass in der Nacht, in der David Greigs Marktwert in die Höhe schießt, Daniel Connolly vor Ort ist.«

Ein einseitiges Schulterzucken. »Wie ich schon sagte. Hat. Nichts. Mit mir. Zu tun.«

»Vielleicht nicht, aber Ihre Verbindung zu einem Mann, der direkt von der Brandstiftung in Brighton profitiert, wird sich in den Augen der Gardai nicht sonderlich gut machen. Vor allem, wenn diese zur Folge hatte, dass Sie mehr Geld verdienen.«

»Ich habe keine Ahnung von irgendjemandes Verwicklung in ein Feuer in Brighton. Meine Geschäfte mit Daniel Connolly betreffen ausschließlich David Greigs Nachlass, dessen rechtmäßiger Verwalter und Nutznießer er ist. Daran ist rein gar nichts Illegales.«

»Abgesehen davon, dass Daniel Connolly nicht existiert.«

Ein langes Schweigen trat ein. Schließlich bewegte Geary seine Schultern unter seinem Hemd und sagte: »Wovon reden Sie? Natürlich existiert er. Sie haben mir gerade ein Foto von ihm gezeigt, um Himmels willen.«

Karen lehnte sich vor. »Der Mann auf dem Foto heißt Iain Auld. Vor zehn Jahren verschwand er aus seinem Leben, und vor zwei Jahren wurde er für tot erklärt. Können Sie mir sagen, wie es kommt, dass Sie die ganzen Jahre Geschäfte mit einem Toten gemacht haben?«

»Ich habe den Namen Iain Auld noch nie gehört.« Er presste die Lippen aufeinander, als wollte er vermeiden, dass etwas Unerwünschtes hindurchschlüpfte.

»Sie müssen ihn überprüft haben, bevor Sie begannen, Geschäfte mit ihm zu machen, oder nicht?«

»Ich bin Geschäftsmann und kein Trottel.« Er drehte sich weg und öffnete die unterste Schublade seines Schreibtischs. Es war eine tiefe Aktenschublade. Seine Finger wanderten über die Reiter; schließlich zog er eine dünne rote Mappe heraus. »Meine Geschäfte mit Daniel Connolly.« Er suchte zwei Blätter heraus und reichte sie Karen. »Sein Pass. Seine Bankverbindung mitsamt seiner Adresse.«

Es war ein irischer Pass, der in ein paar Monaten ablaufen würde. Die Adresse auf dem Bankauszug lautete Hill House, Ramelton.

»Warum sollte ich das anzweifeln?« Seine Stimme war jetzt sanft. Er glaubte, das Schlimmste hinter sich zu haben, dachte Karen. Er spreizte die Hände. »Meine Damen, ich bin Kunsthändler. Ich arbeite auf Kommission. Exotischer wird's nicht. Wenn Sie sagen, dass Daniel Connolly nicht der ist, der er zu sein vorgibt, dann ist das ein Fall für die Gardai, aber nicht für mich.«

Das lief nicht so, wie Karen es sich erhofft hatte. Zeit für das letzte Ass in ihrem Ärmel. Sie wendete sich wieder ihrem Telefon zu und suchte eins der Fotos heraus, die sie heute Morgen von beiden Männern gemacht hatte. Mit den Fingern vergrößerte sie David Greigs Gesicht. Sie zeigte es Geary. Sie war erstaunt über den Ausdruck puren Entsetzens auf seinem Gesicht.

»Was zum Teufel?« Er zuckte auf seinem Stuhl zurück. »Wie zum Teufel? Wo kommt das her?«

»Sie wissen, wer das ist, nicht wahr?«

Geary schluckte heftig. »Wenn ich es nicht besser wüsste, würde ich sagen, es ist David.« Er fuhr sich mit der Zunge über die Lippen. »Aber das kann nicht sein. David ist tot.«

49

Entweder war Francis Flaxner Geary einer von Irlands hervorragendsten Schauspielern, oder er hatte tatsächlich nichts von David Greigs Wiederauferstehung gewusst. Er starrte auf das Telefon, und alle Farbe war aus seinem Gesicht gewichen. »Das versteh ich nicht«, murmelte er. »Warum sollte er sich vor mir verstecken? Ich habe diesen Mann geliebt wie einen Bruder.«

Jetzt musste sie auf ihre Intuition hören. Der Plan, den sie sich zurechtgelegt und zigmal im Kopf durchgespielt hatte, basierte darauf, dass Geary in dieses hinterhältige Spiel eingeweiht war. Zeit, zu improvisieren. »Jedes Mal, wenn man ein Geheimnis mit einem weiteren Menschen teilt, multipliziert man die Risiken, dass es aufgedeckt wird.« Karen lachte schnaubend auf. »Wenn er es Ihnen erzählt hätte, hätte er Sie umbringen müssen. Das hat er zumindest mit der letzten Person gemacht, die ihn aufgespürt hatte. Ich kann Ihnen ein Foto des toten Mannes zeigen. Möchten Sie es sehen?« Sie griff nach ihrem Telefon.

Geary sah aus wie jemand, der bei einsetzender Flut auf einer Sandbank gefangen war. »Sie haben sich das ausgedacht. Keine Ahnung, warum, ich weiß nicht, worauf Sie aus sind … Das ist eine verdammte Lüge. David war niemals ein Mörder. Er … wir … Sehen Sie, wir waren ein Paar. Damals, als er das erste Mal herkam und fragte, ob ich ihn vertreten würde. Er hat nie auch nur ansatzweise die Hand gegen mich erhoben. David könnte niemals … jemanden umbringen. Sie haben was falsch verstanden.«

»Diese Bilder, die Sie verkauft haben, die, von denen es hieß, dass sie aus einer privaten Sammlung stammten – sie wurden angefertigt, nachdem David angeblich gestorben war. Darum sind die Fingernägel echt.«

»Nein, das ist verrückt. Sie denken sich das aus.«

Karen schüttelte den Kopf. »Francis, hören Sie mir zu. Wir können beweisen, was ich sage. Alles, was wir dafür tun müssen, ist, einen der Fingernägel eines kürzlich verkauften Gemäldes an einen forensischen Experten zu schicken. Der kann eine Analyse der sogenannten stabilen Isotopen vornehmen, und dabei wird herauskommen, dass David Greig eine geraume Weile im Nordwesten von Irland gelebt hat. Was – soweit ich weiß – vor seinem angeblichen Selbstmord nie der Fall war.« Sie blickte ihm in die Augen und sah, wie angeschlagen er war. »Ich denke mir das nicht aus. Er lebt in Ramelton mit dem Mann, der sich Daniel Connolly nennt.«

»Ich glaube Ihnen nicht.«

»Es gibt nur einen Weg, das herauszufinden«, sagte Karen und fällte kurz entschlossen eine Entscheidung. »Bringen Sie Daniel Connolly dazu, hierherzukommen, und konfrontieren Sie ihn mit den Beweisen. Dann werden Sie sehen, was er dazu zu sagen hat.«

Geary stand auf und öffnete einen hohen Schrank, dann goss er sich zwei Fingerbreit Black Bush in ein Glas und kehrte zurück zu seinem Stuhl. »Sie lügen mich an. David würde mich niemals auf diese Weise hintergehen. Er hätte keinen Grund dazu.«

»Sie haben die Fotos gesehen.«

Geary lachte heiser auf. »Mein halbes Leben lang schaue ich mir schon Videoinstallationen, Collagen und Deepfakes an. Heutzutage macht eine Kamera *nichts anderes,* als zu lügen.«

»Sie wollen die Wahrheit wissen, oder? Dann lassen Sie uns Connolly hierherholen, in diesen Raum, damit er uns ein paar Antworten geben kann.«

»Und wie wollen Sie das machen? Ihn kidnappen?«

»Würde er kommen, wenn Sie ihn darum bitten?«

»Wie? ›Kommen Sie doch auf einen Tee vorbei, damit ich Sie verhören kann?‹« Geary schürzte die Lippen in unübersehbarem Sarkasmus.

»Ich dachte mehr an so was wie: ›Mir wurde etwas angeboten, das Sie sich ansehen müssen. Der Verkäufer behauptet, es sei von David, aber ich bin mir nicht sicher.‹ Sie könnten ihm eine Textnachricht schicken. Ihm vorschlagen, morgen herzukommen, um sich das anzuschauen.«

Geary nahm einen großen Schluck Whisky. »Warum sollte ich das tun? Was hab ich davon? Sie haben selbst gesagt, die letzte Person, die ihn durchschaut hat, wurde umgebracht.«

»Trotzdem: Sie haben ihn durchschaut. Sie wissen es jetzt. Ich wollte Sie eigentlich der Gardai zum Fraß vorwerfen, aber vielleicht würden Sie David besser schmecken?« Sie wandte sich an Daisy. »Das würde funktionieren, oder? Dann könnten wir Francis observieren und darauf warten, dass David auftaucht. Natürlich kann es dann sein, dass wir nicht schnell genug sind.«

Daisy nickte. »David ist ziemlich clever bei so was. Ich wette, er könnte sich Francis ohne Probleme schnappen.«

Er ließ den Kopf in die Hände sinken. »Ihr seid Drecksäue«, jammerte er, und seine kultivierte Fassade bröckelte.

Karen wechselte einen Blick mit Daisy, die ihr fast unmerklich den erhobenen Daumen zeigte. »Eine Textnachricht, Francis. Das ist alles, was Sie tun müssen. Und dann warten wir morgen früh hier, bis Daniel eintrifft. Und können die ganze Sache klären.«

Langsam hob er den Kopf, als wäre dieser äußerst schwer geworden. In seinen Augen schimmerte Selbstmitleid.

»Andererseits …« Karen ließ das Wort zwischen ihnen stehen.

»Bitch«, sagte er.

»Holen Sie Ihr Telefon.« Ihre Stimme war voller Verachtung.

Er zog sein Smartphone aus der Tasche und legte es auf den Schreibtisch. Er entsperrte es und starrte es an, als hätte er es nie zuvor gesehen. »Was soll ich denn schreiben?«

»Formulieren Sie es in Ihren eigenen Worten. Dass er herkommen und sich was ansehen muss.«

Er seufzte und begann langsam, eine Nachricht zu tippen. Als er fertig war, schubste er Karen das Telefon zu. Sie las:

Daniel, heute Nachmittag war eine Frau mit einem kleinen Bild da und hat behauptet, es sei von David. Ich habe es noch nie gesehen, aber sie hatte entsprechende Papiere dabei. Ich brauche Ihre Beglaubigung. Sie will einen schnellen Abschluss. Können Sie morgen vorbeikommen?
Viele Grüße FFG

Sie sah nichts, was sie misstrauisch machte, darum drückte sie auf Senden.

»Jetzt müssen wir warten«, sagte sie. »Könnte Elvira uns vielleicht Kaffee besorgen?«

Der Kaffee stammte aus einem nahe gelegenen Café, aber er ließ die Zeit auch nicht schneller vergehen. Dreiunddreißig Minuten verstrichen, bis Gearys Telefon vibrierte.

Können Sie es nicht einscannen und mailen?

»Was soll ich antworten?«

»Entsperren Sie's«, sagte Karen. Dann tippte sie: Sie wollte es mir nicht hierlassen. Sie kommt morgen gegen Mittag wieder her.

Diesmal mussten sie nicht warten. Wie nervend, aber ich fürchte, ich muss es mir ansehen. Wir sehen uns gegen 11, 11:30.

»Danke, Mr Geary«, sagte Karen. Sie stand auf. »Wir kommen morgen Vormittag wieder. Sie verstehen sicherlich, dass wir uns Ihr Telefon ausborgen müssen. Für den Fall, dass Sie in Versuchung geraten, ein kleines Doppelspiel zu spielen. Es ist verlockend, Sie mit Handschellen an die Heizung zu ketten, aber ich vertraue darauf, dass Ihnen eines klar ist: Wenn Sie mir blöd kommen, werde ich dafür sorgen, dass Greig weiß, dass Sie Bescheid wissen. Und bevor wir gehen –« Sie streckte den Arm über den Tisch und griff sich die Originalbeglaubigung von Greigs DNA. »Sie können die Kopie behalten«, sagte sie in seinen Wutschrei hinein.

***

»Wow«, sagte Daisy, als die Tür der Galerie Geary hinter ihnen ins Schloss fiel. »Das war mal ein Auftritt. Ich wusste nicht, dass Sie das vorhatten.«

»Ich auch nicht. Ich war mir sicher, dass er mit Greig unter einer Decke steckt. Aber Sie haben gesehen, wie er reagiert hat. Er war völlig baff, als ich erzählte, dass Greig noch lebt.«

»Ich weiß. Sein Gesicht! Keine Chance, dass er das gespielt hat. Iain Aulds Auftritt als Daniel Connolly hat ihn ganz offensichtlich restlos überzeugt. Wie haben die das hinbekommen?«

»Ich vermute, sie haben ihre Affäre absolut geheim gehalten. Wenn selbst ein so Nahestehender wie Geary ihn nie kennengelernt hat. Ich hatte vermutet, er wäre eingeweiht gewesen. Weil er mit gestohlenen Bildern handelt, hab ich angenommen, er müsste über dubiose Kontakte verfügen, um gefälschte Pässe besorgen zu können. Sie müssen auf anderem Weg da rangekommen sein.«

Sie schlängelten sich durch den Feierabendverkehr zu ihrem Auto. »Dann suchen wir uns jetzt ein Hotel für die Nacht?«, fragte Daisy.

»Tun wir, aber nicht hier.«

»Das versteh ich nicht«, sagte Daisy und wich einem korpulenten Mann aus, der die Mitte des Gehwegs für sich beanspruchte.

»Denken Sie nach, Daisy. Es ist nicht sinnvoll, dass wir Iain Auld in Gearys Büro entgegentreten. Wir haben hier keine Verfügungsgewalt. Ich hab mir diese Woche schon einmal ein Bein ausgerissen, um einen Europäischen Haftbefehl zu bekommen, und ich hab keine Lust, das noch mal zu machen. Ich hab für morgen Vormittag etwas anderes geplant.«

»Sagen Sie's mir?«, bat Daisy, als sie auf den Parkplatz bogen.

»Ich möchte lieber sehen, ob Sie selbst draufkommen. Aber jetzt brauche ich erst mal eine Minute, ich muss den DNA-Scan an Charlie schicken, damit er die Maschinerie in Gang setzt und der Abgleich mit der DNA von der Brechstange als dringende Angelegenheit behandelt wird. Es sollte nicht lange dauern, es geht ja nur darum, die beiden Profile nebeneinanderzulegen. Ich will bis morgen früh eine Antwort.« Karen wendete sich ihrem Telefon zu. »Gut«, meinte sie dann. »Und jetzt fahren wir nach Omagh.«

»Das ist in Nordirland, oder? Gab es da nicht mal ein fürchterliches Bombenattentat?«

»Sie haben mit beidem recht. Es war eine Gräueltat. Es gibt kein anderes Wort dafür. Eine Splittergruppe der IRA lehnte das Karfreitagsabkommen ab und zündete eine Autobombe. Ich weiß die genaue Zahl der Opfer nicht mehr, aber es waren um die dreißig. Doch eines weiß ich noch: Eines der Opfer war eine Frau, die mit Zwillingen schwanger gewesen war. Das ist mir im Gedächtnis geblieben, weil meine Cousine Kim damals ebenfalls schwanger war. Nicht mit Zwillingen, aber trotzdem. Das hat mich total entsetzt.«

»Wurden die Leute gefasst, die das getan haben?«

Karen schloss das Auto auf und stieg ein. »Angesichts der historischen Ereignisse ist Gerechtigkeit eine komplizierte Sache in Nordirland. Sie sollten irische Krimis lesen, wenn Sie verstehen wollen, was während des Nordirlandkonflikts und danach geschehen ist. Vor einem Strafgericht wurde niemand des Bombenanschlags für schuldig befunden, aber es gab einen Zivilrechtsprozess, in dem die Schuldigen benannt und zu hohen Schadensersatzzahlungen verurteilt wurden.«

»Das ist fürchterlich. Die armen Familien. Ich weiß, dass es den Schmerz über den Verlust eines geliebten Menschen nicht wettmacht, aber vielleicht findet man ein bisschen Trost darin, wenn man sieht, wie die Mörder ihre Freiheit verlieren.«

Karen dachte an Phils Tod und den Preis, den das Gesetz von Merrick Shand gefordert hatte. Sie war jahrelang der Überzeugung gewesen, das sei bei Weitem nicht genug. Aber ihre Begegnung auf den News Steps hatte etwas in ihr verändert. Seine Verluste unterschieden sich von ihren. Manche würden sicher sagen, sie seien unbedeutend, verglichen mit dem, was ihr entrissen wurde. Aber er musste mit den Folgen leben, und das würde ihn verändern, wie es sie verändert hatte. »Es bewirkt etwas«, sagte sie langsam. »Aber ich würde es nicht Trost nennen. Nichts tröstet einen über den Verlust eines Menschen hinweg, den man geliebt hat. Man integriert es. Man geht weiter, aber man bewegt sich anders als vorher.« Sie zwang sich, den Mund zu schließen. Was tat sie hier? Warum erzählte sie Daisy diese Dinge? Sie kannte die Frau kaum.

»Es tut mir leid«, sagte Daisy, und ihre Wangen überzogen sich mit Röte. »Ich hab nicht nachgedacht. Mein Gott, ich bin so ungeschickt. Ich wollte nicht –«

»Schon okay. Wie auch immer«, fügte Karen munterer hinzu, »das hat nichts damit zu tun, warum wir nach Omagh fahren. Nehmen Sie Ihr Telefon und suchen Sie uns ein Hotel. Idealerweise eins in der Nähe der Polizeizentrale.«

50

Freitag, 28. Februar 2020

Chief Inspector Callum Nugent starrte mit zusammengezogenen Brauen seinen Computerbildschirm an und betrachtete die beiden Bilder, die Charlie Todd Karen tags zuvor am späten Abend geschickt hatte. »Ich kann zweifelsfrei erkennen, dass diese beiden DNA-Profile übereinstimmen. Aber Sie sagen, dass dieser David Greig oder wie er sich jetzt auch nennen mag, in Ramelton lebt. Na ja, das liegt in der Republik, und damit haben wir ganz grundsätzlich ein Riesenproblem.«

»Das weiß ich«, sagte Karen. »Aber ich habe einen Plan, um ihn über die Grenze zu locken.«

Nugent hob eine buschige schwarze Augenbraue. »Ich hoffe, Sie reden nicht davon, ihm eine Falle zu stellen? Wir mögen hier so etwas aus Tradition überhaupt nicht.«

Karen schenkte ihm ihr schönstes Lächeln. »Es geht eher um Überredung«, sagte sie. »Ich weiß zufälligerweise, dass sein Partner, Daniel Connolly, heute Morgen von Ramelton nach Dublin fahren wird, weil er dort eine Verabredung hat. Nach meinen Berechnungen wird er hier durchkommen. Wir kennen die Details seines Autos – Marke, Modell, Kennzeichen. Alles, worum ich Sie bitte, ist, Connolly aus dem Verkehr zu ziehen, damit ich ihn verhören kann. Er wird befürchten müssen, dass er verhaftet wird wegen Verabredung zu einer ganzen Reihe von Straftaten, die von Diebstahl über Betrug und Brandstiftung bis hin zu Mord reichen. Und ich bin guter Dinge, dass wir im Laufe des Verhörs einen Weg finden, einen kleinen Deal mit Mr Connolly einzufädeln. Der besser bekannt ist als Iain Auld, wie ich schon erklärt hab.«

»Und wie sind Sie an diese Informationen gekommen, DCI Pirie?«

»Wir hatten gestern einen Termin mit der Galerie, die David Greigs Erben vertritt –«

»Wie kann man einen Erben haben, wenn man nicht tot ist?«

Karen klammerte sich an die Erkenntnis, dass man mit Honig mehr Bienen fängt als mit Essig. »Er hat seinen Tod vorgetäuscht, erinnern Sie sich? Es gab deshalb eine Testamentseröffnung, und soweit es den Kunsthändler betrifft, ist die Person, mit der er in den letzten zehn Jahren zu tun hatte, der Testamentsvollstrecker Daniel Connolly. Wobei – wie wir wissen – Daniel Connolly in Wirklichkeit Iain Auld ist, Greigs langjähriger Liebhaber.«

Nugent schüttelte den Kopf, als würde ihn das Gesumme der Bienen verwirren. »Das ist nicht gerade übersichtlich.«

»Glauben Sie mir, wir brauchten eine ganze Weile, bis wir es verstanden. Die beiden haben einen ziemlich cleveren Schwindel aufgezogen, und der begann nur zu bröckeln, weil eine Schauspielerin in London dachte, sie hätte einen Geist gesehen.«

»Hören Sie auf!«, rief Nugent. »Sie bringen mein Hirn zum Bluten. Lassen Sie uns zu den einfachen Dingen zurückkehren. Also, laut diesem Händler wird Connolly bei ihm vorbeikommen.«

Karen nickte. »Er soll zwischen elf und halb zwölf in Dublin sein. Was heißt, dass er so gegen neun hier ist.«

Nugent schaute alarmiert. »Das lässt uns kaum eine Stunde Zeit, um alles vorzubereiten.«

»Sie sehen aus wie ein Mann, der die Herausforderung schätzt«, sagte Karen.

»Sind Sie sich wegen der ganzen Sache sicher?« Nugent schob seinen Stuhl zurück. »Ich bin ja sehr für eine zuständigkeitsübergreifende Zusammenarbeit, aber das scheint mir doch an einem sehr dünnen Faden zu hängen.«

»Sobald wir die beiden in Gewahrsam genommen haben, wird aus dem Faden ein Seil werden, an dem die zwei dann später baumeln«, sagte Karen, und ihr Ingrimm war ihrer Stimme anzuhören.

»Ich hoffe, ich werde das nicht mein Leben lang bereuen, DCI Pirie.«

»Glauben Sie mir, wenn das in die Binsen geht, wird es nicht Ihr Arsch sein, der im Feuer brutzelt«, sagte sie, und der Mut sank ihr bei dem Gedanken an das strahlende Gesicht des Hundekuchens, wenn das Ganze danebenging.

»Na gut, aber lassen Sie uns ein bisschen mehr Spielraum«, sagte er. »Wir behalten ihn über die Kameras für die automatische Nummernerkennung im Blick und lassen ihn von einem Zivilfahrzeug verfolgen. Aber die Straßensperre errichten wir erst ein paar Meilen die Straße Richtung Garvaghy runter, und da ziehen wir ihn dann aus dem Verkehr.«

»Ich könnte Ihnen vielleicht ein bisschen genauer sagen, wo er gerade ist«, sagte Karen.

»Wie das?«

Karen breitete ihre Hände in einer Geste der Unschuld aus. »Moderne Technologie, Chief Inspector. Egal, wo wir unterwegs sind, wir hinterlassen immer elektronische Spuren. Und ich, ich bin so was wie ein digitaler Bluthund.«

Nugent lachte schallend. »Als Sie hier reinkamen, dachte ich erst, Sie wären eine von diesen Großstadtcops, die uns hier draußen alle für Landeier halten. Aber Sie sind eine Frau nach meinem Geschmack. Dann rücken Sie mal raus damit: Wo zur Hölle ist er gerade?«

Karen zog ihr Telefon hervor und rief die App auf. Der BMW war vorangekommen, seit sie begonnen hatte, Nugent um den Finger zu wickeln. »Er ist auf der A5 zwischen Sion Mills und Victoria Bridge.«

Er stand auf. »Wir sollten besser in die Hufe kommen. Sie warten hier, ja? Ich muss sofort ein paar Sachen auf den Weg bringen. Ich schick Ihnen Ihre Mitarbeiterin rein, damit Sie nicht so allein sind.« Er durchquerte den Raum – ein Mann auf einer Mission. »Tiernan«, hörte sie ihn brüllen, als die Tür sich langsam hinter ihm schloss. »Verbinden Sie mich mit der Verkehrskontrolle, und zwar auf der Stelle.«

Ein paar Minuten später steckte Daisy den Kopf durch die Tür. »Wow, Ihr Kumpel entfacht da draußen einen regelrechten Wirbelwind. Kann ich reinkommen?«

»Klar. Ich glaube, er ist begeistert, endlich mal was anderes zu haben, in das er seine Zähne schlagen kann.«

»Und was machen wir jetzt?«

»Wir warten. Wie diese Surfer in der Guinness-Werbung.«

Es gab nicht viel Zerstreuung im Büro des Chief Inspectors. Ganz eindeutig hatte er für Unordnung nichts übrig. Auf seinem Schreibtisch standen mehrere Ablagekörbe, in denen sich jeweils nur wenige Blatt Papier befanden. Die Aktenordner, die in seinen Aktenschränken standen, waren sorgfältig, wenn auch unverständlich beschriftet. An der Wand hingen drei gerahmte Fotos. Nugent neben dem Fähnchen eines Greens in einem so hellen Golf-Outfit, dass es einem die Tränen in die Augen trieb, händeschüttelnd mit einem jungen Mann, der unverwechselbar irisch wirkte. Karen kam er vage bekannt vor, aber ihr fiel sein Name nicht ein. Dann ein Bild von Nugent in Paradeuniform, wie er eine Auszeichnung von Arlene Foster entgegennahm; hinter ihr stand Martin McGuinness. Das dritte zeigte Nugent mit einer zu engen schwarzen Krawatte, den Arm um eine Frau gelegt, die aussah, als würde sie keinen Unsinn dulden. Wohl Mrs Nugent, nahm Karen an.

Und das war's auch schon. Das Fenster des Büros führte auf einen Parkplatz neben dem Gebäude hinaus. Dort war es ein wenig hektisch geworden, als drei Streifenwagen kurz hintereinander losgefahren waren, gefolgt von zwei Zivilfahrzeugen. Aber jetzt war alles ruhig.

***

Karen rief ihre E-Mails ab, während Daisy auf Snapchat in ihre eigene Welt versunken war. Eine Nachricht von Ruth Wardlaw traf ein, und Karen öffnete sie sofort.

> Die Holländer lassen sich von McAndrews Beschwerde wegen des Prozesses nicht beeindrucken. Gegen Ende der Woche ist sie zurück in Schottland. Wir haben uns einen großen Drink verdient.

»Da kann ich nicht widersprechen«, murmelte Karen vor sich hin.

Sie schrieb zurück: Schöne Sache. Bleiben Sie heute bitte länger wach, vielleicht brauche ich später Ihre Hilfe. Sprechen Sie mit Charlie Todd über den James-Auld-Fall und sagen Sie ihm, er soll die DNA-Profile bereithalten.

Ruth reagierte sofort: Wenn Sie noch kryptischer werden, können Sie sich für das Kreuzworträtsel der Times bewerben. Viel Glück, was auch immer Sie vorhaben mögen.

Mitten in einem Haufen Routinemails versteckte sich eine Nachricht von Jason:

Hi Boss, ich bin jetzt bei meiner Mutter. Ich hab einen riesigen Gips, auf den Ronan schon einen Pimmel gemalt hat. Mein Bein tut immer noch ziemlich weh, aber ich hab Schmerztabletten, darum ist es nicht allzu schlimm. Haben Sie sie erwischt?

Karen ärgerte sich über sich selbst, dass sie Jason nicht mitgeteilt hatte, was geschehen war. Sie hatte ihm per E-Mail die Ereignisse berichten wollen, damit er alles lesen konnte, wenn er wieder auf dem Damm war, aber bei dem ganzen Chaos hatte sie es vergessen. Aber jetzt hatte sie ja Zeit, das nachzuholen. Sie begann, eine Nachricht zu tippen, doch rasch wurde ihr klar, dass das viel zu kompliziert war, darum rief sie ihn einfach an. Er klang nicht nur erfreut, von ihr zu hören, sondern auch erleichtert. Sie vermutete, dass ihm seine Mutter auf die Nerven ging. Er lebte schon seit einer Weile nicht mehr zu Hause, dadurch hatte er sein dickes Fell verloren, das er sich gegen ihr Gejammer zugelegt hatte. »Es tut mir leid, dass Sie verletzt wurden«, sagte sie.

»Das war nicht Ihre Schuld, ich wurde von einer Rentnerin genötigt«, erwiderte er.

»Was meinen Sie denn damit?« Eine Rentnerin? Nicht mal der Minzdrops würde sich von einer Rentnerin austricksen lassen, oder? Karen bekam die gesamte Geschichte zu hören. Es war einfach eins zum anderen gekommen, wie eine Reihe umkippender Dominosteine, als er nach dem Weg gefragt und dabei mehr wie ein Polizist als wie ein Kunstliebhaber ausgesehen hatte. Das konnte sie ihm nicht vorwerfen. Sie hätte ihn nicht unvorbereitet in den Kampf schicken dürfen, was Kleidungsfragen anbelangte.

»Aber egal«, schloss er. »Vielen Dank, dass Sie mich gerettet haben. Wo sind Sie jetzt? Im Büro?«

»Ich bin in einem Büro, aber nicht in meinem. Ich bin mit

Daisy in Nordirland, dicht auf den Fersen von Auld und Greig.«

»Daisy? Sie sind mit Daisy unterwegs?«

»Ja, sie unterstützt die Abteilung, solange Sie krankgeschrieben sind.«

Er schwieg. Sie hatte nicht erwartet, dass er in Daisy eine Bedrohung sehen würde. »Ich könnte ins Büro kommen und die ganzen Computersachen erledigen«, schlug er vor. »Nächste Woche. Eilidh will sowieso, dass ich nach Edinburgh zurückkomme. Das wär kein Problem.«

Sie war ganz ergriffen. Obwohl er immer wieder an seine Grenzen stieß, gab er sich stets ungeheure Mühe. »Nur, wenn Sie so weit sind, Jason. Ohne Sie ist es nicht dasselbe. Aber jetzt machen Sie die Leitung frei und ärgern Sie Ihre Mutter. Ich muss Daisy zeigen, wie wir in dieser Abteilung Mörder fangen.«

»Okay, Boss. Danke.«

Bevor sie sich das Gespräch noch mal vor Augen führen konnte, kam Nugent zurück. Zufrieden rieb er sich die Hände. »Die automatische Nummernschilderkennung hat ihn erfasst, und ein Zivilfahrzeug hat sich in Newtownstewart an seine Fersen geheftet. Die Jungs bereiten die Straßensperre bei Garvaghy vor und bringen ihn dann direkt her, damit Sie ihn vernehmen können. In einer Stunde sitzt er hier vor Ihnen, das verspreche ich.«

Karen hasste es, das Schicksal herauszufordern. In ihren Ohren klang Nugents kleine Ansprache zu sehr nach berühmten letzten Worten. Sie hoffte, dass sie falschlag.

51

Ausnahmsweise war Karen erfreut, falschzuliegen. Nugent hielt Wort. Nach nicht einmal einer Stunde polterte er in sein Büro und verkündete: »Ihr Mann wartet in Vernehmungsraum zwei auf Sie. Nun, ich weiß ja nicht, wie Sie das bei der Historic Cases Unit halten, aber ich für meinen Teil möchte mit dabei sein, DCI Pirie. Dann weiß ich genau, was sich abgespielt hat, wenn am Ende Fragen auftauchen.«

Karen widerstrebte das, aber sie wusste, das war der Preis, den sie für Nugents Kooperation zahlen musste. »Damit kann ich leben. DS Mortimer und ich führen das Gespräch, da wir mit den Details des Falls vertraut sind, aber ich freue mich, dass Sie mit im Raum sind. Und natürlich können Sie nachhaken, wenn etwas für Sie unverständlich ist.«

Nugents Gesichtsausdruck strahlte Selbstzufriedenheit aus. »Großartig.«

»Aber bevor wir reingehen, würde ich gern ein Wort mit dem Officer wechseln, der ihn hergebracht hat.« Entschieden, aber offen, so kam man am besten mit Nugent zurecht.

»Wenn Sie meinen, dass das notwendig ist, hol ich den Officer.« Er öffnete die Bürotür und brüllte: »Tiernan? Schieben Sie Ihren Arsch hier rein.«

Heraneilende Schritte waren zu hören, dann stolperte ein Mann ins Büro, der Jasons älterer Bruder hätte sein können, rosige Wangen, das rote Haar zerzaust, die Mütze unter den Arm geklemmt. Er war hochgeschossen, und seine Uniform schien für jemanden gemacht worden zu sein, der an Schultern und Brust etwas breiter war. »Sir«, bellte er sehr viel lauter, als in dem kleinen Raum nötig gewesen wäre. Er bemerkte Karen und drückte den Rücken durch. »Ma'am.«

Nugent stellte sie einander vor und sagte dann leutselig: »DCI Pirie hätte gern einen Bericht über die Straßensperrung.«

»Sir. Wie angewiesen, fuhren ich und vier Constables –«

»Langsam, Sergeant«, unterbrach Karen ihn. »Entspannen Sie sich. Sie sind nicht vor Gericht, niemand macht sich Notizen –«, sie warf Daisy einen strengen Blick zu, und deren Hand erstarrte augenblicklich über ihrem Notizbuch, »erzählen Sie uns die Pub-Version.«

Tiernan lächelte schüchtern, und Blut schoss ihm ins Gesicht, wodurch seine rosa Wangen puterrot wurden. »Wir wussten, dass Ihr Mann sich näherte, dank des Zivilfahrzeugs, das sich an ihn rangehängt hatte; deshalb standen wir bereit, um ihn an den Straßenrand zu winken. Ich bat ihn um seine Papiere, und er zeigte uns seinen irisch-republikanischen Führerschein und den Pass. Er schien ziemlich entspannt.« Tiernan zuckte mit den Schultern. »Die Leute hier sind daran gewöhnt, dass wir von Zeit zu Zeit Routinekontrollen durchführen. Ich bat ihn, aus dem Wagen zu steigen, und er so: ›Warum?‹, und ich so: ›Weil ich es sage, Sir.‹ Er hat dann ein bisschen rumgemurrt, ist aber ausgestiegen, und dann hab ich ihn gebeten, mich herzubegleiten, um bei einer Ermittlung behilflich zu sein. Darüber war er nicht besonders begeistert, mehr so: ›Was soll das? Ich bin unterwegs zu einem wichtigen Treffen in Dublin‹, und ich hab den Trottel gegeben und gesagt, das sei die Anweisung von meinem Chef. Er fragt, ob er verhaftet ist, ich sag Nein, er sagt: ›Dann kann ich einfach gehen?‹ Und ich so: ›Nein, denn wenn Sie nicht freiwillig mitkommen, muss ich Sie verhaften.‹« Er holte tief Luft. »Er beschloss dann, dass es besser wäre, friedlich zu bleiben und mitzukommen. Auf dem Weg hierher hat er sich die ganze Zeit beschwert, er wär irischer Staatsbürger, und das sei überhaupt nicht in Ordnung. Ich hab ihn ignoriert und ihn im Vernehmungsraum abgeliefert.« Er runzelte unwillkürlich die Stirn, ein Zucken, das Karen von der jahrelangen Zusammenarbeit mit Jason kannte. »Hab ich das richtig gemacht, Ma'am? Ihn nicht zu verhaften?«

»Haben Sie, Sergeant Tiernan. Vielen Dank.«

Nugent tätschelte ihm die Schulter. »Ab mit Ihnen, Sergeant. Guter Junge.« Er wies auf die Tür, die nach Tiernans Abgang offen stand. »Sollen wir, DCI Pirie?«

Vernehmungsraum zwei ähnelte seinen Brüdern in allen modernen Polizeirevieren, in denen Karen je gewesen war. Er wirkte anonym, langweilig und roch nach Körpern und Angst. Iain Auld saß auf einer Seite des Tisches, gekleidet in einen tabakbraunen Nadelcordanzug, dazu ein Flanellhemd in gedecktem Gelbbraun und eine Strickkrawatte aus einer heidefarbenen Garnmischung. Mit seinem lockigen Haar, dem Bart und der Brille hätte er einer Konferenz von Kuratoren entsprungen sein können. Er wirkte entspannt. Die Handflächen lagen auf seinen Oberschenkeln, die Füße ruhten flach auf dem Boden. Er hob kaum den Kopf, als sie eintraten. »Endlich«, sagte er. »Könnte mir bitte mal jemand sagen, was hier los ist?«

Karen setzte sich ihm gegenüber, Daisy nahm neben ihr Platz. Nugent zog den dritten Stuhl auf Karens andere Seite, etwas versetzt hinter ihr. Dann ging er um den Tisch herum, um auf den Aufnahmeknopf zu drücken. Er leierte die formelle Eröffnung der Befragung herunter und nannte die Namen der anwesenden Officer. »Ebenfalls anwesend ist –« Er runzelte die Stirn und sah Karen an. »Wie sollen wir ihn nennen?«

»Mein Name ist Daniel Connolly«, erklärte dieser laut und deutlich.

»Ebenfalls anwesend ist Iain Auld alias Daniel Connolly«, sagte Karen. Ein unbestimmtes Aufflackern war kurz in seinen Augen zu sehen, als er ihren Akzent registrierte. »Iain Auld, Sie befinden sich aus freien Stücken auf dem Polizeirevier, und dies ist eine formelle Vernehmung.« Sie rezitierte das vertraute Mantra – das Recht zu schweigen und der mögliche Schaden, der für eine spätere Verteidigung daraus erwachsen könnte –

Er blickte ihr direkt in die Augen und sagte: »Mein Name ist Daniel Connolly, ich bin Staatsbürger der Republik Irland, und Sie haben nicht das Recht, mich hier festzuhalten.« Er zog seinen Pass hervor und klatschte ihn auf den Tisch, die unverwechselbare keltische Harfe, das Symbol der Republik Irland, auf der Außenseite.

»Drei Lügen auf einmal. Das ist ein ziemlich beeindruckender Auftakt«, erwiderte Karen, nahm den Pass und blätterte ihn durch, während sie sprach. »Lassen Sie mich das berichtigen. Ihr Name ist Iain Auld, Sie sind Bürger Großbritanniens, und ich habe das Recht, Sie hier festzuhalten, um Sie zu befragen wegen der Verbrechen, die Sie begangen haben oder bei denen Sie Komplize gewesen sind in mehreren britischen Jurisdiktionen.«

»Sie sind doch verrückt«, widersprach er und lehnte sich ein wenig vor. »Ich habe keine Ahnung, wovon Sie reden. Ich bin irisch-republikanischer Staatsbürger, ich lebe seit zehn Jahren im selben Haus in Ramelton und ich habe keine Vorstrafen.«

»Noch eine Lüge. Laut der Stempel in Ihrem Pass haben Sie …«, sie machte ein großes Gewese daraus, den Pass unter die Lupe zu nehmen, »zwischen drei und vier Monate pro Jahr in St. Kitts und Nevis verbracht. Eine nette kleine Steueroase, wenn ich mich recht erinnere, nicht wahr?«

»Wir haben ein Cottage in Nevis. Das ist kein Verbrechen.«

»Solange es um Steuervermeidung und nicht um Steuerflucht geht. Allerdings ein bisschen teurer als zwei Wochen auf den Kanaren.« Sie wechselte den Kurs. »Ihr Pass behauptet, Sie wären in Dublin geboren. Ihr Akzent besagt, dass Sie aus dem Osten Schottlands kommen.«

»Ich habe als Kind in Schottland gelebt. Das war der Akzent, den alle hatten, als ich sprechen gelernt habe.«

»Netter Versuch.« Karen lehnte sich auf ihrem Stuhl zurück und lächelte ihn nachsichtig an. »Es ist vorbei, Iain. Gewöhnen Sie sich lieber an den Gedanken. Sie haben zehn Jahre lang in Saus und Braus auf Kosten anderer gelebt, aber das ist jetzt Geschichte. Zu beweisen, dass Sie Iain Auld sind, ist eine Sache von Minuten. Ihre Fingerabdrücke werden mit denen übereinstimmen, die wir in den Akten haben; dabei handelt es sich um die, die wir in Ihrer Wohnung genommen haben, als Ihre Frau Sie vor zehn Jahren als vermisst gemeldet hat. Sie erinnern sich an Mary? Sie erinnert sich auf jeden Fall an Sie, und es wird ihr das Herz brechen, wenn sie erfährt, was Sie ihr angetan haben.«

In einem der Mundwinkel zuckte ein Muskel, aber das war das einzige Anzeichen, dass ihre Worte zu ihm durchgedrungen waren.

»Sie finden vielleicht einen guten Anwalt, der die Beweiskraft der Fingerabdrücke anzweifelt, das will ich Ihnen gern zugestehen«, fuhr Karen fort. »Das Gleiche gilt für die DNA-Proben, die die Metropolitan Police zur Zeit Ihres Verschwindens genommen hat. Sie können deren Richtigkeit bestreiten, oder Sie könnten vorbringen, Sie wären in Iain Aulds Wohnung gewesen und hätten seine Zahnbürste benutzt. Ekelerregend, aber lieber als ekelerregend gelten denn als ein Dieb, ein Betrüger und ein Mordkomplize.«

Das letzte Wort hatte ihn erschüttert. Er presste die Lippen aufeinander, und sie konnte sehen, dass er seine Hände zu Fäusten ballte. Aber immer noch sagte er nichts.

»Deshalb denken Sie vielleicht, Sie können sich immer noch herauswinden. Nun, es kann sein, dass es ein Universum gibt, in dem das im Bereich des Möglichen liegt. Aber nicht in diesem Universum. Wissen Sie, seit Sie Ihr Verschwinden inszeniert haben, hat sich die wissenschaftliche Erforschung der DNA beträchtlich weiterentwickelt. Ich weiß nicht, ob Sie vertraut sind mit dem Konzept der Familien-DNA?«

Sie wartete. Er erwiderte nichts, aber für ein paar Sekunden blinzelte er häufiger als bisher. »Ich erklär es Ihnen, einverstanden? Nahe Familienmitglieder weisen Übereinstimmungen in der DNA auf. Je enger die Verwandtschaft, desto mehr Übereinstimmungen. Man kann also auf zwei DNA-Profile schauen und feststellen: ›Diese beiden sind Geschwister. Aber diese beiden sind höchstens Cousins.‹ Da wir gerade davon sprechen: Sie wissen, dass Ihr Bruder Jamie tot ist?«

Er atmete tief durch die Nase ein und wischte sich mit dem Handrücken über den Mund. »Mein Name ist Daniel Connolly. Ich habe keinen Bruder.«

»Hören Sie auf«, sagte Karen sanft. »Wir sind berechtigt, bei Ihnen hier und jetzt eine DNA-Probe zu nehmen. Denn wir halten Sie für verdächtig, in einen Mordfall verwickelt zu sein. Und, Iain? Sie wissen so gut wie ich, dass Ihre DNA beweisen wird, dass Sie der Bruder des Mordopfers sind. Sie können sich nur noch ein paar Stunden hinter ›Ich bin Daniel Connolly‹ verstecken, dann ist es endgültig vorbei damit. Sie werden mit einer Reihe von Anklagepunkten konfrontiert sein. Verschwendung der Zeit der Polizei. Diebstahl von Kunstwerken aus den schottischen Nationalsammlungen im Wert von mehreren Millionen Pfund. Verabredung zum Betrug durch Austausch der Originale durch Fälschungen. Verabredung zur Irreführung der Polizei durch Komplizenschaft bei David Greigs vorgetäuschtem Selbstmord. Reisen mit gefälschtem Pass. Brandstiftung. Geldwäsche …

Sagen Sie Stopp, wenn Sie genug haben. Nein? Dann haben wir da noch eine richtig große Sache. Verabredung zur Begehung eines Mordes.«

Auld bewahrte weiterhin Haltung, doch ein kleiner Schweißtropfen kroch an einer Schläfe herab.

»Sie nehmen das sehr ruhig auf«, sagte Karen. »Aber ich vermute, wenn man wie Sie bei der eiskalten Ermordung des eigenen Bruders mitgeholfen und ihn begünstigt hat, dann ist das hier ein Spaziergang. Mord an Ihrem Bruder Jamie, der Ihnen immer ein guter Freund war. Der Sie immer im Herzen trug. Zuerst haben Sie zugesehen, wie wegen Ihres Verschwindens im Jahr 2010 mit dem Finger auf ihn gezeigt wurde. Dann haben Sie sich in Ihrem Versteck in Ramelton verkrochen, während er Polizeiverhöre und schwere Beschuldigungen über sich ergehen lassen musste. Waren Sie es oder David, der das blutverschmierte T-Shirt in seine Mülltonne stopfte, um ihn zu belasten? Haben Sie heimlich den Bruder gehasst, der Sie geliebt hat?«

Auld rutschte auf seinem Stuhl hin und her, die Arme vor der Brust verschränkt. Aber immer noch schaute er ihr in die Augen. Karen begann, sich zu fragen, ob er sich jemals knacken lassen würde. Was war dazu nötig?, überlegte sie. Es musste den perfekten Druckpunkt geben. Sie hatte ihn nur noch nicht gefunden. »Jamie hat dennoch eine Sache von Ihnen gelernt: wie man wegläuft und jemand anders wird. Sie haben ihn zu dem gezwungen, was Sie freiwillig getan haben. Sieben lange Jahre war er in der französischen Fremdenlegion, hat die Kriege anderer Leute ausgefochten, während Sie herumscharwenzelten und so taten, als wären Sie Daniel Connolly in Ihrem schönen großen Haus auf dem Land. Ich wette, Sie haben nicht mal gewusst, wo er sich befand oder was mit ihm geschehen war. Aber das hat Sie ja sowieso nicht interessiert, nicht wahr?

Die einzige Person, die das wusste, die einzige Person, der Ihr loyaler Bruder Jamie wichtig war, war die zweite Person, die Ihnen gegenüber loyal war. Mary. Die Frau, die Sie geheiratet haben. Es hat ihr das Herz gebrochen, als Sie sich in Luft aufgelöst haben. Sie hatten nicht mal den Mut, ihr zu sagen, dass Sie sie für jemand anderen verlassen. Sie haben sie im Stich gelassen in der Einsamkeit des Schmerzes und der Ungewissheit. All diese Nächte, in denen sie wach lag in dem Bett, das sie mit Ihnen geteilt hatte, und sich vorstellte, was Ihnen alles Schreckliches geschehen sein mochte. Weil sie sich nicht vorstellen konnte, dass Sie sie verdammt hatten zu einem solchen Schicksal für Ihr selbstsüchtiges Vergnügen.« Karen zeigte ihre Abscheu deutlich. »Was für ein verachtenswertes Stück Scheiße sind Sie doch.«

Jetzt sah er zur Seite. Er starrte in eine Ecke der Decke. »Mein Name ist Daniel Connolly. Ich kenne die Leute nicht, von denen Sie reden, und ich fordere Sie auf, mich unverzüglich gehen zu lassen. Wenn Sie auch nur den geringsten Beweis für Ihre kranken Behauptungen hätten, hätten Sie mich längst verhaftet.«

Karen ging nicht darauf ein. »Und dann entdeckte Jamie, dass Sie noch am Leben sind. Was ist passiert, Iain? Hat er Daniel Connolly, den Verwalter von David Greigs Nachlass, kontaktiert auf der Suche nach Ihnen? Das muss Sie beide in Panik versetzt haben. Nach zehn Jahren müssen Sie sich in Ihrem vergoldeten Leben absolut sicher gefühlt haben. Und dann, aus dem Nichts, findet Ihr Bruder Sie. Er muss wütend gewesen sein angesichts dessen, was Sie ihm und Mary angetan haben. Aber dennoch wollte er Sie treffen, nicht wahr? Denn tief in seinem Herzen hat Jamie Sie immer noch geliebt.«

»Kann ich ein Glas Wasser bekommen?«

Cleverer Zug, dachte Karen. Den Rhythmus ihrer unnachgiebigen Fragen zu durchbrechen. »Sergeant, würden Sie Wasser für Mr Auld holen?«

Daisy stand auf, während Nugent sich vorlehnte und sagte: »DS Mortimer verlässt den Raum.«

»Jamie hat Sie geliebt. Darum ist es ihm nie in den Sinn gekommen, dass es gefährlich sein könnte, Sie zu treffen. Er reiste aus Frankreich an – hat er Ihnen eigentlich von seinem Leben in Paris erzählt? Er spielte Saxofon in einem recht renommierten Jazzquintett. Wenn Sie je wieder die Möglichkeit haben, Spotify aufzurufen, dann hören Sie sich das mal an. *Comme des Étrangers* haben sie sich genannt. Die Bandmitglieder sind am Boden zerstört, dass er nicht mehr da ist. Oh, und er hatte auch eine Freundin. Wir haben mit ihr gesprochen. Pascale. Eine reizende Frau. Sie besitzt einen Jazzclub in Caen. Sie ist verzweifelt. Sie hat ihn wirklich geliebt. Sie versteht nicht, warum er ermordet wurde. Um ehrlich zu sein: ich auch nicht. Die Tatsache, dass er einverstanden war, Sie zu treffen, bedeutet in meinen Augen, dass er bereit war, Ihnen zu vergeben. Was in aller Welt ist passiert, Iain? Wie konnte es derart schiefgehen? Wie konnte es damit enden, dass David mit einem Brecheisen auf seinen Kopf einschlug?«

Erschrecken zeichnete sich in Aulds Gesicht ab. Er versuchte, es hinter einem Husten zu verbergen, doch Karen kannte sich mit solchen Schockmomenten aus. Er hatte keine Ahnung gehabt. Er war nicht dort gewesen, und was auch immer David Greig ihm aufgetischt hatte, ein Brecheisen war darin nicht vorgekommen.

Daisy hätte keinen ungünstigeren Moment wählen können, um mit einem Glas Wasser zurückzukehren. »DS Mortimer betritt den Raum«, seufzte Nugent. Sie stellte das Wasser vor Auld auf den Tisch und setzte sich ein wenig verwirrt.

Auld griff nach dem Glas und trank es in einem Zug aus. Als er es abstellte, hatte er seine Fassung wiedergefunden.

»Ich weiß, was Sie denken, Iain. Sie glauben, ich denke mir das aus. Sie sitzen da und klammern sich an die Hoffnung, dass ich Ihnen was vorspiele. Sie wollen nicht glauben, dass der Mann, den Sie lieben, der Mann, für den Sie Ihr Leben in Stücke geschlagen haben, der Mann, für den Sie all diese Verbrechen begangen haben – Sie können es nicht über sich bringen zu glauben, dass er Jamie den Kopf eingeschlagen hat. Dass David das tatsächlich Ihrem geliebten Bruder angetan hat. Aber es ist wahr. Ich denke mir das nicht aus. Sergeant, zeigen Sie Iain die DNA-Analyse.«

Daisy öffnete die Mappe, die sie auf den Tisch gelegt hatte, und zog drei Bögen Papier heraus. Karen nahm den ersten und zeigte ihn Auld. »Sehen Sie sich das an. Das ist der Bericht vom Polizeilabor in Gartcosh. Sehen Sie, was er besagt? ›DNA-Profile extrahiert von Beweisstück 73, Fall 5/13022020.‹ Sehen Sie die Beschriftung? Das obere, das ist die DNA Ihres Bruders, des Opfers. Das ist die DNA, die wir mit Ihrer abgleichen werden. Und sehen Sie die andere? ›Unbekannt‹ steht da.«

Sie platzierte das Blatt, das David Greigs beglaubigte DNA zeigte, neben dem Laborbericht. »Sie stimmen überein, nicht wahr?« Ihre Stimme wurde schärfer. »Nicht wahr, Iain?«

»Wenn Sie es sagen.« Seine Stimme war so leise, dass sie ihn kaum verstehen konnte.

»Könnten Sie das lauter sagen? Für die Aufnahme?«

»Wenn Sie es sagen.« Dieses Mal schrie er es fast.

»Sie wissen, was für ein Schriftstück das ist, nicht wahr, Iain? Es ist das Schriftstück, das die Identität des unbekannten Angreifers bestätigt, der Ihren Bruder brutal zu Tode geprügelt hat.« Sie legte das letzte Puzzlestück vor ihn. Die notarielle Beglaubigung von David Greigs DNA.

Auld starrte düster auf die Papiere vor ihm. Mit den Fingerspitzen rieb er sich über die Stirn. Er sah zu Karen auf, in seinen Augen ein Flehen. »Wie kann ich sicher sein, dass dieses Stück Papier«, er schnippte die Beglaubigung mit dem Fingernagel weg, »zu dem hier gehört. Es könnte jedermanns DNA sein. Sie stellen mir eine Falle.«

»Warum versuchen Sie das überhaupt? Ich habe das Original gestern von Francis Flaxner Geary erhalten. Kurz bevor er Sie per Textnachricht gebeten hat, zu einem wichtigen Treffen nach Dublin zu kommen. Ich habe das Original nicht mit in dieses Gespräch genommen für den Fall, dass Sie es zerstören wollen. Geary ist nicht länger auf Ihrer Seite, Iain. Ihm geht es nur noch darum, die eigene Haut zu retten. Ich wette, er hockt genau jetzt mit seinem Anwalt zusammen, um eine Version der Ereignisse auszuhecken, die ihm den Rücken freihält. Darum hat er auch Ihre Telefonanrufe nicht angenommen, als Sie auf der Fahrt im Streifenwagen hierher versuchten, ihn zu erreichen.« Sie holte Gearys Telefon aus der Tasche und warf es auf den Tisch. »Drei verpasste Anrufe von Daniel Connolly.«

Ein langes Schweigen trat ein. Karen konnte Nugent atmen hören. Sie lehnte sich vor, die Unterarme auf der Tischplatte, die Hände verschränkt. »Alles, was Sie während der letzten Jahre getan haben, haben Sie für David getan. Alle Risiken, die Sie auf sich genommen haben, all die Gesetze, die Sie gebrochen haben – das alles taten Sie für David. Von Ihnen beiden waren nicht Sie derjenige, der die Gefahr liebte. Das war David. Iain, der Mann, mit dem Sie zusammenleben, hat Ihren Bruder getötet. Kaltblütig. Sie können sich nirgendwo davor verstecken. Wie sicher fühlen Sie sich jetzt?«

52

Als Iain Auld brach, zersprang er in Stücke. Es war, als hätte Karen mit einer Brechstange das Schneckenhaus zerschlagen, in dem er sich seit Beginn der Vernehmung verschanzt hatte. Er riss seine Brille herunter und vergrub das Gesicht in den Händen, weinte wie ein untröstliches Kind. Der Damm war gebrochen, doch Karen verspürte keine Genugtuung. Es war Trauer und nicht Schuld, die ihn erschütterte, das war deutlich zu erkennen. Trauer wegen seines Bruders, aber auch wegen des Lebens, das für immer verloren war.

Karen warf Nugent einen schnellen Blick über die Schulter zu. Er nickte bestätigend. Auld weinte weiter, tiefe, bebende Schluchzer schüttelten seinen ganzen Körper. Es schien quälend viel Zeit zu verrinnen, bis seine Tränen versiegten, doch vermutlich waren es nur wenige Minuten. Er saß da, den Kopf nach unten gebeugt, und keuchte, als hätte er ein schnelles Wettrennen hinter sich. Daisy holte ein paar Taschentücher heraus und schob sie ihm zu. Er blickte auf, seine Augen waren rot und geschwollen, die Haut unschön marmoriert.

»So hatte es nicht kommen sollen, als Sie sich in David verliebten, nicht wahr?«, fragte Karen sanft und nahm jetzt die Rolle der fürsorglichen Ermittlerin ein.

Er schüttelte den Kopf und atmete durch die Nase aus. »Niemand sollte verletzt werden.« Ein Mundwinkel hob sich zu einem bitteren Lächeln. »Ich dachte, es wäre ein Moment des Wahnsinns. Etwas, das innerhalb von Wochen vorbei wär, allerhöchstens ein paar Monate dauern würde. Ich dachte, er hätte irgendwann genug von einem so langweiligen Menschen wie mir.«

»Das verstehe ich, Iain. Jetzt müssen Sie uns helfen. Sie müssen dafür sorgen, dass Ihre Version der Geschichte zuerst gehört wird. Denn ich glaube, dass David nicht zögern wird, Sie zu belasten.« Sie streckte eine Hand aus und legte sie auf die seine. Sie fühlte sich heiß an, als hätte er plötzlich Fieber bekommen.

»Wir sind uns 2007 auf einer Party der Tate-Galerie begegnet.« Er warf ihr einen kläglichen Blick zu. »Er ist so charismatisch. Charmant, gefährlich, witzig, klug. Ich verstand gar nicht, warum er sich so lange mit mir unterhalten hat. Ich war nie besonders interessant.«

»Aber irgendwie stimmte die Chemie zwischen Ihnen?«

Ratlos runzelte er die Stirn. »Ich verstehe es bis heute nicht. Ich hatte vorher noch nie etwas mit einem Mann. Ach zur Hölle, seit ich Mary kennengelernt hatte, habe ich mit keinem anderen Menschen mehr geschlafen, weder mit Männern noch mit Frauen. Es fühlte sich an, als hätte David mich verhext. Wir waren wie magnetische Pole, die unwiderstehlich voneinander angezogen wurden.«

Das hörte sich etwas abgedroschen an, dachte Karen. »Und so begannen Sie eine Affäre?«

»So verliebten wir uns ineinander«, korrigierte er sie. »Wir trafen uns so oft wie möglich. Wenn ich zum Arbeiten in London war, blieb Mary meist in Schottland. Und obwohl David viel unterwegs war – er hielt Vorträge, besuchte Veranstaltungen in Galerien rund um die Welt, ging zu den Vernissagen anderer Künstler –, schafften wir es, viel Zeit miteinander zu verbringen. Aber wir waren nie in der Öffentlichkeit unterwegs.« Er lächelte. »Erstaunlicherweise fühlte sich das nie wie eine Einschränkung an. Wir liebten es, zu Hause zu bleiben. Zu kochen, zu essen, zu reden, Filme zu gucken, miteinander zu schlafen.«

»Warum war es Ihnen so wichtig, das geheim zu halten?

2007 hätte ein schwules Coming-out, sogar in Schottland, selbst in den höheren Rängen des Staatsdienstes, Ihre Karriere nicht zerstört.« In Karens Ton lag nichts Aggressives; sie wirkte wie jemand, der aus reiner Neugierde und keinem anderen Grund fragte.

Auld seufzte. Er zog seine Hand unter Karens hervor und verschränkte seine Hände, fast als wränge er sie. »Meine Beziehung mit David öffentlich zu machen, hätte meine Karriere völlig zum Stillstand gebracht. Er war nicht nur irgendein Künstler, er war einer der Bad Boys der BritArt. Drogen, Partys, Alkohol; er empörte das Establishment mit seinen Kommentaren zu allem, was seine Aufmerksamkeit erregte. Es wäre gewesen, als wollte ich meinen Chefs ein gigantisches ›Fuck you!‹ entgegenschleudern.

Und dann war da noch Mary.« Seine Schultern sackten herab. »Ich habe nie aufgehört, sie zu lieben, auch nachdem ich mich in David verliebt hatte. Aber wir waren schon so lange verheiratet, zwischen uns herrschte keine überschäumende Leidenschaft mehr. Um ehrlich zu sein, hatte die nie geherrscht; vermutlich hatte ich schon viele Jahre lang meine sexuelle Neigung verdrängt. Aber ich habe sie geliebt, wirklich geliebt. Ich wusste, dass es sie zerstören würde, wenn ich ihr von David erzählte. Und wie ich schon sagte: Ich war lange Zeit überzeugt, dass es sich bald im Sande verlaufen würde. Er würde sich langweilen und weiterziehen. Es kam mir widersinnig vor, mein Leben für etwas zu zerstören, das nicht viel mehr wäre als ein Techtelmechtel.«

Er lächelte wehmütig. »Und es hat – es macht so viel Spaß mit ihm.«

»War es auch das, worum es bei den Gemälden in Dover House ging? Ein bisschen Spaß? Dem dummen alten Establishment eine Nase drehen?«

Auld studierte die Tischplatte. »Genau das. Es war ein

Witz. David ist ein hervorragender Kopist. Wenn Sie Ihre Hausaufgaben gemacht haben, wissen Sie das natürlich. Als ich ihn das erste Mal mitnahm, damit er sich mein Büro ansehen konnte, verbrachte er die Hälfte der Zeit damit, die Bilder zu betrachten und mir zu sagen, wie einfach es wäre, sie zu kopieren. Er machte ein paar Fotos, und ich dachte mir nichts dabei. Als wir uns das nächste Mal trafen, zeigte er mir eine perfekte Replik des Joan-Eardley-Gemäldes in meinem Büro. Ich war zutiefst erstaunt. Dann schlug er vor, es gegen das Original auszutauschen.«

»Und Sie waren einverstanden?«

Er zuckte mit den Schultern. »Es kam mir wie ein Spiel vor. Und es war so einfach zu bewerkstelligen. Ich hatte die Schlüssel und konnte das Gebäude rund um die Uhr betreten, es war wirklich simpel. Es war, als würden wir der Wichtigtuerei einen Dämpfer versetzen. Die Minister machen immer ein großes Gewese um die Auswahl der Bilder, aber im Grunde geht es nur darum, ein Statement abzugeben, sie wählen nicht aus, was sie wirklich mögen. David meinte, es wäre witzig zu sehen, wie lange es dauerte, bis ihnen aufging, dass sie auf Fälschungen blickten.«

»Nur dass es ihnen nie aufging, nicht wahr? Und wann ging Ihnen auf, dass der Witz zu weit gegangen war?«

Er warf ihr einen kurzen Blick zu, und sie sah ein Aufblitzen der Intelligenz, die ihm geholfen hatte, so schnell Karriere zu machen. »Sie erinnern sich, dass es gegen Ende 2009 Spekulationen gab, dass Gordon Brown eine vorgezogene Unterhauswahl anstrebte?«

Sie erinnerte sich sehr gut daran. Brown war im Aufwind gewesen, aber dann hatte er es vermasselt; hatte die Tür geöffnet für David Cameron, Boris Johnson und zehn Jahre Austeritätspolitik, umgesetzt von Menschen, deren einzige Erfahrung mit Armut ihr eigener Mangel an Einfühlungsvermögen und Barmherzigkeit war. »Ich erinnere mich«, war alles, was sie sagte.

»Allein die Aussicht darauf reichte, um mir Sorgen zu machen. Wie immer das Ergebnis ausfallen würde, ich wusste, dass eine Veränderung in der Regierung auch zu personellen Änderungen im Schottland-Amt führen würde, und das wiederum bedeutete, dass die Kunst an den Wänden ersetzt werden würde. Ich sagte David, wir müssten die Originale wieder hinhängen, bevor die Gemälde zurück an die Nationalgalerien von Schottland geschickt würden. Er sah mich sehr seltsam an. Eine Mischung aus Amüsement und Betretenheit. ›Das wird nicht möglich sein‹, sagte er. Ich fragte ihn, warum, und er sagte: ›Weil ich die Originale verkauft habe.‹«

»Das war das erste Mal, dass Sie davon gehört haben?«

»Es ist mir nie in den Sinn gekommen.« Spöttisch fuhr er fort: »Warum sollte es auch? Ich hab Ihnen ja gesagt, ich bin langweilig. Ich kannte sonst niemanden, der auch nur auf die Idee gekommen wäre, so einen Plan auszuhecken. Ich hab nicht mal gewusst, dass das überhaupt möglich ist. Wie konnte man Bilder verkaufen, wenn zwei Minuten Recherche im Internet ausreichten, um festzustellen, dass die Bilder Teil einer Nationalsammlung sind?« Er lachte bitter auf. »Gott, ich war so naiv. Ich wusste nichts über private Sammler ohne Skrupel, ich hatte keine Ahnung, auf welche Weise Kunst benutzt wird, um die Erlöse der organisierten Kriminalität zu waschen. Ich war ein absoluter Neuling auf diesem Gebiet.«

»Aber leider nicht lange.«

»Was hätte ich denn tun sollen? Ich steckte bis zum Hals mit drin. Und dann machte David einen Vorschlag. Er hatte von dem Geld ein Haus in Donegal gekauft, dadurch hatte er in der Finanzkrise nichts verloren. Er sagte, er wolle dort mit mir leben. Er sei seines bisherigen Lebensstils überdrüssig. Seit wir zusammen waren, hatte er versucht, der ständigen Aufmerksamkeit, den Partys, den Reisen zu entkommen. Er wollte irgendwohin, wo er einfach malen konnte. Aber die Leute ließen ihn nicht in Ruhe. Sie haben ihn ständig belästigt. Haben Forderungen gestellt. Er hatte darüber nachgedacht, wie er dem Ganzen für eine Weile entfliehen konnte. Er hatte an alle Details gedacht.«

»Was ist mit den Pässen? Wie haben Sie die bekommen?«

»Über einen Künstler, den David kannte. Er ging in seinen Werken der Idee des Identitätsdiebstahls nach. Er hat uns mit einem Mann in Kontakt gebracht, der für jeden von uns eine umfassende falsche Identität kreierte. Ich hatte höllische Angst, als ich das erste Mal meinen Pass benutzt habe, aber er wurde nie angezweifelt.«

»Also begannen Sie zu planen. Und Sie haben einen sehr lauten Streit mit Ihrem Bruder inszeniert und dafür gesorgt, dass die Nachbarn das mitbekommen?«

Zum ersten Mal wirkte Auld beschämt. »Ja. Das war Davids Idee.«

»Worum ging es bei diesem Streit?«, hakte Karen nach.

Auld biss sich auf die Lippe. »Ich habe Jamie erzählt, dass ich mich in jemand anderen verliebt hätte. In einen Mann. Und dass ich vorhatte, Mary zu verlassen. Er ist ausgerastet, genau so, wie ich es erwartet hatte. Nicht weil es ein Mann war. Er wäre genauso wütend gewesen, wenn es sich um eine Frau gehandelt hätte. Nein, er war aufgebracht darüber, dass ich überhaupt darüber nachdachte, Mary zu verlassen und alles, was wir zusammen aufgebaut hatten. Er nannte es eine dreckige kleine Affäre, und das gab mir eine Entschuldigung, dann auch laut zu werden. Ich hasste das, aber es musste getan werden, damit unser Plan funktionierte.«

»Das klingt logisch. Die einzige Sache, von der Mary sich

vorstellen konnte, dass Sie beide darüber in Streit geraten könnten, war die schottische Unabhängigkeit, aber ich habe nie geglaubt, dass das tatsächlich hätte ausreichen können, um einen mörderischen Streit zu entfachen. Aber hatten Sie denn keine Angst, dass Jamie Mary die Wahrheit sagen würde? Insbesondere, als er in Verdacht geriet?«

Er sah ihr in die Augen. »Warum hätte er das tun sollen, wenn der einzige Grund für seine Wut die Vorstellung war, welchen Schmerz mein Betrug Mary bereiten würde? Ich hab mich nie dabei wohlgefühlt, James' Gefühle für Mary auszunutzen. Aber ich war mir sehr sicher, dass er für den späteren Abend, die Zeit nach unserem Streit, ein Alibi hätte. Er war gern unter Leuten, hing immer mit Musikern in Bars und Clubs herum.«

»Dann war es also Davids Idee, Ihr blutverschmiertes T-Shirt in die Mülltonne im Keller von Jamies Wohnung zu stopfen?« Diesmal schaffte sie es nicht, die Schärfe in ihrer Stimme zu unterdrücken.

Er hob den Kopf, und erneut sah sie den Schock in seinem Gesicht. Hatte er nicht verstanden, was sie vorhin gesagt hatte? »Ich weiß nicht, wovon Sie reden.«

»Ein Beamter der Spurensicherung hat ein blutverschmiertes T-Shirt in einer der Mülltonnen im Keller von Jamies Wohnblock entdeckt. Es war Ihr Blut.«

Er starrte sie kopfschüttelnd an. »Wie?«

»Das ist das, was ich Sie frage. Ihr Blut in der Mülltonne Ihres Bruders. Wie?«

Er presste die Hände so fest gegen seine Wangen, dass weiße Fingerabdrücke zurückblieben, als er sie wieder runternahm. »Ich kann nicht … Nein, warten Sie. Die Woche davor. Da war ich bei David. Er hat diese scharfen japanischen Messer, damit habe ich mir in den Daumen geschnitten, als ich gekocht hab. Es blutete wie verrückt. David warf dann mein T-Shirt weg und gab mir eines von seinen. Wollen Sie mir jetzt ernsthaft sagen, dass er es aufbewahrt hat, um Jamie zu belasten?«

»Was denken Sie? Wenn Sie eine andere Erklärung dafür haben, würde es mich freuen, sie zu hören.«

Er sah aus, als würde er gleich in Tränen ausbrechen. »Jamie sollte nur eine Irritation sein, eine Ablenkung. Kein richtiger Verdächtiger.«

»Was ist mit Mary bei alldem? Sie sagen, Sie liebten sie, aber Sie haben sie im Ungewissen gelassen. Sie trauerte um ihren Verlust, wusste aber nie, ob Sie am Leben oder tot waren. Wie können Sie das vor sich selbst rechtfertigen?« Wieder rang sie darum, eher neugierig als anklagend zu klingen. Manchmal war es fast eine körperliche Anstrengung, zu verbergen, was sie im Innersten fühlte.

»Ich dachte, sie wäre besser dran ohne mich. Ich habe aus unserer Ehe etwas Zweitrangiges gemacht, und ich dachte, sie hätte die Chance verdient, mit jemand anderem glücklich zu werden.« Diesmal konnte er ihr nicht in die Augen sehen.

Egoistischer, selbstsüchtiger, zügelloser Sack. »Das ist extrem schwierig, wenn sie nicht weiß, ob Sie leben oder tot sind. Wie konnte sie sich auf eine neue Beziehung einlassen, wenn sie keine Ahnung hatte, ob Sie nicht irgendwann wieder zur Tür hereinkommen wie in der ersten Folge einer Fernsehserie?«

»Sie hat mich für tot erklären lassen«, sagte er defensiv. »Sie hat beschlossen, dass es keinen Platz mehr für mich in ihrem Leben gibt.«

»Sie hat Sie für tot erklären lassen, weil ihr Leben für mehr als sieben Jahre zum Stillstand gekommen war. Haben Sie eine Vorstellung, was sie alles anstellen musste, um ihre finanziellen Angelegenheiten zu regeln? Dass sie nicht mal das Auto verkaufen konnte, das auf Sie zugelassen war, weil

Sie offiziell immer noch als am Leben und als vermisst galten?« Karen schob eine Hand unter die Tischplatte und presste ihre Fingernägel in die Handfläche, um ihre Wut in den Griff zu bekommen.

»Mir tut das alles leid. Aber von welchem Nutzen wäre ich ihr gewesen, wenn ich Davids Plan zurückgewiesen hätte? Ich wäre im Gefängnis verrottet, meine Karriere ein einziges Trümmerfeld. Mit der Schande und der Demütigung zu leben, wäre schlimmer für sie gewesen, denken Sie nicht auch?«

Meinen Sie? Karen holte tief Luft. »Was geschah in der Nacht, in der Sie verschwanden?«

»Nicht viel. Es war ein Sommerabend, viele Leute waren unterwegs. Ich ging Richtung Soho, und David sammelte mich mit dem Auto ein. Wir fuhren durch die Nacht nach Holyhead und setzten nach Irland über. Niemand würdigte meinen Pass auch nur eines zweiten Blicks. Wir nahmen den langen Weg nach Donegal, damit wir nicht die Grenze überqueren mussten, und David setzte mich im Hill House ab, wo ich einen Kühlschrank voller Essen und ein Regal voller Alkohol vorfand. Drei Wochen später inszenierte er seinen eigenen Tod und kam zu mir nach Ramelton. Es ist eine nette Stadt, die Leute sind freundlich, ohne allzu neugierig zu sein.« Er breitete seine Hände aus, um anzuzeigen, dass er zum Ende seines Berichts gekommen war. »Seitdem leben wir dort.«

Karen wendete sich zu Daisy um. »Stimmt das mit dem überein, was wir erwartet haben, Sergeant?«

»Mehr oder minder. Abgesehen von dem kleinen Trip nach Brighton im Jahr 2017.«

Karen lächelte. »Oh, ja, ich hätte fast die Brandstiftung vergessen. Es gibt ein entzückendes Foto von Ihnen in der Menge der Gaffer beim Brand in der Galerie. Leider verlor die Goldman-Galerie drei – oder waren es vier? – Gemälde von David Greig. Was war das Problem, Iain? Entpuppte sich Ihr wunderbarer Lebensstil als etwas teurer als gedacht? Fielen die Preise für Davids Werke ins Bodenlose? Mussten Sie für eine Verknappung sorgen, um den Wert der Bilder zu erhöhen, die er immer noch wie am Fließband produzierte?«

»Sie haben es gleich beim ersten Mal getroffen«, sagte er reuevoll. »Wir verbrauchten unser Kapital schneller, als wir angenommen hatten. David dachte, wir müssten den Preisen für seine Werke künstlich auf die Sprünge helfen, um unser finanzielles Polster zu vergrößern.«

»Es hat genau das bewirkt. Aber es war Ihr erster Fehler, Iain. Sie wissen, was passiert ist, nicht wahr?«

»Nein. Alles, was ich weiß, ist, dass ich eine E-Mail von Francis Geary bekam, der mir eine Nachricht von Jamie weiterleitete. Es war wie ein Schlag in den Magen.«

»Was stand darin?«

»Es hat sich mir ins Hirn eingebrannt. ›Lieber Daniel Connolly, bitte entschuldigen Sie, dass ich Sie einfach so anschreibe, aber ich glaube, Sie wissen etwas über den Verbleib meines Bruders, Iain Auld, der sehr gut bekannt mit David Greig war. Ich würde mich gern mit Ihnen treffen, um darüber zu reden.‹ Ich war so schockiert, dass ich mich übergeben musste. Ich habe es gerade noch ins Badezimmer geschafft. Ich konnte es nicht fassen.«

»Was haben Sie dann gemacht?«

»Ich habe David davon erzählt.«

53

Aulds Worte hingen in der Luft. Er hätte genauso gut sagen können: »Ich habe das Todesurteil für meinen Bruder unterzeichnet«, dachte Karen. Auld wusste, wie skrupellos sein Liebhaber war; er musste geahnt haben, welchem Risiko er seinen Bruder aussetzte. Aber aus langjähriger Erfahrung wusste sie auch, dass die Fähigkeit, sich selbst etwas vorzumachen, nahezu unbegrenzt war.

»Sie haben David davon erzählt. Wie hat er reagiert?«

»Er sah, wie sehr ich außer mir war. Er sagte, ich solle mir keine Sorgen machen. Er bestand darauf, das zu regeln.«

Karen ließ die Worte zwischen ihnen stehen. »Was dachten Sie, was das bedeuten würde?«

»Ich war so erleichtert. Ich wusste, dass er Jamie das alles viel besser erklären konnte als ich. Ich wäre zu emotional gewesen, das war uns beiden klar. Darum sagte David, er wolle sich mit Jamie treffen und sehen, wie die Dinge lagen.« Er sah sie flehentlich an. »Er kann gut mit Menschen, er weiß, wie man sie dazu bringt, den Blickwinkel zu ändern.« Er lachte auf. Das Lachen ging in ein Husten über. Er schaute überallhin, nur nicht in Karens Augen. »Ich mein, sehen Sie doch nur, was er mit mir gemacht hat, und ich war so puritanisch wie nur möglich.«

Karen verbiss sich ein weiteres Mal ihren Ärger. »Was geschah dann?«

»David antwortete auf die E-Mail und schlug ein Treffen in Fife vor. Jamie war dort in der Gegend, um Mary zu besuchen. Sie verabredeten sich in Elie und gingen gemeinsam den Küstenpfad entlang. Sie redeten sehr lange. Es gab eine Menge zu erklären. Anfangs sei Jamie wütend gewesen, sagte

David. Aber er beruhigte sich, als er begriff, dass er wieder Teil meines Lebens werden konnte. Sie waren so lange unterwegs, dass es dunkel wurde.« Auld schloss die Augen, seinem Gesicht war die Qual anzusehen. »Und Jamie verlor den Halt und fiel die Klippe hinunter. David wollte ihm helfen, aber er war nicht mehr zu sehen.« Er öffnete die Augen und sah Karen kläglich an. »Er muss sich beim Sturz den Kopf angeschlagen haben. Das war das, was David gesagt hat.«

»David hat gelogen, Iain. Ich glaube nicht, dass sie sich überhaupt unterhalten haben. Ich denke, er fuhr dorthin mit der ausdrücklichen Absicht, die Bedrohung aus seinem Leben zu entfernen.«

»Sie irren sich. Sie kennen ihn nicht. Er ist kein kaltblütiger Killer. Ich habe zehn Jahre mit ihm zusammengelebt. Er ist herzlich und liebevoll und großzügig.«

»Er hat Ihren Bruder umgebracht.« Sie schob ihren Stuhl zurück. »Ich denke, wir brauchen jetzt alle eine Pause. Möchten Sie einen Kaffee oder einen Tee? Etwas zu essen?«

Auld schüttelte den Kopf. »Eine Tasse schwarzen Tee, das wär alles. Kein Zucker.«

Nugent erklärte fürs Protokoll, dass die Befragung unterbrochen werde, und die drei Polizisten gingen hinaus. Karen lehnte sich gegen die Wand und atmete langsam aus. Sie erlaubte sich, die Spannung im Körper zu spüren, die Feuchtigkeit unter den Achseln, den dumpfen Schmerz an der Schädelbasis. »Ich brauche was zu essen«, sagte sie. »Daisy, gehen Sie und besorgen Sie mir Schokolade. Bitte. Und Kaffee.«

Als sie allein waren, sagte Nugent: »Das war eine höllische Performance da drinnen.«

»Meine oder seine?«

»Tja, beide vermutlich, aber eigentlich meinte ich Ihre. Sie haben alle Knöpfe zur richtigen Zeit gedrückt.«

»Ich dachte schon, ich hätte ihn am Ende verloren, als er damit anfing, dass es ein Unfall war.«

Nugent lachte düster. »Der letzte verzweifelte Versuch, das Schicksal zu wenden. Man konnte sehen, dass er selbst nicht dran glaubte. Wie geht es jetzt weiter?«

»Ich muss ihn überreden, David auf Ihr Gebiet zu locken.«

»Haben Sie einen Plan?«

Karen bekam ein schwaches Lachen zustande. »Ich würde nicht so weit gehen, es einen Plan zu nennen. Mehr eine Idee.«

Daisy kam zurück. »Ich habe Ihnen ein Snickers geholt, denn Erdnüsse enthalten Protein.« Sie reichte ihr den Riegel. »Und eine Tüte Malteser. Sergeant Tiernan bringt gleich den Kaffee.«

Karen zwang sich, das Snickers mit ein bisschen Zurückhaltung zu essen und nicht der Versuchung nachzugeben, es in drei Bissen zu verschlingen. »Oh Gott, jetzt ist es besser«, seufzte sie, als Tiernan mit dem Kaffee eintraf.

»Sie waren unglaublich da drinnen«, sagte Daisy. »Ich mein, wow. Ich lerne so viel, wenn ich mit Ihnen arbeite.«

Karen nickte zum Dank, trank den Kaffee und aß die Malteser ohne ein weiteres Wort. »Pinkelpause«, sagte sie schließlich. »Und dann Showtime.«

***

Iain Auld begann, derangiert auszusehen. Seine Krawatte war gelockert, der oberste Knopf seines Hemds stand offen. Er hatte sein Jackett ausgezogen, und unter seinen Achseln waren dunkle Ringe zu sehen. Sogar sein Haar begann, in sich zusammenzufallen, die Locken wurden schlaff.

Karen, die sich das Gesicht gewaschen und das Haar zurechtgemacht hatte, setzte sich aufrecht hin und sah ihn voller Mitleid an. »Sie wissen, dass Sie ins Gefängnis gehen, nicht wahr, Iain? Ich möchte nicht so tun, als gäbe es einen Ausweg. Ich werde Ihnen auch sagen, was sich außerdem nicht umgehen lässt: das Ende Ihrer Beziehung mit David. Sie sind das letzte Mal neben ihm aufgewacht. Nie wieder kuschelig Tee im Bett am Morgen. Egal, was jetzt passiert, Sie sind auf sich selbst gestellt. Entweder helfen Sie uns, ihn der Gerechtigkeit zuzuführen. Und ich schätze, er wäre nicht besonders glücklich darüber. Oder Sie nehmen die ganze Schuld auf sich für alles, was Sie gemeinsam getan haben, für seine Verbrechen wie für Ihre. Und was wird er in diesem Fall tun? Nun, in Anbetracht seiner Vergangenheit, wird er so weit und so schnell wie möglich fliehen. Was soll es also sein? Anstand oder Märtyrertum? Ich möchte ehrlich sein. Ich glaube an Gerechtigkeit, und es geht nicht nur darum, dass Sie den Kopf für den Mord an Ihrem Bruder hinhalten.«

Er sah zu Boden und sagte leise: »Ich bin froh, dass unsere Eltern tot sind. Ich könnte ihnen nicht in die Augen sehen. Die Scham. Die Enttäuschung. Darüber habe ich nachgedacht, als Sie draußen waren. Bei allem, was Sie sagten und was ich mir anhören musste, konnte ich nicht glauben, dass Sie mich meinten. Dass ich so weit vom Weg abgekommen bin, dass ich mich so mitreißen ließ, ohne innezuhalten und nachzudenken. Tief in mir wusste ich, dass es falsch war.« Er sah auf. »Aber ich liebe ihn so sehr. Ich ertrage den Gedanken nicht, ihn zu verlieren.«

»Aber Sie verstehen schon, dass er für Sie verloren ist, egal, was passiert?«

Sein Seufzen ähnelte eher einem Schluchzen aus tiefster Kehle. »Es klingt verrückt, aber ich will immer noch, dass er gut von mir denkt.«

Karen lehnte sich vor. Ihre Stimme war sanft, fast wie ein Streicheln. »Ich mache diesen Job schon lange, Iain. Ich habe solche Menschen wie Greig schon früher erlebt. Menschen, die denken, sie seien etwas Besonderes, ständen über den Regeln, die für uns andere gelten. Und ich schwöre Ihnen, es gibt keine Möglichkeit, dass er nach dem hier gut von Ihnen denkt. Er verachtet Sie entweder für Ihre Schwäche, wenn Sie versuchen, ihn zu beschützen, oder er hasst Sie für Ihren Verrat, wenn Sie das Richtige tun. Sie sind von nun an für ihn gestorben. Ihre einzige Chance zu überleben, ist, mit mir zusammenzuarbeiten.«

Er nahm seine Brille ab, reinigte sie mit seiner Krawatte und setzte sie wieder auf. »Was soll ich tun?«

Karen fühlte, wie sich etwas in ihr löste, etwas, von dem sie gar nicht gewusst hatte, dass sie es so derart fest umklammert hielt. Die Kopfschmerzen verschwanden wie von Zauberhand, und sie lächelte ihn freundlich an. »Es ist ganz einfach. Ich möchte, dass Sie ihm eine Textnachricht schicken. Sie hatten einen Autounfall. Ihnen geht es gut, aber das Auto ist zu stark beschädigt, um damit weiterzufahren. Ob er kommen und Sie abholen kann. Er würde das für Sie machen, oder?«

Auld nickte. »Er wäre hier wie der Blitz.« Er holte sein Telefon hervor. »Hier drin ist kein Empfang.«

»Das macht nichts. Wir schreiben die Nachricht hier im Raum, und dann nehme ich das Telefon, suche ein ausreichendes Signal und schicke sie ab.«

»Ich sollte was wegen Dublin schreiben. Er wird denken, dass ich schon da war und jetzt auf dem Rückweg bin.« Er begann zu tippen und zeigte dann Karen die Nachricht.

Dublin war eine Zeitverschwendung, definitiv nicht dein Werk! Brauche jetzt deine Hilfe – eine dämliche Kuh ist beim Abbiegen von einer Tankstelle in mich reingefahren. In Omagh. Vorderer Kotflügel ist hin, das Auto nicht mehr fahrtüchtig. Es ist in einer BMW-Werkstatt, die sagen, es dauert bis Anfang nächster Woche!!! Kannst du herkommen und mich abholen? Liebe dich. Xxx

Karen nahm ihm das Telefon ab und sah sich ein paar frühere Nachrichten zwischen den beiden an. Der Ton und der Gruß am Ende passten. Er versuchte nicht, Greig zu alarmieren. »Danke. Sergeant Mortimer wird hier mit Ihnen warten, während Chief Inspector Nugent und ich alles vorbereiten.«

Nugent folgte ihr aus dem Raum, und gemeinsam gingen sie in sein Büro, wo es ein klares Signal gab. Karen drückte auf Senden. Dann warteten sie. »Meinen Sie, er kommt her?«, fragte Nugent und schob sich mit einer Gesäßbacke auf die Kante seines Schreibtischs.

Karen konnte nicht stillhalten. Sie musste ihre Beine strecken, ihren Rücken, ihren Nacken. »Warum denn nicht? Ich glaube nicht, dass ich irgendwas getan habe, das ihn misstrauisch hätte machen können. Meine einzige Sorge war, dass Geary reden könnte – ich habe ihn heute Morgen in seiner Galerie angerufen und ihm gesagt, dass Daniel Connolly nicht kommen wird und dass er den Mund halten soll, wenn er nicht will, dass die Gardai zu ihm kommt und sich breitmacht wie ein Hautausschlag. Und angesichts der Tatsache, dass Greig sich bisher nicht bei Auld gemeldet hat, würde ich sagen, dass Geary sich an das gehalten hat, worum ich ihn gebeten hab.«

»Wie gehen wir die Sache jetzt an? Ich vermute, Sie wollen, dass Auld irgendwo gut sichtbar rumsitzt, um Greig anzulocken?«

»Wissen Sie einen guten Ort dafür? Ich hatte an einen Coffeeshop gedacht. Etwas ohne weitere Aus- oder Eingänge.«

»Es gibt einen netten kleinen Coffeeshop gegenüber der Herz-Jesu-Kirche auf der George's Street. Rund fünf Minuten von hier. Eventuell gibt es eine Hintertür, aber um die zu erreichen, müsste man über die Theke springen und sich den Weg durch die Küche bahnen. Außerdem können wir ein paar Uniformierte davor platzieren.«

Bevor er noch zu Ende gesprochen hatte, vibrierte das Telefon mit einer Textnachricht:

> Ach, Mist, das ist nicht gut. Bist du sicher, dass du okay bist? Ich spring sofort ins Auto und bin schnellstmöglich da. Wo bist du? Xx

Karen tippte eine Antwort:

> Ich bin in einem Café in der George's Street gegenüber der Herz-Jesu-Kirche. Danke! Lieb dich. Xxx

Postwendend kam die Antwort:

> Iss nicht zu viele Scones! Xx

Sie atmete tief aus und fühlte, wie sich ihre Schultern entspannten. »Scheiße, geschafft«, sagte sie.

Nugent grinste. »Jep«, sagte er. »Wir bereiten alles vor und bringen Auld rüber. Sagen Sie mal: Diese Kristallkugel, die Sie haben, weiß die vielleicht, wo sich Greig gerade befindet?«

»Schauen Sie weg, hier gibt es nichts zu sehen«, sagte Karen, nahm ihr eigenes Telefon und öffnete die App. »Er hat keine Zeit verschwendet. Er ist im Augenblick auf der Straße Richtung Ramelton.« Sie blickte auf. »Ich freu mich so drauf.«

54

Karen musste zugeben, dass Nugent ein geschickter Organisator war. Er hatte es am heutigen Tag zweimal bewiesen. In weniger als einer Stunde hatte er das Café von Kunden geräumt und den Besitzer hinter der Theke durch die Frau ersetzt, die die Kantine im Polizeirevier betrieb.

Er hatte eine gute Wahl getroffen. Das Café war klein – drei Vierer-Nischen entlang einer Wand, fünf kleine runde Tische, die im restlichen Raum verteilt standen. Auld saß mit dem Gesicht zur Tür in der Nische, die der Theke am nächsten war. Daisy hatte dafür gesorgt, dass er wieder manierlich wirkte – das Haar gekämmt, das Hemd bis oben hin zugeknöpft, die Krawatte ordentlich gebunden. Karen hoffte, dass Greig den sorgenvollen und abgespannten Blick seines Partners dem Autounfall zuschreiben würde.

Vor dem Café stand ein Zivilfahrzeug, auf dem Beifahrersitz ein Detective in unauffälliger Kleidung; Sergeant Tiernan befragte einen Verdächtigen in einem Polizei-Land-Rover direkt dahinter. Im Café hockte ein junger Officer bei einem Glas Cola und schien vollkommen von seinem Telefon absorbiert zu sein. Daisy saß an dem der Tür nächstgelegenen Tisch einem weiteren Polizisten in Zivilkleidung gegenüber, sie tranken Tee und futterten sich durch einen Teller Scones. Zwischen den Bissen unterhielten sie sich leise über ihre Lieblingsbands. Sie wirkten ziemlich überzeugend als Paar, dachte Karen. Zwei Frauen aus dem Sekretariat besetzten eine Nische und hatten die strikte Anweisung, sich aus allem rauszuhalten.

Karen führte einen schnellen Soundcheck mit Nugent durch, der ein paar Straßen entfernt parkte. Er konnte sie hören, sie konnte ihn verstehen. Sie warf einen Blick auf die App. Greigs Mercedes war jetzt am Stadtrand von Omagh. In wenigen Minuten wäre er da. Eine letzte Runde durchs Café; alles wirkte völlig natürlich. »Okay, Leute. Haltet euch bereit.« Sie lächelte Auld an. »Behalten Sie die Nerven, dann ist alles schnell vorbei.« Sie setzte sich an den Tisch, der der Nische am nächsten stand, um aktiv werden zu können, sobald Greig bei seinem Partner eintraf.

Karen nahm einen Schluck von dem Kaffee vor ihr. Er war inzwischen kalt, aber das war immer noch besser als gar nichts. Sie öffnete erneut die App. Greig war jetzt näher, das stimmte schon – aber sein Auto fuhr nicht mehr. Sie zoomte in die Karte hinein, um nach Hinweisen zu suchen. War da eine Tankstelle? Hatte er an einem Laden gehalten, um etwas einzukaufen? Als die Karte auf dem Telefon zur Gänze geladen war, erkannte sie, dass sein Mercedes auf dem Parkplatz des BMW-Vertragshändlers stand. Was zur Hölle?

»Nugent?« Sie klang jetzt dringlich. »Er hat bei dem BMW-Händler gehalten.« Sie stand auf und beugte sich über den Tisch in Aulds Nische. »Warum tut er das? Warum sollte er den BMW-Händler aufsuchen?«

Auld schaute verschreckt. »Er ist überzeugt, dass er sie dazu bringen kann, das Auto schneller zu reparieren. Er findet, ich bin zu nachgiebig gegenüber Händlern.« Er schluckte trocken. »Er wird herausfinden, dass ich ihn angelogen hab.«

»Haben Sie das gehört, Nugent?«, rief Karen. Durch ihren Ohrstöpsel konnte sie hören, wie ein Motor gestartet wurde, dann das Knistern von Polizeifunk – Nugent instruierte das Team im Land Rover, zum BMW-Händler zu fahren.

»Ich bin unterwegs, Pirie«, sagte Nugent. »Wir sind keine zwei Minuten davon entfernt.«

Karen lief zur Tür. »Bleiben Sie bei Auld, Daisy!«, rief sie, bevor sie auf die Straße rannte und die Tür des Zivilfahrzeugs aufriss.

»Fahren Sie!«, brüllte sie dem überrumpelten Detective zu. Er schaute erschrocken drein, tat aber wie geheißen, kletterte über die Mittelkonsole und ließ den Motor an. »Der BMW-Händler«, rief sie ihm zu. »So schnell Sie können. Aber keine Sirene«, fügte sie hinzu, als sie sah, dass sein Finger auf den entsprechenden Knopf drücken wollte.

»Zur Hölle mit den guten Plänen«, knurrte sie, als sie durch die geschäftigen Straßen kurvten. »Nugent, was passiert gerade?«, fragte sie, während sie die App checkte. »Er ist immer noch dort. Oder zumindest sein Auto.«

»Wir sind da, aber ich kann den Mistkerl nicht sehen«, sagte Nugent. »Wir gehen rein, aber ich weiß noch nicht, wo.« Seine Stimme wurde leiser.

Karens Fahrer erreichte den Parkplatz des Autohauses. »Fahren Sie direkt nach hinten durch«, sagte Karen. »Wo ›Service und MOT‹ steht.«

Folgsam raste er über den Parkplatz und bog mit quietschenden Reifen um die Ecke zur Rückseite des Gebäudes. Große Rolltore gaben den Blick frei auf Hebebühnen und die Karosseriewerkstatt, wo ein Dutzend Mechaniker und Techniker an unterschiedlichen Pkws und SUVs arbeiteten. Bevor das Auto schlitternd zum Stehen kam, war Karen schon draußen und lief los. Sie hielt die Augen offen nach jemandem, der hier nicht hinpasste.

Hinter den Hebebühnen war ein Bürobereich. Als sie näher kam, konnte sie laute Stimmen hören. »Nennen Sie mich einen Lügner?«, rief ein Mann, dessen Akzent definitiv kein hiesiger war.

»Sehen Sie sich um, wir haben hier keinen schwarzen X5. Ich kann Sie gern persönlich durch die Karosseriewerkstatt führen, wenn Sie mir nicht glauben. Vielleicht wurde er noch nicht hergeschleppt.«

Durch das Fenster konnte sie den Mann sehen, der vor zwei Tagen mit Iain Auld Hill House verlassen hatte. David Greig, oder wie er sich inzwischen nennen mochte. Er hatte die Fäuste auf den Schreibtisch gestützt, die Arme waren durchgedrückt, sein Kopf ragte nach vorn, die personifizierte Aggression. Der Mann in Monteursjacke hinter dem Schreibtisch hatte rote Wangen, wich aber keinen Zentimeter zurück.

Karen blickte über ihre Schulter. Der Detective war aus dem Auto gesprungen und ignorierte den Protest eines Mechanikers, der wollte, dass er es aus dem Weg fuhr. Er trabte hinter ihr her, als wäre er auf einer entspannten Joggingrunde im Park. Ungeduldig stieß Karen die Tür auf. Beide Männer drehten sich überrascht zu ihr um. Sie stellte ihre Füße so weit auseinander, dass sie einen stabilen Stand hatte, und sagte: »David Greig, ich verhafte Sie wegen des Verdachts des Mordes an James Auld. Sie haben –«

Er warf sich auf sie und schlug ihr mit dem Unterarm gegen die Kehle. Karen sank auf die Knie und rang um Luft. Greig wollte an ihr vorbei, aber da entdeckte er den Officer, der ihr folgte. Er zögerte nicht eine Sekunde. Er griff sich einen Stuhl, warf ihn durch das Fenster, das auf die Werkstatt hinausging, und hechtete hinterher, erstaunlicherweise, ohne ein Blutgefäß aufzuritzen. Schnell rannte er los, eine Schrecksekunde später nahm der irische Detective die Verfolgung auf. Für einen Mann seines Alters war Greig ganz schön schnell.

Karen kämpfte sich auf die Füße. Sie gab immer noch Geräusche von sich wie ein verwundetes Tier. Sie sah, wie die Lücke zwischen Greig und seinem Verfolger größer wurde. Sie wollte wütend aufbrüllen, doch sie bekam kaum

Luft. Sie hatten so viel erreicht, und jetzt entwischte ihnen Greig.

Doch dann trat ein Mechaniker hinter einem Koloss von einem SUV hervor und zielte mit einem langen Schraubenschlüssel auf Greigs Bein. Mit einem Schrei ging dieser zu Boden, ein Knirschen war zu hören. Und dann war der Detective über ihm, und Karen dachte, sie könnte vielleicht doch wieder atmen.

55

Sonntag, 22. März 2020

Jason humpelte ins Büro der HCU; er benötigte immer noch seine Krücken, aber er kam schon besser voran als beim letzten Mal, als sie hier zusammengekommen waren. Sie hatten es irgendwie geschafft, einen dritten Schreibtisch in den Raum hineinzuquetschen. Aus Daisys temporärer Vertretung war eine unbefristete Anstellung geworden. Die Begeisterung des Polizeipräsidenten über die Medienreaktion auf die Aufklärung von zwei hochkarätigen Fällen hatte triumphiert über die Feindseligkeit des Hundekuchens gegenüber allem, was mit Pirie zu tun hatte, sodass Markie gezwungen war, ein Lächeln aufzusetzen.

Jetzt bahnte sich die Maschinerie der Strafverfolgung ihren langen und schwierigen Weg in den Gerichtssaal. Ruth Wardlaw und ihre Chefin rangen immer noch damit, wie viele verschiedene Verbrechen sie dem weiterhin protestierenden David Greig anlasten konnten und wie viel Spielraum sie dem Wrack, das von Iain Auld übrig geblieben war, zubilligen konnten für seine umfassende Kooperation. Der McAndrew-Fall war weniger komplex, aber die Ankläger der Staatsanwaltschaft wussten, dass es nicht ganz einfach werden würde, die Geschworenen davon zu überzeugen, nicht dem Argument der Verteidigung zu folgen, dass Dani Gilmartins Tod die Folge eines tragischen Unfalls war, gefolgt von einer Panikreaktion.

Amanda McAndrews Eltern waren aus Griechenland hergeflogen, um ihre Tochter zu unterstützen. Doch die Aussicht, wegen Covid-19 in Edinburgh festzusitzen, hatte sie dazu gebracht, wieder zu ihrem Olivenhain zurückzukehren. »Sie hätte eine liebevollere Tochter sein sollen«, hatte Daisy angemerkt. »Was man sät, das erntet man.«

Karen würde nie vergessen, wie Mary Auld reagiert hatte, als sie die Wahrheit über ihren Mann erfuhr. Karen hatte darauf bestanden, dass sie es ihr persönlich mitteilen musste. »Das ist meine Aufgabe«, hatte sie gesagt. »Ich bin die Person, an der sie ihren Ärger wird auslassen wollen.« Aber Mary hatte keinen Ärger gezeigt. Sie hatte nicht einmal versucht, etwas dagegen einzuwenden. Sie war bei Karens Worten einfach zusammengebrochen, ihr Gesicht schien in sich zusammenzufallen. Karen wusste nicht, wie sie sich wieder erholen konnte von dieser seismischen Erschütterung all dessen, was sie für wahr gehalten hatte. »Ob sie in rechtlicher Hinsicht immer noch mit ihm verheiratet ist?«, hatte sie Hamish gefragt, als sie in der Nacht nach ihrer Rückkehr aus Omagh zusammen im Bett gelegen hatten. »Die arme Frau. Alles, was sie sicher zu wissen schien, ist in Stücke gegangen.«

Hamish hatte geseufzt. »Ich kann nicht verstehen, wie er das hat tun können. Du hast gesagt, sie sind jahrelang verheiratet gewesen, und zwar allem Anschein nach glücklich. Wie zur Hölle kann er all diese Jahre einfach wegwerfen? Das ist magisches Denken, oder? Er hat eine Zeitbombe mitten in ihrem Leben platziert und sich selbst vorgemacht, sie würde niemals explodieren.«

»Das ist eine gute Beschreibung. Er wollte nicht, dass sie es je herausfindet. Aber das ist keine Entschuldigung. Er sagt, er war verrückt vor Liebe. Aber auch das ist keine Entschuldigung.«

»Er wollte den Thrill. Er wollte ein Bad Boy sein, ohne die Konsequenzen auf sich zu nehmen.« Hamish seufzte. »Ich hab solche Typen gekannt. Sie hatten Glück, wenn sie nicht an einen wirklichen Bad Boy wie diesen Scheißkerl David Greig gerieten.«

Es hatte Karen, Daisy und Jason Wochen gekostet, die detaillierten Berichte fertigzustellen, die die Staatsanwaltschaft brauchte. Gegen Ende wurde es ein Rennen gegen die Zeit. Der Virus, der ein fernes Hintergrundrauschen gewesen war, während sie in den unterschiedlichen Gerichtsbarkeiten unterwegs waren, hatte Schottland jetzt im Griff. Man hatte ihnen mitgeteilt, dass der Lockdown am morgigen Tag beginnen sollte. Sie würden von zu Hause aus arbeiten, was immer das in praktischer Hinsicht bedeuten mochte.

Darum waren sie heute im Büro, um ihre Schreibtische aufzuräumen, um dafür zu sorgen, dass sie auf ihren Laptops all das hatten, was sie brauchten, oder dass es in der Cloud abrufbar war. Karen hatte ein halbes Dutzend Fälle herausgesucht, deren Notizen, Fotos und Berichte vor Kurzem digitalisiert worden waren. »Wir werfen einen intensiven Blick darauf«, hatte sie erklärt, »und sehen, ob wir neue Ermittlungsansätze herauskitzeln können.«

»Was ist mit Laboranalysen, falls wir welche brauchen?«, fragte Daisy.

Jason lachte. »Ich wette, Tamsin bringt ihren Schlafsack mit ins Labor und bleibt den Lockdown über da.«

»Das würde zu ihr passen«, sagte Karen. »River fährt allerdings nach Hause nach Cumbria. Sie will seit Jahren ein Buch schreiben. Eine Mischung aus wissenschaftlichen Erklärungen und persönlichen Fallerfahrungen. Sie freut sich darauf, ein paar Wochen mit Ewan zusammen zu sein.«

Da sie inzwischen den großen Schritt gewagt hatten, sich zu verloben, hatten Jason und Eilidh beschlossen, den Lockdown in seiner Wohnung am unteren Ende des Leith Walk zu verbringen. »Sie Glücklicher«, hatte Karen gesagt. »Lockdown mit einer Friseurin. Wenn das alles vorbei ist, werden Sie der bestfrisierte Polizist in Edinburgh sein.«

Hamish hatte eingesehen, dass er während des Lockdowns auf seinem Hof in Wester Ross sein musste. »Die Coffeeshops sind geschlossen, in Edinburgh gibt es für mich nichts zu tun, während auf dem Land immer etwas erledigt werden muss. Komm mit mir. Es gibt keinen Grund, warum du in Edinburgh bleiben solltest.«

Karen war in Versuchung gewesen. Aber sie wusste, dass sie nicht das Recht hatte, sich in eine Gemeinde zu flüchten, zu der sie nicht gehörte, deren knappe Ressourcen stark strapaziert werden würden, wenn diese Pandemie sich zu einem Schreckensszenario ausweiten würde. »Ich kann nicht«, hatte sie gesagt. »Ich muss mit meinen Nachbarn solidarisch sein. Und mit meinen Kollegen. Wenn es wirklich schlimm wird, dann wird die HCU zu einem Luxusobjekt werden, das sich die Police Scotland nicht mehr leisten kann. Wie die Kunstraubabteilung der Met nach Grenfell. Ich muss vielleicht zurück, um an vorderster Front Polizeiarbeit mit Stichschutzweste und Schlagstock zu leisten.« Sie hatte es als Witz gemeint, aber sie wusste, dass es durchaus im Rahmen der Möglichkeiten lag.

Blieb noch Daisy. Die naheliegende Lösung wäre gewesen, dass sie in ihre Wohnung in Fife zurückkehrte und während des Lockdowns allein blieb. Doch Karen wusste, dass ihre Mitarbeiterin Angst vor der Isolation hatte. Während Karen es genoss, auf sich selbst gestellt zu sein, brauchte Daisy den Austausch mit anderen. Karen hatte darüber nachgedacht, ihr vorzuschlagen, sich gemeinsam zurückzuziehen. Doch ihre Wohnung mit Meerblick war perfekt für eine Person; für zwei war sie zu klein, insbesondere wenn eine davon Raum für sich brauchte. Sie hatte Hamish von ihren Überlegungen erzählt, und er hatte sofort eine Lösung parat.

»Ich werde in Clashstronach sein, Karen. Meine Wohnung steht also leer. Und sie ist groß genug für zwei. Und außerdem habe ich einen Schlüssel für den privaten Park in der Straßenmitte.« Er hatte natürlich recht. Seine Wohnung in New Town verfügte über zwei Schlafzimmer, ein Arbeitszimmer, einen großen Wohnraum und eine Wohnküche mit einem Tisch, an dem acht Leute Platz hatten. Und von seinem Dachgarten konnte man über die gregorianischen Dächer hinweg den Forth of Fife sehen, sodass sie sich nicht mal beschweren konnte, dass sie ihren Meeresblick aufgeben musste. Die Wohnung lag nur sieben Gehminuten von ihrem Büro entfernt, falls sie dorthin zurückgerufen wurde.

Es war ein großzügiges Angebot. Aber war es gleichzeitig ein arglistiger Versuch, sie dazu zu bringen, bei ihm einzuziehen? Er hatte schon einmal bewiesen, dass er fähig war, andere zu manipulieren. Und die Sache mit Merrick Shand hatte sie noch gut im Gedächtnis.

Doch schließlich hatte sie sein Angebot angenommen, im gleichen Maße um Daisys wie um ihretwillen. Hamish war vor zwei Tagen nach Clashstronach aufgebrochen, und Karen und Daisy waren am vorherigen Abend eingezogen. Karen hatte keine Ahnung, ob es funktionieren würde. Aber sie begann langsam zu begreifen, dass man sich an Veränderungen nicht immer aufreiben musste. Und außerdem gehörte sie zu den Glücklichen. Ein Dach über dem Kopf. Der Zugang zu medizinischer Versorgung, wenn es zum Äußersten käme. Und einen sicheren Job, denn die Menschen würden immer Polizisten benötigen – und sogar in einer Pandemie sollte Mord niemals ungesühnt bleiben.

Sie würde sich später mit der Schuld der Überlebenden befassen. Jetzt im Augenblick ging es erst einmal ums Überleben.

Danksagung

Schriftsteller schreiben nicht allein vor sich hin. Je länger ich das mache, umso besser verstehe ich all die unterschiedlichen Beiträge, die nötig sind, um ein Buch fertigzustellen. Viele von ihnen bemerkt man nicht, am wenigsten als Autorin, doch es gibt andere, die mir sehr bewusst sind.

Ich schulde Patrice Hoffman von Flammarion, meinem französischen Verlag, zutiefst Dank für seine Hilfe bei den französischen Polizeimodalitäten. Was ich nicht richtig verstanden hab, geht als dichterische Freiheit durch!

Näher an meiner Heimat haben Dorothy Bain QC, Sheriff Norman McFadyen und Sheriff Tom Welsh mir den Rechtsweg und die Handhabung von Europäischen Haftbefehlen erklärt.

Liz Nugent hat hervorragende Ortsvorschläge gemacht; in diesen Zeiten der Einschränkung konnte ich nicht selbst losziehen und mich umschauen!

Wie immer durfte ich von der Großzügigkeit und der Geduld forensischer Wissenschaftler profitieren, die glücklicherweise bereit sind, ihre Expertise und ihre Erfahrungen mit mir zu teilen. Obwohl sie während des Lockdowns nicht einmal Kekse dafür erhielten … Einen großen Dank an Professor Wolfram Meier-Augenstein für die Informationen über die Analyse stabiler Isotope und an Dame Professor Sue Black für die Coco Pops – unter anderem.

Danke an James Auld und David Greig, deren großzügige Spenden für Breast Cancer Now, die Homeless World Cup Foundation und den Raith Rovers FC mit fragwürdigen Auftritten auf diesen Seiten vergütet wurden. Ihre Freundlichkeit, Geduld und Großherzigkeit werden von allen geschätzt, die Sie kennen!

Der größte Teil der Schreibarbeit und die gesamte Lektoratsarbeit wurden in der seltsamen Halbwelt des Lockdowns erledigt. Wie die meisten Schriftstellerinnen und Schriftsteller, die ich kenne, fand ich es schwer, mich über längere Zeit zu konzentrieren. Während dieses ganzen Prozesses war mein Support-Team bei Little, Brown geduldig, engagiert und ungeheuer kompetent, trotz aller anderen Verpflichtungen. Hut ab vor euch allen und vielen Dank, dass ihr immer so munter bei den Videomeetings wart! Lucy Malagoni und Laura Sherlock bei LB und die eiserne Jane Gregory bei DHA haben mich durch die schwierigen Tage gebracht.

Was mich während des Lockdowns gerettet hat, war meine Partnerin Jo Sharp. Sie hat neue Fähigkeiten in sich entdeckt als Video-Producer (schauen Sie sich mal Cooking the Books – Val McDermid auf YouTube an), als Friseurin und als Gärtnerin. Während alldem hat sie mich zum Lachen und Nachdenken gebracht, und dazu, an mich selbst zu glauben. Jo, ohne dich hätte ich es nicht geschafft. Du bist meine Wonder Woman.